प्राचीन भारत

में

राज्य और न्यायपालिका

डा० हरिहरनाथ त्रिपाठी

मोतीलाल बनारसीदास
दिल्ली वाराणसी पटना बंगलौर मद्रास

प्रथम संस्करण १९६५
पुनर्मुद्रण : दिल्ली १९९३

बंगलो रोड, जवाहरनगर, दिल्ली ११० ००७
१२० रॉयपेट्टा हाई रोड, मैलापुर, मद्रास ६०० ००४
१६ सेन्ट मार्क्स रोड, बंगलौर, ५६० ००१
अशोक राजपथ, पटना ८०० ००४
चौक, वाराणसी २२१ ००१

नरेन्द्रप्रकाश जैन, मोतीलाल बनारसीदास, बंगलो रोड, जवाहरनगर, दिल्ली ११० ००७ द्वारा प्रकाशित तथा जैनेन्द्रप्रकाश जैन, श्री जैनेन्द्र प्रेस, ए-४५ नारायणा, फेज-१, नई दिल्ली ११० ०२८ द्वारा मुद्रित

पार्वती शंकर स्वरूप मातापिता
को

ऋ॒तस्य॒ हि शु॒रुध॒ः सन्ति पूर्वी॑र्ऋ॒तस्य॑ धी॒तिर्वृ॑जि॒नानि॑ हन्ति ।
ऋ॒तस्य॒ श्लोको॑ बधि॒रा त॑तर्द॒ कर्णा॑ बुधा॒नः शु॒चमा॑न आ॒योः
ऋ॒तस्य॑ दृ॒ळ्हा ध॒रुणा॑नि सन्ति पु॒रूणि॑ च॒न्द्रा वपु॑षे॒ वपूं॑षि ।
ऋ॒तेन॑ दी॒र्घमि॑षणन्त॒ पृक्ष॑ ऋ॒तेन॒ गाव॑ ऋ॒तमा वि॑वेशु॒ः ॥

—ऋग्वेद ४।२३।६।८-९।

दो शब्द

हिन्दी के विकास और प्रसार के लिए शिक्षा-मन्त्रालय के तत्त्वावधान में पुस्तकों के प्रकाशन की विभिन्न योजनाएँ कार्यान्वित की जा रही हैं। हिन्दी में अभी तक ज्ञान-विज्ञान के क्षेत्र में पर्याप्त साहित्य उपलब्ध नहीं है, इसलिए ऐसे साहित्य के प्रकाशन को विशेष प्रोत्साहन दिया जा रहा है। यह तो आवश्यक है ही कि ऐसी पुस्तकें उच्च कोटि की हों, किन्तु यह भी जरूरी है कि वे अधिक महँगी न हों ताकि सामान्य हिन्दी पाठक उन्हें खरीदकर पढ़ सकें। इन उद्देश्यों को सामने रखते हुए जो योजनाएँ बनायो गयी हैं, उनमें से एक योजना प्रकाशकों के सहयोग से पुस्तकें प्रकाशित करने की है। इस योजना के अधीन भारत सरकार प्रकाशकों को या तो वित्तीय सहायता प्रदान करती है अथवा निश्चित संख्या में, प्रकाशित पुस्तकों की प्रतियाँ खरीद कर उन्हें मदद पहुँचाती है।

प्रस्तुत पुस्तक इसी योजना के अन्तर्गत प्रकाशित की जा रही है। इसके प्रकाशन और कापीराइट इत्यादि की व्यवस्था प्रकाशक ने स्वयं की है तथा इसमें वैज्ञानिक और तकनीकी शब्दावली आयोग द्वारा निर्मित शब्दावली का उपयोग किया गया है।

हमें विश्वास है कि शासन और प्रकाशकों के सहयोग से प्रकाशित साहित्य हिन्दी को समृद्ध बनाने में सहायक सिद्ध होगा और साथ ही इसके द्वारा ज्ञान-विज्ञान से सम्बन्धित अधिकाधिक पुस्तकें हिन्दी के पाठकों को उपलब्ध हो सकेंगी।

आशा है, यह योजना सभी क्षेत्रों में लोकप्रिय होगी।

—**विश्वनाथ प्रसाद**
सदस्य-सचिव

वैज्ञानिक तथा तकनीकी
शब्दावली आयोग

आभार

प्रबन्ध के विषय का सुझाव श्रद्धेय पं० गंगाशंकर मिश्र, भूतपूर्व पुस्तकाध्यक्ष, काशी हिन्दू विश्वविद्यालय, ने दिया और उसे व्यवस्थित रूप पूज्य डॉक्टर श्री राजबली पाण्डेय से मिला। स्वर्गीय प्रोफेसर श्री कन्हैयालाल वर्मा उस समय विभागाध्यक्ष थे। उन्होंने अपने निर्देशन में कार्य करने का अवसर दिया। काशी हिन्दू विश्वविद्यालय के राजनीतिशास्त्र विभाग में स्वयं स्वर्गीय महामना मालवीय जी ने 'हिन्दू पॉलिटी' के अध्यापन की विशेष व्यवस्था की थी। अतएव प्रस्तुत विषय पर कार्य करने में विशेष उत्साह एवं गौरव अनुभव हुआ। प्रोफेसर वर्मा जी इस विषय से विशेष सम्बद्ध नहीं थे। उन्होंने मुझे श्रद्धेय डॉक्टर पाण्डेय तथा अन्यत्र से निर्देशन प्राप्त करने में पूर्ण सहयोग दिया। उनकी मात्र यह इच्छा थी कि प्रबन्ध हिन्दी में हो। मेरा दुर्भाग्य था कि श्री वर्मा जी का स्वास्थ्य क्षीण होने लगा और डॉक्टर पाण्डेय हम लोगों से दूर हो गये। यथा अवसर उनका आशीर्वाद मिलता रहा और उसी के सहारे कार्य सम्पन्न हुआ। मेरी दृष्टि में प्रबन्ध का अन्तिम रूप प्रस्तुत हुआ किन्तु मुझे इतना आत्मविश्वास नहीं था कि स्वयं अपने उत्तरदायित्व पर उपाधि के लिए उसे प्रस्तुत कर दूँ। इस महान् विषम परिस्थिति में सम्माननीय भइया डॉक्टर विशुद्धानन्द पाठक ने जो कृपा व्यक्त की उसका मुझ पर सदा आभार बना रहेगा। इन मनीषियों की कृपा का ही फल प्रस्तुत प्रबन्ध है।

प्रबन्ध के परीक्षक महामहोपाध्याय डॉक्टर वी० वी० मीराशी, डॉक्टर डी० के० गर्दे और डॉक्टर महादेव प्रसाद शर्मा जैसे सर्वमान्य विद्वानों का आशीर्वाद सम्बल रहा है। मौखिक परीक्षा के अवसर पर पूज्य मिराशी जी और श्री गर्दे महोदय ने व्यक्तिगत बातचीत के अवसर पर आशीर्वाद के साथ प्रबन्ध तत्काल प्रकाशित करने का आदेश दिया। मैंने मोतीलाल बनारसीदास फर्म के माध्यम से केन्द्रीय शिक्षा मन्त्रालय, भारत सरकार, के हिन्दी निदेशालय से सम्बन्ध स्थापित किया। निदेशालय के सचिव की तत्परता से प्रकाशन का कार्य प्रारम्भ हुआ। सम्भवतः उनकी इस योजना में यह प्रथम प्रकाशन है। वस्तुतः विद्वान् परीक्षकों के आशीर्वाद को मूर्त रूप देने में केन्द्रीय निदेशालय, प्रकाशक श्री सुन्दरलाल जी एवं उनके परिश्रमी स्थानीय व्यवस्थापक श्री किशोरचन्द्र का मैं आभार मानता हूँ, जिन्होंने इस रूप में प्रबन्ध प्रस्तुत किया।

पी-एच० डी० एक उपाधि है। इसे मैं इस रूप में मानता हूँ कि इससे विद्वत्ता की उपलब्धि होने के स्थान पर यह एक 'प्रशिक्षण काल' ही है। यह अपरिपक्वावस्था में प्रारम्भ होनेवाला प्रयास होता है। मेरा तो ऐसा

दुर्भाग्य रहा है कि 'प्रशिक्षण' भी नहीं प्राप्त कर सका। फलतः प्रबन्ध के प्रस्तुत रूप देने में मैंने सम्मानीय डॉक्टर के० वी० राव एवं डॉक्टर विश्वम्भर शरण पाठक के सुझावों से पर्याप्त लाभ उठाया है। सम्माननीय भाई डॉक्टर रामचन्द्र पाण्डेय, प्रोफेसर श्री लक्ष्मीकान्त त्रिपाठी और प्रिय भाई मार्कण्डेय सिंह का सहयोग मैं कथमपि नहीं भुला सकता। इनकी शुभाशंसाओं का मुझ पर सदा आभार रहेगा।

प्रस्तुत विषय पर अभी तक कार्य नहीं हुआ था। इस कार्य के बाद भी अभी अत्यधिक कार्य करना शेष है। देश में एक समय प्राचीन भारतीय विषयों पर अत्यन्त प्रामाणिकता से कार्य हुआ था। हम सभी कार्यकर्त्ता उससे लाभ उठाते रहे हैं। मैंने जिन विद्वानों के श्रम से लाभ उठाया उन्हें उद्धृत किया है। यदि 'प्रमाद एवं अनवधानता' से कहीं 'चूक' हो गयी हो तो सर्वथा क्षमा चाहता हूँ। यदि विद्वानों ने मार्ग प्रशस्त न किया होता तो एक पग भी चलना मेरे लिए कठिन था। मैं जानता हूँ कि प्रस्तुत मार्ग पर मेरा एक भी पग 'नया' नही है। लेकिन उस मार्ग का पथिक होने का आश्वासन ही मेरे लिए पर्याप्त होगा। इसमें भी मैं अपने से पूर्ववर्त्ती विद्वानों का ही आभार मानूँगा।

वस्तुतः इस कार्य के साथ जितने क्षण बीते हैं, उनमें संघर्षों की शृंखला चलती रही है। उन संघर्ष के क्षणों में कौन-सी शक्ति साथ देती रही है, मैं कह नहीं सकता। इतना अवश्य है कि यदि वह शक्ति न होती तो जो कुछ, भला या बुरा, हुआ कुछ भी न हो पाता। ग्रन्थ की प्रत्येक पंक्ति में उसी शक्ति का सहयोग है, जो 'टूटे रथ-चक्रों के सारथी' को 'मृत्यु में ही जीवन' प्राप्त करने का 'आदेश' देती है। उसके प्रति मैं क्या व्यक्त करूँ—आभार या··· ?

मेरा संकल्प था कि २६ जनवरी १९६५ के दिन मैं अपना प्रबन्ध राष्ट्र-भाषा की सेवा में प्रस्तुत करूँ। इसमें सफलता का सारा श्रेय काशी हिन्दू विश्वविद्यालय प्रेस के व्यवस्थापक श्री लक्ष्मीदास जी को है। मैं अन्त में अपने सभी शुभैषियों के प्रति हृदय से आभार व्यक्त करता हूँ, जिनकी कृपा से अपना श्रम आप की सेवा में प्रस्तुत कर रहा हूँ। अन्त में एक प्रार्थना है कि ग्रन्थ में शुद्धि पर पर्याप्त ध्यान दिया गया है लेकिन एकाध स्थान पर उपहासास्पद 'प्रमाद' भी हो गया है। जैसे एक स्थान पर Vedie Index, vol. II के स्थान पर Vol. III छप गया है। ऐसी बातों के लिए क्षमा करेंगे।

काशी हिन्दू विश्वविद्यालय
२६ जनवरी १९६५

—हरिहरनाथ त्रिपाठी

स्थापना

भारतवर्ष में सर्व प्रथम १७७३ में ऐसी न्यायपालिका का सूत्रपात हुआ जिसमें विधि की समानता, विवेक एवं लौकिकता पर आधारित न्यायिक व्यवस्था, व्यक्ति का न्यायिक व्यक्तित्व के रूप में मूल्यांकन, औद्योगिक क्रान्ति से प्रभावित समानता के प्रयोग आदि का समावेश था। ६ मई १७७५ को मोहन दास बुलाकी दास ने महाराजा नन्दकुमार पर जालसाजी का मुकदमा भारत के सर्वप्रथम ब्रिटिश न्यायालय में चलाया। मनु आदि की परम्परा से प्राप्त न्यायिक सुविधाओं के स्थान पर नन्दकुमार के साथ सामान्य अपराधी के समान व्यवहार किया गया। इसकी प्रतिक्रिया कलकत्ता में जिस रूप में हुई, उसके परिणाम स्वरूप हिन्दू एवं मुसलमानों के आचार, परम्परा, प्रथा आदि के अध्ययन के लिए १७८२ ई० में रॉयल एशियाटिक सोसायटी ऑफ बंगाल की स्थापना हुई। हेस्टिंग्स की असफलता की पूर्त्ति कार्नवालिस (१७९०) ने मुस्लिम विधि परम्परा में सुधार से प्रारम्भ किया। १७९२ में 'इविडेंस एक्ट' में सुधार, १८१० में बनारस के दंगे के फलस्वरूप 'फतवे' पर प्रतिबन्ध, १८३२ में जूरी प्रथा की स्थापना आदि ने व्यक्ति को परिवार, जाति, गोत्र, संस्था, समुदाय आदि से स्वतन्त्र न्यायिक इकाई के रूप में प्रस्तुत कर दिया।[1]

लेकिन इसका दूसरा परिणाम यह भी हुआ कि 'राजशान्ति' (King's peace) के नाम पर विधि-सम्प्रभुता के स्थान पर राज्यसम्प्रभुता की प्रधानता हो गयी। 'सामाजिक व्यक्ति' के स्थान पर 'राज्य-नागरिक' के विकास ने राज्य को समाज, विधि, परम्परा आदि में हस्तक्षेप का 'मूलाधिकार' दे दिया। सार्वजनिक रूप से १७९० तक नारी को जीवित जला देने की दण्ड-व्यवस्था करनेवाली इंग्लैण्ड की सरकार ने भारत में १८०५ से ही राजा की ओर से' सती-प्रथा समाप्त करने का प्रयास किया। यहीं से 'राज्य निर्देशित सामाजिक सुधार एवं विकास' प्रारम्भ हो जाता है। 'कुलीन ब्राह्मण-परिवार में उत्पन्न' 'अपनी शक्ति और चेतना ईसाई धर्म में पानेवाले'[2] राजा राममोहन राय ने १८२३ में कलकत्ता में स्थापित होनेवाले संस्कृत कॉलेज का विरोध

---

1. B. B. Mishra: Central Administration, ch. 6.
   Indian Middle Class, pp. 203-5.
2. J. N. Farquhar: Modern Religious Movements in India, p. 29.

करते हुए जनता का रुपया अँग्रेजी शिक्षा पर लगाने का अनुरोध किया[1] क्योंकि 'कम्पनी के कर्मचारी के रूप में' वे अंग्रेजी का महत्त्व जान चुके थे।

जिस समय भारतवर्ष में 'नयी न्यायिक दिशा' आ रही थी, उस समय इंग्लैंड बेन्थम के उपयोगितामूलक उदारवादी विधिशास्त्र से प्रभावित था। भारत में उदारवाद शिक्षा, प्रशासनिक सेवा और न्यायपालिका के माध्यम से आता है। १९वीं शती के उदारवादी विचारक प्रायः इन्हीं संस्थाओं से सम्बद्ध थे। मूलतः उदारवाद का 'विवेक' (Reason) सत्ताविरोधी रहा है। सत्ता से तात्पर्य है—धार्मिक, राजनीतिक एवं सामाजिक सत्ता। हमारे उदारवादी नेता सत्ता में तो ब्रिटिश सत्ता को 'वरदान' मानते थे लेकिन कारण-विशेष से भारतीय धार्मिक एवं सामाजिक सत्ता के प्रति अनास्थावान् थे। एक बार भाषण करते हुए रानाडे ने नियोग, बाल विवाह, जातीय विषमता, देवदासी एवं सती-प्रथा जैसी रूढ़ियों की सूची प्रस्तुत करते हुए प्रश्न किया "क्या यही हमारे पारम्परिक मूल्य हैं? इन्हीं का हमें पुनरुत्थान करना है?" इसका उत्तर लोकमान्य तिलक ने गीता रहस्य के कर्मयोग दर्शन (पारम्परिक मूल्यों के अंग) के रूप में दिया जो हमारे स्वतन्त्रता-संग्राम का 'चिरनूतन' मूल्य के रूप में मार्गदर्शन कराता रहा। स्पष्ट है कि हमें पारम्परिक मूल्यों की मीमांसा में 'एकदेशीय', 'अतिवादी' एवं निषेध-वृत्ति के स्थान पर उसके मूल पर ध्यान देना चाहिए।

आर्थिक साधनों के विकास एवं परिवर्तन का द्रुतग्रामी प्रभाव राजनीतिक की अपेक्षा सामाजिक ढाँचे पर अधिक शीघ्रता से अभिव्यक्त होता है। मैक्स वेबर और पार्सन विधि-निषेध के निर्देशन में सामाजिक लक्ष्यों (Norms) को शक्ति (Coercion) से अधिक प्रभावशाली स्वीकार करते हैं। विट्फोगल प्रशासनिक अधिकारियों की शक्ति को प्राच्य सामाजिक संघटनों में सर्वाधिक शक्तिशाली मानते हैं; लेकिन सामाजिक अन्तर्द्वन्द्वों के स्रोत की विवेचना पर बल देने से स्पष्ट है कि वे सामाजिक प्रक्रिया का विश्लेषण कर सके न कि सामाजिक एकता (Integration) एवं सिद्धान्तों का।[2] प्राचीन भारतीय समाजों में विभिन्न अन्तर्द्वन्द्व थे किन्तु इतना स्पष्ट है कि समाज का ढाँचा, विधि-निषेध, असमानता आदि लक्ष्यात्मक मूल्यों से निर्देशित होते रहे। प्रशासनिक जातियाँ थीं किन्तु वे या प्रशासनिक तत्त्व सामाजिक संघटनो के आदर्श का निर्धारण न कर उनके मूल्यों की स्थापना में साधन थे। राजनीतिक संघटन

1. B. B. Mishra: Indian Middle Class, p. 210.
2. K. Wittfogel: Oriental Despotisim.

सामाजिक संघटन के अंग थे[1] और राज्य शक्ति का आधार समाज था। इसी प्रकार आर्थिक शक्तियों का प्रभाव आचार पर पड़ता है किन्तु इसका तात्पर्य यह नहीं कि इनसे 'वर्गधर्म' जैसे मूल्य की स्थापना हो जाय।[2] समाज के विकास की प्रक्रिया यदि लक्ष्य निर्धारण करने लगे तो 'साधन-साध्य' का स्वरूप सामाजिक निर्माण में निष्क्रिय हो जाएगा। व्यवहार (Behaviour), विशेषतया व्यक्ति की 'प्रतिक्रिया', केवल सामाजिक कार्य ही नहीं, सामाजिक परिवेश में कर्ता की स्थिति, सामाजिक लक्ष्य, जो व्यक्ति की विधीय क्रिया को सम्बद्ध करते हैं, में अभिव्यक्त होते हैं। स्पष्ट है कि सामाजिक पृष्ठभूमि में ही मूल्यों का अध्ययन आवश्यक है। किसी तथ्य के घटनामूलक इतिवृत्त या इकाई के रूप में उसके विश्लेषण से उसके आधार और उद्देश्य स्पष्ट नहीं हो सकते।

एशियाटिक सोसायटी ने १७८४ से ही कार्य प्रारम्भ कर दिया था किन्तु १८५९ तक नाम मात्र का कार्य हुआ। ईसाई मिशनरियों के प्रसार एवं साम्राज्यवादी प्रवृत्ति के कारण भारतीय अतीत जिस रूप में प्रस्तुत किया गया, उसमें यह प्रयास था कि 'भारतीय राष्ट्रीय भावना से शून्य, निरंकुश राजतन्त्र से प्रशासित, पतन; राज्य एवं राजनीतिक कल्पना से शून्य'[4] होने से ब्रिटिश शासन में ही विकास कर सकते हैं। १८८६ में काँग्रेस के अध्यक्षीय पद से दादा भाई नौरोजी ने कहा कि "यह ब्रिटिश साम्राज्य हमारे लिए ऐसा वरदान है, जिससे हम भारतीय निरंकुश राजनीतिक जीवन एवं एशिया के अन्धकार से प्रकाश में आये।" रमेशचन्द्र दत्त ने लिखा कि राजा (व्यक्ति-विशेष) ही 'न्याय-पालिका' का प्रधान था और उसे सभी विधीय अधिकार प्राप्त थे"।[5] यहाँ दत्त

---

1. S. N. Eisenstadt: "The study of Oriental Despotism as a Systems of Total Power", The Journal of Assian Studies, XVII (May 1958), pp. 435 ff. 445.
2. Carlo Antoni: From History to Sociology (translated by Hayden White, Detroit, 1959), p. 165.
3. Max Müller: A History of Sanskrit Literature, p. 1.
4. Ibid: pp. 16, 18; Senart: Caste in India, pp. 198, 212; Beni Prasad: The state in Ancient India, p. 118; R. S. Sharma: Aspects of political Ideas and Institutions in Ancient India, pp. 1-3.4; U. N. Ghoshal: A History of Indian Political Ideas, Introduction.
5. Civilization in Brahmana Period, Calcutta Review, XXXV, 1887.

सर आक्लैण्ड कालिवन के इस वाक्य से प्रभावित थे कि ब्रिटिशों ने ही भारत को सर्व प्रथम 'राज्य का उद्देश्य जनकल्याण' की शिक्षा दी। प्रतिक्रिया में पूर्णेन्दु नारायण सिंह ने प्राचीन भारत में 'नियन्त्रित राजतन्त्र' प्रस्तुत किया।[1] भगवान लाल इन्द्रजी, आर० जी० भण्डारकर, राजेन्द्रलाल मित्र, बाल गंगाधर तिलक आदि ने पश्चिमी उक्तियों का खण्डन किया। १९०५ में अर्थशास्त्र की उपलब्धि एवं १९०९ में उसके प्रकाशन के बाद प्राचीन भारतीय राजनीतिशास्त्र, संगठन, उद्देश्य आदि का अध्ययन प्रारम्भ हो गया। इसमें राष्ट्रवादी प्रवृत्तियाँ भी कार्य कर रही थीं। स्पष्ट है कि विषय का अध्ययन राजनीतिक हो गया।[2]

यह भी कल्पना कुछ दिन कार्य करती रही कि भारतीयों में राजनीतिक प्रतिभा थी ही नहीं। भारतीय राजनीतिक प्रतिभा की विशेषताएँ प्रस्तुत करते हुए घोषाल महोदय ने स्वर्गीय योगी अरविन्द द्वारा प्रस्तुत तीन विशेषताएँ सामने रखी हैं[3] जो भारतीय जीवन को अनुप्राणित करती रही हैं। वे हैं -(१) आध्यात्मिकता, (२) त्याग एवं भोग में समन्वय के साथ जीवन में क्रियाकारित्व और (३) बौद्धिक सार्वभौम क्षमता।[4] इनमें उचित तारतम्य के स्थान पर किसी भी अंग विशेष पर बल देने का परिणाम सांस्कृतिक पतन हुआ। स्पष्ट है कि जब हम 'भारतीय आत्मा' को 'आध्यात्मिकता में समाविष्ट' करने लगते हैं,[5] तब मूल्यांकन का एकदेशीय पक्ष प्रस्तुत करते हैं।[6] इसी दृष्टिकोण का परिणाम होता है कि 'भारत बौद्धिक व्यायाम करनेवाले दार्शनिकों की भूमि' हो जाता है। यह धारणा उस समय और बलवती हो जाती है जब 'धर्म' ही सर्वस्व दिखायी देता है। लेकिन जब 'धर्म का मूल अर्थ' (कौटल्य) और 'सभी धर्म राजधर्म में समाविष्ट' (महाभारत) दिखते हैं तब भारतीय जीवन 'असंगतिपूर्ण' हो जाता है। विषय प्रस्तुत करने की पारम्परिक प्रक्रिया—अर्थवाद आदि—से ऐसे भ्रम के लिए अवसर भी अधिक हैं। फलतः आग्रहग्रस्त होकर

---

1. Calcutta Review, XCVIII (1894), 301.
2. R. S. Sharma : op. cit. Introduction.
3. A History of Indian Political Ideas, pp. 4-5.
4. The Renaissance in India, pp. 7-29.
5. Dr. S. Radhakrishnan : Indian Philosophy, Vol. I. pp. 24-30.
6. Prof. Max Muller : History of Ancient Sanskrit Literature, p. 31. राजनीतिक अंश में द्रष्टव्य : U. N. Ghoshal : A History of Indian Political Ideas, pp. 1-15.

बाल-विवाह, सती एवं देवदासी 'प्रथा' आदि को ही यदि 'पारम्परिक मूल्य' समझ लें तो वस्तु मूल्यांकन यथा स्थान ही रह जायगा ।

अर्थशास्त्र के प्रकाशन के पूर्व भारतीय राजनीतिशास्त्र की ओर पूर्व कल्पनाओं के साथ ही लोग प्रवृत्त होते गये । मेन ने इस अंश में जो कार्य किया उसे 'बीसवीं शती' की खोजों के बाद स्वीकार करना कठिन हो जाता है । फिर भी अभी हम उस व्याधि से मुक्त नहीं हैं। अभी १९६३ में डी० ई० स्मिथ की 'बहु चर्चित' पुस्तक 'इण्डिया ऐज़ ए सेकुलर स्टेट' प्रकाशित हुई है । पुस्तक का अधिक अंश आधुनिक है । लेकिन लौकिक राज्य की पृष्ठभूमि में प्राचीन भारत का अंश लेना पड़ा । इसमें उसने लौकिक राज्य के सन्दर्भ में पुरोहित, धार्मिक संस्कार, जाति आदि प्रश्नों को धर्म के साथ मिलाते हुए मध्ययुगीन युरोपीय समाज की दृष्टि से प्राचीन भारत में धर्म सन्निविष्ट राजतन्त्र (Theocratic monarchy) का रूप प्रस्तुत किया है । दूसरी तरफ घोषाल एवं बासम के निष्कर्षों से होते हुए वह पणिक्कर को अन्तिम प्रमाण मानकर इस निष्कर्ष पर आता है कि अर्थशास्त्र में धर्म राजनीति से अलग है । प्राचीन भारत में धार्मिक सहिष्णुता, राज्य का धर्म-विशेष से असम्बद्ध पक्षपात विहीन उसका स्वरूप, राज्य से सभी धर्मों की सहायता आदि स्वीकार करते हुए वेबर का मत उद्धृत करते हुए वह मानता है कि भारतवर्ष में विचार की स्वतन्त्रता बेजोड़ थी ।[1] उसके दोनों विचारों का समन्वय बिन्दु कहाँ होगा ?

इस प्रकार असंगतियों का मूल कारण है, आज के मूल्यों को प्राचीन समाज में खोजना । प्रत्येक युग की मान्यता उस युग की पृष्ठभूमि में ही स्पष्ट होती है । भारतीय समाज एवं राजनीति के अध्ययन में कुछ मूलभूत कठिनाइयाँ भी हैं । अभी तक हमारे समाज की क्रमिक विकास के युग की योजना, उनकी नियन्त्रक शक्तियों आदि का रूप निश्चित नहीं हुआ । हमारे अध्ययन के स्रोत, उनके काल, उनका वास्तविक स्वरूप आदि स्थिर नहीं हो पाये । फलतः कोई निष्कर्ष निर्विवाद नहीं हो पाता । इसके साथ यह भी आवश्यक है कि विषय की स्थापना के लिए सामाजिक पृष्ठभूमि में उसकी स्थापना अनिवार्य रूप में की जाय । इस स्थिति में सर्वमान्य मतों से समन्वय करना पड़ता है ।

यहाँ राजनीति शास्त्र के विद्यार्थी के लिए एक सुविधा यह है कि वह किसी निश्चित तिथि के स्थान पर 'युग' की व्यापक परिधि से अपना कार्य सम्पन्न

---

1. D. E. Smith : India as a Secular State, pp. 57-62.

कर सकता है। हमने अपने कार्य में यही किया है। दूसरी बात यह है कि हमारे यहाँ विचारक 'व्यक्ति' के स्थान पर विचार की परम्परा चलती है। यदि हम व्यक्तिगत विचारों का अन्वेषण करेंगे तो भ्रम अवश्यभावी होगा। सेलतोर ने इस अंश में अपने नव प्रकाशित ग्रन्थ में आधुनिक विद्वानों के भी 'सिद्धान्त' दिये हैं। पश्चिम में तो हम ऐसा कर सकते हैं किन्तु प्राचीन भारतीय समाज में ऐसा करना कठिन ही नहीं हानिप्रद भी है। हम सामाजिक परम्परा में व्यक्ति का स्वतन्त्र ऐसा अस्तित्व नहीं पाते जहाँ उसका व्यक्तित्व किसी परम्परा का 'निर्माण' करता हो।

प्राचीन भारतीय न्यायपालिका एक सफल प्रयोग है। उसे मात्र आदर्शवादी एवं काल्पनिक नहीं कहा जा सकता। जॉली ने 'हिन्दू लॉ एण्ड कस्टम्स' के अन्त में भारत के अतिरिक्त लंका, वर्मा आदि देशों में भारतीय न्यायपालिका का प्रयोग दिखलाया है। यूनानी लेखकों के विचार संकलित करते हुए मोनहन ने दिखाया है कि भारतीय न्यायपालिका पूर्णरूप से व्यवहार में आ चुकी थी। जायसवाल मेगस्थनीज़ के विवरण से सिद्ध करते हैं कि कौटल्य की विधि व्यवहार में थी। फाह्यान और ह्वेनसांग ने चीनी व्यवस्था के साथ भारतीय न्यायपालिका की तुलना करते हुए भारतीय व्यवस्था की व्यावहारिकता दिखायी है। मृच्छकटिक में न्यायालय का व्यावहारिक रूप सामने आ जाता है। राजतरंगिणी के विवरण पर टीका करते हुए स्टाइन ने लिखा है कि कल्हण ने न्यायिक प्रशासन के सम्बन्ध में जो देखा वही लिखा है। उसमें कल्पना नहीं है। श्री नीलकान्त शास्त्री ने विदेशी यात्रियों के विवरण पर दक्षिण भारत में न्यायिक व्यवस्था का प्रयोग प्रस्तुत किया है। श्री रंगस्वामी आयंगर ने अपनी पुस्तक के परिशिष्ट में ऐतिहासिक प्रमाणों के स्रोत दिये हैं। सेलतोर ने अपनी अन्तिम पुस्तक में इस अंश के विपुल प्रमाण दिये हैं। वस्तुतः स्लीमैन का यह वाक्य हमें भारतीय समाज-शक्ति की ओर ले जाता जो न्यायपालिका का मूल है—"भारतीय पीपल के पेड़ के नीचे बैठ कर जो विवाद सुलझा लेते थे, बाद में उसके ही लिए वे लन्दन तक दौड़ने लगे।"

———

अनुक्रम

अध्याय ४

अध्याय ५

अध्याय ६

अध्याय ७

अध्याय ८

अध्याय ९

अध्याय १०

अध्याय | १

राज्य और न्यायपालिका का सहविकास

प्रारम्भिक समाज में सम्बन्धों के मूल आधार सगोत्रता, रक्त, जिसमें कुटुम्ब-प्रधान की प्रधानता रहती है, स्त्री पर प्रभुत्व आदि मुख्य होते हैं। इस प्रकार के समानगोत्रीय समाज में आर्थिक शक्तियाँ, सदस्यों की आदतें, भावनाएँ, विचार और नैतिक नियम अपना स्थान बनाने लगते हैं। इसमें अन्तहीन संघर्ष की नींव पड़ती है, जिसमें अपने से बड़े का आज्ञा-पालन, अनुशासन और परम्पराओं के स्थान जड़बद्ध होने लगते हैं। फलतः इनमें सदस्यों के प्रति परस्पर सम्बन्ध का आकर्षण भी बढ़ने लगता है। इससे समाज युग्म-जीवन के कबीले का रूप धारण करने लगता है और उसमें समानगोत्रीय समाज की विशेषताएँ विस्तार प्राप्त करती हैं। इस समाज में कुटुम्ब-प्रधान, अन्ध-विश्वास, दैवी भावना, सदाचार एवं परम्परा का प्रभुत्व स्थापित हो जाता है। यहाँ विशेष बात यह होती है कि इस समाज के साथ राजनीतिक स्वतन्त्रता, समानता और इन भावों की अभिव्यक्ति करनेवाले संगठनों का सूत्रपात होता है। इससे यह नहीं कहा जा सकता कि सामाजिक विधियाँ अनमनीय अन्धविश्वासों से ग्रस्त या दैवी आज्ञा हैं; अपितु वे चेतन-मानव-प्रयास हैं और राज्य मानवीय संस्था है, जिसका उद्देश्य है मानव की आवश्यकता पूर्ण करना। स्पष्ट है कि सामाजिक विकास एवं परम्परा से राज्य का विकास हुआ और उसमें पूर्णता आयी।

राज्यशक्ति का आधार

राज्य की कोई भी परिभाषा की जाय किन्तु उसे उसकी सम्प्रभुता सबसे स्वतंत्र रूप देती है। उसके आधार पर वह स्वतन्त्र, सर्वोपरि, विधिनिर्माता, विधि-संरक्षक, समाज के साथ अपने अस्तित्व को शक्ति के आधार पर अभिव्यक्त करनेवाला बन जाता है। कुछ विचारक हैं, जो उसका सार्वभौम रूप स्वीकार नहीं करते किन्तु यह सत्य है कि प्रत्येक राज्य अपने स्वतन्त्र व्यक्तित्व

से अभिव्यक्त होता है। लेकिन ऐसे समाज में विधि का आधार और उद्देश्य राज्य हो जाता है। फलतः राज्य का सर्वोपरि होना अनिवार्य है। उसकी अन्तर्निहित शक्ति या आत्मा के तत्त्व राज्य की बाह्य अभिव्यक्ति में अपना सार्वभौम रूप अपने घटकों में व्यक्त करते हैं, जिनसे उसकी शक्ति स्पष्ट होती है। लेकिन इस प्रकार की सम्प्रभुता की अभिव्यक्ति शून्य में नहीं होती, उसके साथ अन्य सामाजिक सम्बन्धों का होना अनिवार्य हो जाता है। इन्हीं सामाजिक सम्बन्धों की अनिवार्यता ने राज्य को विधि-निर्माता के स्थान पर उसे विधि-संरक्षक तक सीमित कर रखा किन्तु उसके कार्यान्वयन की सार्वभौमता भी स्वीकार की।

उपर्युक्त अध्ययन के स्पष्टीकरण में नैसर्गिक विधि और सामाजिक अनुबन्ध, दो सिद्धान्तों के विश्लेषण ने पर्याप्त योग दिया है। लेकिन राज्य-उत्पत्ति का वह निश्चित क्षण और प्रक्रिया ज्ञात नहीं हो पाती, जब समाज ने अपने को राज्य में परिवर्तित किया। सामाजिक अनुबन्ध के आधार पर राज्य-उत्पत्ति माननेवाले विचारकों ने नैसर्गिक स्थिति का स्वरूप प्रस्तुत किया है। उसका प्रारम्भ तो ऐतिहासिक तथ्य के रूप में होता है किन्तु काण्ट ने उसके साथ विवेक का सम्बन्ध स्थापित कर दूसरा रूप दिया।[1] इसका प्रारम्भ भी यूनानी विचारकों से होता है, जब उन्होंने जनस्वीकृति को विधि का आधार बनाया।[2] लेकिन यह सिद्धान्त विभिन्न युगों में विभिन्न रूपों में सामने आता रहा। यूनानी विचारकों ने इसे जनस्वीकृति के लिए प्रस्तुत किया। ऐथेनियन और रोमन विचारकों ने उसका प्रयोग राजा और पोप की निरंकुश शक्ति के विपरीत किया। इसी प्रकार मध्ययुगीन विधिवेत्ताओं न राजसत्ता के समर्थन में इसकी व्याख्या की। मेरियाना ने आज के समाज और राज्य की पृष्ठभूमि में अनुबन्ध माना है। हूकर ने भी इसी मत का समर्थन किया।

ग्रोशस राज्य और विधि के जन्म में सिसरो से प्रभावित है। सामाजिक अनुबन्ध उसके लिए दो तात्पर्य प्रस्तुत करता है—आन्तरिक क्षेत्र में जनता द्वारा सरकार के आज्ञापालन का सर्वोच्च कर्तव्य और अन्तरराष्ट्रीय क्षेत्र में राज्यों के परस्पर सम्बन्धों का विधीय आधार। उसके अनुसार "राज्य मानवीय संस्था और अनुबन्ध पर आधारित है।" लेकिन ग्रोशस स्वयं असंगतिग्रस्त है। एक ओर वह मानता है कि अनुबन्ध के बाद सम्प्रभु पर जनता की

---

1. W. Friedmann : Legal Theory, p. 35.
2. Plato : Republic, BK. II, p. 358 (Lindsay Translation).

नियन्त्रण-शक्ति का सम्बन्ध समाप्त हो गया। दूसरी ओर मानता है कि वह नैसर्गिक विधि के नियन्त्रण में है। गियर्क ने यह असंगति दूर करने का असफल प्रयास किया है।[1] अल्थूसियस ने दो अनुबन्ध स्वीकार किये—सहयोगियों का अनुबन्ध और सम्प्रभु के साथ अनुबन्ध। इससे उसने जनता की सम्प्रभुता और प्रतिनिधिशासन का रूप सामने रखा। हॉब्स ने नैसर्गिक स्थिति का चित्रण इस रूप में किया कि उसमें सम्प्रभु की अनियंत्रित शक्ति के विकल्प में विनाश ही था। अतएव व्यक्ति के अधिकार का प्रश्न ही समाप्त हो गया; यद्यपि उसका अनुबन्ध विवेक से निर्देशित था और राज्य का उद्देश्य था सुरक्षा। हॉब्स राजा के अतिरिक्त समाज की स्वतन्त्र सत्ता भी नहीं मानता। वह सम्प्रभुता का सचेतन और उपयोगितावादी दृष्टिकोण मानता है।[2]

लॉक ने नैसर्गिक स्थिति का जो रूप सामने रखा, उसमें प्रत्येक व्यक्ति न्यायपालिका और कार्यपालिका शक्ति नैसर्गिकविधि के कार्यान्वयन के लिए रखता था और उसके उल्लंघन के अनुपात में दंड देने का अधिकार भी था;[3] किन्तु स्थिति की अनिश्चितता और व्यवस्थित सुरक्षा की भावना ने आदर्श स्थिति से सामाजिक स्थिति में प्रवेश किया। इस प्रकार व्यक्ति की शक्तियाँ समुदाय में, जिसे जनस्वीकृति प्राप्त थी, उपलब्ध हुईं। दूसरे शब्दों में बहुमत शासन का जन्म हुआ और सरकार को न्याय के रूप में माना गया। फलतः सरकार संचालन निश्चित विधि से ही हो सकता है। लॉक के विचार अपूर्ण थे किन्तु निरंकुश राजतन्त्र के विपरीत १८वीं एवं १९वीं शती में वे क्रियाशील थे। रूसो ने भी अनुबन्ध से राज्य की उत्पत्ति प्रस्तुत करते हुए नैसर्गिक स्थिति और विधि की व्याख्या की। उसमें मनुष्य पूर्ण था और आदर्श शान्ति थी; किन्तु सामान्य इच्छा और उसकी व्याख्या में व्यक्ति का उद्देश्य समाप्त हो गया। काण्ट ने हॉब्स में भी दार्शनिक तथ्य देखा।[4] उसके द्वारा सामाजिक अनुबन्ध

---

1. Gierke : Natural Law and theory of society, p. 35.
2. W. Friedmann : Legal Theory, p. 39.
3. Locke : Two Treatises, BK. II. ch. 2.
4. Will Durant : Theory of Philosophy, p. 283.
   Berolzheimer : The World's Legal Philosophies, (Modern Legal Philosophy Series. Vol. II) p. 187.
   Kant : Eternal Peace and Other Essays, (Boston 1914) p. 14. Metaphysics, pp. 145-48.

दार्शनिक निरूपण बन जाता है, जिसमें सम्प्रभु की शक्ति ही नहीं अपितु सम्पत्ति, कुटुम्ब एवं उत्तराधिकार की भी विवेचना होती है।

सामाजिक अनुबन्ध के साथ नैसर्गिक विधि के सामान्य निरूपण की आवश्यकता है। सामाजिक अनुबन्धवाद से दो महत्त्वपूर्ण लाभ हुए—(१) राज्य, सरकार या समाज की उत्पत्ति पर लौकिक भावना से विचार हुआ और (२) प्रतारणा के विपरीत न्याय एवं सुरक्षा की भावना का विकास हुआ।[१] हर्बट स्पेन्सर ने अतिव्यक्तिवाद के भय की ओर भी संकेत किया है। इसके खंडन में नेटिलशिप का कहना है कि व्यक्ति के पारस्परिक अधिकारों की स्वीकृति पर ही अनुबन्ध आधारित हैं।[२] इसी को दूसरे रूप में टी० एच० ग्रीन ने कहा है कि राज्य का आधार शक्ति नहीं, इच्छा है। इस अंश से सम्बद्ध व्यक्ति और समाज के सम्बन्ध में समाज का सावयव रूप सामने आता है। टॉयन्बी के अनुसार "मानव समाज स्वयं एक सम्बन्ध है।" यह सम्बन्ध विशेष प्रकार का है, जिसमें मानव मात्र व्यक्ति नहीं, अपितु सामाजिक प्राणी है और पारस्परिक सामाजिक सम्बन्ध उसके लिए अनिवार्य हैं।[3] इस प्रकार समाज वह कार्यक्षेत्र हो जाता है, जिसमें व्यक्ति स्वयं सचेतन-सावयव बन जाता है।[४]

विधिज्ञों के सामने सदा यह समस्या रही है कि स्थायित्व की आवश्यकता की माँग और परिवर्तन की आवश्यकता में समन्वय कैसे किया जाय। विधि कभी स्थिर नहीं रह सकती। सामजिक सुरक्षा की भावना सामाजिक विधि का नेतृत्व करती रहती है।[५] व्यक्ति एवं समुदाय के साथ सहअस्तित्व रखने-वाली विधि के साथ हम सदा सम्प्रभु राज्य की इच्छा नहीं व्यक्त कर सकते। राज्य को विधि का अन्तिम स्रोत मानना आधुनिक विचार है। विधि की सर्वोच्चता और निष्पक्षता का भाव प्राचीन है। प्राचीन भारतीय समाज विधि पर आधारित था और उसका विकास वहीं से होता है। चूँकि समाज और व्यक्ति परस्पर एक-दूसरे के लिए अनिवार्य हैं; अतएव इनका आधार विधि होगी और उसके कार्यान्वयन के लिए विधि की राज्यशक्ति का सहविकास आवश्यक है। इसीलिए विधि के रूप परिवर्तन के साथ राज्य के स्वरूप में भी परिवर्तन होता

1. T. W. Gough : The Social Contract, p. 234.
2. R. L. Nettleship : Lectures on the Republic of Plato, pp. 52-53.
3. Toyanbee : Study of History, Vol. III. p. 230.
4. Ibid.
5. Roscoe Pound : Introduction to the Philosophy of Law, p.18.

रहा है। राज्य एवं न्यायपालिका के इस वास्तविक क्रमविकास को हम प्राक् ऋग्वैदिक, अर्थात् नैसर्गिक समाज से प्रारम्भ करते हैं।

वैदिक धारणा स्पष्ट व्यक्त करती है कि विधि बिना सम्प्रभु के कार्यशील हो सकती है और वह उससे ऊपर है। स्वयं सम्प्रभु में विधि से शक्ति आती है। शक्ति से निर्बल भी विधि-शक्ति से शासन कर सकता है।[१] यह सिद्धान्त इस मान्यता से बिलकुल भिन्न है कि "सम्प्रभु के बिना, उससे ऊपर और उससे परे विधि नहीं रह सकती"। इस प्रकार राज्य का सार्वभौम सम्प्रभुता-सिद्धान्त प्राचीन भारतीय धारणा अस्वीकार करती है। इसके साथ वह यह भी मानती है कि राज्य स्वयं अपनी शक्ति नहीं; अपितु अन्तर्निहित विधि की शक्ति से नियन्त्रित है। यह विधिशासन व्यक्ति, राज्य, शासक एवं शास्य से ऊपर है। यदि किसी प्रकार की राज्य-सम्प्रभुता है तो वह विधि से नियन्त्रित है। गौतम ने कहा कि "शक्ति में इन्द्र सर्वोच्च शक्तिमान् है किन्तु उसकी शक्ति का स्रोत वह नहीं है। उसमें शक्ति देवों से आती है और उसका आधार उक्त धारणा ही है"।[२] यह इन्द्र 'स्वराजः' (Par excellence) है। यदि इसे सम्प्रभुता के विश्लेषण में देखें तो स्पष्ट होगा कि वह सामूहिक इच्छा में है। ऋषि के अनुसार समग्र विश्व एक 'सम्प्रभु-राज्य' के रूप में है और उसका प्रधान अपनी शक्ति अन्य देवों से प्राप्त करता है। फलतः सम्प्रभु की शक्ति सामाजिक शक्ति एवं क्षमता का योगफल है और उसका आधार है विधि। राज्य के इस विषय के स्पष्टीकरण के लिए हमें ऋत की वैदिक व्याख्या पर ध्यान देना आवश्यक है।

विधि, सम्प्रभुता एवं राज्य का परस्पर कैसे विकास हुआ, इसके लिए आवश्यक है कि हम ऋत की विभिन्न व्याख्याओं पर ध्यान दें। ऋत और सत्य दोनों एक साथ उत्पन्न होते हैं। इसके बाद सभी 'मूर्त्त' एवं 'अमूर्त्त' की उत्पत्ति होती है।[3] यही वैदिक विश्वविद्या है। इस प्रकार ऋत ही विश्व का मूल है। ऋत की शक्ति ही सभी शक्तियों की मूल है। आगे चलकर ऋत के संरक्षक

---

१. ऋतवाना निषेदतुः साम्राज्याय सुक्रतू। धृतव्रता क्षत्रिया क्षत्रमाशतुः।
अथोऽबलीयान् बलीयाशंसते धर्मेण यथा राज्ञैवम्।—बृ० उ० १।४।१४।

२. नहि नु यावधीमसीन्द्रं को वीर्या परः। तस्मिन्नृम्णमुत क्रतुं देवा
ओजांसि संदधुरर्चन्ननु स्वराज्यम्॥ ऋ० १।८०।१५।
यामथर्वा मनष्पिता दध्यङ धियमत्नत। तस्मिन् ब्रह्माणि पूर्वथेन्द्र उक्था
समग्मतार्चन्ननु स्वराज्यम्॥ ऋ० १।८०।१६।

3. ऋ० १०।१९०।१०३।

बनने वाले मित्रावरुण में भी शक्ति ऋत से ही आती है।[1] ऋत की व्याख्या ऋग्वेद में जिस रूप में की गयी है, उसके अनुसार उसमें सत्य, दृढ़ स्वात्मवाद और विश्व-समन्वय के तत्त्व विद्यमान हैं। उससे स्पष्ट है कि मानव-कल्याण के लिए अपेक्षित सभी पदार्थों का जनक ऋत है। वह उसका विनियोग मानवकल्याण के लिए करता है। इसी स्थान पर ऋत और समाज का सम्बन्ध होता है क्योंकि ऋत में मनुष्य के उपयोगितावादी अंश की भी प्रतिष्ठा होती है।

जैसा कि कहा गया है कि ऋत का तात्पर्य 'उत्तम गमन' और 'निश्चित नियम' है। इन दोनों विशेषताओं का अभिव्यक्तीकरण सृष्टि और समाज दोनों में होता है। इस स्तर पर ऋत की आंगिक व्याख्या और उसका व्यावहारिक रूप आता है। सूर्य, चन्द्र एवं समग्र सृष्टि 'उत्तम गमन' और 'निश्चित नियम' पर आधारित होने से ही कार्यशील हो पाते हैं। यही ऋत का बन्धन है। अतएव ऋत को शासक और देव कहा गया है। ऋत का चक्र द्वादश, स्वर्ग के चारों ओर घूमता है। ऋत से स्वर्ग, उषा, सूर्य एवं ब्रह्मा का जो रूप प्रस्तुत किया गया है, उससे स्पष्ट है कि सभी कुछ ऋत में है और उसी से विकसित हुआ है।[2] इससे नैतिक विधान, विश्वविधान और सृष्टि का मूल प्रस्तुत होता है।

इस ऋत का सम्बन्ध विधि से होने पर उसका रूप नैसर्गिक विधि के रूप में आता है। ऋत और सत्य दोनों एक साथ होने से मानव आदिकाल में ऋत एवं सत्य से संचालित था। सभी अपने नियम में स्थिर थे। ऋत से तात्पर्य 'उत्तम गमन' एवं 'निश्चित नियम' के साथ व्यवस्थित रूप में स्थिर करना था, जिससे सृष्टिविकास एवं प्रक्रिया में क्रमबद्धता स्थापित होती है। अतएव ऋत में स्वात्मवाद अर्थात् स्वयं स्थित क्रियाशक्ति भी थी जो व्यक्ति को अपने स्थान एवं कार्य में स्थिर करती थी। ब्राउन इसी ऋत से संचालित समाज की व्याख्या इस प्रकार करते हैं—"प्रत्येक वस्तु व्यवस्थित ढंग में थी। नियन्त्रण के

---

१. ऋतेन मित्रावरुणावृतावृधावृतस्पृशा। क्रतुं बृहन्तमाशाथे। ऋ० १।२।८।
ऋ० १।६५।३-४।

२. ऋतस्य हि शुरुधः सन्ति पूर्वीर्ऋतस्य धीतिर्वृजिनानि हन्ति।
ऋतस्य श्लोको बधिरा ततर्द कर्णा बुधानः शुचमान आयोः॥
ऋतस्य दृढा धरुणानि सन्ति पुरूणि चन्द्रा वपुषे वपूंषि।
ऋतेन दीर्घमिषणन्त पृक्ष ऋतेन गाव ऋतमा विवेशुः॥
—ऋ० ४।२३।८-९।

नियम थे। प्रत्येक देवता अपने निश्चित कार्य करते थे। इस प्रकार की प्रत्येक व्यवस्था एवं नियम ही ऋत है।"[1] ज़िम्मर के अनुसार "ऋत में सृष्टि-प्रक्रिया के ही विधान नहीं थे; बल्कि उसमें उन तत्त्वों का भी समावेश था, जिससे व्यक्ति समाज से अपने सम्बन्ध स्थापित कर सका।"[2] कोई सामाजिक नियम एवं व्यवस्था ऋत से अधिक नहीं थी। परस्पर सम्बन्धों के विकास का आधार ऋत होने से वह सामाजिक विधान बनने की ओर अग्रसर हुआ। उसमें सदाचार, आचार, परम्परा एवं व्यवहार का सम्मिश्रण हुआ। फलतः उसका अभिव्यक्तीकरण सामाजिक विधान के रूप में हुआ।[3] उस नैसर्गिक विधि का समाजीकरण संहिताबद्धरूप ऋग्वेद है, जिसमें ऋत धर्म की स्थापना करता हुआ ब्राह्मण ग्रन्थों तक धर्म का रूप धारण कर लेता है।[4]

ऋत के स्पष्टीकरण से ज्ञात होता है कि वैदिक समाज में राज्य और उसके घटकों का व्यवस्थित रूप स्पष्ट होने लगता है। उसके पूर्व नैसर्गिक स्थिति, सामाजिक स्थिति और राजनीतिक-सामाजिक स्थिति की पृष्ठभूमि स्थिर हो जाती है। ऋग्वेद से हमें जिस सामाजिक स्थिति का संकेत मिलता है, उसमें स्पष्टतः 'अराजक' आदर्श का रूप सामने आता है। अराजक के लिए 'अपरुद्ध', 'अराजता' एवं 'अराजतम्' शब्दों का प्रयोग पाया जाता है। कहीं-कहीं अराजक शब्द का भी प्रयोग हुआ है। 'अपरुद्ध' शब्द का प्रयोग राजा विहीन स्थिति की ओर संकेत करता है;[५] किन्तु 'अराजता' ऐसे समाज का रूप सामने ले आता है, जिसमें नैसर्गिक विधि से स्वयं संचालित व्यवस्था का प्रयोग होता है। इसमें व्यक्ति विशेष का शासन नहीं था। कार्यपालिका शक्ति का स्पष्ट रूप में उदय नहीं हुआ था। लेकिन जो कुछ था, उससे किसी प्रकार की व्यक्ति-सम्प्रभुता का जन्म नहीं हुआ। नैसर्गिक विधि से व्यवस्थित समाज में शक्ति की आवश्यकता नहीं थी। इसे ही विराट् (विगत+-

---

1. W. N. Brown: Mythology of India, p. 284.
2. Zimmer: Philosophies of India, p. 163.
3. Radhakrishnan: Indian Philosophy, Vol. I. p. 79.
   Max Muller: Harbert Lectures, pp. 244-45.
4. Encyclopaedia of Religion and Ethics, Vol. iv. The Article of Jolly on Religion
५. अथर्ववेद ३।३।४।; कठक संहिता १८।१।; तै० सं० २।३।१।; मै० सं० २।२।१।; पञ्चविंश ब्राह्मण १२।१२।६।; कौशिक सूत्र १७।३०।

राज्) कहा गया है। विधि-शासन का यह युग सभी को मान्य है;[1] किन्तु उसे गणराज्य जैसी व्यवस्था से सम्बद्ध करने से[2] विधि की सम्प्रभुता का भाव सामने नहीं आता और वह उपर्युक्त वैदिक धारणा के प्रतिकूल है।

ऋत, विराट् और अराजक इन तीन शब्दों का इतना व्यापक विकास हुआ कि कहा जा सकता है कि उत्तरवर्त्ती साहित्य में न्यायपालिका एवं राज्य का सम्बन्ध इनका ही है। ऋत से धर्म का रूप विकसित हुआ। विराट् से समाज के चार वर्ण उत्पन्न हुए क्योंकि विराट् में वर्गों या वर्णों का अस्तित्व नहीं था। राज्यविहीन नैसर्गिक-स्थिति से सामाजिक-स्थिति आने पर राजनीतिक समाज की स्थिति ज्यों आयी; सम्पत्ति, परिवार, समाज एवं उसके वर्णों की रक्षा के लिए राज्य की उत्पत्ति हुई। अब आदर्श 'अराजक' से राज्य-सम्पन्न समाज का उदय होता है। इस स्थिति में राज्य अनिवार्य हो गया। उसके बिना 'मात्स्यन्याय' का 'अराजक' सामने आ जाता है।[3] इसका चित्रण आगे के विचारकों ने अपने युग की स्थिति में किया। महाभारत में भीष्म ने जो स्वरूप प्रस्तुत किया है, उसमें ऐसे युग का निरूपण है कि सारा जीवन स्वयं 'नैसर्गिक-विधि' से संचालित है। इस युग से स्खलन का कारण वातावरण-सापेक्ष व्यक्ति की प्रवृत्तियाँ हैं। फलस्वरूप विधान का संहिता-बद्धस्वरूप सामने आता है। इसमें दण्डनीति के साथ त्रयी, आन्वीक्षिकी और वार्ता का निरूपण किया गया। इनमें त्रिवर्ग (धर्म, अर्थ, काम), और षड्वर्ग (आत्मा, देश, काल, उपाय, कृत्य, सहाय) का वर्णन किया गया।[4] महाभारत ने आगे पृथु की कथा का जो रूप सामने रखा है उससे स्पष्ट होता है कि उस युग में कृषि का विस्तार प्रारम्भ हो रहा था। पृथु ने १७ प्रकार के अन्न का उत्पादन सर्वप्रथम किया।[5] कौटल्य ने इस अवसर पर राजा की उत्पत्ति प्रजा से माना—**राजानं चक्रिरे**। महाभारत, अर्थशास्त्र एवं दीर्घनिकाय सभी इस बात पर

1. The Vedic Age, pp. 265-66.
   A History of Indian Political Ideas, p. 23.
2. Hindu Polity, pp. 82-83, 165.
3. मार्कण्डेयपुराण अध्याय, ४९; वायुपुराण अध्याय ८; कूर्मपुराण अध्याय २९; ब्रह्मपुराण अध्याय ५; विष्णुपुराण १।६।; पद्मपुराण, अध्याय ३; महावस्तु १।३४०-८; वायुपुराण १।८।८४।; शान्तिपर्व १४४।५-६। आदि।
4. शां० प०, राजधर्म, अध्याय ५८।१-३३।
5. शां० प०, ५८।९५-१५३।

एकमत हैं कि राज्य की उत्पत्ति के पूर्व राज्यहीन समाज की स्थिति थी और उसमें 'नैसर्गिक विधि' से ही समाज का संगठन था।[1] अनुबन्ध वास्तव में 'विधीय अलीक' है। लेकिन उसमें राज्यशक्ति के अस्तित्व पर उस अंश का प्रकाश पड़ता है, जिससे नैसर्गिक विधि और सम्प्रभुता का सम्बन्ध ज्ञात होता है। स्पष्ट है कि व्यक्ति विधि की शक्ति का कार्यान्वयन राज्यसंस्था से करता है।

राजनीतिक समाज की स्थापना हो जाने पर समाज की सम्प्रभुता वैदिक संगठनों से व्यक्त होती है। विदध, सेना, परिषद्, सभा एवं समिति जैसी संस्थाओं के माध्यम से सामाजिक व्यवस्था का संचालन होने लगा। इनमें विधि के दोनों पक्षों की अभिव्यक्ति होती है—नैसर्गिक और सामाजिक। समाज के आचार, सदाचार, परम्परा एवं व्यवहार का समन्वय नैसर्गिक विधि (ऋत) के साथ किया गया। इसी समय समाज में सम्पत्ति, परिवार और विभिन्न वर्गों का स्वरूप सामने आता है। इससे नैसर्गिक समाज की समानतावादी विशेषता को धक्का लगता है। बाह्य समाजों से संघर्ष भी प्रारम्भ हो जाता है। युद्ध की स्थिति में सशक्त कार्यपालिका की आवश्यकता होती है। फलतः सम्प्रभु सामाजिक संस्थाओं से राजा का महत्त्व बढ़ता है। राजा के साथ राज्य के विभिन्न घटकों का उदय होता है और राज्य एवं न्यायपालिका का सम्बन्ध स्पष्ट होने लगता है। लेकिन यह मानना उपयुक्त न होगा कि वैदिकों के अनुसार राज्य ईश्वरीय हस्तक्षेप का परिणाम है और मानव स्वभाव पापपूर्ण है; उसे मार्ग पर ले आने के लिए राज्य की उत्पत्ति हुई।[2] राज्य साधन है, उससे किसी साध्य की उत्पत्ति नहीं होती। अधिक-से-अधिक इतना ही कहा जा सकता है कि वह मनुष्य की अपूर्णता का परिणाम और उसे दूर करने का साधन है।

---

1. U. N. Ghoshal: History of Indian Political Ideas, pp. 118-20.
Bhandarkar: Carmichael Lectures, 1918, pp. 115-22.
Bandopadhyaya: Development of Hindu Political Theories, pp. 295-7.
P.N. Banerjee: Public Administration in Ancient India, pp.34.
Beni Prasad: Theory of Govt. in Ancient India, pp. 235-6.
Dikshitar: Hindu Administrative Institutions, pp. 17-18.
Altekar: State and Government in Ancient India, pp. 12-14.
2. Charles Drekmeierr: Kingship and Community in Early India, p. 245.

पारस्परिक सम्बन्धों का विकास

राज्य के व्यवस्थित रूप ग्रहण करने पर राजशक्ति का रूप सामने आता है। एकराज[1], अधिराज[2], सम्राट्[3] एवं स्वराज[4] शब्दों से स्पष्ट प्रतीत होता है कि वैदिक काल में राजशक्ति की स्थापना और उनमें स्तरभेद हो चुका था। इस काल में राजकृत् एवं ग्रामणी के माध्यम से राजा का चुनाव होता था।[5] विश् की रक्षा एवं सैनिक आवश्यकता से राजशक्ति का विकास हुआ। इस सैनिक शक्ति के विकास के साथ शक्तिमान् व्यक्तियों का वर्ग भी विकसित होता रहा। ब्राह्मणकाल में राजा के साथ सम्बन्ध बनाने में सरलता मिली। अभिषेक में इन्हें विशेष सम्मान मिलने लगा। राजशक्ति दृढ़ करने में वैदिक काल में ग्रामणी, राजकृत् और ब्राह्मणकाल के रत्निन् प्रशासक के सहयोगी हो गये।[6] यद्यपि इस काल तक विश्-प्रतिनिधियों से ही राजा चुना जाता था तथापि उसे सभा एवं समिति जैसी सार्वभौम सामाजिक संस्थाओं की परिधि में रखने का प्रयास किया गया।[7] इनमें प्रभावशाली वर्ग एवं व्यक्ति क्रियाशील थे। फलतः वैदिककाल में राजा, उसके पार्श्ववर्ती सामाजिक संघटन एवं प्रतिनिधियों में अधिकार और कर्तव्य की सीमा निर्धारित होने लगती है।

युद्धकाल में सशक्त कार्यपालिका की आवश्यकता होती है। उसे युद्ध और संरक्षण दोनों कार्य करने पड़ते हैं। युद्धकाल में राजा सेना का प्रधान एवं जनता का संरक्षक था।[8] शान्तिकाल[9] में उसे अपनी मर्यादा की रक्षा एवं समृद्धि में प्रजा से आदर मिला।[10] इसी काल में वर्णव्यवस्था समाज की आदर्श व्यवस्था बन जाती है। इस स्थिति में वर्ण, उसके सामाजिक नेता

---

१. ऋ० ८।३७।३ ।; अथर्व० ३।४।१ ।
२. वही १०।१२८।९ ।; अथर्व० ६।९८।१ ।; ९।१०।२४ ।
३. ऋ० १।२५।१० ।; २।२८।६ ।; ५।८५।१ ।; ६।६८।९ ।; ८।९२।१ ।
४. वही २।२८।१ ।
५. वही १०।१७३।१।; १०।१२४।८ ।; अथर्व० ३।३।५ ।; ३।४।२ । विश् द्वारा राजा का चुनाव। अथर्व० ३।५।७ । राजकृत् एवं ग्रामणी द्वारा चुनाव।
६. अभितो जनान्। अथर्व० ३।५।७ ।
७. ऋ० ९।९२।६ ।; १०।९७।६ ।; ८।४।९ ।; अथर्व० ७।१२।१ ।
८. ऋ० ३।४३।५ । ९. वही १।६७।१ । १०. वही ४।५।८ ।

ब्राह्मण एवं समाज संरक्षण के साथ राजा पर युद्धविजय का दायित्व आया।[1] फलतः सामाजिक विवादों में वह निर्णायक बनने लगता है और दूसरी ओर चरों से राज्य में अशान्ति उत्पन्न करनेवाले तत्त्वों का ज्ञान प्राप्त करता है।[2] चर व्यक्ति के अपराधों की जानकारी के साथ राजशक्ति के प्रति लोगों के भाव जानने का प्रयास करते हैं। एच० एन० सिन्हा ने इस आधार पर यह निष्कर्ष निकालने का प्रयास किया है कि राजा ने अपराधविधि प्रारम्भ करने का अधिकार प्राप्त कर लिया और वह दण्डापराधविधि का विधायक हो गया;[3] किन्तु राजा विधि का प्रशासक ही रहा, विधायक नहीं। वह ऐसे विधि का प्रारम्भ करने वाला था, जो अज्ञात हों। ऐसे अपराधों का प्रारम्भ राज्य के अतिरिक्त कोई भी समाज का सदस्य कर सकता था। सिन्हा ने अपने कथन में कोई प्रमाण नहीं दिया। इस प्रकार के प्रमाण वेदों में उपलब्ध भी नहीं होते। आगे चलकर अर्थशास्त्र के कण्टकशोधन में कार्यपालिका को यह अधिकार मिला कि वह कुछ अपराधों के विवाद स्वयं प्रस्तुत कर सकती थी। स्मृतियों ने इस विषय पर विचार किया और प्रत्यक्षतः राजा की विधायिका शक्ति का खण्डन किया है। इसी प्रकार व्यवहारविधि में भी राजा विधि का प्रशासक ही रहता है। भूमि[4], सिंचाई[5] आदि विवादों में व्यवहार के किसी-न-किसी व्यवस्था का होना आवश्यक है और उसमें राजा का महत्त्वपूर्ण स्थान था। न्यायिक प्रशासन में वह न्यायाधीश के समान होने की ओर अग्रसर होता है[6] किन्तु विधिनिर्माता नहीं बन पाता।[7]

इस काल में राजा ऋत एवं राष्ट्र का संरक्षक (**राष्ट्रस्यमुधार्य**) होता है[8] और साथ ही विश् का पालन भी करता है—**पार्युविशः**[9]; **ऋतस्य गोपाः** (Upholder of Law)। ऋत की विशेषता से वैदिक समाज अवैदिक समाजों से पृथक् होता रहा। ऋत वैदिक समाज का आधार था। इसके विपरीत की स्थिति अनृत थी, जिसे हम अवैदिक समाजों का विधान मान सकते हैं क्योंकि वेदों में अवैदिक जातियों के आचार को अनृत कहा गया है। अतएव

---

1. वही ४।५०।९। 2. वही १।२५।१३।; ४।४।३।; ८।६७।५।
3. H. N. Sinha : Sovereignty in Ancient India, p. 24.
4. ऋ० १।११०।५।
5. वही ७।४९।२।; अथर्व० १।६।४।; १९।२।२।
6. Vedic Index. Vol. III. p. 213. 7. वही।
8. ऋ० ७।६६।१३।; ७।६४।२।; १०।१७३।२। 9. वही ४।४।३।

अनृत पालन करनेवाले अवैदिकों का उन्मूलन एवं ऋत की स्थापना राजा का कर्तव्य हो गया।[१] जनसंरक्षक (**गोपा जनस्य**) होने से 'विश्' उसे चाहते थे—**विशस्त्वा सर्वा वाञ्छन्तु**[२]। इन कार्यों की सम्पन्नता शक्ति पर निर्भर करती है। फलतः राजशक्ति के विकास का मूल स्थिर होने लगता है। यहाँ राज्य के तत्त्व विधि (ऋत) राष्ट्र, जनसंख्या (विश्) और सम्प्रभुता का संगठन हो जाता है। इनमें प्रमुखता विधि (ऋत) को दी जाती है। संगठन का आधार और उद्देश्य ऋत रहता है।

देवताओं में धर्म का संरक्षण वरुण करते हैं। मनुष्य यदि पृथ्वी पर ज्ञात एवं अज्ञात अवस्था में धर्म के प्रति द्रोह (उल्लंघन) से शान्ति भंग करता है तो वरुण के समान राजा धर्म की रक्षा करता है।[३] ऋग्वेद में भी धर्म, सदाचार एवं परम्परा के अर्थ में आता है, जिसमें धार्मिक और लौकिक दो अंगों का समावेश है।[४] राजा वरुण के समान धर्म के समग्र अंश की रक्षा करता है।[५] धर्मविपरीत आचरण द्रोह कहा गया है और राजा द्रोह का उन्मूलक। इस शक्ति एवं सामाजिक स्थिति के कारण वह 'विशों' में शक्तिमान् होने लगा।[६] इस प्रकार सामाजिक आवश्यकताओं ने 'राजसंस्था' के विभिन्न अंगों का विकास किया। त्रसदस्यु और पुरु ने तो अपने साथ दैवी शक्ति का संयोग लगा लिया।[७] राजशक्ति के अंगों में विभिन्न दैवी शक्तियों का समावेश उसके साथ होने लगता है[८]; किन्तु इसका उद्देश्य राजा की लौकिक आवश्यकता का, जिससे ऋत का मार्ग सफल हो सके, विकास करना था।

इस समय राजशक्ति के विकास के साथ कुछ सामाजिक परिस्थितियों का भी विकास होता है। आर्थिक साधनों, सामाजिक संघटनों, व्यक्ति एवं समाज

---

१. वही ७।८५।२।; ७।६६।१३।

२. गोपां जनस्य। ऋ० ३।४३।५।; १०।१७३।१।

३. ऋ० ७।८९।५।

४. धर्म शब्द विभिन्न अर्थों में प्रयुक्त—
ऋ० ३।१७।१। सदाचार के अर्थ में, ऋ० ७।८९।५। नैतिक विधि के अर्थ में, ऋ० १०।५६।३। कर्तव्य के अर्थ में, ८।९८।१। कर्तव्य या अधिकार के अर्थ में।

५. ऋ० ४।४।३।

६. विराजानि जनस्य। ऋ० १०।१७४।५।

७. ऋ० ३।४३।; ४।४।३।; ७।१।३।; १०।१७३।२।

८. अग्निशक्ति, ऋ० ४।१२।३।

के सम्बन्धों की अवान्तर स्थितियों के साथ ही वैदिक समाज का अवैदिक समाजों के साथ संघर्ष एवं सम्पर्क महत्त्वपूर्ण स्थिति है। इनका वैदिक समाजों के साथ सम्बन्ध होता है। इन कारणों से वैदिक समाज में जाति, वर्ण एवं उनके संस्कार, यज्ञीय कर्म, धार्मिकविधि आदि के नियमों की स्थापना नया रूप लेने लगती है। इस नये समाज में अवैदिक समाजों के सम्मिश्रण हो जाने पर उनसे वैदिक समाज की सुरक्षा का भी प्रश्न आता है। सुरक्षा के लिए सामाजिक विधि का आधार और उसके प्रयोग की दिशा का नियन्त्रण दोनों आवश्यक था। अतएव वैदिक विधियों के व्याख्याता ब्राह्मणों की सुरक्षा अनिवार्य हो गयी। इस नयी स्थिति का सम्बन्ध राजसंस्था से भी हुआ। समाज के सभी अंगों को धर्म से अभिभूत कर देने से भी राजा धर्माधिष्ठित हो गया। इस काल में राजा के अभिषेक के धार्मिक रूप का उदय महत्त्वपूर्ण है। अभिषेक की शपथ में धर्म—जिसमें ब्राह्मण-व्याख्यानमूलक विधि सन्निविष्ट हो गयी—की रक्षा अनिवार्य हुई। इस प्रकार 'राजशक्ति' धर्मशक्ति के आवरण में समाविष्ट हो गयी। 'राजशक्ति' के पार्श्ववर्ती रत्निन् आदि का उदय वर्ग के रूप में होता है। रत्निन् की संख्या, उसकी सूची में प्राथमिकता एवं राजा के साथ सम्बन्ध से स्पष्ट हो जाता है कि राजसंस्था उच्चवर्गीय संगठन हो गयी और राजा उसका प्रधान। रत्नियों में ब्राह्मणों के साथ कुछ उदाहरणों में महिषी एवं सेनानी के नाम प्रथम आये हैं।[१] अतएव राजशक्ति केन्द्रीय होने के साथ-साथ वंशानुगत होने लगी।[२]

राजा के वंशानुगत परम्परा के विकास के अवसर पर भी ग्राम तथा अन्य स्थानीय संगठनों का अस्तित्व रहता है और वे क्रियाशील भी रहते हैं; किन्तु अब उनका नियन्त्रण राजा की ओर से होने लगता है। 'ग्रामणी' राजपुरुष हो जाता है;[३] यद्यपि इस स्थिति में भी ग्रामणी 'राजकृत्' की स्थिति में रहता है। समाज के विभिन्न घटकों से सेनानी, पुरोहित, छत्तृ, संग्रहीतृ, भागदुघ, अक्षावप आदि राजविभाग के प्रधान होते दिखाई पड़ते हैं किन्तु विधि-मन्त्री या न्यायपालिका के प्रधान का कहीं पता नहीं चलता। फलतः राजा स्वयं न्यायपालिका का प्रधान प्रतीत होता है। यदि वरुण के रूप का राजा में विकास होता है तो अवश्य ही उसके समान ही राजा भी 'धर्मपति' (Lord

१. शत० ब्रा० ५।३।१।; तै० सं० १।८।९।; मै० सं० ११।६।५।; तै० ब्रा० १।७।३।

२. शतपथ ब्राह्मण ५।४।२।८।; १२।९।३।३। ३. शत० ब्रा० ३।४।१।७।

of the Law) हो जाता है।[1] वह ब्राह्मण और धर्म, दोनों का संरक्षक रहता है।[2] अब वह राष्ट्रभृत् हो जाता है।[3] राष्ट्र में समाज एवं प्रशासन के विभिन्न शक्तियों का समावेश था। सेना, प्रशासन एवं न्याय के प्रधान के रूप में राजशक्ति अपने विकास के उस स्तर पर पहुँचती है, जिसमें 'सार्वभौमता' का बीजारोपण होता है।

न्यायपालिका के प्रधान एवं विधि के संरक्षक होने के साथ राजा राज्य के अन्य घटकों पर शक्तिमान् होता हुआ 'सर्वश्रेष्ठ' हो जाता है। परिणामतः वह विधि की कतिपय सुविधाएँ प्राप्त कर 'असामान्य' नागरिक होने लगता है। अभिषेक में अध्वर्यु और राजसहायक दण्ड से उसका स्पर्श कर उसे दण्ड-बध से मुक्त करते हुए 'अदण्ड्य' होने की घोषणा करते हैं।[4] इस प्रकार की न्यायिक सुविधा उसे इसलिए मिलती है कि वह 'जो उचित हो उसे करे और जो उचित हो उसे कहे'। लेकिन 'उचित' का निर्णय राज्य की इच्छा नहीं, विधि एवं विधि व्याख्याताओं–जो समाज के प्रतिनिधि थे—से होता है। इसी रूप में वह विधि का संरक्षक हो पाता है।[5] फलतः राजा विधिनिर्माता नहीं होता और विधि सर्वोच्च बनी रहती है। सदाचार एवं परम्परा के माध्यम से समाज विधि का स्रोत रहता है। लेकिन इस काल में राजा समाज में विभिन्न घटकों का प्रधान अवश्य हो जाता है। अतएव राजा को विधि पर नियन्त्रण का अवसर मिल सकता था; किन्तु वास्तविकता यह है कि विधि राजा पर नियंत्रण और उसकी सीमा का निर्धारण करती है। इसी रूप में विधि 'सर्वश्रेष्ठ' का संरक्षण भी करती है। इस अनुशासन से परे होने पर राजा का अस्तित्व समाज-शक्ति से नियन्त्रित एवं आवश्यकता पड़ने पर समाप्त हो सकता है।

इस विषय का स्पष्टीकरण यजुर्वेद की समाजसापेक्ष विधि की व्याख्या और इस काल में की गयी विधि की परिभाषा से हो जाता है। शतपथ ब्राह्मण के अनुसार विधि (धर्म) 'सत्य' है।[6] सत्य वही है, जिसे धर्म घोषित करे और मनुष्य उसका पालन करे। शतपथ ब्राह्मण में जल एवं विधि (धर्म) का सम्बन्ध जिस रूप में अभिव्यक्त किया गया है, उसका तात्पर्य है कि व्यक्ति एवं सामूहिक सुरक्षा का आधार विधि है।[7] यहाँ विधि दैवी-तथ्य और समाज

---

१. वही ५।३।३।९। २. ऐ० ब्रा० ८।१७। ३. शत० ब्रा० ९।४।१।१।
४. शत० ब्रा० ५।४।७।७। ५. वही ५।४।४।५।
६. यजुर्वेद ११।१।६।२४। ७. शत० ब्रा० ७।३।११, २।५।१।

दैवी-संगठन के रूप में सामने आते हैं।[1] अतएव विधि की शक्ति राजशक्ति से महान् मानी गयी। वरुण को धृतव्रत और इन्द्र को विधि का संरक्षक कहा गया है। इसी प्रकार राजा मनुष्यों का पालक होने से 'धर्म का संरक्षक' ही होता है। ब्राह्मणकाल में 'सर्वश्रेष्ठता' (Sovereignty) का बाह्य प्रतीक विधि है किन्तु वह राजशक्ति के ही माध्यम से नहीं व्यक्त होती। अतएव धर्म संरक्षक होने से राजा विधिनिर्माता नहीं होता। राजा का स्वयं अस्तित्व विधिपालन में है।[2] स्पष्ट है कि राजशक्ति के साथ विधि (धर्म) और सामाजिक शक्तियों (धार्मिक कर्मकाण्ड) का समन्वय होता है। महाभिषेक एवं अन्य यज्ञीय विधियों के पालन से ही ऐन्द्रादि पद प्राप्त होते हैं किन्तु उनकी प्रक्रिया विधिसाक्षेप है। इन कर्मकाण्डों में समाज स्वीकृति की आवश्यकता पुरोहितों से रत्नियों, विभिन्न सामाजिक प्रतिनिधियों, राजवंश, शूद्र आदि तक बिखरी हुई है। फलतः 'राजत्व' समाज की देन है, जिसे वह ले भी सकता है। राजत्व को दैवी बनाने वालों ने उसे लौकिकता एवं सामाजिकता से परे नहीं होने दिया।[3] विधि का स्रोत समाज है और समाज है धर्मनियन्त्रित। अतएव विधि राजा द्वारा संचालित न होकर धर्मनियन्त्रित रहती है। 'सर्वश्रेष्ठ' विधि, सदाचार, परम्परा, ब्राह्मण एवं धर्म का संरक्षक मात्र रहता है।[4] न्यायपालिका सर्वश्रेष्ठ से नियन्त्रित न होकर धर्म से नियन्त्रित रहती है। इसमें विधि की सर्वोच्चता का विकास सुरक्षित रहता है। अतएव विधि क्षत्र का भी क्षत्र बनी रही।[5]

ब्राह्मणकाल एवं उसके बाद धर्मसूत्रों तक राजसत्ता एवं विधि पर सामाजिक शक्तियों का प्रभाव स्पष्ट हो जाता है। सार्वभौम विधि का व्यवहार ब्राह्मण, क्षत्रिय, वैश्य और शूद्र के स्तरभेद के साथ व्यक्त होता है। राजसत्ता में यह प्रभाव इस रूप में विकसित होता है कि गणतन्त्रात्मक संस्थाओं में भी जातीय प्रधानों को स्थान मिला। राजतन्त्र के विकास में राष्ट्र की बिखरी शक्तियाँ राजसंस्था के साथ इस रूप में समाविष्ट होने लगती हैं कि धर्म को

1. U. N. Ghoshal : A History of Indian Political Ideas, p. 23.

२. ऐतरेय ब्राह्मण ८।१२।

३. अथर्व वेद ४।२२।५।; वाजसनेयी संहिता ९।४०।; मैत्रायणी संहिता २।६।६।; तै० सं० १।८।१।; १।८।१२।; कठक संहिता १५।७।; मै० सं० २।६।९।; तै० ब्रा० १।७।६।

४. वही ७।१७–१८।

५. बृ० आ० उप० १।४।११-१५।

छोड़कर उसपर कोई नियन्त्रण नहीं रह जाता। सर्वत्र वंशानुगत राजतन्त्र की स्थापना हो जाती है। सभा, समिति एवं रत्नियों के अस्तित्व का लोप होने लगता है। यद्यपि राजा के चुनाव में मन्त्रिमण्डल एवं देश के अन्य प्रतिनिधियों को सुविधा थी फिर भी उनके साथ बाध्यतामूलक योग्यता लगी थी। मृत राजा की इच्छा का ध्यान रखा जाता और राजा उसी वंश का होता। अब राजा ब्राह्मण को छोड़कर सभी का स्वामी हो जाता है[१] लेकिन राजा में दैवी शक्ति के कारण ब्राह्मण भी उसकी पूजा करता है।[२] कर-संग्रहण का अधिकार उसे मिल जाता है।[३] सेना, न्यायपालिका एवं कार्यपालिका के प्रधान के रूप में सभी कर्मचारियों की वह नियुक्ति करता है।[४] फिर भी उसे विधिनिर्माण का अधिकार नहीं मिलता। उसे मात्र अध्यादेश का अधिकार मिलता है, वह भी निश्चित सीमा में। फलतः इस विकसित राजशक्ति की अवस्था में भी राजा विधि, परम्परा, सामाजिक विधि आदि का संरक्षक ही रहता है।[५] उसे यह अधिकार अवश्य मिलता है कि वह व्यक्ति को सामाजिक विधि के पालन में दण्डशक्ति से बाध्य कर सकता है।[६] इसमें भी उसे विद्वान् ब्राह्मण का सहयोग लेना पड़ता।[७] यहाँ पुरोहित एवं अन्य धार्मिक घटक संस्था का रूप लेने का प्रयास करते हैं और उन्हें राज्य से सम्बन्ध बनाने में सुविधा मिलती है। यह माना गया है कि पुरोहितों की सहायता के बिना राज्य नष्ट हो सकता है[८] और वे राजा के निर्देशक हैं।[९] इस अवसर पर व्यवहार एवं अपराधविधि के वर्गीकरण का बीजारोपण होता है। जैमिनि ने 'ऋतुधर्म,' एवं 'पुरुषधर्म' के भेद से वैधानिक एवं नैतिक पक्षों में भेद किया है।[१०] 'पुरुषधर्म' 'ऋतुधर्म' के आधार पर विकसित होता है। यहीं मीमांसा ने वैयक्तिक एवं सामाजिक विधि के दो भेद किये हैं। प्रथम का अधिक सम्बन्ध धर्म से है जिसका पालन सामान्य है किन्तु दूसरा अवश्यकरणीय (Obligatory) है। व्यवहार और धार्मिक विधि के विभाग का जो श्रेय बंगाल के टीकाकारों को दिया जाता है[११], उसका मूल यही है।

---

१. गौ० ११।१। २. गौ० ११।७।८।; महा० शांति ४०, ४१ और ४८।
३. आप० २।१०।२६।९। ४. आप० २।१०।२६।४—५।
५. गौ० ११।९।२८।; वशिष्ठ १९।८।; आप० १०।२७।१८।
६. आप० २।१०।२७।; वशिष्ठ १९।८। ७. गौ० ८।१।
८. गौ० ११।१४।, ११।२७।; वशिष्ठ १९।४।
९. बौधा० १।१०।१८।८। १०. जै० ३।४।२।१८।
११. K. K. Bhattacharya: Tagore Lecturs, 1885.

इस काल तक विधि का स्रोत वेद, परम्परा एवं शिष्टों का आचरण बना रहा।[1] धर्मपरिषद् एवं १० विद्वान् ब्राह्मणों का निर्णय ही विवादमूलक विधि में प्रमाण माना जाता था।[2] निष्कर्ष यह कि राजा विधि का निर्देशन उस स्रोत में पाता है, जिस पर उसका अधिकार एवं नियन्त्रण नहीं रहता। जाति एवं समाजधर्म, धर्म की शक्ति से संचालित होते हैं। फलतः धर्म विधि के आधार का ही निर्णय नहीं करता; अपितु उसका प्रयोग भी नियन्त्रित करता है। राजा न्यायिक प्रशासन में अपने सहायक न्यायाधीशों की नियुक्ति करता है।[3] उसमें सबसे प्रधान न्यायाधीश प्राड्विवाक भी रहता है।[4] राजा स्वयं व्यवहारविधि और दण्डापराधविधि के प्रशासन का प्रधान रहता है।[5] राजा या न्यायाधीश किसी वर्ग के पक्ष में न रहकर विधि के अनुसार व्यवहार करते हैं।[6] अपराध का निर्णय अपराधी के स्तर, शारीरिक शक्ति, अपराध के स्वभाव आदि के आधार पर होता है।[7] न्यायिक प्रशासन का नियन्त्रण वेद, अंग, मीमांसा और पुराणों से निर्देशित होना प्रारम्भ होता है।[8] लेकिन उनके साथ स्थानीय आचारों की मान्यता बनी रही।[9] स्पष्ट है कि राज्य के विभिन्न घटकों के उदय होने पर भी उसे राज्य नियन्त्रित नहीं कर पाता और वह स्वयं उसमें एक अवयव मात्र रहता है।

राजसत्ता के विकास के साथ स्थानीय संगठनों की शक्ति सुरक्षित रखी गयी किन्तु केन्द्र के निर्देशन में। ग्राम एवं नगर कर्मचारियों के कार्य संचालन के लिए केन्द्र से विधि-संहिता प्रस्तुत की जाती है। इस अवस्था में वे कर्मचारी राज्य या राजा द्वारा नियुक्त होने लगे।[10] न्याय वेद, शास्त्र, अंग एवं पुराण के साथ स्थानीय आचारों के आधार पर होता है।[11] रथकार, क्षत्री, सूत, निषाद आदि जातियों के सम्मिश्रण की सामाजिक समस्या का प्रभाव न्यायपालिका पर भी पड़ा।[12] इन जातियों के नये आचार थे। उनके सम्मिश्रण से इस प्रश्न पर ध्यान देना आवश्यक था कि उन आचारों का समर्थन न हो, जो

---

1. गौ० १।१।१।३१; वशिष्ठ १।४।; बौधा० १।१।१।४—६।
2. बौ० १।१।१।७—९।
3. Cowell No. 545, Vol. V, pp. 203-4.
4. Cowell No. 218, Vol. I, p. 11.
5. वशिष्ठ १६।२। 6. वही १६।३। 7. गौ० १२।५१।
8. गौ० ११।१—९। 9. वही ११।२०। 10. जातक संख्या ५३४, ५३७।
11. गौ० १२।५१; ११।२०। 12. गौ० १।१७।

परम्पराप्राप्त वैदिक आचारों के विपरीत हों। इस समस्या के उदय के साथ राजशक्ति के तृतीय चरण का भी उदय हुआ। अतएव राजा को असामाजिक (वेदभिन्न) प्रवृत्तियों एवं आचारों पर नियन्त्रण का पूर्ण अधिकार मिला। इसी अवसर पर कहा गया कि "राजा चारों वर्णों एवं जातियों के आचारों का अध्ययन कर उन्हें मार्ग पर ले आये।"[1] समाज, विधि एवं राजा के सम्बन्ध में भी परिवर्तन हुआ। समाज को राजा इस रूप में नियंत्रित करने लगा कि समाज के नियमों के पालन का उत्तरदायित्व उस पर आ गया। समाज की विधि का पालन हो, यह कार्य समाज एवं उसके संघटनों के स्थान पर राजा का हो गया। इसमें वह सामाजिक संघटनों की सहायता लेता है। फलतः समाज पर राज्य प्रभुता का प्रभाव जमने लगा। गणतन्त्रात्मक शक्तियों के ह्रास के साथ कुलीनतन्त्र के विकास का सम्पर्क राजतन्त्र से हुआ। जैन एवं बौद्ध संस्कृतियों के विकास से राजशक्ति सामाजिक संघटनों का नियन्त्रण करने में समर्थ हो गयी। इन संस्कृतियों का प्रसार राजशक्ति के माध्यम से विशेष रूप में सम्भव हो पाया था। राजशक्ति के माध्यम से बौद्ध एवं जैन आदर्श समाज में अपना स्थान बना पाये थे। फलतः समाज राजशक्ति का मुखापेक्षी हो गया। नये संस्कारों एवं विधियों का प्राचीन के साथ संघर्ष होने पर राजा ही उनमें निर्णायक बनने लगा, अतएव न्यायपालिका का विकास कार्यपालिका के प्रधान राजा के निर्देशन में होने की दिशा में विकसित हुआ।

अर्थशास्त्र तक सामाजिक स्थिति में महान् परिवर्तन हो चुका रहता है और राजशक्ति का केन्द्रीय शक्ति में विकास होता है। समाज का ढाँचा सरकार पर निर्भर होने लगता है। चारों वर्ण एवं आश्रम अपने संयमन के लिए राजा की सहायता चाहने लगते हैं। राजा यह सब कुछ दण्ड से करता है।[2] इतना ही नहीं, "सर्वधर्मों के नाश हो जाने पर राजा धर्मप्रवर्तक भी हो गया।"[3] अब धर्मों के प्रवर्तक शिष्ट न होकर राजा हो जाता है। अशोक भी धर्मप्रवर्तक होता है और अर्थशास्त्र का राजा भी। दोनों में अन्तर यह है कि अर्थशास्त्र का राजा शास्त्रपरतन्त्र होता है और अशोक स्वयं धर्मप्रवर्तक एवं बौद्ध संघ का नियन्त्रक है।

---

1. वशिष्ठ १९।७—८।

2. चतुर्वर्णाश्रमो लोको राज्ञा दण्डेन पालितः।
स्वधर्मकर्माभिरतो वर्तते स्वेषु वर्त्मषु॥ अर्थशास्त्र १।४।१९।

3. चतुर्वर्णाश्रमस्यायं लोकस्याचार रक्षणात्।
नश्यतां सर्वधर्माणां राजा धर्मप्रवर्तकः ॥ अर्थशास्त्र ३।१।५०।

अशोक के समय "मनुष्य अभ्युदय के लिए उत्पन्न है और उसे अभ्युदय करना पड़ेगा" का सिद्धान्त विकसित होता है। अतएव वह व्यक्ति एवं समाज को अपनी आज्ञा पालन के लिए बाध्य करता है। वह नैतिक नियम एवं आचार जनता पर लादता है। जनता की नैतिकता एवं कल्याण वही है, जिसे वह नैतिक एवं कल्याणमूलक समझता है। वास्तव में अशोक की राजशक्ति पर बौद्ध-धर्म का भी नियन्त्रण नहीं था क्योंकि वह स्वयं 'धर्मचक्रप्रवर्तक' था। राजचक्र के निर्देशन में ही धर्मचक्र आगे बढ़ रहा था। वह सरकार के प्रधान, जनता के भाग्य विधायक तथा स्वयं निर्धारित नैतिकता के निर्णायक के रूप में सामने आता है। 'धर्ममहामात्र'–जिसके कार्य क्षेत्र में बौद्ध संघ, जैन भिक्षु, ब्राह्मण, आजीवक आदि आते हैं—की स्थापना कौटल्य के देवताध्यक्ष से भिन्न इस अंश में थी कि इसमें 'राज्य नैतिकता' के कार्यान्वियन का प्रयास था, न कि विधि नैतिकता के व्यवहार की।

धर्मशास्त्र और अर्थशास्त्र

धर्मसूत्रोत्तर काल में वैदिक वचनों के आधार पर तत्कालीन सामाजिक समस्याओं के उचित एवं व्यावहारिक समाधान न मिलने पर स्मृतियों ने यह शून्य पूर्ण किया। इस प्रकार जीवन के समग्र सामाजिक व्यवहार में स्मृतियाँ वेद के स्थानापन्न बनीं, जिनमें वैदिक आधार के साथ उस काल की परम्पराओं, व्यवहार, आचार एवं सदाचार का समावेश हुआ। फलतः धर्मशास्त्रों में व्यवहार (practice) और आदर्श का समन्वय हुआ है। यह कहना तो कठिन है कि राज्य धर्मशास्त्रों को 'संविधान' की तरह मानने के लिए बाध्य था, इतना तो स्पष्ट है कि वे न्यायिक प्रशासन के आधार थे। व्यवहार में उनका किस मात्रा में उपयोग हो रहा था, यह पुरातात्त्विक प्रमाणों पर नहीं सिद्ध किया जा सकता लेकिन निबन्धों, टीकाओं एवं सामान्य ऐतिहासिक सामग्री पर सिद्ध होता है कि वे जीवन के व्यवहार से अन्यतम् रूप से सम्बद्ध हो गये थे। हेनरी मेन का सिद्धान्त कि धर्मशास्त्र अपने युग के सामाजिक एवं राजनीतिक स्थिति व्यवहार के स्थान पर आदर्श चित्रण मात्र करते हैं[१], आज नहीं माना जा सकता।

धर्मशास्त्रों में मनु, याज्ञवल्क्य, बृहस्पति एवं नारद स्मृतियाँ अत्यन्त महत्त्वपूर्ण हैं। इन पर देश, काल एवं परिस्थितियों का भरपूर प्रभाव पड़ा है।

---

1. Sir Henry Maine : Ancient Law, P. 14
Early Law and Custom, P.7.

मनुस्मृति में सीमित क्षेत्र की राजनीति (small scale polity), ग्रामीण अर्थ-व्यवस्था एवं सामन्तवादी युग के प्रारम्भ का रूप पाया जाता है, जिसमें विभिन्न समुदायों, संगठनों एवं सम्प्रदायों के मूलाधिकार निजी विधि पर स्वीकृत हैं। इनकी आन्तरिक स्थिति में राज्य हस्तक्षेप करनेवाली संस्था के स्थान पर निर्णायक के रूप में रहा है। धर्मशास्त्र लिखित या अलिखित धार्मिकविधि (sacred law) की प्रभुता स्थापित करते हैं। मनुस्मृति में व्यवहार (civil) एवं व्यापारिकविधि (commercial law) को अपराधविधि (penal law) से अलग नहीं किया गया। बृहस्पति, नारद एवं कात्यायन में इस प्रकार का प्रयास किया जाता है। विभिन्न स्मृतियों के मूलभूत आधार एक हैं किन्तु देश, काल एवं परिस्थिति सापेक्षता से सामान्य मतभेद भी आता है। मनु ने सदाचार एवं 'आत्मप्रिय' को विधि का स्रोत मानकर न्यायपालिका में विवेक एवं व्यक्ति के व्यक्तित्व का महत्त्व स्वीकार किया। इस स्थिति का विकास याज्ञवल्क्य में तर्क, न्याय और हेतु स्वीकार करने से और अधिक हो जाता है। इसी आधार पर कहा जाता है कि याज्ञवल्क्य मनु की अपेक्षा कौटल्य से अधिक प्रभावित हैं। जहाँ तक व्यवहार एवं अपराध विधि (civil and criminal law) के पृथक्करण, स्थानीय आचार, परम्परा और प्रथा के महत्त्व आदि का प्रश्न है, आंशिक रूप में यह सत्य माना जा सकता है किन्तु मूलतः दोनों विचारक एक हैं। ब्राह्मणों के सामाजिक स्थान, राजा की विधिपरवशता, 'राजशासन' पर नियन्त्रण, अर्थशास्त्र पर धर्मशास्त्र की प्रभुता आदि में याज्ञवल्क्य मनु से भिन्न नहीं हैं।

धर्मसूत्रोत्तर अर्थशास्त्र एवं धर्मशास्त्रकाल में लौकिक विषयों के संचालन में न्यायपालिका का सर्वांगीण संगठन होने लगता है। ग्राम से लेकर केन्द्र तक न्यायालयों की स्थापना व्यवस्थित होती है। विवाद के विषयों की सूची प्रस्तुत की गयी। न्यायिक प्रक्रिया की व्यवस्था हुई। अर्थशास्त्र के अतिरिक्त धर्मशास्त्र सम्प्रदाय में मनु ने राजधर्म एवं याज्ञवल्क्य ने व्यवहार के स्वतन्त्र अध्याय लिखे। धार्मिकविधि, राज्यविधि, सदाचार, परम्परा आदि का नये ढंग से समन्वय हुआ। व्यक्ति राष्ट्रीय न्यायालय और अपने वर्गीय न्यायालय, दोनों से सम्बद्ध था। अतएव न्यायपालिका का भारत में इस समय व्यापक रूप में संगठन हुआ। वर्गीय न्यायालयों में उनकी प्रक्रिया, निर्णय के आधार, कार्यान्वयन आदि की व्यवस्था इस प्रकार हुई कि राष्ट्रीयविधि के साथ सम्बन्ध स्वीकार करने में वे उससे विरुद्ध नहीं जा सके। लेकिन कुछ सम्प्र-

दाय, स्त्री, दास, अन्त्यज, नास्तिक, राजकर्मचारी आदि के अधिकारों पर प्रतिबन्ध बना रहा। अपराध एवं दण्डसंहिता की विस्तृत, व्यापक और न्यायालय से सम्बद्ध सूची सामने आती है। इसका व्यापक रूप अर्थशास्त्र में मिलता है। इस काल की इन समग्र विशेषताओं में यह भाव सर्वथा सुरक्षित था कि राजा अपने को विधिनिर्माता न समझ कर वह उसका संरक्षक ही बना रहे।

अर्थशास्त्र में उद्धृत उशना के मत से स्पष्ट हो जाता है कि धर्मसूत्रों के साथ ही धार्मिकविधि (sacred law) पर व्यवहारविधि (secular law) की उच्चता या व्यवाहारिकता का प्रयास किया जा रहा था।[1] अर्थशास्त्र की परिभाषा जिस रूप में की गयी है, उसमें राजनीतिक एवं आर्थिक सिद्धान्त, जनप्रशासन, विदेशनीति, युद्धविद्या, व्यवहारविधि (civil law) और सामाजिक संगठन का समावेश किया जाता है। अर्थशास्त्र व्यावहारिक शास्त्र होने से वैदिक वचनों का विस्तारमात्र नहीं है, इसमें व्यक्ति, समाज एवं परिस्थितियों का प्रयोग विवेक के आधार पर किया गया। अर्थशास्त्र में कहीं भी किसी धर्मशास्त्र के उद्धरण न होने से स्पष्ट है कि कौटल्य ने परम्परा का 'अन्धप्रवाह' स्वीकार नहीं किया और उनका उद्देश्य सकारात्मक विधि (positive law) विकसित करना था। वे राजनीतिशास्त्र के सैद्धान्तिक पक्ष के स्थान पर उसके व्यावहारिक पक्ष पर बल देते हैं। अतएव 'अर्थ' को जीवन का आधार माना और दण्डनीति की परिभाषा पर भौतिक शक्तियों का प्रभाव स्वीकार किया। इस प्रकर अर्थशास्त्र का संक्षिप्त रूप हुआ "जन उपलब्धियों के लिए सरकार

---

१. दण्डनीतिरेका विद्या इत्यौशनसा। अर्थशास्त्र १।२।६।; बी० सी० ला ने ४१ घुमक्कड़ विद्वानों (Wandering teachers) के विचारों को अर्थशास्त्र का आधार माना है। B. C. Law: A Short Account of the Wandering Teachers at the Time of the Buddha, journal and Proceedings of the Asiatic Society of Bengal, XIV, No. 7. एफ० डब्लू० टामस (Thomas) ने बृहस्पतिसूत्र और जी० आपर्ट ने शुक्रनीतिसार में ऐसे सम्प्रदायों के विचार विस्तार से प्रस्तुत किये हैं। कौटल्य ने स्वयं ४ सम्प्रदायों और १९ विचारकों का उल्लेख किया है। स्पष्ट है कि अर्थशास्त्र में युग की विशेषता के प्रभाव में भिक्षुधर्म, अनवसर संन्यास-मार्ग आदि की प्रतिक्रिया हुई। इसी में 'राजनीतिक शक्तिविस्तार एवं भौतिक उपलब्धियों के प्रयोग के दर्शन' विधि के आदर्श बनने लगे।

का विज्ञान।"[1] लेकिन उन उपलब्धियों में वैदिक समाज के ढाँचे का आधार अस्वीकार नहीं किया गया। इसी ढाँचे की रक्षा राजतन्त्र और राज्य से होने से 'राजशासन' का महत्त्व विधि के स्रोत में महत्त्वपूर्ण हो जाता है किन्तु राजा का विवेकसम्बन्धी अधिकार (discretionary power) सदाचार, सामाजिकविधि आदि से सीमित है।

अर्थशास्त्र में व्यवहारविधि (Secular Laws) की सम्प्रभुता का प्रतिपादन किया गया है। धर्म और उस पर आधारित पारस्परिक नैतिकता राज्यशक्ति के साधन बने। उनका प्रयोग राज्य वैदिक सामाजिक संगठन, जिसमें अर्थ-काम का समन्वय एवं व्यक्ति के व्यक्तितत्व-विकास के साथ सामाजिक संस्थाओं का उचित मूल्यांकन था, की सुरक्षा में करने लगा। 'धर्म का मूल अर्थ' (**धर्मस्यमूलमर्थः**) होने से समाज के भौतिक मूल्यों का प्राधान्य अनिवार्य था। इस युग की आर्थिक व्यवस्था में सामन्तवादी भूमिव्यवस्था और पूँजीवादी अर्थव्यवस्था का बीजारोपण हो रहा था। इसका प्रभाव धर्म एवं उसके संस्कारों पर पड़ा और वे उपयोगितावादी आधार पर आने लगे। बौद्धक्रान्ति के उपरान्त वर्णव्यवस्था की पुनः स्थापना का कारण यह भी था कि उसमें इस आवश्यकता का उचित समन्वय था। इस युग में वर्णव्यवस्था का रूप विस्तृत हुआ और सामाजिक एवं राजनीतिक सम्बन्धों में अवैदिक जातियों (विदेशी यवन और स्वदेशी आटविक प्रजातियों) को नागरिक अधिकार दिये गये। इनका प्रभाव न्यायिक प्रशासन, आर्थिक नियोजन, राज्य के सप्तांगगठन और उसके कल्याणकारी रूप पर पड़ा। अर्थशास्त्र में विभागों की नियुक्तियों में वैदिकों की प्राथमिकता तो स्वीकार की गयी किन्तु उसे मनुस्मृति के समान पुरोहितों एवं ब्राह्मणों तक ही सीमित नहीं किया गया।[2] विभिन्न विभागों के संगठन में कौटल्य ने जो योग्यताएँ दी हैं उनमें व्यक्ति की क्षमता का महत्त्व स्वीकार कर पारस्परिक समाज-संगठन में सुधार प्रस्तुत किया गया है। उसमें सामान्यतया वर्ण एवं जाति के आधार पर सुविधाएँ अस्वीकार कर दी गयी हैं। दण्ड का आधार स्तर (Status) के स्थान पर कार्य (Action) माना गया और

---

1. Ajit Kumar Sen : Studies in Hindu Political Thought, p. 26.
   J. Duncan M. Derrett : 'The Right to Earn in Ancient India.' Journal of the Economic and Social History of the Orient, August 1957.

२. अर्थशास्त्र १।९।

क्रूर दण्डव्यवस्था के स्थान पर 'यथोचित' व्यवस्था स्वीकार कर इसका प्रभाव न्यायिक प्रशासन में भी व्यक्त किया गया। न्याय में दासों को भी आर्यों के समान सुविधाएँ मिलीं और माना गया कि आर्य कभी दास हो ही नहीं सकते। विभिन्न आवश्यकताओं के साथ इस नयी सामाजिक व्यवस्था के संरक्षण के लिए भी राजा की सुरक्षा आवश्यक थी, और अर्थशास्त्र ने उसे प्राथमिकता दी।

अर्थशास्त्र तक राज्य के विभिन्न घटकों का पूर्ण विकास हो जाता है किन्तु विशेष बल राजा पर दिया गया है। राज्य उत्पत्ति का विवरण इस रूप में प्रस्तुत किया गया है कि राजा के अभाव में 'मात्स्यन्याय' होगा।[1] इससे राजा अनिवार्य बनाया गया है। अतएव भण्डारकर का यह निष्कर्ष उपयुक्त है कि "अर्थशास्त्र में सामाजिक अनुबन्ध नहीं, सरकार का अनुबन्ध है, जिसमें राजा एवं उसकी प्रजा का विवेचन है।" इतना अवश्य है कि कौटल्य ने 'राजा' के स्थान पर 'स्वामी' शब्द का प्रयोग सप्तांग में कर गणराज्य एवं राजतन्त्र दोनों के लिए यह सिद्धान्त व्यावहारिक बनाया और अन्य सम्प्रदायों का खण्डन कर स्वामी का महत्त्व बढ़ाया।[2] किन्तु अर्थशास्त्र में राजा प्रजा का सेवक माना गया और उसकी शक्ति का स्रोत भी जनता रही।[3] अतएव राजा 'धर्म-प्रवर्तक' होते हुए भी जनता की नैतिकता में न तो हस्तक्षेप करता है न उसका निर्देशन। धर्मसूत्रों के बाद अर्थशास्त्र में सम्प्रभुता का नया रूप आया, जिसमें सभी भाग ले रहे थे और साथ ही राज्य जनकल्याण एवं न्यायिक प्रशासन के रूप में अनेक ऐसे कार्य अपने हाथ में ले रहा था जो कभी सामाजिक और आर्थिक संस्थाओं एवं जनजातियों की सभाओं से सम्पन्न हो रहे थे। धर्म-शास्त्रों की अपेक्षा अर्थशास्त्र में वर्णव्यवस्था का महत्त्व भी प्रशासनिक ईकाइयों में कम हुआ था; लेकिन अर्थशास्त्र ने भारतीय समाज के बहुलवादी ढाँचे में कहीं भी परिवर्तन नहीं किया। व्यक्ति राज्यविधि नहीं अपने समाज के नियम, व्यवस्था, आचार एवं सदाचारों के ही निर्देशन में कार्य करता और राज्य इसमें योगदान देता था।

धर्मशास्त्र और अर्थशास्त्र में परस्पर क्या सम्बन्ध है, इस पर मूलतः तीन दृष्टिकोण हैं—(१) अर्थशास्त्र धर्मशास्त्र का अंग है, (२) अर्थशास्त्र धर्म-

---

1. अर्थशास्त्र १।१३।

2. Rangswami Aiyangar: Some Aspects of Ancient Indian Polity, p. 90.

3. अर्थशास्त्र १।१९।

शास्त्र से स्वतन्त्र वैदिक आधार और समाज के व्यवहार से विकसित हुआ, और (३) अर्थशास्त्र धर्मशास्त्र की प्रतिक्रिया है। प्रथम पक्ष का समर्थन विण्टरनित्ज और पी० वी० काणे महोदय करते हैं किन्तु इस पक्ष के पुष्टीकरण में तथ्य के स्थान पर तर्क अधिक है। द्वितीय पक्ष का समर्थन नरेन्द्रनाथ तथा रंगस्वामी आयंगर करते हैं। इन मतों की समीक्षा में काणे ने अर्थ-शास्त्र को 'दृष्टार्थ-स्मृति' मानते हुए दोनों के रचनाकाल की तुलना के आधार पर अपने प्रथमपक्षीय मत की स्थापना की है।[1] तृतीय पक्ष की सम्पुष्टि सर्वप्रथम प्रोफेसर ए० बी० कीथ ने की थी। जायसवाल ने उसकी रूपरेखा नये ढंग से प्रस्तुत की। बी० ए० सेलेतोर ने उक्त तीनों पक्षों के निष्कर्ष में माना कि प्रथम पक्ष ही उपयुक्त है[2] किन्तु उन्होंने दण्डनीति और अर्थ-शास्त्र दोनों को एक बनाकर अर्थशास्त्र की अपेक्षा दण्डनीति शब्द की ऐति-हासिक मीमांसा पर आलोचना स्थिर की। वस्तुतः दण्ड, दण्डनीति आदि के स्थान पर अर्थशास्त्र की रूपरेखा, उसमें उद्धृत सम्प्रदायों, विचारकों एवं विचारों की उचित मीमांसा करने पर द्वितीय पक्ष तथ्यपूर्ण ज्ञात होता है।

अनुशासन पर्व में बृहस्पति और उशना के शास्त्र की चर्चा है।[3] शान्ति-पर्व में बृहस्पति, भारद्वाज, गौरशिरस, काव्य, महेन्द्र, मनु प्राचेतस और विशा-लाक्ष के राजशास्त्र का उल्लेख है।[4] शान्तिपर्व में अन्यत्र शबर के मत का उल्लेख किया गया है।[5] अगले अध्याय म राजशास्त्र पर भाष्य की भी सूचना मिलती है।[6] कौटल्य ने अपने ग्रन्थ की प्रतिज्ञा में स्वीकार किया है कि उन्होंने अपने पूर्ववर्ती अर्थशास्त्रियों के विचारों के अध्ययन के बाद अपने अर्थशास्त्र का प्रणयन किया है। उन्होंने पूर्ववर्ती ५ सम्प्रदायों—मानव, बार्ह-स्पत्य, औशनस, पाराशर और आम्भीय की सूचना दी है। कुछ अर्थशास्त्रियों—बाहुदन्तीपुत्र, दीर्घपारायण, घोटमुख, कणिक, भारद्वाज, कात्यायन, किंजल्क, पिशुनपुत्र, कौणपदन्त, पराशर, पिशुन, वातव्याधि और विशालाक्ष का उल्लेख किया है। इनके अतिरिक्त भी राजशास्त्र की सूची उपलब्ध

1. P. V. Kane: The History of Dharmashastra, Vol. III, pp. 7, 840.

2. B. A. Saletore: Ancient Indian Political Thought and Institutions, pp. 21-23.

3. अनुशासन० ३९।८।; मनु० ७।१।

4. शान्ति० ५८।१-३।

5. वही १०२।३१-३२।

6. वही १०३।४४।

होती है।[1] अर्थशास्त्र में लोकयतिकों, सांख्य और योग का समावेश है किन्तु किसी धर्मशास्त्र का उल्लेख नहीं किया गया है। बृहस्पति, मनु आदि धर्मशास्त्रवाले नहीं हैं क्योंकि अर्थशास्त्र के बार्हस्पत्य और मानव सम्प्रदाय में ४ विद्याएँ नहीं मानी गयी हैं; जब कि मनुस्मृति, शुक्रनीति आदि में ४ विद्याएँ स्वीकार की गयी हैं।[2] धर्मशास्त्र में स्वतन्त्र राजधर्म मिलता है लेकिन अर्थशास्त्र में धर्म के सम्बन्ध में विचार करने के लिए इस प्रकार का स्वतन्त्र कोई अध्याय नहीं है। राजशास्त्र की उत्पत्ति धर्मशास्त्र से न मानकर सीधे उसका सम्बन्ध ब्रह्मा से जोड़ा गया। शान्तिपर्व के अनुसार मात्स्यन्याय दूर करने के लिए ब्रह्मा ने १०,००,००० अध्यायों का नीतिशास्त्र बनाया जिसमें धर्म, अर्थ, काम और मोक्ष था। उसे शंकर विशालाक्ष ने संक्षिप्त कर १०,००० अध्यायों में संकलित किया। इसका अध्ययन इन्द्र ने किया और ५,००० अध्यायों में संग्रहीत किया। पुनः काव्य (उशना) ने इसे संक्षिप्त कर १,००० अध्यायों में क्रमबद्ध किया।[3] संक्षिप्त करने के क्रम में थोड़ी भिन्नता के साथ यही आख्यान कामसूत्र के में भी आया है।[4] नीतिप्रकाशिका के अनुसार ब्रह्मा, महेश्वर, स्कन्द, इन्द्र, प्राचेतस मनु, बृहस्पति, शुक्र, भारद्वाज, वेद-व्यास और गौरशिरस राजशास्त्र के संस्थापक थे।[5] अश्वघोष ने भी बृहस्पति और भारद्वाज को राजशास्त्र का प्रणेता कहा है।[6] इस विवरण से स्पष्ट हो जाता है कि राजशास्त्र, जिसका रूप अर्थशास्त्र में विकसित हुआ, धर्मशास्त्र के समान और उससे स्वतन्त्र है, उसका अंग नहीं।

न्यायपालिका में अर्थशास्त्र एवं धर्मशास्त्र में कौन सम्प्रदाय प्रामाणिक रहा, इस सम्बन्ध में मनुस्मृति से पूर्ववर्ती धारा का अध्ययन करते हुए जायसवाल महोदय इस निष्कर्ष पर आते हैं कि लौकिकविधि के रूप में अर्थशास्त्र की परम्परा प्रामाणिक थी। इसमें उन्होंने बूलर का भी मत ग्रहण किया है। जायसवाल के अनुसार इस परम्परा के साथ धर्म का समन्वय सर्वप्रथम मनु ने किया। उन्होंने शुंग-शासन से लाभ उठाकर समाज पर ब्राह्मणशाही

---

1. P. V. Kane : Bombay University Journal, Vol. XI, pp. 73-83.
N. N. Law : Modern Review, 1918, 1919.
Studies in Ancient Indian Culture, Appendix.
2. अर्थशास्त्र १।२।२-६।
3. शान्ति० ३०।७९-८३।
4. कामसूत्र १।५-८।
5. नीति० प्र० १।२१-२२।
6. बुद्धचरित १।४६।; S. B. E. introduction, p. 26.

थोप दी।[1] जायसवाल के मत पर विचार करते समय कुछ मूलभूत बातों पर ध्यान देना आवश्यक है—(१) मनु में प्रतिपादित विधि का मूल गौतम, बौधायन एवं आपस्तम्ब आदि धर्म सुत्रकारों में है, (२) यह संभव है कि सेनापति पुष्यमित्र के युग में मनुस्मृति का नवीनीकरण हुआ हो लेकिन उसका क्रम प्राचीन है, और (३) मनु में विधि का स्वरूप जिस रूप में विकसित हुआ है, उसे देखने पर स्पष्ट होता है कि उसका मूल उस परम्परा में है जिसमें विधि और धर्म एक थे। जायसवाल का यह कहना ठीक है कि अर्थशास्त्र की परम्परा में मनु थे लेकिन यह कहना कठिन है कि वही अर्थशास्त्री मनु मनुस्मृति में भी हैं। मनु के नाम की परम्परा ऋग्वेद से ही प्रारम्भ हो जाती है। उसे देखने पर स्पष्ट है कि मनुस्मृति के मनु अर्थशास्त्री मनु से भिन्न हैं।[2]

जायसवाल का यह कहना ठीक है कि अर्थशास्त्र और स्मृतियों—विशेषतया मनुस्मृति—में कुछ अंशों पर मतभेद है। इसके साथ यह नहीं कहा जा सकता कि मनु ने अपराधविधि के सम्बन्ध में बीभत्स परिगणन किया है।[3] दण्ड के सम्बन्ध में जायसवाल का कहना है कि धर्मशास्त्र ब्राह्मणों की सुविधा पर विशेष ध्यान देते हैं। लेकिन अर्थशास्त्र का प्रणेता स्वयं ब्राह्मण था और अर्थशास्त्र में ब्राह्मणों को दाण्डिक विमुक्तियाँ उपलब्ध हैं। अपराध और दण्ड के सम्बन्ध में वर्णव्यवस्था का प्रभाव कौटल्य पर भी पड़ता है। वे क्षत्रिय शासक को शास्त्रनिर्देशन में रहने के लिए बाध्य करते हैं।[4] जायसवाल का कहना है कि धर्मशास्त्रकारों ने अर्थशास्त्र के विचारों को प्राथमिकता दी है; लेकिन वे इसका प्रमाण नहीं दे सके। वास्तविकता तो यह है कि मनु और याज्ञवल्क्य ने अर्थशास्त्र को धर्मशास्त्र का सहायक ही माना है। जायसवाल ने महाभारत और मनुस्मृति को प्रायः समकालीन और अर्थशास्त्र से उत्तरवर्ती माना है। साथ ही उनका कहना है कि "महाभारत ने व्यवहारविधि को धर्मशास्त्रों के समान ही माना है।" इस कथन से जायसवाल स्वयं असंगति में उलझ जाते हैं। यदि मनु के समान महाभारत का

---

1. K. P. Jayasawal: Manu and Yajnavalkya, Lecture, I.
2. Dr. Buhler: The Laws of Manu, Introduction.
3. S. Vardachariar: Hindu Judicial System, p. 42.
   K. V. Rangaswami Aiyangar: Some Problems of the Manusmriti.
४. अर्थशास्त्र १।९।

भी काल ब्राह्मणशाही और ब्राह्मणधर्म का था तो उस समय में व्यवहारविधि (लौकिक) ब्राह्मणधर्म के समकक्ष कैसे हो सकी ? जायसवाल के मत की अन्य विद्वानों ने समीक्षा की है।[1] उनका निष्कर्ष है कि अर्थशास्त्र और धर्म-शास्त्र में समन्वय था।

धर्मशास्त्रकारों ने पुरुषार्थ का समग्र अंश ग्रहण किया है। कौटल्य भी पुरुषार्थ-चतुष्टय या त्रिवर्ग की रक्षा राज्य का उद्देश्य मानते हैं। मनु से पूर्व-वर्ती कुछ आचार्य थे जिनमें परस्पर मतभेद था कि धर्म, अर्थ और काम में एक ही या दो पर्याप्त हैं। कोई धर्म-अर्थ को, कोई काम-अर्थ को, कोई केवल धर्म और कोई अर्थ को महत्त्व देते थे। लेकिन मनु ने तीनों को समान महत्त्व दिया और उनमें परस्पर समन्वय किया।[2] इस प्रकार के समन्वय के बाद मनु इस निष्कर्ष पर आते हैं कि राजा न्यायपालिका का संचालन स्थानीय सदाचार और सार्वभौम विधि (शाश्वत धर्म) के आधार पर करे।[3] याज्ञ-वल्क्य ने और स्पष्ट करते हुए लिखा कि कार्य-संचालन धर्मशास्त्र के आधार पर करना चाहिये।[4] विज्ञानेश्वर ने इसकी व्याख्या में अर्थशास्त्र को पूर्णतया हटा दिया। विश्वरूप ने इसका स्पष्टीकरण इस रूप में किया कि "राजा को अर्थ-लोलुप न होना चाहिये।" विज्ञानेश्वर एवं याज्ञवल्क्य से स्थिति स्पष्ट हो जाती है कि "धर्मशास्त्र की प्रधानता स्वयं सिद्ध है लेकिन अर्थशास्त्र का भी अनुसरण करना चाहिये;[5] और अर्थशास्त्र से धर्मशास्त्र बली होते हैं।[6]

---

1. Prof. Rangaswami Aiyangar, Introduction to Raj-Dharma, Vyavahara Khand of the Kritya Kalpataru, pp. 5-10.
S. Vardachariar : Hindu Judicial System, pp. 39-54.

२. धर्मार्थावुच्यते श्रेयः कामार्थो धर्म एव च।
अर्थ एवेह वा श्रेयस्त्रिवर्ग इति स्थितिः ॥ मनु० २।२२४।

३. प्रत्यहं देशदृष्टैश्च शास्त्रदृष्टैश्च हेतुभिः।
अष्टादशसु मार्गेषु निबद्धानि पृथक्-पृथक् ॥ मनु० ८।३।
धर्मं शाश्वतमाश्रित्य कुर्यात्कार्यविनिर्णयम् ॥ मनु० ८।८।

४. याज्ञवल्क्य० २।१।

५. धर्मशास्त्रस्य प्राधान्यं दर्शयितुं विशेषोपन्यासः विचारेऽर्थशास्त्रस्याप्य-नुसर्तव्यत्वात्।

६. अर्थशास्त्रात्तु बलवद्धर्मशास्त्रमिति स्थितिः। याज्ञवल्क्य २।२१।

स्मृतिकारों ने दोनों धाराओं में समन्वय का भी प्रयास किया है। नारद और कात्यायन ने लिखा है कि "धर्मशास्त्र और अर्थशास्त्र के समन्वय से ही न्यायपालिका का संचालन करना चाहिये।[1]" कात्यायन ने सभ्यों की योग्यता में धर्मशास्त्र के साथ अर्थशास्त्र का भी अध्ययन आवश्यक माना है—**धर्मशास्त्रार्थकुशलैरर्थशास्त्रविशारदैः।** इस पर टीका करते हुए जीमूतवाहन ने लिखा है कि "धर्मशास्त्र और अर्थशास्त्र दोनों में समन्वय करते हुए न्यायपालिका का संचालन करना चाहिये। यदि ऐसा विरोध हो जाय कि समाधान का कोई मार्ग नहीं रहे तो धर्मशास्त्र का ही मार्ग ग्रहण करना चाहिये।"[2] कात्यायन ने एक स्थान पर लिखा है कि धर्मशास्त्र और अर्थशास्त्र न्यायपालिका के दो स्कन्ध हैं। स्मृतिचन्द्रिका ने नारद का वचन उद्धृत करते करते हुए लिखा है कि जहां अर्थशास्त्र और धर्मशास्त्र में परस्पर विरोध हो, वहाँ अर्थशास्त्र का पक्ष छोड़कर धर्मशास्त्र का पक्ष ग्रहण करना चाहिये।[3] आगे स्मृतिचन्द्रिका लिखती है कि सामान्यतया यदि विरोध न हो तो दोनों शास्त्रों का अनुसरण करना चाहिये—**एतच्चोभयविधशास्त्रानुसरणं तयोर्मिथो विरोधाभाव एव।** धर्मशास्त्र क्यों बलवान् है, इसका समाधान करते हुए वीरमित्रोदय ने लिखा है कि अर्थशास्त्र का सम्बन्ध दृष्ट (लौकिक) से है और धर्मशास्त्र का दृष्ट एवं अदृष्ट दोनों से। फलतः धर्मशास्त्र का क्षेत्र व्यापक एवं महत्त्वपूर्ण है।

जायसवाल का कहना है कि कौटल्य व्यवहारशास्त्र को धर्मशास्त्र से अधिक महत्त्व देते हैं। कुछ लोगों का मत है कि धर्मशात्रकारों एवं उनके टीकाकारों ने अर्थशास्त्र को बलवान् माना है। अर्थशास्त्र सम्प्रदाय में यह मान्यता अस्वीकृत है। जायसवाल जैसे कुछ विद्वान् "धर्म, व्यवहार, चरित्र और राजशासन विवाद के निर्णय में चार चरण हैं; इनमें पश्चिम पूर्व का बाधक है" कौटल्य के इस श्लोक के आधार पर अर्थशास्त्र सम्प्रदाय की बलवत्ता लादने का प्रयास करते हैं। इस वचन की कुछ बातें ध्यान देने योग्य

---

१. धर्मशास्त्रार्थशास्त्राभ्यामविरोधेन पार्थिवः।
समीक्षमाणो निपुणं व्यवहारगतिं नं चेत्॥ वरदाचार्य द्वारा हिन्दू जूडिशल सिस्टम पृ० ५२ पर उद्धृत।

२. धर्मशास्त्रार्थशास्त्रयोरविरोधेन न्यायदर्शनं कार्यम्······
विरोधेतु धर्मशात्रमेवादरणीयं तस्य बलत्वात्।

३. यत्र विप्रतिपत्तिः स्याद्धर्मशास्त्रार्थशास्त्रयोः। अर्थशास्त्रोक्तमुत्सृज्य धर्मशास्त्रोक्तमाचरेत्॥ वरदाचार्य द्वारा उद्धृत, वही, पृ० ५३।

हैं—(१) इस प्रकार का भाव धर्मशास्त्रकारों ने भी व्यक्त किया है, (२) कौटल्य यह व्यवस्था विवाद के निर्णय में मानते हैं, (३) कौटल्य इन शब्दों की परिभाषा स्वयं देते हैं उसमें अर्थशास्त्र को धर्मशास्त्र से बली होने की बात नहीं आती। वस्तुतः कौटल्य स्वयं धर्मशास्त्र का महत्त्व स्वीकार करते हैं। उनके अनुसार चरित्र तथा लोकाचार का जिस अंश में धर्मशास्त्र से विरोध हो, उस अंश में धर्मशास्त्र के ही अनुसार निर्णय करना चाहिये।[1]

कौटल्य और अशोक

कौटल्य के पूर्व उपनिषदों से होती हुई धर्मसूत्रोत्तर काल तक भारतीय न्यायपालिका का आधार यथार्थवादी के साथ दार्शनिक हो चुका था।[2] इस काल तक समाज की भौतिक आवश्यकताओं के अधिक स्पष्ट होने, यूनानी आक्रमण से राष्ट्रभाव के विकास, अखण्ड राष्ट्र एवं राज्य की स्थापना, बाह्य जातियों से सम्पर्क, बौद्ध-जैन एवं अन्य भौतिकवादी सम्प्रदायों के आन्दोलन आदि से समाज एवं व्यक्ति के सम्बन्धों में महत्त्वपूर्ण विकास हुआ। कौटल्य के पूर्ववर्ती अर्थशास्त्रियों के सामने यह स्थिति नहीं थी। फलतः कौटल्य ने विधि का स्पष्ट लौकिक रूप संहिताबद्ध किया। इसमें राज्य के पुनर्गठन, राजा की रक्षा, उसके अधिकार-कर्तव्य का निर्धारण आदि की व्यवस्था हुई। इसमें कौटल्य उदारवादी थे और उन्होंने परम्परागत उन्मुक्तियों एवं सुविधाओं (Immunities and privileges) में संशोधन प्रस्तुत किया। यह भारतीय न्यायपालिका के लिए प्रथम अवसर था जब उसने भारतेतर पश्चिमी यूनानी व्यवस्था से सम्बन्ध स्थापित किया और उसी समय भारत में केन्द्रित साम्राज्य की स्थापना हुई। इन स्थितियों के साथ राजा के व्यक्तित्व की प्रतिष्ठा, उसके अधिकार की स्थापना, सरकार के नये ढांचे का व्यवहार, अपराध के नये परिगणन की समस्या और उसके दण्ड की व्यवस्था ने अर्थशास्त्र को जन्म दिया, जिसमें न्यायपालिका का लौकिक रूप सामने आया।

अर्थशास्त्र की नयी संहिता में कौटल्य विधि एवं धर्म में परम्परावादी अंश और उसका राज्य के साथ सम्बन्ध स्थापना में क्रान्तिकारी परिवर्तन नहीं किया। 'धर्म' से व्यावहारिकविधि (Practical Law) के साथ कर्तव्य

---

1. संस्थया धर्मशास्त्रेण शास्त्रं वा व्यावहारिकम्।
यस्मिन्नर्थे विरुद्धचेत् धर्मेणार्थं विनिर्णयेत्॥ अर्थशास्त्र ३।१।५६।

2. Rostoutzeff: Social and Economic History of Hellenistic world, p. 1067-68.

विधि (Righteous Law) का रूप मानते हुए उन्होंने उसे शाश्वत रूप में ही माना। लेकिन व्यावहारिकविधि का आधार मानव व्यवहार और समाज स्वीकार करने से विधि के शाश्वत होने एवं उसके देवत्व के स्थान पर लौकिक सर्वोच्चता का रूप सामने आया। इसी अवसर पर प्रायः आधुनिक विद्वान् मानते हैं कि कौटल्य का राज्य विधि निर्माण, न्यायिक प्रशासन और कर्तव्य-निर्धारण की संस्था हो गया।[1] कौटल्य के सम्बन्ध में राज्य के विधि निर्माण का पक्ष अस्वीकार किया जा सकता है किन्तु 'दण्डशक्तिविहीन राज्य असम्भव' (No Danda No State) का सिद्धान्त स्वीकार करना पड़ेगा। विधि के कार्यान्वयन की राज्यशक्ति अर्थात् राज्य सम्प्रभुता यहाँ पराकाष्ठा पर आ जाती है और राज्य का कार्यक्षेत्र व्यापक हो जाता है। यहाँ विधि, समाज और राज्य के सम्बन्ध विचारणीय हो जाते हैं। विधि सामाजिक आवश्यकताओं से प्रभावित होकर नये रूप में आती है किन्तु समाज विधि को प्रभावित करने के साथ उसकी सर्वोच्चता स्वीकार करता है। इस सर्वोच्चता का कार्यान्वयन राज्य से होता है और राज्य का आधार जनस्वीकृति, जन-कल्याण एवं विधि की सर्वोच्चता रहता है। इस स्थिति में राजतन्त्र और राजशासन की उच्चता का प्रश्न नहीं; अपितु उसकी महत्ता का प्रश्न आता है। राजा एवं राज्य के अन्य घटक लोक विधि से, जिसे धार्मिक एवं वैधानिक शक्ति प्राप्त है, शक्ति प्राप्त करते हैं और वह राज्य के आधार एवं शक्ति के रूप में अभिव्यक्त होती है।[2] उसके अभाव में राज्यशक्ति ही नहीं शेष रहती।

---

[1]. B. K. Sarkar : Political Institutions of Hindus, p. 206.

[2] आधुनिक विद्वान् राजा द्वारा निर्मित एवं राज्यविधि (राजशासन) की उच्चता के साथ लोकविधि की भी उच्चता मानते हैं। वस्तुतः दोनों में असंगति है। राजशासन उक्त लोकविधि का पूरक है। लोकविधि के इस नये रूप में सभी लौकिक शक्तियाँ समाविष्ट हो जाती हैं। इस प्रकार विधि की शक्ति ही सभी शक्तियों को सूत्रबद्ध करती है। हम कौटल्य की विधि की इस व्याख्या की ऑस्टिन की व्याख्या से कथमपि तुलना नहीं कर सकते। कौटल्य की विधि में व्यक्ति के विवेक (Reason) और न्याय (Justice) का प्रभाव स्वीकार किया गया। फलतः व्याख्याता ने तर्क एवं हेतु के माध्यम से इसका प्रयोग और राजा ने उसके कार्यान्वयन में अध्यादेश (राजशासन) के माध्यम से उसका व्यवहार किया। दोनों को इन माध्यमों से विधि निर्माण का अधिकार नहीं मिला और विधि निर्वैयक्तिक ही रही।

यही व्यवहारविधि (Secular Law) धर्म के संस्कार, अन्धविश्वास, कर्मकाण्ड एवं इनके आधार पर स्थिर परम्परा (Sacred law) से उच्च मानी गयी। इसके प्रयोग में विवेक, हेतु, तर्क आदि का प्रयोग आवश्यक हुआ।[१] यही कौटल्य का विवेकवादी विधि (Rational law) का स्वरूप है।

उक्त पृष्ठभूमि का प्रभाव विधि, विभाग एवं न्यायिक प्रशासन पर भी पड़ा। व्यवहार विधि (Civil Law) की सीमा एवं धर्मस्थीय के कार्य-क्षेत्र में आने वाले १५ विवादों के प्रारूप से स्पष्ट हो जाता है कि धर्मशास्त्रों के धर्मविधि सम्बन्धी सभी विषय उसमें आ जाते हैं। स्पष्ट है कि कौटल्य ने लौकिक न्यायिक विभाग का नाम धर्मस्थीय रखा। कहा जाता है कि अर्थशास्त्र में राजा न्यायपालिका का नियन्त्रण करता है किन्तु स्मरणीय है कि कौटल्य ने न्यायाधीशों में ३ धर्मस्थ एवं ३ अमात्य को ही रखा। कौटल्य ने पूर्ण व्यवस्थित न्यायविभाग की स्थापना की। न्यायालय में धर्मस्थों के साथ अमात्यों के रखने का प्रयोग जनजीवन और न्यायिक प्रशासन के सरकारी रूप दोनों में वास्तविक समन्वय स्थापित करना था। धर्मस्थों को लोकविधि, जातिविधि आदि से सम्बद्ध करने से स्थिति अत्यन्त स्पष्ट हो जाती है। कण्टक-शोधन में भी सामाजिक, आर्थिक एवं राजनीतिक एकात्मकता स्थापित की गयी। इसके माध्यम से भी समाज और न्यायालय दोनों निकट लाये गये और समाजकण्टकों एवं राष्ट्रकण्टकों के उन्मूलन का प्रयास किया गया। यहाँ तक कि इससे न्यायिक निरीक्षण (Judicial inquiry) का प्रथम प्रयास किया गया। इसमें सभासदों (Jury) की राय की आवश्यकता नहीं समझी गयी।

बौद्धधर्म के अभ्युदय के पूर्व भारतवर्ष में अनेक ऐसे अवैदिक सम्प्रदाय थे जो सिद्धान्त में निवृत्तिमार्गी थे किन्तु व्यवहार में समाज से सम्बन्ध रखते थे। इनमें परिव्राजकों एवं श्रमणों के मुख्य सम्प्रदाय थे।[2] पालि साहित्य में श्रमणों की उच्चता का उल्लेख मिलता है।[3] कुछ राजसभाओं में श्रमण को ब्राह्मणों के समान आदर मिलता था। शूद्र, दास और चाण्डाल भी श्रमण हो जाने पर इसी

१. अर्थशास्त्र पृ० ११०, ११७, १७०, १८३ आदि।

२. जच्चान्ध वग्गो ५, ६।

३. कस्सपसिहनादसुत्त १५-१७; महापरिनिव्वानसुत्तन्त ६२; सामञ्ञ-फलसुत्त १४; अशोक के गिरनार और शहबाजगढ़ी के शिलालेख आदि।

प्रकार का महत्त्व प्राप्त कर सकते थे।[१] श्रमणों के अनेक अवान्तर सम्प्रदाय थे।[२] न्यायपालिका में इन सभी सम्प्रदायों को अपनी विधि के आधार पर निर्णय पाने का अधिकार था।[3] यह धारा ऋग्वेद से ही चल रही थी। मुनि, यति एवं व्रात्य शब्दों के प्रयोग से स्पष्ट है कि परिव्राजकों की धारा का मूल अत्यन्त सुदूर प्रारम्भिक भारतीय समाज में है। वे गृह-त्याग या संन्यास जैसे आश्रम के स्थान पर निवृत्तिमार्गी के रूप में पर्यटन कर रहे थे। इनमें अवैदिक समाजों के सदस्यों का बाहुल्य था। व्रात्यों को 'विद्वान्', लोकप्रिय 'राजसम्मानित' मानने के साथ 'अग्निपूजक मुनियों' ने उनका स्वागत किया है। 'यति' को इन्द्र-शत्रु माना गया है। वैदिक समाज के प्रथम चरण में वे अवैदिक थे किन्तु आगे चलकर वे परिव्राजकों की कोटि में आ जाते हैं।[४] स्पष्ट है कि बौद्धधर्म के अभ्युदय की पृष्ठभूमि में बौद्धिक आन्दोलन का परिपाक हो रहा था।[५] इन तत्त्वों की विशेषता यह थी कि ज्ञान एवं कर्म की व्याख्या में वे जीवन के भौतिक पक्ष पर बल देते थे किन्तु व्यवहार में जीवन के प्रति उदासीन थे। इस असंगति का कारण यह हो सकता है कि वैदिक समाज में अवैदिकों के आत्मसात् होने पर उनके बौद्धिक नेतृत्व करने वाले समुदाय या व्यक्ति 'नये समाज' से अलग होकर बिखर गये हों और 'यायावर साधुओं' के रूप में अपने अस्तित्व के लिए संघर्ष करते रहे हों। सामाजिक असन्तोष की प्रतिक्रिया में निवृत्तिमार्ग और वैदिक आस्तिकवादी समाज की प्रतिक्रिया में भौतिकवादी

---

१. सामञ्ञफलसुत्त ३५, ३६, मज्झिमनिकाय में मधुरासुत्त, पृ० ३५६ (राबर्ट चामर्स का अनुवाद)।

२. Sukumar Datta : Early Buddhist Monachism, pp. 44-45.
Rhys Davids : Buddhist India, pp. 114-6.
Smith : Diologue of Buddha, II, pp. 220-2.
Asoka, p. 201. सामञ्ञफलसुत्त २-७।

३. मनु० ६।२५। पर मेधातिथि; Buhler : Laws of Manu, p. 203.

४. ऋग्वेद १०।१३।१-७। और इन पर सायण भाष्य। ऋ० १०।१३६।२।; ऐ० ब्रा० ६।३३२।; तै० आर० १।२३।; २।७। ताण्ड्य ब्रा० २ पृ० ९३।
Vedic Index. Vol II मे मुनिशब्द
Sukumar Datta : Early Buddhist Monachism.
G. C. Pande : Studies in the origins of Buddhism.
A. L. Basham : History and Doctrine of Ajivakas.

५. Rhys Davids : Buddhist India, p. 159.

विचार इनसे विकसित होना स्वाभाविक था। इसी धारा ने बौद्ध एवं जैन विचारों को जन्म दिया। लेकिन राज्याश्रय प्राप्त न होने से वे निष्क्रिय थे। श्रमणों आदि को कहीं यह आश्रय प्राप्त भी था तो उसका व्यापक व्यवहार नहीं हो पाया था। इन समग्र शक्तियों को बौद्ध धर्म के साथ संगृहीत कर उन्हें राज्याश्रय देने का सार्वभौम प्रयास सर्वप्रथम अशोक ने किया।

उक्त सामाजिक पृष्ठभूमि के अतिरिक्त अशोक बुद्ध के नैतिक आदर्श और कौटल्य के प्रशासनिक संगठन से निर्देशित हैं। विधि के सम्बन्ध में बुद्ध की धारणा बड़ी स्पष्ट है। उनके अनुसार प्राचीन एवं शाश्वत (पौराण धर्म-स्थितिता) का जहाँ तक सम्बन्ध है, वे स्वयं संचालित धर्म नियामता, तथता (Suchness), भूतता (Realness) और सत्यता से युक्त हैं। यह सभी वस्तुप्रमाणों से परे स्वयं अपने रूप में स्थिर (प्रत्यात्मधर्मस्थितिता) है। विचारक या दार्शनिक इसकी स्थापना नहीं करते अपितु इस तक पहुँचने का मार्ग निर्देश करते हैं।[1] साथ ही उन्होंने यह भी कहा कि 'मैं जो कुछ कह रहा हूँ वह सनातन धर्म है' **एष धम्मो सनातनः।** उन्होंने विधि (धम्म) पूर्ण करने के लिए 'धर्मचक्र' (Wheel of Law) का प्रवर्त्तन किया। उनके विधान धम्म या सुत्त, विनय या आणत्ति में संगृहीत हैं। इन्हीं में न्यायिक प्रशासन के मूल सुरक्षित हैं। सामान्य रूप में कहा जा सकता है कि बुद्ध ने विधि की निर्वैयक्तिक (Impersonal) परम्परा का ही पालन किया[2] किन्तु विश्लेषण करने पर तथ्य और ही सामने आता है, जिसका पूर्णरूप अशोक में अभिव्यक्त होता है।

बुद्ध के धर्मचक्रप्रवर्त्तन की व्यावहारिकता से 'राजा-चक्रवर्त्ति' और 'धर्मराज' का रूप सामने आता है। 'राजाचक्कवत्ति' अशोक ने 'धम्मवढि' का ही प्रसार किया। इसमें उसने दो मार्ग प्रस्तुत किया—**"दुवेहि एव आकालेहि, धम्म नियमेन निज्झतिया च।"** उसने द्वितीय पर बल तो दिया किन्तु बहुत से 'धम्म नियमो' का स्वयं नियमन किया—**"बहूनि धम्मनियमानि यानि ये कतानि।"** कार्यपालिका के प्रधान होने से अशोक के मौखिक या लिखित आदेश, पथप्रदर्शन, निरीक्षण, नीतिनिर्धारण एवं प्रशासन के साथ जब उक्त 'धम्मनियमो' का सम्बन्ध हुआ तो सेवक एवं दास के प्रति व्यवहार, माता-पिता की आज्ञा का पालन, मित्रों के प्रति सहिष्णुता, ब्राह्मण, श्रमण, साधु एवं संन्यासियों द्वारा

१. लंकावतारसूत्र पृ० १४३-४; कथावत्थु ६।१।
२. अगुंत्तर० ३, पृ० १४३; मुखर्जीः। अशोक, पृ० ४७।

यज्ञीय कर्मकाण्ड का नियमन एवं बलिनिषेध आदि व्यवहारों का निरीक्षण राज्य के कार्य हो गये।[१] दूसरे सम्प्रदाय किसी अन्य सम्प्रदाय की निन्दा नहीं अपितु आलोचना कर सकते थे।[२] प्रमाण के लिए बौद्ध वैदिकों का प्रतिवाद प्रस्तुत कर रहे थे। उनको प्रचार की सुविधा दी जाती थी। उन्हें सहायता देनेवालों को विशेष सुविधा और संरक्षण दिया जाता था। अशोक ने वैवाहिक संस्कारों के अवसर पर विभिन्न कार्यक्रमों तक का नियमन किया।[3] धर्ममहामात्र, स्त्रीअध्यक्ष महामात्र, वचभूमिक जैसे अधिकारियों को नियुक्त किया गया जो अशोक से निर्देशित नैतिकता कार्यान्वित करते थे।[४] इनके लिए इन विभागों के कर्मचारी जनता को नैतिकता का 'निर्देशन, नियन्त्रण और प्रोत्साहन' देते थे।[५] विभिन्न शिलालेखों में उसने जनता का निर्देशन इस रूप में किया भी है।[६] उसने स्वयं कहा, "पशुवध से विरति ही नहीं अन्य कितने नैतिक नियम हैं जिन्हें जनता को मानना पड़ेगा।"[७] धर्ममहामात्र संघ, ब्राह्मण, आजीवक एवं निर्ग्रन्थों के आचरण, संगठन एवं व्यवहार का निरीक्षण करता था।[८] इनका स्पष्ट तात्पर्य हुआ कि 'मनुष्य विकास के लिए उत्पन्न हुआ है और उसे विकास करना पड़ेगा।' फलतः राज्य ने विधि एवं नैतिकता में 'संशोधन, परिवर्धन एवं परिवर्तन' का अधिकार प्राप्त कर लिया। निकायों में राजाचक्रवर्त्ति धर्म एवं स्वर्ग प्राप्ति में मनुष्य की सहायता करता है।

अशोक ने बौद्ध आदर्शों का राज्य के माध्यम से प्रसार करने का आधार मानकर राज्यसम्प्रभुता को विधि से ऊपर कर दिया। अब जनता की नैतिकता के लिए जो कुछ किया जाय उसके लिए 'राजस्वीकृति' आवश्यक हो गयी। स्पष्ट है कि विधि दैवी इच्छा, राजनिर्मित या राजप्रोत्साहित न हो किन्तु उसके पीछे सम्प्रभु की इच्छा अवश्य क्रियाशील थी। राजशासन को धार्मिक-विधि (Sacred Law) का पूरक होने का आदर्श रखा गया। लेकिन यहाँ धार्मिकविधि का स्रोत समाज हो जाता है जिसका नियन्त्रण अशोक करता है।

---

१. शहबाजगढ़ी शिलालेख, ११; कलसी शिलालेख ९।

२. गिरनार शिलालेख १२।

३. कलसी शिलालेख ९।

४. गिरनार शिलालेख ६।

५. गिरनार शिलालेख ८।

६. गिरनार शिलालेख ४, १२, ९, ७।

७. दिल्ली स्तम्भलेख ७।

८. रूपनाथ लघु शिलालेख १; सहसराम लघु शिलालेख २; गिरनार शिलालेख ३।

बुद्ध धर्म को मूल तो मानते हैं किन्तु उन्होंने विधि एवं समाज के बीच से तृतीय दैवी शक्ति को हटाकर उसमें 'महाजनसम्मति' आधार बनाया जो राज्य का भी आधार था।[१] महाजनों में श्रमण एवं पूर्वकथित यायावर साधुओं का विशिष्ट समुदाय आता है। उनके ही आचार, व्यवहार एवं परम्परा राज्य-विधि के लिए मान्य हो गये।[२] दूसरी तरफ बुद्ध ने विधि का स्रोत 'धम्मवेद' या 'अत्थवेद' माना। साथ ही जातकों में 'आदर्श परम्परा' भी विधि का आधार थी।[3] बुद्ध ने 'पोराण वज्जि धम्मो' का वैशाली के बृजि की राष्ट्रीय परम्परा के साथ समन्वय किया जो 'आदर्श पुरुषों का सदाचार और परम्परा' थी। लेकिन अशोक ने 'राजशासन' से यज्ञ, पशुबलि, समाज, रथशोभा-यात्रा आदि पर प्रतिबन्ध लगाया। पशुप्रदर्शन को उसने 'धम्मानुसधिनि' और 'धम्मसावनानि' के समान नहीं माना। विहार-यात्रा के स्थान पर 'धम्म-यात्रा' एवं उच्चावच-मंगल के स्थान पर धम्ममंगल की व्यवस्था की। उसने स्वयं बौद्ध-धर्म की रूढ़ एवं उदारवादी धारणा में मध्यम मार्ग स्वीकार किया।[४] इस प्रकार उसने विधि के स्रोत 'धम्मवेद' एवं 'आदर्श परम्परा' के स्थान पर स्वयं घोषित विधि की उच्चता का विकास किया। इसी अवसर पर ऑस्टिन के सम्प्रभु का रूप भारतीय राज्य और न्यायपालिका में सामने आता है। अब राजा के कर्तव्यों में 'प्रजा की नैतिकता की स्थापना' जोड़ दी गयी–**प्रजानां विनये रताः।**

उत्तरवर्त्ती विकास

ब्राह्मण काल के बाद देश में अवैदिक सम्प्रदायों और विदेशी जातियों का उदय एवं प्रवेश प्रारम्भ होता है। इस काल की धार्मिक प्रतियोगिता का प्रभाव राजशक्ति पर भी पड़ा। राजशक्ति अपने अनुकूल कर अपने सम्प्रदायों के विकास की मनोवृत्ति से राज्य एवं राजा की प्रतिष्ठा उच्चतम् होती गयी। राज्य, धर्म एवं राजा में एकरूपता स्थापित करनेवाली

---

१. उलूक जातक नं० २७०।

२. दीघ० पृ० ९५, १९१; जातक ३ पृ० ३१२; सम्पसादनीय सुत्तन्त दीघ० ३ पृ० ९८।

3. चरितो पुराणो, जातक ५ पृ० ४७९; धम्मो सनातनो, जा० ५ पृ० ४८८; एष धम्मो सनातनो च, धम्मपद ५; चिरकालथवत्तो सभावो, जा० पृ० २१२; एषा च पौराणीय पकिति, जा० ६ पृ० १५१।

4. G. P. Majumdar: Some Aspects of Indian Civilization, p. 297.

अशोक की परम्परा विकसित होती है। उसके राज्य में धर्म समाविष्ट हुआ था, धर्म में राज्य नहीं। इस प्रकार की परम्परा पर विदेशी शासकों का भी प्रभाव पड़ा। इसमें राजा के दैवी सिद्धान्त का विशेष रूप भी सामने आया। यद्यपि वेदों में राजा के दैवी स्वरूप का मूल था और उसका विकास भी हो रहा था तथापि अब उसका सम्बन्ध राजा के स्वरूप ही नहीं अधिकार के क्षेत्र से सम्बद्ध हो गया। धर्म की स्थापना और विजय राजा से अन्यतम् रूप से सम्बद्ध हो जाते हैं।[1] पुष्यमित्र ने बौद्धों के उन्मूलन के लिए सर्वसम्भव प्रयास किया। 'क्षत्रिय' और 'क्षत्रप' के मानमर्दक गौतमीपुत्र श्री शातकर्णी ने वैदिक धर्म के प्रसार में योग दिया। इसके साथ ही वैदिकों में भी वैष्णव आदि सम्प्रदायों ने विदेशियों एवं अन्य अवैदिक जातियों को अपने समाज में स्थान देने का प्रयास किया। उनकी उत्पत्ति वशिष्ठ की गाय, अग्निकुण्ड आदि से जोड़कर उन्हें यज्ञ आदि वैदिक संस्कारों का अधिकार दिया गया।[2] इस नयी स्थिति ने राज्य की शक्ति और राजा के दैवीस्वरूप के विस्तार में और भी योग दिया।

समाज पर आन्तर-बाह्य उभय दबाव पड़ रहा था। आन्तर प्रभाव में बौद्ध-जैन संस्कृतियाँ क्रियाशील थीं। उनका समझौता बाह्य शक आदि जातियों से हो रहा था। वे उन्हें वैदिकों के समान स्थान देने को तैयार थे। कहीं-कहीं वे राजशक्ति से वैदिक परम्परा के उन्मूलन में बौद्धों एवं जैनियों का साथ दे रहे थे। उनसे रक्षा के लिए वैदिकों ने भी राजशक्ति का ही आश्रय लिया। परिणाम यह हुआ कि समाज की चेतनाशक्ति राज्य में समाविष्ट हो गयी। वैदिकों ने राजा को वैदिक देवताओं का प्रतिबिम्ब बनाने के दैवी सिद्धान्त का प्रतिपादन इस रूप में किया कि बाह्य अवैदिक राजाओं को उनके सामने नतमस्तक होने में अपमान का अनुभव नहीं हुआ। वे किसी लौकिक नहीं अपितु दैवी शक्ति के सामने नतमस्तक हो रहे थे। राजाओं को अभिषेक के समय शपथ में वैदिक-धर्म, ब्राह्मण एवं वर्ण-धर्म की रक्षा मुख्य धर्म के रूप में माननी पड़ी। इस स्थिति की स्थापना में बौद्ध पुनः चूक गये। वैदिकों ने वायु, यम, सूर्य, अग्नि, वरुण, सोम एवं कुबेर के विभिन्न अंश राजा में प्रतिबिम्बित किया।[3] राजा को विष्णु का रूप ही बताया गया।[4] लेकिन राजा दैवी अंशों का प्रतिबिम्ब तभी हो

---

१. रामा० १।५४-५५; महा० आदि १०, १।२७।

२. महा० शान्ति० ६०।१३।१९।

३. मनु ७।३-४।

४. महा० १२।५९।१३४-१४४।

सकता था जब वह उस धर्म, जाति एवं व्यवस्था का पालन करता अन्यथा वह राक्षस के समान ही था। यहाँ धर्म, वर्ण एवं विधान शुद्ध वैदिक थे। स्पष्ट है कि बौद्ध अथवा विदेशी राजाओं को समाज में दैवी अंश का प्रतीक नहीं माना गया। यदि वे इस स्थिति में आना चाहते तो उन्हें वैदिक धर्म स्वीकार करना ही पड़ता। इस प्रकार धर्म (विधि), समाज एवं राज्य तीनों के सम्बन्ध निर्धारण में नये सम्बन्धों की स्थापना हुई। न्यायपालिका में इन तीनों का प्रभाव समान रूप से पड़ रहा था। स्मृतियों ने 'नास्तिकों' को न्यायपालिका में स्थान देना अस्वीकार कर दिया। न्यायिक प्रशासन एवं उसके संगठन में भारतीय न्यायपालिका मात्र वैदिक एवं स्मार्त रही। बौद्ध स्वतन्त्र अपनी व्यवस्था न तो कर पाये न वैदिकों ने उन्हें स्थान दिया। फलत: वे समाज एवं विधि में कोई स्थान नहीं बना पाये अपितु उनके राजा भी स्थायी रूप से अपने को बौद्ध रख सकने में असमर्थ रहे। साथ ही उन्हें स्मार्त हिन्दू समाज में स्थान पाने से बौद्ध रहने की आवश्यकता ही नहीं रही। अतएव बौद्धों एवं अवैदिक समाजों ने वैदिक न्यायपालिका पर प्रभाव तो डाला किन्तु स्वतन्त्र स्थान न बना सके और न्यायपालिका का विकास वैदिक परम्परा पर ही होता रहा।

इस स्थिति में राजशक्ति के विकास को व्यापक अवसर मिला। राजा न्यायपालिका का प्रधान इस रूप में बना कि उसके सभी अंशों पर नियन्त्रण करने लगा। समाज एवं विधि की दृष्टि में प्राकृतिक उत्पातों एवं 'मात्स्यन्याय' से रक्षा, समाज एवं कुटुम्ब की नैतिकता और पवित्रता का संस्थापन उससे ही सम्भव हो सकती थी।[1] सूर्य, यम, वरुण आदि शक्तियों से सम्पन्न राजा सृष्टि की सर्वोच्च शक्ति एवं सर्वोपरि बनता गया। बालक राजा की भी अवमानना नहीं की जा सकती थी। समग्र विश्व से उसकी पूजा देवता के समान होनी चाहिये। वह 'भौम-ब्रह्म' हो गया।[2] उसकी इस शक्ति को स्मृतियों ने वैधानिक रूप दिया। दैवी एवं वैध शक्ति से सम्पन्न राजशक्ति को कोई भी चुनौती नहीं दे सकता था।

शक, पह्लव आदि राजाओं में 'राजाधिराज' की उपाधि पारसीक परम्परा से विकसित हुई थी। पार्थी मुद्रा में इस भावना का चित्रण किया गया था। पह्लवों की मुद्राओं पर भी यही उपाधि अंकित है। गोडोंफर्नीज़ पह्लव की मुद्रा में तो महत्ता का एक विशेषण और लगा दिया गया—'महाधिराज'। कनिष्क

---

[1] रामायण, अयोध्या काण्ड, ६५ अध्याय। [2] मनु० ७।३-८।

ने इस उपाधि में 'देवपुत्र' भी लगाया। कुषाणों में यही परम्परा चलती रही। इन उपाधियों से यवन राजाओं पर भारतीय सम्पर्क का प्रभाव स्पष्ट होता है। उन्होंने राजनीतिक प्रधानता के साथ दैवी शक्ति एवं धार्मिक भावना का भी समन्वय किया। 'देवव्रत', 'धार्मिक' आदि विशेषण इसी कारण हैं। हिन्दू समाज में उनके सम्मिश्रण से राजा के दैवी सिद्धान्त को और अधिक बल मिला।

राजशक्ति को नया रूप प्राप्त करने में अन्य तत्त्व भी थे। छोटी-छोटी प्रशासनिक ईकाइयों के होने से केन्द्रीयता की आवश्यकता और अधिक बढ़ी। इसका प्रत्यक्ष प्रभाव अर्थशास्त्र में उपलब्ध होता है। केन्द्र में राजा को सर्वोपरि रखना और आवश्यक हो गया। अतएव दैवी सिद्धान्त का विशेष रूप में विकास हुआ। राजा की उत्पत्ति में ब्रह्मा से सम्बन्ध लगाया गया। लेकिन यह कहना कि राजा के साथ ही अधिकारसम्पन्न समाज का जन्म हुआ[1] उपयुक्त नहीं होगा। समाज की सार्वभौम शक्ति का विकास उसके पूर्व ही हो चुका था। समाज के वर्ग, सम्पत्ति, परम्परा, सदाचार एवं विधि शाश्वत या नैसर्गिक की अवहेलना के अवसर पर ही शक्ति की आवश्यकता हुई थी और राजा का अस्तित्व आया। अतएव समाज की स्थापना प्राक्कालिक ही मानना पड़ेगा। जहाँ तक राजा के अधिकार का प्रश्न है, उसे विधिनिर्देशन का अधिकार न देकर कार्यान्वियन के शीर्ष पर रखा गया। इसमें उसे सार्वभौम बनाया गया और उसी से समाज एवं विधि की रक्षा और स्थापना सम्भव हुई।[2] इतना अवश्य है कि परिस्थितियों ने राजा के प्रतिबन्ध-निरपेक्षता के लिए भी अवसर दिया।[3]

मौर्य साम्राज्य एवं बौद्ध क्रान्ति के पूर्व विधि का स्रोत एवं उसकी परम्परा वैदिक परम्परा से प्रारम्भ होती है। बौधायन आदि की विधि सार्वभौम रहती है। बौद्ध क्रान्ति ने इस सार्वभौमता को चुनौती दी थी। फलतः वैदिक न्यायालयों में 'नास्तिक' बौद्ध एवं जैनियों को न्यायिक समानता नहीं दी गयी। न्यायपालिका में उनके लिए स्थान भी नहीं रहा। अशोक की न्यायव्यवस्था में यह स्थिति दूर की गयी किन्तु अशोक इसमें सफल नहीं हो सका। स्थानीय संगठनों से केन्द्र तक वैदिक न्यायपालिका का जाल इस रूप में सुसम्बद्ध था कि अशोक

1. Sovereignty in Ancient India, p. 240.
2. महा० शान्ति १७ अध्याय; मनु० ७।३।; ७।२२।, ७।३५।
3. मनु० ७।१४।

इसका भेदन नहीं कर सका। बौद्धों एवं जैनों को उनके आचार की स्वतन्त्रता दी गयी जैसे आज अल्पसंख्यकों को मिलती है किन्तु न्यायपालिका के प्रशासन में उन्हें स्थान फिर भी नहीं मिल पाया। नारद यह स्थिति अधिक स्पष्ट करते हैं। उनके अनुसार 'श्रेणी, गण, पूग, निगम आदि के नियमों का समन्वय कर राज्यविधि की स्थापना करनी चाहिए।'[1] इस प्रयास ने अशोक से विकसित होनेवाली न्यायपालिका का प्रतिवाद प्रस्तुत किया और राजा की सार्वभौम शक्ति शास्त्र, सदाचार, परम्परा एवं धर्म परतन्त्र बनायी गयी। सिन्हा ने इस पृष्ठभूमि में अर्थशास्त्र के राजशासन का अर्थ जिस प्रकार किया है[2] वह भ्रमपूर्ण है; क्योंकि वे न्यायपालिका का विकास जिस रूप में अशोक के बाद देखते हैं, वैसा हुआ नहीं। अशोक के बाद पुनः वैदिक सूत्रों के माध्यम से चली आनेवाली परम्परा ही विकसित होती है। उसमें राजशासन आदि का महत्त्व होता है किन्तु स्मृतिकार उसे धर्मनियन्त्रित ही रखना चाहते हैं। अतएव विधि (धर्म) को सर्वोच्च स्थान देने का प्रयास किया जाता है। यद्यपि अशोक का 'राजशासन' धर्मचक्रप्रवर्त्तक बनता है तथापि कौटल्य या अन्य स्मृतिकारों के सम्बन्ध में ऐसा नहीं कहा जा सकता। राजा विधि या विधि के स्रोतों का प्रधान नहीं बन पाता।

यवन, शक, पह्लव और क्षत्रपों का महाभारत काल के आसपास से ही निरन्तर दबाव भारतीय समाज पर पड़ता रहा।[3] उनके स्वतन्त्र राज्य भी स्थापित हो गये। भारतीय समाज की सुरक्षा के लिए वर्ण-धर्म पर जोर दिया गया और राज्यशक्ति की आवश्यकता उसके लिए मुख्य रूप में मानी गयी। वर्ण कर्मों में विपर्यय न होने दिया जाय इसके लिए सर्वसम्भव प्रयास किये गये। कर्मविपर्यय में कर्ण एवं शम्बूक को राज्यदण्ड स्वीकार करना पड़ा।[4] महाभारत में शक, यवन, वाल्हीक यहाँ तक कि आन्ध्रों को भी म्लेच्छ कहा गया। इन 'म्लेच्छों' ने धर्मशास्त्रों की विधि को सम्पूर्ण रूप में स्वीकार नहीं करना चाहा। शक एवं पुलिन्दों के अभद्र व्यवहारों का उल्लेख विष्णु, भागवत और वायुपुराण में मिलता है।[5] कथासरित्सागर में म्लेच्छ यज्ञीय

1. नारद १०।२।
2. Sovereignty in Ancient India, p. 202.
3. महा० ५१ अध्याय; रामा० १।५४।
4. महा० आदि १३९ अध्याय; रामा० उत्तर०, ८७ अध्याय।
5. Pargiter Pt. I, p. 52.

विधि एवं ब्राह्मण नियमों का उल्लंघन करते हैं।[1] इस प्रकार की निरंकुशता का कारण था कि अब वैदिक समाज नहीं, म्लेच्छ विजयी थे। अतएव उन्हें उनके स्वरूप से परिवर्तित करने में सामाजिकविधि में परिवर्तन की आवश्यकता थी। बौद्ध संस्कृति में विधि-निषेध के नियम सरल थे। अतएव 'म्लेच्छों' को उसमें स्थान मिला। बौद्ध हो जाने के बाद उन्होंने वैदिक समाज के ध्वंस का प्रयास किया।[2] वैदिक विधि एवं सदाचार आदि को महान् चुनौती का सामना करना पड़ा। बौद्धों और जैनों में भी पारस्परिक संघर्ष होता रहा। अशोक की मृत्यु के बाद कलिंग में पुनः जैन क्रान्ति हुई और जैन धर्म ने बौद्धों को पराभूत कर दिया।[3] लेकिन वैदिकों ने सभी अवैदिक सम्प्रदायों को समान रूप से विरोधी समझा। जैनों को भी उन्होंने उपेक्षित दृष्टि से देखा।[4] इसका प्रभाव न्यायपालिका के संगठन में व्यक्त होता है। धर्मशास्त्रकारों ने सभी को 'नास्तिक' कहा और किसी को न्यायपालिका में स्थान नहीं दिया।

अशोक के बाद विभिन्न परिस्थितियाँ सामने आती हैं। देश की आन्तरिक स्थिति में वैदिक सम्प्रदाय के साथ अवैदिक सम्प्रदायों का सम्बन्ध कैसे हो यह उसी प्रकार महत्त्वपूर्ण था जैसे विदेशी जातियों एवं विदेशी आक्रमणों के साथ सम्बन्ध स्थापना का प्रश्न था। आर्थिक सम्बन्धों एवं विधियों में महत्त्वपूर्ण परिवर्तन होता है। कौटल्य ने राजशक्ति की स्थापना जिस रूप में की उसमें वैयक्तिक सम्पत्ति के विविध नियमों में भी परिवर्तन हुआ। राज्य को व्यापार, कृषि एवं उद्योग-धन्धों का नियमन न कर आवश्यकता पड़ने पर संचालन का भी अधिकार दिया गया। इस प्रकार व्यक्ति, समाज एवं राज्य के सम्बन्धों में नये नियमों की आवश्यकता हो रही थी। नयी प्रशासनिक ईकाइयों–शुंग, कण्व, आन्ध्र, चेट, कुषाण, वाकाटक, भारशिव आदि—का यथासमय उदय हुआ। इसी प्रकार अन्य विदेशी जातियों का दबाव देश पर पड़ता रहा। इस स्थिति के साथ अशोक का पर्यवसान एवं वैदिक धर्म के पुनरुत्थान का आरम्भ होता है। इस पुनरुत्थान में अभारतीय जातियों के साथ सम्बन्ध स्थापित करने में

---

१. कथा १८।

२. महा० वनपर्व १८८ और १९० अध्याय; ब्र० पु० ३।२००-२०३; Dynasties of Kali Age, pp. 55-56. Al-Biruni's India, Vol II, p. 6. राजतरंगिणी १।१८४-१८५।

३. R. D. Banerjee : Orissa, p. 70

४. आदि पर्व, १०४।४४-४९।

स्मृतिकार असमर्थ थे। उन्होंने उन्हें म्लेच्छ कहकर उनकी सामाजिक समानता का निषेध किया। बौद्ध उन्हें अपने में मिलाने के लिए प्रस्तुत थे। उन्होंने वैदिक परम्परा का उन्मूलन करना चाहा। कुषाण शासन इसका प्रत्यक्ष प्रमाण है।

वैदिक समाज की भी रक्षा अब राजशक्ति से ही सम्भव थी। अतएव सामाजिक नियमों एवं राजा दोनों को दैवी रूप दिया जाने लगा। बाह्य जातीय तत्त्वों के प्रभाव एवं धार्मिक सम्प्रदायों के संघर्ष की स्थिति ने विधि (धर्म) एवं राजनीति में नवीन सम्बन्धों का विकास किया। अब राज्य के साथ राजतन्त्र का पूर्ण अभ्युदय होने लगता है। राज्य राजा के रूप में धर्म की रक्षा कर रहा था और धर्म राजा को दैवी शक्ति का प्रतिमूर्ति बना रहा था। राजा मनुष्यरूप में देवता बना। धार्मिक सम्प्रदायों में भी समझौता हुआ। परस्पर उन्मूलन का भाव एक साथ रहने के भाव के साथ समन्वय की ओर अग्रसर हुआ। इस समन्वय में न्यायपालिका पर वैदिक प्रभाव ही शेष रहा। लेकिन इस काल एवं स्थिति में न्यायपालिका पर राजा का प्रभाव भी बढ़ गया क्योंकि वह पारस्परिक समन्वय में मध्यस्थ-सा हो गया था।

राजतन्त्र के नये रूप में राजा के कर्तव्य विचारणीय हैं। वह सप्त प्रकृतियों में 'प्रधान' के साथ **'राजा राज्यमिति स्थिति'** जैसा हो गया। उसे दण्डशक्ति के साथ दैवी रूप भी मिल गया।[1] राजा के प्रति कर्तव्य निष्ठ व्यक्ति लोक एवं परलोक दोनों प्राप्त कर सकता था।[2] राजा के प्रति विद्रोही भाव मात्र से दोनों लोक नष्ट हो सकते थे।[3] यहाँ धर्म राजा का सहायक बना। इसमें अशोक की परम्परा से अधिक सहायता मिली। अब राजा को चुनने के स्थान पर उसकी आज्ञा का पालन जनता का कर्तव्य हो गया। राजा अपने उत्तराधिकारी को स्वयं नियुक्त करने लगा।[4] इस स्थिति तक राजतन्त्र के आ जाने पर भी राजा को विधायिका शक्ति नहीं मिली। वह अपनी विकसित शक्ति का भी प्रयोग उस विधि के आधार पर करता है जिसका स्रोत वह नहीं था। उसमें परिवर्तन एवं परिवर्द्धन का उसे

---

1. रामायण १।१२।; महाभारत १२।६८।४०।

2. महा० शा० ६८।९। 3. मनु० ७।१४।; महा० शा० ५८।३९।

4. महा० शा० ६९।४१।; अध्या० रामा० २। २।

अधिकार नहीं था। राजा के दैवी स्वरूप के साथ विधि का भी दैवी स्वरूप स्थापित किया गया और उसे 'क्षत्र का भी क्षत्र' की स्थिति से नीचे नहीं आने दिया गया। इस प्रकार राजशक्ति के विकास की पराकाष्ठा में भी न्याय-पालिका की शक्ति सुरक्षित थी और विधि की सर्वोच्चता का विनाश नहीं हो सका।

राज्य का न्यायिक उद्देश्य

डच विचारक क्रबे के अनुसार सरकार विधिनिर्माण के लिए सामाजिक अंग और प्रतिनिधि मात्र है। विधि की वास्तविक सम्प्रभुता का प्रशासन करना सरकार का कार्य है। विधि की आन्तरिक शक्ति निर्वैयक्तिक आत्मिक है, जिसका नियमन समुदाय का सामाजिक मूल्यांकन अभिव्यक्त करता है। मेटलैण्ड और गियर्क ने समुदाय को वह रूप नहीं दिया किन्तु राज्य को सावयव माना है। डिग्वी ने एकता के आधार पर सामाजिक सम्बद्धता स्वीकार करते हुए विधि की परिभाषा की है कि वह अन्तर्बाह्य एवं राजनीतिक संगठन में स्वतन्त्र है। फलतः विधिशासन सामाजिक शासन के रूप में आता है जो सामाजिक स्वीकृति पर आधारित रहता है। इसका सम्बन्ध राज्य से नहीं होता। लॉस्की तथा अन्य बहुलवादियों ने राज्य को विभिन्न संगठनों के समाज का एक संगठन माना है, जिसे आज्ञा पालन कराने का विशेष नैतिक अधिकार नहीं प्राप्त है। मेकाइवर ने ऐतिहासिक विश्लेषण से यह तथ्य प्रस्तुत किया है कि राज्य समाज के उच्चजीवन के लिए आवश्यक ऐसे कार्यों का निर्देशन है जो आवश्यकता पड़ने पर शारीरिक शक्ति का भी प्रयोग कर सकता है।

राजनीतिशास्त्र के अध्ययन में समाजशास्त्रीय और विधीय सिद्धान्त एक स्थान पर मिलते हैं। कुछ विचारक राज्य के स्वभाव के अध्ययन में इन दोनों दृष्टिकोणों का प्रयोग करते हैं। इस प्रकार राज्य सामाजिक और विधीय संगठनों का योगफल हो जाता है। इसके विपक्ष में राज्य नहीं, जनता को निश्चयात्मक मात्रा माना जाता है। १९वीं शती में राज्य और विधि के सम्बन्ध में प्रस्तुत उक्त समस्या का समाधान सम्वैधानिक व्यवस्था के आधार पर किया गया। मुख्य प्रश्न यह है कि राज्य की विधीय व्यवस्था और राज-नीतिक शक्तिसंचय में सम्बन्ध क्या हो? जापानी विचारकों के अनुसार राज्य, विधि एवं राजनीति के बीच स्थिर हो। वस्तुतः यहाँ राज्य विधीय विषय के रूप में है, सावयव के रूप में नहीं। राज्य केवल सामाजिक लक्ष्यों से ही

निर्देशित एवं सीमित नहीं होता अपितु अनिवार्य लक्ष्यों का भी प्रभाव पड़ता है। जर्मन विचारकों ने व्यक्तिवाद की प्रतिक्रिया में राज्य के व्यक्तित्व पर बल दिया। इसका अप्रत्यक्ष सम्बन्ध गियर्क के राज्य के आंगिक रूप से हो जाता है। इस स्थिति से मुक्ति के लिए जनता और राज्य के सम्बन्ध स्पष्ट करना आवश्यक है। यूनानी विचारकों ने राज्य को विधि के अन्तर्गत मान कर इस समस्या का समाधान किया था। विधि के साथ सदाचार, विधि या अलिखित विधान एवं सार्वभौम विवेक का योगदान था। इस रूप में सम्प्रभुता जनशक्ति में, जो वैयक्तिक एवं सावयव हेतु से ऊपर है, अन्तर्निहित है।

पश्चिम में मध्ययुगीन समुदायों तक सम्प्रभुता थी। शक्ति का स्रोत लोकेच्छा थी। ट्वेल्व टेबुल्स जनकल्याण को आधार मानता है।[1] जनसभा से प्रयुक्त न होने पर सम्प्रभुता के वास्तविक अधिकार ही नहीं माने गये।[2] फलतः 'सर्वशक्तिमान्' केन्द्रीयतावादी राज्य, १६वीं शती के धार्मिक संघर्ष, धर्माध्यक्षों की सम्प्रभुता, सामन्तों का प्रभाव, स्वशासित कस्बों और औद्योगिक श्रेणियों की सत्ता समाप्त करने के लिए सामने आया।[3] इस युग में राज्य-सम्प्रभुता किसी भी लौकिक शक्ति से सर्वोच्च होने का प्रयास करती है। दो युगों की संक्रमणकालीन असंगति हमें बोदाँ में स्पष्ट होती है। एक तरफ वह राज्य को कुटुम्ब पर आधारित मानते हुए राज्य की सम्प्रभुशक्ति को विधि का स्रोत अतएव किसी से नियन्त्रित नहीं मानता। दूसरी तरफ 'सालिक लॉ' को अक्षुण्ण मानते हुए सम्प्रभु को नैसर्गिकविधि और राष्ट्रविधि के अधीन मानता है। स्पष्ट है कि राज्यसम्प्रभुता सर्वशक्तिमान् न होकर उसके समान हो रही थी। लेकिन उसका पर्यवसान सर्वाधिकारवादी राज्य में ही हुआ। आल्फ्रेड रॉस्को ने फॉसीवादी राज्य को ही सम्प्रभु माना। हीगेल का राज्य वह स्वयं निश्चयात्मक सार्वभौम मानस है जो किसी अन्य सत्ता की शक्ति नहीं स्वीकार करता। यदि इन धारणाओं के विपरीत आज की जनस्वीकृतिमूलक जनतन्त्र की बात की जाय तो टॉयन्बी के शब्दों में वह कबीलावाद की ओर ही जा रहा है।[5] भारतीय राज्य सर्वाधिकारवादी,

---

1. Carlyle : Medieval Political Theory, Vol. I, ch. I.
2. Marsiglio of Padua. 1, 8, 12.
3. Laski : Grammar of Politics, p. 45.
4. Merriam, Bernes : History of Political Theory, p. 83. Schwarzemberger : Power Politics, p. 85.
5. Toyanbee : Study of History, Vol. I, p. 9.

'अनिवार्य बुराई' आदि के स्थान पर साधन है, जीवन के समाजस्वीकृत आदर्शों को प्राप्त करने के लिए। इसमें उसका न्यायिक उद्देश्य क्या है इस पर विचार करना है।

समाज राज्य से पूर्व था। उसके संरक्षण एवं विकास के लिए राज्य संस्था का उदय हुआ। यदि राज्य समाज के विभिन्न घटकों की स्थितिविशेष का योग है तो व्यवहार में उनका अस्तित्व भी राज्य पर निर्भर करता है। समाज के आधार विधि के कार्यान्वियन के लिए राज्य के अतिरिक्त अन्य कोई संस्था नहीं है। समाज के अतिरिक्त विधि की विभिन्न शाखाओं एवं विद्याओं का भी संरक्षण राज्य से ही होता है। विद्याओं से तात्पर्य है—आन्वीक्षिकी, त्रयी, वार्ता और दण्डनीति। जिनमें समाज एवं व्यक्ति की सभी शक्तियाँ समा जाती हैं। प्रजा के योग, क्षेम, सुवृष्टि, आधि, व्याधि, मरण एवं भय का उत्तरदायित्व राज्य पर ही है। राज्य ही युग का निर्माण करता है।[1] इस स्थिति में भी राज्य केवल आन्वीक्षिकी, त्रयी, वार्ता, योग एवं क्षेम का साधन है, साध्य नहीं।[2] इसीलिए राजा को धृतव्रत कहा गया है।[3] सोमदेव सूरि ने राज्य को धर्म, अर्थ और काम का मूल मानते हुए उसे प्रणाम किया है।[4]

राज्य का उद्देश्य मुख्यतः विधिरक्षा और जनरक्षा है। विधि का प्रारम्भ ऋत से है, जो विधि का आधार है। ऋत के सामाजिक सम्बन्ध होने पर उसका अर्थ होता है शाश्वत विधि (Cosmic order), और विधि का कार्यान्वियन करनेवाला है मानवीय समाज। इसीलिए राज्य का उद्देश्य होता है विधि एवं विधि के संरक्षण करनेवाले दोनों की रक्षा करना। विधि के संरक्षकों से विधि के सत्य पक्ष का साक्षात्कार होता है।[5] यही कारण है कि शतपथ-ब्राह्मण से विधि एवं उसके व्याख्याता ब्राह्मण की रक्षा का उद्देश्य अभिन्न रूप में व्यक्त होने लगता है और स्मृतियों में विशाल रूप धारण कर लेता है। ब्राह्मण ग्रन्थों तक ऋत धर्म के रूप में हो गया और धर्मसूत्रों के काल और उसके बाद धर्म के विभिन्न अंग विकसित हो गये। इस स्थिति में राज्य विधि (धर्म) रक्षा के साथ उसके विभिन्न अंगों का भी संरक्षक हो गया।

---

१. सर्वे लोका राजधर्मे प्रविष्टाः ॥ शान्ति० ६३।२५।
राजवृत्तानि सर्वाणि राजैव युगमुच्यते ॥ शान्ति० ९१।६।

२. आन्वीक्षिकीत्रयीवार्तानां योगक्षेमसाधनो दण्डः ॥ अर्थशास्त्र, १।४।४।

३. शत० ब्रा० ४।४।५।

४. धर्मार्थकामफलाय राज्याय नमः। नीतिवाक्यामृतम्, पृ० ७।

5. J. N. C. Ganguly : Philosophy of Dharma, Vol. II, 1926.

धर्म साधारणतया सामान्य और विशेष दो रूपों में विकसित हुआ। सामान्य में सत्य, दया, अस्तेय आदि का परिगणन किया गया और विशेष में वर्ण, आश्रम आदि का। सामान्य पर ऋत का साक्षात् प्रभाव व्यक्त होता है और विशेष पर सामाजिक प्रभाव। ऋत का समाजीकरण वर्णधर्म के रूप में इस प्रकार हुआ कि उसने स्वधर्म का रूप धारण कर लिया। राज्य का उद्देश्य स्वधर्म के सम्बन्ध में दो प्रकार से था—व्यक्ति के सम्मुख स्वधर्म पालन के लिए वातावरण प्रस्तुत करना और उसे स्वधर्म पालन के लिए बाध्य करना। इस प्रकार राज्य 'धर्मप्रवर्त्तक' हो गया। इस अवस्था में भी राज्य व्यक्ति के आदर्श प्राप्त करने का माध्यम ही रहा। आदर्श की व्याख्या राज्य नहीं करता था। व्यक्ति का आदर्श था त्रिवर्ग की प्राप्ति। वह विधि पालन से ही सम्भव था। यही कौटल्य का 'त्रयीशासन' है। अतएव राज्य विधि से ऊपर न हो सका और उसका उद्देश्य विधि-पालन ही माना गया। इस प्रकार राज्य वर्ण, आश्रम, वैदिक परम्परा की रक्षा का एकमात्र आधार हुआ। उसके बिना धर्म का लोप उसी प्रकार हो जाता है जैसे जहाज के डूबने पर समुद्र में यात्रियों का।[1]

राज्य आन्तरिक और बाह्य शत्रुओं से जनता की रक्षा करता है। इसमें व्यवहार, विधि, न्यायालय, सदाचार आदि की रक्षा करना मुख्य रहता है।[2] हम्बोल्ड के अनुसार "कौटल्य ने प्रजा की आन्तरिक और बाह्य सुरक्षा के लिए ही धर्मस्थीय और कण्टकशोधन दो न्यायालयों की स्थापना की।" वास्तव में कौटल्य ने कण्टकशोधन से समाज, राज्य और व्यक्ति की शान्ति भंग करनेवाले आन्तरिक शत्रुओं के उन्मूलन से राज्य के उद्देश्य को नयी दिशा दी। इस प्रकार राज्य के दो कार्यक्रम हो गये—पुलिस की व्यवस्था और विधि कार्यान्वयन। कौटल्य ने पुलिस को विधि (न्यायालयों) के संगठन के साथ समन्वित किया। अर्थशास्त्र का अध्यक्ष प्रचार प्रकरण देखने पर स्पष्ट हो जाता है कि राज्य जनकल्याणकारी रूप धारण कर रहा था। लेकिन उसका मुख्य उद्देश्य न्यायपालिका के उचित संगठन से उसके कल्याणकारी रूप का विस्तार करना था। इस अंश में राज्य केवल पुलिस राज्य के समान न होकर विधीय

---

1. शान्ति० ५७।४३-४४। इसी प्रकार के भाव के लिए द्रष्टव्य मनु० ७।२४, ३५, २०३।; ८।४१-४२, ४६।; शुक्र १।५०-५१।; मार्क० पु० २७।२९। त्रय्याः हि रक्षितो लोकः प्रसीदति न सीदति ।। कौटल्य १।३।

2. K. V. R. Aiyangar: Ancient Indian Polity, p. 67.

राज्य हो गया। उसका आधार धर्म और सामाजिक विधि हो गयी। जिसका मूल स्रोत वेद था। फलतः राज्य एक सामाजिक-धार्मिक (Socio-Religious) संस्था हो गया।

इस रूप में राज्य जिस समाज एवं विधि की रक्षा करता है, वह है वैदिक समाज और वैदिक विधि। सामान्य रूप से राज्य सभी नागरिकों (अनार्य, म्लेच्छ आदि) के जीवन, सम्पत्ति एवं स्वतन्त्रता की रक्षा करता है लेकिन सामाजिकविधि में वैदिकविधि के ही कार्यान्वयन का प्रयत्न था। यहाँ तक कि वर्णसंकरों को न्यायापालिका में कहीं स्थान नहीं दिया गया। आर्यावर्त से भिन्न कुछ ऐसे स्थान हैं जहाँ जाने पर भी प्रायश्चित्त करना पड़ता।[1] श्वपच, चाण्डाल आदि जातियों के लिए धर्मशास्त्रों में विधि, संस्कार और नियम की स्थापना ही नहीं की गयी। राज्य का उद्देश्य था वृषल, व्रात्य, अन्त्यज, अपपात्रादि के लिए उनके नियमों का ही पालन कराना। उनके नियम सामाजिक उद्देश्य से कहाँ तक सम्बद्ध हैं इस पर आचार्यों एवं राज्य ने ध्यान नहीं दिया। 'वे जहाँ हैं वहीं स्थिर रहें या परिवर्तन करें तो स्वयं' इसी सिद्धान्त का पालन किया गया।[2]

इसका तात्पर्य यह नहीं कि राज्य वैदिक धर्म का ही पालन कराता था और अन्य धर्मों का नहीं। धर्म के सम्बन्ध में भारतीय राज्यव्यवस्था सदा सहिष्णु रही है। लेकिन इसे अस्वीकार नहीं किया जा सकता कि न्यायपालिका का संगठन वैदिक आधार पर था। न्यायिक प्रशासन के कर्मचारियों, न्यायाधीश आदि की नियुक्ति और इस प्रकार की उनकी योग्यता में वैदिक तत्त्व ही स्वीकार किये गये। न्यायिक प्रक्रिया में शपथ आदि वैदिक थी। 'नास्तिकों' को साक्ष्य से भी वंचित किया गया किन्तु साथ ही समन्वय की भी प्रवृत्ति क्रियाशील थी। वैदिक विधि की प्रमुखता के साथ स्थानीय, जातीय, वर्गीय सदाचार, परम्परा एवं रीति-रिवाज को मान्यता दी गयी। आर्थिक एवं व्यावसायिक संघटनों की विधियों को उनके क्षेत्र में मान्यता दी जाती। उनकी रक्षा करना राज्य का कर्तव्य था। अशोक ने अपने कर्मचारियों को 'धर्मराज्य' सम्बन्धी जो आज्ञा दी थी उसमें आरण्यक एवं सीमावर्ती जातियों के आचार को परवर्तित करने का

---

१. आरट्टान्, कारस्करण, सौवीरान्, कलिंगान, प्रान्नानिति च गत्वा पुण्यस्तोमेन यजेत् सर्वपृष्ठ्या वा। बौधा० ५। १। २। १४।

२. आप० १।२१।६; २।७।२०।; वशिष्ठ २०।१६।; गौ० १।२१।१५।; २।२।१३।; अनु० १०।५१।

'नैतिक-प्रयास' किया गया था।[१] कौटल्य, मनु, शुक्र आदि ने तो स्थानीय आचारों के साथ विजित जातियों के भी आचार एवं विधि की सुरक्षा का आश्वासन दिया है।[२] दण्डविधि के साथ व्यवहारविधि के विचार में भी इन सदाचारों का ध्यान रखना पड़ता था।[3]

विभिन्न शासन-प्रणालियाँ

मैकडॉनल और कीथ के अनुसार आर्यों की आक्रामक प्रवृत्ति के कारण उनमें राजतन्त्र की ही पद्धति विकसित हो सकी।[४] राजतन्त्र के विकास में विभिन्न कारण थे लेकिन उसके साथ अन्य शासन-प्रणालियाँ भी थीं। ऐतरेयब्राह्मण में उनका क्रमबद्ध परिगणन किया गया है। उसमें साम्राज्य, भौज्य, स्वाराज्य, वैराज्य, पारमेष्ठ्यराज्य, महाराज्य, आधिपत्यमय, समन्तपर्यायी और एकराट्की चर्चा पायी जाती है। इनके अतिरिक्त जानराज्य, गणराज्य आदि शासन-प्रणालियाँ भी प्रचलित थीं। भण्डारकर ने ऐतरेयब्राह्मण में आये हुए शब्दों का प्रयोग विभिन्न शासन-प्रणालियों के स्थान पर उपाधियों के रूप में माना है।[५] वस्तुतः उनके विचार शुक्रनीति से प्रभावित हैं। अन्य विद्वानों ने इन्हें शासन-प्रणाली माना है।[६]

ऐतरेयब्राह्मण में भौज्य शासन-प्रणाली का उल्लेख है जिसका प्रयोग दक्षिण के निवासी कर रहे थे।[७] महाभारत, पालि त्रिपिटक एवं अशोक के शिलालेखों से स्पष्ट होता है कि भोज एवं भोजक जाति की विशिष्ट शासन-प्रणाली थी।[८] जायसवाल इनकी शासन-प्रणाली निर्वाचित मानते हैं। ऐतरेय-

---

1. V. A. Smith: Ashoka, pp. 133-38.
२. मनु० ७।२०३।
3. K. V. Rangaswami Aiyangar: Ancient Indian Polity, p. 67.
4. Vedic Index: Vol. II., p. 210, 216.
5. D. R. Bhandarkar: Some Aspects of Ancient Hindu Polity, pp. 91-95.
6. P. N. Banerjee: Public Administration in Ancient India, pp. 42-5.
   P. V. Kane: The History of Dharmashastra, Vol. III, pp. 102-3.
७. ऐ० ब्रा० ८। १४।
८. महा० शान्ति ६७। ५४।; अंगुत्तरनिकाय, खण्ड ३, पृ० ७६; अशोक के शिलालेख, गिरनार ५, शहबाज़गढ़ी १३।

ब्राह्मण में (८।१४) पश्चिम के निवासियों में स्वाराज्य शासन-प्रणाली का उल्लेख है, उनमें भी समानता का भाव पाया जाता है। यजुर्वेद (१५।१३) में इस पद्धति के प्रयोग उत्तर में मिलते हैं। जायसवाल ने वैराज्य का अर्थ राजा बिना या राजारहित शासन-प्रणाली और स्वाराज्य का स्वयं शासन करनेवाला किया है।[1] द्वैराज्य शासन-प्रणाली में पिता-पुत्र या भाइयों के स्वामित्व का साथ ही प्रयोग होता है। कौटल्य ने इस प्रकार की शासन-प्रणाली उचित नहीं समझा। उनके अनुसार इस प्रकार की शासन-प्रणाली परस्पर संघर्षरत रहती है।[2]

इस प्रकार की शासन-प्रणालियों का जो उल्लेख मिलता है उनमें न्यायपालिका के संगठन का विवरण नहीं मिलता। ऐतरेयब्राह्मण में गणराज्य का नाम नहीं आया है। इस आधार पर कहा जाता है कि उस काल में या तो गणों का राजनीतिक रूप न रहा हो या ऐतरेयब्राह्मण की नामावली शासन-प्रणाली के स्थान पर उपाधि हो। वस्तुतः ऐतरेयब्राह्मण में उन शासन-प्रणालियों का नाम दिया गया है जिनका वैदिक परम्परा में 'स्वस्तिवाचन' किया जा सके। गणों के प्रति उस समय से ही उच्च भाव कम हो रहे थे। ऋग्वेद से आनेवाले देवगणों के साथ अन्य वैदिक संस्कृति के विरोधी गणों का प्रादुर्भाव हो चुका था। अतएव यह नहीं कहा जा सकता कि उस समय गणों का संगठन नहीं था। गणों की शासन-प्रणाली के साथ उनकी न्यायिक व्यवस्था का भी उल्लेख मिलता है। इसका विस्तृत विवरण स्वतन्त्र विषय है। यहाँ हम उसका विवरण न देकर सामान्य आवश्यक अंश पर ही ध्यान दिलाना चाहते हैं।

गणराज्यों की व्यवस्था

जायसवाल के अनुसार राजतन्त्र के बाद गणतन्त्रात्मक शासनपद्धति का विकास होता है।[3] इस शब्द के अर्थ पर उनमें और डॉक्टर फ्लीट में विमर्श हुआ था। डॉ० फ्लीट गण का अर्थ कबीला करते थे और जायसवाल एसेम्बली या सरकार। एफ० डब्ल्यू० टामस ने जायसवाल का समर्थन किया। लेकिन ऐतिहासिक पृष्ठभूमि में देखा जाय तो दोनों अर्थ प्रायः ठीक

---

१. बनर्जी ने 'स्वतन्त्र राज्य' और 'विस्तृत राज्य' अर्थ किया है। वही, पृ० ४२

२. अर्थशास्त्र ८।२।

3. Hindu Polity, p. 23

थे। प्रारम्भिक वैदिक काल के गणों का अनुवाद कबीला किया जा सकता है।[1] गणशासन पद्धति पर जायसवाल का महत्त्वपूर्ण अध्ययन है। वे उसे जनतन्त्रात्मक शासनपद्धति का मूल मानते हैं। उनके बाद अन्य विद्वानों ने इस पर पर्याप्त विचार किया।[2] अत्यधिक अंश में जायसवाल के मत का खण्डन भी किया गया है लेकिन इसमें सन्देह नहीं कि जायसवाल ने एक दिशा दी है।

जायसवाल, मजूमदार और भण्डारकर के विचार गणों का स्वरूप तीन रूपों में विभक्त करते हैं। जायसवाल के विचार के निष्कर्ष म कहा जा सकता है कि उनके अनुसार गण के तीन रूप थे—(१) शुद्ध गण, (२) शुद्ध कुलसंघ और (३) कुल एवं गण से मिश्रित। इसी प्रकार भण्डारकर के विचार इस रूप में परिगणित किये जा सकते हैं—(१) अभिजातवर्गीय गण और (२) जनतन्त्रात्मक गण। अभिजातवर्गीय गणों के दो भेद हो सकते हैं—एकात्मक और संघात्मक। जनतन्त्रात्मक गण के भी दो भेद हो सकते हैं—निगम और जनपद। मजूमदार आदि गण को जनतन्त्रात्मक के साथ अभिजातवर्गीय भी मानते हैं।[3] काणे महोदय इसे स्पष्ट रूप से अभिजातवर्गीय व्यवस्था मानते हैं।[4]

गण शब्द का प्रयोग ऋग्वेद से ही प्रारम्भ हो जाता है।[5] उसमें देवगणों का उल्लेख मिलता है।[6] स्कन्द ने सप्तमातृकाओं से सम्बद्ध होकर दैत्यों से

---

1. R. S. Sharma : Aspects of Political Ideas and Institutions in Ancient India, p. 81.
2. D. R. Bhandarkar : Some Aspects of Ancient Hindu Polity, pp. 142-146.
   R. C. Majumadar : Corporate life in Ancient India, p. 221. The Age of Imperial Unity, p. 334.
   K. P. Jayaswal : An Introduction to Hindu Polity, (Modern Review, Calcutta, May, 1913.)
   P. V. Kane : History of Dharmashastra, Vol.III. pp.88-89.
3. K. P. Jayaswal : Hindu Polity, pp. 23-24.
   Bhandarkar : Some Aspects of Ancient Hindu Polity, pp. 149,167.
   Majumdar : Corporate life in Ancient India, p. 239.
4. P. V. Kane : History of Dharmashastra, Vol. III, p. 88.
५. ऋग्वेद १।६४।१२।; ५।५२।१३-१४।; ५।५३।१०।; ५।५६।१।; ५।५८।१-२।; ६।१६।२४।; १०।३६।७।
६. गणं देवानामृभवः सुहस्ता। ऋ० ४।३५।३।

युद्ध किया था।[1] ऋग्वेद में गणपति और गणराजन् का प्रयोग एक ही अर्थ में हुआ है। वैदिकगणों में गणपति के चुनाव का विवरण नहीं मिलता। उस काल में यह पद वंशानुगत नहीं हुआ था। गणों के कर्तव्य (गणकर्मणि) की व्याख्या सायण ने जिस प्रकार की है, उससे 'समान श्रम, समान विभाग एवं समान अधिकार के भाव' परिलक्षित होते हैं।[2] बौद्धगणों में राजन्, उपराजन्, सेनापति और भाण्डारिक आदि अभिजातवर्गीय तत्त्वों का संघटन हुआ किन्तु वैदिकगणों में केवल गणपति मूर्धास्थानीय है और सभी समान। लेकिन गणपति के प्रति असाधारण सम्मान एवं पूजा का भाव परिलक्षित होने लगा था। बौधायनगृह्यसूत्र में बलिहरण के रूप में उन्हें कर (भेंट) भी मिलने लगता है। ऋग्वेद में गण और गणपति दोनों के लिए सम्मान **(गणेभ्यः स्वाहा, गणपतिभ्यः स्वाहा)** व्यक्त किया गया है।[3] वैदिकगणों का क्षेत्रफल निश्चित नहीं था क्योंकि उस समय आर्थिक स्थिरता नहीं आयी थी।

वैदिकगण-व्यवस्था का विकास उत्तरवर्ती काल में तत्कालीन सामाजिक व्यवस्था के साथ हुआ। सामाजिक, आर्थिक एवं धार्मिक परिवर्तनों का उस पर प्रभाव पड़ा। इनका नेतृत्व बौद्ध एवं जैन संस्कृतियों ने किया। महावीर को 'गणी' की उपाधि देने में प्राचीन परम्परा की उद्भावना का प्रयास है।[4] इस काल की विशेषताओं से वैदिकगणों का भाव परिवर्तित हो गया। अब कर-व्यवस्था, अभिजातवर्गीय प्रभाव, पितृसत्तात्मक कुटुम्बव्यवस्था, सेना एवं सेनापति का प्रभाव रोका नहीं जा सकता था। बौद्धगणों में इन व्यवस्थाओं के साथ भी गणव्यवस्था का समर्थन नयी दृष्टि से किया गया। फलतः राजतन्त्र और गणतन्त्र में कितने ही अंशों में समन्वय हो गया।

बौद्धगण वैदिकधर्म तथा ब्राह्मणविरोधी थे। इसके लिए मल्लों एवं लिच्छवियों का प्रमाण पर्याप्त है। इसीलिए ब्राह्मणों एवं स्मृतिकारों ने बौद्ध-गणों को अपवित्र माना। काशिका ने ऐसे एक गण का परिचय 'नाना-जातीय, अनियतवृत्ति और उत्सेधजीवि' के रूप में दिया है। ब्राह्मण एवं वैदिकधर्म के विरोधी गणों का उल्लेख वेदों से ही प्रारम्भ हो जाता है। अथर्ववेद में वितहव्य के १००० निवासियों के गण का उल्लेख है, जो ब्राह्मणों

---

१. आदिपर्व ६।३६-३९।; शल्यपर्व ४५।२९।

२. अथर्व० ३।३०।५-६। ३. ऋ० २।८।९।

4. S. Stevenson: The Heart of Jainism, p. 61.

की गाय खा गये थे।[1] इसका समर्थन ज़िम्मर और मूर करते हैं। इस प्रकार की जातियों के ब्राह्मणविद्वेष को बौद्धधर्म ने नया रूप दिया। ऐसे गण बौद्धगणों में शीघ्र परिवर्तित हो गये। इन विभिन्न कारणों से वैदिक राजनीतिज्ञों ने गणों का बहिष्कार किया। कौटल्य के गणविद्वेष और उनके उन्मूलन के प्रयास का यही रहस्य है। स्मृतिकारों ने राजतन्त्र के साथ समन्वय के समय न्यायपालिका में गणों को स्थान दिया[2] लेकिन गणों को उच्च दृष्टि से नहीं देखा।

विभिन्न गणों की शासनव्यवस्था एवं प्रक्रिया के सम्बन्ध में विद्वानों द्वारा प्रस्तुत सामग्री से गणशासन के न्यायिक अंश पर प्रकाश पड़ता है। स्पष्ट है कि गणों की व्यवस्था का उत्तरदायित्व गणसभा या गणपरिषद् पर था। प्रत्येक विषय पर निर्णय के पूर्व विचार किया जाता था सभी सदस्य अपने विचार व्यक्त करने की पूर्ण स्वतन्त्रता रखते थे। प्रयास किया जाता था कि सभी सदस्यों का निर्विरोध मत प्राप्त किया जाय। जायसवाल मानते हैं कि निश्चय के पूर्व प्रस्ताव का तीन पाठन आवश्यक था।[3] अन्य विद्वान् इससे सहमत नहीं हैं।[4] यदि निर्विरोध निर्णय न होता तो 'येभुय्यासिका' (Voting by a majority of the chapter) का प्रयोग किया जाता था। निर्णय के लिए सामान्यतया तीन माध्यम स्वीकार किये जाते थे—गूल्हक (Secret method), सकण्णजप्पक (Whispering method) और विवटक (Open method)। प्रक्रिया के विस्तार पर अन्य विद्वानों ने जो विचार प्रस्तुत किया है[5], उससे ज्ञात होता है कि कार्यवाही की अध्यक्षता करनेवाले अध्यक्ष को विवेक के उपयोग का पर्याप्त अधिकार था।

जायसवाल मानते हैं कि बुद्ध ने अपने उत्तरवर्ती काल के राजनीतिक संघों

---

१. ये सहस्रमराजन्नासन् दस शता उत।
ते ब्राह्मणस्य गां जग्ध्वा वैतहव्या पराभवन्। अथर्व० ५।१८।१।

२. याज्ञ० १।३६०; २।१८६; मनु० ८।४१।

3. Hindu Polity, p. 96.

4. Rockhill: The life of the Buddha, pp. 18-19.
Gilgit Mss. (ed. Nalinaksha Dutt: Vol. III, pt. 2, pp. 9-10)

5. Sukumar Dutt: Early Buddhist Monachism, pp. 150-51;
Gokul Das De: Democracy in early Buddhist Sangha, Calcutta, 1955.
B. C. Law: Tribes in Ancient India, p. 323.

से संघ शब्द लिया। भण्डारकर मानते हैं कि 'बुद्ध ने अपने धार्मिक संघों में जो प्रक्रिया स्वीकार की उसे राजनीतिक सभाओं ने गणों में स्वीकार करने का प्रयास किया।' इसे बी० सी० ला और गोकुलदास दे प्रायः मानते हैं। आर० सी० मजूमदार मानते हैं कि 'बौद्धसंघों के समग्र प्रभाव गणों पर लादना उपयुक्त नहीं होगा।' मजूमदार प्रक्रिया का सारांश इस प्रकार देते हैं—(१) सभा में प्रस्ताव पारित करने के निश्चित नियम थे। प्रस्ताव सामान्यतया तीन बार प्रस्तुत होते थे। निर्विरोध होने पर वे पारित माने जाते थे। विरोध पर बहुमत का माध्यम स्वीकार किया जाता था। मतगणना के निश्चित नियम थे। (२) उलझे हुए विषय समिति को सुपुर्द किये जाते थे। (३) गणपूर्ति, मतगणना आदि के सम्बन्ध में नियम निर्धारित थे। विनय-पिटक में विवाद के निर्णय के ७ स्तर बताये गये हैं—सम्मुखाविनय, सतिविनय, अमूल्हविनय, पटिन्नाय, येभुय्यासिका, तस्सपापिय्यसिका और तिनवत्थारक।[1]

इस प्रकार गणों की सभा में न्यायिक सुरक्षा की पूर्ण व्यवस्था थी। जायसवाल एवं मजूमदार के अनुसार व्यक्ति की न्यायिक स्वतन्त्रता की सुरक्षा जितनी गणों की न्यायिक व्यवस्था में थी, सम्भवतः अन्यत्र नहीं उपलब्ध हो सकती। किसी भी व्यक्ति को प्रक्रिया के सात स्तर पूर्ण करने के पूर्व दण्ड नहीं दिया जा सकता था। प्रक्रिया की पूर्ति के बाद यदि वह अपराधी होता तो दण्ड दिया जाता, नहीं तो मुक्त कर दिया जाता।[2] राजतन्त्रात्मक व्यवस्था में दण्डापराधविधि के विवाद राजसभा एव राजा में केन्द्रित थे। उसकी

---

१. इनका अंग्रेजी अनुवाद—
Application of the disciplinary rule (to the person) in presence; Application of the discipline in case of full consciousness (of the accused) ; the same in the case of one not being insane; sentencing one who confesses (being guilty) sentencing by majority of votes ; proceeding against the obstinate; covering over as by grass.
Translations from Kern : Manual of Indian Buddhism, p.86.

2. Jayaswal : Hindu Polity, p. 45.
Majumdar : Ancient India, p. 163.
Corporate life in Ancient India, pp. 195-96.
R. C. Majumdar : The Age of Imperial Unity, p. 333.
The History and Culture of the Indian People, Vol. II.

प्रतिक्रिया गणराज्यों की व्यवस्था में होती है। फलतः प्रक्रिया की पूर्ति और निर्विरोध निर्णय की व्यवस्था स्वीकार की गयी।[1] इसमें व्यक्तिविशेष के स्थान पर सभा के नियमों पर व्यक्ति की स्वतन्त्रता और न्याय पाने के अधिकार का दायित्व सौंपा गया। वैधानिक दृष्टि से गणराज्य की पद्धति ने न्यायपालिका में एक प्रयोग किया। इसकी सफलता की कसौटी गणों के कर्मचारियों पर थी।

गणों को समुदाय या गणसंघ के सदस्यों पर पूर्ण अधिकार था। कपिलवस्तु के गणशासन पर अपना विचार व्यक्त करते हुए रिज डेविड्स ने लिखा है कि 'न्यायिक एवं प्रशासनिक कार्य जनता की सभा से संचालित होते थे, जिसमें नवयुवक और वृद्ध दोनों सदस्य थे। संघागार में प्रशासन एवं न्याय का संचालन जनप्रतिनिधि करते थे। सत्र का कार्य-संचालन चुनाव से होता था, जिसे अध्यक्ष सम्पन्न करता था।'[2] जायसवाल इस मत का समर्थन करते हैं किन्तु डेविड्स द्वारा प्रयुक्त कबीला शब्द के स्थान पर राज्य शब्द का प्रयोग करते हैं। भण्डारकर डेविड्स के मत का खण्डन इस आधार पर करते हैं कि "कबीले का प्रधान चुना हुआ न होकर वंशानुगत होता और वह 'प्रधान' नहीं 'शासक' था।" इन पक्षों का उत्तर देते हुए मजूमदार ने डेविड्स के पक्ष में पर्याप्त प्रमाण दिया है। इसमें सन्देह नहीं कि शाक्यों का गण था किन्तु उनके जनप्रतिनिधि निर्वाचित के स्थान पर अभिजातवर्गीय एवं वंशानुगत थे। लेकिन कोई विशेष राजा या व्यक्ति उनका शासक नहीं था।[3] वस्तुतः गणपरिषद् की जनतन्त्रात्मक व्यवस्था और अभिजातवर्गीय गणों का सम्मिश्रण शाक्यों में पाया जाता है, इसे कुलसंघ भी कहा जा सकता है।

सिन्धु नदी की घाटी के गणों के सम्बन्ध में जायसवाल का कहना है कि उनकी तीन विशेषताएँ हैं—मन्त्रिमण्डल, द्वितीयसभा और संसद्। उनका यह कथन सत्य हो तो भी यह अस्वीकार नहीं किया जा सकता कि य गण अभिजातवर्गीय थे। रिज डेविड्स ने बौद्धगणों की विशेषता प्रस्तुत करते हुए कुछ निष्कर्ष इस प्रकार प्रस्तुत किये हैं—(१) नवयुवक और वृद्धों से

1. U. N. Ghosal: Studies in Indian History and Culture, p. 387.
2. The Constitution of the Shakyas of Kapilvastu, Indian Historical Quarterly, Vol. 21. (1945), pp. 1-5.
3. Benoy Chandra Sen: Studies in the Jatakas, Calcutta University journal of Deptt. of Letters; Vol. 20. pp. 25-26.

युक्त जनता की सभा का अस्तित्व जिसे विधिनिर्माण सम्बन्धी सर्वोच्च अधिकार प्राप्त थे। (२) सामुदायिक कल्याण की योजना, जिसमें जनता के कल्याण की व्यवस्था थी। (३) बुद्ध ने लिच्छविगण की 'तार्वातिसदेव' से तुलना की है, केवल उसकी जनतान्त्रिक विशेषता के कारण। (४) राजतन्त्र के समान वंश या व्यक्तिविशेष के शासन का अभाव और (५) राज्य-प्रशासनिक इकाई में बद्धता। डेविड्स के विचारों का खण्डन करते हुए आर० सी० मजूमदार ने लिखा है कि 'गणराज्य के सदस्य राजाओं के समान अधिकारसम्पन्न थे। इसे जनतन्त्रात्मक न कहते हुए राजाओं का 'सहकारी संघ' कहा जा सकता है।'' लेकिन अभिजातवर्गीय अंश के साथ उसके जनतन्त्रात्मक पक्ष की अवहेलना नहीं की जा सकती। गणराज्यों में जनतन्त्र के तत्त्व इस प्रकार थे --(१) सभा में प्रस्ताव पारित होने के निश्चित नियम थे,[1] (२) गणपूर्ति के नियम थे, (३) मतभेद का निर्णय बहुमत पर होता था और बहुमत के ज्ञान के लिए मतपेटिका का भी प्रयोग होता था, और (४) अनुपस्थित सदस्यों आदि के सम्बन्ध में भी निश्चित नियम थे।[2]

जायसवाल का मत यदि मान लिया जाय कि बुद्ध ने तत्कालीन राजनीतिक गणों के विधान का प्रयोग अपने ढंग से बौद्धसंघों में किया तो यह भी मानना पड़ेगा कि बुद्ध से पूर्ववर्ती गणों का वैदिक प्रभाव भी बौद्धगणों पर पड़ा। बुद्ध एवं बौद्धदर्शन वर्गविहीन समाज के पक्षपाती थे। बौद्धगण घोर कुलीनतन्त्रवादी हो गये। बौद्धसंघ (धार्मिक) व्यक्तिवादी थे। इनमें बुद्ध की वाणी एवं उपदेश विधान थे। लेकिन बौद्धगणों (राजनीतिक) में विधान-निर्मातृ सभा थी, जिसमें उनके सदस्यों को समान अधिकार थे कि वे विधि-निर्माण में योग दे सकें। इसमें वैदिक परम्परा का ही प्रभाव था, जिससे विधि की सर्वोच्चता का सिद्धान्त विकसित होता रहा। गणों के शासन को कुलों, वंशों एवं अभिजातवर्ग से संचालित होने में वैदिक वंशानुगत प्रभाव विकसित हुआ। कालान्तर में वर्गीय प्रभाव से प्रधान, अध्यक्ष और सेनापति का पद भी वंशानुगत हो गया।

शक्ति के केन्द्रीकरण एवं विकेन्द्रीकरण के सम्बन्ध में बौद्ध और वैदिक-गण समान थे। सिद्धान्ततः स्थानीय इकाइयों को महान् अधिकार थे। उनका प्रभुत्व व्यक्ति पर भी था, लेकिन अभिजातवर्गीय आधार पर संघटित

---

१. चुल्लवग्ग २।२।२।; ११।१।१४।

२. महावग्ग ९।३।५६।

होने से केन्द्र में कुछ विशेष वर्ग एवं व्यक्ति का प्रभाव हुआ और स्थानीय अधिकारों पर भी नियन्त्रण होने लगा। केन्द्र में कृष्ण एवं बुद्ध जैसे व्यक्तियों के होने से इस प्रकार का भय और हो जाता था। इसका परिणाम यह हुआ कि केन्द्र में महान् व्यक्तियों के होने से गणों की केन्द्रीय शक्ति का विकास हुआ। इन व्यक्तियों के अभाव में परस्पर संघर्ष की सम्भावना हो जाती थी। महाभारत ने उसका चित्रण किया और कौटल्य ने उससे लाभ उठाया। बौद्धसंघों में व्यक्ति के व्यक्तित्व का महत्त्व नहीं था। जन्म से मृत्युपर्यन्त व्यक्ति के विधि-विधान बुद्ध की वाणी से निर्देशित थे। बौद्धगणों में व्यक्ति का व्यक्तित्व लुप्त नहीं हुआ। इसमें वैदिक परम्परा का प्रभाव स्पष्ट है। इस प्रकार गणराज्य शासनपद्धति में वैदिक एवं बौद्ध दोनों प्रभाव अभिव्यक्त होते हैं। धर्म के सम्बन्ध में दो संघर्षशील प्रवृत्तियों का समन्वय गणराज्यों में होता है। बौद्धगणों पर विधि की सम्प्रभुता का वैदिक प्रभाव क्रियाशील हुआ। वैदिक परम्परा की न्यायिक प्रक्रिया और गणों की प्रक्रिया में विशेष अन्तर नहीं था। फलतः गणराज्यों के पराभव के समय उनकी न्यायपालिका वैदिक न्यायपालिका के सामने क्रियाशील न हो सकी और उसी में समाविष्ट हो गयी। फलतः केन्द्रीय राजसभा गणों की भी सर्वोच्च न्यायिक संस्था हो गयी। अन्ततः वैदिक न्यायपालिका का ही विकास होता रहा।

●

अध्याय | २

विधि, समाज और राज्य

प्रारम्भिक वैदिक काल में विधि ऋत के रूप में थी। उसकी शक्ति सर्वोच्च थी। उसी के आधार पर समाज का संगठन करने का प्रयास हुआ। ऋत के समाजीकरण में ब्राह्मणग्रंथों तक ऋत धर्म के रूप में विकसित हुआ। इसी बीच समाज द्वारा विधि के पालन में राज्य की उत्पत्ति हुई। विधि समाज का आदर्श थी और कल्याण का साधन भी। ऋत के कुछ शाश्वत तत्त्व छोड़कर उसके अन्य अंग समाज से ही विकसित होते गये और उन्हें सामाजिकविधि का रूप मिल गया। शेष अंगों का प्रयोग समाज के माध्यम से ही हुआ। उनका कार्यान्वयन जब राज्य के द्वारा होता तो वे राज्यविधि का रूप धारण कर लेते। इस विकास-स्तर में भी विधि का सम्बन्ध समाज-कल्याण रहा और वह राज्य एवं समाज से उच्च स्थान प्राप्त करती रही।

विभिन्न कारणों से सामाजिक घटकों में परिवर्तन होता रहा। इस परिवर्तन का प्रभाव विधि और राज्य दोनों पर पड़ा। यदि वैदिककाल से विज्ञानेश्वर और जीमूतवाहन तक के काल की विशेषता एक नहीं है तो इस दीर्घ परम्परा की विधि भी वही नहीं है। समाजकल्याण के लिए उसने अपने में स्वभावतः परिवर्तन कर लिया। उसका सम्बन्ध समाज के साथ अभिन्न रूप में बना रहा। इस परिवर्तन की विशेषता थी कि वह अपने मूल में नहीं अपितु उसे व्यावहारिक बनाने के ढाँचे में परिवर्तन करती रही है। वैदिककाल से स्मृतिकाल तक भारतीय समाज में अनेक जातियों का समावेश हुआ। अनेक सम्प्रदाय उत्पन्न हुए। विधि में परिवर्तन भी होता रहा है। लेकिन वेदों से स्मृतियों तक ऐसा तारतम्य बना रहा कि उनमें भेद परिलक्षित नहीं होता। राजशक्ति के विकास के साथ विधि सम्प्रभु की इच्छा या आज्ञा मानी जाती रही। लेकिन भारतीय न्यायपालिका में राजशक्ति स्वयं विधि की सम्प्रभुता से संचालित होती रही। राज्य सामाजिक शक्तियों से ऊपर नहीं अपितु उनसे नियन्त्रित था। समाज के किसी भी अंग वर्ण, व्यावसायिक संगठन आदि की विधि में वह संशोधन एवं परिवर्द्धन न कर उनका कार्यान्वयन करता रहा। इस प्रकार राज्य केवल साधन था। इस स्पष्टीकरण के लिए विधि, राज्य और समाज के सम्बन्ध, विकास आदि का अध्ययन करना आवश्यक है।

व्याख्या

आधुनिक विधिशास्त्र में अधिकार और कर्तव्य 'शक्ति-विशेष द्वारा प्रदत्त अवसर' की अपेक्षा करते हैं। विधियाँ मानवीय हैं। राज्य से परे उनका अस्तित्व नहीं है। ऑस्टिन का सम्प्रभु विधि में परिवर्तन एवं संशोधन ही नहीं करता अपितु उसकी इच्छा ही विधि है।[1] इसी आधार पर नेल्सन ने कहा कि 'भारत में विधि का अस्तित्व ही नहीं था।' नेल्सन पर व्यंग्य करते हुए मेन ने लिखा था कि "नेल्सन पहले व्यक्ति हैं, जिन्होंने भारतीय परम्परा और विधि की शक्ति बिना समझे इस ढंग का उपहास किया।" वस्तुतः विधि की शक्ति विधि द्वारा ही संचालित होती है। वह मध्यस्थता के आवरण में व्यक्त होती है। जिस विधि के माध्यम से शासक शासन करता है, वह शासन का परिणाम नहीं हो सकती।[2] गुरुदास बनर्जी के अनुसार ऑस्टिन की विधि राज्य के सम्प्रभु की आज्ञा है और हिन्दू विधि विश्व के सम्प्रभु की।[3] रोमन सम्राट् कह सकता है कि 'हमें विधि नहीं बाँध सकती[4]' लेकिन भारतीय सम्राट् इस प्रकार नहीं कह सकता।[5] 'जिसके घर में आग लगेगी उसे जंगल में भेज दिया जायगा' की आज्ञा प्रसारित करनेवाला बिम्बिसार अपने महल में आग लगने पर जंगल में जाने के लिए मंत्रिमंडल से प्रार्थना करने लगा।[6] बृहदारण्यकोपनिषद् में विधि को क्षत्र का भी क्षत्र कहकर विधि की सर्वोच्चता के साथ 'सम्प्रभु' को स्वयं उसके अधीन कर विधि की व्याख्या का आधार ही बदल दिया गया,[7] जो पश्चिम में नहीं था।

विधि की परिभाषा करते समय विचारक और उसकी सामाजिक धारणा का भाव व्यक्त हो जाता है। कुछ लोग उसे व्यक्ति एवं सामाजिक संघटन के व्यापार से संबद्ध सामाजिक सहअस्तित्व की स्थिति का योग मानते हैं। पल्ज़्की के अनुसार 'इस धारणा से सदाचार, राज्य, सम्प्रभु तथा अन्य विधि-निषेधों का समन्वय विधि के साथ हो जाता है'।[8] राज्य की इच्छा व्यक्त

---

1. Austin : Jurisprudence., 11. p. 535
2. Watt : Legel philosophy, p. 18.
3. Quoted by D. N. Mitter in the Position of Women in Hindu Law, Calcutta University, 1913, Introduction.
4. Moyle' s Translation of Justinian. p. 78.
5. मनु १।५८।
6. Budhist Record IX.
7. बृ० उप० १।४।१४।; ऐ०ब्रा० १४।४।२।२३।; शत० ब्रा० १४।४।२।२३।
8. Pulszkey : Theory of Law and Civil Society, p. 312

होने के अनेक माध्यम हैं। केल्सन के अनुसार विधि मानवीय व्यवहार की व्यवस्था है।[1] संहिता नियम की एक व्यवस्था है। विधि, जैसा कि पहले कहा जाता था, नियम नहीं है। वह नियम का ऐसा संग्रहण है जो व्यवस्था के द्वारा एक प्रकार की संबद्धता ग्रहण करता है। काण्ट की परम्परा के अनुसार विधि स्थितियों का योग है, जिसमें व्यक्ति की मध्यस्थ इच्छा अन्य की स्वतन्त्रतापरक सामान्य विधि के साथ समन्वित हो। एर्लिच के अनुसार वैधानिक विकास विधान, विधिशास्त्र या न्यायिक निर्णय में नहीं सन्निहित रहता बल्कि उसका केन्द्र-बिन्दु समाज होता है।[२] एर्लिच की परिभाषा पर टिप्पणी करते हुए फ्रेडमैन ने लिखा है कि 'एर्लिच की परिभाषा ने सामाजिक उद्देश्य और विधि दोनों को संतुलित करने का प्रयास किया है क्योंकि विधि के पीछे राज्यशक्ति की अपेक्षा सामाजिक उद्देश्य अधिक क्रियाशील रहता है।' विद्वान् लेखक ने आगे लिखा है कि "विधि वैधानिक संहिता से अधिक कुछ-और है। विकसित सामाजिक व्यवस्था में भी बहुत से विधि के लक्ष्य आलेख में नहीं व्यक्त हो पाते। विधि के तत्त्व सामाजिक तथ्य पर स्थिर होते हैं। विधि के उद्देश्य सामाजिक तथ्यों से प्राप्त किये जाते हैं।"[3] डॉ० रुडॉल्फ शब्सिंगर विधि की व्याख्या व्यवहार के सामान्य नियम का योग, जो राज्य द्वारा शक्तिसम्पन्न हो, मानते हैं।[४]

वेदों में विधि के लिए 'ऋत' शब्द पाया जाता है। उसका संबंध सत्य के साथ है। उनकी उत्पत्ति तप से है।[५] 'ऋत' 'सत्य' से रात्रि, समुद्र, संवत्सर सूर्य और चन्द्र से क्या सम्बन्ध है, वे उनसे कैसे उत्पन्न हुए आदि प्रश्न विधि-शास्त्र की अपेक्षा दर्शन एवं विज्ञान से अधिक संबद्ध हैं। हमें 'अघमर्षण' में प्रस्तुत 'ऋत' के स्वरूप से ज्ञात होता है कि उसका अस्तित्व सृष्टि के पूर्व भी है। मित्र, वरुण, उषा सभी 'ऋत' की मर्यादा में बद्ध हैं।[६] ऋत एवं उसके पालन में मित्र एवं वरुण का भी उद्देश्य मानवकल्याण है।[७] 'ऋत' प्राकृतिक नियमों, जगत् के संबंधों और मानवीय वातावरण में प्रस्तुत होने में अपना क्षेत्र विकसित करता गया। वह बाह्य से आन्तर एवं शारीरिक से दैवी हो गया। वह नैस-

1. Kelson : General Theory of Law and State, p. 1.
2. Prof. E. Ehrlich : Fundamental Principles of the Sociology of Law.
3. Dr. W. Friedmann : Legal Theory, p. 178.
4. Dr. Rudolf Schbsinger : Social Legel Theory, p. 2.
५. ऋ० १०।१९०।१; १०।१९०।२; १०।१९०।३।
६. ऋग्वेद १।२। ७. ऋग्वेद १।९०।

गिक एवं दैवी शक्तियों के नियन्त्रण के प्रतीक से नैतिकता आदि का निर्देशक बन गया।[1] वह विश्व के सभी अंगों, प्रकृति की घटनाओं में अन्तर्वर्ती होते हुए यज्ञीय नियमों और मानवीय व्यवहारों का विधायक भी था।[2] ब्राह्मणग्रन्थों में 'ऋत' का स्थान 'धर्म' शब्द ने लिया, जिसका संरक्षक राजा बना।[3]

वेदों में विधि और न्याय के प्रशासक मित्रावरुण माने गये हैं।[4] वे विधि में अपना सहयोग भी प्रदान करते हैं। विधि के प्रकाशन से सर्वोच्च शक्ति का भान होता है। इसी के माध्यम से कृषि, व्यापार तथा समग्र मानवीय कल्याण का विकास होता है। दीर्घतमा ने विधि को दैवी शक्ति से भी ऊपर माना है।[5] उनके अनुसार दैवी शक्तियाँ मानवीय कल्याण के लिए हैं।[6] समाज मानवीय विधि व्यवस्था का संगठन नहीं करता। सामाजिक संगठनों में तादात्म्य मानव विधि के आधार पर ही नहीं है। सामाजिक संगठनों में तारतम्य विधि की लक्ष्यात्मक व्याख्या, नैतिकता तथा सामाजिक घटकों में विकसित होनेवाली क्षमता के समन्वय से होता है। सामान्यतया विधि के लक्ष्य कर्तव्य के नैतिक-तार्किक विचार तथा परिस्थितियों में क्रियाशील नैतिकता में समझौता स्थापित करते हैं। सामाजिक चैतन्य के साधन वैधानिक नियम हैं, जो शक्तिमान् ध्वंसात्मक शक्तियों से मानव-हित के विकास के हेतु प्रस्तुत करते हैं।

सभी मानव-संघटन किसी-न-किसी रूप में मानवीय क्षमता की शक्ति का सन्तुलन स्वीकार करते हैं। उनका संचालन शक्ति से होता है; किन्तु वह शक्ति सरकार या अन्य प्रतिबन्धों का अभिव्यक्तीकरण नहीं है अपितु वह समाज के घटकों की क्षमता है। यह क्षमता प्रभावित करने में मानवीय स्वभाव का भी हाथ होता है। इसकी मुख्यतः दो विशेषताएँ होती हैं—(१) आत्मा और शरीर की क्षमता एवं प्रतिभा की एकता और (२) अधोगामी प्रवृत्तियाँ। द्वितीय का प्रभाव नैतिक और बौद्धिक क्षमता को प्रभावित करने का प्रयास

1. Radhakrishanan: Indian philosophy, Vol. I, p. 79.
   Max Muller: Hibbert Lectures. 1878, pp. 244-245.
2. Religion and Philosophy of Veda, p. 249.
3. शत० ब्रा० ५।३।३।९; ५।४।४।५।
4. ऋ० १।१५१।३; १।१५१।४; १।१५१।६,८; १।१५२।१; १।१५२।३।
5. ऋ० १।१६४।१; १।१६४।३०,३१; १।१४१।९।
6. ऋ० १।१६४।४१,४२।

है। व्यक्ति या समुदाय यदि द्वितीय पर नियन्त्रण कर लें तो प्रथम विशेषताओं का विकास होता है और व्यक्ति या समुदाय अपने लक्ष्य प्राप्त कर पाते हैं। वैदिक ऋषि सामाजिक प्रवृत्तियों को समाजविरोधी शक्तियों के विपरीत सफल बनाने के लिए सर्वसम्भव सामाजिक प्रयास करते हैं।

ऋत सत्य और धर्म का रूप धारण करने में 'कर्तव्य' का पर्याय हो गया। वह सत्य, कल्याण और धर्म है किन्तु सर्वोच्च शक्ति से निर्मित नहीं। वह स्वयं सर्वोच्च शक्ति है।[१] उसी के द्वारा आकाश, दिव सभी का नियन्त्रण होता है।[२] इस प्रकार विधि ऐसे नियमों का संग्रह है, जो सृष्टिनिर्माण से विश्व का संचालन करते आ रहे हैं। इससे परे कोई व्यक्ति नहीं हो सकता। परे होने पर नष्ट हो जायगा। इस प्रकार विधि दैवी रूप धारण कर स्वयं सर्वोच्च शक्ति के रूप में प्रस्तुत होती है। ईश्वर की सृष्टि का निर्देशन विधि के अनुसार ही होता है। सामाजिक कर्तव्य एवं वैयक्तिक व्यवहारों का निर्देशन और नियन्त्रण सर्वोच्च शक्ति विधि के आधार पर ही है। दण्ड देने में उसकी इच्छा नहीं विधि ही आधार है।

ऋत की व्याख्या में केवल सत्य का ही समन्वय नहीं है, उससे दृढ़ का भी सम्बन्ध है। विधि अपरिवर्तनीय और दृढ़ है। वामदेव द्वारा प्रस्तुत ऋत की व्याख्या में विभिन्न पक्ष सामने आते हैं। ऋत की वाणी बधिर को भी सुनाई पड़ती है।[3] वैदिक ऋषि विधि की परिवर्तनीय शक्ति स्वीकार नहीं करते। वस्तुतः ऐसे सामाजिक स्तर पर जब सामाजिक शक्तियों का विकास न हुआ हो, उनकी समस्याओं का दबाव अनुभूत न हो और नैतिकता एवं धर्म ही विधि के आधार हों, परिवर्तन की बात नहीं उठती। उस समय वर्तमान की सुरक्षा का प्रश्न रहता है। सुरक्षा में यथास्थिति निहित होती है और परिवर्तन नहीं स्वीकार किया जाता। दूसरी बात यह है कि उस समय विधि, नैतिकता और धर्म में तादात्म्य रहता है। समाज के इन अंगों में यथाशीघ्र परिवर्तन भी नहीं होता।

आधार

विधि की परिभाषाओं से उसके दो आधार प्रस्तुत होते हैं—दैवी प्रकाशन और कल्याणमूलक समृद्धि। मानवीय व्यवहार नियन्त्रित करनेवाली दैवी

१. यतश्चोदेति सूर्योऽस्तं यत्र च गच्छतीति प्राणाद्वा एष उदेति प्राणेऽस्तमेति तं दिवाश्चक्रिरे धर्म स एव अद्य स उ श्व इति ॥ बृ० उ० १।५।२३।

२. ऋग्वेद ५।१५।२।

३. ऋ० ४।२३।८९।

विधि की प्रामाणिकता संशयात्मक तर्क से नहीं हो सकती। इनके साधन-साध्य में साध्य का सम्बन्ध भी भौतिक ज्ञान में अपूर्ण होता है। दैवी प्रकाशन पर आधारित इस प्रकार की विधि राज्य से भी परे होती है लेकिन उसकी जड़ समाज में रहती है। यही कारण है कि राज्य के अभाव में भी विधि के माध्यम से समाज का संचालन होता है और निर्बल-सबल में सुरक्षा की स्थिति बनी रहती है।[1] भारतीय विधि 'दैवी-इच्छा' की अपेक्षा 'दैवी-विवेक' पर आधारित है। देवता के माध्यम से व्यक्त होनेवाली विधि उसकी इच्छा नहीं होती। विधि के दैवी आधार मानने से उस पर मानवीय दुर्गुणों, महत्त्वाकांक्षाओं, स्वार्थ आदि का प्रभाव नहीं पड़ता। अतएव वह समाज एवं राज्य दोनों से ऊपर हो सकी। मानवकल्याण से उसका सम्बन्ध होने से उसका समाज के साथ सहअस्तित्व इस रूप में बन पाया कि वह समाज से भी पूर्व सिद्ध हो गयी।

विधि का आधार समानता की अपेक्षा उपयोगिता और कल्याण है। कल्याण और उपयोगिता में अन्तर है। कल्याण का महत्त्व उपयोगिता से अधिक है। कल्याण की व्याख्या सरलता से की जा सकती है लेकिन उपयोगिता का अंश और आधार स्पष्ट नहीं हैं। कल्याण का सम्बन्ध अध्यात्म के साथ जहाँ तक होता है, उपयोगिता वहाँ तक नहीं पहुँच पाती। मनुष्य का सुख और उसकी सांसारिक सुविधा उपयोगिता से अलग की जा सकती है। वे स्वतःसिद्ध होकर उपयोगिता से परे हो सकते हैं। कल्याण का रूप व्यापक है। धर्मसूत्रों का कल्याण धर्म का रूप धारण कर लेता है। उसमें प्रेय को श्रेय का पूरक बनाया गया।[2] भारतीय विधि का आधार मूलतः कल्याण है लेकिन उससे उपयोगिता दूर नहीं की गयी। इसलिए उसमें लौकिक और पारलौकिक दोनों अंशों का समावेश होता है।[3]

---

१. अथोऽबलीयान् बलीयासमाशंसन्ते धर्मेण यथा राज्ञैव। बृ० उ० १।४।१४।

२. वर्णा आश्रमाश्च स्व स्वकर्मनिष्ठाः प्रेत्य कर्मफलमनुभूय ततः शेषेण विशिष्टदेशजातिकुलरूपायुः श्रुतवृत्तवित्तसुखमेधसोजन्म प्रतिपद्यन्ते। विष्वञ्चो विपरीता नश्यन्ति॥ गौ० ११।२९; ११।३०।

3. लोके प्रेत्य वा विहितो धर्मः। वशिष्ठसंहिता १।१-२।
यतोऽभ्युदयनिःश्रेयससिद्धिः स धर्मः। कणाद १।२।

विधि का प्रत्यक्षीकरण शक्ति के माध्यम से होता है। पास्कल ने लिखा है "न्याय विवाद का विषय है और शक्ति निर्विवाद। अतएव हम शक्ति को न्याय के साथ नहीं रखना चाहेंगे; क्योंकि शक्ति न्याय को अस्वीकार कर देगी और अन्त में घोषित कर देगी कि वह स्वयं न्याय है। अन्ततः 'न्यायशक्ति' के स्थान पर 'शक्तिन्याय' की स्थापना हो जायगी।" नैसर्गिक विधि भी यही तथ्य स्वीकार करती है। प्रो० कॉन के अनुसार "१२ वीं शती में विधि के दार्शनिकों ने पूजा के सामने सिर झुकाया। धार्मिकन्याय में तर्क एवं जिज्ञासा के स्थान पर श्रद्धा मुख्य मानी गयी। अतएव तार्किक, नास्तिक आदि विशेषणों का प्रादुर्भाव हुआ। फलतः अनुत्तरदायी शक्ति ने संरक्षकों का स्थान ग्रहण कर लिया।" नीत्से आदि ने मनु को शक्ति का दार्शनिक कहा है। लेकिन जहाँ तक शक्ति के साथ विधि के सम्बन्ध का प्रश्न है, वह स्वयं विधि से उत्पन्न होती है। उसका प्रयोग विधि के नियन्त्रण में होता है। वह आधार न होकर अधिक से अधिक विधि के अभिव्यक्त होने का माध्यम हो सकती है।[1] विधि का सम्बन्ध प्रकृति, मानवीय कल्याण एवं उपयोगिता से है।[2] वैदिकविधि यह सामाजिक तथ्य स्वीकार करती है। ऋत वह परिशुद्ध शक्ति है, जिससे सामाजिक एवं प्राकृतिक शक्तियाँ नियमबद्ध हैं।[3]

वस्तुतः विधि नैतिक सिद्धान्त है, जिसमें भौतिक सन्तुष्टि अन्तर्निहित है। यूनानी साधुओं, रोमन विधिशास्त्रियों तथा मध्ययुगीन नैसर्गिकविधि के चिन्तकों ने विधि को तर्क पर आधारित माना है, जो बौद्धिक प्रवृत्ति से उपलब्ध हो सके। आधुनिक विधिशास्त्री भी तर्क को विधि का आधार मानते हैं। लेकिन विधि की भौतिक सन्तुष्टि जीवन की आवश्यकता, प्राणिमात्र की उपयोगिता और माँग है। ऋत की व्याख्या में प्राचीन विचारकों ने उस काल में नैतिकता की सम्भावित सभी स्थितियाँ स्वीकार कीं। उसमें भौतिक सन्तुष्टि का भी पक्ष अन्तःसन्निविष्ट है। भौतिक सन्तुष्टि के पक्ष में उसका सम्बन्ध मानवीय उद्देश्य और कल्याण से होता है। ऋत में नदी, वायु, सूर्य देवमण्डल, पशु तथा समग्र ब्रह्माण्ड मानवीय कल्याण की सन्तुष्टि और उद्देश्य की सफलता में योग देते हैं।

कल्याण और उद्देश्य के साथ विधि तर्क के आधार पर भी प्रतिष्ठित

---

1. द्रष्टव्य : प्रस्तुत पुस्तक का दण्ड शीर्षक अध्याय ७।
2. Miraglia : Comparative Legal Philosophy, p. 93-96.
3. ऋतस्य हि वर्तनयः सुजातमिषो वाजाय प्रदिवः सचन्ते। ऋ० १०।५।४।

की गयी है। ऋषि तथ्य ग्रहण करने में अन्धश्रद्धा के स्थान पर तर्क का उपयोग करते हैं और उसे प्रमाण मानते हैं।[१] यह परम्परा मनु तक विकसित होती आयी है।[२] यहाँ मूलभूत आधार पर ध्यान देना आवश्यक है। विधि को स्थानीय देवताओं या आर्थिक वर्ग की इच्छा माननेवालों और वैदिक दृष्टिकोण में महान् अन्तर है। प्रथम दो पक्षों में विधि प्रायोगिक शक्ति का प्रकाशन है। वैदिक विचारधारा में प्रायोगिक के स्थान पर विधि को दैवी विवेक माना गया है।

विकास और उसकी प्रवृत्ति

किसी समाज में परिवर्तन समग्र रूप में नहीं आवरण में होता है। आधार प्रायः स्थिर रहता है। विधि में भी परिवर्तन जलवायु, स्थानीय विशेषताओं और आकस्मिक परिस्थितियों मात्र से नहीं होता। भारतीय विधि के विकास में समाज एवं व्यक्ति के जीवन के उद्देश्य, धार्मिक तथा सामाजिक मान्यताएँ, आर्थिक परिस्थितियाँ आदि कुछ ऐसी मूलभूत बातें हैं, जो उसे कुछ विशेष रूप देती हैं। इन विशेषताओं से भारतीय विधि के विकास में 'विकास और प्रतिक्रिया' दोनों परिलक्षित होते हैं। इसके लिए वातावरण, विशेषता और स्थिति के सन्दर्भ पर ध्यान देना आवश्यक होगा। भारतीय विधि को केवल विधीय आलेख न मानकर उसे सामाजिक व्यवस्था भी मानना पड़ेगा जब कि आधुनिक विधिशास्त्री विधि को केवल आलेख ही मानते हैं। भारतीय विधि के विकास के लिए सामाजिक संस्थाओं, विवाह, उत्तराधिकार, समझौता, कुटुम्ब आदि को उनके वातावरण, विशेषता एवं स्थिति के साथ रखना पड़ेगा। इन घटकों में परिवर्तन हो जाने पर विधि एवं उनके संस्थान न्यायालय आदि में भी परिवर्तन हुआ है। रक्त एवं राजनितिक स्थितियों की अपेक्षा इन घटकों का विशेष महत्त्व है।

विधि का अस्तित्व वैज्ञानिक प्रारूप में नहीं, वैधानिक संस्थाओं में रहता है।[3] वैदिक समाज, तत्कालीन राजनीतिक संघटन, विवाह, उत्तराधिकार, सम्पत्ति सम्बन्धी विधि आदि के अध्ययन से विधि के स्वरूप के साथ उसके विकास के मूल पर प्रकाश पड़ता है। समाज और व्यक्ति दोनों विधि का नियन्त्रण

---

१. विदन्ती यत्र नरो धियंधा हृदा यत्तष्टान्मंत्राँ अशंसन्।
ऋ० १।६७।३-४।

२. हृदयेनाभ्यनुज्ञातो यो धर्मस्तन्निबोध। मनु० २। १।

३. Ehrlich : Fundamental Principles of the Sociology of Law, Ch. IX—The Structure of the Legal Propositition.

स्वीकार करते हैं। व्यक्ति अपने से शक्तिशाली ईश्वर, समाज, राज्य, संघटन आदि की विधि पर अधिक विश्वास करता है। समाज व्यक्ति के लिए है और व्यक्ति समाज में रहता है। फलतः समाज बिना विधि के नहीं रह सकता। इन स्थितियों के विकास होने पर विधि में विकास अवश्यम्भावी हो जाता है। भारतीय विधि का मूल वेदों से प्रारम्भ होता है। वैदिक समाज मनुस्मृति काल तक जितने अंश में विकसित होता गया, विधि में विकास उसी अनुपात में हुआ। समाज, व्यक्ति, स्वयं राज्य के परस्पर सम्बन्ध एवं इनके घटकों के साथ विधि विकसित होती रही।

प्रस्तुत समस्या तथा सम्बद्ध प्रश्नों के समाधान के स्थान पर सृष्टि को आदर्शात्मक तथा बौद्धिक रूप देना सामाजिक अक्षमता का परिचायक है।[1] वैदिकविधि से स्मृतिकाल तक के विकास पर ध्यान देने से स्पष्ट होता है कि विधि अपनी सामाजिक समस्याओं के समाधान में क्रियाशील रही। स्मृतिकाल के उत्तरवर्ती निबन्धग्रन्थ आदि अवश्य इस प्रयास में असफल रहे। फलतः विधि के विकास की धारा भी अवरुद्ध हो गयी। अन्यथा वेदों से स्मृतियों तक का संकलन अपने समाज की समस्याओं के समाधान में हुआ। वेदों से धर्मसूत्रों तक सदाचार, परम्परा, अवैदिक समाजों के साथ सम्बन्ध, सामाजिक संघटनों में विकास एवं परिवर्तन का प्रभाव, संहिता, आरण्यक, ब्राह्मण एवं धर्मसूत्रों में स्पष्ट रूप से व्यक्त होता है। स्मृतियों में उक्त प्रभावों के अतिरिक्त क्षेत्रीयविधि का प्रभाव इस रूप में स्वीकार किया गया कि एक ही व्यवहार एक स्थान पर विधि है और दूसरे स्थान पर निषेध। स्पष्ट है कि इस प्रकार के विकास में समाज की समस्याओं की शक्ति क्रियाशील थी।

विधि का सम्पर्क नियम-निर्देश की अपेक्षा मानवीय व्यवहार से अधिक है। सामवेद की भी कुछ ऋचाएँ शाश्वत विधि और उसकी परम्परा व्यक्त करती हैं।[2] आधुनिक विधिशास्त्री भी सदाचार को वैधानिक तथ्य के स्थान पर घोषणात्मक ही मानते हैं। इससे पूर्व स्थिति में विधि-सम्प्रभुता का अस्तित्व उपलब्ध होता है। विधिसम्प्रभुता ईश्वर, प्रकृति या समाज किसी माध्यम से प्रस्तुत की जाय; किन्तु इतना तो व्यक्त ही करती है कि विधि बनायी नहीं जाती अपितु सामाजिक चेतना के माध्यम से अभिव्यक्त होती है। इस प्रकार सदाचार को विधि का कारण नहीं, विधि का अस्तित्व कह सकते हैं। आधुनिक

---

१. John Dewey : The Influence of Darvin on Philosophy, p. ४

२. सामवेद २।४।२।; २।४।८।; ऋ० ८।६।१०।

फ्रांसीसी विधि-सिद्धान्त 'जन चेतना' के स्थान पर 'सामाजिक-दृढ़ता' का प्रतिपादन करता है। वह, कोई भी वैधानिक तथ्य विधि का निर्माण नहीं, सामाजिक दृढ़ता से प्रसूत विधिसम्प्रभुता की उद्घोषणा मानता है। दैवी प्रकाशन के नाम पर सामाजिक दृढ़ता की विधि-सम्प्रभुता ही स्मृतियों आदि में उपलब्ध है, जो आचार आदि का सामाजिक प्रभाव स्वीकार करती है। विधि की 'अपौरुषेयता' का सनातनी सिद्धान्त मीमांसकों से जिस रूप में व्यक्त हुआ उसमें सामाजिकता का लोप हो गया। वस्तुतः विधिशास्त्रीय दृष्टि से अपौरुषेय का अर्थ हुआ—'निर्वैयक्तिक' (Impersonal)।

यूरोप में १९ वीं शताब्दी में प्रतिक्रियावश विधिशास्त्र में विभिन्न सम्प्रदायों की स्थापना हुई। उनके सिद्धान्त और प्रकार आदि भिन्न थे। वैदिक ऋषियों द्वारा प्रस्तुत विधि के प्रयोग के प्रकार से यदि तात्पर्य लिया जाय तो प्राचीन काल में विभिन्न सम्प्रदायों का अस्तित्व सामने आता है। लेकिन उनका स्वरूप मिताक्षरा और दायभाग जैसा नहीं होता। जो कुछ विभिन्नता उनमें थी, वह किसी प्रतिक्रियावश नहीं अपितु अन्य कारणों से प्रस्तुत हुई। प्रारम्भिक समाज में उद्देश्य और आधार की समानता सम्भव हो पाती है क्योंकि आवश्यकताएँ समान रहती हैं। सामाजिक प्रगति के साथ स्वभाव, रुचि एवं आकांक्षाओं में परिवर्तन विस्तार का रूप धारण करने लगता है। फलतः उद्देश्य और आवश्यक विधि में भी परिवर्तन परिलक्षित है। इस स्थिति में आचार के माध्यम से भी विधि के रूप में विस्तार होता है। उन्हें एकरूपता देने के लिए प्राचीन भारतीय समाज में धर्म विधि से सम्बन्धित किया गया। इस प्रकार उत्तरवर्तीकाल में विधि का रूप अपना ऐतिहासिक अस्तित्व वेदों की अपेक्षा अधिक व्यक्त करता है।

समाज कभी पूर्ण रूप में नहीं उपलब्ध होता। उसमें परिवर्तन और विकास की स्थिति चलती रहती है। परिवर्तन के साधन भी समाज के प्रत्येक सदस्य द्वारा संचालित होते हैं। उनके निर्देशन का दायित्व बौद्धिक या आर्थिक शक्ति के माध्यम से कुछ लोगों के हाथ में आ जाता है। यहीं से 'कुछ लोगों द्वारा संचालित समाज' की नींव पड़ जाती है। विजयी जातियाँ पराभूत समाज के अधिकारों का कभी अपहरण भी करती हैं; विजित और विजयी समाज के एक हो जाने पर भी कुछ भेद बने रह जाते हैं और कालान्तर में उस विषमता के कारणों का स्मरण भी नहीं रहता। ब्राह्मणों ने अपने चरित्र से समाज में विशेष स्थान बना लिया। उसका प्रभाव श्रुति में परिलक्षित होता है।

ब्राह्मणग्रंथों के बाद उपनिषदों का काल आता है। सूत्र वैदिक काल की स्थिति के अन्तिम चरण हैं। इस काल में यज्ञीय विधि और सामाजिक आचार आदि को व्यवस्थित रूप दिया गया। श्रौतसूत्र श्रुति के प्रतिपादक रहे। गृह्यसूत्र में पारिवारिक और सामाजिक विधियों का चित्रण किया गया। स्मार्तसूत्र दृष्ट (सामाजिक या लौकिक) प्रतिपादक होने से श्रौतसूत्रों जैसी श्रुति-प्रतिपादिता नहीं प्राप्त कर सके किन्तु सामाजिक अध्ययन के लिए स्मार्तसूत्र अधिक उपयोगी हैं।[1]

बौद्ध संस्कृति के उदय से इस परम्परा का नया रूप प्रस्तुत होने लगा। समाज का जो कुछ था, उसे सुरक्षित रखने और नये आक्रमण से बचा रखने के लिए नियम प्रत्यक्ष होने लगे। प्राचीन परम्परा और नये विद्रोह से उत्पन्न स्थिति से अपनी रक्षा आदि की स्थिति का दुर्ग मनुस्मृति के रूप में दृढ़ हुआ। इसमें श्रुति के वे आचरण भी अस्वीकार किये गये जो बौद्ध नैतिकता से समालोच्य रहे—जैसे पशुबलि, नियोग आदि। साथ ही बौद्धों के पतन के कारण नारी-दीक्षा तथा सम्पर्क आदि पर गम्भीर आक्रमण किया गया। जो जातियाँ बौद्ध संस्कृति की ओर बढ़ रही थीं उन्हें असामाजिक रूप देकर सामाजिकविधि से दूर करने का प्रयास किया गया, जिससे वे राज्यविधि में स्थान न प्राप्त कर सकीं। न्यायिक प्रशासन में राजा की योग्यता, अन्य कर्मचारियों की नियुक्ति एवं योग्यता और न्यायालय के संविधान में इसका स्पष्टीकरण हो जाता है।

विभिन्न युगों में दार्शनिकों का कार्य रहा है कि वे स्थायित्व, परिवर्तन, आवश्यकता एवं माँग में सन्तुलन बनाते रहें।[3] भारतीय विधि इस प्रकार का सन्तुलन अपनी दार्शनिक पृष्ठभूमि पर कर पाती है, जिसका बीजारोपण वेदों से ही हो जाता है। वह उस दार्शनिक पृष्ठभूमि की रक्षा करती है और उसके आवरण में विकास एवं परिवर्तन चलता रहता है। विधि में परिवर्तन के साथ आर्थिक शक्तियों और कौटुम्बिक सम्बन्धों का सम्पर्क बना रहा। विधि के व्यावहारिक परिवर्तन का कारण राज्य है किन्तु राज्य या राजनीतिक अन्य संघटनों के पूर्व भी विधि का अस्तित्व था। राजनीतिक संघटन के होते हुए भी राज्य का शक्ति से परे विधि का क्षेत्र क्रियाशील रहता है, जैसे सदाचारिकविधि (Customary law)। उस पर राज्य का प्रभाव नहीं पड़ता। इतना

1. Weber : History of Indian Literature, p. 20.

२. वही, पृष्ठ २७६।

3. Ruscoe Pound : Interpretation of Legal History, p. 1.

अवश्य है कि सदाचारिक विधियाँ भी अन्ततः राज्य के क्षेत्र में आ जाती हैं। इस स्थिति में एक दूसरा विचारणीय प्रश्न इस रूप में प्रस्तुत हो जाता है कि समाज द्वारा जब स्वयं अपने सदाचार के अनुसार विधि की स्थापना होती रही है, तो राज्य द्वारा आचार के सम्बन्ध में भी, प्रशासन को छोड़कर, विधि का निर्माण क्यों किया जाता है? इस प्रश्न के उत्तर से समाज, राज्य और विधि के सम्बन्ध एवं उद्देश्य पर प्रकाश पड़ता है। प्राचीन भारत में राज्य को ऐसा अधिकार नहीं उपलब्ध था। अशोक ने ऐसा प्रयास अवश्य किया।

रोमन लॉ का स्रोत समझौता है; भारतीय विधि का स्रोत श्रुति है जो सामाजिक शक्तियों से अपना क्षेत्र अलग कर लेती है। 'धर्मज्ञसमय' के प्रमाण के साथ उसका नाम आने पर वेदों का नाम अन्त में रख दिया जाता है।[1] श्रुति के अतिरिक्त स्मृति, सदाचार आदि विधि के स्रोत प्रत्यक्षतः सामाजिक महत्त्व स्वीकार करके चलते हैं। श्रुति 'मन्त्रदर्शन' या सामाजिक देन है किन्तु उतने मात्र से समाज का कार्य नहीं चल पाया। सामाजिक सम्बन्धों आदि में परिवर्तन होने पर उनकी विधियों के क्षेत्र में विस्तार होने लगा। श्रुति में जिस समग्रता और पूर्णता का दर्शन हो चुका था उसे सुरक्षित करने का प्रयास किया गया। उसकी देश, काल और परिस्थिति के अनुसार व्याख्या की गयी। अन्त तक यह प्रयास किया गया कि सदाचार भी श्रुति के आधार पर ही रहें। लेकिन व्यवहार में यह सिद्धान्त स्थिर नहीं रह पाया। सामाजिक सम्बन्धों में ऐसे तत्त्वों का समावेश होने लगा जो श्रुति की विधि से बाहर थे। अन्ततः सामाजिक विधियों का क्षेत्र विकसित हो गया। फलतः श्रुति को धर्म और मोक्ष का ही अंश मानना पड़ा। अर्थ और काम में सामाजिक शक्तियाँ स्वीकार कर ली गयीं। धर्म का अर्थ यज्ञीय विधियों, संस्कारों आदि तक संकुचित करना पड़ा।[2] 'युगादि भेद से धर्मभेद' स्वीकार करते हुए भी मीमांसक विधि को वेदाधिष्ठित बनाने का जीतोड़ परिश्रम करते रहे हैं। खेद है कि उन्होंने इस पर ध्यान नहीं दिया कि 'युगधर्म' की जो व्याख्या वे स्वीकार कर रहे हैं, उसका मूल वेद में नहीं है और वे वैदिक विधियों में क्रान्तिकारी परिवर्तन कर रहे हैं। ऐसे परिवर्तन के

---

१. धर्मज्ञसमयः प्रमाणम्। वेदाश्च। आपस्तम्ब० १।१-३। और २।२। २९।

२. वेदेनैवाभ्यनुज्ञाता येषामेव प्रवक्तृता। नित्यानामभिधेयानां मन्वन्तरयुगादिषु॥ तेषां विपरिवर्त्तेषु कुर्व्वतां धर्म्मसंहिताम्। वचनानि प्रमाणानि नान्येषामिति निश्चयः॥ तन्त्रवा० ३। ७। और—धर्मत्वेन प्रपन्नानि शिष्टैर्यानि तु कानिचित्। वैदिकैः कर्तृसामान्यात्तेषां धर्मत्वमिष्यते॥

लिए सामाजिक शक्तियाँ दबाव डाल रही थीं और उन्हें अस्वीकार करना कठिन था। श्रुति से लेकर कलिवर्ज्य संग्रह तक का इतिहास एक नहीं माना जा सकता। समाज के उद्देश्यों में परिवर्तन होने से विधि के प्रकार और उद्देश्यों में परिवर्तन अवश्यंभावी है।[1]

स्वभाव

वेबर के अनुसार जब हम विधि, विधि-नियम और विधि-शासन से सम्बन्ध स्थापित करते हैं तब न्यायविद् और समाजशास्त्रीय दृष्टिकोण में भेद करना पड़ जाता है। न्यायशास्त्र (Jurisprudence) को आदर्शभूत वैधानिक लक्ष्य अपेक्षित होता है और समाजशास्त्री के लिए मानवीय व्यवहार एवं सामाजिक शक्तियों का समन्वय।[2] मनु ने न्यायविद् और समाजशास्त्री दोनों रूपों में अपना विधान प्रस्तुत किया है। अतएव उन्हें समाजशास्त्री और न्यायविद् दोनों कह सकते हैं। उन्होंने विधि का सीधा सम्बन्ध वेद से प्रस्तुत करना चाहा।[3] वे बौद्ध-क्रान्ति की प्रतिक्रान्ति प्रस्तुत कर रहे थे। उन्होंने बौद्धों को वेदनिन्दक बनाकर उन्हें भारतीय न्यायपालिका से अलग रखना चाहा।[4] उनका उद्देश्य मानवीय व्यवहार को सामाजिक आधार पर लाना था। विधि के साथ समाजशास्त्रीय दृष्टिकोण होने से उन्हें विधि के संकलन में परिस्थितियों का प्रभाव स्वीकार करना पड़ा।[5] परिवर्तन के साथ मूल की सुरक्षा भारतीय विधि का स्वभाव है। श्रुति से चलकर स्मृतिकाल तक 'कलिवर्ज्य' की सूची स्वीकार कर विधि में महान् परिवर्तन कर दिया गया। अधिकतम विधियाँ श्रुतियों में विहित थीं, वे ही स्मृतियों में निषिद्ध हो गयीं। स्पष्ट है कि देश एवं काल के प्रभाव के साथ परिवर्तन हुआ और मूल की सुरक्षा भी की गयी। वैदिक विधि का विभिन्न शाखाओं से सम्बन्ध रहा। लेकिन उसमें अभिव्यक्त होनेवाली विधि ने मानव मात्र के लिए

---

1. Korkunov : General Theory of Law, Translated by Hasting, p. 76.
2. Max Weber : Essays in Sociology. Translated and edited by H. H. Gerth and C. W. Wills, New York 1946.
3. य : कश्चित्कस्यचिद्धर्मो मनुना परिकीर्तितः।
   स सर्वोऽभिहितो वेदे सर्वज्ञानमयो हि सः॥ मनु० २।७।
4. योऽवमन्येत ते मूले हेतुशास्त्राश्रयाद्द्विजः।
   स साधुभिर्बहिष्कार्यो नास्तिको वेदनिन्दकः॥ मनु० २।११,१३।
5. S. B. E. 25 p. 57.

सामान्य निर्देश प्रस्तुत किया। शाखाविशेष की विशेष विधियाँ थीं। इनसे समाज की एकता में वैधानिक बिखराव इसलिए नहीं आया कि उन्हें मानव-कल्याण की सामान्य विधि से अलग नहीं किया गया।

क्षेत्रीय विधि का भी संकलन इस प्रकार किया गया कि उनकी अपनी मान्यता बनी रहे।[१] कभी-कभी वे सार्वभौम बन गयीं।[२] क्षेत्रीय विधि के साथ ही स्थानीय विधि की भी मान्यता थी। उनके व्यवहार और विकास प्रतिबद्ध नहीं किये गये। वे अपने क्षेत्र में सार्वभौम थीं लेकिन आर्थिक विकास से उत्पन्न सामाजिक परिस्थिति में यह स्थिति स्थायी नहीं रह पायी। आचार्यों ने रक्त और पेशा दोनों का समन्वय किया, जिससे क्षेत्रीय, जातीय एवं आर्थिक नियमों का समन्वय भी हुआ और सार्वभौम एकता एवं विधि का रक्षण भी। देश, जाति और कुल को उन्होंने सार्वभौम विधि (आम्नाय) के आधार पर स्थापित या स्वीकार किया। आर्थिक संघटनों तथा ऐसी अन्य विधियों को भी यथारूप विकसित होने दिया।[3] आचार्यों द्वारा विधि-संहिताओं में क्षेत्रीय मान्यताओं के समन्वय से मतभेद प्रस्तुत हो जाता है। बौधायन ने स्पष्ट स्वीकार किया है कि दक्षिण और उत्तर में पाँच विप्रति-पत्तियाँ प्रस्तुत होती हैं।[४] आपस्तम्ब ने जिन आचारों को मान्यता दी है, उन्हें सार्वभौम न मानते हुए भी अस्वीकार नहीं किया जा सका। उनका आधार मात्र क्षेत्रीयता ही है। दक्षिणभारत समुद्रतटवर्ती क्षेत्र है। वहाँ के निवासी सदा समुद्रयात्रा करते रहे हैं। उनसे विश्व के साथ व्यापार, दक्षिणपूर्वी एशिया में उपनिवेशविस्तार, प्रशान्त महासागरीय देशों में संस्कृतिप्रसार होता रहा है। लेकिन उत्तर के ब्राह्मणों के लिए यह ऐसा पाप था, जिसका प्रायश्चित्त ही नहीं।[५] इस प्रकार के मतभेदों को क्षेत्रीय बनाकर राष्ट्र की सार्वभौम विधि के साथ विरोध नहीं प्रस्तुत होने दिया गया।

वैदिकविधि सत्य का समग्र रूप ग्रहण करती है। उसमें मानवीय कल्याण, उपयोगिता, दृढ़ता और लक्ष्यात्मकता का समावेश है। उसे किसी

---

१. मिथिलास्थः स योगीन्द्रः क्षणं ध्यात्वाब्रवीन्मुनीन्।
यस्मिन्देशे मृगः कृष्णस्तस्मिन् धर्म्मान्निबोधत ॥ याज्ञ० १।२।

२. दक्षिणेन हिमवत उत्तरेण विन्ध्यस्य ये धर्मा ये चाचारास्ते सर्व्वे प्रत्येतव्याः। वशिष्ठ० १।८-९।

3. गौ० ध० सू० २।२।१९-२१।

४. बौधायन १।१।२-५।

५. बौ० २।१।२।१-२।

की सर्वोच्च शक्ति से निर्मित नहीं कहा गया अपितु सभी उससे ही अपना व्यवहार ग्रहण करते हैं।[१] अतएव इस रूप में वह शाश्वत है। विधि इस अन्यतम रूप में अपरिवर्तनीय है। यह शक्ति 'ऋत' की है, जो समग्र विश्व, समाज, व्यक्ति एवं दैवी शक्तियों का आधार है।[२] विधि का यह रूप चिर नवीन होता है। इसमें परिवर्तन नहीं स्वीकार्य है।[३] यह मान्यता अस्वीकार करनेवाला दण्ड्य और पालन करनेवाला संरक्षित होता है।[४] लेकिन अर्थ एवं काम से सम्बद्ध सामाजिक संघटनों का यह रूप नहीं हो सकता। वे मानवीय और परिवर्तनीय होते हैं। इतना अवश्य है कि 'ऋत' की मूलभूत धारणा को जीवन की अभिव्यक्ति में अनिवार्य रूप से स्वीकार करने का प्रयास किया गया है। इस प्रकार भारतीय विधि में शाश्वत एवं परिवर्तित होनेवाले दोनों तत्त्व विद्यमान हैं।

स्वतन्त्रता

विधि स्वतन्त्रता का अपहरण करती है, उसका प्रथम सम्बन्ध अधिकार से है या कर्तव्य से, इन प्रश्नों के विश्लेषण में व्यक्ति एवं समाज के सम्बन्धों पर विचार करना पड़ता है। एलेन के अनुसार 'वैधानिक अधिकार से व्यक्ति की स्वतन्त्रता का क्षेत्र व्यापक हो जाता है। वैधानिक कर्तव्य स्वयं की सन्तुष्टि के स्थान पर दूसरे के हित के माध्यम से प्रतिबन्धों की स्थापना करते हैं।'[५] व्यक्ति की व्यावहारिक स्वतन्त्रता के साथ उसकी नैतिकता और महत्त्वाकांक्षा का भी प्रश्न रहता है। स्वतन्त्रता के नकारात्मक एवं सकारात्मक पक्षों का उनके साथ समन्वय करना पड़ता है। सामाजिक कल्याण के साथ नकारात्मक स्वतन्त्रता सहअस्तित्व नहीं बना सकती। उस पर प्रतिबन्ध अवश्य होंगे। अतएव भारतीय विचारकों ने 'यथेष्ट व्यवहार की स्वतन्त्रता' को विधिनिषेध की सीमा में रखा। उनके अनुसार व्यक्ति का अभीष्ट सापेक्ष है, निरपेक्ष नहीं। 'श्रेय और प्रेय' में इस प्रकार समन्वय किया गया कि उसमें व्यक्ति के विकास के साथ सामाजिक कल्याण की सुरक्षा हो सके। मनुष्य

१. बृ० आ० उ० १।५।२३।
२. ऋतेन ऋतं धरुणं धारयन्त यज्ञस्य शाके परमे व्योमन्।
दिवो धर्मन्धरुणे सेदुषो नृञ्जातैरजातॉं अभि ये ननक्षुः॥ ऋ० ५।१५।२।
3. George Buhler : S. B. E. Vol. XIV. p. 12.
४. ऋ० ७।८९।५।
5. Prof. Allen : Legal Duties, p. 156.

में बुराई के तत्त्व माने गये लेकिन असामाजिक एवं समाजविरोधी तत्त्वों को मान्यता नहीं दी गयी। वातावरण एवं प्रशिक्षण के माध्यम से व्यक्ति के गुणों—जो समाज से परे नहीं हैं—का विस्तार किया गया। डॉ० डु नाव के अनुसार व्यक्ति की स्वतन्त्रता इस बात की अपेक्षा करती है कि उसमें सम्बद्ध पाशविक भावाभिभूत शारीरिक इच्छा की प्रधानता है या सामाजिक हित के साथ उच्चादर्शों की ओर उन्मुखता का।[1] भारतीयों ने मनुष्य में दैवी और पाशविक दो वृत्तियाँ मानकर स्वतन्त्रता का निर्धारण किया है। व्यक्ति वातावरण और प्रशिक्षण के माध्यम से अपनी वृत्तियों में परिवर्तन कर सकता है। अतएव अधिकार की अपेक्षा कर्तव्य पर अधिक बल दिया जाता है। कर्तव्यपालन के लिए प्रस्तुत भाव मूलतः सामाजिक विचार की प्रतिध्वनि हैं, जिसे वह सदाचार, नैतिकता और सामाजिक घटकों की धारणाओं से प्राप्त करता है। लेकिन इसका तात्पर्य यह नहीं कि व्यक्ति पर कर्तव्य 'निरंकुशता' से लादा गया। वह प्रकृति के बाह्य सम्बन्धों एवं सामाजिक कल्याण के साथ व्यक्ति के विकास का समन्वयबिन्दु है।

कर्तव्य की व्याख्या इस प्रकार नहीं की गयी कि उसमें अधिकार लुप्त हो जायँ। पाप (Evil) सदा बाह्य दबाव, शारीरिक वासना, आवश्यकता के अतिरेक और अनुराग (Passion) का परिणाम है जब कि पुण्य (Good) सत्य एवं उचित व्यवहारों का मुख्य स्वरूप। भारतीय पुण्य का समर्थन करते हैं। फलतः उन्हें मनुष्य का स्वभाव मूलतः पवित्र और सामाजिक मानना पड़ेगा। उनके अनुसार सत्य एवं उचित व्यवहारों से युक्त कर्तव्य के गर्भ में दूसरे तथा स्वयं के अधिकार सन्निविष्ट हैं। इस स्थिति में "यह करने या न करने का मेरा अधिकार है" का सिद्धान्त नहीं स्वीकार किया गया। इसमें अभीष्ट 'नियन्त्रित अभीष्ट' या 'अन्य द्वारा इच्छित से विमुक्त अभीष्ट' के रूप में प्रस्तुत होता है, जो समाजविरोधी या असामाजिक अधिकार पर नियन्त्रण करता है।

उपनिषदों में स्वतन्त्रता का आध्यात्मिक दर्शन प्रस्तुत किया गया। महीदास के अनुसार प्रकृति सोद्देश्य है। जीवन का लक्ष्य पूर्णता में है। पूर्णता का आधार प्रज्ञा (Knowledge), नन्दन (Bliss) और अमृतत्व (Immortality) है। विकास का क्रम प्राण से प्रज्ञा की ओर, अर्थात् बन्धन से मुक्ति की ओर है। इसके लक्षण हैं—(१) शारीरिक दबाव से ऊपर उठना,

1. Prof. Dr. Du Nouy: Human Destiny, p. 48.

(२) संयोग भावना (मिथुनम्) से अपने को नियन्त्रित करना, (३) क्षुधावृत्ति में ग्राह्य वस्तुओं का चुनाव एवं परिपाक, और (४) व्यक्ति की प्रतिभा एवं हृदय के प्रयोग में समन्वय। इस प्रकार महीदास की स्वतन्त्रता समग्र भौतिक तथा ऐन्द्रिक सुखसाधनों से ऊपर उठने में है। लेकिन इसका तात्पर्य यह नहीं कि 'मनुष्य अर्थ और काम की वैध भुक्ति' से परे हो जाय। उनके अनुसार 'व्यक्ति में तर्क, बुद्धि, चिन्तन और कर्तव्यनिर्धारण की क्षमता है। इससे यह उच्च एवं क्षुद्र-जीवन में भेद कर सकता है। इसी आधार पर वह अपनी स्वतन्त्रता में समाज एवं प्रकृति के साथ समन्वय करके चले।' महीदास का निष्कर्ष इस ओर भी संकेत देता है कि विधिनिषेध के कार्यान्वयन के लिए राज्य आवश्यक है। व्यक्ति की महत्त्वाकांक्षाओं को अन्य के साथ पूरक बनाने की स्वीकृति में ही राज्य की स्थिति उच्च बन पाती है। बृहदारण्यकोपनिषद् में याज्ञवल्क्य के अनुसार "प्रिय का आधार बाह्यापेक्ष नहीं, अन्तरापेक्ष होता है। सभी के लिए सभी प्रिय नहीं हैं अपितु अपने लिए सभी प्रिय होते हैं।"[१] अपने लिए प्रिय क्या है, इसके अनुभव हो जाने पर अन्य के प्रिय का भी ज्ञान होता है। वह दूसरे के साथ वह कार्य नहीं करता जो अपने लिए अप्रिय हो।[२] इस स्थिति में समाजकल्याण के साथ अपने कल्याण का भाव उचित होता है।[3] कठोपनिषद् के अनुसार श्रेय (Good) और प्रेय (Pleasurable) भिन्न होते हैं। श्रेय को ग्रहण करना और प्रेय को नियन्त्रित करने में ही स्वतन्त्रता की प्राप्ति होती है।[४] इस प्रकार स्वतन्त्रता सामाजिक कल्याण के विधि-निषेध में ही वास्तविक हो पाती है।

समानता

भारतीय न्यायपालिका में विधि की समानता विवादास्पद एवं आलोचना का विषय है। भारतीय समाजशास्त्रियों ने जो विचार व्यक्त किया है, उसका निष्कर्ष आधुनिक भाषा में इस प्रकार दिया जा सकता है—"व्यक्ति की विभि-

---

१. न वा अरे सर्वस्य कामाय सर्वं प्रियं भवत्यात्मनस्तु कामाय सर्वं प्रियं भवति। बृ० आ० उ० २।४।५।

२. अतो यदात्मनोऽपथ्यं परस्य न तदाचरेत्। याज्ञ० संहिता ३।६५।

३. मनु २।२-५।

४. अन्यच्छ्रेयोऽन्यदुतैव प्रेयस्ते ऊभे नानार्थे पुरुषमसिणीतः। ततो श्रेय आददानस्य साधु भवति हीयतेऽर्थाद् य उ प्रेयो वृणीते। कठो० १।२।१।

न्नता एवं विशिष्टता की भावना उसमें प्रमुखता का भाव उत्पन्न करती है। वह अन्यों के व्यवहार को प्रभावित करना चाहता है। कभी इसमें शुद्ध मनोभाव रहता है और कभी अवांछित मनोभाव, जो स्वार्थपूर्ति के लिए क्रियाशील रहता है। कभी मात्र शक्तिविस्तार की भावना क्रियाशील हो जाती है। इन विभिन्न कारणों से समाज में विषमता का उदय होता है। आनन्द, कष्ट एवं उद्देश्य के व्यवहार से व्यक्ति क्रिया में प्रवृत्त होता है। बाह्याभिप्रेत प्रभाव (Persuasive influence), वर्तमान एवं भविष्य की हितकामना मानवव्यवहार की दिशा निर्धारित करते हैं। स्थिति की असमानता से इन धारणाओं को बल मिलता है। मानवीय समाज में शक्ति, प्रतिभा, गुण, क्षमता एवं सम्पत्ति की शक्तियाँ विद्यमान हैं। वे स्त्री-पुरुष, शक्ति-निर्बलता, प्रतिभा-दुर्बलता, अनुभव-अननुभव, गुण-दोष, सम्पत्ति-निर्धनता एवं सहयोग-बिलगाव में भेद करती हैं। इनसे उत्पन्न होनेवाली स्थिति में सुधार किया जा सकता है किन्तु इन्हें समाप्त नहीं किया जा सकता। व्यावहारिक समाज में असमानता बनी ही रहेगी।"

भारतीय समाज का संगठन इस आधार पर ही है। मनु के समय में समानता की क्रान्ति हो रही थी किन्तु वर्णों का स्वत्व भी स्थापित हो चुका था। मनु ने आवश्यकता की समानता का अनुभव किया और उसके समन्वय पर भी ध्यान दिया किन्तु उसका रूप आधुनिक नहीं था। व्यक्तित्वों की प्रतिष्ठा मनु को सामाजिक कार्यक्षेत्र में करनी पड़ी। सामाजिक मान्यताओं में सामाजिकता का जो रूप था, उसे मनु ने संरक्षण दिया क्योंकि वे 'समाज की यथास्थिति' के विचारक हैं। उनके अनुसार मानव की समानता का तात्पर्य मानव में अन्तर्निहित और समाज में प्रतिष्ठित व्यक्ति की क्षमता का संरक्षण है। उन्होंने व्यक्ति के अन्तर्बाह्य क्षमता की विषमता को 'जन्मजात वर्ण' के आधार पर स्वीकार किया। वर्णों में आनुवंशिक एवं वातावरण की समानता में समान गुणों एवं क्षमताओं के विकास में उन्होंने व्यक्ति को समाजविशेष के विभागों के अधिकतम लोगों को समान समझा। इस प्रकार उस समान वर्ग को विधि की समानता उपलब्ध होती रही। दूसरे वर्णों के साथ उनके जो सम्बन्ध थे, उन्हें सुरक्षित रखने में विधि की समानता थी। उनके सामने व्यक्ति की इकाई नहीं, उसका सामाजिक अस्तित्व भी विधि के विश्लेषण से सम्बद्ध रहा।

जनसंख्या के क्षेत्रीय विकास के साथ नगरों की स्थापना और यातायात के साधनों के विकास के साथ ही श्रमविभाग पर भी प्रभाव पड़ता है। मनु ने

बौद्ध क्रान्ति की प्रतिक्रिया में श्रम को वंशानुगत कर उसे विधि के साथ सम्बद्ध कर दिया। आज की उपलब्धि है कि वैयक्तिक क्षमताएँ एवं योग्यताएँ वंशानुगत नहीं होतीं। आज वयस्क सामाजिक, आर्थिक, धार्मिक एवं जातीय संघटनों से परे स्वतन्त्र इकाई के रूप में विधि के सामने प्रस्तुत होता है। यदि उक्त संघटनों से व्यक्ति को अलग कर दिया जाय तो मानव मात्र की समानता आवश्यक हो जायगी। इस रूप में स्त्री, पुत्र, कुल-दास, भृत्य आदि को स्वतन्त्र इकाई का रूप मिल जाता है। प्राचीन भारत में व्यक्ति सामाजिक स्तर के साथ प्रस्तुत होता था। दासों आदि का वैधानिक उत्तरदायित्व इसलिए नहीं था कि वे सामाजिक संघटन पर निर्भर थे। फलतः विधि के सामने उनकी समानता नहीं हो पाती थी।

सामाजिकविधि

सामाजिक स्थापना के साथ तीन विशेषताएँ सामने आयीं—विधि एवं सदाचार की सम्प्रभुता, सामाजिक नियम का विकास और राज्यशक्ति की उत्पत्ति। ऋग्वेद एवं अथर्ववेद में ऋत, व्रत, धामन्, धर्म और धर्मन् शब्द साथ-साथ चलते हैं। प्रथम तीन का प्रयोग नैसर्गिकविधि के अर्थ में किया है और अन्य का सदाचार के अर्थ में। लेकिन दोनों राज्य, व्यक्ति एवं समाज पर विधि की सम्प्रभुता का प्रतिपादन करते हैं। ऋग्वेद से ही समाज का आंगिक रूप सामने आता है जिसमें ब्राह्मण, राजन्य, वैश्य और शूद्र विराट् के अंग माने गये। इनमें व्यक्ति एवं विभिन्न समुदायों की सामाजिक स्थापना की गयी। इस स्थापना पर भौगोलिक एवं राजनीतिक सीमाओं के स्थान पर समाज के विकास एवं विभिन्न प्रगतियों का प्रभाव पड़ा। लेकिन इस नयी सामाजिक स्थापना का मूल दैवी माना गया। यहाँ विराट् वर्ग एवं राज्यविहीन ऋत से सम्पादित समाज का प्रतीक नहीं है अपितु वह ब्रह्म या ईश्वर का पर्याय 'पूरुष' माना गया।

समाज में चार वर्णों की दैवी उत्पत्ति-सिद्धान्त ऋग्वेद से प्रारम्भ होकर निबन्धग्रन्थों तक लगातार विकसित होता गया। उसके साथ काल एवं ग्रन्थ शैली के अनुसार कथा, आख्यान आदि का भी सम्बन्ध होता रहा। यह प्रकार वैदिक ग्रन्थों में पर्याप्त विकसित हो चुका है।[१] विराट् और उसके अंगों से वर्णों के उदयसिद्धान्त को यदि हम विधि की पृष्ठभूमि में देखें तो स्थिति और

---

१. ऋग्वेद, पुरुषसूक्त १०।९०।; अथर्ववेद १९।६।६।; वाजसनेयी सं० ३१।११।; वै० सं० ७।१।१।४-६।; पंचविंश ब्राह्मण ६।१।६-११। आदि।

स्पष्ट हो जायगी। पूर्वकथित नैसर्गिकविधि और सदाचार का रूप ब्राह्मण-ग्रन्थों में धर्म का रूप धारण कर लेता है। शतपथब्राह्मण में इस सन्दर्भ को एक ऋचा में कहा गया है कि "जल धर्म है। जल के विश्व में आने से सभी कुछ धर्म के अनुरूप होने लगता है। इसके अभाव में निर्बल पर सबल शासक बनने लगता है।[1]" स्पष्ट है कि यहाँ राज्य नहीं विधि को व्यक्ति और सामूहिक रक्षा का आधार माना गया है। राज्य नहीं विधि के अभाव में 'मात्स्य-न्याय' की स्थिति आती है। स्वयं निर्माता ब्रह्मा में विधि (धर्म) से शक्ति आती है।[2] यहीं विधि को धर्म का पर्याय माना गया है। इस स्थिति में विधि की सामाजिक व्याख्या की गयी क्योंकि विधि की शक्ति से ब्रह्मा ने चार वर्णों की रचना की है। इस प्रकार विधि सामाजिक संगठन का आधार और उसकी नियन्त्रक सीमा दोनों है। समाज के घटक उसकी ही सीमा में हैं। यहाँ ध्यान देने की बात है कि समाज के घटक विधि से नियन्त्रित हैं किन्तु उनके विकास विधि के स्वरूप को परिवर्तित करते हैं। नैसर्गिकविधि (ऋत) इस युग में सामाजिकविधि (धर्म) का रूप धारण कर लेती है।

विधि की सामाजिकता का व्यापक रूप बौद्ध क्रान्ति की पीठिका में विवेक पर आधारित है और उसका सम्बन्ध राज्य एवं अन्तरराष्ट्रीय सम्बन्धों तक होने लगता है। इसका व्यवस्थित रूप हमें बौद्ध साहित्य और अर्थशास्त्र में मिलता है। इसे घोषाल ने प्रयोग का युग माना है।[3] इसमें विधि, समाज और राज्य के सम्बन्धों का प्रयोग व्यापक रूप में होता है। सामाजिकविधि को राज्य से ऊपर रखने का प्रयास किया गया और उसके साथ कर्म-सिद्धान्त की दार्शनिक व्याख्या भी हुई। सांख्य जैसे दर्शन ने भी उसे सृष्टि के साथ विकसित माना। इस दार्शनिक तथ्य को महाकाव्यों एवं पुराणों में इतिहास का रूप मिला। इस प्रकार दार्शनिक, ऐतिहासिक, नैतिक एवं धार्मिक व्याख्या पर स्थिर सामाजिकविधि का संरक्षक राज्य बना। उसके संरक्षण में ही उसका अस्तित्व था। इस युग में विधि की सामाजिकता और बढ़ जाती है। उसके स्रोत वेद, स्मृति आदि के साथ सदाचार, शिष्टाचार, आचार, शील एवं समय मुख्य हो जाते हैं।[4] इन स्रोतों के साथ सामाजिकविधि का स्थान राज्य-

---

१. शतपथ ब्राह्मण ११।१।६।२४। २. बृहदारण्यकोपनिषद् १।४।११-१५।

३. U. N. Ghoshal : A History of Indian Political Ideas, p. 41.

४. गौ० १। १-२।; वशिष्ठ १।४-५।; ६।१७। आपस्तंम्ब० १। १। १। १-२।; २। ९। २३। १०।

विधि से ऊपर स्थापित करते हुए आपस्तम्ब ने कहा कि 'अवशिष्ट धर्म' का ज्ञान प्रत्येक जाति के स्त्री-पुरुषों से प्राप्त करना चाहिए।[१] ध्यान देने की बात है कि विधि के जितने स्रोत हैं, उन पर सामाजिक शक्तियों की ही सम्प्रभुता है या वे उनके ही अभिव्यक्तीकरण हैं।

बौद्ध-क्रान्ति तक वैदिक समाज में पुनर्जन्म, कर्मफल, ईश्वरविश्वास, जन्म पर आधारित व्यक्ति के स्तर आदि की दार्शनिक व्याख्या हो चुकी थी। फलतः बुद्ध को अपने सामाजिक विचार प्रस्तुत करने के लिए आवश्यक था कि वे परम्परागत सृष्टि-विज्ञान की दैवी भावना का भी खण्डन करते। उन्होंने मनुष्य की उत्पत्ति की जो व्याख्या की उससे जन्म के आधार पर स्थिर व्यक्ति के स्तर के स्थान पर उसके गुण, कर्म एवं धर्म का आधार स्थिर हुआ।[२] इससे समाज की दैवी भावना के स्थान पर उसकी लौकिक व्याख्या होती है। वैदिकों ने सम्पत्ति, परिवार और वर्णों की उत्पत्ति का आधार एक कर दिया था। बुद्ध ने उनका आधार तीन, और लौकिक माना। इतना अवश्य है कि इनकी रक्षा के लिए ही राज्य की उत्पत्ति उन्होंने भी स्वीकार की। उन्होंने राज्य उत्पत्ति में मानवीय वृत्तियों एवं राज्यप्रधान (महसिम्मल) पर जनस्वीकृति के साथ विधि की सम्प्रभुता पर बल दिया।

इस युग में तीन विचारधाराएँ विधि, समाज और राज्य में सम्बन्ध निर्धारण करती हैं --आजीवक-श्रमणों की निवृत्तिमार्गीय धारा, गणराज्यों का अपरम्परावादी सामाजिक दृष्टिकोण और राजतन्त्र। आजीवक-श्रमणपरम्परा बौद्ध एवं जैन धर्म से अभिव्यक्त होती है।[३] सामाजिक अंश में बौद्धों पर वैदिक और अवैदिक दोनों धाराओं का प्रभाव पड़ा। अवैदिकों में आजीवक निर्ग्रन्थ, लोकायत एवं जैन मुख्य हैं। श्रमण का तात्पर्य है अध्यापक, किन्तु ऐसे अध्यापक जो वैदिक परम्परा में विश्वास नहीं करते थे। अतएव श्रमणों और वैदिकों का संघर्ष यजुर्वेद से ही उपलब्ध होता है। कुछ जाति से ब्राह्मण भी विचार से लोकायत–जैसी परम्परा में विश्वास करते थे।[४] स्वयं वैदिकों में सांख्य–जैसी दार्शनिक पद्धतियाँ सामने आयीं, जिनमें दर्शन के स्थान पर वैदिक

---

१. आपस्तम्ब० २। ११। २९। ११ और १५।

२. दीघनिकाय, ३ पृ० ८४-८५।

३. Scharbatsky : Buddhist Logic, (Leningrad) 1935, 15 ff.

४. हरिहर नाथ त्रिपाठी : लोकायतिकों की परम्परा, नागरी प्रचारिणी पत्रिका, २०१६ वि० सं०।

सामाजिक व्यवस्था की व्याख्या नहीं की गयी ।[1] बुद्ध-पूर्व उन उन्मुक्त स्वेच्छावादी साधुओं का अस्तित्व मिलता है, जो ऋग्वेद और उससे पूर्ववर्ती अवैदिक समाज से सम्बद्ध रहे हैं। सर्वमान्य है कि महावीर ने जैन धर्म की स्थापना नहीं की अपितु वे उस परम्परा के सदस्य थे ।

आजीवकों की जो व्याख्या मिलती है, उससे ज्ञात होता है कि वे कार्य-विमुख (निवृत्तिपरक), गृहस्थ जीवन से परे, संस्कारों से मुक्त, बेगार, दासता, वंशानुगतता के विरुद्ध, लौकिक मर्यादाओं में अविश्वासी, भौतिकवादी, किसी भी विधि-विधान से परे एवं घुमक्कड़ जीवन व्यतीत करनेवाले थे। सर्वप्रथम मक्खलिगोसाल ने उन्हें आजीवकों के रूप में संगठित किया। आजीवक संघ का यह कार्य श्रावस्ती में सम्पन्न हुआ।[2] आजीवकों की एक धारा का विकास महावीर में होता है।[3] इस स्थिति में व्यक्ति-विशेष का महत्त्व भी बढ़ा क्योंकि बिखरी हुई शक्तियों को उसने ही संगठित किया। यही व्यक्तिवादी धारणा महायान की 'गुरुवादी' परम्परा में विकसित होती है। आजीवकों की दार्शनिक व्याख्या दिङ्नाग और नागार्जुन में दिखाई देती है। इनका अवैदिक-विवेकवादी विचार मन्त्र एवं कर्मकाण्ड के रहस्य, यज्ञ, वंशानुगत पुरोहितों द्वारा ज्ञान पर एकाधिपत्य आदि का खण्डन करता है। ऐसे विचार आजीवकों की कथावृत्ति से होते हुए पालि-जातक कथाओं का रूप धारण कर लेते हैं।

लोकोत्तरवाद के विपरीत लोकायतिकों की धारा आती है। इनमें विभिन्न विचारधाराएँ थीं। व्यक्तिगत रूप से स्वतन्त्र विचार करनेवाले श्रमणों की धारा श्रमणों के रूप में चलती है। इस स्थिति में ऋत की विधीय व्याख्या के स्थान पर उसकी भौतिक व्याख्या हुई। इस व्याख्या के माध्यम से ही वैदिक कर्मकाण्ड आदि का खण्डन किया गया। इसमें लोकोत्तर अनुशासन के स्थान पर 'लौकिक शीलों' का उदय हुआ। अजितकेशकम्बलिन्, बृहस्पति एवं चार्वाकों ने सत्कार्य-सिद्धान्त, कर्मवाद एवं अन्धविश्वासों के स्थान पर स्वभाववाद की स्थापना की। इसमें नैसर्गिकविधि एवं व्यक्ति का उसी प्रकार समन्वय किया गया जैसे डेमोक्रिट्स के अनुवाद का एपिकुरस ने

---

1. E. H. Johnston : Early Sankhya. २. भागवती सूत्र, १५।

3. A. L. Basham : History and Doctrines of the Ajivikas, pp. 51-56. ff.

A. K. Warder ; Early Buddhism and other Contemporary Systems, p. 43. B. S. O. A. 1956.

किया था। चार्वाकों ने व्यक्ति को परम्परा से मुक्त कर उसे यथार्थवादी बनाने का प्रयास किया (**यथाभूतं प्रजानाति**)। इस अंश में सभी अवैदिक सम्प्रदाय एक थे। इतना अवश्य है कि 'सामाजिक-शील' के सम्बन्ध में बौद्ध दर्शन ऋत और भौतिकवादी धारणा में मध्यममार्गीय है। इसी प्रकार जैन आजीवकों एवं बौद्धों में समन्वय स्थापित करते हैं।

स्पष्ट है कि श्रमणों, आजीवकों, लोकायतिकों आदि का संघर्ष वैदिकों से हो रहा था। राज्यशक्ति उनके साथ नहीं थी, यद्यपि वे उसके लिए प्रयास कर रहे थे। उनका सम्बन्ध कबीला-समाज से था। समाज-विकास के साथ राज्यशक्ति केन्द्रित हो रही थी। इस स्थिति में बौद्ध संघों ने इस अवैदिक-धारा का सामाजिक नेतृत्व किया। दासों से लेकर आजीवकों तक सभी ने संघ व्यवस्था में स्थान प्राप्त किया। यह धारा राजनीतिक क्षेत्र में गणराज्यों के रूप में सामने आयी। इसमें कबीला-समाज और अराजतन्त्रवादी व्यवस्था के साथ बौद्ध धर्म का गठबन्धन हो गया। महापरिनिव्वानसुत्त ने बज्जिगण को बौद्ध संघ के लिए आवश्यक बताया है। इन तीनों के समन्वय होने पर अवैदिक धारा को राज्याश्रय मिला, जिसके लिए वह शताब्दियों से प्रयत्नशील थी। गणों के प्रति वैदिकों का दृष्टिकोण काशिका की इस व्याख्या से स्पष्ट हो जाता है—"उनमें जातीय एकता नहीं थी, उनकी वृत्ति निश्चित नहीं थी और वे उत्सेधजीवि थे—**नानाजातीया अनियतवृत्तयः उत्सेधजीविनः** (Living by means of slaughter or killing)।

समाज में विकास के साथ केन्द्रीकरण एवं राजतन्त्रात्मक व्यवस्था का संगठन बढ़ने लगा। इस अवसर पर अर्थशास्त्र ने राजा एवं राज्य का सामाजिक उद्देश्य सामने रखा। इसमें आजीवकों आदि के लिए कोई स्थान नहीं था। यदि वे अपनी घुमक्कड़-प्रवृत्ति (निवृत्तिमार्गीय) में संशोधन कर सामाजिक सम्बन्ध स्थापित करना चाहते हैं तो उन्हें राज्यस्वीकृति लेना आवश्यक हो गया। इस स्थिति में श्रमण, आजीवक एवं लोकायतिकों ने राजा के साथ गठबन्धन करना चाहा। चार्वाकों ने लोकोत्तरीय ईश्वर के स्थान पर लौकिक राजा की सम्प्रभुता का समर्थन किया। यह वह काल और स्थिति है जब राज्यविधि सामाजिकविधि से उच्च होने लगती है। बौद्ध एवं अन्य अवैदिक परम्पराएँ इसी ओर बढ़ रही थीं। कौटल्य का ऋषित्व है कि उन्होंने पुनः इस स्थिति पर नियन्त्रण कर सामाजिकविधि को सर्वोच्च बनाया। उन्होंने राजा का उद्देश्य समाज-कल्याण को सर्वोच्च बनाकर समस्या का समाधान

किया। राजतन्त्र की स्थापना हो जाने पर भौतिकवादियों की क्रान्तिकारी भावना निष्प्राण हो गयी। उनकी व्यक्तिपूजावादी परम्परा राजतन्त्र में सहयोग दे रही थी। कौटल्य ने उसका प्रयोग राजतन्त्र की स्थापना और विस्तार में किया। उन्होंने उनके क्रान्तिकारी सहयोग का प्रयोग गणराज्यों की राजनीतिक अराजतन्त्रवादी विचार के विपरीत किया क्योंकि लोकायतिकों आदि के सामाजिक विचार गणों के सामाजिक विचारों में घुले-मिले थे। उन्हीं विचारों से उन्होंने उनकी राजनीतिक एवं सामाजिक विचारधारा समाप्त की। फलतः कौटल्य के अनुसार राजाओं को लोकायत दर्शन का ज्ञान आवश्यक हो गया।

पहले कहा गया है कि भौतिकवादी धारा में व्यक्ति के लिए महत्त्व प्रदान किया गया और इसी आधार पर राजा के साथ श्रमणों ने समझौता भी किया। कौटल्य के आक्रमण की प्रतिक्रिया में आजीवकों, श्रमणों लोकायतिकों आदि ने गणराज्यों तक अपने को सीमित न कर राजतन्त्र का भी समाश्रयण किया। अशोक और कनिष्क के समय राजा और राज्य से ही बौद्धधर्म समाज में आ रहा था। इस युग में सामाजिकविधि पर राज्यविधि का पुनः नियन्त्रण सम्भावित हुआ। बौद्धों का 'चक्कवत्ति' राज्यसम्प्रभु ही नहीं समाजसम्प्रभु भी था। उसकी 'धर्मविजय' धर्म के लिए थी लेकिन धर्म (विधि) स्वयं राज्य के रथ का चक्र बना। राज्य का सिंह 'धर्मचक्र' पर प्रतिष्ठित हुआ।[1] 'राजशासन' का जो रूप अशोक ने प्रस्तुत किया, उससे इतिहास में एक बार राज्यविधि की प्रभुता की स्थिति आयी। इस नवीन स्थिति का समाधान मनु ने किया और उन्होंने सामाजिकविधि की सम्प्रभुता स्थापित की। यह युग 'दैवी-भावना' का रहा है। इसमें लौकिक नीति के प्रचारक बौद्धों ने भी राजतन्त्र को दैवी-संस्था के रूप में स्वीकार किया। फलतः मनु ने वैदिक परम्परा में अन्तर्निहित दैवी सिद्धान्त को नया रूप दिया। उन्होंने राजतन्त्र के साथ समाज को विराट् के आंगिक रूप को सावयव और दैवी बनाकर समाज को राज्य से ऊपर प्रतिष्ठित किया।[2]

---

१. दीघनिकाय पृ० १७६,१७८। अंगुत्तरनिकाय पृ० १४९।
हरिहर नाथ त्रिपाठी : 'भारतीय विचारधारा' में अशोक सम्बन्धी अध्याय।

२. प्रस्तुत पुस्तक का प्रथम अध्याय।
हरिहर नाथ त्रिपाठी : भारतीय विचारधारा, राजतन्त्र का अध्याय।

मनु ने विशेषतः धर्मसूत्रों तक आनेवाली सामाजिकविधि को दैवी रूप दिया। ऋग्वेद या यजुर्वेद से ही समाज के चार घटकों की उत्पत्ति विराट् के अंगों से मानी गयी थी। लेकिन इस समय सामाजिक संघटनों की दृढ़ता के लिए मनु ने उसे नया रूप दिया। चार वर्णों से युक्त समाज को उन्होंने दैवी माना। उनके अधिकार और कर्तव्य निश्चित हुए, वे भी दैवी माने गये। अपने लिए विहित धर्म एवं कर्म छोड़कर दूसरे धर्म, कर्म करना पाप एवं दण्ड्य दोनों माना गया; क्योंकि ऐसा करने से विराट् के शरीर में व्यत्यय और उसकी इच्छा का उल्लंघन था। इस प्रकार की धारणा को वैधानिक बनाने में मनु की धारणा 'विश्वकल्याण' के दैवी उद्देश्य के प्रति सामाजिक एकात्मकता ले आनी थी, जिसकी पृष्ठभूमि में आंगिक एकता (Organic unity) क्रियाशील थी।[1] वस्तुतः वैदिक समाज में अवैदिक जातियों के प्रवेश और अवैदिक सम्प्रदायों—बौद्ध एवं जैन—से होनेवाले आक्रमण के अवसर पर इस प्रकार की धारणा आवश्यक थी।

समाज की दैवी उत्पत्ति की वैदिक व्यवस्था के साथ मनु ने सामाजिक व्यवस्था को वैधानिक स्तर पर लाने का प्रयास किया। इस प्रकार की विधि की पृष्ठभूमि में उनके पूर्ववर्ती दो विचार थे—राजशक्ति से आनेवाले राज्य-विधि और कर्मसिद्धान्त। राज्यविधि को मनु ने साधन-रूप में स्वीकार किया। वह प्रत्येक वर्ण को अपने अधिकार एवं कर्तव्य के पालन में वातावरण प्रस्तुत करती और उन्हें अपने मार्ग में व्यवस्थित करती थी।[2] इसी अवस्था में राज्य धर्म का संरक्षक माना गया। सामाजिक व्यवस्था को वैधानिक रूप देने के लिए मनु ने विधि के स्रोतों में विस्तार किया। उन्होंने वेद के साथ स्मृति, सदाचार और आत्मप्रिय (**स्वस्य च प्रियमात्मनः**) को जोड़कर पूर्ववर्ती परम्परा के साथ समन्वय किया और व्यक्तित्व की प्रतिष्ठा के लिए दो अन्य स्रोत स्वीकार किये गये। इस प्रकार सामाजिकविधि वेद पर आधारित करने के साथ उसमें व्यक्ति की आत्मप्रेरणा को भी स्थान दिया गया। विधि के स्रोतों और सामाजिकविधि के साथ समन्वय करते समय मनु के सामने कुछ समस्याएँ थीं। वे अवैदिक सामाजिक व्यवस्था की मान्यता के लिए प्रस्तुत नहीं थे। अतएव उक्त व्यवस्था के बाद तत्काल उनका कथन है कि 'द्विजाति' विधि के स्रोत वेद और स्मृति के विपरीत आचरण न करें। यदि वे 'हेतुशास्त्र' (Science of

---

1. A History of Ancient Indian Political Ideas, p. 156.
2. मनु० ८।१७२; ८।४१८।

Dilectics) के प्रभाव में आकर उनकी निन्दा करते हैं तो नास्तिक के रूप में उनका जाति से बहिष्कार कर देना चाहिए ।[1] अतएव मनु आचरण को भी 'पुण्यभूमि' और 'आर्य आचार' की सीमा में लाते हैं ।

इस प्रकार युगशक्ति से परिवर्तनों में सामाजिकविधि का स्वरूप भी परिवर्तित होने की आशंका रहती है । ऐसा परिवर्तन अपने मूल से भिन्न होते हुए उसके उद्देश्य से निकट रहे, इसमें स्मृतिकारों ने कुछ विशेषताएँ व्यक्त कीं । उनके अनुसार जहाँ धर्म अस्पष्ट हो वहाँ 'शिष्ट' ब्राह्मणों की व्याख्या प्रमाण है ।[2] दस विद्वानों या तीन विद्वानों की परिषद् विधि (धर्म) के सम्बन्ध में जो कुछ व्याख्या दे, वही तथ्यपूर्ण एवं व्यवहार योग्य है । परिषद् के अतिरिक्त यदि एक विद्वान् ब्राह्मण भी विधि की व्याख्या कर सकता है तो वही सर्वोच्च माना जायगा । इस प्रकार स्मृतिकारों ने विधि पर पड़नेवाले वैयक्तिक प्रभाव, एवं सामाजिकसंस्था (परिषद्) दोनों में समन्वय के साथ इस बात का प्रयास किया कि परिवर्तन उन व्यक्तियों से निर्देशित हो, जो वैदिक परम्परा के ज्ञाता और उसमें विश्वास रखनेवाले हों । इसका परिणाम यह हुआ कि अभूतपूर्व स्थितियों के प्रभाव में भी सामाजिकविधि अपने मूल उद्देश्य से भिन्न हो न सकी । पुराणों ने स्मृतिकारों की व्यवस्था को पौराणिक भाषा में व्यक्त किया । पुराणों के माध्यम से सामाजिकविधि, दैवी और अनिवार्य बन गयी । युगभेद से होने-वाले परिवर्तनों से सम्बन्ध रखनेवाले अंश 'इतिहास' से प्रामाणिक बना दिये गये । अधिकार एवं कर्तव्यों के सम्बन्ध में होनेवाले परिवर्तन को भी पुराणों ने अपनी पद्धति से व्यक्त किया ।[3] इन विशेषताओं के साथ पुराणों ने विभिन्न इतिहासों के माध्यम से सामाजिकविधि को राज्यशक्ति से ऊपर रखने का प्रयास किया । उसकी मर्यादा का उल्लंघन करना राज्यशक्ति के पतन का कारण हुआ । दूसरी बात यह है कि सामाजिकविधि में पुरुषार्थों की स्थापना जिस रूप में हुई थी, पुराणों ने उनका उसी रूप में प्रतिपादन किया । वह तारतम्य भंग करना पुराणों की घटनाओं में 'लोक-परलोक' दोनों से पतन का कारण माना गया ।

नीतिग्रन्थों के काल तक अर्थशास्त्र और धर्मशास्त्र दोनों परम्पराओं का विकास हो चुका था । कामन्दक कौटल्य के अर्थशास्त्र की परम्परा के पालन के साथ स्मृतियों का भी समन्वय करते हैं । उनके अनुसार 'समाज (वर्ण) अपनी विधियों (धर्म) के पालन से ही नाश से बच सकता है । राज्य की यही

---

१. मनु० २। १०–११। २. मनु० १२। १०८—१३ ।; याज्ञ० १। १०।
३. वायुपुराण, ५७।४२–४६,५७–८।; विष्णुपुराण, ६।१।५८।; ३।२।५-७।

आवश्यकता है कि वह सामाजिक विधियों के पालन की व्यवस्था करे।' इस प्रकार कामन्दक ने सामाजिकविधि को ऊपर मानते हुए उसके लिए ही राज्य की आवश्यकता स्वीकार की। विधि को धर्मशास्त्रों पर आधारित मानते हुए उनका कहना है कि 'आर्यों का व्यवहार विधि (धर्म) और उनका निषेध अधर्म है।' इस प्रकार कामन्दक ने आपस्तम्ब, मनु एवं अर्थशास्त्र के समन्वय पर सामाजिक विधि की सर्वोच्चता प्रस्तुत की। कामन्दक के समय में देश में बाह्य आक्रमण होने लगे थे। उनका प्रभाव सामाजिक नैतिकता पर भी पड़ा। आवश्यकता थी 'पूर्वपरम्पराप्राप्त नैतिकता की सुरक्षा की।' कामन्दक ने इसके लिए राज्य को माध्यम बनाया। सामाजिक नैतिकता और राज्य के सम्बन्धनिर्धारण में कामन्दक, कौटल्य का मार्ग ग्रहण करते हैं। उनके अनुसार असामाजिक नैतिकता के उन्मूलन में राज्य 'सभी प्रकार' की नीतियों का प्रयोग कर सकता है। इस प्रकार राज्य एवं समाज के हित के प्रतिकूल जानेवाली शक्ति का उन्मूलन राज्य 'अनैतिक' माध्यमों से भी कर सकता है और वह राजधर्म माना गया। अन्तरराष्ट्रीय सम्बन्धों में इस प्रकार के विविध कूट प्रयोगों को स्थान दिया गया। इस प्रकार कामन्दक राज्य के व्यवहार में अर्थशास्त्र की परम्परा स्वीकार करते हैं और सामाजिकविधि, नैतिकता एवं राज्य के आधार में स्मृतियों की। लेकिन सामाजिकविधि एवं राज्य के सम्बन्ध में उस काल की स्थिति का प्रभाव पड़ता है, जिसमें सामाजिकविधि की रक्षा का एकमात्र माध्यम राज्य रह जाता है।

राज्यविधि

राज्यविधि का सामान्य तात्पर्य है 'राज्यप्रशासित एवं निर्मित विधि।' विधि के स्रोतों के साथ राज्यविधि के मूल पर भी प्रकाश पड़ता है। भारतीय न्यायपालिका में विधि की सर्वोच्चता स्वीकार करना मुख्य उद्देश्य रहा है। धर्मसूत्रों तक यह परम्परा अक्षुण्ण थी। गौतम के अनुसार राजा का न्यायिक प्रशासन वेद, धर्मशास्त्र और पुराणों से नियन्त्रित रहना चाहिए।[१] देश, जाति, कुल आदि की परम्परा एवं व्यवहार की प्रामाणिकता राज्य स्वीकार करता है किन्तु वेद (आम्नाय) के विरुद्ध नहीं। कलाकार, कृषक, पशु-पालक आदि के नियम अपने-अपने अंश में प्रामाणिक थे।[२] इनके यथाप्रकार एवं मर्यादा के

१. गौ० ११। १९-२०।

2. Dr. R. C. Majumdar : Corporate life in Ancient India, p. 6.
R. K. Mookerji : Local Government in Ancient India, p. 16.

विवेचन के बाद ही राज्यविधि की सीमा निर्धारित होती थी। इस प्रकार राज्यविधि के दो स्रोत हुए—(१) वेद एवं उस पर आधारित धर्मशास्त्र आदि और (२) विभिन्न स्थानोय, सामाजिक एवं आर्थिक संगठनों की परम्परा और व्यवहार। राज्यविधि का संचालन राज्य के सप्तांग के प्रथम अंग राजा द्वारा होता था। राजा उक्त दो आधारों पर प्रशासन करते समय तर्क एवं हेतु का उपयोग करता और उसमें अवस्था, देश, जाति, काल, परिस्थिति आदि का विचार करता था। इनमें उसके तर्क हेतु, आगम (Canon) और दृष्टान्त (precedent) के आधार पर क्रियाशील होते थे। इन दो आधारों की विशेषता दण्डापराधन्याय में और अधिक महत्त्व रखती थी।

राज्यविधि के प्रशासन में केवल राजा वैधानिक सीमा में ही नहीं था, उसके साथ तर्क, हेतु, आगम एवं दृष्टान्त के व्याख्याकार विद्वान् ब्राह्मण भी थे। उनकी व्याख्या का अतिक्रमण राजा नहीं कर सकता था। विद्वान् ब्राह्मणों के सामने राज्यविधि का विधि के साथ समन्वय, समाज के अधिकार एवं कर्तव्य की व्याख्या करना था। इस प्रकार वे विधि एवं समाज दोनों के प्रतिनिधि थे। इस अवस्था में राजा विधि का अभिभावक और संरक्षक इस रूप में भी था कि राज्यविधि द्वारा उसका अतिक्रमण न हो सके। इस प्रकार राजा समाज एवं विधि के प्रति उत्तरदायी माना गया। इसके साथ ध्यान देने की बात यह है कि राज्यविधि में अपराध और दण्ड से सम्बद्ध अंश का समावेश होता है, लेकिन राज्य साधन ही रहता है और उसे व्यवस्थापकीय अधिकार नहीं उपलब्ध होते। विधि के अनुकूल वह स्वयं अपना एवं समाज का संचालन करता है। राज्यविधि की सूची में राजद्रोह, सम्पत्ति, जीवन एवं समाज द्वारा निर्धारित विधि के अनुसार व्यक्ति की स्वतन्त्रता के अंश ही उपलब्ध होते हैं। इसे ही राजा के कर्तव्य के रूप में प्रस्तुत किया गया है।[1] विधि, स्थानीय एवं सामाजिक परम्परा और व्यवहार तथा राज्यविधि के उल्लंघन अथवा अतिक्रमण पर राजा पदच्युत या उसका जीवन-हरण किया जा सकता था।

कौटल्य का अर्थशास्त्र मुख्यतया राजनीतिक ग्रन्थ है। उसके सामने राज-

---

Beni Prasad : The State in Ancient India, p. 165—6.
Ghoshal : The Legal and Political State of Trade and Crafts in the Early Smritis, Siddha Bharati, vol. II. pp. 240-50.

१. गौ० १०।३६-८।; १०।४३-७।; २८।४।१-२।; वशिष्ठ० ३।१३-१४।; १६।१९।; १७।६६-६७, ८४।; विष्णु० ३।५५।, १७।१३-१४।

नीतिक एवं सामाजिक स्थिति ऐतिहासिक युगसन्धि पर थी। विधि के कार्यान्वियन में राज्य की शक्ति अधिक महत्त्वपूर्ण बन गयी थी। इस अवसर पर विधि, सामाजिक परम्परा और राज्यविधि में समन्वय विशेष महत्त्वपूर्ण प्रश्न था। जैसा कहा गया है कि अर्थशास्त्र वैदिक परम्परा का सफलता के साथ पालन करता है। उसने समाज का आधार 'त्रयी' माना। उसके अनुसार राज्यविधि के स्रोत धर्म (धर्मशास्त्र), अर्थशास्त्र, व्यवहार (व्यावहारिक शास्त्र) संस्था (Usage) और न्याय (Reasoning) हैं। प्रशासन में राजा को पूर्वपरम्परा से आनेवाले साधन ही स्वीकार करना है। लेकिन यहाँ अर्थशास्त्र को राज्यविधि के साथ एक और आधार माना गया। इसके साथ विरोध के रूप में भी परिवर्तन प्रारम्भ हुआ। तात्पर्य यह कि इस काल में धर्मशास्त्र और अर्थशास्त्र में विरोध, अर्थशास्त्र और परम्परा में विरोध और इन दोनों का धर्मशास्त्र से विरोध का प्रश्न सामने आने लगा। इस पृष्ठभूमि में राजशक्ति के विकसित रूप के साथ राज्यविधि का भी क्षेत्र विकसित होने लगा।

कौटल्य ने राज्य के कल्याणकारी रूप की स्थापना की। इसका प्रभाव उक्त विरोधों के समाधान पर भी पड़ा। राज्य के कल्याणकारी रूप में राज्य परम्परा, रीति-रिवाज एवं व्यवहार आदि को ज्यों-का-त्यों नहीं स्वीकार करता। कौटल्य ने राज्यविधि की स्थापना में इनकी पूर्वपरम्परा के साथ कुछ नवीनता भी प्रस्तुत की। उसने धर्मसूत्रों के समान ही 'समय', जो देश, जाति एवं कुल विहित थे, को मान्यता दी।[१] इनकी सूची तैयार करने के लिए उसने राजकर्मचारी नियुक्त किया। यह कार्य नये प्राप्त साम्राज्यों के लिए भी आवश्यक माना गया। यहाँ उसने महत्त्वपूर्ण परिवर्तन भी किया। उसने नवीन या प्राचीन आचारों में केवल उन्हीं आचारों को मान्यता दी जो राज्य एवं समाज के लिए हानिप्रद न हों।[२] इस प्रकार राज्य को यह अधिकार उपलब्ध हो गया कि जो आचार 'अनुचित' हों उन्हें वह अस्वीकार करने के साथ समाप्त भी कर सकता था। इस स्थिति में राज्यविधि और आचार के कुछ अंशों में विरोध होने पर राज्यविधि को महत्त्वपूर्ण माना गया।

राज्यविधि के इस विकास में राजा के 'शासन' का अधिकार भी क्रियाशील हुआ। राजा को तात्कालिक अवसरों एवं आचारों के सम्बन्ध में 'शासन' एवं अध्यादेश का अधिकार स्थिर हो गया। इसका प्रभाव विधि (वेद आदि

१. अर्थशास्त्र १३।७। २. अर्थशास्त्र १३।५।

पर आधारित) पर भी पड़ा। राज्यविधि और विधि (धर्म) में विरोध उत्पन्न होने पर 'शासन' का क्या रूप एवं प्रभाव होगा, इस पर कौटल्य अधिक स्पष्ट नहीं हैं। इतना तो स्पष्ट है कि राज्य के कल्याणकारी रूप का विकास राज्यविधि के ही आधार पर हुआ और उससे धर्मशास्त्रों की पूर्वपरम्परा में परिवर्तन भी हुआ। अतएव सिद्धान्तरूप में अर्थशास्त्र धर्मशास्त्रों से विरोध न प्रस्तुत करता हो किन्तु व्यवहार में उसने राज्यविधि का विकास अवश्य किया। उसने धर्म, व्यवहार, चरित्र एवं राजशासन में राजशासन को सर्वाधिक महत्त्व दिया। उसके इस विचार को विधि का स्रोत नहीं माना जा सकता, किन्तु न्याय का चार चरण तो माना ही जायगा। इस स्थिति में भी भारतीय न्यायपालिका के इतिहास में वह अध्याय प्रारम्भ होता है, जहाँ से न्यायिक सम्प्रभुता के प्रशासन में राजशासन को सर्वोच्च स्थान देने का प्रयास किया गया।

राज्यविधि के स्रोत के सम्बन्ध में मनु भी पूर्ववर्ती विचारधारा का समर्थन करते हैं। उनके अनुसार राजा १८ शीर्षकों में विभक्त विवाद का देशदृष्ट (Regional usage) और शास्त्रदृष्ट (Sacred canon) के आधार पर निर्णय करे।[1] उसे श्रेणी, कुल तथा अन्य आर्थिक संगठनों की आचार-परम्परा का अतिक्रमण न करना चाहिए।[2] इस प्रकार के समन्वय में कुछ विचारणीय प्रश्न हैं। मनुस्मृति के सामने बौद्धक्रान्ति से उत्पन्न स्थिति के समाधान का प्रश्न था। श्रेणी, गण, पूग एवं संघों में बौद्ध प्रभाव था। उनके आचार में बौद्ध आचार भी सम्मिलित हो चुका था। मनु उसे राज्यविधि का स्रोत कथमपि नहीं स्वीकार कर सकते थे। अतएव आचार के साथ उन्होंने शिष्टाचार का महत्त्व स्वीकार किया। फलस्वरूप श्रेणी, गण आदि के उन्हीं आचारों को मान्यता दी गयी और वे ही राज्यविधि की सीमा में आ सके जो 'शिष्टाचार' से अनुमोदित हों। शिष्टों में बौद्ध, जैन, अन्य अवैदिक धर्मज्ञ और जातियाँ नहीं स्वीकार की गयीं। उनमें द्विजाति और वैदिक धर्मज्ञ ही शिष्ट माने गये। इस प्रकार मनु ने आचार, व्यवहार, परम्परा आदि का समन्वय राज्यविधि के आधार पर (कौटल्य के समान) न कर विधि (धर्म) के आधार पर किया। फलतः मनु के अनुसार राज्यविधि का स्रोत वैदिकविधि, उस पर आधारित शिष्टाचार एवं सदाचार माने गये और न्यायपालिका का वर्गीय रूप पुनः सुस्थिर हो पाया।

---

१. मनु ८।३।   २. वही ८।४१, ४६।

आचार की परम्परा सुस्थिर करने के साथ राज्यशक्ति अथवा राज्यविधि के साथ विधि के समन्वय का भी प्रश्न मनु के सामने मुख्य था। राजमार्ग से आनेवाले बौद्धों को परास्त करने, बाह्य जातियों को राजा के सामने नतमस्तक कराने आदि कारणों से मनु ने राजा के दैवी सिद्धान्त का सर्वाधिक स्पष्टता के साथ प्रतिपादन किया। उस काल तक राजशक्ति में विकास भी हो गया था। इस अवस्था में राज्यविधि में विकास अवश्यम्भावी था। इधर विधि (धर्म) के स्रोत में श्रुति एवं स्मृति के साथ सदाचार और आत्मप्रिय (**प्रियमात्मनः**) को भी मनु ने स्वीकार कर लिया। यदि तर्क, हेतु एवं राजा के विवेक के साथ आत्मप्रिय को भी राज्यविधि का स्रोत मान लिया जाय तो प्रश्न उपस्थित होता है कि राज्यविधि में राजा का 'आत्मप्रिय' क्या निर्बाध है? दैवी राजा के लिए यह एक ऐसी स्थिति अवश्य उपस्थित हुई जब राज्यविधि की सर्वोच्चता का प्रश्न सामने आया। लेकिन मनु ने राजा को विधायिका का अधिकार न देकर उसे नियन्त्रित कर विधि और राज्यविधि में समन्वय किया।

उक्त समन्वय में मनु एकदेशीय (मात्र वैदिक) और वर्गीय (उच्चवर्णापेक्षी) हो गये। याज्ञवल्क्य ने इस स्थिति में परिवर्तन और अपने समन्वय में सुधार किया। इस अंश में अर्थशास्त्र और याज्ञवल्क्य की परम्परा प्रायः समान हैं। याज्ञवल्क्य ने स्मृति एवं अर्थशास्त्र में विरोध होने पर स्मृति को ही प्रमाण माना, किन्तु स्वयं स्मृति में विरोध होने पर व्यवहार पर आधारित न्याय प्रमाण माना।[1] इससे इतना तो स्पष्ट हो गया कि राज्यविधि के स्रोत धर्मशास्त्र और अर्थशास्त्र दोनों थे। यही सिद्धान्त महाभारतकार राजधर्म के स्रोत में स्वीकार करते हैं। दूसरी बात यह है कि व्यवहार के साथ मनु के समान वर्गीय आधार पर याज्ञवल्क्य ध्यान नहीं देते। तीसरी बात यह है कि राज्यविधि को याज्ञवल्क्य विधि (धर्म) की सीमा से परे नहीं ले जाना चाहते। राजशासन राज्यविधि के सर्वाधिक विवादग्रस्त स्रोत पर मनु एवं याज्ञवल्क्य में परस्पर समवन्य है। दोनों 'उचित' राजशासन की मर्यादा स्वीकार करते हैं और चाहते हैं कि समाज द्वारा उनका पालन हो।[2] इस प्रकार राजशासन को राज्यविधि का रूप प्राप्त हो गया। लेकिन इस पर महत्त्वपूर्ण नियन्त्रण भी है। 'राजशासन' विधि के प्रतिकूल नहीं हो सकता था अपितु पूरक ही

---

1. याज्ञवल्क्य० २।२१। 2. मनु० ७।१३; ९।०७५।; याज्ञ० २।१८६।

होता था।[१] स्थिति-विशेष में राजा को आर्थिक दण्ड भी मिल सकता था, और सामान्य व्यक्ति की अपेक्षा कई गुना अधिक मात्रा में। निष्कर्ष यह कि दोनों स्मृतिकार राजशासन को राज्यविधि के रूप में तभी प्रामाणिक मानने के लिए प्रस्तुत हैं, जब वह समाज के विधि-विधान के प्रतिकूल न हो। राजशासन राज्यविधि के आन्तरिक प्रशासन से भी सीमित है।

जैसा कहा गया है कि राजशक्ति के विकास, अवैदिक सम्प्रदायों का प्रभाव, भारतीय एवं अभारतीय जातियों का परस्पर सम्मिश्रण और उनसे सुरक्षा का प्रश्न, वैदिक परम्परा का विकास आदि ऐसी समस्याएँ थीं जो उत्तरवर्ती काल में राज्यविधि पर महत्त्वपूर्ण प्रभाव डालने लगीं। तत्कालीन स्मृतियों ने राज्यविधि का स्रोत धर्मशास्त्र, अर्थशास्त्र एवं देशदृष्ट स्वीकार किया। बृहस्पति ने न्यायपालिका के संचालन में राजा को धर्मशास्त्र की मर्यादा स्वीकार करने का विधान किया।[२] इसके साथ ही उनका कहना है कि प्रतिलोम के व्यवहार, देश, जाति एवं कुल की परम्परा आदि ज्यों-का-त्यों स्वीकार कर लिया जाय;[३] अन्यथा राजशक्ति क्षीण हो जायगी। आचार का इस रूप में सर्वप्रथम प्रभाव स्वीकार किया गया कि उनकी अवहेलना पर राज्यशक्ति ही समाप्त हो जायगी। इस प्रकार प्रशासन की दृष्टि से राज्यविधि का आधार धर्मशास्त्रों के साथ समाज एवं उसकी परम्परा की ओर विकसित हो गया।

'देशदृष्ट' की कात्यायन ने स्पष्ट व्याख्या की और उन्हें वेदों की सीमा में लाने का प्रयास किया। उनके अनुसार आचार वही हैं, जो क्षेत्रविशेष में व्यवहृत हों, उनकी दीर्घ परम्परा हो और वेद एवं स्मृति से उनका विरोध न हो।[४] अर्थशास्त्र की प्रशासन-व्यवस्था की छाया लेते हुए कात्यायन ने स्वीकार किया कि आचार की मर्यादा क्षेत्र-विशेष की जनसम्मति से स्वीकृत होने पर उसकी सुरक्षा होनी चाहिए। उसे लिखकर उसे राजमुद्रा (Royal Seal) से मुद्रित कर धर्मशास्त्रों के समान प्रमाण मानना चाहिए। राजा उसे न्यायपालिका में महत्त्वपूर्ण स्थान दे। कात्यायन के अनुसार विवाद का निर्णय धर्मशास्त्रों के आधार पर हो किन्तु उसके अभाव में समय (Covention) अन्यतम प्रमाण माना जाय। यदि क्षेत्र-विशेष में 'समय' एवं धर्मशास्त्र परस्पर विरुद्ध हो जायँ तो निर्णय धर्मशास्त्रों के आधार पर होना चाहिए। लेकिन सुमन्तु तथा नारदस्मृति के टीकाकार असहाय ने यह भी माना कि धर्मशास्त्र और पितृ-पितामहों

१. याज्ञ० २।१८६।
२. बृहस्पति० १।५२,९७,९८।
३. बृ० १।१२६-३१।
४. कात्यायन० ४६।५०।

से पालित आचार में विरोध होने पर आचार को ही प्रमाण मानना चाहिए। निष्कर्ष यह कि राज्यविधि के आधारों में परम्परा, आचार एवं रीतिरिवाजों की मान्यता के माध्यम से सामाजिकशक्ति विकसित होती रही।

उक्त विश्लेषण से राज्यविधि के दो आधार स्थिर होते हैं—धर्मशास्त्र (वेद, सूत्र एवं स्मृति आदि) और आचार, सदाचार, परम्परा, रीति-रिवाज आदि। बृहस्पति आचारों पर स्थिर विधि को जनकल्याण के आधार पर तथ्यपूर्ण मानते हैं। एक स्थान पर बौधायन के मत का विरोध करते हुए बृहस्पति ने क्षेत्रीय आचार को प्रामाणिक माना है। परम्परा एवं आचारों की प्रामाणिकता मानते हुए कात्यायन ने व्यापारी वर्ग एवं इस प्रकार के अन्य आचार और नियम को राज्यविधि का अनिवार्य अंग माना है। स्थानीय विवाद में मनु के विचार दुहराने के साथ ही कात्यायन यह भी मानते हैं कि आचार-प्राप्त विधि धर्मशास्त्र से सम्बद्ध विधि की पूरक है किन्तु इससे स्थानीय आचार का उल्लंघन नहीं किया जा सकता। देवल एवं पितामह स्थानीय आचारों को राज्यविधि का मुख्यतम आधार मानते हैं किन्तु टीकाकार असहाय ने धर्मशास्त्रों से अविरुद्ध आचार को ही राज्यविधि का आधार माना है। आचार, सदाचार, अर्थशास्त्र एवं धर्मशास्त्र में विरोध के समन्वय में 'युक्ति' (Reason) का प्रयोग होना चाहिए। प्रायः सभी धर्मशास्त्रकारों ने यह सिद्धान्त स्वीकार किया है। लेकिन राजा को सावधान किया है कि वह युक्ति को छोड़कर केवल धर्मशास्त्र के वचनों पर राज्यविधि एवं न्यायपालिका का संचालन न करे। हारीत के अनुसार न्यायपालिका के वे कार्य न्यायपूर्ण हैं, जो धर्म, धर्मशास्त्र, धार्मिक (शिष्ट), आचार और अर्थशास्त्र पर आधारित हैं।[१] इन स्रोतों में परस्पर विरोध होने पर 'युक्ति' का आश्रय लेना चाहिए।[२] नारद चरित्र को सर्वाधिक प्रमाण मानते हैं। स्मृतिकारों ने राज्यविधि, (राजसभा) के निर्णय में अन्धरूप से धर्मशास्त्रों के वचनों के पालन में 'युक्ति' को प्रधानता दी है और वह युक्ति, आचार, परम्परा एवं अर्थशास्त्र पर आधारित हो।[३]

शुक्र राज्यविधि का आधार धर्मशास्त्र मानते हैं और अर्थशास्त्र का प्रयोग धर्मशास्त्र से अविरुद्ध रूप में ही स्वीकार करते हैं।[४] उनके अनुसार न्याय-

---

१. स्मृतिचंद्रिका में उद्धृत २।१।५९। २. कर्मप्रदीप २।१४९।

३. नारदीय मनुसंहिता—भूमिका पृ० ३२; बृह० १।१।५१-४; १।१। ९८-१००; १।१।११४-१७; पितामह उद्धृत स्मृ० चन्द्रिका २।१।५५।

४. शुक्र० ४।५२; ४।७८५।

पालिका वह है, जहाँ अर्थशास्त्र का प्रयोग धर्मशास्त्र के अनुसार होता है।[1] न्याय में स्मृति साधन है।[2] इसके साथ ही वे राजशासन, आचार, परम्परा आदि को भी राज्यविधि का आधार मानते हैं।[3] उनके अनुसार राजा न्याय में शास्त्रदृष्ट, देशदृष्ट, जाति, क्षेत्र, श्रेणी, कुटुम्ब एवं जनपदधर्म के साथ समन्वय करके निर्णय करे।[4] बृहस्पति का उद्धरण देते हुए शुक्र कहते हैं कि देश विभिन्न व्यवहारों में विभक्त है। सबका समन्वय समान रूप से नहीं किया जा सकता। इसमें शुक्र पूर्वस्मृतिकारों एवं अर्थशास्त्र की परम्परा मानते हैं। एक ओर वे धर्मशास्त्र और दूसरी ओर जनमत, आचार एवं परम्परा को राज्यविधि का स्रोत मानते हैं; किन्तु वे किसी भी स्थिति में क्षेत्रीय एवं जातीय आचार की अवहेलना नहीं करना चाहते। इस प्रकार इस काल तक राज्यशक्ति के विकास होने पर भी राज्यविधि का आधार राजाज्ञा कभी नहीं हो पायी। उसका नियन्त्रण सामाजिक शक्तियाँ करती रहीं।

राज्य और सामाजिक शक्तियाँ

ग्राम संगठन में जातीय और ग्रामीण दो प्रकार के समाजों का उल्लेख नरेशचन्द्र सेनगुप्त ने बंगाली ग्रामों के आधार पर किया है। जातीय समाजों में उच्च वर्णों के आचार शास्त्र-सम्मत हैं और निम्न जातियों के आचार स्थानीय कुल परम्परा-सम्मत।[5] वाडेन पावेल ने इंगलैण्ड के ग्रामों को ध्यान में रखकर भारतीय ग्रामों की व्यवस्था समझने का प्रयास किया। भारतीय ग्रामों में द्विजातियों, शूद्रों और अन्त्यजों—श्वपच, चाण्डाल, निषाद आदि—के निवास विशेष आयोजन से बद्ध थे।[6] कुछ धर्महीन जातियाँ थीं, जिन्हें विशेष नियमों में बद्ध रहना पड़ता था।[7] उत्तरवर्ती काल में शाखा, चरण, विद्या, वंश, कुल आदि का सामाजिक अस्तित्व परिवर्तित होने लगा। राज्यसंस्था की अपेक्षा कुल एवं जाति का संगठन प्राचीन है। राज्य के संगठन हो जाने पर भी देश, जाति और कुल की बिधि को उच्च स्थान दिया गया। राज्य उनमें

---

१. वही, ४।५६५।
२. वही ४।५५९।
३. वही ३।३२।
४. वही ४।५६८-७०।
५. S.N. Sengupta : The Sources of Law and Society in Ancient India, p. 11.
६. आप० १।३।९।१५ और १९।; गौ० १६।१९।; मनु १०।५१ और १०।२९-३०।
७. गौ० ४।२५।; आप० १।१०।२९।८।

हस्तक्षेप नहीं कर सकता था।[१] राज्य प्रशासन में स्वयं उन संगठनों की विधि निर्माण की अपेक्षा कार्यान्वियन मात्र करता था।[२] सामाजिकविधि के मर्मज्ञ वेदविद् ब्राह्मण की व्यवस्था भी राज्यशक्ति से परे थी और राज्य इसे मानने को बाध्य था।[3] इसी प्रकार विभिन्न व्यापारिक एवं व्यावसायिक संघटनों में भी उनकी ही विधि राज्य को मान्य होती थी।[४] सामाजिक संघटनों की शक्ति का काल सेनगुप्त मनु तक मानते हैं। उन्होंने मनु (७।१३) और याज्ञवल्क्य (२।१८६) के आधार पर माना कि राजा को विधायिका शक्ति मिल जाने पर सामाजिक संघटनों की विधायिका शक्ति समाप्त हो गयी।[५] समाज की धार्मिक शक्ति को स्वतन्त्र मानने के लिए परिषद् और ब्राह्मणों की शक्ति का विकास किया गया। सम्भवतः मनु के 'व्यवसयेत्' और याज्ञवल्क्य के 'राजकृत्' शब्द से उनको यह भ्रम हुआ। दोनों श्लोकों में 'धर्माविरुद्ध' शब्द लगा है। याज्ञवल्क्य ने राजा के जनकल्याणकारी, जलाशय आदि सम्बन्धी अध्यादेश का उल्लेख किया है। वस्तुतः मनु और याज्ञवल्क्य दोनों ने श्रेणी, गण, कुल आदि के अधिकारों में राज्य का हस्तक्षेप नहीं माना है। व्यावसायिक तथा अन्य लौकिक सम्बन्धों में सामाजिक संघटनों के स्वत्व-संरक्षण के साथ परिषद् का संघटन था। वह मनु और याज्ञवल्क्य से पूर्ववर्ती है और उसमें सामाजिक प्रतिनिधियों का भी अस्तित्व माना गया है।

व्यापारियों, जुआड़ियों तथा समाज के किसी भी वर्ग के लोग अपने लिए जो नियम स्वीकार करते, राज्य उनके कार्यान्वियन पर ध्यान रखता था। उनमें सुधार और औचित्य की व्याख्या करना उसका कार्य नहीं था।[६] द्विजातियों के भी देश, जाति और कुलधर्म को राज्य स्वीकार करता और उनमें भी तटस्थता की ही नीति अपनाता[७] किन्तु उन्हें श्रुति के विपरीत न होना चाहिए।[८] विजित देश के आचार में अहस्तक्षेप से उन्हें अपने आचार पालन की स्वतन्त्रता देने में हित की सम्भावना मानी गयी।[९] कुछ जातियों और स्थानों के नियम, चाहे वे

---

1. Max Muller : History of Ancient Sanskrit literature, p. 50.
२. गौ० ११।२०।; आप० २।६।१५।१; वशि० १९।७।; मनु० ७।४१।
3. गौ० ११।२५।
४ वशि० १।४०१।; गौ० १८।५०।; बौधा० १।१।१।१३।
5. The Sources of Law and Society in Ancient India, p. 19-20
६. याज्ञ० २।२०२। ७. मनु० ८।३। ८. गौ० ११।२०।, वशि० १।१७।
९. यस्मिन्देशे य आचारः व्यवहारः कुलस्थितिः।
तथैव प्रतिपाल्योऽसौ यदा वशमुपागतः॥ याज्ञ० १।३४३।

अपूर्व प्रतिपादक न हों, धर्मशास्त्रों के विरुद्ध भी स्वीकार कर लिये गये किन्तु उन्हें सार्वभौम सदाचार का स्थान नहीं प्राप्त हुआ। साथ ही यदि कोई व्यक्ति या समाज 'संविद्' लोभादि से भंग करता है, तो उसे राष्ट्र से बहिष्कृत कर देना चाहिए।[1] इस अंश में राज्य का उपयोग किया जाता था।

प्राचीन काल से ही जाति, देश, कुल तथा व्यावसायिक संघटनों की विधियों को स्थानीय स्तर पर मान्यता उपलब्ध होती रही है। धर्मशास्त्रों ने उनके विभाग बना रखे थे। राजशक्ति में विकास के साथ स्थानीय सदाचार की प्रामाणिकता एवं व्यावहारिकता में विकास हुआ और राज्यविधि के रूप में वे स्वीकृत हो गयें। समाज में भी वे हेय नहीं रहे। उनके विवाह उत्तराधिकार आदि के नियम सामाजिक नियमों के साथ सम्बन्ध बनाने लगे। खस, मुण्डा तथा दक्षिण की विभिन्न जातियों के संस्कार, उत्तर की जातियों के व्यवहार जो ग्रीक, असीरियाई, शक, हूण, मंगोल, अरब, पारसीक के माध्यम से समाज में आ चुके थे, प्रथमतः तो आर्येतर के रूप में थे। अन्ततः उनका भी समन्वय हो गया; यद्यपि उन्हें पृथक् रखने का प्रयास किया गया। उक्त जातियों के आचार श्रुतिभिन्न थे। अतएव उन्हें सार्वभौम नहीं माना गया। उनकी स्वीकृति हो जाने के काल को ही कुछ विद्वान् अर्थशास्त्रीय विधि परम्परा का विकास मानने का भ्रम करते हैं। इस प्रकार का परिवर्तन राज्य नहीं, समाज के माध्यम से हुआ। उक्त जातियाँ राज्य से समाज में कभी स्थान नहीं प्राप्त कर सकीं क्योंकि यह शक्ति समाज में थी। राज्य केवल उसके कार्यान्वियन का साधन था। समाज एवं सामाजिकविधि में परिवर्तन समाज के माध्यम से होना आवश्यक माना गया। राजा उसका नेतृत्व नहीं कर सकता था। राज्यविधि स्वयं सामाजिक शक्तियों से बद्ध थी। फलतः समाज सदाचार, परम्परा, व्यवहार आदि के माध्यम से विधि का विकास करता है। अन्ततः उसी विधि से संचालित भी होता है। इस प्रकार समाज विधि का जनक

1. यो ग्रामदेशसंघाना कृत्वा संघेन संविदम्। विसंवदेन्नरो लोभात्तं राष्ट्राद्विप्रवासयेत्। मनु० ८।२१९।, शालासमुदायो ग्रामः''''ग्राम-समुदायो देशः। संघ एकधर्मजातानां नानादेशवासिनां नानाजातीयानामपि प्राणिनां समूहः, यथा भिक्षूणां संघो, वणिजां संघश्चातुर्विद्यानां संघ इति। मेधातिथि।

भी है और उससे शासित भी। शासन का माध्यम राज्य है। राज्य शासन-यन्त्र से आगे नहीं जाता। वह समाज-शक्ति के अनुसार ही प्रशासन करता है। इस प्रकार के सम्बन्ध से ही विधि की समाजमूलकता और सर्वोच्चता सुस्थिर रही। इतने दीर्घकाल के परिवर्तनों में भी यह सम्बन्ध सुस्थिर रहा।

अध्याय | ३

विधि के स्रोत

न्यायपालिका एवं राज्य के परस्पर इस प्रकार के सम्बन्ध-निर्धारण में विधि के स्रोतों का विश्लेषण आवश्यक है; क्योंकि यदि राज्य विधि के स्रोतों को प्रभावित कर सकता है तो वह न्यायपालिका पर भी नियंत्रण की शक्ति प्राप्त कर लेगा। प्रारम्भिक समाज में विधि का मूल आचार एवं नैसर्गिक नियमों से प्रारम्भ होता है। भारतीयों के अनुसार वह युग 'ऋत' एवं सत्य का है। राज्य एवं न्यायपालिका का विकास उसी ऋत की परम्परा कार्यान्वित करने के लिए हुआ। वे स्वयं ऋत एवं सत्य की व्याख्या नहीं करते, अपितु सामाजिक आचारों में ऋत जिन विधियों से मूर्त रूप धारण करता है, उन विधियों को कार्यान्वित करने के माध्यम या साधन हैं। ऋत और सामाजिक आचारों (सदाचार, आचार, परम्परा एवं व्यवहार) में परस्पर विरोध की स्थिति आ सकती थी। ऋत में क्रमबद्धता, स्थिरता, निश्चयात्मकता आदि गुण रहते हैं और सामाजिक विधियाँ गतिमान्, विकासशील एवं अस्थिर रहती हैं। ग्रीक विधि व्यवस्था में नैसर्गिक विधि और सदाचार विधि में परस्पर असंगति आयी और उसका समाधान नहीं हो सका। भारत में विधि का मूल ही यह असंगति दूर कर विकसित होता है। इसमें सामाजिक विधि नैसर्गिक विधि पर आधारित की गयी एवं नैसर्गिक विधि का समाजीकरण किया गया। इस प्रक्रिया में विवेक का प्रयोग हुआ किन्तु यह नवीन विधि संहिताबद्ध कर निर्वैयक्तिक ही रखी गयी। इस निर्वैयक्तिक विधि संहिता का सर्वप्रथम रूप है—वेद। अतएव वेदों को विधि का प्राथमिक स्रोत माना गया।

प्रारम्भ में समाज का विकास जितने अंश में होता है, विधि उन पर अपना प्रभुत्व रखती है। फलतः विधि समाज से विकसित होते हुए भी समाज से ऊपर रहती है। विधि के नैतिक (Moral Law) और विध्यात्मक (Positive Law) रूप के विकास तक यही स्थिति थी। लेकिन राजनीतिक एवं धार्मिक

सम्बन्धों में पृथक्ता आने पर समाज में व्यवहार (Secular Law) की स्पष्टता इस रूप में आ जाती है कि चाणक्यसूत्र में व्यवहार धर्म से भी अधिक महत्त्व प्राप्त करता है। फलतः विधि के स्रोत केवल वेद न होकर स्मृति और देश, कुल, जाति आदि के आचार भी माने गये। लेकिन वेदों को आधार बनाने के लिए आचार्यों ने 'एकवाक्यता' सिद्धान्त की स्थापना की। वे ही 'आचार एवं स्मृतियाँ प्रामाणिक मानी गयीं जिनका वेद से विरोध न हो।' गौतम के अनुसार न्यायिक प्रशासन का निर्देशन वेद, शास्त्र, पुराण, अंग आदि से अविरुद्ध देश, जाति, कुल के आचार एवं कृषक, व्यापारी, कलाकार आदि वर्गों की परम्पराओं से होना चाहिए।[1] अपने अपने वर्ग में वे ही प्रमाण माने जायँ।[2]

इस प्रकार विधि के स्रोतों गें वेद एवं धर्मग्रन्थ, सामाजिक संघटनों के आचार, नियम तथा परम्परा माने गये। आपस्तम्ब ने वेद को विधि का स्रोत अवश्य माना, किन्तु प्रथम स्थान 'धर्मज्ञ-समय' को ही दिया।[3] इसी लिए परिषद्, जाति-कुलाचार और, जिसे हरदत्त ने अर्थशास्त्र भी कहा है, उसकी भी सहायता प्रमाण में ली जाती है।[4] अन्य आचार्यों ने भी वेद के साथ स्मृति और शिष्टाचार को विधि का स्रोत माना है।[5] वशिष्ठ ने वेद के समान ही स्मृति को भी स्थान दिया।[6] मनु ने श्रुति, स्मृति और सदाचार

---

[1] वेदो धर्मशास्त्राण्यङ्गान्युपवेदाः पुराणं देशकुलधर्माश्चाम्नायैरविरुद्धाः। गौ० ११।१९–२०।

[2] कृषिवणिक्पशुपाल्यः कुशीदकारवः स्वे स्वे वर्गे। गौ० ११।२१।

[3] धर्मज्ञसमयः प्रमाणम्। वेदाश्च। आपस्तम्ब १।१।२–३। इसके दो अर्थ हैं, वेद के आधार पर 'धर्मज्ञ समय' को प्रामाणिक मानना और 'चकार' से शिष्टाचार को प्राथमिकता देना। वे स्वयं कहते हैं, 'जिसकी आर्य प्रशंसा करते हैं वह धर्म और जिसकी निन्दा करते हैं वह अधर्म होता है।' आप० १। १। २०।७-८ और २। २९।१४ भी द्रष्टव्य।

[4] आपस्तम्ब १। २।३८, २।१५।१, २ २९।१५।

[5] उपदिष्टो धर्मः प्रतिवेदम्। स्मार्तो द्वितीयः। तृतीयः शिष्टागमः। बौ० १। १। १।२–४।

[6] वेदस्मृतिविहितो धर्मः। तदलाभे शिष्टाचारः प्रमाणम्। वशिष्ठ १। ४-५। इसके साथ वेद की व्याख्या के हेतुओं को भी विधि का स्रोत के समान माना गया। बौधायन १। १।८। की व्याख्या में सामाजिक संस्था परिषद् को भी वेद के समान स्थान दिया गया। बौ० १।१।८। वशिष्ठ ३।७, १।१७ आदि।

के साथ आत्म-प्रेरणा या आत्मतुष्टि (**स्वस्य च प्रियमात्मनः**) को भी विधि का स्रोत माना है।[1] मनु द्वारा प्रतिपादित विधि के ४ स्रोतों को याज्ञवल्क्य ने भी स्वीकार किया किन्तु उनके 'ज्ञापक हेतुओं' (स्थान) में १० का और परिगणन किया गया है।[2] याज्ञवल्क्य तक विधि के स्रोतों एवं उनके हेतुओं के विश्लेषण के निष्कर्ष से विधि का मूल स्रोत श्रुति है। उसके बाद स्मृति, शिष्टाचार, परिषद्, इतिहास, पुराण, न्याय, मीमांसा आदि का स्थान है। इनमें इतिहास, पुराण, मीमांसा आदि स्वयं प्रमाण नहीं अपितु प्रमाण स्थिर करने में सहायक हैं। इसी प्रकार परिषद् सामाजिक संघटन है, जिससे विधि के स्रोतों की व्याख्या की जाती है।

विधि के उक्त स्रोतों के विश्लेषण से स्पष्ट हो जाता है कि वे दो रूपों में विकसित हुए—श्रुति, उस पर आधारित धर्म ग्रन्थ और विभिन्न समाजों के आचार एवं परम्परा। प्रथम के आधार पर द्वितीय का समन्वय किया गया। साथ ही विभिन्न समाजों की विधि स्वीकार करने में उनके मूल ज्यों के त्यों स्वीकार किये गये। राज्य, समाज एवं विधि के परस्पर सम्बन्ध होने पर इस प्रकार का समन्वय एकदेशीय हो जाता है। किसी भी विधि एवं आचार को 'आम्नाय' (वेद) के विरुद्ध प्रमाण नहीं माना गया। फलतः अवैदिक परम्पराएँ या तो वैदिक परम्परा में समाविष्ट होने लगीं या मिट गयीं। ऊपर से परिषद् और नीचे से बिखरे हुए 'वेदज्ञों' (ब्राह्मणों) की व्याख्याओं में अवैदिक परम्परा स्थिर नहीं हो सकी। 'बाह्य जातियों', आर्थिक और ग्राम संगठनों एवं अन्य घटकों की विधि प्रमाण मानी जाती किन्तु सीमित

---

[1] मनु० २। ६।; २।१२

[2] याज्ञ० १।३। पी० एन० बनर्जी ने याज्ञवल्क्य के विधि के १४ स्थानों को विधि का स्रोत समझने का भ्रम किया है (Public Administration in Ancient India, p. 133.) इसी प्रकार का भ्रम एन० सी० सेनगुप्त से भी हुआ है। (The sources of Law & Society in Ancient India, p. 33.) वस्तुतः वहाँ 'वेदा: स्थानानि विद्यानाम्' शब्द है। 'मूल और प्रमाण' (स्रोत) धर्म के ज्ञापक हेतु हैं और 'स्थान' धर्म के रूप और व्यवहार समझने में सहायक। इसीलिए उनमें न्याय एवं मीमांसा का ग्रहण किया गया। इन्हें विधि का स्रोत नहीं माना जा सकता। याज्ञ० १।३। पर मिताक्षरा और याज्ञ० १।७। पर मित्रमिश्र और गौ० ११।१९।

रूप में ही। इस प्रकार की सीमा का निर्धारण वेद या उसके अंगों से होता है, जिसे 'धार्मिक विधि' भी कह सकते हैं।[1] धार्मिक विधियों की घोषणा परिषद् से होती और परिषद् द्वारा स्वीकृति प्राप्त आचार एवं परम्परा वैधानिक रूप धारण कर लेते। इस प्रकार विधि के स्रोत में धार्मिकविधि, समाज एवं राज्य में समन्वय होता है किन्तु निश्चित वैदिक आधार पर।

वेद

विधि के स्रोतों में वेद का स्थान सर्वप्रथम है। 'वेद' का अर्थ है ज्ञान। इस ज्ञान के स्वरूप-निर्धारण में मीमांसकों ने उसे अपौरुषेय (Eternal and self existant) रूप में स्थिर करने का प्रयास किया। अपौरुषेय की सत्ता स्थिर करने के लिए वेद को स्वतःप्रमाण (Self valid) माना गया। इस प्रकार के स्वतःप्रामाण्यवाद (The theory of intrinsic validity) के रूप हैं, प्रामाण्य की स्वयं उत्पत्ति (**प्रामाण्यं स्वतः उत्पद्यते**) और प्रामाण्य का स्वतः ज्ञान (**प्रामाण्यं स्वतः ज्ञायते च**)। शब्द एवं उसके अर्थ में नित्य सम्बन्ध होता है। स्वयं शब्द भी नित्य होते हैं। इस प्रकार अपौरुषेयत्व और स्वतः प्रामाण्य को अभिन्न मानते हुए मीमांसक नैयायिकों के इस विचार का भी खंडन करते हैं कि वेद ईश्वर कृत हैं। वे वेदान्तियों का शब्दसिद्धान्त भी अस्वीकार करते हैं।

मीमांसकों ने वेद को ५ भागों में विभक्त किया है—(१) विधि (Injunctions), (२) मंत्र (Hymns; Sacrificial prayers), (३) नामधेय (Names) (४) निषेध (Prohibitions) और (५) अर्थवाद (Explanatory passages)। मीमांसकों द्वारा वेद की व्याख्याओं एवं उसके स्वरूप-निर्धारण में उपस्थित की गयी युक्तियाँ आग्रहग्रस्त हैं। वे बौद्धों एवं जैनियों से होनेवाले वेद की अप्रामाणिता का उत्तर दे रहे थे अतएव निष्पक्ष न हो सके। वे वेद का तात्पर्य यज्ञीय विधियों में सीमित करने एवं वेद को 'अदृष्ट के प्रतिपादक' बनाने में एकदेशीय हो गये। उनके अनुसार 'वेद प्रत्यक्ष अनुमान एवं किसी भी प्रमाण से अग्राह्य सत्य का साक्षात्कार करानेवाला है। लेकिन वेद की इस परिभाषा से न्यायपालिका एवं विधि के अंशों पर प्रकाश नहीं पड़ सकता। यह भी सत्य है कि वेद के सम्बन्ध में अभिव्यक्त मीमांसकों का पक्ष सर्वथा ग्राह्य भी नहीं हो पाया।

---

1. N. C. Senguta: The Sources of Law and Society in Ancient India, p. 55.

न्यायपालिका में विधि शब्द का प्रयोग यज्ञीय विधि के अर्थ में न होकर जीवन के समग्र अंश में होता है। इस विधि का स्रोत समग्र वैदिक साहित्य है जिसमें चारों संहिताओं के साथ ब्राह्मणों, आरण्यकों और उपनिषदों का भी ग्रहण होता है। संहिता में विधि की सामग्री अत्यन्त न्यून है। श्रौत एवं गृह्य-सूत्रों का भी सम्बन्ध वेदों से है किन्तु इनका सम्बन्ध प्रत्यक्ष या साक्षात् की अपेक्षा सम्प्रदाय एवं परम्परा से है। वेद को शाश्वत ज्ञान एवं विधि का आगार, विश्व और विश्वात्मा का ज्ञापक माननेवाले भी वेद को ऋषियों द्वारा साक्षात्कृत (**ऋषयो मन्त्रद्रष्टारः**) मानते हैं। उनके अनुसार वेद के बहुत से अंश लुप्त हो गये और उनका ज्ञान सम्प्रदाय एवं परम्परा से ही हो सकता है। स्पष्ट है कि विधि से सम्बद्ध वैदिक अंश का ज्ञान सम्प्रदाय एवं परम्परा से हो सकता है। मीमांसकों के सम्प्रदाय एवं परम्परा ने तो उपलब्ध शब्दराशि के अर्थ करने का प्रकार भी स्थिर कर दिया। जिससे भिन्न कोई अर्थ की पद्धति हो ही नहीं सकती। आश्चर्य है कि मनुष्य कृत अर्थ-पद्धति में बँधे और मानव सम्प्रदाय एवं परम्परा से उपलब्ध होनेवाले वेद को मीमांसक स्वतःप्रमाण और अपौरुषेय मानते हैं!

मीमांसकों ने धर्म का प्रयोग जिस रूप में किया है उसे भी स्वीकार नहीं किया जा सकता। धर्म का प्रयोग लक्ष्यात्मक नियम (Normative rule) के साथ धार्मिक, सामाजिक, यहाँ तक कि वैयक्तिक क्षेत्र से भी सम्बद्ध रहा है। विधि का सम्बन्ध समाज से होने से उसका प्रबलतम अंश 'समयाचार' के रूप में विकसित हुआ। श्रौत एवं गृह्यसूत्रों के समान 'समयाचार' का स्रोत वेद नहीं हो सकता।[1] फलतः उत्तरवर्ती समयाचारों का संग्रह करनेवाली स्मृतियाँ कहीं कहीं वेदों से अधिक प्रामाणिक मानी गयीं। वेद के समग्र एवं अंश विशेष को प्रमाण मानने तथा उन्हें पूर्व प्रचलित आचार का संग्रह स्वीकार करने का भी पक्ष पाया जाता है। आपस्तम्ब ने धर्मज्ञ-समय के बाद वेद का नाम दिया है। टीकाकार हरदत्त की व्याख्या से भी इतना तो ध्वनित होता है कि वेद एकमात्र विधि के स्रोत नहीं हैं।[2] इसीलिए विधि के स्रोतों में वेदों के साथ उनके अंगों का होना आवश्यक माना गया।

वेदों के परस्पर विरोध में विधि, अर्थवाद और मन्त्र की व्यवस्था से समाधान होता है। एक सम्प्रदाय के अनुसार अर्थवाद और मन्त्र विधि के आधार नही हैं। केवल विधि वचन को विधि का आधार बनाया जा सकता

---

[1]. आपस्तम्ब० २।२९।१३। [2]. आपस्तम्ब० १।२–३। पर हरदत्त।

है।[१] कुमारिल और शबरस्वामी मीमांसा की व्याख्या में मानते हैं कि वेद के सभी अंश आधार हैं। इतना अवश्य है कि वे आधार सीमाबद्ध हैं और उनका प्रयोग निश्चित एवं नियमित क्षेत्रों में हो सकता है।[२] इस स्थिति में विधि के स्रोत में श्रुति के प्रयोग के दो माध्यम प्रस्तुत होते हैं—व्याख्या के प्रकार और लुप्त शाखाएँ एवं उनकी नित्य परम्परा। इस मान्यता से कुछ असंगतियाँ आ जाती हैं। एक तरफ मीमांसक व्यावहारिक या दृष्ट (अर्थ, काम) से वेद को अलग करते हैं और दूसरी ओर विधि के सभी अंशों को वेद पर आधारित कहते हैं। जिन विधियों का आधार वेद में नहीं मिलता उन्हें लुप्त शाखाओं पर आधारित मान लिया जाता है। वस्तुतः वेद को नित्य एवं अपौरुषेय बनाने में ही मीमांसक इस प्रकार की असंगतियाँ प्रस्तुत करते हैं।

यह सत्य है कि भारतीय समाज में उपलब्ध मूलभूत विधियों का आधार वेदों में उपलब्ध होता है।[3] प्रारम्भ में विधि के लिए वेद ही एक मात्र प्रमाण थे और अन्य प्रमाण उसके पूरक थे।[४] लेकिन आगे चलकर स्मृतियाँ, समयाचार, वेदज्ञ और परिषद् भी विधि के स्रोत में समानस्तरीय महत्त्व प्राप्त करने लगे। यहाँ तक कि जीवन के व्यावहारिक अंशों में इनकी प्रामाणिकता अधिक हो गयी। फलस्वरूप मीमांसकों ने वेद को यज्ञीय अंश तक ही सीमित रखने का प्रयास किया। जहाँ तक विधि का सम्बन्ध है उसकी दो धाराएँ स्पष्ट हो जाती हैं। एक धारा एक मात्र वेद पर आधारित है और दूसरी वेद से अविरुद्ध समयाचार आदि पर। दूसरी धारा का विकास वेद से नहीं हुआ, उसका स्रोत समाज था किन्तु उसे वेद से अविरुद्ध रखने का प्रयास किया गया। इन दोनों धाराओं के स्पष्टीकरण में ही वेद की स्थिति पर प्रकाश पड़ता है।

वस्तुतः भारतीय न्यायपालिका में विधि का स्रोत ऋत से प्रारम्भ होता है। ऋत के सामाजिक सम्बन्धों, तत्कालीन आचारों एवं नैसर्गिक विधि के प्रथम संहिताबद्ध रूप वेद हैं। संहिताबद्ध होने के बाद उपनिषदों तक विकसित होने वाली विधि के स्रोत तो वेद प्रत्यक्ष रूप से हैं लेकिन आगे की विधि

---

१. आपस्तम्ब० २।१२।१३।

२. जैमिनी० १।२।१। पर शबरस्वामी, कुमारिल तन्त्रवार्तिक पृ० १, बनारस संस्करण।

3. P. V. Kane : The Vedic Basis of Hindu Law.

4. N. C. Sengupta : The Sources of Law and Society in Ancient India, p. 41.

के वे स्रोत नहीं आधार रह गये। ऋत से प्रत्यक्ष सम्बन्ध रखने एवं उसका सामाजिक स्वरूप विधि (धर्म) के रूप में प्रस्तुत करने से वेद भारतीय समाज, न्यायपालिका एवं विधि के स्रोत और आधार बने रहे। उत्तरवर्ती काल में समयाचार, अवैदिक जातियों एवं युग की अन्य विधियों का विकास हुआ। उन्हें विधि के रूप में स्मृतियों ने व्यक्त किया। इस प्रयास में स्मृतिकारों ने वेद की मूलभूत धारणा स्वीकार की क्योंकि ऋत से प्रत्यक्ष सम्बन्ध रखनेवाले वेदों को ही समाज अपना आदर्श मानता था। स्मृतियों में कितने ही अंश ऐसे हैं, जो वैदिक आधार पर तो स्थिर हैं किन्तु उनके स्रोत वेद नहीं हो सकते।[१] उनका सम्बन्ध वैदिक काल के बाद के आचारों से है। विधि का उत्तरवर्त्ती संकलन वेद की धारणा से इतना सम्पृक्त था कि उसे वेद से अतिरिक्त न मान वेद को ही सभी का आगार मान लिया गया।

स्मृतियाँ

विधि के स्रोतों में स्मृतियों का द्वितीय स्थान है।[२] स्मृति का प्रयोग कुछ आचार्यों ने पारिभाषिक और कुछ ने सामान्य अर्थ में किया है। गौतम, वशिष्ठ और बौधायन ने स्मृति को 'वेद के जाननेवालों का स्मरण' माना है।[३] पूर्वाचार्यों की व्याख्या स्वीकार करते हुए मनु ने भी स्मृति का अर्थ 'वेदज्ञों का स्मरण' माना और उसका प्रयोग धर्मशास्त्र के अर्थ में किया है।[४] धर्मशास्त्रकारों ने विधि के स्रोतों में वेदों के जाननेवालों के शील (Practice) और स्मृति (Recollection) को महत्त्व दिया। इसका परिणाम यह हुआ कि

---

१. आपस्तम्ब० २।२९।१३।

२. आपस्तम्ब० १।१।२।; बौधा० १।१।३।; वशिष्ठ० १।४।; गौ० १।१।; याज्ञ० १।७।; मनु० २।६, १०, १२।

३. गौतम० १। २।; वशिष्ठ १।४।; बौधा० १।१।३।

४. श्रुतिस्तु वेदो विज्ञेयो धर्मशास्त्रं तु वै स्मृतिः। मनु० २।१०। मनु ने 'स्मृति' शब्द को धर्मशास्त्र के पर्याय में रखकर उसका क्षेत्र संकुचित कर दिया। तैत्तिरीयआरण्यक (१।२) एवं पूर्वमीमांसा ६।८।२३।; १२।४।४२। में स्मृति शब्द कुछ व्यापक अर्थ में आया है। वेदान्तसूत्र में भी स्मृति का अर्थ व्यापक लेते हुए उसमें सांख्य दर्शन का भी ग्रहण किया गया है। वेदान्त सूत्र २।३।४७।; ३।१।१४, २१।; ४।२।१४।

'अवैदिक शिष्टों की स्मृति' को भारतीय विधि परम्परा में स्थान नहीं मिला। स्मृति की परिभाषा एवं प्रामाणिकता आचार्यों ने जिस रूप में प्रस्तुत की है उसके तीन निष्कर्ष हो सकते हैं—स्मृतियों का वेद पर आधारित होना, वेद के ज्ञाता से स्मरण होना और समाज के आचार का परम्परा के माध्यम से वेद के साथ समन्वित होना। इसीलिए आपस्तम्ब ने 'समयाचारिक' शब्द के प्रयोग में विद्वानों की घोषणा, उनके आचार एवं वैयक्तिक प्रस्ताव को मान्यता न दे कर 'वेद समर्थित आचार' को स्मृति के रूप में प्रमाण माना है।[1] इस प्रकार स्मृतियाँ वेद एवं उसकी परम्परा का समाज के आचार के साथ समन्वय करने की कड़ी हैं।

आज स्मृतियों की उपलब्ध संख्या अत्यधिक है। धर्मसूत्रों से धर्मशास्त्र शब्द का प्रयोग तो प्रारम्भ हो जाता है किन्तु आज की उपलब्ध स्मृतियों का उल्लेख नहीं मिलता। गौतम केवल मनु का उल्लेख करते हैं।[2] बौधायन ने ७, वशिष्ठ ने ५ और आपस्तम्ब ने १० स्मृतिकारों का उल्लेख किया है। मनु में ६ और याज्ञवल्क्य में २० स्मृतिकारों का उल्लेख पाया जाता है।[3] पराशर ने १९ स्मृतियों का नाम दिया है। कुमारिल के तन्त्रवार्तिक तक १८ का नाम आता है। निबन्धग्रन्थों से स्मृतियों की संख्या बढ़ने लगती है। चतुर्विंशतिमत में याज्ञवल्क्य का परिगणन देते हुए ६ नाम और जोड़ दिये गये हैं। इसी प्रकार विश्वरूप ने १० नाम और जोड़ा है। स्मृतिचन्द्रिका, हेमाद्रि और सरस्वती-विलास ने उपस्मृतियों का भी परिगणन प्रारम्भ किया और स्मृतियों की संख्या ३६ पहुँच गयी। यही संख्या भविष्यपुराण में भी मिलती है। वृद्धगौतमस्मृति में ५७ स्मृतियों का उल्लेख है। निर्णयसिन्धु और वीरमित्रोदय में यह संख्या १०० तक पहुँच जाती है।

स्मृतियों की उक्त संख्या-विस्तार से स्पष्ट हो जाता है कि वे विभिन्न युगों की देन हैं। स्मृतियों की परम्परा ईसा पूर्व से प्रारम्भ होकर १०वीं शती तक

---

1. आप० १।१।१।; गौ० ८।२।
2. गौ० ११। १९। अपरार्क ने गौतम के उद्धरण से १६ स्मृतिकारों का उल्लेख गौतम में माना है किन्तु अपरार्क का उद्धरण गौतमधर्मसूत्र के वर्तमान मुद्रित अंश में नहीं मिलता।
3. याज्ञ० १। ४–५। याज्ञवल्क्य ने बौधायन का नाम नहीं दिया और शंख-लिखित को अलग अलग माना है।

चलती रहती है। उनमें कुछ गद्य और अधिक पद्य में हैं। इनमें साम्प्रदायिक (वैष्णव, शैव आदि) आग्रह भी दिखायी पड़ते हैं। वृद्ध, बृहत् और लघु विशेषणों से स्मृतियों के नाम में परिवर्तन आया। स्मृतियों की विशाल सूची में सभी समान रूप से प्रमाण नहीं मानी गयीं। स्मृतियों के संख्याविस्तार से दो प्रश्न सामने आते हैं—विस्तार के कारण और आधार। यदि वेद की ऋचाओं को विधि-रूप में अभिव्यक्त करना ही इष्ट था तो इस प्रकार का विस्तार नहीं होता। और यदि विस्तार के आधार वेद ही थे तो उनमें अपने युग की विशेषताओं का प्रभाव न अभिव्यक्त होता। अतएव इस प्रकार की विचार परम्परा स्पष्ट करती है कि स्मृतियाँ अपने युग का प्रभाव अभिव्यक्त करती रही हैं।

आधार

शबरस्वामी स्मृति का आधार वेद मानते हैं। मीमांसकों के अनुसार धर्म का सम्बन्ध वेद (शब्द) से है। उससे अतिरिक्त के प्रमाण की अपेक्षा (अनपेक्ष) नहीं है अथवा 'कर्तृसामान्यता' से स्मृति का अनुमान माना जा सकता है।[1] जैमिनी के सूत्र (१। ३। १-२) पर शबरस्वामी की टीका, अन्यान्य विमर्शों एवं अष्टकश्राद्ध सम्बन्धी विचारों का यही निष्कर्ष है। स्मृति पूर्णरूप से तभी प्रमाण मानी गयी जब वैदिकों ने उसे स्वीकार कर लिया।[2] मनु 'पुरुषविशेष' थे। उनकी स्मृति का प्रमाण सर्वाधिक इसलिए रहा कि वह वेद की परम्परा से अत्यधिक (तत्त्वयुक्त अन्धपरम्परान्याय) निकट थे। इस प्रकार स्मृतियों का वैदिक आधार दो प्रकार से है—प्रत्यक्ष (साक्षात्) और अप्रत्यक्ष। प्रत्यक्ष में स्मृतियों का आधार वेदों के प्रत्यक्ष वचनों पर रहता है। अप्रत्यक्ष में वैदिक वचन तो नहीं मिलते किन्तु उनके वैदिक आधार होने का 'अनुमान'

---

1. धर्मस्य शब्दमूलत्वादशब्दमनपेक्षं स्यात्। अपि वा कर्तृसामान्यात्प्रमाणमनुमानं स्यात्। जै० १। ३। १-२। शबर 'वेद' का प्रतिपादन त्रैवर्णिकों तक ही करते हैं। स्मृतिसुधा, पृ० १२५।; पारस्कर गृ० सू० ३। २। आश्वलायन गृ० सू० २। ४। १।; सां० गृ० ३।१२-१२।

2. प्रामाण्यं कारणं मुख्यं वेदविद्भिः परिगृहः। तदुक्तं कर्तृसामान्यादनुमानं श्रुतीः प्रति। मनु० २। ६। पर मेधातिथि।; जै० १।३।२। पर शास्त्रदीपिका।

किया जाता है ।[1] यह अनुमान विच्छिन्न न होनेवाली शिष्टों की परम्परा से होता है । इसी में धर्मशास्त्रकार प्रमाण माने गये । स्मृतियाँ जितने अंश में वेद के वचनों से साक्षात् सम्बद्ध हैं उनमें आधार का प्रश्न नहीं है । आधार की समस्या है स्मृति के उस अंश में है जिसका प्रत्यक्ष वैदिक आधार नहीं मिलता । प्रत्यक्ष आधार न मिलने का मुख्य कारण यह माना जाता है कि दीर्घकाल की परम्परा में वेद की बहुत सी शाखाएँ लुप्त हो गयीं । उनका व्यवहार समाज में परम्परा से होता रहा । कुमारिलस्वामी स्वयं मानते हैं कि स्मृतियाँ स्मृतिकारों की भाषा में बिखरी हुई शाखाओं का संकलन हैं । परवर्ती साहित्य का सम्बन्ध वेदों से इस प्रकार बना रहा कि जिन अंशों में वेद के वचनों का सम्बन्ध नहीं मिल सका, बाध्य होकर स्वीकार करना पड़ा कि वेद का उतना अंश लुप्त हो गया ।[2] उस लुप्त हुए अंश का 'शिष्टों' ने परम्परा से अनुमान किया ।[3] इसीलिए स्मृतियों को 'अनुमान' भी कहा जाता है ।

वेद के साथ स्मृति के अप्रत्यक्ष आधार में स्मृति की वास्तविकता निहित है । अप्रत्यक्ष सम्बन्ध के माध्यम हैं—शिष्ट और परम्परा । अनुमान के आधार पर श्रुति-स्मृति का सम्बन्ध माने जाने पर कुछ समस्याएँ सामने आएँगी—(१) विश्व के किसी भी विचार को कहा जा सकता है कि इसका आधार वेद है और वह लुप्त हो गया । स्वयं भगवान् बुद्ध ने कहा 'जो मैं कहता हूँ वही सनातन

---

1. काणे ने 'वैदिक बेसिस आफ हिन्दू ला' में स्मृतियों के कुछ अंशों का वेद के वचनों के साथ तुलनात्मक विवरण प्रस्तुत किया है । उनके अनुसार 'हिन्दू विधि का स्रोत वैदिक समाज में उपलब्ध होता है । उत्तरवर्ती व्याख्याकार इसीलिए प्रामाणिक माने गये कि वे वेद को आधार मानते रहे ।' काणे ने तुलना में उत्तराधिकार, दाय, विवाह, स्त्री धन आदि का वैदिक आधार प्रस्तुत किया है । इस आधार को पश्चिमी विद्वान् भी मानते हैं । मेन, हिन्दू ला, पृ० १९ ।
2. Max Muller : Six System of Indian Philosophy, p 41.
Winternitz : History of Indian Literature, 1927, p 118.
Keith : Horward riental Series, Vol. XXV, p. 48.
B. K Ghosh : Collection of Fragments of lost Brohmanas,
3. तन्त्रवार्तिक, पृ० १६४ ।; जैमिनि० १। ३। २ पर ।

धर्म है ।[1]' (२) यदि वेद और उसकी शब्द राशि (मीमांसकों के अनुसार) नित्य है तो उसका लोप कैसे हो सकता है ? (३) श्रुति की किसी विद्यमान शाखा का अनुमान, जैसा कुमारिल मानते हैं, स्मृति है तो श्रुति के वचन ज्यों के त्यों क्यों नहीं रखे गये ? वेदों की बिखरी हुई शाखाओं को क्रमबद्ध करना जैसा शास्त्रदीपिका ने माना है, स्मृतियों का तात्पर्य है । लेकिन इस प्रकार की आवश्यकता क्यों हुई ? क्रमबद्ध करने का प्रकार और आधार क्या था ? यदि इसमें शिष्ट और परम्परा को महत्त्व दिया जाय तो उस पर देश, काल, परिस्थिति और क्रमबद्ध करनेवाले शिष्टों के व्यक्तित्व का प्रभाव पड़ना अवश्यम्भावी है । श्रुति और स्मृति में नित्य सम्बन्ध मानने या स्मृति को एक मात्र श्रुति आधारित करने में ऐसी अनेक समस्याएँ आती हैं जिनका समाधान कठिन हो जाता है ।

स्मृति का एकमात्र आधार श्रुति को बनानेवाले मीमांसकों एवं अन्य आचार्यों के सामने समस्या थी वेद की अपौरुषेयता, नित्यत्व और समस्त ज्ञान का आगार सिद्ध करने की । बौद्ध एवं जैन जैसे दर्शन उनकी मान्यता पर आक्रमण कर रहे थे । फलस्वरूप विभिन्न व्याख्याओं में आग्रहपूर्ण विचार व्यक्त करने पड़े । वस्तुतः स्मृतियाँ धर्मसूत्रों के अनन्तर होनेवाले सामाजिक परिवर्तन की पृष्ठभूमि में सामने आती हैं । उस समय देश में अवैदिक जातियाँ आचार, परम्परा एवं सम्प्रदाय विद्यमान थे । स्मृतियाँ समकालीन सदाचारों के संकलन और समस्याओं के समाधान में संहिताबद्ध हुईं । इसमें उन्होंने एक ओर वैदिक आधार स्वीकार किया और दूसरी ओर प्रस्तुत स्थिति का समन्वय । प्रस्तुत स्थिति के अनेक ऐसे तत्त्व आये जो वेदों में उपलब्ध नहीं थे ।

---

१. इस आपत्ति से बचने के लिए कुमारिल भट्ट मानते हैं कि श्रुति प्रलीन होती ही नहीं । स्मृतियाँ विद्यमान श्रुति पर ही आधारित हैं । कुमारिल की यह मान्यता सत्य से दूर है क्योंकि लुप्त श्रुति के अनेकशः प्रमाण हमें उपलब्ध हैं । अन्य आचार्य परम्परा को 'नित्यानुमेय आगम परम्परा का अन्ध प्रवाह' अर्थात् वेद की विविध परम्परा में ज्ञान का नित्य अनुमान मानकर अवैदिक परम्परा का बहिष्कार इस प्रकार करते हैं कि वे निगम से विरुद्ध अनित्यानुमेय हैं । मनु० २।६ पर मेधातिथि । वेद (ज्ञान), उसकी शब्दराशि, परम्परा एवं अनुमान को नित्य मानना असमाजशास्त्रीय पक्ष है । व्यक्ति से चलनेवाली परम्परा कथमपि नित्य नहीं हो सकती ।

उनका ही समाधान करने के लिए 'लुप्त शाखा के अनुमान' का सिद्धान्त प्रस्तुत किया गया। इसमें सन्देह नहीं कि शिष्टों की परम्परा से कुछ आचार ऐसे हैं जिनका मूल वेदों में हो सकता है किन्तु आज वे उपलब्ध नहीं हैं। लेकिन यह भी सत्य है कि अनेक ऐसे तत्त्व हैं जिनका आधार वेद नहीं हो सकते किन्तु स्मृतियों में वे वैध हैं। प्रमाण के लिए 'कलिवर्ज्य' के ५८ निषेधों की सूची वैदिक विधि में अपवाद प्रस्तुत करती है किन्तु वह स्मृतियों को मान्य है। स्पष्ट है कि 'कलिवर्ज्य' की सूची बौद्धों के प्रभाव से प्रस्तुत हुई। फलतः स्मृतियों के आधार वेद एवं उसकी परम्परा के साथ युग की समस्या के समाधान, सदाचार आदि भी हैं। वेद की अपेक्षा उनका आधार स्मृतियों में अधिक व्यक्त होता है।[१] इतना अवश्य है कि स्मृतिकारों ने सदाचार आदि को वैदिक अनुशासन में रखने का प्रयास किया।

श्रुति-स्मृति में विरोध

जब स्मृतियाँ वेद की अपेक्षा सदाचार आदि पर भी आधारित हैं तब वेद और स्मृति में भेद एवं विरोध होना अवश्यम्भावी है। मीमांसकों तथा अन्य परम्परावादी आचार्यों ने विरोध के स्वरूप एवं आधार की अपेक्षा इस पर अधिक बल दिया है कि विरोध दूर कैसे किया जाय? यों तो सामान्य नियम मान लिया गया है कि श्रुति और स्मृति में विरोध होने पर श्रुति को ही प्रमाण माना जाय।[२] यदि समाधान इतना सरल था तो इस प्रश्न पर सभी आचार्यों ने व्यापक रूप से विचार क्यों किया? इस प्रश्न पर विचार करने के पूर्व उस पक्ष को उनकी पारिभाषिक शब्दावली में सामने रखना आवश्यक है, जो समाधान में परम्परा से प्रस्तुत की जाती रही है।

---

१. प्रारम्भ में रोम तथा पापिनियन विधिज्ञों ने विधि की व्याख्या 'विद्वानों का प्रस्ताव' माना था। हार्मोजेनियस के अनुसार सदाचार का आधार 'सामान्य नागरिकों का आचार' है। मार्सिनस ने डेमास्थेनस को उद्धृत करते हुए विधि की परिभाषा इस प्रकार की है, 'जिसे सभी व्यक्ति मुख्यतः स्वीकार करें, क्योंकि सभी विधि ईश्वरप्रदत्त हैं, किन्तु विद्वानों द्वारा व्याख्यात हो।' समाज के आचार के अनुसार समाज को आचरण करना चाहिए। सदाचार के माध्यम से विधि के संहितावद्ध होने के सिद्धान्त को हॉब्स, लॉक, रूसो, सेवेग्नी आदि विद्वान् मानते हैं। लेकिन सदाचार सम्बन्धी उनकी और भारतीयों की परिभाषा में मूलभूत अन्तर है।

२. विरोधे त्वनपेक्षं स्यादसति ह्यनुमानम्। जै० १। ३। ३।

कुमारिल श्रुति और स्मृति की अपेक्षा श्रुति और श्रुति में भेद को अधिक महत्त्व देते हैं। उनके अनुसार 'श्रुति में परस्पर विरोध' 'तुल्यकक्ष' की प्रामाणिकता का विरोध है। इसमें 'विकल्प' या 'विषय-व्यवस्था' से समाधान करना चाहिए।[१] अतएव जिस परम्परा में जो श्रुति का अंश व्यवहार में आता हो, वहाँ उसे ही महत्त्व देना चाहिए। श्रुति के साथ स्मृति के विरोध होने पर श्रुति को प्रामाणिक मानने के आधार इस प्रकार हैं। साक्षात् श्रुति वचन के 'हेतु' रहने पर स्मृति अप्रमाण है।[२] श्रुति का सम्बन्ध दैवी है और स्मृति का मानवीय।[३] श्रुति का विषय धर्म है और स्मृति का अर्थ एवं काम अर्थात् लौकिक।[४] इन आधारों पर स्मृति को वेद की अपेक्षा अप्रामाणिक सिद्ध करने में एक तथ्य सामने आता है। कुमारिल ने कहा, "स्मृति का आधार श्रुति है। फलतः अत्यन्त तुल्यहीन होने पर भी अत्यन्त बाध्यता भी नहीं हो सकती।[५]" कुमारिल के इस प्रकार के निष्कर्ष की पृष्ठभूमि पर विचार करने पर श्रुति एवं स्मृति में विरोध के स्वरूप पर प्रकाश पड़ेगा।

कुमारिल ने श्रुति और स्मृति का प्रमाण क्षेत्र भी अलग कर दिया। श्रुति को धर्म (अदृष्ट) और स्मृति को अर्थ एवं काम (दृष्ट) से सम्बद्ध कर दिया गया।[६] वे अपने क्षेत्र में अधिक प्रमाण मानी जातीं।[७] यह आधार स्वीकार करते हुए स्मृति को ५ भागों में विभक्त किया—दृष्ट, अदृष्ट, दृष्टादृष्ट, न्याय और शिष्टाचारमूलक। इस विभाग से स्मृति का क्षेत्र व्यापक हो जाता है

---

१. विकल्प एव हि न्यायस्तुल्यकक्षप्रमाणतः। तन्त्रवार्तिक, पृ० १०७। 'तुल्यकक्ष' शब्द का अर्थ समझने में भ्रम करते हुए नरेशचन्द्र सेनगुप्त ने माना है कि श्रुति से स्वतन्त्र स्मृति भी प्रमाण है। दि सोर्सेज आफ ला एण्ड सोसायटी इन एंशेंट इंडिया, पृ० ६१। वस्तुतः यहाँ तुल्यता श्रुति और श्रुति में ही है।

२. हेतुदर्शनात्। जै० १। ३। ४। ३. जै० १। ३।३-४।

४. शबरस्वामी ने इसके लिए 'दृष्टार्थ' और लौकिक भाव से युक्त होना दो हेतु दिया है। जै० १। ३। ४। पर शबर स्वामी, शास्त्रदीपिका और जैमिनि १।१।१३। पर बृहती (प्रभाकर)।

५. नात्यन्तमेव बाध्यत्वं न चात्यन्ततुल्यता। तन्त्रवार्तिक, पृ० १९४।

६. जै० १। ३। २। पर शबर; मनु० ३।७। पर कुल्लूक; जै० ९।३।३। १०।२।२३। पर शबर; जै० १।३।४ पर न्यायसुधा।

७. तन्त्रवार्तिक, पृ० १६५-१६८।

और वे व्यक्ति एवं समाज के लौकिक विधि विधान में अन्यतम रूप से प्रमाण बन जाती हैं। मीमांसक धर्म शब्द का सम्बन्ध केवल यज्ञीय विधि तक रखना चाहते हैं। कृषि, व्यापार, कला आदि 'आर्य और म्लेच्छ' से सम्बद्ध होने से धर्म के विषय नहीं माने जाते। इस प्रकार स्मृतियों की व्यापकता और श्रुति का संकोच स्पष्ट हो जाता है। धर्म के व्यापक अर्थ को मीमांसकों ने अत्यन्त संकुचित कर दिया। स्मृति की व्यापकता होने से न्यायपालिका के समग्र अंश में उसे ही आधार मानना पड़ा। व्यवहार में स्मृति को ही आधार माना गया। उसमें श्रुति से विरोध का प्रश्न ही नहीं रहा क्योंकि श्रुति की विधि न्यायपालिका नहीं यज्ञ में व्यवहृत होने लगी। दोनों के कार्यक्षेत्र अलग कर विरोध का वास्तविक परिहार किया गया।

स्मृति की इस प्रकार की व्यापकता के मूलभूत आधार हैं। ऐसे आधार केवल श्रुति पर आधारित होने से नहीं हो सकते थे। तथ्य तो यह है कि स्मृतियों को संहिताबद्ध करने में ऋषियों ने श्रुति का विवरण प्रकार भी छोड़ दिया। श्रुतियाँ प्रायः विवरण के गर्भ में अप्रत्यक्ष रूप से विधि-निषेध का संचय करती हैं। स्मृतियाँ विधि और निषेध दोनों प्रस्तुत करती हैं। स्मृतियों की व्यापकता का मुख्य आधार है उसका समाज से साक्षात् सम्बन्ध रखना। यह सम्बन्ध श्रुति के माध्यम से भी व्यक्त होता रहा। परम्परा से चलनेवाली श्रुति की किसी लुप्त शाखा का 'अनुमान' शिष्टों के माध्यम से हुआ। फलतः उसमें शिष्टों का आचरण और व्यक्तित्व भी 'अनुमान' में आ गया। स्मृति के संहिताबद्ध होने में श्रुति के आधार के साथ शिष्टों के आचरण, सामाजिक एवं आर्थिक परिस्थितियाँ और देश की समस्याओं का प्रभाव स्पष्ट रहा है। स्मृतियों में ऐसे अंश उपलब्ध हैं जो अलिखित विधि की प्रतिध्वनि प्रस्तुत करते हैं। स्पष्ट है कि स्मृतियाँ समाज की ओर व्यावहारिक रूप से उन्मुख रहीं और सामाजिक व्यवहार में उनका महत्त्व अधिक रहा। मेन के अनुसार 'श्रुति का कोई वैधानिक महत्त्व नहीं है। विधान में स्मृतियाँ ही मान्य हैं।[1]' जाली भी मानते हैं कि 'श्रुतियाँ विधि की अपेक्षा आचार के लिए अधिक महत्त्वपूर्ण हैं।[2]'

समाज की परम्परा, रीति-रिवाज, व्यवहार, आचार एवं सदाचार को संहिताबद्ध करने में स्मृतियों ने श्रुति की परम्परा का समन्वय करने का प्रयास किया। इसमें अवैदिक आचारों को विधि का स्रोत नहीं होन दिया गया। वैदिक

1. Mayne : Hindu Law and Usage, P. 14.
2. Jolly : Hindu Law and Custom, p. 1.

परम्परा को व्यवहार में लाने में देश एवं काल का प्रभाव टीकाकारों तक में अभिव्यक्त होता रहा। मिताक्षरा, भोजदेव, विश्वरूप और श्रीकर से और बंगाल में मिताक्षरा से दायभाग इसलिए अधिक प्रचलित हो गया कि वे वहाँ की सामाजिक समस्याओं के साथ अधिक सन्निकट थे। इस प्रकार स्पष्ट है कि श्रुति की परम्परा के साथ समाज के आचार आदि को भी स्मृतियाँ संहिताबद्ध करती रहीं। वे इस कार्य में जितनी सफलता पा सकीं, उतने अंश में व्यापक रूप से विधि के स्रोत बनी रहीं।

सदाचार

विधि के स्रोतों में श्रुति-स्मृति के बाद सदाचार का तृतीय स्थान है। सदाचार, आचार (Usage), परम्परा और समय (Convention) के माध्यम से जनशक्ति विधि का आधार बन जाती है। विधि की ऐतिहासिकता से परम्परावादी सेवेग्नी आदि यह तथ्य का प्रतिपादन करते हैं। भारतीय विधि-विकास में सदाचार का प्रभाव वेदों, स्मृतियों एवं राज्यविधियों पर अभिव्यक्त होता रहा है। विधि पहले 'अव्यवहृत सदाचार' (Non-litigious custom) से सम्बद्ध रहती है। विधि का रूप धारण करने पर भी सदाचार की मान्यता स्वीकार करनी पड़ती है। लेकिन मूल या प्राथमिक सदाचार (Original custom) जिसे सभी समाज स्वीकार करते हैं और परवर्ती एवं स्थानोय सदाचार जो स्थिति एवं काल विशेष में ही स्वीकार किये जाते हैं, में मूलभूत अन्तर है। प्राथमिक या मूल सदाचार विधिशास्त्रियों, सभा तथा विभिन्न न्यायालयों के माध्यम से विधि के रूप ग्रहण करते हैं। स्मृतियाँ इसी प्रकार की संहिताओं का संग्रह हैं।[1]

कात्यायन ने आचार (Usage) को 'देशदृष्ट' कहते हुए उसकी व्याख्या इस प्रकार की है, 'वे क्षेत्र विशेष में व्यवहृत हों, उनकी दीर्घ परम्परा हो और वेद एवं स्मृति से उनका विरोध न हो।' 'सदाचार का आधार शिष्टों का आचरण माना गया है। शिष्ट समाज के जागरूक प्रतिनिधि होते हैं। भारतीय न्यायपालिका को एकरूप में विकसित करने वालों ने 'शिष्ट' शब्द की परिभाषा[2] इस प्रकार की है, जिससे अवैदिक शिष्टों के आचार स्वीकृत

---

1. S. Vardachariar : The Hindu Judicial System, P. 37.
२. शिष्ट विगतमत्सर, निरहंकार, कुम्भीधान्य, अलोलुप आदि गुणों से सम्बद्ध हों। उन्हें वेदज्ञ होना आवश्यक है। बौधायन ध० सू० १।१।५।६ ।;

नहीं हो सके। इसके साथ वैदिक आधार दृढ़ रखने से वैदिक परम्परा में ही नियमविरुद्ध कार्य करनेवाले शिष्टों के आचार अपवाद रहकर सार्वभौम नहीं हो पाये। इस प्रकार भारतीय न्यायपालिका में देश, काल एवं समाज के आचार को सदाचार माना गया और उसे वैदिक परम्परा पर स्थिर रखने का प्रयास किया गया।[1]

स्थानीय सदाचार

मेन वैयक्तिक, धार्मिक, कौटुम्बिक, स्थानीय और दैशिक आचारों के विश्लेषण से इस निष्कर्ष पर आते हैं—(१) कुछ पहाड़ी जातियाँ है जिनसे स्मृतियों का कोई सम्बन्ध ही नहीं, (२) कुछ जातियाँ हैं जो स्मृतियों का प्रभाव तो स्वीकार करती हैं किन्तु उनका व्यवहार नहीं करतीं, (३) कुछ जातियाँ आंशिक रूप में स्मृतियों का व्यवहार स्वीकार करती हैं और (४) कुछ जातियों के लिए स्मृतियों का व्यवहार अवश्य रहा है।[2] मेन किस दृष्टिकोण से उक्त विचार व्यक्त करते हैं, इसकी समालोचना की अपेक्षा यह मान लेना उचित है कि भारत में अवैदिक जातियों एवं आचारों का अस्तित्व था और उनका प्रभाव भारतीय न्यायपालिका एवं विधि के स्रोतों पर भी पड़ा। ऐसे विशेष आचार, विशेष-जाति, समाज और क्षेत्र के लिए ही होते रहे हैं। इनका वेद या स्मृति पर आधारित होना आवश्यक नहीं था किन्तु वे उनसे विरुद्ध भी न हों। स्पष्ट है कि ऐसे आचार सर्वव्यापक नहीं हो सकते।[3] लेकिन कुछ क्षेत्रीय आचार भी व्यापक हो जाते हैं। 'होलाका' (होली) सम्बन्धी आचार क्षेत्रीय आचार था किन्तु वह व्यापक हो गया। कुलाचार, देशाचार, जात्याचार आदि के भी क्षेत्रीय महत्त्व हैं।[4] स्थानीय आचारों की मान्यता और उनमें परस्पर भिन्नता

मनु० १२। १०९। उक्त गुणों से युक्त होते हुए आर्यावर्त का निवासी होना भी पतंजलि आवश्यक मानते हैं। पाणिनि ६। ३। १०९ पर महाभाष्य।

१. विशेष द्रष्टव्य प्रस्तुत पुस्तक में पृ० ८२ पर 'राज्यविधि' उपशीर्षक।

2. Hindu Law and Usage, P. 50.

3. Ibid. p. 90.
Mulla : Hindu Law, Ed. 10., Section 14.

४. मेन का यह कहना ठीक है कि "धार्मिक अंश में मीमांसकों ने देशाचार और कुलाचार को स्मृति के विपरीत प्रमाण नहीं माना। लौकिक मान्यता में उनका विरोध ही नहीं है।" लेकिन यह आक्षेप निराधार है कि कुछ आचार जैसे 'होलाका' के सम्बन्ध में मीमांसा की व्याख्या अस्पष्ट है।

के कारण एक संकट यह भी था कि देश में वैधानिक एकता नहीं स्थापित हो सकती थी। इसमें मीमांसा पद्धति सर्वथा सराहनीय रही। उसने वेद एवं स्मृति के साथ समन्वय कर राष्ट्र के लिए एक संविधान प्रस्तुत किया और साथ ही स्थानीय आचारों को मान्यता भी दी। मनु ने सरस्वती और दृषद्वती की भूमि को ब्रह्मावर्त्त माना और वहीं के परम्परा से प्राप्त (पारम्पर्यक्रमागत) आचार को सदाचार माना।[1] लेकिन मीमांसकों ने आसेतु हिमालय के आचार को सदाचार मानकर सार्वभौमता प्रस्तुत की। इस प्रकार उन्होंने आचार और संवैधानिक शक्ति में समन्वय किया।[2]

सदाचार और स्मृतियों में विरोध

वैदिक परम्परा और सदाचार का संहिताबद्ध रूप ही स्मृतियाँ हैं। समाज एवं राज्य से स्वीकृत हो जाने पर सदाचार की भी वैधानिकता हो जाती है। उनका संकलन स्मृतियों में होता है। स्मृति एवं सदाचार दोनों स्वतन्त्र भी हो सकते हैं और वेद पर आधारित भी। दोनों में मतभेद हो जाने पर कुमारिल के अनुसार 'स्मृति का साक्षात् सम्बन्ध वेद से होने से वह आचार की अपेक्षा अधिक प्रामाणिक है।' सदाचार में क्षेत्रीयता, अस्थिरता और व्यक्ति के विचारों का प्रभाव रहता है। मातुलकन्या-विवाह को विधि का रूप देनेवाले आपस्तम्ब को भी देश और कुल का आचार मानकर चलना पड़ा।[3] फलतः वह विधान एकदेशीय हो गया। मनु परम्परा का आदर करते हैं। लेकिन यह आदर गौतम से अधिक स्पष्ट होता है "देश, जाति और कुल के धर्म वेद से विरुद्ध प्रमाण नहीं हो सकते।[4]" कुमारिल ने आपस्तम्ब वचन को स्मृति विरुद्ध होने से ही प्रमाण नहीं माना।

---

1. मनु० २।१६।
2. इंग्लैंण्ड में स्मृति की स्थानापन्न संस्था संसद् को माना जाय तो कोक के शब्द ध्यान देने योग्य हैं। उनके अनुसार कोई भी आचार संसद् के विधान के विपरीत अपना अस्तित्व नहीं रखते। आचार क्षेत्रीय और परिवर्तनशील हैं। संसद् का विधान व्यापक और स्थायी होता है। Salmond : Jurisprudence, p. 210.
3. आपस्तम्ब २।६।१५।१। पर हरदत्त।
4. गौ० ११। २०; मनु० ८।४६। पर कुल्लूक ने वेद से विरुद्ध आचार को मान्यता नहीं दी। मेन ने कुल्लूक भट्ट की आलोचना करते हुए लिखा कि कुल्लूक की व्याख्या मनु की मूलभावना के प्रतिकूल है।

यह सत्य है कि सदाचार और स्मृति में भेद हो जाने पर आचार्यों ने स्मृति की प्रामाणिकता मानी है।[1] लेकिन विश्वरूप ने स्मृति के अर्थ का आधार आर्यावर्त के शिष्टों का आचार माना है।[2] स्मृतियों की कुछ विधियाँ लोकाचार से विपरीत होने से व्यवहार में नहीं आ सकीं।[3] नियोग का विभिन्न स्मृतियों ने समर्थन किया किन्तु उसका व्यवहार नहीं हो सका।[4] शिष्टाचार से धर्म की कर्तव्यता है और वह भी स्मृति ही है।[5] स्मृतियाँ समाज के प्रस्तुत आचार के संग्रह एवं शाश्वत आचार के साथ समन्वय के अतिरिक्त और क्या हैं? उन आचारों को आधार-विशेष पर संहिताबद्ध करनेवाले ही स्मर्ता हैं। शाश्वत आचार, जो वृद्ध परम्परा से चला आ रहा है, श्रुति स्मृति से स्वीकृत होने पर परम धर्म बन जाता है।[6] यदि श्रुति स्मृति से स्वीकृत नहीं है, तो भी उसका स्वतन्त्र प्रमाण आचार्यों ने माना है।[7] वेद और उसके ज्ञाता (**तद्विदाम्**) दोनों ही समान रूप से धर्म के स्रोत कहे गये हैं। मनु ने भी श्रुति, स्मृति, सदाचार और आत्मप्रिय को विधि-स्रोतों में गिनाया है। समाज की स्वीकृति और मान्यता में परिवर्तन होने के साथ ही सदाचार की परिभाषा भी बदलती रही है। प्रारम्भ में वेद-विद् ब्राह्मण शिष्टों का आचार ही सदाचार माना गया। परवर्ती काल में शिष्टों का आचार और अन्त में शूद्रों के लिए शूद्रों

हिंदू लॉ, पृष्ठ ४६। लेकिन डॉ० जोगेन्द्रनाथ शिरोमणि, हिन्दू लॉ, पृ० ५१ और कोलब्रुक (मिसलेनियस एसेज़, जिल्द १, पृ० ३१३) ने कुल्लूक का समर्थन किया है।

1. याज्ञ० १।५।, और १।७।; २।११७। पर मिता०।; मनु० २।१०। पर कुल्लूक; स्मृ० चं० २, पृ० २६६।
2. यथैवार्यावर्त्तनिवासिशिष्टव्यवहारस्थितिस्तथैव स्मृत्यर्थोऽनुसर्त्तव्यो न तद्विपर्ययेण। याज्ञ० २।२५०। पर विश्वरूप।
3. नियोगधर्मः स्मृत्या विहिता लोकसंक्रुष्टत्वान्न क्रियन्ते। मनु० ४।१७६। पर मेधातिथि।
4. गौतम १८।४-१४।; याज्ञ० १।६८-६९।; वशिष्ठ १७।५६-६५।
5. शिष्टसदाचारादपि धर्मस्य कर्तव्यता वा भवति। सोऽपि स्मृतिरेव। मनु० २।१०। पर मेधातिथि।
6. मनु० १।१०७-८।
7. मनु० १।१०८।
8. अनुशासन० १४१।६५।; शान्ति २५९।३।; कूर्मपुराण उत्तरार्द्ध १५।१९।

का भी आचार सदाचार मान लिया गया। अन्ततः क्षेत्रीय आचारों को भी श्रुति-स्मृति से विपरीत होते हुए स्वीकार कर लिया गया। मध्ययुगीन आचार्यों ने ऐसे किसी भी धर्म को मान्यता नहीं दी, जो लोक विद्वेषकारक हों।[1] मनु और याज्ञवल्क्य आदि ने भी 'लोकविद्विष्ट धर्म' का बहिष्कार किया है।[2] मिताक्षरा ने पूर्व प्रचलित मधुपर्क में गोवध-निषेध तत्कालीन समाज मान्यता के आधार पर ही माना है।

देश, कुल और जाति के आचारों को वेद से अविरुद्ध प्रमाण मानने की भी परम्परा नहीं चल सकी। उनसे विपरीत उक्त आचारों को भी आचार्यों ने मान्यता दे दी।[3] स्थानीय स्वतन्त्रता की स्वीकृति में ग्रामाचार को भी स्वीकार कर लिया गया। इसी प्रकार कुल और जातीय आचार को मान्यता दी गयी।[4] विभिन्न धर्मों एवं सम्प्रदायों के ऐसे आचार थे जो श्रुति-विपरीत थे और वे सम्प्रदाय श्रुति में विश्वास भी नहीं करते थे, किन्तु उन्हें मान्यता दी गयी। श्रेणी, निगम एवं पाषण्डि-गणों में कुछ आचार ऐसे थे, जो वैदिक मान्यता में विश्वास न रखते हुए भी राज्य द्वारा संरक्षित थे। राज्य उनके आचार-निर्णय में उन्हें ही प्रमाण मानता था। इनमें बौद्ध और जैनसंघों का भी अस्तित्व था।[5] इतना होते हुए भी अभारतीयों के साथ सम्बन्ध न रखने का प्रयास किया गया।[6] नास्तिक एवं पाषण्डियों के आचार को उनके विवाद में ही प्रमाण माना गया। समाज के सम्बन्ध से उन्हें दूर ही रखा गया। उनका साक्ष्य भी मान्य नहीं था।[7] राज्य का सदा प्रयास सर्वधर्मसंरक्षण था। इस

---

१. स्मृ० चं० १, पृ० ७१।; स्मृतिमुक्ता० (वर्णाश्रम), पृ० १३१; निर्णय-सिन्धु ३, पूर्वार्ध पृ० २८६।

२. याज्ञ० १।१५६।; मनु० ४।१७६।

३. आश्व० १।७।१-२।; १।१।१०।; आप० गृ० २।१५।; पार० गृ० १।८।; गौ० ११।२०। पर हरदत्त।; आप० ध० सू० २।६।१३।७।

४. गौ० ११।२०।; वशि० १।१७।; मनु० १।११८।, ८।४१।; कौ० ३।५।; शुक्र ४।५।४७।; याज्ञ० १।३६१।

५. याज्ञ० २।१९२। और उस पर मिताक्षरा। अपरार्क ने पृ० १७-१७२ पर विष्णुधर्मोत्तर और विष्णुपुराण से भी पाषण्डियों के विषय में प्रमाण दिया है। नारद (समस्यानपाकर्म) उद्धृत वि० र०, पृ० १८०।

६. न म्लेच्छाशुच्यधार्मिकैः सह सम्भाषेत। गौ० ९।१७।

७. मनु० ९।२२५।, ४।३०।; याज्ञ० २।७०।

आधार पर ही सभी सम्प्रदायों की स्वतन्त्रता थी। उन्हें सार्वभौम रूप धारण करने के लिए सार्वभौम आचार स्वीकार करने पड़ते थे। लेकिन इतना तो स्पष्ट ही है कि स्मृति से स्वतन्त्र भी सदाचार विधि के स्रोत बने रहे।

राज्य और सदाचार

राज्य का कर्त्तव्य था कि जाति, कुल, श्रेणी आदि के आचारानुसार उनका निर्णय करे। साधु पुरुषों और शिष्टों के आचार श्रुति-स्मृति के अनुमान के समान ही वैध थे। देश-भेद से आचारों में अन्तर पड़ सकता है[1] किन्तु विभिन्न विरोधों में 'महाजन जिस मार्ग से जाँय' वही मार्ग बन जाता है।[2] देश, जाति, संघ, निगम आदि के आचारों में परिवर्तन होने पर राज्य उन्हें वैसी ही मान्यता देता जैसे शिष्टों के आचार को।[3] श्रुति-स्मृति के विपरीत किसी भी आचार को मान्यता न देनेवाले[4] याज्ञवल्क्य ने स्थानीय आचारों को राज्यविधि द्वारा कार्यान्वयन की स्वीकृति दी। कौटल्य ने तो उत्तराधिकार में भी देश, जाति, संघ और ग्राम के आचार को प्रमाण माना है।[5] शास्त्रकार यह मानते थे कि कोई भी आचार सार्वभौम नहीं हो सकता।[6] अतएव विभिन्न प्रकार के आचार राज्य द्वारा मान्यता प्राप्त थे।

जिन जातियों में पूर्वजों से आचार चला आ रहा है, संस्कारवश वे उसे अच्छा समझते हैं, सार्वभौम नैतिकता के विपरीत होते हुए भी उन्हें व्यवहार की स्वतन्त्रता राज्य की ओर से होनी चाहिए।[7] इतना अवश्य है कि राज्य-विधि में उसका समावेश नहीं हो सकता था अन्यथा अन्यों में उसके प्रसार की सम्भावना हो सकती थी। राज्य को सार्वभौम नैतिकता का प्रसार करना चाहिए। इससे सम्भव है कि अनैतिक आचारों को नैतिक माननेवाली जातियाँ अपने व्यवहारों में स्वयं संशोधन कर लें। लेकिन कौटल्य यह भाव नहीं स्वीकार करते। उनका विचार है कि राज्य कहीं भी सार्वभौम नैतिकता का

---

१. मनु० २।६। पर मेधातिथि। २. महा० वन० ३१३।११७।

३. या० २।१९२। ४. वही, २।१८६।

५. अर्थशास्त्र ३।७, पृ० १६५।

६. नहि सर्वहितः कश्चिदाचारः सम्प्रवर्तते। शान्ति० २६१।१७।

७. बृ० उद्धृत स्मृ० चं० १।१०; व्य० नि० पृ० १६।; स्मृ० चं० (वर्णाश्रम); पृ० ३०।; शुक्रनीति ४।५।४८-५२।; व्य० प्र० पृ० २२ में खस का 'वितस्ता की घाटी की एक जाति' अर्थ माना है।

विरोध न स्वीकार करे। बृहस्पति ने भी अनैतिक जातीय आचारों को इस आधार पर अवसर दिया है कि उनके विपरीत राज्य-शक्ति के प्रयोग से क्रान्ति का भय है। इससे जनक्षय, कोश और बल का ही नाश होगा। इससे स्पष्ट है कि वे भी ऐसे आचारों को राज्य द्वारा मान्यता देने के पक्ष में नहीं हैं। व्यवहारप्रकाश ने ऐसे आचारों का प्रायश्चित्त माना है और यदि वे अपनी जाति, देश और कुटुम्ब से अन्यत्र भी इसका प्रयोग करें तो राज्य द्वारा दण्डच होंगे। देशाचार और कुलाचार की परिभाषा देते हुए कात्यायन ने निर्देश किया है कि इनके अनुसार राज्य व्यवहार निर्णय कर उसे राजमुद्रा से स्वीकृति प्रदान करे।[1] इससे उन आचारों का प्रयोग भविष्य में उदाहरण के रूप में किया जा सकता है। कात्यायन ने इन आचारों में हेतु लगाया—परम्परा प्राप्त और श्रुति स्मृति से अविरुद्ध होना। ऐसे ही स्थानीय आचारों पर राज्यनिर्णय आधारित था।[2] सदाचार और राज्य के इस सम्बन्ध से स्पष्ट है कि राज्य को सदाचार के नियन्त्रण का अधिकार नहीं था। वह उनके पालन का वातावरण प्रस्तुत करता था। इसमें जनस्वातन्त्र्य एवं राष्ट्रीय नैतिकता का समन्वय स्थापित होता है।

आत्मतुष्टि

मनु के समय तक श्रुति, स्मृति और सदाचार के साथ आत्मतुष्टि (What is agreeable to one's soul) को प्रमाण माना गया। श्रुति से सदाचार तक परम्परा में समन्वय करने से विधि का क्षेत्र इतना व्यापक हो जाता है कि उनमें परस्पर असंगतियाँ उपस्थित हो जाती हैं। उनमें समन्वय करने के लिए व्याख्याकारों ने विभिन्न युक्तियों का प्रयोग किया। लेकिन व्याख्याकारों के सामने ऐसी स्थिति आती है जिसे किसी आधार पर निश्चित मार्ग देना कठिन हो जाता है। प्रमाण के लिए गौतम शिष्टाचार के साथ स्पष्ट देखते हैं कि शिष्ट धर्म के मार्ग से च्युत हुए हैं।[3] इस प्रकार यदि परस्पर असंगतियाँ प्रस्तुत होती हैं तो उस समय 'आत्मतुष्टि' से निर्णय करना चाहिए।[4] आत्मतुष्टि का

---

१. कात्या० उद्धृत, स्मृ० चं० २, पृ० २६। २. मनु० ८।३।

३. दृष्टो धर्मव्यतिक्रमः साहसञ्च महताम्। गौ० १।१।३०।

४. 'स्वस्य च प्रियमात्मनः' के आधार पर 'आत्मप्रिय' उच्छृंखल नहीं होना चाहिए। शकुन्तला और दुष्यन्त का 'आत्मप्रिय' तब तक वैध नहीं हो पाया जब तक वह समाज से स्वीकृत नहीं हुआ। समाज से स्वीकृत होने पर शकुन्तला के पुत्र भरत के नाम पर 'भारत वंश' चला।

प्रयोग उसी समय करना चाहिए जब श्रुति, स्मृति और सदाचार से निर्णय नहीं हो पाता। इसलिए उसे विधि के स्रोत के स्थान पर सन्देह निवारण का साधन मानना अधिक उपयुक्त होगा।[1] व्याख्याकारों ने भी विकल्प में ही आत्मतुष्टि को प्रमाण माना है।[2] आत्मतुष्टि से भारतीय न्यायपालिका में विवेक एवं व्यक्तिगत निर्णय के सिद्धान्त (Justice, equity and good consciousness) का विकास हुआ। याज्ञवल्क्य ने इसे 'न्याय' कहा है। इसका उपयोग भारतीय न्यायपालिका में सदा होता रहा और आधुनिक काल तक हिन्दू विधि (Hindu Law) में मान्य रहा। इससे व्यक्ति के न्याय पाने के अधिकार का विकास हुआ।[3]

विधि के अन्य स्रोत

विधि के इन स्रोतों के अतिरिक्त अन्य साधन हैं। स्रोत में साधन होने से उन्हें 'धर्म स्थान' कहा गया। ब्राह्मणग्रन्थों के बाद सूत्रों का काल आता है। कल्पसूत्र पौरुषेय हैं। उनका सम्बन्ध यज्ञीय विधि से है और सर्वत्र वर्तमान-कालिक क्रिया का प्रयोग किया गया है। उनमें पूरक वाक्यों का प्रयोग नहीं है।[4] प्राचीन सूत्रों के मूल ब्राह्मणों एवं आरण्यकों में मिलते हैं। ब्राह्मणों के कितने ही उद्धरण उनमें मिलते हैं। श्रौतसूत्र ब्राह्मणों की अपेक्षा मौखिक परम्परा पर लिखे गये हैं।[5] विधि की व्याख्या में शिक्षा, कल्पसूत्र, व्याकरण, निरुक्त, छन्द, ज्योतिष, मीमांसा और न्याय सहायक होते हैं। विधि के स्वरूप की स्थापना में प्रत्यक्ष, अनुमान, शास्त्र और विविध आगम का आधार ग्रहण करना पड़ता है।[6] इसमें तर्क सर्वाधिक उपयोगी होता है।[7] इन साधनों से विधि की व्याख्या में सहायता मिलती है।

इतिहास और पुराण को कुमारिल भट्ट अर्थवाद के स्तर पर लाते हैं। इतिहास एवं पुराण की विधि, सार्थवाद, अर्थवाद आदि शैलियाँ हैं। इनके कुछ

1. Public Administration in Ancient India, P. 137.
२. मनु० २।६। पर कुल्लूक भट्ट।
3. A. S. Nataraj Aiyar : Mimamsa Jurisprudence, pp. 70-81.
४. जै० १।३।१२-१३।
5. Winternitz : A History of Indian Literature, Vol. I. p. 127.
6. Yajnavalkya Smriti with Viramitrodaya : Translated by Ghurye, p. 29.
७. मनु० १२।१०५-१०६।

आख्यान वेदों पर आधारित हैं[1] और कुछ अपने देश एवं काल की स्थिति का चित्रण करते हैं। कुमारिल ने इतिहास को 'योगज-प्रज्ञा' से मुक्त कर उसे सापेक्षवादी आधार पर स्थिर किया।[2] इतिहास में रामायण एवं महाभारत मुख्य हैं। मेकडॉनल के अनुसार '५वीं शती के आसपास महाभारत का प्रमाण स्मृतियों के समान ही था।' जॉली के अनुसार दोनों महाकाव्य विशेषतया महाभारत विधि के स्रोत के रूप में उद्धृत किये जाते थे। बूलर ने प्रमाणित किया है कि तीसरी शती से ५वीं शती तक महाभारत स्मृतियों के समान प्रमाण माना जाता था। विण्टरनित्ज भी मानते हैं कि 'साहित्यिक तथा शिलालेखों के आधार पर ५वीं शती के आसपास महाभारत का प्रमाण स्मृतियों के समान था। शान्तिपर्व के राजधर्म एवं आपद्धर्म और अनुशासनपर्व विधि-संहिता के रूप में स्वीकार किये जाते थे। वस्तुतः वे अध्याय मनु के समानस्तरीय भाव व्यक्त करते हैं।' काणे महोदय की मान्यता है कि 'इन महाकाव्यों को निबन्धकारों ने धर्म के स्रोत के रूप में स्वीकार किया है।'

निबन्धों एवं टीकाग्रन्थों का भी उपयोग विधि के स्रोत में सहायक के रूप में किया जाता है। मेधातिथि, विश्वरूप, अपरार्क एवं विज्ञानेश्वर से लेकर लक्ष्मीधर प्रभृति टीकाकारों ने वैदिक परम्परा प्रस्तुत करने के लिए मीमांसा पद्धति स्वीकार की। उन्होंने न्याय, अतिदेश, अर्थवाद आदि पद्धति से स्मृति के वचनों में समन्वय किया। इसमें व्याख्याकारों ने साम्प्रदायिक (परम्परावादी) होने के साथ युग-समस्या का भी समाधान करना चाहा। इसमें स्मृति के स्थान पर सदाचार का प्रभाव स्वीकार किया गया।[3] स्मृति एवं टीकाओं में परस्पर भेद भी हुआ। मेधातिथि ने सम्पत्ति विभाग सम्बन्धी कुछ नियमों को वर्तमान युग में अव्यावहारिक कहा है। अवैदिक सम्प्रदायों के साथ पाशुपत, शैव, लिंगायत एवं योगियों जैसे सम्प्रदायों के आचारों की समस्या टीकाकारों के सामने थी। उनके आचार अवैदिक थे लेकिन वे स्वयं उन्हें वैदिक मानते थे। टीकाकारों ने उन्हें अवैदिक ही माना।[4] टीकाकारों ने

---

1. R, C. Majumdar; H. C. Rai Choudhury; Kalinder Dutt; An Advance History of India (1940), pp. 93-94.

२. कुमारिल तन्त्रवार्तिक १।३।१-२। ३. मनु० ४।१७६। पर मेधातिथि।

४ याज्ञवल्क्य० १।७। पर अपरार्क।; गौ० १।१-२। पर गौतम।; आप० १।७।२०।६-७। पर हरदत्त।; गौ० १।२। पर मरकरी।; बौधा० १।४। पर गोविन्दस्वामी।

समाज की शक्ति पर अधिक जोर दिया। उन्होंने समाज एवं उसकी परम्परा जाननेवालों के विपरीत (लोकविद्विष्ट और लोकविद्-द्विष्ट) विधि को प्रमाण नहीं माना।[१] निष्कर्ष यह कि इन्होंने देश, काल एवं परिस्थिति के अनुसार ही वैदिक विधि का प्रयोग किया। विज्ञानेश्वर ने स्पष्ट लिखा कि समाज द्वारा स्वीकार की जानेवाली विधियाँ ही मान्य होंगी। अपरार्क के अनुसार विधि या वेद से विहित होने पर भी वे समाज में अस्वीकृत होने से प्रामाणिक नहीं मानी जायँगी।

विधि की व्याख्या एवं उसे दिशा देने में परिषद् का महत्त्वपूर्ण स्थान रहा है। इसका मूल ऋग्वेद से ही प्रारंभ हो जाता है किन्तु सूत्र एवं स्मृतियों तक विधि की व्याख्या एवं घोषणा में परिषद् सर्वमान्य संस्था हो जाती है। गौतम के अनुसार 'जहाँ कोई विधि ज्ञात न हो उसमें १० वेदज्ञ ब्राह्मणों की परिषद् ही प्रमाण मानी जायगी।' परिषद् की सदस्यता और उनकी योग्यता से स्पष्ट हो जाता है कि यह शुद्ध वैदिक संस्था थी।

इस प्रकार आदिम समाज से मध्य युग तक भारतीय न्यायपालिका में विधि के स्रोत का प्रवाह नियमबद्ध रूप में प्रवाहित होता रहा। वेदों से निबन्धों तक एक परम्परा चलती है। इतनी दीर्घकालीन परम्परा में भी विधि की एकरूपता सुस्थिर रही और उस पर पड़नेवाले प्रभाव भी स्वीकार किये गये। प्रभावों को एक आधार पर स्वीकार करने से विश्रृंखलता नहीं आयी। स्पष्ट है विधि का मुख्य स्रोत समाज रहा। वह उस पर श्रुति, स्मृति एवं सदाचार के रूप में अपनी स्वीकृति व्यक्त करता रहा। फलतः विधि समाज से विकसित होकर समाज के लिए विधान प्रस्तुत करने में सर्वोच्च हो जाती है। यही भारतीय न्यायपालिका में विधि-सम्प्रभुता की पृष्ठभूमि है।

●

[१] याज्ञवल्क्य १।४५६। पर विश्वरूप।

अध्याय | ४

न्यायिक प्रशासन

प्रारम्भिक समाजों में न्यायिक प्रशाशन का सुव्यवस्थित क्रम और सदाचारों के पालन के आधार सम्भव नहीं थे। न्याय वैयक्तिक विषय रहा। इसमें समुदाय सहायता पहुँचाते थे।[1] फलतः सामूहिक प्रतिशोध का विकास होता रहा। समूह के सदाचार का उल्लंघन अपराध माना जाता था। वही विधि का भी उल्लंघन था। उल्लंघन करनेवाले पर कठोरता दिखायी जाती थी। उसे सामूहिक रूप से दण्ड दिया जाता था क्योंकि उस काल का समाज विश्वास करता था कि व्यक्ति-विशेष के अपराध से समग्र समुदाय दैवी भय से ग्रस्त हो सकता है। फलतः सारा समुदाय सामुदायिक निष्कासन या मृत्युदण्ड देता था।[2] इस प्रकार सामूहिक दण्ड विधान में भी वैयक्तिक प्रतिशोध के अधिकार समाज द्वारा स्वीकृत रहते थे। इस व्यवस्था का विरोध करनेवाला सारे समुदाय और उसके नियम का विरोध करने के लिए उत्तरदायी माना जाता था।

जहाँ सामाजिक न्याय प्रधानों के माध्यम से उपलब्ध होता था वहाँ अप्रत्यक्ष रूप से वैयक्तिक प्रतिशोध की उपेक्षा होती थी। वे प्रतिफल या प्रतिशोध की व्यवस्था अपनी ओर से करते थे। कहीं-कहीं वृद्धों की सभा भी होती थी।[3] इसमें वृद्धों की सभा पीड़ित को उसका प्रतिशोध पाने की पूर्ण व्यवस्था करती थी।[4] कुछ कबीलों में 'वृद्ध सभा' मृत्यु आदि अपराधों में कुछ नहीं कर सकती थी। उसे केवल साम्पत्तिक जैसे विवादों में ही निर्णय करने का अधिकार रहता था। मृत्यु आदि में पीड़ित सभा को सूचना

1. Hobhouse : Morals in Evolution, I. 46.
   Nansen : Eskimo Life, (1813), p. 163.
2. Burton : Tow Types of Gorilla Land (1876) I. 105.
   Westermarck : I. 171.
3. Wovels : Native Tribes of South Australia, 1879, p. 34ff.
4. Spencer Gillen : pp. 15-477.

देकर स्वयं अपना प्रतिशोध प्राप्त कर लेता था।[1] नागाओं एवं कन्धों के अतिरिक्त ऐसी व्यवस्था फारमोसा एवं दक्षिणी अमेरिका की कुछ जातियों में अब भी पायी जाती है। 'वृद्ध सभा' केवल प्रतिफल की घोषणा करती, उसे व्यक्ति स्वयं प्राप्त करता था और प्रतिफल न मिलने पर प्रतिशोध पर उतारू हो जाता था। कभी-कभी प्रधान हस्तक्षेप भी करते और प्रतिफल की व्यवस्था कर देते थे।[2] इस प्रकार आदिम युग में प्रधान और वृद्ध सभा के माध्यम से न्यायिक प्रशासन चलता रहा, साथ ही वैयक्तिक प्रतिशोध का भी अधिकार रहता था।

इस प्रकार प्रधानों की शक्ति का विकास होता है। पति-पत्नी के विवाद, डाका, चोरी एवं प्रतिफल आदि की अपील उनके यहाँ होती रही। पीड़ित, उसके सम्बन्धी या प्रधान को प्रतिफल मिल जाता था। इस स्तर पर प्रधान, न्यायाधीश के स्थान पर मध्यस्थ अधिक रहता था। वह वैयक्तिक प्रतिशोध में सर्वत्र हस्तक्षेप नहीं कर पाता। कुछ कबीलों में हस्तक्षेप करनेवाले अपराधों का परिगणन रहता था। वह प्रतिफल दिलाने की व्यवस्था भी करता था किन्तु क्रमशः उसके अधिकारों में विकास होता गया। दक्षिण अमेरिका एवं अफ्रीका के कुछ कबीलों में इस प्रकार की व्यवस्था और उसके विकास के लक्षण उपलब्ध होते हैं। सामान्यतया प्रधान स्वयं 'सभा' का परामर्श लेता था। कुछ कबीलों में सभा के विपरीत निर्णय सुनने का अधिकार उसे था। वह समाज के सदाचार को विशेष ध्यान में रखता था। वैयक्तिक प्रतिशोध के स्तर के बाद सुव्यवस्था के लक्षण प्रतीत होने लगते हैं। सभा प्रधान या सभी सदस्यों के अधिकारों की रक्षा करती है। सभी अपराधियों को समान अनुपात से दण्ड दिया जाता है। सभा या प्रधानों के सामने आये विवाद का निर्णय दो पक्षों के विवरण प्रस्तुत हो जाने के बाद होता था। प्रमाण में शपथ एवं दिव्य साक्षियों का अधिक महत्त्व रहा। कुछ समाजों में विषपान की भी दिव्य साक्षी प्रचलित थी। शपथ भी दिव्य साक्षी का एक अंग ही है। दिव्य साक्षियों में प्रायः तप्त लौह, तप्त तैल या जल, अग्नि आदि का प्रयोग होता था।[3] इसके साथ प्रधान की शक्ति राजशक्ति का रूप

1. J. R. A. S. Bengal, XXIV. 1855. p. 609.; Nagas, Dalton Eth. of Bengal, Cal. 1872. p. 294 (Kandhas).
2. Forsyth : High Land of Central India, 1871. p. 361. Woreaster : Philipine Islands ; New York, 1898. p. 107.
3. Encyclopaedia of Religion and Ethics, Vol. II. 459.

धारण कर लेती है और वृद्धसभा को उसमें समाविष्ट कर उसे राजसभा का रूप दे दिया जाता है। अन्ततः राजा के न्याय का रूप आ जाता है और राजा न्यायिक प्रशासन का प्रधान बन जाता है।

उद्देश्य

न्यायिक प्रशासन के मूलतः दो उद्देश्य होते हैं—सत्य का ज्ञान प्राप्त करना और न्याय से सम्बद्ध वादों में नियमों का पालन करना, कराना। मध्ययुगीन इंगलैण्ड द्वितीय पक्ष पर अधिक ध्यान देता रहा।[1] विनाग्राडाफ के अनुसार प्राचीन न्याय व्यवस्था में सत्य प्राप्त करने की अपेक्षा समस्या सुलझाने पर विशेष ध्यान दिया जाता रहा।[2] लेकिन इस प्रकार की बात भारतीय न्यायपालिका के सम्बन्ध में नहीं कही जा सकती। राजा केवल जनता की सदिच्छा प्राप्त करने का प्रयास न कर विधि के कार्यान्वयन के लिए प्रयास करता था। वह दण्ड से अपराध की निवृत्ति करना अपना लक्ष्य समझता था। मनु एवं नारद ने राजा की तुलना शल्य चिकित्सक से की है जो आवश्यकता पड़ने पर अंगच्छेद भी करता है। इसी प्रकार महाभारत में भी राजा को सत्य से न हटने के लिए सावधान किया गया है।

न्यायाधीशों एवं सभ्यों की नियुक्ति में उनकी बौद्धिक क्षमता के साथ उनकी सामाजिक एवं नैतिक योग्यता आवश्यक मानी गयी है। न्यायालय की नैतिकता पर इतना ध्यान दिया गया कि कात्यायन ने न्यायाधीश एवं सभ्यों के दण्ड का विधान किया; यदि वे वादी-प्रतिवादी से व्यक्तिगत बात करते हैं। कितना भी विद्वान् क्यों न हो एक व्यक्ति निर्णय नहीं कर सकता। गौतम ने एकाकी निर्णय का विरोध किया। निर्णय के पूर्व न्यायिक प्रक्रिया की पूर्णता अत्यन्त आवश्यक मानी गयी। साक्षियों के नियम इसके प्रमाण हैं कि न्यायालय सत्य प्राप्ति के लिए अन्यतम प्रयास करते रहे। दिव्य साक्षियाँ एकदेशीय थीं और उन्हें मानुष प्रमाण के सामने महत्त्व नहीं दिया गया। न्यायालय नियुक्त और अनियुक्त, विभिन्न वर्गों के प्रतिनिधियों, चरों आदि से सत्य प्राप्त कर विधि का कार्यान्वयन करता था। इस प्रकार सत्य का ज्ञान प्राप्त करना मुख्य उद्देश्य था।

राजा

प्रारम्भिक वैदिक काल में सभा, समिति जैसी सामाजिक संस्थाएँ सम्प्रभु

---

1. Pollock and Maitland: Vol. II. p. 670.
2. Vinogradoff: History of Jurisprudence, Vol. I. p. 384.

थीं। सभा समिति के साथ ही राजा का भी महत्त्व बढ़ रहा था।[1] अवैदिक जातियों से संघर्ष की स्थिति से उसकी सैनिक शक्ति अधिक विकसित हो गयी।[2] वही समाज का संरक्षक माना गया। लेकिन उसे न्यायिक प्रशासन में विधायिका शक्ति नहीं प्राप्त हुई। सामाजिकविधि की अवहेलना पर उसे तत्काल हटा दिया जाता। इस क्रिया को 'अवरुद्ध' कहते थे।[3] ऋग्वेद में मध्यमशी के उदाहरण में उसके व्यवहार विधि के विवाद में मध्यस्थ होने की बात कही जा सकती है।[4] लेकिन उसका सम्बन्ध दण्डविधि से अधिक था।[5] दण्डापराधविधि उसके लिए वैयक्तिक विषय हो गयी। अपनी सहायता के लिए वह सहायक तथा अध्यक्ष रखने लगा।[6] ब्राह्मणकाल तक वह अदण्ड्य हो गया। रॉथ और ज़िम्मर मध्यमशी के उदाहरण से न्यायिक प्रशासन मानते हैं लेकिन मैकडॉनल और कीथ उसमें न्यायिक प्रशासन का प्रमाण नहीं मानते।[7] पञ्चविंश महाब्राह्मण में कुत्स की कथा आती है। उसमें न्याय का सम्बन्ध राजा की अपेक्षा जनता से अधिक है। उससे यह संकेत मिलता है कि अपराध करने वाला दण्ड की व्यवस्था स्वयं कर लेता है। शतपथ ब्राह्मण में प्रश्निन्, अभिप्रश्निन् और प्रश्नविवाक् का संकेत मिलता है लेकिन उसमें न्यायिक प्रशासन की व्यवस्था नहीं मिलती। इन प्रमाणों से स्पष्ट होता है कि राजा न्याय में मध्यस्थ हो चुका था लेकिन वह न्यायिक प्रशासन का प्रधान नहीं बन पाया था।

स्मृतिकाल तक राजा न्याय का आस्पद बन गया।[8] इस काल में सर्वोच्च न्यायालय राजसभा हो गयी। राजा न्यायसभा में नियमतः जाने लगा।[9] सभा में प्रवेश करते समय उसे अपने साथ ब्राह्मण और मन्त्री रखना आवश्यक था।[10]

---

१. ऋग्वेद ३।४।५।; ५।५४।७।; अथर्ववेद ४।२२।३,५।; ८।७।१६।

2. Stublus : The Conotitutional History of England, p. 59.

3. अथर्ववेद ३।३।४।; काठकसंहिता २।३।१।; मैत्रायणी सं० २।३।; पञ्च० ब्रा० १२।१२।६।; शत० ब्रा० १२।९।२२३।; कौशिक सूत्र १६।३०।

4. Vedic Index, vol. II. pp. 2-3

५. शत० ब्रा० ५।४।४।७।; गौ० ध० सू० १२। ४३।

६. काठक सं० ५।४।४।७।

7. Vedic Index p. 39.

८. नारद० ३।७।; बृ० १।३४।

९. कौ० १।१९।

१०. मनु० ८।१-३।

इस प्रकार न्याय करना राजा का पदेन कर्तव्य बन गया।[१] राजा का प्रमुख कर्तव्य है प्रजा की रक्षा करना। यह तभी सम्भव है जब उसे न्याय प्राप्त हो सके। फलतः न्याय राजा का मुख्य 'धर्म' माना गया।[२] दृष्ट तथा अदृष्ट दोनों लक्ष्यों की पूर्ति के लिए बाधाओं से संरक्षण अपेक्षित हैं।[३] भौतिक (दृष्ट) एवं आध्यात्मिक (अदृष्ट) दोनों के मार्ग में अधर्म की शक्ति बाधक है। उसे दूर करना ही राजा का धर्म है।[४] इस प्रकार उचित न्याय-व्यवस्था की स्थापना और उसका व्यवहार ही राजा का सबसे बड़ा यज्ञ है। उसे करने के लिए वह बाध्य है। इस यज्ञ की पूर्ति में उस पर विधि एवं विधि के व्याख्याकार सामाजिक प्रतिनिधियों का नियन्त्रण बना रहा।[५] वह विधि निर्माण के स्थान पर न्यायिक प्रशासन का ही नेतृत्व करता रहा। राजा के साथ न्यायाधीश अपनी नियुक्ति, कार्य एवं व्यवहार के सम्बन्ध में राजा की अपेक्षा विधि से नियन्त्रित थे। राजा उनकी नियुक्ति अपनी इच्छा नहीं विधि के आधार पर ही करता था। न्यायाधीशों पर विधि के अतिरिक्त अन्य कोई दबाव नहीं था। कार्यपालिका और न्यायपालिका के अधिकार क्षेत्र अलग थे यद्यपि दोनों का प्रधान एक था। लेकिन कार्यपालिका कार्यान्वयन का साधन मात्र थी। वह हस्तक्षेप के अतिरिक्त स्वयं विवाद का प्रारम्भ भी नहीं कर पाती थी। न्यायिक प्रशासन समाज एवं राज्य द्वारा स्वीकृत विधि के आधार पर होता था। न्यायिक व्यवस्था सामाजिक परिवर्तन स्वीकार करती थी। देश विदेश के नागरिकों के सम्बन्ध में जो नियम थे, प्रशासन उन्हें स्वीकार करता था। यदि समाज ने दासों एवं शूद्रों को समान अधिकार नहीं दिया तो प्रशासन में भी वही व्यवस्था मानी जाती थी। धर्म सम्बन्धी विवादों में परिषद् का निर्णय अन्तिम था। विवाद में १८ विभाग और न्यायिक उत्तरदायित्व स्वीकार करने से प्रशासन सफल हो पाया। न्यायिक प्रशासन वैयक्तिक विषय नहीं विधि शासन से नियन्त्रित था। उसे व्यावहारिक

---

१. शुक्र० ४।४।५।; मनु० ८।१।; वशिष्ठ० १६।२।; याज्ञवल्क्य० १।३२७।; २।१।; विष्णु धर्मसूत्र ३।७२।; नारद० १।२।; मानसोल्लास २।२०।

२. याज्ञ० २।१। पर मिताक्षरा। ३. मनु० ८।१; पर मेधातिथि।

४. मनु० ८।१२-१४।; नारद० ३।८-९।

५. बृहस्पति ने न्यायिक प्रशासन का एक रूपक दिया है वह ध्यान देने योग्य है। उनके अनुसार "न्यायवृक्ष की जड़ ब्राह्मण है। राजा उसकी शाखा है। मन्त्री उसकी पत्तियाँ हैं और उचित सरकार उसका फल है।" बृ० १।३४।

बनाया गया। फलतः वह समाज एवं विधि दोनों की सीमाओं में रहकर सामाजिक कल्याण का प्रतीक बना रहा।

राजत्व का स्तर

राज्य की नियन्त्रक शक्ति के पूर्व भी ऋत पर आधारित समाज था। इसमें विधि की सर्वोच्चता थी। सम्पत्ति, परिवार, सामाजिक वर्गों के उदय और उनकी रक्षा के लिए राज्य शक्ति का विकास हुआ।[1] आदर्श स्थिति से स्खलन में ही राज्य प्रशासन की स्थिति आयी।[2] यही 'अराजक' से 'राज्यशक्ति' के विकास का काल है।[3] वेदों में इसकी शक्ति का तात्पर्य 'संरक्षण' था।[4] धर्मसूत्रोत्तर काल में यह 'संरक्षण सिद्धान्त' दैवी रूप में आया। विष्णु राजा और दण्ड दोनों रूप में प्रस्तुत हुआ किन्तु देवत्व सम्पन्न राजा का अस्तित्व विधि के कार्यान्वयन और पालन में ही है।[5] विधि के संरक्षण में ही वह सम्प्रभु है।[6] अर्थशास्त्र तक राज्यविधि में संरक्षण का तात्पर्य आन्तरिक और बाह्य हो गया। बाह्य का सम्बन्ध सम्प्रभुता एवं अन्तरराष्ट्रीय विधि और आन्तरिक का समाज, व्यक्ति एवं विधि से है। दोनों पक्षों का सामूहिक रूप उन्हें 'त्रयीशासन' में उपलब्ध होता है। फलतः विजित जातियों के भी आचार, भाषा, व्यवहार एवं लोक विधि की रक्षा

---

1. R. S. Sharma: Aspacts of Palictical···pp. 32-46.
2. श० ब्रा० ११।१।६।२४।; मनु० ७।३, १५, २०–२१।; शान्ति० ५८ अध्याय।
3. K. P. Jayaswal: Hindu Polity, p. 86 f.
   U. N. Ghoshal: A Hisotry of Indian Palitical Ideas, p. 213.
   शान्ति पर्व ५९।१४।; ६७।१७। आदि के आधार पर कुछ विद्वानों ने इसे ब्राह्मण-क्षत्रिय समझौते का सिद्धान्त प्रस्तुत करने का भ्रम किया है।
   Charles Dreckmeier: Kingship and Community in Early India, p. 137.
4. Vedic Index, Vol. I. p. 441. नाथ शब्द।
5. मनु० ७।३५, ३८।; ८।१७२, २८५, ३०४, ३०७।; कौ० ४।१, २, ३,९।; १।४।९।
6. अथ वरुणाय धर्मपतये। वरुणं यवमयं चरुं निर्वपति तदेनं वरुण एव धर्मपतिर्धर्मस्य पतिं करोति। परमता वै सा यो धर्मस्य पतिरसद्यो हि परमतां गच्छति तं हि धर्मऽउपयन्ति तस्माद् वरुणाय धर्मपतये। शत० ब्रा० ५।३।३।९।

आवश्यक मानी गयी।[१] उसका 'स्वयं का सुख प्रजा-सुख' और 'उसकी शक्ति सुखसिद्धि' में स्वीकृत हुई।[२] इस लक्ष्य की प्राप्ति में राजत्व समाज सापेक्ष हो जाता है।[3] राज्य के सप्तांग सिद्धान्त में उसके विभिन्न अंगों के परस्पर सम्बन्ध, उनका स्वतन्त्र अस्तित्व, उनमें राजा का (अंग के रूप में) प्रथम स्थान अभिव्यक्त होता है किन्तु इसमें व्यक्ति की सुरक्षा और सामाजिक विधि की स्थापना ही लक्ष्य रहता है। इस उद्देश्य के अभाव में राज्य की कल्पना ही नहीं हो सकती।[४] सोमदेव सूरि के वाक्य "व्यक्ति का मूल राज्य में है" के आधार पर आयंगर का निष्कर्ष कि "प्राचीन भारत में राज्य और व्यक्ति का सम्बन्ध अस्पष्ट है"[५] स्वीकार नहीं किया जा सकता। व्यक्ति के परस्पर सम्बन्ध के साथ राज्य संस्था का सम्पर्क जिस रूप में होता है उसमें ही उक्त प्रश्न का समाधान है।[६]

ब्राह्मण काल में राजा का वंशानुगत रूप स्थिर होता है। फलतः संरक्षण और पितृ-सिद्धान्त स्वीकार किये गये।[७] यहीं उसे 'दण्ड एवं कर'[८] की दो शक्तियाँ उपलब्ध होती हैं जो उसकी सम्प्रभुता पूर्ण करती हैं। 'संरक्षण में ही कर' (Taxation if protection) सिद्धान्त[९] स्वीकार करने से राजत्व का

१. कौ० १।३।५।; ३।१।१५०।; Aiyangar: op. cit. pp. 109-10. Robert MacIver: The Modern State.

२. प्रजासुखे सुखं राज्ञः प्रजानां च हिते हितम्।
नात्मप्रियं हितं राज्ञः प्रजानां तु प्रियं हितम्। अर्थशास्त्र १।१९।३९।
बलशक्तिः सुखं सिद्धिः। अर्थशास्त्र ६।२।२५१।

3. अर्थ० १।१९।३९।; Aiyangar: op. cit. p. 86.

4. B. K. Sarkar: Positive Background of Hindu Society, BK. II. pp.; 34-39. K. P. Jayaswal: op. cit. p. 9.; Bhandarkar: op. cit. pp. 66-69.; P. V. Kane: op. cit. III. p. 20.; Rangaswami Aiyangar.; op. cit. p. 71; Anjaria: op. cit. cha. IV; B. A. Saletore: op. cit. p. 394.

५. पूर्व उद्धृत, पृ० ८४।

६. मनु० १।८९।; ७।७७-७९।; कौ० ३ और ४ अधिकरण।

7. Vedic Index, II, p. 218. युवराज और राजपुत्र शब्द।

८. शत० ब्रा० १।४।१।४; ५।४।४।७।

९. मनु० ८।३०४–७।; परिपालको हि राजा सर्वेषां धर्माणां षष्ठांशमाप्नोति। नीतिवाक्यामृतम्। पृ० १०९।

आधार 'लोकरक्षा' एवं 'लोकस्वीकृति' हो गया[१] और राजा 'विधि का संरक्षक' माना गया[२]; इसी में धर्म (विधि) उसका सहयोगी रहा।[३] मनु एवं कौटल्य के पितृत्वसिद्धान्त[४] की रंगस्वामी आयंगर ने जिस रूप में व्याख्या प्रस्तुत की है उससे स्पष्ट है कि वह राजा की शक्ति के स्थान पर उसकी प्रतिष्ठा और सम्मान के साथ उसके कर्तव्य प्रस्तुत करने के लिए था। उसमें व्यक्ति की स्वतन्त्रता, विधि की सर्वोच्चता आदि का ही भाव था; क्योंकि व्यक्ति के आचार, परम्परा, पारिवारिक एवं सामाजिकविधि के स्रोत राजा या राज्य नहीं थे।[५] स्मृति एवं अर्थशास्त्र में उक्त सिद्धान्त पर सामान्य मतभेद भी है। लेकिन विधि के कार्यान्वयन में ही पितृत्व है इसे दोनों स्वीकार करते हैं।[६] राजा की अभिषेक पद्धति, मन्त्रिपरिषद् से सम्बन्ध, सामाजिक स्तर आदि के अतिरिक्त जब

---

१. कौ० १।४।९।; नीतिवाक्यामृतम्, पृ० १७, ६६, १०५ (बम्बई संस्करण); आयंगर, पूर्व उद्धृत, पृ० १०८।

२. शत० ब्रा० ५।४।४।५।

३. याज्ञवल्क्य० १।३० पर विश्वरूप द्वारा उद्धृत वेद वचन।; शत० ब्रा० ५।१।३।४।; ५।१।४।२।; ५।२।२।१४। इन वचनों पर घोषाल ने जायसवाल की व्याख्याओं का खण्डन किया है। घोषाल के सिद्धान्त का खण्डन काणे एवं मुकर्जी करते हैं। द्रष्टव्य : —
R. K. Mookerjee: Chandragupta Maurya and His Times. pp. 183-93.; K. P. Jayaswal: Hindu Pality, pp. 184-91.; U. N. Ghoshal: Beginnings, pp. 136-42.; A History of Indian Political Ideas, pp.; 27. P. V.; Kane: op. cit. III. pp. 32-33.

४. मनु० ७।८०।; पितेवानुगृहीणीयात्। कौ० २।१।४७।

5. Aiyangar: op. cit. pp. 117-8.
घोषाल ने पितृत्व सिद्धान्त का जो रूप प्रस्तुत किया है वह इन प्रश्नों पर प्रकाश नहीं डालता और उसमें प्रतिष्ठा के आगे वैधानिक स्थिति पर विचार नहीं किया गया। फलतः उनका पक्ष स्वीकार नहीं किया जा सकता। U. N. Ghoshal: op. cit. pp. 120-27, 134, 149, 293, 446, 587.; V. R. R. Dikshitar: Paternal 'Despotism' in Ancient India, (JBRS. 1928); B. A. Saletore: op. cit. pp. 80-1.

६. मनु० ७।२०५।

'राजा व्यक्ति से ही शक्ति प्राप्त करता है' का सिद्धान्त स्वीकार किया गया[1] तब राजा के निरंकुश पितृत्व का रूप सामने नहीं आता। राज्य के सावयव या आंगिक सिद्धान्त में राजा एक है और उसे अन्य अंगों के साथ कार्य करना पड़ता है। उनमें उसे सार्वभौम, निरंकुश पितृत्व या अनियन्त्रित होने का अवसर ही नहीं है।[2]

स्पष्ट है कि राजा एवं प्रजा का जहाँ सम्बन्ध विधि के आधार पर होता है वहाँ राजा शपथ लेता है कि वह विधि, विधि के ज्ञापक वेद एवं उसके व्याख्याता ब्राह्मण की सीमा में कार्य करेगा।[3] राजत्व की परम्परा का विकास उत्तराधिकार में होता है किन्तु उसका निर्धारण भी व्यक्ति नहीं विधिसापेक्ष है। विधि की इस मर्यादा के उल्लंघन में व्यक्ति को राजच्युति, बध आदि के सामान्य अधिकार उसी विधि से उपलब्ध हैं जो राजत्व का निर्माण करती है।[4] 'सुरक्षा के प्रतिफल में कर' के अतिरिक्त अनुबन्ध सिद्धान्त भी विधि से नियन्त्रित था। अनुबन्ध समाज के सार्वभौम, सार्वजनिक एवं सभी वर्गों के हित रक्षा के लिए हुआ।[5] बौद्धों के महासम्मत, खत्तिय और राजा भी विधि रक्षा के लिए ही हैं। यहाँ तक कि खत्तियमण्डल का आधार भी विधि है।[6] अनुबन्ध में राजा 'धर्म संहिता' से बाध्य होता है। इस स्थिति में दैवी सिद्धान्त का भी उद्देश्य जन कल्याण, विधि संरक्षण और उसके यथाविहित कार्यान्वयन में ही है।[7] डॉ० आनन्द कुमार स्वामी के अनुसार "भारतीय

---

१ शत० ब्रा० ५।४।४।११; मै० सं० २।१।८।; ३।८।; ४।४।३।; तै० सं० २।६।५।

2. B. K. Sarkar: op. cit. pp. 34-39.; K. P. Jayaswal: op. cit. p. 9.; D. R. Bhandarkar: op. cit. pp. 66-69; P. V. Kane: op. cit. III. p. 22.; I. p. 20.; Ramswami Aiyangar: op. cit. p. 71.; J. J. Anjaria: op. cit. Chapter IV.; B. A. Saletore: op. cit. pp. 81-84.

3. शान्ति० ५९।१०३,१०८।

4. Aiyangar: op. cit. p. 68.; Compare—T. H. Green: Lectures on the Principles of Political Obligation, pp. 99-101.

५. ऐ० ब्रा० १।१४।२३।; तै० ब्रा० १।५।९।; शान्ति० अध्याय ५९,६७।

६. दीघनिकाय ३,९३।

७. अल्तेकर और सेनगुप्त मानते हैं कि वैदिक काल में दैवी सिद्धान्त का ज्ञान नहीं था। पी० एस० देशमुख त्रयदस्यु आख्यान पर मानते

राजा के देवत्व और उसकी नियुक्ति उसकी इच्छा और व्यक्तिगत शक्ति पर नहीं है। यदि वह स्वेच्छा का प्रयोग करता है तो अत्याचारी समझा जाता। राजा का देवत्व उसके व्यक्तित्व एवं राजासन नहीं उस विधि पर आधारित है जो उसे सामान्य व्यक्ति के स्थान पर राजा बनाती है।[1] इसी प्रकार अभिषेक की शपथ में प्रत्यक्षतः विधि और अप्रत्यक्षतः जनशक्ति की सम्प्रभुता स्वीकार की गयी।[2] अभिषेक की प्रक्रिया समाजसापेक्ष है जिससे राजत्व में जनस्वीकृति अन्तर्निहित है।[3] स्पष्ट है कि राजत्व का अस्तित्व और उसका

हैं कि राजा का अर्ध देवत्व स्वीकार कर लिया गया था। जायसवाल अनुबन्ध-सिद्धान्त को बौद्धपरम्परा की देन मानने के साथ दैवी सिद्धान्त को सेनापति पुष्यमित्र के बाद ब्राह्मणशाही का प्रतीक मानते हैं जिसे मनु के अतिरिक्त अन्य स्मृतिकार नहीं मानते। वे राजतन्त्र को भी द्रविड़ सभ्यता की देन मानते हैं। पी० वी० काणे और घोषाल ने इन मतों का उचित खण्डन किया है। काणे के विचार वैदिक प्रमाणों पर स्थिर हैं। स्पष्ट है कि वैदिक काल से विकसित होनेवाला दैवी सिद्धान्त बौद्धों से परवर्ती नहीं हो सकता है। द्रष्टव्यः

A. S. Altakar : op. cit. p. 59.; Dr. N. C. Sen Gupta : Evolution of Ancient India Law, pp. 37-8.; P. S. Deshmukh : The Original Development of Religion in Vedic Literature.; V. M. Apte : The Vedic Age, p. 352.; N. N. Law : Studies in Indian History and Culture, Ch. IX.; K. P. Jayaswal : op. cit. II. p. 57 ; U. N. Ghoshal : op. cit, chapter II.; P. V. Kane : op. cit. III. pp. 32-33.; Dr. Beni Prasad : op. cit. chap. VIII.; R. N. Mehta : Pre-Buddhist India, pp. 79 ff. and 101.

ऋतुं सचन्ते वरुणस्य देवा राजामि कृष्टेः। ऋ० ४।४२।१।; अथर्व० ६।८७।१-२; शत० ब्रा० ५।१।५।१४।; ५।१।३।४।; ५।१।४।२।;

1. Dr. Anand Kumarswamy : Spiritual and Temporal Power in the Indian Theory of Government, pp. 84-85.

२ वाजसनेयी संहिता १०।२७।; तै सं० १।८।१६।; तै० ब्रा० १।७।१०। २।; ऐ० ब्रा० ८।१८।; महा० शा० १३०।३२।

३ शत० ब्रा० ५।१।१।१२-१४।; ५।२।१।२५।; शुक्ल यजुर्वेद ९।२२। जायसवाल अभिषेक प्रक्रिया से इस निष्कर्ष पर आते हैं कि राजतन्त्र लौकिक संस्था, निर्वाचित, अनुबन्ध पर आधारित, अन्य विभागों की

प्रभुत्व उसके कर्तव्य पालन में है। सहज सामाजिक ब्राह्मण के साथ उसे धृतव्रत के रूप में विधि का संरक्षक बनाया गया। इसकी अवहेलना पर उसे दण्ड से सम्बद्ध किया गया। विधि और दण्ड के सन्तुलन में ही उसके अस्तित्व का निर्माण किया गया।[१]

राजत्व के स्तर के सम्बन्ध में कहा जाता है कि राज्य की सप्त प्रकृतियों

तरह पद-विशेष, न्यास एवं विधि से नियन्त्रित था। घोषाल के अनुसार राजत्व का स्रोत अभिषेक और कर्तव्यपरायणता में था। लेकिन वह न्यास नहीं था। राजा अदण्ड्य होता है किन्तु विधि के पालन में। रत्नियों में सूत, ग्रामणी, क्षत्री, संग्रहीतृ, भागदुघ, अक्षावाप सामान्य जनवर्ग से सम्बद्ध थे। आर. एस. शर्मा रत्नियों की सूची से मानते है कि स्त्रियों एवं सभी वर्गों का शासन में उचित प्रतिनिधित्व था। इस काल में राज्यसंस्था राजनीतिक, सामाजिक और आर्थिक विकास एवं मातृसत्ताक परम्परा में समाविष्ट और सुव्यवस्थित हो रही थी। आपने हीस्टरमैन का उचित खण्डन किया है। वस्तुतः यहाँ रत्नी राजत्वनिर्माण की सामाजिक संस्था बन गये थे—**राष्ट्रस्य प्रदाता**। सभा समिति आदि संस्थाओं के लोप के बाद उनके स्थानापन्न रत्नी संस्था का जन्म हुआ था। इसमें सामाजिक शक्ति का होना अनिवार्य था। अभिषेक से राज्य को धर्म (विधि) नियन्त्रित करने का इस युग का प्रयास है। द्रष्टव्य : Jayaswal : op. cit. pp. 200-5.; Ghoshal : Histiography and other Essays, pp. 249-54.; Indian Royal Cansecration, pp. 300-38.; R. S. Sharma : op. cit. pp. 103-18.; Heasterman : The Ancient Indian Royal Cansecration, pp. 53-55.

[१] निषसाद धृतव्रत इति धृतव्रतो वै राजा। न वा एष सर्वस्मा इव वदताय न सर्वस्मा इव कर्मणे। यदेव साधु वदेत् यत् साधु कुर्यात् तस्मै वा एष च श्रोत्रियश्च। एतौ ह वै द्वौ मनुष्येषु धृतव्रतौ। शत. ब्रा. ५।४।४।५।; अथैनं तूष्णीमेव दण्डैर्घ्नन्ति। शत० ब्रा० ५।४।४।७।; पुरोहित के द्वारा राजा के पृष्ठ भाग के स्पर्श की व्याख्या करते हुए वेबर मानते हैं कि इससे पुरोहित की सम्प्रभुता व्यक्त होती है। जायसवाल के अनुसार यह विधिनियन्त्रण का प्रयोग है। घोषाल के अनुसार उसे सामान्य दाण्डिक वियुक्तियाँ उपलब्ध हुईं। Jayaswal : op. cit. p. 217.; Ghoshal : op. cit. 267.

में उसका प्रमुख स्थान है।[१] वह विभिन्न प्रकृतियों में एकता स्थापित करने की कड़ी है।[२] वह मात्र संवैधानिक प्रधान नहीं है।[3] वह राज्य प्रशासन का केन्द्र है।[४] लेकिन राजत्व के स्तर विवेचन से स्पष्ट है कि वह अपने व्यक्तित्व के आधार पर किसी प्रकार के अधिकार का निर्माण नहीं कर सकता। स्वयं उसके व्यक्तित्व का निर्माण विधि द्वारा होता है। देव, देवता आदि उपाधियाँ उसकी प्रतिष्ठा और प्रशासकीय स्तर के ज्ञापक हैं, न कि शक्ति एवं अधिकार के। उसकी वैध शक्ति विधि, विधिज्ञ, परम्परा, सामाजिक घटक, जनकल्याण और जन सम्मति सापेक्ष हो जाती हैं। इनकी सम्पन्नता में ही उसकी सम्पन्नता भी है। फलतः प्रभुत्व (Authority) प्रशासनिक व्यवहार, जो सामाजिक चेतना से व्यक्त होता है, पर स्थिर हो गया। इस स्थिति में विधि, संस्थागत प्रभुत्व और इनके नेतृत्व करनेवाले स्थानीय तत्त्व में अन्तर करना पड़ता है। अन्तिम का प्रभुत्व सदाचार और आचार से व्यक्त होता है। फलतः राजत्व सामाजिक घटकों और उनकी विधियों से परे होकर क्रियाशील नहीं होता। स्वयं न्याय विधि से परे नहीं होता; क्योंकि तात्पर्य मात्र नियम (Order) नहीं है। अतएव राजा के सभी कार्य एवं राज्य का सारा उत्तरदायित्व विधि का कार्यान्वयन करना है। जनशक्ति भी विधि के माध्यम से ही राजशक्ति का नियमन करती है।

अर्थशास्त्र में राजशक्ति का विकास होता है। मौर्य साम्राज्य में लोक सेवा (Civil service) के विकास से पूर्ववर्त्ती आर्थिक, सामाजिक, राजनीतिक एवं धार्मिक संगठनों को नया रूप मिला। नौकरशाही के इस रूप के साथ जिस सामन्तवादी व्यवस्था का उदय होता है उसमें, (अ) कर्मचारी अपन अधिकार एवं कर्तव्य के लिए विधि के प्रति उत्तरदायी हुए, (ब) कार्य के सम्बन्ध में विधि विधान की अपेक्षा वे व्यक्ति से प्रतिबद्ध थे और (स) सम्बन्ध अनुबन्ध एवं संविद् पर आधारित हुए।[५] स्वामि-सेवक के इस सम्बन्ध ने राजतन्त्र में पितृत्व सिद्धान्त विकसित किया जिसमें 'प्रजा' 'सन्तति' मानी गयी। इसका विकास

---

१. अर्थशास्त्र ८।१।१२।

2. Hindu Palitical Theories. p. 131.

3. V. R. R. Dikshitar : Mauryan Polity, p. 90.
K. P. Jayaswal : OP. Cit. II. p. 185.

4. Sovereignly in Acient India, p. 151.

५. भारतीय विचारधारा, श्रम सम्बन्धी अध्याय।

वैदिक और बौद्ध परम्पराओं में होता है। इस स्थिति में सामन्तवादी व्यवस्था का रूप सामने आया। यद्यपि सम्बन्ध अनुबन्ध पर स्थिर होते हैं तथापि अनुवंश पर ही उसका विकास हुआ। इस स्थिति का समाज की विधीय व्यवस्था की परम्परा के साथ समन्वय किया गया। कर-व्यवस्था पर सामाजिक विधि की सम्प्रभुता स्थापित की गयी। साम्राज्य में कर की आवश्यकता और उस पर 'निर्वैयक्तिक विधि' के अंकुश से सामन्तवादी व्यवस्था सामाजिक स्वत्व अपहरण करन में असमर्थ हो गयी। कौटल्य ने राज्यशक्ति पर विधि की सम्प्रभुता की स्थापना एवं राजशक्ति का आधार अधिकार नहीं कर्तव्य में उपस्थित कर प्रस्तुत स्थिति का समाधान किया। राजा का व्यक्तित्व उसकी दिनचर्या, शिक्षा, वातावरण, आत्मसंयम, सामाजिक शक्ति एवं मन्त्रिपरिषद् के आवरण में निर्मित किया गया। न्यायिक प्रशासन में सरकार के विभिन्न अंगों के अतिरिक्त सभी जातियों, वर्गों, सम्प्रदायों, क्षेत्रों एवं लौकिक व्यवहारों का आधार अनिवार्य रूप में मानना पड़ा।[१]

न्यायिक उत्तरदायित्व

न्याय-व्यवस्था के संचालन में इस बात पर विशेष ध्यान दिया जाता रहा कि जो अदण्ड्य हैं वे दण्डित और जो दण्ड्य हैं वे मुक्त न हो जायँ। इसका उत्तरदायित्व राजा पर था।[२] यदि इस प्रकार की घटना घटित हो जाय तो राजा के साथ मन्त्री, पुरोहित सभी उत्तरदायी होते और उन्हें दण्डस्वरूप प्रायश्चित्त करना पड़ता।[३] इसके साथ राजा यदि न्यायालय के समय पर स्वयं न उपस्थित हो, अथवा कार्यवाही के संचालन में किसी प्रकार की अनवधानता करे तो वह अपराधी समझा जाता। उसकी सामान्य अनवधानता से न्यायसभा

---

१. बौद्ध दार्शनिक अश्वघोष ने राजा को प्रजा का प्रशिक्षक माना है। सौन्दरानन्दम् काव्यम्, प्रथम एवं द्वितीय सर्ग।; आर्यसूर ने राजा-प्रजा में पिता-पुत्र सम्बन्ध मानते हुए उसे जनता के प्रति उत्तरदायी बनाया। जातक माला की दूसरी, तीसरी और आठवीं कथाएँ।; सोमदेवसूरि के नीतिवाक्यामृतम् के अतिरिक्त जैन साहित्य में राजतन्त्र या राज्य के सम्बन्ध में बिखरी हुई जो सामग्री उपलब्ध होती है उसमें पूर्व परम्परा का ही रूपान्तर उपलब्ध होता है। सोमदेव ने तो स्वरूपतः अर्थशास्त्र की परम्परा स्वीकार की है।

२. मनु० ८।१२८।; वृद्धहारीत ७।१९४।

३. वशिष्ठ० १९।४०-४५।

के अन्य कर्मचारियों में प्रमाद का विस्तार होता है। फलतः प्रकारान्तर से उसका भी उत्तरदायित्व राजा पर ही माना जाता रहा।[१] राज्य में निरपराध व्यक्तियों को दण्ड देने पर राजा को 'नरक का भय'[२] ही नहीं जनता को राजा के प्रति विद्रोह करने का भी अधिकार दिया गया हैं।[३] निरपराध को दण्ड देन के परिणाम से जातक कथाओं का विपुल भण्डार भरा है। न्याय में राजा को अपन सहायकों से परामर्श अनिवार्य रूप में लेना पड़ता है।[४] फलतः वह न्याय में स्वकुटुम्बी आदि का ध्यान नहीं रख सकता।[५] सामान्य नागरिक जिस अपराध में जो दण्ड पाता है राजा उसी में कई गुना दण्ड पाता रहा।[६] यदि इन न्यायिक नियमों का पालन न हुआ तो राज्य में क्रान्ति हो जायगी।[७] इस प्रकार उत्पन्न किसी भी स्थिति का उत्तरदायित्व राजा पर था।

न्यायिक अधिकार

न्यायपालिका की विधायिका शक्ति को छोड़कर कार्यान्वियन तथा निश्चित सीमा में बद्ध निर्णय की शक्ति राजा के हाथ में थी। इससे यह भी सम्भव था कि राजा स्वयं विवाद को इस रूप में प्रस्तुत कर दे कि व्यक्ति या समाज उसके मनोनुकूल परिस्थिति में आ जायँ। किन्तु इस सम्बन्ध में सम्भाव्य प्रत्येक स्थिति पर पूर्ण नियन्त्रण रखने की व्यवस्था पायी जाती है। राजा या राजकर्मचारी कोई विवाद प्रारम्भ नहीं कर सकते थे। साथ ही प्रस्तुत विवाद की उपेक्षा नहीं कर सकते थे।[८] अभ्यर्थी सीधे न्यायाधीश के पास पहुँच सकता था।[९] विवाद

---

१. अर्थिनामुपसन्नानां यस्तु नोपैति दर्शनम्।
सुखे प्रसक्तो नृपतिः संतप्येत् नृगो यथा॥ महा० अनु० ६।३८।
अर्थिनां कार्यसिद्धचर्थं यस्मात्त्वं नैषि दर्शनम्॥ दण्डविवेक पृ० १३३;
रामा० उ० ५३।१८, १९, २५।; शुक्र० ४।५।९।;

२. मनु० ८।१२८।; ९।२४९।; वि० १९।४३।; याज्ञ० १।३५६।; शान्ति० ८५ अध्याय

३. कौ० ४।१३।२३५।; याज्ञ० ३।३०७।

४. मनु० ८।१८।

५. याज्ञ० १।३५१।

६. तत्र राजा भवेद्दण्डचः सहस्रमिति धारणा। मनु० ८।३३६।

७. दुर्दर्शो हि राजा कार्याकार्यविपर्यासमासन्नैः कार्यते।
तेन प्रकृतिकोपमरिवशं वा गच्छेत्॥ अर्थशास्त्र १।१९।

८. मनु० ८।४३।

९. गौ० १३।२७।

के सम्बन्ध में राजा धन या अन्य किसी प्रकार से प्रभाव नहीं डाल सकता था।[१] राजा द्वारा स्वयं विवाद प्रस्तुत भी नहीं किया जा सकता। यद्यपि वह विवाद स्वयं नहीं प्रस्तुत कर सकता था तथापि ऐसे विषय हैं जिनका निर्णय यह 'स्वमत' से ही कर सकता था। ऐसे विषय 'प्रकीर्णक' कहे गये हैं।[२] प्रकीर्णक में जिन विषयों का परिगणन किया गया है उनका सम्बन्ध समाज की मूलभूत धारणा से न होकर व्यक्ति के व्यावहारिक तथा दैनिक जीवन से रहा है। अतएव इस अंश में राजा के साथ ब्राह्मण, पुरोहित, मन्त्रियों एवं संघ-विशेष के प्रतिनिधियों की आवश्यकता नहीं समझी गयी।

अधिकार पर नियन्त्रण

स्मृतिकाल में राजा न्यायिक शक्ति का अन्तिम आस्पद बन गया, किन्तु न्यायपालिका का संचालन अकेले और अपनी इच्छा से नहीं कर सकता था। यहाँ तक कि न्याय सभा में निःस्पृह ब्राह्मण, मन्त्री और पुरोहित साथ रखना आवश्यक था।[३] व्यवहार के निश्चय में राजा इनकी सहायता से धर्मशास्त्र तथा विवाद के अन्य पहलुओं की व्याख्या का ज्ञान प्राप्त करता था।[४] निर्णय का उत्तरदायित्व राजा पर था, किन्तु निर्णय के लिए परामर्श वह उक्त लोगों से अवश्य लेता था।[५] वह प्राड्विवाक के मत की उपेक्षा नहीं कर सकता था।[६] कौटल्य के वचन की छाया लेकर ही कालिदास ने राजा को **'धर्मस्थ-सखः'** कहा है। स्पष्ट है कि राजा कार्यान्वियन की दृष्टि से महत्त्वपूर्ण अवश्य था किन्तु निर्णय में उसे प्राड्विवाक के मुखापेक्षी ही रहना पड़ता।[७]

इसका तात्पर्य यह नहीं था कि राजा को विधि का ज्ञान नहीं था अतएव उसे अपने साथ विधिवेत्ता तथा व्याख्याता साथ रखना पड़ता था।

---

१. मनु० ८।४३ पर कुल्लूक द्वारा उद्धृत कात्यायन का वचन।

२. नारद प्र० १।४१; याज्ञ० २।२९५ पर मिताक्षरा द्वारा उद्धृत।

३. मनु० ८।१–२।; याज्ञ० २।१।

४. याज्ञ० २। २। पर मिताक्षरा और व्यवहारमयूख पृ० २७८ में कात्यायन ५–५६ का उद्धृत वचन।

५. शुक्र० ४। ५। ५।; नैकः पश्येच्च कार्याणि। शुक्र० ४। ५। ६।

६. प्राड्विवाकमते स्थितः। नारद० १।३५।

७. कौटल्य ३। १।; धर्मस्थसखः शश्वदर्थिप्रत्यर्थिनां स्वयम्। ददर्श संशयच्छेदाद्व्यवहारानतन्द्रितः॥ रघु० १७।३९।

वास्तविकता यह थी कि राजा निर्णय में अन्य प्रतिनिधियों के परामर्श के लिए बाध्य होता था।[१] वह निर्णय एकान्त और गुप्त रूप से भी नहीं कर सकता था क्योंकि मानवगत दुर्बलताओं से न्याय के निर्णय में दोष उत्पन्न होने की सम्भावना थी।[२] निर्णय या न्यायपालिका के संचालन में राजा या उसके कर्मचारी एवं न्यायाधीश को अपने मतानुकूल चलने के स्थान पर धर्मशास्त्र के आधार पर ही कार्य करना मुख्य था। कहीं कहीं ऐसे अवसर आते जहाँ धर्मशास्त्रों के अविरुद्ध देश, कुल, जाति तथा कुटुम्ब की परम्परा, रीति-रिवाज तथा अन्य मान्यताओं का भी ग्रहण होता, क्योंकि धर्मशास्त्रों की सूची से बाहर भी न्याय का सम्बन्ध, विवाद की व्यापकता से, हो जाता है।[3]

विवेक का अधिकार

विवाद के ऐसे अवसर पर जहाँ धर्मशास्त्रों की सूची से अतिरिक्त विषय का प्रवेश हो, राजा को विचार तथा निर्णय का निजी अधिकार बड़े ही नियन्त्रित रूप में स्वीकार किया गया है। राजा निर्णय में धर्मशास्त्र के मूलोद्देश्य, आधार, व्याख्याकारों का समन्वय तथा 'देश-दृष्ट' के अनुसार ही अपने विचार प्रस्तुत कर सकता था।[४] 'देश दृष्ट' का तात्पर्य 'श्रुति स्मृति से अविरुद्ध तथा देश का सार्वकालिक नियम' माना गया है।[५] इस प्रकार राजा को निजी विचार के लिए जहाँ अवसर दिया गया वहाँ उसे सर्वसम्भव ऐसे बन्धनों में बाँध दिया गया कि वह 'निजी मत' का उपयोग वैधानिक स्पष्टीकरण के लिए करे, न कि किसी निजी मान्यता की स्थापना के लिए। देश, कुल आदि की वही परम्पराएँ मान्य हैं जो श्रुति, स्मृति और वेदों के अनुकूल

---

१. तस्मान्न वाच्यमेकेन विधिज्ञेनापि धर्मतः। इति पितामहेन एकस्य धर्मकथननिषेधात्॥ सर० विला०, पृ० ६७।

२. शुक्र० ४। ५। ६–७।

3. मनु० ८। ३।; याज्ञ० २। १।; नारद० १। ३७।; शुक्र० ४। ५। ११

४. वाक्याभावे तु सर्वेषां देशदृष्टेन तन्नयेत्॥ कात्या० अपरार्क, पृ० ५९९।; स्मृति चं० २, पृ० २५।२६। द्वारा उद्‌धृत।; परा० मा० ३, पृ० ४१।; शुक्र० ४। ५। १०–११।

५. देशस्यानुमतेनैव व्यवस्था या निरूपिता।
लिखिता तु सदा धार्या मुद्रिता राजमुद्रया॥ कात्या० स्मृ० चं० २, पृ० २६ पर उद्‌धृत।; परा० मा० ३, पृ० ४१।; मनु० ८।३।

हों। कुछ सर्वथा वैयक्तिक परम्पराएँ इसमें अपवादभूत हो सकती हैं। कुछ ऐसे अवसर आते हैं जहाँ धर्मशास्त्रों, देश, कुल, जाति आदि की परम्पराओं का भी सम्बन्ध नहीं स्पष्ट हो पाता। इस स्थिति में राजा ही अन्तिम प्रमाण माना जाता है।[१] सेनगुप्त ऐसे ही अवसर पर नारद का भी वचन संगत मानते हैं जिसमें धर्म, व्यवहार और चरित्र से राजशासन अन्तिम प्रमाण माना गया है।[२] लेकिन नारद वचन का तात्पर्य विभिन्न आधारों की तुलना में नहीं है, अपितु वे न्याय में चार प्रकार हैं।

इसमें सन्देह नहीं कि उत्तरकालीन स्मृतिकारों ने राजा के 'निर्देशक अधिकारों' (Directive) में वृद्धि की। उसे अध्यादेश तथा आवश्यकतानुसार देश, कुल आदि की परम्परा के साथ स्वयं निर्णय का अधिकार मिला। ऐसा प्रतीत होता है कि पूर्वकाल में इस प्रकार उसके अधिकार कभी नहीं थे। किन्तु अधिकार वृद्धि का उसका रूप सर्वथा लौकिक था और उसके साथ धर्म ग्रन्थों का बन्धन लगा हुआ था। राजा के इस नये अधिकार के साथ भी संवैधानिक प्रतिबन्ध लगे हुए थे। वह वेद, धर्मशास्त्र, वेदांग, पुराण, रीति, परम्परा, देश, कुल, जाति के आचार और मर्यादा, कृषक, वणिक, व्यापारी आदि के संघों के नियमों के अनुसार ही अपना विचार निश्चित कर सकता था।[3] इन सामाजिक प्रतिनिधियों के अतिरिक्त उसे 'वेदशास्त्रमर्मज्ञ वृद्धों' से विधि के वास्तविक तात्पर्य का ज्ञान प्राप्त करना आवश्यक था।[४] जहाँ शास्त्रवचनों में विप्रतिपत्ति दिखाई पड़े उसमें राजा 'अपने मत' से परिहार नहीं कर सकता था, अपितु 'शास्त्रमर्मज्ञों' को ही प्रमाण माना जाता।[५]

न्यायिक संगठन

राजा न्याय में प्राड्विवाक के साथ सम्मिलित होता।[६] उत्तरकालीन

---

१. निश्चेतुं येन शक्याः स्युर्वादाः सन्दिग्धरूपिणः। तेषां नृपः प्रमाणं स्यात् स सर्वस्य प्रभुर्यतः। स्मृ० चं० २, पृ० २६।

2. N. C. Sen Gupta : Evolution of Ancient Indian Law, p. 39.

३. गौतम ध० सू० ११। १९–२१।

४. गौ० ध० सू० ११। २२।

५. गौ० ध० सू० ११।२५।

६. राजा प्राड्विवाको वा धर्मवित्। प्राड्विवाको मध्यो भवेत्। गौ० ध० सू० १३।२६।

स्मृतियों में राजा की सभा का जो उल्लेख मिलता है[१] उसमें सभासदों की नियुक्ति राजा करता था, किन्तु वे 'विधि' के विषय में राजा के प्रति उत्तर-दायी न होकर धर्मशास्त्रों के प्रति उत्तरदायी थे। सभासदों की योग्यता इस प्रकार की थी कि उनमें राजा के सम्बन्धी एवं कृपानुयायी आदि के स्थान पर समाज के सहज नैतिक नेता ही आ सकते थे। राजा सभा के माध्यम से दण्डापराध को ही विशेष देखता था। कारण स्पष्ट है कि उसे वैदिक काल की मूलभूत धारणा से आगे नहीं बढ़ने दिया गया। अब भी वह प्रजा का संरक्षक, दुष्टों का दमन करनेवाला, शिष्टों का पोषक, धर्म एवं समाज के नियमों का संरक्षक था।[२] फलतः उसे निर्णय में दण्डापराध के ही विषय से अधिक सम्बन्ध रखना पड़ता था। इस सूक्ष्म सम्बन्ध को समझने में विदेशी यात्रियों ने भ्रम किया और राजा को दमनकर्ता के रूप में देखा।[३]

राजा के न्यायिक अधिकार जिस रूप में बढ़े उनके साथ दो विशेषताओं का भी विकास होता गया। राजा को विधिशास्त्र के मर्मज्ञों,[४] समाज के विभिन्न घटकों के प्रतिनिधियों[५] तथा सभा के सम्पर्क में आना अनिवार्य हो गया। दूसरी विशेषता स्थायी न्यायाधीशों और विभिन्न प्रकार के न्यायालयों का संगठन आवश्यक हो गया। इनके साथ राजा का अब सम्बन्ध इस प्रकार हो गया कि उनकी प्रामाणिकता और वैधता राजा के हाथ में आ गयी, किन्तु राजा उनका संगठन अपने मनोनुकूल भी नहीं कर सकता था। वह शाश्वत संविधान, सामाजिक प्रतिनिधियों, धर्मशास्त्र मर्मज्ञों के अनुसार कार्यान्वयन के प्रधान के रूप में ही रहा।

विधीय अधिकार

सम्प्रभुता के तीन अंग व्यवस्थापन, शासन और न्याय यदि एक स्थान पर केन्द्रीभूत हो जायँ, साथ ही समाज और व्यक्ति की शक्तियाँ पंगु हो जायँ तो राज्य 'सर्वप्रभुता सम्पन्न' बन जाता है। प्राचीन भारत में उक्त तीनों शक्तियाँ

---

१. स्वयमेव व्यवहारान् पश्येद्विद्वद्भिः ब्राह्मणैः सहः। वि० ३।७२।

२. गौतम धर्मसूत्र १०।११।; आप० २।५।२।

३. मेगस्थनीज के विचार। सेनगुप्त द्वारा उद्धृत पृ० ४०।

४. मनु० ८।१–२।; याज्ञ० २।१–२। और उस पर मिताक्षरा "नियुक्तो वाऽनियुक्तो वा धर्मज्ञो वक्तुमर्हति।"

५. कात्यायन, श्लोक ५८ (काणे सम्पादन)।

अलग अलग अन्योन्याश्रित थीं। वैदिक काल से सूत्र रूप में राजा का दैवी रूप स्मृतियों तक अपने समग्र प्रकार में अभिव्यक्त हुआ किन्तु उसे व्यवस्थापन का अधिकार नहीं मिल सका। वह न्यायिक प्रशासन का प्रधान तो बन गया, लेकिन मात्र कार्यान्वियन की दृष्टि से ही उसका यह रूप था। उसकी ही अध्यक्षता में प्राड्विवाक और सभा कार्य करती। बृहस्पति ने राजा को वक्ता, अध्यक्ष और शास्ता कहा है। प्रथम दो का सम्बन्ध न्यायालय से और तीसरे का सम्बन्ध प्रशासन से है। राजा की अनुपस्थिति में प्राड्विवाक स्थानापन्न के रूप में कार्य करता था लेकिन 'धिग्दण्ड' और 'वाक्‌दण्ड' ही दे सकता था। अर्थदण्ड और वधदण्ड देने का अधिकार केवल राजा को ही था।

इस रूप में राजा की विधायिका शक्ति का प्रश्न उपस्थित होता है। इस सम्बन्ध में दो शब्द 'राजकृतविधान', 'राजशासन' और कौटल्य का एक श्लोक, जो बृहस्पति एवं नारद में भी पाया जाता है, अत्यन्त विवादपूर्ण हैं।[1] 'राजकृतविधान' की सीमा उस समय पूर्ण स्पष्ट हो जाती है जब हम मनु से व्यवहार की १८ शाखाओं के परिगणन को धर्म के आधार पर कार्य करने का आदेश पाते हैं।[2] याज्ञवल्क्य ने 'राजकृतविधान' को प्रत्यक्षतः धर्मशास्त्रानुसार माना है।[3] राजा कहीं स्वतन्त्र रूप से निर्णय लेता ही नहीं।[4] मनु और याज्ञवल्क्य में जायसवाल ने जो अन्तर प्रस्तुत किया है वह तथ्य हीन है। याज्ञवल्क्य 'राजकृत धर्म' का उल्लेख करते हैं जब कि मनु उसकी सर्वथा उपेक्षा करते हैं। जायसवाल ने कौटल्य, पाणिनि, पतञ्जलि यहाँ तक दशकुमारचरित में चन्द्रगुप्त मौर्य के विधान का प्रश्न उठाया है।[5] वस्तुतः यहाँ किसी प्रकार विधि-निर्माण का अधिकार नहीं मिला। इसमें विधि के कार्यान्वियन के तात्कालिक ऐसे विषयों में जिनकी सूची धर्मशास्त्रों में नहीं है, राजा की आज्ञा प्रसारित करने का अधिकार दिया गया है। लेकिन ऐसी आज्ञाएँ धर्मशास्त्रों के विपरीत न हों। मेधातिथि ने इसकी सूची दी है। उनके अनुसार राजधानी, मेले, वैवाहिक उत्सव में सम्मिलित होने, पशुवध विरोध, विशेष पुण्य अवसर, ऋणी को ऋणदाता से

---

1. धर्मश्च व्यवहारश्च चरित्रं राजशासनम्।
विवादार्थश्चतुष्पादः पश्चिमः पूर्वबाधकः। अर्थ० ३।१।५१; पाणिनि १।१।४७ पर महाभाष्य; नारद० १।१०–११; शुक्र० २।९९–१००।

2. धर्मं शाश्वतमाश्रित्य कुर्यात्कार्यविनिर्णयम्। मनु० ८।७-८।

3. याज्ञ० २।१८६।

4. याज्ञ० २।१; मनु० ८।८।

5. Manu and Yajnyavalkya, pp. 72-73.

सुविधा, अनुचित व्यक्ति से सम्बन्ध-निषेध आदि पर राजशासन प्रसारित किया जा सकता है। लेकिन ऐसी कोई भी आज्ञा नहीं स्वीकार की जा सकती जो धर्मशास्त्रों के विपरीत हो।[1]

कौटल्य ने शासनाधिकार का पूरा अध्याय ही दिया है।[2] 'शासनाधिकार' की सूची देखने पर स्पष्ट प्रतीत होता है कि इसमें कहीं भी विधायिका शक्ति नहीं है अपितु विधि के कार्यान्वयन का प्रकार है। इसका तात्पर्य 'प्रशासन का उद्देश्य' भी है। 'शासन' प्रसारित करने के लिए जिस लेखक की नियुक्ति होती है उसे 'सर्वसमयविद्' होना चाहिए और वह अमात्य-स्तर का होता है। इस प्रकार का शासन जब समाज में प्रसारित किया जाता है तब समाज की विशेषताओं पर ध्यान देना आवश्यक है।[3] राजा का आदेश जिस लेखक (अमात्यस्तर) के माध्यम से आगे चलता है उसे 'सर्वसमयविद्' होने और राजाज्ञा के साथ समन्वय करने के अधिकार का स्पष्ट तात्पर्य है कि राजाज्ञा देश, जाति, कुल आदि की विधि और आचार के विपरीत न हो। शुक्र के अनुसार राजशासन की घोषणा ढोल पीट कर एवं चौराहों पर स्तम्भ स्थापित कर करना चाहिए, जिसमें राजाज्ञा के उल्लंघन पर दण्ड की सूचना होती है।[4]

शुक्र ने राजशासन का उल्लेख करते हुए लिखा है कि सन्तरी सड़क पर पहरा देते हुए चोरों से जनता की रक्षा करें। जनता को चाहिए कि वह दास, भृत्य, स्त्री, शिष्य, पुत्र को न तो पीटें और न गाली दें। धातु, घी, मधु, दूध, चर्बी और आटे में मिलावट न करें। तौल, सिक्का आदि का गलत प्रयोग न हो। राजकार्य में राजा तथा राजकर्मचारियों को घूस न दें। चोरों, दुश्चरित्रों, राजद्रोही आदि को आश्रय न दें। इसी प्रकार बहुत बड़ी सूची शुक्र ने प्रस्तुत की है।[5] कुछ ऐसी भी आज्ञाएँ थीं, जिनका राज्य संचालन की आर्थिक व्यवस्था से सम्बन्ध था। अकाल के समय गल्ले का निर्यात नहीं किया जा सकता था।[6]

---

1. मनु० ७।१३। पर मेधातिथि।
2. शासने शासनमित्याचक्षते। शासनप्रधाना हि राजानः। तन्मूलत्वात् सन्धिविग्रहयोः। तस्मादमात्यसम्पदोपेतः सर्वसमयविदाशुग्रन्थश्चार्वक्षरो लेखवाचनसमर्थो लेखकः स्यात्। सोऽव्यग्रमना राज्ञः सन्देशं श्रुत्वा निश्चितार्थं लेखं विदध्यात्। अर्थशास्त्र २।१०।१-५।
3. जातिकुलं स्थानवयःश्रुतानि कार्यसिद्धिशीलान्यथ देशकालौ।...पुरुषानुरूपम्। अर्थ० २।१०।७।
4. शुक्र० १।३१२-१३।
5. शुक्र० १।२९३-३११।
6. मनु० ८।३९९ पर मेधातिथि।

अशोक ने अपने स्तम्भों में जिस शासन की स्थापना की उसका सम्बन्ध विशेषतः समाज के नैतिक अंश से था। समाज की विधि व्यवस्था से उसका कम सम्बन्ध हो पाया।

सेनगुप्त ने यह स्वीकार करते हुए कि राजा के विधान निर्माण का समर्थन कोई भी शास्त्रकार नहीं करते, लिखते हैं कि मनु (७।१३) और उस पर मेधातिथि का भाष्य राजा के विधायक होने का समर्थन करते हैं।[1] आश्चर्य है कि मनु एवं मेधातिथि में कोई भी ऐसा शब्द उक्त स्थल पर न होते हुए 'जिससे उक्त अर्थ व्यक्त हो' सेनगुप्त ने ऐसा लिखा। 'धर्म को जो इष्ट हो उसी के अनुसार राजा व्यवस्था करे—धर्म का अतिक्रमण न करे' यह मनु का सारांश है।[2] जैसा कि मेधातिथि स्पष्ट लिखते हैं कि शास्त्राचार से अविरुद्ध व्यवस्था करनी चाहिए। इस उद्देश्य से, जैसे उत्सव, मेला, पशुवध आदि के सम्बन्ध में, ज्ञापित राजा की आज्ञा का उल्लंघन न होना चाहिए। यहाँ मेधातिथि ने राजाज्ञा को भी धर्म से अविरुद्ध माना है। सेनगुप्त द्वारा राजा की विधायिका शक्ति सम्बन्धी निष्कर्ष और प्रमाण भ्रान्तिजनक हैं।

वस्तुतः राजा का अधिकार विधायक की अपेक्षा न्यायिक था।[3] लेकिन आर० के० मुखर्जी मानते हैं कि राजशासन राजा को विधायक का रूप देता है और राजशासन विधि का स्रोत है।[4] राजशासन एवं अक्षपटल के कार्यक्षेत्र में धर्म, चरित्र और व्यवहार का समावेश कौटल्य ने किया है।[5] संन्यास लेने के लिए धर्मस्थ की आज्ञा लेना आवश्यक हो गया। यहाँ कौटल्य संन्यास पर राजशासन के माध्यम से राज्य से नियन्त्रण स्थापित करते हैं।[6] कण्टकशोधन न्यायालय राजशासन के आधार पर निर्णय करता है।[7] कितने ही धर्मस्थीय के विवाद धर्मस्थीय से कण्टकशोधन में लाये जाते हैं।[8] स्पष्ट है कि यहाँ राजा

---

1. Sources of Law and Society in Ancient India.
२. तस्माद्धर्मं यमिष्टेषु स व्यवसेन्नराधिपः। मनु ७।१३।; शास्त्राचाराविरुद्धं व्यवसेन्निश्चित्य स्थापयेन्न विचालयेत्। सा तादृशो राज्ञोऽनुज्ञा नातिक्रमणीया। मेधातिथि।
3. B. P. Sinha: BRS. 1954.
4. Chandragupta Maurya and His Times, p. 49.
5. Age of Imperial Unity, p. 63.
६. अर्थशास्त्र २।७।२। ७. अर्थशास्त्र २।१।३८-४०।
8. History of Dharmashastra, Vol. III. p. 257.

को 'अर्ध विधायक' का रूप मिल जाता है और राजशासन धर्म के स्रोतों में आ जाता है।[1] इस प्रकार की विधियाँ न्यायालय में स्वीकृत थीं। यहाँ राज्य केन्द्रीकरण की ओर अग्रसर होता है।[2] नारद ने राजशासन का स्थान बड़ा उच्च बना दिया है।[3] वस्तुतः इस प्रकार के अध्यादेशों का तात्पर्य धार्मिक विधि का प्रत्यक्ष या उसके आदर्श का कार्यान्वयन करना था।[4] कौटल्य स्वयं राजशासन की सीमा देते हुए उस पर नियन्त्रण करते हैं।[5] फलतः राजशासन को विधि का स्रोत कभी नहीं माना गया।[6]

घोषाल ने के० ए० एन० शास्त्री के मत की गम्भीर समीक्षा करते हुए इस मत का खण्डन किया है कि कौटल्य के राजशासन विधि के स्रोत हैं।[7] उनके अनुसार इस श्लोक में धर्म के स्रोत नहीं, विवाद के ४ प्रकार (पाद) की स्थापना की गयी है। काणे ने विवाद का अर्थ व्यवहार ही किया है।[8] कौटल्य स्वयं अपने आगे के श्लोक में स्थिति स्पष्ट कर देते हैं।[9] उनका कहना है कि राजा को धर्म, व्यवहार, संस्था और न्याय के निर्देशन में न्यायिक प्रशासन करना चाहिए।[10] न्याय को प्रमाण में मूल रूप देना उस

1. Public Administration in Ancient India, p. 137.
2. Sovereignty in Ancient India, p. 147. ३. नारदस्मृति १८।१९।
4. Charlse Dreckmeier : op. cit. p. 261. ५. अर्थशास्त्र ३।१।
6. Charlse Dreckmeier : op. cit. p. 261.
7. Indian Historical Quarterly, Vo.l XXVIII. p. 307.
8. History of Dharmashastra, Vol. III. 266.
९. तत्र सत्यस्थितो धर्मः व्यवहारस्तु साक्षिषु।
चरित्रं संग्रहे पुंसा राजाज्ञा तु शासनम्॥ ३।१८।
१०. अनुशासद्भिः धर्मेण व्यवहारेण संस्थया।
न्यायेन च चतुर्थेन चतुरन्तां महीं जयेत्॥
संस्थया धर्मशास्त्रेण शास्त्रं वा व्यावहारिकम्।
यस्मिन्नर्थे विरुध्येत धर्मेणार्थं विनिर्णयेत्॥
शास्त्रं विप्रतिपद्येत धर्मन्यायेन केनचित्।
न्यायस्तत्र प्रमाणं स्यात् तत्र पाठो हि नश्यति॥ अर्थशास्त्र, ३।१।५५-५७।
शामशास्त्री ने 'न्याय' का अर्थ राजशासन (Edict) किया है। ब्रेलर ने न्यायाधीश के निर्णय में विवेक के अधिकार का विकास करते हुए इसका अर्थ 'न्यायिक निर्णय' किया है। लेकिन 'न्याय' का अर्थ तर्क अधिक समीचीन होता है क्योंकि इसका सम्बन्ध पाठ नष्ट होने

युग में एक क्रान्तिकारी प्रयास है ।[१] 'सदाचार और परम्परा धर्म के आधार पर ही प्रामाणिक हों' की परम्परा चल रही थी । न्यायाधीशों को विवेक एवं स्वयं निर्णय करने की शक्ति (Equity or reasoning) को बल मिला । कौटल्य ने धर्मशास्त्र, साक्षी एवं परम्परा प्राप्त न्यायिक संस्थाओं (Institutional history of practices)[२] की अपेक्षा तत्काल की स्थिति और उसमें न्याय की सुलभता में न्यायाधीशों को विशेष महत्त्व दिया । राजा का कर्तव्य विधि का कार्यान्वयन है । विधि में वर्णाश्रम और लोकाचार का समावेश है । इस व्यापक संरक्षण से ही राजा 'धर्मप्रवर्तक' माना गया । लेकिन इसमें विधि का स्रोत या नियामक नहीं है । वह विधि के निर्देशन में कार्य एवं शासन करने का माध्यम है ।[3] मेन के विचार स्वीकार करते हुए श्री निवास आयंगर का कहना है कि धर्म का तात्पर्य नैतिक विधि (Moral law), न्यायविधि (Rules of justice) और आत्मप्रेरणा (Equity and good conscience) है । व्यवहार का तात्पर्य स्मृतियों पर आधारित व्यवहारविधि (Civil law) है । वह धर्म से बली है ।[४] उनके अनुसार शामशास्त्री, जायसवाल और नरेन्द्र नाथ ला ने कात्यायन को छोड़कर नारद की व्याख्या करनी चाही अत एव असफल रहे । वस्तुतः राजशासन कभी विधि का स्रोत नहीं था और धर्म, व्यवहार, चरित्र और राजशासन व्यवहार के ४ पाद हैं । राजकृतविधान विधि के कार्यान्वयन में सहायक एवं प्रशासन में आवश्यक आदेश है । उनके आधार, सीमा और व्यवहार विधि एवं धर्मशास्त्र से पूर्ण नियन्त्रित हैं ।

अन्य मुख्य कर्मचारी

न्यायाधीश

प्रधान न्यायाधीश को प्राड्विवाक या धर्माध्यक्ष कहा है ।[५] मनुस्मृति में

से ह । 'धर्मन्याय' शब्द भी अत्यन्त विवादग्रस्त है । इसका अर्थ 'धर्म और न्याय' हो सकता है । लेकिन 'धर्मन्याय' शब्द एक साथ रखते हुए 'सदाचार' (Custom) न्यायिक प्रशासन की दृष्टि में अधिक तथ्यपूर्ण है ।

1. Age of Imperial Unity, p. 330. 2. JBRS. Vol. XXX, p. 320.
3. Mookerjee : Chandragupta Maurya and His Times, p. 49.
4. Hindu Law and Usage, Sri Niwas Aiyangar's edition, pp. 15-16
५. कुलशीलगुणोपेतः सत्यधर्मपरायणः ।
प्रवीणः पेशलो दक्षो धर्माध्यक्षो विधीयते ।। राज० र०, पृ० १८ ।

धर्मवक्ता और मानसोल्लास में धर्माधिकारी भी कहा गया है[1] किन्तु प्राड्-विवाक प्राचीन शब्द है।[2] मिताक्षरा ने प्राड्विवाक की जो व्याख्या की है उससे उसके कार्य पर प्रकाश पड़ता है। वह अर्थी प्रत्यर्थी से प्रश्न पूछता है और उसमें विरुद्ध अविरुद्ध मत का सभ्यों के साथ विचार करता है।[3] अतएव उसे प्राड्विवाक कहते हैं। अन्यत्र भी इसी प्रकार की व्याख्या मिलती है।[4] तैत्तिरीय ब्राह्मण, वाजसनेयी संहिता एवं गौतम में प्राड्विवाक और प्रश्नविवाक के विवेचन से स्पष्ट प्रतीत होता है कि ईसा से शताब्दियों पूर्व भारत में कार्य-पालिका एवं न्यायपालिका अलग हो चुकीं थीं। धर्माध्यक्ष, धर्मवक्ता आदि शब्द न्यायाधीश के लिए प्रयुक्त होने से स्पष्ट ज्ञात होता है कि वह धर्म-निर्णायक था। लेकिन धर्म शब्द जिस व्यापक एवं विधि के अर्थ में लिया गया है उससे स्पष्ट है कि न्यायाधीश के कार्य व्यापक थे। राजा कार्याधिक्य के कारण प्राड्विवाक को नियुक्त करता जो उसके स्थानापन्न कार्य करता था अन्यथा प्रशासन का प्रधान राजा ही है। व्यवहार में कार्य विभाग देखते हुए काणे महोदय का निष्कर्ष समीचीन नहीं प्रतीत होता। बृहस्पति ने प्रधान न्यायाधीश को वक्ता, राजा को शास्ता और सभ्यों को कार्य-निरीक्षक माना है।[5]

कार्याधिक्य से न्यायिक प्रशासन में समय न दे सकने पर राजा न्यायाधीश की नियुक्ति करता है। एक विद्वान् ब्राह्मण, न्यायाधीश और उसके साथ तीन सभ्य नियुक्त किये जाते हैं। न्यायाधीश की सामान्य योग्यता उदार, कुलीन, अनुद्वेगकर, स्थिर; क्रोधवर्जित, धर्मिष्ठ आदि गुणों से युक्त होना

---

१. मनु० ८। २०१; मान० २। २। ९३।

२. गौतम० ८। २६, २७, ३१। नारद उद्धृत स्मृ० चं० २, पृ० १४।; कात्या० उद्धृत व्यवहार मातृका पृ० २७४।; अपरार्क पृ० ६०२।

३. अर्थिप्रत्यर्थिनौ पृच्छतीति प्राट् तथा वचनं विरुद्धमविरुद्धं च सभ्यैः सह विविनक्ति विवेचयति वेति विवाकः। प्राट् चासौ विवाकश्च प्राड्विवाकः। याज्ञ० २। ३। पर मिताक्षरा।

४. स० वि० ६४।; अपरार्क ६०२।; राज० र० पृ० १९।; शुक्र० ५।६६।; वाज० सं० ३०। १०।

५. वक्ताध्यक्षो नृपः शास्ता सभ्याः कार्यनिरीक्षकाः। बृह० उद्धृत वीर-मित्रोदय, पृ० ४२।

आवश्यक माना गया है।[१] न्यायाधीश की योग्यता पर अधिक ध्यान दिया गया है। उसे विद्वान्, कुलीन, वृद्ध, प्रज्ञासम्पन्न और धर्म के प्रति जागरूक रहना प्रायः सभी शास्त्रकार मानते हैं।[२] नारद के अनुसार उसे विवाद के १८ पदों तथा उसके ८००० भेदों का ज्ञाता आन्वीक्षिकी, त्रयी, वार्ता एवं दण्डनीति में कुशल और श्रुति स्मृति में पारंगत होना चाहिए। जिस प्रकार भिषक् शल्य को शरीर से यन्त्र के द्वारा दूर करता है उसी प्रकार प्राड्विवाक व्यवहार से शल्य को दूर करता है।[३] कात्यायन के अनुसार वह इन्द्रियजित, कुलीन, निष्पक्ष, मधुरभाषी, तीव्र कार्य करने वाला, परम धार्मिक और मानवीय विकार से दूर हो। मृच्छकटिक, मानसोल्लास आदि में भी इसी प्रकार की योग्यता का व्यवहार पाया जाता है।[४]

प्रधान न्यायाधीश विद्वान् ब्राह्मण ही होना चाहिए। ब्राह्मण के अभाव में क्षत्रिय या वैश्य न्यायाधीश हो सकता है किन्तु शूद्र कथमपि न्यायाधीश नहीं हो सकता।[५] मनु ने यहाँ तक कहा है कि मूर्ख ब्राह्मण न्यायाधीश पद पर नियुक्त किया जाना चाहिए किन्तु विद्वान् शूद्र नहीं। जिस राज्य में शूद्र न्यायाधीश पद पर कार्य करता है, निश्चय ही वहाँ धर्म का लोप हो जाता है। के० पी० जायसवाल के अनुसार व्यवहार विधि में केवल ब्राह्मण न्यायाधीश होता था क्योंकि उसमें विधि का गूढ़तम ज्ञान अपेक्षित था। दण्डापराध-विधि में अन्य जातियाँ भी न्यायाधीश हो सकती थीं। जहाँ शूद्र और वृषल का मनु ने निषेध किया और याज्ञवल्क्य ने उनका अनुसरण किया है वहाँ शूद्र और वृषल से तात्पर्य परिवर्तित जातियों से है, जो पीछे बौद्ध हो गयीं।[६]

---

१. कात्या० उद्धृत व्य० मा०, पृ० २७९।; स्मृ० चं० २, पृ० १६।; शुक्र० ५। १२–१३। २. आप० ध० सू० २।२।२९।५।

३. अष्टादशपदाभिज्ञस्तद्भेदादष्टसहस्रवित्। आन्वीक्षिक्यादिकुशलः श्रुति-स्मृतिपरायणः। यथा शल्यं भिषक्कायादुद्धरेद्यन्त्रयुक्तिभिः। प्राड्विवा-कस्तथा शल्यमुद्धरेद् व्यवहारतः। नारद उद्धृत स्मृ० चं० २, पृ० १४।

४. मृच्छ० ९।४।; मानसो० २। २। ९३-९४।

५. ब्राह्मणो यत्र न स्यात्तु क्षत्रियं तत्र योजयेत्। वैश्यं वा धर्मशास्त्रज्ञं शूद्रं यत्नेन वर्जयेत्। याज्ञ० २। ३। पर मिताक्षरा द्वारा उद्धृत कात्यायन वचन।; मनु० ८। २०।; वेदव्यास ४। ४४।; अपरार्क० पृ० ६०१।; व्य० मा० २७९।; राज० र० पृ० २३।; स्मृ० चं० २, पृ० १७; शुक्र ४। ५। १४।

६. Manu and Yajnayavalkya, p. 114.

न्यायाधीश की नियुक्ति राजा करता है लेकिन उसकी पदच्युति के प्रकार का उल्लेख नहीं मिलता। उत्तरदायित्व के प्रश्न पर स्पष्ट है कि न्यायाधीश 'राजा के विधान' के प्रति नहीं शास्त्र के प्रति उत्तरदायी थे। राजा के शासन का स्वयं विधान शास्त्र करते थे। राजशासन का विधान शास्त्र के आधार पर ही हो सकता था, राजा की इच्छा पर नहीं।[1] कण्टकशोधन के न्यायाधीश सरकारी कर्मचारी के रूप में थे। उनपर राजनियन्त्रण अवश्य था किन्तु कहीं भी ऐसी स्थिति नहीं थी कि राजा शासन विधि के स्थान पर अपनी इच्छा की पूर्त्ति में न्यायपालिका का उपयोग कर सके। उसे प्राड्विवाक को पदच्युत करने का अधिकार नहीं था। प्राड्विवाक एवं न्यायाधीशों का सामाजिक स्तर राजा से उच्च था। इस प्रभाव का समाज के साथ सम्बन्ध होने से न्यायाधीश राजा की अपेक्षा विधि के सम्बन्ध में अधिक प्रभावशाली थे। उत्तरवर्त्ती काल में राजा के दैवीस्वरूप के विकास के समय विधि भी दैवी हो गयी और उस विधि की प्रामाणिकता, ज्ञान और घोषणा न्यायाधीशों से सम्बद्ध हो जाने से उनकी शक्ति और विकसित हो गयी। परिषद् की वैधानिक शक्ति के लोप होने पर उसका भी समावेश न्यायाधीशों के साथ हो गया। इस अवसर पर विधि के आधार पर निर्णय के साथ उसकी व्याख्या भी न्यायाधीशों के साथ सम्बद्ध हो गयी। अतएव ब्राह्मण ही न्यायाधीश हो सकता था। फलतः न्यायपालिका में राजशासन नहीं विधि की सम्प्रभुता हो पायी।

विधि के साथ समय, सदाचार और विभिन्न जातियों के आचार भी न्यायपालिका के आधार थे। उनका परम्पराप्राप्त एवं संहिताबद्ध विधि के साथ समन्वय आवश्यक होता है। वेदों से स्मृतियों तक यह कार्य परिषद्, विद्वान् ब्राह्मण, शिष्ट एवं न्यायाधीश करते रहे हैं। उनका राज्य के साथ सम्बन्ध स्थापित करने के साथ उन्हें व्यवहार में लाना न्यायाधीशों का कार्य था। इसके लिए उसे 'न्याय एवं आत्मतुष्टि' का अधिकार दिया गया। फलतः न्यायाधीशों को संहिताबद्ध विधि और राजशासन दोनों से स्वतन्त्र होकर भी कार्य करने का अवसर मिला।[2] इससे वह समय, सदाचार, व्यवहार और परम्परा का समन्वय इस प्रकार कर पाया कि धर्म के वास्तविक स्वरूप और उद्देश्य की

---

१. सर्वशास्त्राण्यनुक्रम्य प्रयोगमुपलभ्य च।
कौटल्येन नरेन्द्रार्थे शासनस्य विधिः कृतः॥ अर्थशास्त्र २।१०।६५।

२. शास्त्रं विप्रतिपद्येत धर्मन्यायेन केनचित्।
न्यायस्तत्र प्रमाणं स्यात्तत्र पाठो हि नश्यति॥ अर्थशास्त्र ३।१।५७।

रक्षा हो पायी और राजशासन के साथ समन्वय भी हुआ। स स्थिति में न्यायाधीश समाज, राज्य और विधि के मध्य में अनिवार्य कड़ी के रूप में हो गया।[1]

उक्त पृष्ठभूमि में न्यायाधीश का समाज के परिवर्तन एवं विधि-समन्वय में अन्यतम स्थान बन गया। विधि समाज के साथ परिवर्तित होती है। लेकिन विधि एवं समाज के बीच राज्य के आने से राज्य निर्देशन में विधि की सम्प्रभुता पर नियन्त्रण होने लगता है। भारतीय न्यायपालिका में यह कार्य प्रारम्भ में परिषद् करती रही। उत्तरवर्त्ती काल में न्यायाधीशों के माध्यम से होने लगा। फलतः समाज में परिवर्तन के साथ विधि में परिवर्तन भी समाज न्यायाधीशों के माध्यम से कर पाया। इसमें राज्य-हस्तक्षेप के लिए अवसर नहीं था। इसके स्थान पर राज्य स्वयं विकास की यह गति स्वीकार करता था। परिवर्तन की शक्तियों एवं संहिताबद्ध विधि में समन्वय न्यायाधीश अपनी व्याख्याओं के माध्यम से करते थे। अपनी व्याख्या में वे समय, आचार, देश, काल एवं विधि की परम्परा के समन्वय में 'एकवाक्यता' प्रस्तुत करना उनका मुख्य उत्तर-दायित्व था। यह कार्य भारतवर्ष में न्यायाधीशों ने जिस रूप में किया उससे विधि की सम्प्रभुता सुस्थिर रही। इस प्रकार के महत्त्व और शक्तिसम्पन्न न्यायाधीशों पर राजा का कोई दबाव नहीं हो सका। न्यायाधीश को निर्णय के साथ जनकल्याणसम्बन्धी इस प्रकार के भी अधिकार थे कि गृहस्थ आदि उनसे स्वीकृति प्राप्त कर ही संन्यास ले सकते थे।[2] स्पष्ट है कि न्यायाधीश विधि-निर्णय के साथ समाज का विधीय नेतृत्व भी करते थे।

सभ्य

प्रधान न्यायाधीश के साथ तीन सभ्यों को सहायक रूप में नियुक्त किया जाता था। सभ्य भी प्रथमतः ब्राह्मण, विकल्प में क्षत्रिय एवं वैश्य नियुक्त किये जाते थे। शूद्र को यह स्थान कथमपि नहीं दिया जाता था। राजा

---

१. देवब्राह्मणतपस्विस्त्रीबालवृद्धव्याधितानामनाथानामनभिसरतां धर्मस्थाः कार्याणि कुर्युः। न च देशकालभोगच्छलेनातिहरेयुः। पूज्य विद्याबुद्धिपौरुषाभिजनकर्मातिशयतश्च पुरुषाः। अर्थशास्त्र ३।२०।२८-३०।
एवं कार्याणि धर्मस्थाः कुर्युरच्छलदर्शिनः।
समाः सर्वेषु भावेषु विश्वास्या लोकसम्प्रियाः॥ अर्थ० ३।२०।३१।

२. लुप्तव्यवायः प्रव्रजेदापृच्छच धर्मस्थान्। अर्थ० २।१।३९।

से अधिकृत तीन विद्वान् ब्राह्मण जहाँ भी एकत्र हो जायँ उसे ही सभा का रूप दिया जा सकता था। सभ्यों में नास्तिक, शूद्र तथा द्विजातिरिक्त को मनु कभी नहीं स्वीकार करते हैं।[1] कौटल्य भी सभ्यों की संख्या धर्मस्थीय में ३ मानते हैं जिन्हें अमात्य के समान योग्यता और अधिकार उपलब्ध था। इस प्रकार की सभाएँ संग्रहण (१० ग्राम), द्रोणमुख (४०० ग्राम) और स्थानीय (८०० ग्राम) की सीमाओं पर होती थीं।[2] बृहस्पति सभ्यों की संख्या ७, ५ या तीन मानते हैं। जहाँ इस संख्या में राजाधिकृत ब्राह्मण उपस्थित होकर व्यवहार निर्णय करने लगे वह सभा यज्ञ के समान हो जाती है।[3]

सभ्यों की योग्यता पर विशेष ध्यान दिया गया है। वे वेदाध्ययन सम्पन्न, धर्मज्ञ, सत्यवादी और शत्रु-मित्र में समान भाव रखनेवाले होते हैं।[4] याज्ञवल्क्य ने योग्यता में वर्ण का उल्लेख नहीं किया। सभा में ब्राह्मण तो अनियुक्त और सभ्य राजा से नियुक्त होते थे। मिताक्षरा ने याज्ञवल्क्य के भाष्य में कात्यायन का वचन उद्धृत किया है। उसमें वर्णों के आधार पर द्विजाति होना आवश्यक बताया गया है। उन्हें धर्मशास्त्र और अर्थशास्त्र में कुशल, विशारद एवं स्थिरता आदि गुणों से सम्पन्न होना आवश्यक है। वे लोभी न हों और साथ ही निर्धन भी न हों। इस प्रकार ब्राह्मणों में भी विभिन्न गुणों से सम्पन्न होने के साथ धनवान् होना भी आवश्यक था।[5] प्रायः सभी शास्त्रकारों ने वंशानुगत गुण को प्रधानता दी है। जिन्हें देश की परम्परा, आचार,

---

१. मनु० ८। ९।; ८। ११, २०, २१-२२।; याज्ञ० २। ३।; नारद० ३।४।; शुक्र० ४।५।१७। २. कौ० ३।१।

३. लोकवेदाङ्गधर्मज्ञाः सप्त पञ्च त्रयोऽपि वा।
यत्रोपविष्टा विप्राः स्युः सा यज्ञसदृशी सभा॥ बृह० उद्धृत स्मृ० चं० २. पृ० १५।; शु० ४।५।२६।; मनु० ८।२।

४. श्रुताध्ययनसम्पन्ना धर्मज्ञाः सत्यवादिनः।
राज्ञा सभासदः कार्या रिपौ मित्रे च ये समाः॥ याज्ञ० २।२।

५. स तु सभ्यैः स्थिरैर्युक्तः प्राज्ञैर्मौलैर्द्विजोत्तमैः। धर्मशास्त्रार्थकुशलैरर्थशास्त्रविशारदैः॥ कात्या० उद्धृत मिताक्षरा २। २।; स्मृ० चं०, पृ० १५।; अलुब्धा धनवन्तश्च धर्मज्ञाः सत्यवादिनः। सर्वशास्त्रप्रवीणाश्च सभ्याः कार्या द्विजोत्तमाः। कात्या० उद्धृत अपरार्क पृ० ६०१।; तथा सभ्य गुण के लिए नारद० ३।४-५।; शुक्र० ५।५। १६-१७।; शान्ति० ८३।२।; वि० ध० सू० ३।७४।

धर्मशास्त्र, आदि का ज्ञान नहीं एवं 'नास्तिक' हैं, लोभ, क्रोध आदि विकारों से ग्रस्त हैं, वे सभ्य नहीं हो सकते।[1] इस प्रकार सभ्यों की योग्यता में वैदिक धर्म, द्विजातिवर्ग और सम्पत्ति का आधार स्वीकार किया गया।

प्राड्विवाक सभ्यों के साथ सभा की कार्यवाही सम्पन्न करता और वे राजा द्वारा नियुक्त होते थे। राजा सभाभवन में प्राड्विवाक, अमात्य, ब्राह्मण, पुरोहित और सभ्यों के साथ प्रवेश करता था। ब्राह्मण अनियुक्त और सभासद् नियुक्त होते थे।[2] ब्राह्मण यद्यपि अनियुक्त थे तथापि वे सभा के अंग माने गये हैं। न्यायाधीश निर्णय में उनकी सम्मति अवश्य लेते थे। सम्भवतः विधिविशेषज्ञ तथा सामाजिक प्रतिनिधि के रूप में वे सभा में उपस्थित होते थे; क्योंकि वे अनियुक्त होते हुए भी सभा में अपना स्थान जनता की ओर से ही रख सकते थे। सभासद्, न्यायाधीश आदि की नियुक्ति में ब्राह्मण रहते हुए भी विशेष ब्राह्मणों की उपस्थिति का तात्पर्य यही हो सकता है। मनु आदि धर्मशास्त्रकार कहते हैं कि सभ्यों को सभा में जाकर सत्य का पालन करना चाहिए। यदि वे ऐसा नहीं करते तो उनको सभा में नहीं जाना चाहिए।[3] 'सभा में न जाना चाहिए' इस प्रकार की विधि अनियुक्त सामाजिक प्रतिनिधि के लिए ही हो सकती है।

मनु नियुक्त और अनियुक्त में निश्चयपूर्वक भेद नहीं कर पाते। लेकिन व्याख्याकारों ने इस प्रकार का भेद किया है। मनु (८।१) का संकेत देते हुए मिताक्षरा ने याज्ञवल्क्य (२।१) पर टीका करते हुए लिखा है कि **'ब्राह्मणैः सह'** और **'विद्वद्भिः सह'**। दोनों शब्दों से दो प्रकार के सभ्यों का ज्ञान होता है। विज्ञानेश्वर ने अनुचित निर्णय का उत्तरदायित्व मनु के उसी वचन के आधार पर राजा पर माना है और मेधातिथि ने राजा और सभा दोनों पर। गोविन्दराज ने सभा में सम्मिलित होनेवाले सभी लोगों पर इसका उत्तरदायित्व स्वीकार किया है—**सर्वान् सभास्थितान् प्रेक्षभाजान्।** मेधातिथि ने लिखा है कि इसे अर्थवाद मानना चाहिए अक्षरशः नहीं। लेकिन व्यवहारोद्योत ने स्पष्ट

---

1. बृह० उद्धृत स्मृ० चं० २, पृ० १५।
2. तत्र ब्राह्मणा अनियुक्ताः सभासदस्तु नियुक्ता इति भेदः॥ याज्ञ० २।२। पर मिताक्षरा।
3. याज्ञ० २।२। पर मिता०।; मनु० ८।१२-१४।; नारद० ३।८-१०।

लिखा है कि इस वाक्य से दर्शक ब्राह्मण और सभासदों में भेद होता है। अनुचित न्याय का उत्तरदायित्व सभ्यों पर है ब्राह्मणों पर नहीं।[1]

याज्ञवल्क्य (२।२) पर टीका करते हुए मिताक्षरा ने नियुक्त अनियुक्त में भेद किया है। उनके अनुसार "नियुक्त सदस्य केवल उचित निर्णय की घोषणा से ही सम्बन्ध नहीं रखते अपितु उन्हें इस प्रकार के निर्णय करते समय राजा को रोकना चाहिए। ऐसा न करने पर वे दोषभागी होंगे। जो अनियुक्त हैं उन पर राजा को रोकने का उत्तरदायित्व नहीं है।"[2] इस प्रकार के भेद करते हुए विज्ञानेश्वर ने कात्यायन (७४ और ७५) के वचन के आधार पर लिखा है "अधर्म से प्रवृत्त निर्णय में राजा का समर्थन सभासदों को नहीं करना चाहिए। अन्याय करनेवाले राजा का समर्थन करने पर सभासद् भी दोषभागी होंगे। अतएव राजा को अनुचित न्याय के लिए सावधान करना चाहिए।"[3] याज्ञवल्क्य (२।४) पर टीका करते हुए सुबोधिनी ने "सभ्यों को कठोर दण्ड की व्यवस्था की है यदि वे अन्यायपूर्वक निर्णय का समर्थन करते हैं।" कात्यायन भी इसी प्रकार का मत व्यक्त करते हैं। सुबोधिनी ने इस प्रकार के दण्ड की व्यवस्था नियुक्त और अनियुक्त दोनों के लिए की है। लेकिन विधि की व्याख्या में नियुक्त सदस्यों को ही अधिकार था।[4] अनियुक्त को नियुक्त की अपेक्षा साधारण दण्ड दिये जाते थे। अनियुक्त के ऊपर शास्त्र द्वारा प्राप्त उत्तरदायित्व है। लेकिन नियुक्तों पर शास्त्र और राजसभा दोनों का उत्तरदायित्व है। अनुचित निर्णय में भाग लेनेवाले सभ्यों को 'प्रकाश तस्कर' कहा है।[5]

---

१. अनेनैव सभ्यानां प्रत्यवायं वदता सभोपविष्टानां ब्राह्मणानां सभासदां च भेद उक्तः। सभ्यानामेव प्रत्यवायः न तु ब्राह्मणानाम्।

२. नियुक्तानां यथावस्थितकथनेऽपि यदि राजा अन्यथा करोति तदाऽसौ निवारणीयः अन्यथा दोषः। अनियुक्तानां तु अन्यथाभिधानेऽनभिधाने वा दोषः न तु राज्ञः अनिवारणे।

३. अधर्मतः प्रवृत्तं तु नोपेक्षेरन् सभासदः।···अन्यायेनापि तं यान्तं येऽनुयान्ति सभासदः। तेऽपि तद्भागिनस्तस्माद्बोधनीयस्तु तैर्नृपः॥ दण्डविवेक पृ० १९ और वरदराज का व्यवहारनिर्णय, रंगस्वामी आयंगर, संस्करण, पृ० १८-२०।

४. याज्ञ० २।४ पर सुबोधिनी।

५. दण्डविवेक, पृ० १०५ और ३३७।

नारद ने अनियुक्त सदस्य को व्यवहार में भाग लेने से रोका है—**'नानियुक्तेन वक्तव्यं व्यवहारे कथञ्चन।'** इस वाक्य का अन्य वाक्यों से समन्वय करते हुए स्मृतिचन्द्रिका और व्यवहारप्रकाश ने लिखा है कि इस प्रकार का प्रतिबन्ध केवल कारण-विशेष से उपस्थित अनियुक्त सदस्य के सम्बन्ध में था। वस्तुतः निर्णय के लिए सभा उत्तरदायी थी जिसमें राजा, न्यायाधीश और सभ्य समानरूप से उत्तरदायी थे। कात्यायन जय की घोषणा सभ्यों के द्वारा मानते हैं **(जयेऽवधृते सभ्यैः)** और नारद भी इसी प्रकार का मत व्यक्त करते हैं।[1] सभ्यों के निर्णय के बाद राजा द्वारा उनका शासन होता था—**पश्चाद्राज्ञः शास्यः।**

सभ्य राजा के द्वारा नियुक्त होते थे, किन्तु उन्हें राजा के स्थान पर विधि (धर्मशास्त्र) के प्रति उत्तरदायी होना पड़ता था। राजा के अन्याय का यदि वे समर्थन करते तो भी वे राजा के समान ही पाप के भागी माने जाते। सभ्यों का कर्तव्य था कि वे राजा द्वारा विधि के उल्लघन होने पर उसे उचित मार्ग पर लाने का प्रयत्न करें। वे संविधान के तात्पर्य का स्पष्टीकरण करें। राजा को न्याय और कर्तव्य मार्ग पर लाना उनका कर्तव्य था।[2] अनियुक्त सभ्य भी राजा को न्याय मार्ग पर लाने के लिए प्रतिबद्ध था। यदि वह अन्याय का विरोध नहीं करता तो उसे दण्डभागी होना पड़ता।[3] दर्शकों में से धर्मज्ञ ब्राह्मण यदि अनुचित निर्णय का विरोध करता है तो उसकी बात पर ध्यान देना आवश्यक माना गया। उस समय उसकी वाणी दैवी-वाणी के रूप में स्वीकार की गयी है। इतना अवश्य है कि नियुक्त और अनियुक्त दोनों राजा को उचित निर्णय पर लाने के लिए विभिन्न साधनों का प्रयोग करते थे क्योंकि दोनों के अधिकार में भेद था।

पुरोहित और ग्रामणी

पुरोहित को राज्य का आधा अंश माना गया है और वैदिक काल से धर्मशास्त्रों तक उसका अस्तित्व पाया जाता है।[4] उसे राष्ट्र का रक्षक (**राष्ट्र-**

---

१. सभ्यैरेव जितः। नारद० २।४३।

२. अन्यायेनापि तं यान्तं येऽनुयान्ति सभासदः। तेऽपि तद्भागिनस्तस्माद् बोधनीयः स तैर्नृपः॥ अधर्माय यदा राजा नियुञ्जीत विवादिनाम्। विज्ञाप्य नृपतिं सभ्यस्तदा कार्यं निवर्तयेत्॥ कात्या० उद्धृत स्मृ०चं०२, पृ० २१।

३. नारद० ३।२; शुक्र० ४। ५। २८।

४. ऋग्वेद ७।६०।१२; ८।३।४; अथर्व० ५।२४।१; तै० ब्रा० २।७।१।२; पञ्चविंश ब्रा० १७।११।४; २५।१।१।७; काठकसंहिता ३७।७।

गोपा) कहा गया है। वह राजपरिवार और उसके धार्मिक अंश के अतिरिक्त लौकिक विषयों पर भी अपना मत देता था।[1] वह राजा और प्रजा के बीच शक्ति का माध्यम था।[2] भारद्वाज ने दिवोदास की रक्षा की थी।[3] पुरोहित राजा के साथ युद्ध में भी जाता था।[4] इस प्रकार सामाजिक एवं राजनीतिक शक्ति के समन्वय में सहायता मिली।[5] पुरोहित एवं राजा में कटुसम्बन्ध और उसके बुरे परिणाम भी हुए हैं।[6] कुछ प्रमाण ऐसे हैं जिनसे ज्ञात होता है कि एक ही पुरोहित दो राज्यों में पौरोहित्य करता था।[7] इस प्रकार परिणाम यह भी हुआ कि राजनीतिक प्रशासनिक इकाइयाँ अलग होते हुए भी मूलतः एक थीं और इनमें पुरोहितों का अत्यतम योगदान था। इस महत्त्वपूर्ण स्थिति में रहते हुए भी उन्होंने राजशक्ति प्राप्त करने का कभी प्रयास नहीं किया।[8] उसकी योग्यताओं से स्पष्ट होता है कि वह ब्राह्मण हो, विधिज्ञ हो और सदाचार का पालन करनेवाला हो। उसे केवल धर्मकार्य करनेवाला न समझ कर राज्य संगठन में योग देने-वाला समझा जाना उपयुक्त होगा।[9] वह युद्ध से शान्ति तक के प्रश्न पर अपना मत देता रहा है। न्यायपालिका में उसका सम्बन्ध प्रायश्चित्त से विशेष था। राजा द्वारा अनुचित निर्णय होने पर वह राजा को कृच्छ्र प्रायश्चित्त कराता था।[10] सभा के १० अंगों में उसका उल्लेख नहीं है। लेकिन सभा में प्रवेश करते समय राजा के लिए नियम था कि वह प्राड्विवाक, विद्वान्, ब्राह्मण, मन्त्री और पुरोहित के साथ प्रवेश करे।[11] राजा सभी के साथ परामर्श के बाद अन्त में पुरोहित के साथ परामर्श करता था।[12]

---

1. वशिष्ठ १।२।९०, २१४। 2. ऐ० ब्रा० ७।२४।२५।
3. पञ्च० ब्रा० १५।३।७।
4. ऋ० ३।५३।१२।; १।१२९।४।; १।१५२।७।; ७।८४।४।;
5. Hopkins: JAOS., XIII, 76.
6. ऐ० ब्रा० ७।२७।३५।; जैमिनीय ब्राह्मण ३।१६७।; बृहद्देवता ७।८३।; पञ्च० ब्रा० ७।१२।५। 7. श० ब्रा० २।४।४।५।
8. James Mill: History of British India (1820); 189-90 W. W. Hunter: Indian Empire, p. 136
9. वि० ध० सू० ३।७०।; याज्ञ० १।३१३।; कौ० १।९; आदि पर्व १७०। ७४-७५।; शान्ति० ७२।२।१८। 10. वशिष्ठ० १९।४०-४२।
11. याज्ञ० २। २। पर मिताक्षरा।; स्मृ० चं० २, पृ० १४।
12. याज्ञ० १। ३१२-१३। पर मिताक्षरा।

पुरोहित का स्थान राजा के घर प्रशासन और सभा दोनों में था। न्यायिक प्रशासन में वह निर्णय और राजा के कार्य एवं व्यवहार का निरीक्षण करता था। जिस समय राजा सभा की अध्यक्षता करता था उस समय पुरोहित का स्थान प्राड्विवाक से भी महत्त्वपूर्ण हो जाता था लेकिन दोनों पद अलग अलग थे।[१] अपने ज्ञान, अनुभव, एवं समाज से सम्बन्ध होने से वह राजा का निर्देशन करता है।[२] उसे शक्ति का स्रोत मानते हुए देश की समृद्धि का आधार कहा गया है।[३] कौटल्य ने मन्त्री एवं सेनापति के समान ही पुरोहित का भी वेतन निर्धारित किया है।[४] उनके अनुसार पुरोहित का यह भी कार्य है कि वह न्यायाधीशों एवं अन्य कर्मचारियों के न्याय सम्बन्धी कार्यों का निरीक्षण करे।[५] लेकिन अर्थशास्त्र पुरोहित का सम्बन्ध सीधे न्यायिक प्रशासन से नहीं करता। धर्मशास्त्रों में भी पुरोहित का सम्बन्ध न्यायिक प्रशासन से अधिक नहीं है। रामायण में यह कार्य हेय दृष्टि से देखा गया है कि क्योंकि उस समय उसका विशेष सम्बन्ध प्रायश्चित्त से ही रह गया।[६] राजशक्ति के विकास के साथ पुरोहित का न्यायिक प्रशासन में भी महत्त्व कम होता गया।

वैदिक काल में ग्रामणी का महत्त्वपूर्ण स्थान था। वह न्यायिक प्रशासन में स्थानीय इकाई का प्रधान था। उसका पद चुना हुआ था और अपराधविधि में उसे अधिक अधिकार थे। वेदों के 'ग्रामवादिन्' को मैकडॉनल और कीथ ग्राम सभा का अध्यक्ष मानते हैं। आगे चलकर ग्रामणी की नियुक्ति राजा के द्वारा होने लगी। धर्मसूत्रों के बाद ग्रामों का संगठन केन्द्र के निर्देशन पर होने से ग्राम का प्रधान राजकर्मचारी के रूप में हो गया। वह ग्राम प्रशासन में अपने से ऊपर के अधिकारी के मातहत होने के साथ उसे स्थानीय प्रशासन की सूचना देने लगा। इस अवसर पर यह पद वंशानुगत हो गया। वह कर संग्रह आदि के साथ ग्राम की रक्षा के लिए जिम्मेदार था। व्यवहारविधि के विवाद के निर्णय में उसे महत्त्वपूर्ण अधिकार प्राप्त थे। इसमें उसे केन्द्र से भी अधिकार प्राप्त थे। ग्रामणी ब्राह्मण नहीं होता था। कौटल्य ने 'ग्रामवृद्धों' के हाथ में

---

१. कात्या० ५६।

२. बौधा०, १।१०।१८।७-८।; J. A. O. S. XIII, 152;

३. वशिष्ठ १९।४। ४. अर्थ० ५।३। ५. अर्थ० १।१०।

६. पौरोहित्यमहं जाने विगर्ह्यं दूष्यजीवनम् ।। अध्यात्म रामा० अयोध्या० २।२२८।

न्यायिक अधिकार दिया। इसके साथ ग्राम के प्रधान की नियुक्ति होने लगी। इस प्रकार ग्रामणी का वैदिक भाव समाप्त हो गया।

सभासदों, सभ्यों, पुरोहित एवं ग्रामणी के कार्य से स्पष्ट प्रतीत होता है कि न्यायिक प्रशासन का उद्देश्य राजसत्ता, शासन या राजा की इच्छा के स्थान पर जन कल्याण एवं जनता के न्यायिक अधिकार की रक्षा था। अनियुक्त सभ्य भी न्याय में सहायता दें इस व्यवस्था का एकमात्र उद्देश्य न्याय प्राप्त करने की सुविधा की सर्वोच्च व्यवस्था है। सभ्यों में समाज के विभिन्न वर्गों के प्रतिनिधि हैं। न्यायालय केवल संहिताबद्ध विधि पर ही निर्भर नहीं कर सकता था। विभिन्न जातियों, श्रेणियों एवं समुदायों में व्यवहार थे जो संहिताबद्ध नहीं थे। उन्हें न्यायाधीश स्वयं जान सकता था। लेकिन उनके अधिकार की रक्षा के लिए आवश्यक था कि उनके प्रतिनिधि स्वयं उसमें स्वीकृति दें। उनसे प्राप्त व्याख्या पर न्यायाधीश अपने 'न्याय' का प्रयोग कर सकता था। इसका परिणाम यह हुआ कि न्याय की सार्वभौम व्यवस्था हो पायी।

स्थानीय संगठनों के विधि सम्बन्धी अधिकार

वैदिक, महाकाव्य और पालि-ग्रन्थों के देखने पर ज्ञात होता है कि स्थानीय संघटनों की स्थापना और विकास प्रारम्भ से ही दृढ़ हो गया था। उनकी शक्ति राज्य द्वारा स्वीकृत थी और वे राज्य पर अपना प्रभाव डाल सकते थे। उत्तरवर्ती काल के प्रमाणों से ऐसा ज्ञात होता है कि वे अपना स्वतन्त्र राजनीतिक अस्तित्व रखते थे। उनके संविधान थे जिनसे राज्य के साथ उनका सम्बन्ध स्पष्ट होता है। राज्य के सामान्य नियम के अतिरिक्त वे अपने संचालन और सुव्यवस्था के लिए अपना विधान निर्माण करते जिन्हें राज्य के अतिरिक्त धर्मशास्त्रों को भी स्वीकार करना पड़ता। इतना अवश्य था कि देश, जाति, कुल धर्म के संविधान शास्त्र विरुद्ध न हों तो कृषक, वणिक् आदि अपने अपने वर्ग के लिए प्रमाण माने जाते।[1] राज्य यदि उनके विषय में अपना निर्णय प्रस्तुत कर रहा है तो उसे उनके संविधान और मान्यताओं का अध्ययन करना आवश्यक पड़ जाता था।[2] व्याख्या में हरदत्त ने स्पष्टतया राजशक्ति को स्थानीय संगठनों के अनुकूल, उनके सम्बन्ध में कार्य करने की मान्यता दी है।

---

१. गौ० २। २। २०, २१। आनन्दाश्रम संस्करण।

२. तेभ्यो यथाधिकारमर्थान्प्रत्यवहृत्य धर्मव्यवस्था॥ गौ० २।२।२२। आनन्दाश्रम संस्करण।

गौतम ने स्थानीय संगठनों को धर्मविरुद्ध नियम निर्माण का अधिकार नहीं दिया। किन्तु मनु के अनुसार राजा स्थानीय संघटनों के विधान की समीक्षा करके अपने धर्म का प्रतिपादन करे।[1] कुल्लूक भट्ट ने गौतम के साथ समन्वय करते हुए **'स्वधर्मम्'** का अन्वय **जातिजानपदान्** के साथ किया है, किन्तु उनका अन्वय **'धर्मवित्'** के साथ ही उपयुक्त प्रतीत होता है। कुल्लूक ने दो वाक्यों में इस श्लोक की व्याख्या की है और दोनों में परस्पर विरोधी भाव प्रस्तुत किया है। प्रथम में गौतम के अनुसार धर्मशास्त्रों को प्राथमिकता दी और दूसरे वाक्य में स्थानीय संगठनों के अनुसार उनके अंश में, व्यवहार करने की सलाह दी। लेकिन धर्मशास्त्र और स्थानीय संगठनों के विधान में मतभेद हो जाय तो क्या किया जाय इस पर वे मनु का तात्पर्य स्पष्ट नहीं कर सके। स्वधर्म का सम्बन्ध यदि **जातिजानपदान्** के साथ भी मान लिया जाय तो कुल्लूक प्रस्तुत वचन की व्याख्या में स्थानीय संगठनों की विधायिका शक्ति राजशक्ति से मानते ही हैं। इसका विशेष स्पष्टीकरण उस समय और हो जाता है जब ८।४९। में श्लोक को इसके साथ जोड़ दें। उसमें धार्मिक प्रधान और विद्वान् ब्राह्मणों को भी स्थानीय संगठनों के अविरुद्ध ही प्रमाण माना है।[2] वहाँ कुल्लूक ने भी यही अर्थ किया है। ध्यान देने की बात है कि उपलब्ध स्मृतियों का अर्थ और अनुपलब्ध का ज्ञापन शिष्टों के आचरण के आधार पर होता है। वे यहाँ स्थानीय संगठनों के संविधान से प्रतिबद्ध होते हैं। व्याख्या में मेधातिथि ने 'कुरल, कापिश, काश्मीरादि देश' के आचार और नन्दन ने दाक्षिणात्यों के 'मातुलसुतापरिणयन' का उदाहरण दिया है। इसी प्रकार विजित देशों के आचार और संविधान को प्रमाण मानना राजा का कर्तव्य था।[3]

स्थानीय संगठनों के विधान की स्वीकृति आपस्तम्ब और बौधायन ने भी दी है।[4] वशिष्ठ मनु के आधार पर कहते हैं कि श्रुति के अभाव में देश, जाति और

---

१. मनु० ८।४१। राधाकुमुद मुकर्जी ने विवाद प्रस्तुत किया किन्तु महत्त्वपूर्ण अंश का अर्थ ही करना छोड़ दिया।

२. सद्भिराचरितं यत्स्यात् धार्मिकैश्च द्विजातिभिः।
यद्देशकुलजातीनामविरुद्धं प्रकल्पयेत्।। मनु० ८।४६।

३. प्रमाणानि च कुर्वीत तेषां धर्म्यान् यथोदितान्।। मनु० ७।२०३।

४. आप० २।१५।१।; बौधायन० १।१।२।६।; तत्र तत्र देशप्रामाण्यमेव स्यात्।

कुल के धर्म प्रमाण मानना चाहिए।[1] वर्णों को उनके धर्म में नियुक्त करते समय राजा को उनके उन नियमों पर भी ध्यान देना पड़ता जिसके वे सदस्य थे। इस प्रकार वर्णधर्म में स्थानीय संगठनों का भी नियम प्रविष्ट हो गया।[2] यह सम्भव था कि उन संस्थाओं के विशेष नियम वर्णों के सामान्य से विपरीत हों तो विशेष होने से उनको ही प्रमाण मानना पड़ता। श्रेणी, कुटुम्ब और देशधर्म में राज्य के हस्तक्षेप की महाभारत ने निन्दा की है।[3] कौटल्य ने इन संगठनों की विधायिका शक्ति स्वीकार की है, किन्तु उसकी शासकीय शक्ति पर नियन्त्रण लगाना चाहा है। ऐसा करने में उन्होंने उसकी स्वतन्त्रता नहीं नष्ट की।[4]

स्थानीय संगठनों के नियमों की स्वीकृति वेदों से ही चली आ रही है।[5] अतएव देशाचार, परम्परा, रीति-रिवाज को विधि का स्रोत बनाते समय स्मृतियाँ श्रुति के आधार पर ही स्थिर रहती हैं। व्यवहारमयूख में बृहस्पति का वचन उद्धृत करते हुए कहा गया है कि देश-स्थिति, न्याय और नैगम परिषद् के निर्णय का भी प्रामाण्य माना जाय। बृहस्पति इसे चरित (Usage) कहते हैं। वस्तुतः आचार, जो सामाजिक संगठनों द्वारा स्वीकार कर लिये गये हैं, विधान का रूप धारण कर लेते हैं।

राज्य स्थानीय संघटनों के नियम की मान्यता देता था किन्तु उनके कार्यान्वयन का नियन्त्रण अपने हाथ में रखता था। संघटन यदि अपने नियमों का पालन नहीं कर रहे हैं तो उन्हें दण्ड भी दिया जा सकता था।[6] नारद के अनुसार पाषण्डि, नैगम, श्रेणी, पूग व्रात गण आदि के आचार का संरक्षण राजा करे।[7]

---

१. देशधर्मजातिधर्मकुलधर्मान् श्रुत्यभावादब्रवीन्मनुः। वशिष्ठ० १।१७।

२. देशधर्मजातिधर्मकुलधर्मान् सर्वानितानन्नुप्रविश्य राजा चतुरो वर्णान् स्वधर्मे स्थापयेत्। वशि० १९।७। यहाँ जाति और वर्ण दोनों शब्दों का उल्लेख है। अतएव जाति का वर्णातिरिक्त अर्थ भी स्पष्ट होता है।

३. महा० १२। ३६। १९। ४. कौ० २।७। ५. ऋ० ८।३०।३।

६. कुलानि जातीः श्रेणीश्च गणान् जनपदांस्तथा। स्वधर्मचालितान् राजा विनीय स्थापयेत् पथि॥ याज्ञ० १।३६१। ; विष्णु ३।२।

७. पाषण्डिनैगमश्रेणीपूगव्रातगणादिषु।
संरक्षेत्समयं राजा दुर्गे जनपदे तथा॥ नारद० १०।२।

संरक्षण का तात्पर्य दुर्ग और जनपद में संरक्षण के साथ उनके नियमों के कार्यान्वयन से भी है। वशिष्ठ भी राज्य द्वारा स्थानीय सघटनों का प्रशासकीय नियन्त्रण मानते हैं।[१] यदि संघटन अपने नियम और सदस्यों द्वारा किये समझौतों का पालन नहीं कर रहे हैं तो राज्य शक्ति द्वारा उन्हें वैसा करने के लिए वाध्य कर सकता है।[२] यदि इसी प्रकार सदस्य समझौता भंग कर संघ के नियमों का उल्लघंन कर रहा है तो उसे भी राज्य द्वारा दण्ड दिया जा सकता है। इतना अवश्य है कि सदस्य को बाध्य कर समझौता न कराया गया हो—**'सत्येनसंविदम्'**। बृहस्पति के अनुसार नागरिक और उसके संघों के बीच ऐसा कोई भी समझौता नहीं हो सकता जो राजा और धर्मशास्त्र के विपरीत हो। उसे ही संवित्पत्र या समझौता पत्र कहा जा सकता है।[३] इसके उल्लघंन में ही दण्ड का विधान किया गया है।[४] राज्य ऐसे ही संवित्पत्र को कार्यान्वयन में लाने का प्रयास करता है।[५]

न्यायिक प्रशासन में राजा तथा अन्य कर्मचारियों के कार्य एवं विधीय स्तर देखने पर न्यायाधीशों के उत्तरदायित्व और उनकी तटस्थता पर प्रकाश पड़ता है। वे निर्णय विधि के आधार पर करते हैं। न्याय पाने का सभी नागरिकों को समान अधिकार है। इसी की पूर्ति न्यायाधीश करते हैं।[६] वे पक्षपात पर पाप और अपराध दोनों के भागी होते हैं।[७] उत्तरदायित्व से च्युत होने पर

व्यवहारमयूख के अनुसार पाषण्डि का अर्थ वणिकादि और वेदमार्ग विरोधी किया गया है। इसी प्रकार नैगम का वेदविलम्बी, श्रेणी का नाना जातियों द्वारा एक जातीय कर्म करनेवालों का समूह, पूग का नाना जातियों द्वारा भिन्न जातीय कर्म करनेवालों का समूह, कुल का अर्थ जाति सम्बन्धी बान्धवों का समूह और पाषण्डि तथा व्रात्यों के समूह को गण कहा गया है।

१. वशिष्ठ० १९।७। २. एतद्दण्डः विधि कुर्याद्धार्मिकः पृथिवीपतिः। ग्रामजातिसमूहेषु समयव्यभिचारिणम्॥ मनु० ८।२२१।

३. ग्रामोदेशञ्च यत्कुर्यात् सत्यलेखपरस्परम्।
राजाविरोधिधर्मार्थं संवित्पत्रं वदन्ति तत्॥ बृ० ८।९।

४. वि० ५।१६८। ५. याज्ञ० २।१९२। ६. मनु० ८।१३–१४।

७. मनु० ८।१८।; अबुलफजल ने लिखा है कि 'न्याय करना न्यायाधीशों के लिए धार्मिक कृत्य था। अतएव निर्णय में वे पूर्ण निष्पक्ष थे।' आइने अकबरी (ग्लैडविन), पृ० ५९५।

उन्हें दण्ड भी दिया जाता। इसके साथ उनकी स्वतन्त्रताएँ पर्याप्त थीं। वे राजा से नियुक्त होते हैं किन्तु विधि के सामने उत्तरदायी थे। न्यायालय देश के सभी नागरिकों के लिए खुले थे चाहे वे देशी हों या विदेशी।[१] विधि के सामने असमानता थी किन्तु निश्चित विधि के आधार पर न्याय प्राप्त करने में असमानता नहीं थी। दास एवं अनार्यों को भी न्यायालय से सुरक्षा प्राप्त होती थी। श्रमिकों में वेश्या भी अपने शुल्क के प्रति, आवश्यकता पड़ने पर, न्यायालय की शरण ले सकती थी।[२] विदेशी यात्रियों ने विधि की असमानता के साथ न्यायिक प्रशासन की निष्पक्षता स्वीकार की है।[3] विभिन्न परिस्थितियों में राजशक्ति के विकास का अवसर आया। लेकिन राजा के हाथ में विधि निर्माण का अधिकार नहीं दिया गया। केन्द्रीय शक्ति के विकास के साथ ही स्थानीय संघटनों की स्वतन्त्रता सुरक्षित रही। इसके साथ समग्र राष्ट्र की एकात्मकता की दृष्टि से प्रयास किया गया कि स्थानीय संघटन सार्वभौम विधि की सीमा का उल्लंघन न करें। इस प्रकार के समन्वय से व्यक्ति एवं समाज के अधिकार और कर्तव्य की पूर्ण व्यवस्था की गयी। फलतः राजा की निरंकुश शक्ति का विकास नहीं हो सका।

●

१. अर्थशास्त्र ४।२।

२. अर्थशास्त्र ३।१४।

3. Fragmant, 26.

अध्याय | ८

न्यायालयों का संगठन

न्यायालय न्यायिक प्रशासन के अंग हैं। उनके संगठन एवं विकास के माध्यम से न्यायपालिका का स्वरूप सामने आता है। प्राचीन भारत में न्यायालयों का विकास समाज की न्यायिक एवं सामाजिक संस्थाओं से होता है। ऐसी संस्थाएँ न्याय के साथ नीति एवं विधान का संचालन करती रहीं। वैदिक काल की न्यायिक संस्थाओं में परिषद्, सभा आदि केवल न्यायालय का कार्य नहीं करती थीं अपितु वे सामाजिक एवं राजनीतिक संस्थाओं के भी रूप में थीं। राजशक्ति के विकास के साथ राजसभा के उदय होने पर उसमें इन संस्थाओं का प्रभाव था। फलतः राजसभा राजा की इच्छा पर न्याय करनेवाली संस्था न हो सकी। इसके साथ केन्द्रीय शासन के विकसित होने पर स्थानीय न्यायिक शक्तियों का महत्त्व कम नहीं हुआ। केन्द्र के साथ प्रशासन की दृष्टि से उनका सम्बन्ध जोड़ा गया लेकिन उनकी स्वतन्त्रता नहीं समाप्त की गयी। वर्गीय न्यायालयों की स्वतन्त्रता की सुरक्षा की गयी। उत्तरवर्ती काल के न्यायालयों के जो नियम स्वीकार किये गये उनमें विधि-सम्प्रभुता के कार्यान्वयन का ही प्रयास किया गया। राजा एवं न्यायाधीश भी उन नियमों की सीमा में ही बँधे रहे। इन तथ्यों के स्पष्टीकरण के लिए वैदिक काल से स्मृतिकाल तक की न्यायिक संस्थाओं का अध्ययन करना आवश्यक है।

परिषद्

वैदिक उदाहरणों से परिषद् की एतिहासिक परम्परा पर प्रकाश पड़ता है। धर्मसूत्रों और उनके बाद परिषद् का वैधानिक रूप स्पष्ट होता है। ऋग्वेद से उसकी परम्परा जिस रूप में विकसित होती है उसमें उसका कार्य साम्पत्तिक एवं सैनिक भी रहता है। ऋग्वेद से अर्थशास्त्र तक परिषद् की परम्परा के अध्ययन से उसमें न्यायपालिका सम्बन्धी तथ्यों का स्पष्टीकरण होता है। ऋग्वेद में असुरों एवं देवों दोनों की परिषद् का उल्लेख है। असुरों

की परिषद् के ध्वंस पर इन्द्र की स्तुति की गयी है।[1] वसु की परिषद् के लोगों (परिषद्वान् Associates) ने नृषद के पुत्र की हत्या का प्रयास किया था।[2] इससे परिषद् के सैनिक कार्य पर प्रकाश पड़ता है। लेकिन यह नहीं कहा जा सकता कि यह सैनिक संगठन था। उसमें सामूहिक साम्पत्तिक स्वरूप का उल्लेख करते हुए कहा है **'गव्यम् परिषदन्तोऽगमत्।'**[3] **'गव्यम्'** की व्याख्या में सायण ने 'गोसंघ' और ग्रिफिथ ने 'पशु समुदाय' अर्थ किया है। लेकिन **'गव्यम्'** परिषद् का विशेषण होने से 'गोसंघ' या 'गायों से धनी परिषद्' अर्थ उपयुक्त होगा। अन्यत्र ऋग्वेद में आये उद्धरणों से सिद्ध होता है कि परिषद् का साम्पत्तिक कार्य था और उसमें सामूहिक सम्बन्ध भी थे।[4]

परिषद् में अग्निदेव उपस्थित रहते थे इसीलिए पुराणों में अग्नि का एक नाम 'परिषत्पवमान्' भी आया है।[5] परिषद् में राजा की उपस्थिति का उल्लेख ब्राह्मण ग्रन्थों से होने लगता है।[6] पाञ्चालों की परिषद् में राजा ही अध्यक्ष था।[7] महाभारत काल तक परिषद् और राजा का सम्बन्ध बना रहता है।[8] अतएव परिषद् में सैनिक कार्य का उल्लेख पुराणों तक होता रहा है।[9] इस अंश में वैदिक और उत्तरवर्ती काल की परिषद् में संगठन के सामान्य रूप के अतिरिक्त विशेष अन्तर नहीं आता। उपनिषदों एवं गृह्यसूत्रों के समय सामाजिक परिवर्तनों का प्रभाव परिषद् पर भी पड़ा। इसके दो रूप सामने आये – शैक्षणिक और राजा की परामर्शदात्री परिषद्। इसमें पुरोहित, अध्यापक और परामर्श

---

१. विवज्रेण परिषदो जघान। ऋ० ३।३३।७।

२. ऋ० १०।६१।१३। ३. ऋ० ४।२१।७।; अथर्व० १८।३।२२।

४. परिषद्यं हि अरणस्य ऋक्वणो नित्यस्य रायः पतयः स्याम्। ऋ० ७।४।७। विलसन और ग्रिफिथ ने परिषद्य का अनुवाद अशुद्ध किया है। स्पष्टतः परिषद्य का अर्थ 'परिषद् सम्बन्धी' होगा।

५. वाज० सं० ५।३२।; ब्र० पु० २।१२।२२। ६. सं० ब्राह्मण २।७।५।

७. छान्दो० उप० ५।३।; बृह० उप० ६।२।; शत० ब्रा० १४।९।१।१।

८. महा० १०।७।८।

९. V. R. R. Dikshitar: Puranic Index, II, 32.
महाभारत ३।१०९।९, २७२, ७८।; ९।४६।२३–६, ४४, ४९, ५०, १०८। आदि।

देनेवालों का प्राधान्य था। पाणिनि के समय में परिषद् राजा की परामर्शदात्री हो चुकी थी और इसके सदस्य राजा को प्रभावित करने का प्रयास करते थे।[१] 'परिषद् बल' शब्द से ज्ञात होता है कि उस समय भी परिषद् राजनीतिक, सामाजिक और शैक्षणिक कार्य कर रही थी। सूत्रकाल में परिषद् का विधीय कार्य विकसित हो चुका था। उसके सदस्यों की योग्यता में विधिज्ञ होना आवश्यक था। फलतः यह संगठन ब्राह्मण-बहुल हो गया।[२] आगे चलकर इसके स्वरूप आदि में पर्याप्त परिवर्तन हुआ।[3]

संगठन

उपनिषद काल में परिषद् दार्शनिकों की अन्यतम संस्था रही। सूत्रकाल में वह विधि के व्याख्यान की एक मात्र संस्था रह गयी। उसमें संगठन एवं सदस्यता आदि का भी नियम स्थिर किया गया। गौतम के अनुसार उसमें दस सदस्य आवश्यक थे जिनमें ४ वेदज्ञ ब्राह्मण, ३ आश्रमों के तीन सदस्य, ३ सदस्य विधि की विभिन्न शाखाओं के हों।[४] गौतम यहाँ तक कहते हैं कि एक श्रोत्रिय भी विधि ज्ञान के लिए पर्याप्त है। लेकिन बौधायन ने व्यक्तियों के स्थान पर परिषद् को अधिक महत्त्व दिया है। उनके अनुसार एक व्यक्ति या शिष्ट कितना ही बहुज्ञ हो लेकिन विद्वान् समूह से न्यून होगा। अतएव परिषद् से ही विधि ज्ञान प्राप्त करना चाहिए। परिषद् में ४ वेदज्ञ, १ मीमांसक (विकल्पी), १ अंग का ज्ञाता, १ धर्मपाठक, वेद की तीन शाखाओं के तीन ब्राह्मण होना चाहिए।[५] आगे बौधायन का कहना है कि ५, ३ या १ भी आप्त

---

1. V. S. Agrawal : India as Known to Panini, p. 399.
2. F. Hopkins: Social and Military Position of the Ruling Caste; JAOS. 13. 148.
   U. N. Ghoshal : The Status of Brahmanas in the Dharmashastras : Indian Historical Quarterly, 23, p. 83-92.
   H. C. Ray : Position of the Brahmanas in the Arthshastra, Proceedings of the All India Oriental Conference, 1942.
3. R. L. Mehta : Pre-Buddhist India, p. 135.
४. बौधायन सूत्र १८।४८–५१।; १।१। ७--१६।; गौ० २८।४५।; पराशर० ८।३४।; वशिष्ठ० ३।२०।; पराशर ने ४ या ३ सदस्यों की परिषद् माना है। इसी प्रकार याज्ञवल्क्य ४ या ३ और बृहस्पति ने ७ या ५ सदस्यों की परिषद् माना है। ५. बौधायन० १। १। ८।

पुरुष विधि में निर्णय कर सकता है, अपेक्षाकृत हजारों लौकिक एवं दोषयुक्त व्यक्तियों के। वेद और उसकी क्रियाओं से शून्य हजारों ब्राह्मण जाति-मात्रोपजीवी हैं, उनका विधि के निर्णय में कोई अधिकार नहीं। वशिष्ठ भी बौधायन का अनुसरण करते हुए १० सदस्यों की परिषद् को ही प्रमाण मानते हैं।[१]

मनु ने दशावरा और त्र्यवरा परिषद् की व्यवस्था की है। कम से कम दस सदस्यों की परिषद् को दशावरा और कम से कम तीन सदस्यों की परिषद् को त्र्यवरा कहा गया है।[२] कुल्लूक के अनुसार दशावरा और त्र्यवरा दो परिषदें स्वतन्त्र थीं। दशावरा के अभाव में त्र्यवरा का निर्णय सर्वोपरि होता।[3] कुल्लूक इसके साथ सदाचार का प्रमाण प्रस्तुत करते हैं।[४] इसका तात्पर्य पूर्व परिषद् का निर्णय हो सकता है, जो वर्तमान परिषद् के लिए मान्य होता था। दशावरा परिषद् के सदस्यों में त्रैविद्य (तीन वेदों की तीन शाखाओं के अध्येता), हेतुक (श्रुति-स्मृति के अनुकूल न्यायशास्त्रवेत्ता), तर्की (मीमांसात्मक तर्कवित्), नैरुक्त (निरुक्तज्ञ), धर्मपाठक (मानवादि धर्मशास्त्रवेदी), ब्रह्मचारी, गृहस्थ और वानप्रस्थ के प्रतिनिधि हो सकते थे।[५] त्र्यवरा परिषद् में ऋक्, साम और यजुर्वेद के तीन विद्वान् प्रत्येक के एक एक प्रतिनिधि होते थे। इनका कार्यक्षेत्र धर्म-संशय में निर्णय करना था।[६]

दशावरा और त्र्यवरा परिषद् में दशावरा व्यापक और बड़ी परिषद् समझी जा सकती है। इसमें तीनों वेदों और उनकी तीन शाखाओं के अध्येता विद्वान्, और वेदार्थ निर्णय के प्रकारवेत्ता हैं। अन्य प्रतिनिधियों में तत्कालीन व्यवहृत

---

१. वशिष्ठ० ३। ५--७ और २०। तुलनीय वशिष्ठ ३।२०। और बौ० १।१।१।८।

२. दशावरा वा परिषद्यं धर्मं परिकल्पयेत्। त्र्यवरा वापि वृत्तस्थात्तं धर्मं न विचालयेत्। मनु० १२। ११०।

3. Mimansa jurisprudence, p. 64.

४. (दशावरा) तदभावे त्रयोऽवरा यस्याः सा वा सदाचारा यं धर्मं निश्चिनुयात्तं धर्मत्वेन स्वीकुर्यान्न विसंवदेत्। मनु० १२। ११०। पर कुल्लूक।

५. त्रैविद्यो हेतुकस्तर्की नैरुक्तो धर्मपाठकः।
त्रयश्चाश्रमिणः पूर्वे परिषत्स्याद्दशावरा॥ मनु० १२।१११।

६. ऋग्वेदविद्यजुर्विच्च सामवेदविदेव च।
त्र्यवरा परिषज्ज्ञेया धर्मसंशयनिर्णये॥ मनु० १२।११२।

विधियों के विद्वान् और समाज के प्रतिनिधि सम्मिलित हैं। इस प्रकार इस परिषद् में विधि के आधार वेदों, उसके व्याख्याताओं, विधि के प्रयोग और उससे सम्बद्ध समाज का समावेश हो जाता है। इसका तात्पर्य यह है कि दशावरा परिषद् देश के विधि व्याख्यान की केन्द्रीय संस्था है। समाज सम्मति के अनुसार विधि के प्रयोग की दिशा ज्ञान के लिए समाज के प्रतिनिधि भी उसमें हैं। इस संस्था के विकल्प में त्र्यवरा परिषद् के निर्णय का प्रश्न आता है। इसमें मात्र वेद के ज्ञाता होते हैं। अतएव यह धर्म-संशय के निर्णय तक सीमित है। इससे निष्कर्ष ऐसा ज्ञात होता है कि विधि के सम्बन्ध में दशावरा परिषद् में भ्रम हो जाय तो त्र्यवरा परिषद् उसमें निर्णय प्रस्तुत करती है। त्र्यवरा परिषद्, दशावरा परिषद् का अंग, 'त्रैविद्यों' का संगठन हो सकती है। जब दश सदस्यों के समूह में धर्म सम्बन्धी निर्णय न हो सके तो दशावरा ही त्र्यवरा का रूप धारण कर लेती है।

सदस्यों की योग्यता

परिषद् के सदस्यों की योग्यता के सम्बन्ध में धर्मसूत्रों से मनु तक अन्तर पड़ता गया। बौधायन और वशिष्ठ वैदिक प्रतिनिधि को महत्त्व देते हैं। उनमें ४ वेदज्ञ सामान्य रूप से हैं और ३ शाखाविशेष के। इस काल में वेद की अपेक्षा वेदांग का दुर्ग दृढ़ नहीं हुआ था। मनु न्याय, मीमांसा, अंग और धर्मशास्त्र के विद्वानों पर जोर देते हैं। उनके काल में वेद के अर्थ 'विशेष प्रकार' से प्रस्तुत करने की समस्या थी। बौधायन और वशिष्ठ धर्मपाठक का प्रतिनिधित्व मानते हैं लेकिन उन्हें विधि के सम्प्रदाय विशेष का प्रतिनिधि नहीं मानते। मनु ने धर्मशास्त्र एवं वैयक्तिक विधि के प्रतिनिधि से परिषद् को साम्प्रदायिक संस्था बनाया। अब वह प्रायः धर्मपरिषद् के रूप में हो गयी। इसके पूर्व इसमें लौकिक विषयों का भी समावेश था। परिषद् में मोक्ष से सम्बन्ध रखनेवाले संन्यासी का सम्बन्ध नहीं था। उसमें ब्रह्मचारी, गृहस्थ और वानप्रस्थ थे। देश की सर्वोच्च विधायिका संस्था में विद्यार्थी (ब्रह्मचारी) का प्रतिनिधित्व शैक्षणिक संगठन, गुरुता और उसकी व्यावहारिकता का प्रमाण प्रस्तुत करता है। इस रूप में परिषद् शैक्षणिक संस्था भी रही है। गृहस्थ एवं वानप्रस्थ के प्रतिनिधित्व से उसके लौकिक कार्यों पर प्रकाश पड़ता है। इस प्रकार वह शैक्षणिक, लौकिक एवं धार्मिक संस्था भी रही है। उसके सदस्यों की योग्यता इसी दृष्टि से निधारित की गयी।

कार्य

विधि का सम्बन्ध सदाचार और राज्य से होता है। राज्य द्वारा स्वीकृत हो जाने पर सदाचार राज्यविधि बन जाते हैं। राज्य द्वारा स्वीकृत न होने पर भी यदि उनके साथ सामाजिक चेतना रहती है तो वे सामाजिकविधि के रूप में क्रियाशील रहते हैं। यहाँ विधि, समाज, सदाचार और राज्य के सम्बन्ध में परिषद् का महत्त्वपूर्ण स्थान रहता है। वह सदाचार की कसौटी है। राज्य सदाचार को विधि-रूप देने के पूर्व परिषद् की स्वीकृति की अपेक्षा करता है। सदाचार की सीमा के उल्लंघन पर राज्य परिषद् से नियन्त्रित रहता है क्योंकि विधि के सम्बन्ध में समाज राज्य की अपेक्षा परिषद् की घोषणाओं पर निर्भर करता है। इसीलिए देश के विभिन्न प्रशासनिक संगठनों के साथ देश भर में परिषद् का अस्तित्व पाया जाता है। वह समाज और राज्य के बीच मध्यस्थ के समान रही है। अतएव देश और समाज के समग्र जीवन को वह प्रभावित करती रही है।[1]

वैधानिक संग्रह का कार्य धर्मसूत्र काल तक परिषद् करने लगी। कहा जाता है कि परिषद् के माध्यम से परम्परा प्राप्त विधि के संहिताबद्ध रूप धर्मसूत्र हैं। धर्मसूत्र, गृह्यसूत्र और प्रातिशाख्य उनके ही प्रयास के परिणाम हैं।[2] स्मृतियों के संग्रह में शिष्टाचार, देशाचार आदि के साथ परिषद् के आचार एवं निर्णयों का ग्रहण अधिक अंश में हुआ। बौधायन आदि के विचार तभी ग्रहण किये गये जब उन्हें परिषद् के विद्वानों का समर्थन प्राप्त हुआ। स्मृतियों की प्रामाणिकता भी परिषद् की अपेक्षा करती रही। इसी प्रकार दार्शनिक प्रश्नों का निर्णय परिषद् से होता था। कुछ विद्वान् यहाँ तक मानते हैं कि परिषदों की दार्शनिक मीमांसा के संग्रह उपनिषद् हैं। विधि के उन अंशों की, जिनका संहिताबद्ध रूप नहीं आया हो, घोषणा एकमात्र परिषद् कर सकती थी।

परिषद् के कुछ अन्य अंगों पर विचार करना आवश्यक है। मनु ने बारहवें अध्याय के १०६ श्लोक तक और १०७ से ११६ तक धर्म के बारे में जो कुछ कहा है उसे उक्त दो अंशों में विभाजित किया जा सकता है। प्रथम में श्रुति, स्मृति और सदाचार पर आधारित धर्म का अंश है। इसमें अग्निहोत्र, श्राद्ध से लेकर शिष्टों द्वारा 'होलाका' के उत्सव तक का विधान है। इसके आगे के श्लोकों से परिषद् का सम्बन्ध आने लगता है। यहीं से धर्म के सम्बन्ध

1. Max Muller: History of Sanskrit Literature, p. 128.
2. Buhler: Secred Laws of Aryas, S. B. E. Introduction, p. 16.

में व्यक्त पूर्व धारणा और परिषद् की धारणा नया रूप धारण करने लगती है। प्रथम में धर्म का सम्बन्ध 'भूत' (अतीत) से रहा और द्वितीय में 'भव्य' (भविष्य) से हो गया जिसे परिषद् के निर्णय के गर्भ से निकलना पड़ता है। परिषद् के नाम पर व्यक्ति द्वारा की गयी व्याख्या समाज के लिए विधान बनने लगी। प्रथम में धर्म का क्षेत्र शास्त्र तथा उससे सम्बद्ध साहित्य से रहता है। इसका क्षेत्र जहाँ समाप्त हो जाता है, परिषद् का कार्य क्षेत्र वहीं से प्रारम्भ होता है। शास्त्रों में अनुल्लिखित का ही विधान परिषद् करती है। अतएव दोनों से अभिव्यक्त विधि में परस्पर विरोध नहीं होता। प्रथम का सम्बन्ध समग्र से है और द्वितीय का अनुल्लिखित (अनाम्नात) से है। प्रमाण के लिए स्मृतियों में जिस प्रायश्चित्त का उल्लेख नहीं है और सामाजिक समस्याएँ उस सम्बन्ध में समाधान चाहती हैं, परिषद् उन समस्याओं का समाधान एवं अनुल्लिखित प्रायश्चित्त प्रस्तुत करती है।

राजा और परिषद्

वैदिक काल में पाप और अपराध परस्पर सम्मिश्रित थे। पाप के प्रायश्चित्त का सीधा सम्बन्ध परिषद् से था। वह उसका निर्णय और प्रशासन दोनों करती थी। इस संस्था का कार्य न्यायिक प्रशासन सम्बन्धी भी हुआ। अतएव हमने परिषद् का पूर्ण परिचय 'विधि के स्रोत' में न देकर इसे न्यायिक प्रशासन से सम्बन्धित न्यायालय के अध्याय में रखा। परिषद् के प्रायश्चित्त सम्बन्धी अपने निजी नियम थे। आगे चलकर उसका सम्बन्ध राज्य से भी हुआ। परिषद् के न्यायिक प्रशासन में राज्य हस्तक्षेप नहीं करता था। लेकिन परिषद् में कार्यान्वयन की शक्ति नहीं थी। यदि अपराधी (पापी) परिषद् से विहित प्रायश्चित्त नहीं मानता तो उसे राज्य द्वारा कराने के लिए परिषद् राज्य की सहायता लेती। इसलिए ब्राह्मण काल तक यह मान लिया गया कि ब्राह्मण और राजा इन्हीं दो से विधि की रक्षा हो सकती है।[1]

आपस्तम्ब धर्मसूत्र में कहा गया है कि "आचार्य जिस प्रायश्चित्त का विधान करता है यदि अपराधी उसे नहीं पूर्ण करता तो आचार्य उसे राजा के पास भेज देगा। राजा उसे पुरोहित के सामने प्रस्तुत कर उसके दण्ड का परिमाण जानता। इसके बाद अपराधी से राजदण्ड से प्रायश्चित्त कराता।"[2]

---

१. श० ब्रा० ५। ४। ४। ५।; गौ० ८। १।

२. आप० ध० २। ५। १०। १२–१६।

इस वचन से कई बातें सामने आती हैं। परिषद् धर्म सम्बन्धी अपराधों में अन्तिम प्रमाण मानी जाती रही। राज्य केवल कार्यान्वयन के लिए था। राज्य कार्यान्वयन में भी निर्देश परिषद् एवं पुरोहित से प्राप्त करता। स्मृतिकारों के समय में परिषद् की शक्ति कम हो जाती है। उस समय राजा को 'कृच्छ्रदापक' कहा गया और पुरोहित की सहायता से परिषद् के न्यायालय वाले अंश का समावेश राजसभा में हो गया। नारद के अनुसार प्रायश्चित्त की अवहेलना करने पर उसे कराने का सारा उत्तरदायित्व राजा पर है। देवल के अनुसार भी राजा कृच्छ्रदापक है। विद्वान् प्रायश्चित्त का विधान करते और राजकर्मचारी उसे पूर्ण कराते। पाराशर के अनुसार परिषद् राजा की आज्ञा लेकर प्रायश्चित्त का विधान करती है।[१] पैठीनसि ने तो सीधे प्रायश्चित्त और दण्ड को राजा के हाथों सौंप दिया।[२]

ध्यान देने की बात है कि उत्तरवर्ती काल में पाप और अपराध की सीमा में परिवर्तन हुआ। धर्मसूत्रकाल तक क्षत्रिय, वैश्य और शूद्र का वध अपराध के साथ पाप भी था और उसके प्रायश्चित्त का विधान परिषद् करती थी।[३] बौधायन भी इसी प्रकार की व्यवस्था करते हैं किन्तु वे प्रायश्चित्त रूप में प्रस्तुत गाय ब्राह्मण के स्थान पर राजा को देने का विधान करते हैं।[४] मनु ने भी यह स्वीकार किया है कि व्यक्ति प्रायश्चित्त की अवहेलना करता है तो उसे शारीरिक दण्ड के साथ जुर्माना (प्रायश्चित्त के लिए) देना पड़ता। इससे स्पष्ट होता है कि पातकों का परिणाम राजदण्ड और प्रायश्चित्त दोनों था। धार्मिक विवाद में परिषद् को अधिकार प्राप्त थे। अतएव उसे धर्मपरिषद् कहा जाता था। परिषद् की न्यायिक शक्ति के लोप होने पर राजदण्ड में पाप से शुद्धीकरण की शक्ति आ गयी। मनु कहते हैं "राजा के दण्ड के बाद व्यक्ति पाप से भी शुद्ध हो जाता है।[५]" यद्यपि इस प्रकार की धारणा का प्रारम्भ सूत्रकाल से ही हो जाता है।[६]

उक्त विश्लेषण से परिषद् के न्यायिक संस्था के रूप में राज्य के कुछ महत्त्वपूर्ण सम्बन्ध स्पष्ट होते हैं। सदाचार राज्यविधि का रूप धारण करने

---

१. मदनपारिजात पृ० ७७७ पर देवल वचन।; २।१। पृ० २३२–३५।; पराशर० ८।२८।

२. दण्डविवेक पृ० ७६।

३. आप० ध० सू० १।९।२४। १-४।

४. बौ० ध० सू० १।१०।२३--२४।

५. मनु० ८।३१८।

६. आ० ध० सू० १।९।२५।४

में परिषद् की अपेक्षा करते हैं। धार्मिक विवाद, प्रारम्भ में, परिषद् से संबद्ध हैं। विधि व्याख्यान की एकमात्र न्यायिक संस्था परिषद् है। धर्म, दर्शन एवं शिक्षा सम्बन्धी विवाद में परिषद् अन्तिम संस्था है। राज्य इन प्रश्नों में परिषद् के मत की अवहेलना नहीं कर सकता। विधि संशय में राजा परिषद् से परामर्श करता है। इनके अतिरिक्त राजा और परिषद् की और भी स्थिति थी। राजा न्यायिक प्रशासन में सर्वोच्च स्थान पर था। यदि वह निर्णय विधि एवं शास्त्र विपरीत करता तो उस पर परिषद् का ही नियन्त्रण हो सकता था। राजसभा के सदस्य परिषद् की सहायता से राजा के निर्णय को अवैध घोषित करा सकते थे। राजा के पास विधायिका शक्ति एवं राजसभा के पास अध्यादेश प्रसारित करने की शक्ति के अभाव में परिषद् न्यायालय और राजा के बीच एक ऐसी कड़ी है जिससे न्यायालय की शक्ति सुरक्षा के साथ राजा विधि एवं शास्त्र विपरीत निर्णय न कर सके। यह कार्य मध्ययुग तक लुप्त हो गया। राजशक्ति सर्वोच्च हो गयी और परिषद् प्रायश्चित्त विधान करनेवाली निष्क्रिय संस्था। फलतः परिषद् का न्यायिक स्वरूप अस्पष्ट हो गया। यदि उसके समग्र अंश का अध्ययन किया जाय तो वह रोम के प्वांटिफ, ब्रिटेन के ड्यूड्स, सेक्सन के विटन आदि से अधिक उसके साम्पत्तिक, सैनिक आदि कार्य थे। मध्य युग में वह न्याय का संरक्षण करती रही और अन्त में केवल प्रायश्चित्त का व्याख्यान।

मैक्समूलर के अनुसार 'परिषद् का तात्पर्य है प्रातिशाख्यों की व्याख्या करने वाली संस्था।' उनका समर्थन करते हुए सेनगुप्त लिखते हैं कि "चरण के लिखित रूप हो जाने के बाद परम्परा में विवाद की सम्भावना कम हो जाने के कारण विवाद दूर करनेवाली परिषद् का लोप हो जाना स्वाभाविक है। शाखाओं और चरण के ज्ञाता ब्राह्मण उपलब्ध होने लगे और उनसे कहीं निर्णय प्राप्त किया जा सकता था। यही कारण है कि स्मृतियों और उपनिषदों की परिषद् में अन्तर है।"[1] वस्तुतः सेनगुप्त ने सामाजिक विकास और परिषद् के संगठन पर ध्यान ही नहीं दिया। उपनिषद्काल और स्मृतिकाल के समाज में महान् भेद हो गया जिसका प्रभाव दोनों की विधान व्याख्यातृ सभा (परिषद्) पर पड़ना आवश्यक था। लेकिन परिषद् के

1. Max Muler: History of Sanskrit Literature, p. 128.
N. C. Sen Gupta: The sources of law and society in Ancient India.

सदस्यों की योग्यता देखते हुए यह कभी नहीं कहा जा सकता कि परिषद् केवल वैदिक शाखाओं के पाठ शुद्ध करने की संस्था थी। उसमें ब्रह्मचारी, वानप्रस्थ और सामाजिक प्रतिनिधि के साथ में वेदज्ञ ब्राह्मण भी थे। परिषद् समाज के जीवन के व्यापक अंश को प्रभावित करनेवाली संस्था थी। उसके लोप का कारण राज्यशक्ति में विस्तार है। सेनगुप्त परिषद् को जातीय सभा का स्थानापन्न मानते हैं। लेकिन जातीय सभा के अस्तित्व का ऐतिहासिक प्रमाण नहीं उपलब्ध होता जिसका स्थान परिषद् ने लिया हो। श्रेणी, पूग, कुल आदि की सभाएँ परिषद् से अलग रहीं और उनका अस्तित्व सदा बना रहा।

सभा

उत्तरवर्ती काल में सभा शब्द का प्रयोग न्यायालय के अर्थ में किया जाने लगा। लेकिन प्रारम्भ में यह न्यायालय की अपेक्षा न्यायिक संस्था के रूप में थी जिसमें वह विवाद के निर्णय के साथ नीति निर्धारण, राजा की नियुक्ति, पदच्युति आदि व्यापक कार्य करती थी। इसका व्यापक प्रयोग ऋग्वेद से ही प्रारम्भ हो जाता है। वैदिक संगठनों में सभा, समिति, संगति, विदथ, परिषद् आदि का उल्लेख मिलता है। सभा एवं समिति का रूप क्या था, इस पर विद्वान् एकमत नहीं हैं। लेकिन सभा एवं समिति को समानस्तरीय माना गया और दोनों को प्रजापति की कन्या कहा गया है।[1] हिलब्रां ने समिति और संगति को एक ही कहा है और उनके संगठन के समान ही सभा का भी संगठन माना है।[2] रॉथ के अनुसार विदथ का पहले अर्थ नियम था। बाद में नियम विज्ञापित करनेवाली संस्था और अन्त में धार्मिक, लौकिक एवं युद्ध सम्बन्धी नियमों की असेम्बली हो गया।[3] नरेन्द्र नाथ लॉ ने जॉली और बूलर

---

१. सभा च मा समितिश्चावतां प्रजापतेर्दुहितरौ संविदाने ॥
अथर्व० ७।१३।१।

२. ऋग्वेद १०।१४१।४।

३. ऋग्वेद १।३१।६।; अथर्ववेद २।१।४।; १।१३।४।; लुडविग ने विदथ का अर्थ प्रारम्भ में असेम्बली, विशेषतया मघवन् (धनिक) और ब्राह्मण की, किया है। ऋग्वेद ३।२५९। के अनुवाद में गेल्डनर और ब्लूमफील्ड ने रॉथ और लुड्विग का समर्थन नहीं किया।

के आधार पर परिषद् का अर्थ 'युवराज की मंत्रिसभा' किया है।[1] इनमें न्यायालय को जन्म देनेवाली संस्था सभा थी।

डॉ० एन० सी० वन्द्योपाध्याय के अनुसार "सभा का प्रारम्भिक रूप कबीले की संस्था था। पीछे गोत्र और रक्त से सम्बद्ध जनों का संगठन हो गया। वह अभिजात वर्गीय केन्द्रीय संगठन होने लगो जिसमें राजा भाग लेता। अन्त में यह राजा की परामर्शदात्री और न्यायिक सभा हो गयी।[2]" जायसवाल समिति को राष्ट्र के सभी सदस्यों की राष्ट्रीय सभा मानते हैं। उसका संगठन प्रतिनिधित्व पर होता था। वह सार्वभौम संस्था थी। राजा को चुनने, पदच्युत करने एवं पुर्नानियुक्त करने का उसे अधिकार था। समिति के समान सभा भी सार्वजनीन संस्था थी। सभा को 'समान विचार से प्रकाशित होने वाली' मानते हुए जायसवाल का कहना है कि "सभा राष्ट्रीय न्यायपालिका के समान थी। वह दण्डविधि की अन्तिम सभा थी। समिति के समान इसका भी उदय उत्तरवर्ती वैदिक काल में हुआ। सभा और समिति दोनों का उद्गम स्थान विदथ है।" अल्तेकर के अनुसार "सभा का रूप ग्राम सभा था जिसमें राजनीतिक और सामाजिक विषयों पर विमर्श किया जाता था।" बी० एम० आप्टे महोदय "सभा को कुछ चुने हुए व्यक्तियों का संगठन मानते हैं। इसका कार्य विधि तथा न्यायिक था किन्तु उसमें राजनीतिक विषयों पर भी विमर्श होता था।[3]" जायसवाल सभा और समिति को विदथ का एक प्रकार से विकसित रूप मानते हैं। लुड्विग के अनुसार "समिति में विश् का विशेष प्रतिनिधित्व था। उसके सदस्य मघवन् और ब्राह्मण भी हो सकते थे लेकिन सभा में मघवन् और ब्राह्मण अनिवार्य सदस्य थे।" ज़िम्मर सभा को ग्राम-

---

1. N. N. Law : Aspects of Ancient Indian Polity, p. 25, बूलर के अनुसार 'सेनार्ट ने अशोक के शिलालेख में परिसा और पलिसा का अनुवाद 'क्लर्जी की असेम्बली' किया है। यह भाव अत्यन्त संकीर्ण है। यह शब्द राजसभा और सरकार का भी प्रतिनिधित्व करता है।' जातक ३।२४०।१, ७। में यह अर्थ ध्वनित होता है।
2. Bandyopadhyaya: Development of Hindu Polity and Political Theories, pp. 110-8.
3. K. P. Jyaswal: op. cit. pp. 12-201: Altakar: op. cit. pp. 130-35.

सभा मानते हैं जिसका प्रधान ग्रामणी होता था। जिम्मर ने सभा की तुलना प्राचीन जर्मनी के टैसीटस से की है। बन्द्योपाध्याय सभा की तुलना प्रधानों की ट्यूटानिक कौंसिल, रोमन सेनेट और एंग्लो सैक्सन वाइटनागेमाट से की है। लेकिन सभा एवं इन संस्थाओं की उत्पत्ति में महान् विषमता होने से इनके साथ तुलना नहीं की जा सकती।[१] समिति के सम्बन्ध में प्रायः स्पष्ट है कि वह राजा की नियुक्ति एवं च्युति आदि में महत्त्वपूर्ण स्थान रखती थी।[२] इस सन्दर्भ में सभा का उल्लेख अथर्ववेद में आता है।[3] इसमें राजा सभा में उचित और मधुर वाणी से सभा एवं सभासदों का पक्ष अपने अनुकूल करने की प्रार्थना करता है। शतपथ ब्राह्मण में समिति के साथ सभा का नाम इस रूप में आया है कि राजा भूमि का दान इनके द्वारा व्याख्यात एवं लौकिक नियमों से करे।[४]

लुड्विग के अनुसार सभा सभी सामान्य नागरिकों की संस्था नहीं थी। उसमें ब्राह्मण और धार्मिक वर्ग (मघवन्) के प्रतिनिधि थे। इसके समर्थन में लुड्विग ने सभेय (सभा के विशिष्टजन) और रयिसभावान् (सभा के धनिक-जन) का उदाहरण दिया है।[५] मैक्समूलर ने इन शब्दों का अर्थ 'सभा का आचार' माना है।[६] लेकिन मैकडॉनल और कीथ यह नहीं मानते कि होमर द्वारा वर्णित समाज के समान ही वैदिक समाज में भी ऐसी विशेषता थी।[७] सभा में भाग लेनेवाले वैदिक समाज के उच्च वर्ण के (सुजात) लोग थे उनमें दास एवं किरात वर्ग के सदस्य नहीं थे।[८] ऋग्वेद में स्त्रियाँ सभा की सदस्या थीं किन्तु उत्तर वैदिक काल में उनका यह अधिकार समाप्त हो गया। अब उन्हें इन्द्रिय दुर्बलता के कारण सदस्यता से वंचित कर दिया गया।[९] सभा

1. Ghoshal: Studies in Indian History and Culture, p. 354.
२. ऋ० १०।१९१।३; १०।१६६।४।; अथर्ववेद ३।४।२७, ६।४६।, ५।१९।, ५।१५।, ६।८८।३।
3. अथर्ववेद ६।१२।; ८।१०।५।
४. शतपथ ब्रा० ७।१।१।४।
५. ऋ० २।२४।१३।; १।१९।२०; अथर्व० २०।१२८।१।; वाज०सं० २२।२२।
6. Sacred Books of the East, 32, 276.
7. Vedic Index, Vol. II, p. 427.
८. ऋ० ७।१।४।
९. योषा सभावती। ऋ० १।१६७।३।; निरिन्द्रियाः स्त्री, पुमान् इन्द्रियवान् तस्मात्पुमांसः सभां यान्ति न स्त्रियः। मै० सं० ४।७।४।

में अग्नि सभा के सदस्य (सभ्य) के रूप में रखी जाती थी।[1] सभासद् सम्भवतः कुटुम्ब के प्रधान सदस्य होते थे। इन सदस्यों की विशेष उपस्थिति उस समय होती जब विधायिका सम्बन्धी विवादों के स्थान पर विवाद निर्णय का अवसर होता। यह स्पष्ट नहीं होता कि विवाद के निर्णय में सभा न्यायालय के रूप में, कुछ चुने हुए सदस्यों की, कार्य करती या सभी सदस्यों के साथ।[2]

सभा के कार्य के सम्बन्ध में जायसवाल महोदय ने अथर्ववेद के 'नरिष्टा' शब्द को आधार बनाया है। उनके अनुसार नरिष्टा का अर्थ होता है 'प्रस्ताव जिसका उल्लंघन न हो सके।' यह अर्थ उन्होंने सायण के आधार पर किया है। जायसवाल ने नरिष्टा का जो अर्थ किया है वह पूर्व ऋचा के सन्दर्भ के विपरीत है। यदि जायसवाल के अनुसार समिति सार्वभौम संस्था थी तो सभा का प्रस्ताव अनुल्लंघनीय नहीं हो सकता। अथर्ववेद की पैप्पलाद शाखा में उक्त अर्थ से कोई सम्बन्ध नहीं होता। घोषाल महोदय के अनुसार जायसवाल द्वारा किया हुआ नरिष्टा का अर्थ उपयुक्त नहीं है।[3] सभा के न्यायिक कार्य के सम्बन्ध में एक दूसरा भी शब्द है 'किल्विषस्मृत।' जायसवाल ने इसका अर्थ 'सभा में सभी आक्षेपों से मुक्त' किया है, लेकिन लुड्विग इस अर्थ का खण्डन करते हैं।

सभासद् और सभाचर जैसे शब्दों से इतना अवश्य स्पष्ट होता है कि सभा में न्यायालय का अंश संनिविष्ट है। लेकिन उद्धरणों में आये इन शब्दों से राजा की सभा और उसके सभासद् का प्रमाण नहीं मिलता। यजुः संहिता के प्रमाणों[4] के आधार पर लुड्विग ने सभा का अर्थ न्यायालय, ज़िम्मर ने स्थानीय विवादों का निर्णय करनेवाला न्यायालय और एगेलिंग ने द्यूतकक्ष एवं अराजनीतिक कार्यों का कक्ष माना है।[5] पारस्कर गृह्यसूत्र में नादि और त्विष शब्दों के आधार पर जायसवाल सभा का तात्पर्य न्यायालय मानते हैं। इसमें वे भारतीय टीकाकार जयराम और पश्चिमी विद्वान् ओल्डेनवर्ग की व्याख्याओं की भी सहायता लेते हैं।

---

1. अथर्ववेद ८।१०।५।, १९।५५।६।; ऋ० ३।२३।४।, ५।३।११।, ७।७।५।
2. Vedic Index, vol. II. p. 428.
3. Ghoshal : Studies in Indian History and Culture pp. 356-7.
4. वाज०सं० ३।४५।; २०।१७।; तै० सं० १८।३।१।; मै०सं० १।१०।२।
5. S. B. E. Vol. XII. p. 398.

सभा के उक्त विश्लेषण से स्पष्ट होता है कि प्रारम्भ में सभा और समिति दोनों समान एवं सम्प्रभु संस्थाएँ थीं। सामाजिक विकास के साथ समिति की शक्ति का विकास हुआ। समिति के संगठन में ग्राम इकाई से प्रतिनिधित्व होता और सभा कुछ चुने हुए विशिष्ट व्यक्तियों की संस्था हो गयी। समिति में मुख्य रूप से सैनिक, राजनीतिक आदि विषयों पर विचार होता था। फलतः सभा समिति के निर्देशन में न्यायपालिका की शुद्ध संस्था हो गयी। इस स्थिति में आते समय उसके अधिकार दो भागों से सम्बद्ध हो गये—समिति और राजा। जनप्रतिनिधि से उपलब्ध शक्ति समिति के साथ समा गयी। राजा को न्यायिक प्रशासन की शक्ति के उदय होने पर सभा की न्यायिक शक्ति राजा से सम्बद्ध हो गयी। अन्ततः उसका रूप 'राजसभा' के रूप में हो गया, फिर वह केवल न्यायालय के रूप में रही। लेकिन उसे नीति निर्देशन में परामर्श देने का अधिकार भी बना रहा।

अर्थशास्त्र

वैदिक एवं उत्तरवर्त्ती काल में भी सभा भूमिविवाद, धोखा, मृत्यु, पारुष्य, ऋण, उत्तराधिकार के अतिरिक्त युद्ध, शान्ति और साम्पत्तिक समस्याओं के विचार में भाग लेती रही।[१] उसके बाद 'राजा के न्याय' का सूत्रपात होता है। काठक संहिता में राजन्य शूद्र को दण्ड देने में अध्यक्षता करता है।[२] ब्राह्मणग्रन्थों में सभा की चर्चा कम हो जाती है लेकिन राजा विधि-नियन्त्रित रखा जाता है। धर्मसूत्रकाल में राजा न्यायिक प्रशासन का प्रधान स्पष्ट रूप में हो जाता है। राजा की केन्द्रीय शक्ति के साथ स्थानीय संगठनों की शक्ति सुरक्षित रखी जाती है। अब न्यायालयों का रूप सामने आने लगता है। गौतम ने १२वें अध्याय में प्रक्रिया का धुँधला संकेत दिया है। इस काल तक न्यायालयों का सर्वांगीण विकास नहीं होता। न्यायालयों का सर्वांगीण विकास कौटल्य द्वारा स्पष्ट होता है। कौटल्य के सामने न्याय की पृष्ठभूमि में कुछ समस्याएँ थीं। 'आदर्श सरकार' की स्थापना के साथ ऐसी अपराध-विधि की स्थापना करना था जो पूर्व परम्परा से चली आनेवाली विधि से अछूते विषय ग्रहण कर सके। अतएव न्यायिक प्रशासन में संगठन पर विशेष ध्यान दिया गया। न्यायालयों के संगठन के साथ राज्य और दण्ड का इस प्रकार

---

१. कृष्ण यजुर्वेद २।२।१।; २।३।१।; अथर्ववेद ७६।११७-११९।; वाज०सं० ३०।५।; अथर्ववेद ६।७५।१०३।

२. काठक संहिता २७।४।

समन्वय किया गया कि 'दण्ड और राज्य दोनों विधि की सीमा में बँधे रहें'। 'दण्डविहीन राज्य' कल्याणकारी राज्य के स्थानापन्न नहीं हो सका।

कौटल्य न न्यायालयों का कार्यक्षेत्र दो भागों में विभक्त किया—धर्मस्थीय और कण्टकशोधन। धर्मस्थीय में विवाह, स्त्रीधन, दायभाग, ऋण, दासकल्प, साहस, स्त्रीसंग्रहण, वाक्पारुष्य, दण्डपारुष्य और घूतसमाह्वय का परिगणन किया गया। जनपद सन्धि, संग्रहण, द्रोणमुख और स्थानीय चार न्यायालय नीचे से केन्द्र तक थे। तीन धर्मस्थ (विधिज्ञ) और तीन न्यायाधीश प्रत्येक न्यायालय में नियुक्त किये जाते थे। जनपद सन्धि में दो राज्यों एवं जनपदों की सीमा के विवाद रखे जाते थे। संग्रहण दस ग्राम, द्रोणमुख ४०० ग्राम और स्थानीय ८०० ग्रामों का न्यायालय था।[१] इनमें सीमा विवाद के साथ उक्त विषयों के विवादों का निर्णय किया जाता। न्यायाधीश निर्णय में विधि के अतिरिक्त

[१] धर्मस्थास्त्रयस्त्रयोऽमात्या जनपदसन्धिसंग्रहणद्रोणमुखस्थानीयेषु व्यावहारिकानर्थान्कुर्युः। अर्थशास्त्र ३।१।१। काणे (Vol. III P. 253) और आर. पी. कांगले ने 'अमात्यस्तर के तीन धर्मस्थ' अर्थ किया है। वस्तुतः न्यायालयों में सरकार से नियुक्त न्यायाधीशों के सभ्यों को किसी न किसी रूप में सभी मानते हैं। इस स्थिति में तीन जजों के साथ ३ धर्मस्थों का रहना आवश्यक है। स्वयं कांगले ने माना है कि १४ मुख्य अधिकारियों में प्रत्येक के तीन सहायक थे (Kangle, part II, p,18)। 'नरेन्द्रनाथ ला ने 'धर्मस्थास्त्रयस्त्रयोऽमात्या' के बाद 'वा' जोड़कर दूसरा अर्थ किया है (Studies....p. 118)। लेकिन अर्थशास्त्र में 'वा' देना होता तो कण्टकशोधन के ''प्रदेष्टारस्त्रयस्त्रयो वामात्या'' जैसा ही पाठ होता। सचिव, अमात्य और मन्त्री तीन शब्द हैं। प्रधान न्यायाधीश का स्तर मन्त्री का हो सकता है अमात्य का नहीं। कांगले इस भेद पर ध्यान नहीं देते। वस्तुतः कौटल्य न्यायिक प्रशासन में न्यायाधीशों और सभ्यों के माध्यम से सरकार और समाज को एक स्थान पर लाना चाहते हैं। धर्मस्थ संहिता-बद्ध विधि के व्याख्या, व्यवहार और राजशासन के साथ उसमें समन्वय करते हैं। अमात्य मजिस्ट्रेट जैसी स्थिति में थे। उनका विशेष सम्बन्ध 'राजशासन' का कार्यान्वयन था। यह स्मरण रखना है कि धर्मस्थीय में दण्डापराधविधि के भी विषय आते हैं।

देश, काल और वर्गों के आचार को प्राथमिकता देते थे।[1] दायभाग में देश के जाति, संघ और गावों के नियम के अनुसार ही निर्णय किया जा सकता था।[2] सामान्यतया निर्णय के आधार धर्म, व्यवहार, चरित्र और राजशासन थे।[3]

इनके अतिरिक्त ग्राम सभाओं के माध्यम से निर्णय होता था। ग्राम सभाओं में राज्य की ओर से न्यायाधीशों की नियुक्ति नहीं होती थी। गाँव के किसान गोपालक, वृद्ध तथा अन्य बाहर के अनुभवी पुरुष—एक या अनेक—निर्णय करते थे।[4] इन सभाओं के कार्य क्षेत्र में घर, खेत, बाग, सीमा विवाद, तालाब और बाँध सम्बन्धी अपराध थे। क्षेत्र की सीमा का विवाद ग्राम वृद्धों की सभा करती थी। यदि उनमें मतभेद हो जाय तो धार्मिक एवं पवित्र व्यक्ति, जिन्हें प्रजा स्वीकार करती हो, वे निर्णय कर सकते थे। इनके विकल्प में पंच निर्णय की व्यवस्था थी।[5] इनसे निर्णय न होने पर राज्य हस्तक्षेप कर सम्पत्ति अपने अधिकार में कर लेता था।[6] ग्रामों एवं अन्य सभाओं के साथ परिषद् भी न्याय करती थी। इसके कार्यक्षेत्र में जातीय विवाद आते थे।[7] न्यायालय प्रातः काल से प्रारम्भ होते थे। उनमें कार्यवाही लिखने के लिए लेखक था। शीघ्र न्याय की व्यवस्था थी। स्थानीय न्यायालयों से केन्द्र तक का परस्पर वैधानिक सम्बन्ध था।

धर्मस्थीय के अतिरिक्त कण्टकशोधन न्यायालय था। इसमें शिल्पी, व्यापारी, दैवी विपत्ति और चोरों से प्रजा की रक्षा, आशुमृतक परीक्षा, शुद्ध एवं चित्र दण्ड का परिगणन किया गया है। सामाजिक एवं राष्ट्रीय हित की अवहेलना कर अपने स्वार्थ की पूर्ति करनेवाले को कण्टक कहा गया है। उनसे समाज एवं राष्ट्र की रक्षा करना इस न्यायालय का कार्य था। इसीलिए इसे कण्टक-शोधन कहा गया। भारतीय न्यायपालिका में कौटल्य का यह प्रथम सफल प्रयोग था जिससे उन्होंने अपने युग की समस्या का व्यावहारिक समाधान किया। परिणाम यह हुआ कि मेगस्थनीज़ ने देखा कि भारत में अपराध होते ही नहीं।[8]

---

१. अर्थशास्त्र ३।१।१७। २. अर्थ० ३।७।४५।

३. अर्थशास्त्र ३।१।५१। ४. अर्थ० ३।९।१२।

५. क्षेत्रविवादं सामन्तग्रामवृद्धा कुर्युः। तेषां द्वैधीभावे यतो बहवः शुचयो अनुमता वा ततो नियच्छेयुः। मध्यं वा गृह्णीयुः॥ अर्थशास्त्र ३। ९। १६–१८।

६. तदुभयं परोक्तं वास्तु राजा हरेत्। अर्थशास्त्र ३। ९। १९।

7. Cambridge History of India, Vol. I. p. 485.

8. Indian Antiquary, 1877. pp. 131—2.

कण्टकशोधन के न्यायाधीश राजकर्मचारी के रूप में थे।[1] इस न्यायालय का मुख्य कार्य था—(१) हत्या एवं डाका जैसे गम्भीर अपराधों की सत्यता के के लिए आयोग नियुक्त करना, (२) विवेक एवं वैयक्तिक अधिकार से निर्णय को अन्यथा रूप देने से रोकना और (३) राजकर्मचारियों एवं न्यायाधीशों से किसी प्रकार की न्यायिक दुर्व्यवस्था का निरीक्षण करना। न्यायाधीशों पर इतना नियन्त्रण था कि वे न्यायालय में आये हुए वादी एवं प्रतिवादी को धमकाने, भर्त्सना करने, गाली या अपमानजनक जैसा व्यवहार नहीं कर सकते थे। वे अनावश्यक प्रश्न भी नहीं पूछ सकते थे। न्यायालयों के निरीक्षण के लिए समाहर्त्ता और प्रदेष्टा के स्वतन्त्र विभाग थे।[2] कण्टकशोधन न्यायालय को प्रायः दण्डापराधविधि (Criminal Law) का प्रथम न्यायालय माना जाता है। लेकिन धर्मस्थीय और कण्टकशोधन के विषय विभाग देखने पर स्पष्ट हो जाता है कि दण्डापराध विधि में जिनका परिगणन किया जाना चाहिए वे सब धर्मस्थीय के परिगणन में आ जाते हैं। धर्मस्थीय के कुछ विषय कण्टकशोधन में भी आय हैं। प्रमाण के लिए धर्मस्थीय में स्त्रीसंग्रहण के रहते हुए कण्टकशोधन में कन्या-प्रक्रम का परिगणन किया गया। लेकिन दोनों अपराध के दण्ड एवं प्रक्रिया के अन्तर देखने से स्पष्ट होता है कि दोनों में मात्रात्मक और गुणात्मक भेद उपलब्ध हैं। वस्तुतः कण्टकशोधन को दण्डापराधविधि के न्यायालय के स्थान पर पुलिस न्यायालय कहना अधिक उपयुक्त होगा। इस न्यायालय के द्वारा राजनीति एवं सामाजिक कण्टकों का शोधन होता था जिसमें पूर्ववर्त्ती परम्परा से असामान्य व्यवस्था थी।

एन० सी० बनर्जी के अनुसार 'राजशासन की शक्ति के विकास के बाद कण्टकशोधन का संगठन आवश्यक हो गया।[3] मोनहन के अनुसार इसमें सैनिक प्रशासन, जन सुरक्षा, निर्मम अपराधों की प्रक्रिया एवं दण्डापराधों का संमिश्रण कर दिया गया।[4] के० वी० रंगस्वामी आयंगर ने कण्टकशोधन का अनुवाद पुलिस न्यायालय किया है।[5] अन्य विद्वानों ने भी इसे पुलिस न्यायालय के समान

---

१. प्रदेष्टारस्त्रयस्त्रयो वामात्याः कण्टकशोधनं कुर्युः। अर्थशास्त्र ४।१।१। यहाँ 'वा' के प्रयोग से 'प्रदेष्टा या अमात्य' अर्थ पूर्ण स्पष्ट है।

२. अर्थशास्त्र ४। ९। 3. N. C. Banerjee: Kautalya, p. 76.

4. Monshan: Early History of Bengal, p. 110.

5. K. V. R. Aiyangar: Some Aspects of Ancient Indian Polity, p. 44.

ही माना है ।[1] वस्तुतः इस न्यायालय का संगठन कौटल्य ने देश की अशान्ति उत्पन्न करनेवाली शक्तियों को समाप्त करने के लिए विशेष रूप से किया है । इसका संचालन आदि विशेष न्यायालय के रूप में रहा है । इसमें दण्डापराध-विधि के विषय अवश्य आते हैं किन्तु उनका भी निर्णय पुलिस न्यायालय के ढंग से होता रहा ।

महाकाव्यों की सभा

रामायण काल तक परिषद् और सभा का पर्यवसान राजसभा में हो गया । इसीलिए अयोध्या और लंका दोनों की सभा को परिषद्, समिति और सभा भी कहा गया है ।[2] विभिन्न सभाओं के उल्लेख मिलते हैं । उनमें अयोध्या और लंका की सभा पर ध्यान देना आवश्यक है । अयोध्या में राजसभा सर्वोच्च न्याय की संस्था थी । प्रार्थी और श्रोता उसमें निःशुल्क प्रवेश पा सकते थे । सभा का कार्य प्रातःकाल प्रारम्भ होता था । राजा सभा का अध्यक्ष था । इसमें पुरोहित, शास्त्रज्ञ ब्राह्मण, व्यवहारज्ञ एवं धर्मपारज्ञ मन्त्री, नीतिविशारद क्षत्रिय, सेवा एवं परराष्ट्र विषयों के ज्ञाता नीतिज्ञ सभ्य, नैगमादि संघों के प्रतिनिधि एवं राजवंश के लोग भाग लेते थे । प्रार्थी के प्रवेश, निषेध और उपेक्षा करने पर राजा भी दण्डित हो सकता था ।[3]

बिना विवाद प्रस्तुत किये किसी को भी दण्ड नहीं दिया जा सकता था। राजा का प्रथम कर्तव्य न्याय देना एवं उसके लिए वातावरण प्रस्तुत करना था। निर्धन, धनवान् अथवा अन्य कारणों से न्याय में पक्षपात होने पर न्यायाधीश राजा पर नियन्त्रण करते थे । न्यायाधीशों को धर्मपालक कहा गया है। उनकी नियुक्ति आचरण एवं विधिज्ञान पर होती थी । वे घूसखोर न होकर निष्पक्ष होते थे । राजा की धर्मसभा में धर्ममन्त्री राजा के साथ बैठता था। वह मन्त्री पदेन न्यायसभा का भी सदस्य होता था ।[4] न्यायप्रार्थी को कार्यार्थी या कार्यिन्

1. Radha Kumud Mukerjee: Chandragupta Maurya and His Times.
२. परिषदः रामा० २।२।१; ६।१२।१; संसदः ६।११।२९, ३१; सभाः २।३।३५; २।८१।९; २।८२।३; २।३।३५; २।६७।२ ।
३. रामा० ७।५९।१।; ७।५३।५; ७।५९।३० आदि । ७।५३।१८ ।
४. रामा० ३।१००।५६, ५९; ४।१७।३२; २।१००।५८; ७।५९।३१; १।७।६, ९; १।७।१३; २।७५।५७। आदि ।

कहा गया है। सभा में निःशुल्क या बिना प्रतिबन्ध प्रवेश से न्याय पाने में विलम्बता का भी प्रमाण मिलता है। सभा में परस्त्री अपहरण, संरक्षित एवं न्यस्त संपत्ति का दुष्प्रयोग, स्तेय, ब्रह्महत्या, वृत्तिहरण, युद्धपलायन, स्त्री, वृद्ध आदि की हत्या से सम्बद्ध विषयों पर विचार किया जाता था। अपराधों के अनुसार दण्ड में भी भेद था। मृत्युदण्ड प्रायः प्रातःकाल दिया जाता था।[1]

राजा की अनुपस्थिति में पुरोहित अध्यक्षता करता था। सभा भवन में राजा और सभासदों के अलग अलग आसन थे। राजा का आसन राजासन और परमासन कहा जाता था। निर्णय के समय उसे धर्मासन कहते थे। सभासदों को आर्यमित्र, प्रकृति और कार्यगण कहा जाता था। इन्हें उपाधि के रूप में भी माना जा सकता है। दशरथ ने '**भवन्तः**' (२।२।२५) और रावण ने '**भवद्भिः**' (६।१२।२४) का प्रयोग सभासदों के लिए किया है। सभा में सर्वप्रथम राजा आता था। सभा में राज्य के विभिन्न घटकों के प्रतिनिधि थे उन्हें जनमुख्य कहा गया है। दशरथ की मृत्यु के बाद वशिष्ठ द्वारा बुलायी सभा में शूद्र प्रतिनिधि का उल्लेख नहीं है। उसमें द्विजाति एवं पौरजानपदों के प्रतिनिधि थे। नृग की सभा में भी मन्त्री, पुरोहित के साथ नैगम के प्रतिनिधि का उल्लेख है।[2] रावण ने तीन प्रकार के राजाओं का उल्लेख किया है–(१) मन्त्री एवं विभिन्न वर्गों के प्रतिनिधियों से विमर्श कर कार्य करनेवाला, (२) अपने निर्णय पर और (३) आवेश में कार्य करनेवाला। वह 'प्रथम' को श्रेष्ठ मानता है। उसके अनुसार मन्त्रियों से पूर्ण विमर्श कर निर्विरोध मत पर कार्य करना चाहिए।[3] रावण के सभागमन के समय जय-जयकार होता था। सदस्य सभाभवन के पास यान से नहीं, पैदल जाते थे। सभाभवन में वे राजा को प्रणाम करते थे। सभी का मुख राजा की ओर होता था। वे अनावश्यक और असत्य भाषण नहीं कर सकते थे। जोर से बोलने पर भी प्रतिबन्ध था। सभा की कार्यवाही रावण के भाषण से प्रारम्भ होती थी। देर से पहुँचने पर कुम्भकर्ण ने सभा से क्षमा माँगी थी। सीताहरण के प्रश्न पर कुम्भकर्ण न रावण की आलोचना की थी। उसके अनुसार 'इस कार्य की पूर्व सूचना रावण ने सभा को

---

1. रामा० ७।२३।१८; ७।५५।१५; ७।५९।११; ४।५५।१०; ५।२६।१२; ५।२८।७।
2. रामा० २।२५।२४; २।८२।१, १७, १९; २।१।४५; ६।११।१७; २।२।४९; २।२।८१।१२; २।१००।४१; ७।५४।५।
3. रामायण ६।६।१२।

नहीं दी।" लेकिन वह इसे राजा की प्रतिष्ठा का प्रश्न समझकर रावण की सहायता के लिए सभा से अनुरोध करता है। विभीषण को छोड़कर सभी सदस्यों ने रावण की नीति का समर्थन किया। फलतः रावण विभीषण पर राजद्रोह का अभियोग लगा उसकी सदस्यता समाप्त कर अपनी नीति का निर्विरोध समर्थन प्राप्त कर सका। लंका की सभा में शान्ति रक्षा के लिए सभा में दण्डायुधधर की व्यवस्था थी।[१] बन्धन एवं वध शब्द से अयोध्या में दण्डायुधधर का अस्तित्व माना जा सकता है किन्तु इससे सभा में उनकी उपस्थिति का प्रमाण नहीं मिलता। प्रतारण (Torture) के समय उनका उपयोग अवश्य किया जाता था। इस प्रकार का प्रयोग रावण ने सीता के साथ राक्षसियों से कराया था।[२] सैनिक एवं व्यवहारविधि में प्रमाण के लिए चरों का भी प्रयोग लंका की सभा में अधिक होता था।[३]

महाभारत में सभा पर्व है। उसमें दुर्योधन की सभा के अतिरिक्त इन्द्र, यक्ष, वरुण, कुबेर एवं ब्रह्मा की सभा का वर्णन है। इनमें न्यायिक प्रशासन पर ऐसा प्रकाश नहीं पड़ता जो लौकिक सभाओं में न हो। वस्तुतः महाभारतकालीन राजतन्त्रात्मक राजसभा का ही वर्णन देवताओं की सभा में हुआ है।[४] दुर्योधन की सभा में वैदिक काल के कुछ सूत्र पाये जाते हैं। वैदिक सभा को द्यूतकक्ष कहा गया है। दुर्योधन की सभा में शकुनि के माध्यम से कौरवों एवं पाण्डवों का द्यूत हुआ था। सभा न्यायालय के अतिरिक्त अन्य कार्य करती थी। दुर्योधन की सभा में द्रौपदी के वस्त्र हरण तक का प्रयास किया गया। द्रौपदी ने अपने अधिकार के सम्बन्ध में सभासदों से प्रश्न किया। समाधान करने के लिए वृद्ध सभासद् भीष्म न अपनी असमर्थता व्यक्त की।[५] द्रौपदी के अधिकार सम्बन्धी प्रश्न पर विदुर आदि ने अपना मत व्यक्त किया है। स्पष्ट है कि सभा में प्रत्येक सभासद् अपने विचार व्यक्त करने का अधिकार रखता था; सम्भव था कि उनमें वैचारिक मतभेद भी हो। सभासदों के चुनाव में उनकी वैधानिक योग्यता के साथ चारित्रिक योग्यता भी आवश्यक थी।

महाकाव्यों की सभा न्याय के साथ नीति निर्देशन का कार्य करती रही। अर्थशास्त्र की सभाओं में उन्हें न्यायालय का रूप दिया गया और उन्हें राजा से स्वतन्त्र करने का प्रयास किया गया। महाकाव्यों में धर्मसूत्रों से विकसित

---

१. रामा० ५।४।१७। २. रामा० ५।२६।१२। ३. रामा० २।१००।३६।
४. महा० सभा पर्व, अध्याय ७, १० और ११।
५. महा० २।६४।४६-४७।

होनेवाली धर्मशास्त्रों की परम्परा का अधिक प्रभाव है। अतएव इनमें राजा का सभा से अनिवार्य सम्बन्ध रहता है। न्यायालय राजसभा का अंग ही बना रहता है। सभा न्याय के साथ राजनीतिक एवं सामाजिक कार्य करती रहती है। वह राजा की परामर्शदात्री संस्था एवं नीति निर्देशन करनेवाली विचारगोष्ठी आदि के रूप में संगठित थी। कार्य विशेष से उसके स्वरूप में भी भेद हो जाता था। वही न्यायालय का रूप धारण करती और वही राजा की परामर्शदात्री परिषद् भी हो जाती।

केन्द्रीय सभा

धर्मसूत्रों के बाद सभा का स्वरूप जिस प्रकार विकसित होता है उसमें राजा प्रधान न्यायाधीश और न्यायिक प्रशासन का भी प्रधान हो जाता है। फलतः वह न्याय का अन्तिम आस्पद हो गया। सभा केवल न्यायालय नहीं थी। लेकिन राजा की प्रशासनिक शक्ति के विकसित होने से न्यायिक कार्य अलग होने लगे। फलतः न्यायसभा का संगठन भी हुआ। धर्मसूत्रों से धर्मशास्त्रों तक न्यायसभा के समय, भवन, स्थिति के नियम आदि निर्धारित किये गये। अब केन्द्रीय न्यायालय राजसभा के रूप में हो गया।

सभाभवन

सभाभवन की दो धाराएँ मिलती हैं—अर्थशास्त्र और धर्मशास्त्र। अर्थशास्त्र परम्परा में न्यायालय राजभवन से स्वतन्त्र था। कौटल्य ने उसे **'धर्मस्थ महामात्रीयम्'** कहा है। सभाभवन के पास सभ्यों के निवास, स्नान एवं सुरक्षा की व्यवस्था के साथ पूजन स्थान था। शाला सार्वजनिक स्थान था। आपस्तम्ब के अनुसार सभा भवन एक तरफ से दूसरी तरफ, अन्दर से बाहर तक दिखाई देना चाहिए।[1] धर्मशास्त्रकारों ने राजभवन (दुर्ग) को मध्य में माना है। उसका निर्माण वास्तुशास्त्र के अनुसार होना चाहिए। सभाभवन विभिन्न प्रकार से सजा हुआ हो। उसमें देवप्रतिमा, अग्नि, पुष्पमाला, जल आदि की व्यवस्था हो। सभाभवन पूर्वाभिमुख हो। आपस्तम्ब के अनुसार उत्तर से दक्षिण की ओर सभा भवन होना चाहिए और उसका मुख दक्षिण की ओर हो। सभा का कार्यकाल प्रातः काल था। साढ़े चार घण्टे तक उसमें कार्य किया जाता। ४ दिन न्यायालय बन्द रहता था। कृष्ण पक्ष की चतुर्दशी और अमावस्या को न्यायालय में दिन भर कार्य होता। कुछ धर्मशास्त्रकारों ने

---

१. यथोभंयां संदृश्यत बहिरन्तरं चेति। आप० ध० सू० २।१०।२५।५।

अष्टमी और अमावास्या को भी छुट्टी का विधान किया है। इस मत से मास में छः दिन न्यायालय बन्द रहते थे।[1]

संगठन

बृहस्पति ने सभा के १० अंग माने हैं—राजा (दण्ड देनेवाला), प्राड्विवाक (प्रधान न्यायाधीश), सभ्य (कार्य की परीक्षा कर प्राड्विवाक की रक्षा करनेवाला), स्मृति (जिससे विधि निर्णय होता), स्वर्ण और अग्नि (शपथ के लिए), जल (प्यास और भूख शान्त करने के लिए), गणक (द्रव्य की गणना करने के लिए), लेखक (कार्यवाही लिखनेवाला), पुरुष या साध्यपाल (सभा, अभियुक्त एवं साक्षियों को प्रस्तुत करनेवाला)। इनकी सावयव तुलना भी की गयी है। सभा में राजा मूर्धा, प्राड्विवाक मुख, सभ्य बाहु, स्मृति हस्त, गणक और लेखक जघन, स्वर्ण, अग्नि और जल को हृदय तथा पुरुष को पाद कहा गया है।[2] इसी क्रम से सभाभवन में राजा और कर्मचारी बैठते भी थे।[3]

राजसभा केन्द्रीय न्यायालय थी। इसका अध्यक्ष राजा या उससे नियुक्त प्राड्विवाक होता था। पहले इस पद पर नियुक्ति विवाद प्रस्तुत होने पर होती थी। आगे चलकर स्थायी पद बना दिया गया। इस प्रकार राजा, न्यायाधीश और कुछ धार्मिक सभ्यों के साथ न्यायालय का संचालन किया जाता था। राजा के उपस्थित रहने पर भी निर्णय प्राड्विवाक करता था लेकिन कार्यान्वियन का उत्तरदायित्व राजा पर था। राजा या प्राड्विवाक अकेले न्याय नहीं करते थे। उनकी संख्या निश्चित थी और परिस्थिति के अनुसार बदलती थी। राजसभा में मूल विवाद और अपील दोनों प्रस्तुत किये जाते थे। मल विवाद में प्रायः राजधानी की सीमा और अपील में नीचे की अदालतों में हुए निर्णय पर विचार किया जाता था। इसके अतिरिक्त राजसभा प्रान्तीय एवं स्थानीय न्यायालयों का कार्य निर्देशन भी करती थी। इन अदालतों का प्रधान न्यायाधीश केन्द्र से नियुक्त होता था।[4]

अन्य न्यायालय

अन्य न्यायालयों को बृहस्पति ने चार भागों में रखा है—प्रतिष्ठिता,

---

१. बृहस्पति २। १७–१९।; आप० २। १०। २५। ६–७।

२. बृहस्पति १। ५–८।

३. सभा में बैठने के स्थान के लिए द्रष्टव्य, काशीप्रसाद जायसवाल : मनु एण्ड याज्ञवल्क्य, पृ० ११२।

४. बृहस्पति १। ३०।

अप्रतिष्ठिता, मुद्रिता और शासिता। इनके क्रम के साथ सभ्य भी चार प्रकार के होते हैं। ग्राम एवं पुर के न्यायालय को प्रतिष्ठिता और चला (दौरा अदालत) को अप्रतिष्ठिता कहते हैं। राजमुद्रा और अध्यक्ष से युक्त न्यायालय मुद्रिता और राजा से युक्त शासिता है।[1] बृहस्पति के परिगणन में दो सभाएँ स्थानीय हैं जिनमें कुल, श्रेणी, गण और पूग की सभाएँ सम्मिलित हैं। याज्ञवल्क्य भी इसी प्रकार का परिगणन मानते हैं।[2] नारद एवं बृहस्पति के परिगणन एवं क्रम में अन्तर नहीं है।

स्मृतिचन्द्रिका ने दो प्रकार के न्यायालय माना है—श्रेष्ठ-निर्णय-स्थान और जघन्य-निर्णय-स्थान। श्रेष्ठ-निर्णय-स्थान में राजा स्वयं उपस्थित रहता था या राजा के स्थानापन्न प्राड्विवाक अध्यक्षता करता था। इसे सभा ही कहा जाता और इसमें प्राडविवाक—राजा के साथ या अकेले—सभ्य, सभासद्, गणक, लेखक और पुरुष उपस्थित रहते थे। राजा यदि क्षत्रिय है तो स्वयं, नहीं तो ब्राह्मण के बिना न्याय नहीं कर सकता। भृगु के वचन उद्धृत करते हुए स्मृतिचन्द्रिका ने जघन्य न्यायालयों में १० का परिगणन किया है—अरण्य, सार्थिक, सैनिक, कुलिक, ग्राम, पुर, गण, श्रेणी, चातुर्विद्य और वर्गी। भृगु पर टीका करते हुए स्मृतिचन्द्रिका ने लिखा है कि इनमें ५ जातीय न्यायालय हैं। इनमें वर्ग-विशेष के न्याय होते थे। वर्ग ही अपने विषय में प्रमाण थे। उनसे ही संगठन होता था। भृगु के वचन पर माधवीय ने अपना मत व्यक्त किया है कि उच्च न्यायालय राजा के गृह के समीप होते हैं।[3] व्यवहार उद्योत ने माना

---

1. प्रतिष्ठिताऽप्रतिष्ठिता मुद्रिता शासिता तथा।
चतुर्विधा सभा प्रोक्ता सभ्याश्चैव तथाविधाः॥
प्रतिष्ठिता पुरे ग्रामे चलानामप्रतिष्ठिता।
मुद्रिताध्यक्षसंयुक्ता राजयुक्ता च शासिता॥ बृ० १। २–३।

2. याज्ञ० २।३०।

3. आरण्यास्तु स्वकैः कुर्युः सार्थिकास्सार्थकैस्तथा।
सैनिकास्सैनिकैरेव ग्रामेऽप्युभयवासिभिः॥
उभयानुमतं चैव गृह्णते स्थानमीप्सितम्।
कुलिकास्सार्थमुख्याश्च पुरग्रामनिवासिनः॥
ग्रामपौरगणश्रेण्यश्चातुर्विद्यश्च वर्गिणः।
कुलानि कुलिकाश्चैव..........॥ धर्मकोश १, पृ० ५५।
राजगृहसमीपवर्तिनः सभास्थान्मुख्यादन्यान्यमुख्यान्याह भृगुः॥

है कि पाँच वर्गीय और पाँच सामान्य न्यायालय थे—**'आरण्यकादीनां पञ्चानां तत्तत्कलहनिर्णयस्थानत्वं······ग्रामादिदशानां तु सकलनिर्णयविवादस्थानत्वम् ।।'**

बृहस्पति एवं नारद के समान याज्ञवल्क्य ने स्थानीय न्यायालयों को महत्त्व दिया है।[1] इसमें 'साहस' पर विचार नहीं क्रिया जा सकता। ये वाग्दण्ड, धिग्दण्ड और परित्याग का दण्ड दे सकते हैं। इनमें राजद्रोह आदि विषयों पर विचार हो सकता है। स्थानीय सभाओं का निर्णय, तत्तत् स्थानों एवं वर्गों के ही व्यक्ति से होता, जिसके गुण दोष का पता जनता को रहता और उसे भी विवादग्रस्त पक्षों की उचित जानकारी रहती। दोनों पक्षों से सम्मत निर्णायक उपयुक्त होते हैं। इसी प्रकार आरण्यकों के विवाद में आरण्यक, व्यापारियों में व्यापारी, सैनिकों में सैनिक निर्णायक आवश्यक माने गये हैं।[2] समाज में परम्परा, सम्प्रदाय, आचार आदि के आधार पर कुछ ऐसे संघटन बन जाते हैं, जिनका सामान्य नियमों से मेल नहीं खाता। उनके विवाद में उन्हें ही प्रमाण माना जाता और उनके प्रतिनिधियों से ही सहायता लेनी पड़ती है। व्यापारी, कृषक, कलाकार, सूदखोर, व्यापारी संघ, नर्तक, उपासना के विभिन्न सम्प्रदायों (**लिङ्गिनः**) के सदस्य तथा तस्कर अपने विवाद का निर्णय अपने अपने नियम के अनुसार करते रहे हैं।[3] तपस्वियों के विवाद का निर्णय वेदशास्त्रज्ञ और योग-मायाविदों का निर्णय उन्हीं के द्‌वारा होता रहा। इनके विवाद में इन्हीं वर्गों तथा स्थानों की साक्षी भी ली जाती थी।[4] ग्रामों की सीमा तथा स्थानीय संघटन सम्बन्धी विवादों में ऐसे ही लोगों की साक्षी ली जाती जिन्हें उनके सम्बन्ध में जानकारी हो और उससे सम्बद्ध हों।[5]

डॉ० पी० एन० सेन ने इन न्यायालयों को स्थानीय (Local Court) माना है। इनमें अधिकृत शक्ति निश्चित रूप में रहती है।[6] इस पर टीका

---

१. याज्ञ० २। ३० पर मिताक्षरा।

२. शुक्र० ४। ५। २४।

३. कीनाशाः कारुकाः शिल्पिकुसीदिश्रेणिनर्त्तकाः।
लिङ्गिनस्तस्कराः कुर्युः स्वेन धर्मेण निर्णयम् ।।
तपस्विनां तु कार्याणि त्रैविद्यैरेव कारयेत्।
मायायोगविदां चैव न स्वयं कोपकारणात् ।। बृ० १। २५–७।

४. मनु० ८।६२।

५. याज्ञ० २। १५०–२।; मनु० ८।२५८, २५९, २६२।; कौ० ३।९।

६. P. N. Sen : Hindu Jurisprudence, p. 363.

करते हुए वरदाचार्य लिखते हैं कि 'यदि सेन महोदय अधिकृत का तात्पर्य राजा से अधिकृत समझते हैं तो यह उनका भ्रम है।'[१] डॉ० कृष्णस्वामी आयंगर, डॉ० मीनाक्षी, डॉ० अल्तेकर, नीलकान्त शास्त्री तथा अन्य विद्वानों ने इस पर विचार किया है।[२] इनमें अधिकतर विद्वानों ने माना है कि स्थानीय न्यायालयों में राजा का हस्तक्षेप—स्थानीय संगठन के अनुकूल होता रहा लेकिन यदि एक व्यक्ति भी स्थानीय विधि से परिचित हो तो वह निर्णय दे सकता है।[3] वस्तुतः इस प्रश्न पर विचार ऐतिहासिक पृष्ठभूमि में करना आवश्यक होगा। वैदिक काल में स्थानीय न्यायालयों को ऐसी शक्ति रही होगी। लेकिन उत्तर वैदिक काल से ही ग्रामणी राजा नियुक्त करता रहा। धर्मसूत्रों के बाद राजशक्ति व्यापक रूप में सामने आती है और स्थानीय न्यायालयों के साथ 'एक विद्वान् व्यक्ति' भी राजा से अधिकृत होना आवश्यक हो गया।[४]

वर्गीय न्यायालय

स्थानीय न्यायालयों में कुल, श्रेणी और गण तीन मुख्य थे। इनमें गण-सभा सबसे उच्च थी।[५] न्यायाधीश राजा से अधिकृत होते थे। आधुनिक पंचायतों के समान इनका स्वरूप था।[६] डॉ० मुकर्जी, जायसवाल और डॉ० दीक्षितार जैसे विद्वानों ने इन शब्दों की व्याख्या की है। इनकी व्याख्याओं के आधार टीकाकारों एवं शिलालेखों के उपलब्ध साहित्य हैं। टीकाकारों

---

1. S. Vardachariar : Hindu Judicial System, p. 91.
2. K. P. Jayaswal : Hindu Polity, Ch. 13.; Dr. Mukerjee Local Government in Ancient India, pp. 20-30. and 132-42.; P. V. Kane : History of Dharmashastra, Vol. II. p. 66.
3. Dr. Mukerjee : Local Government in Ancient India, p. 135.
४. नृपेणाधिकृता पूगाः श्रेणयोऽथ कुलानि च। बृ० १।२८।; या० २।३०।; राज्ञश्चाधिकृतो विद्वान् ब्रह्मणस्तां सभां विदुः। मनु० ८।११।
५. कुलानि श्रेणयश्चैव गणश्चाधिकृतो नृपः।
प्रतिष्ठा व्यवहाराणां गुर्वेभ्यस्तूत्तरोत्तरम्॥ नारद० १।७।
बृहस्पति और याज्ञवल्क्य ने गण के स्थान पर पूग शब्द दिया है। बृह० १।२८।; याज्ञ० २।३०।
6. Kane : History of Dharmashastra, Vol. III. p. 280.

ने **'कुलानि'** का अर्थ 'सम्बन्धियों का समूह, मध्यस्थ पुरुष, पितृ परम्परा या कौटुम्बिक सम्बन्ध से बँधे व्यक्तियों की सभा 'कर्षक' किया है।'[१] इनकी व्याख्याओं से स्पष्ट होता है कि **'कुलानि'** से तात्पर्य उस कर्मचारी से है जो ८ या १० ग्राम समुदाय की सभा की अध्यक्षता करता और वृत्ति के रूप में एक कुल के अनुपात से भूमि लेता।[२] दामोदरपुर ताम्रपत्र में लिखा है कि 'विषयपति नगर श्रेष्ठी, प्रथम कुलिक और प्रथम कायस्थ की सहायता ले।'[3] इसी प्रकार कुमारगुप्त प्रथम के शासन में **'ग्रामकुलाधिकरणम्'** का उल्लेख हुआ है।[४] साँची के चन्द्रगुप्त द्वितीय के पाषाण स्तम्भ में पंचायत को 'पंचमण्डली' कहा गया है।[५]

श्रेणी शब्द का अर्थ है 'समानपेशा या कार्य करनेवालों का संघ चाहे वे विभिन्न जातियों के सदस्य हों।' व्यवहारमयूख (पृ० २८०) ने कलाकारों एवं व्यापारियों के संघ को श्रेणी कहा है। पूग का अर्थ है 'एक स्थान के विभिन्न जातियों एव पेशों के लोगों का संघटन।' व्यवहारप्रकाश ने (पृ० ३०) गण और पूग को एक ही माना है। कात्यायन दोनों में अन्तर इस प्रकार करते हैं 'गण कुलों का संघ है और पूग व्यापारियों का संघ।'[६] याज्ञवल्क्य के अनुसार पूग, श्रेणी और कुल में कुल पहली सभा है और पूग सबसे उच्च।[७] इनमें क्रमशः विचार और पुनर्विचार होता है। इस पर टीका करते हुए सुबोधिनी ने लिखा है 'व्यवहार करने में समर्थ होने से नृप ही सबसे बलवान है और अन्य न्यायालय अपने सामर्थ्य के अनुसार दुर्बल और बली हैं।' यहाँ सामर्थ्य शब्द से स्पष्ट है कि राजा न्यायिक प्रशासन में सर्वोच्च है।[८] इतना अवश्य है कि इन न्यायालयों के संगठन में उसे स्वतन्त्रता

---

१. मनु० ७।११९। पर कुल्लूक और ८।२। पर मेधातिथि।; व्यवहार प्रकाश, पृ० २९; तथा अपरार्क, स्मृतिचन्द्रिका, आदि।

2. History of Dharmashastra, Vol. III. p. 290.

3. E. I. Vol. 15, p. 130.

4. R. I. Vol. 17, p. 345 and 348.

5. Gupta Inscriptions, p. 29, 31.

६. उद्धृत स्मृतिचन्द्रिका, पृ० १८; परा० मा० ३, पृ० ३५२; व्य०र०, पृ० ६६८।

७. याज्ञ० २।३०।

८. एस० वरदाचार्य अपने पक्ष के समर्थन में कात्यायन के कुछ वचनों पर सन्देह व्यक्त करते हैं। उनके अनुसार सामर्थ्य का अर्थ स्पष्ट नहीं है। वे उस काल तक इन न्यायालयों से राजा के सम्बन्ध होने में

नहीं थी। वह इनके न्यायाधीश की नियुक्ति में कुछ नियमों की सीमा में बद्ध था। मुद्रिता और शासिता में राजा को संगठन सम्बन्धी विपुल अधिकार थे। बृहस्पति के अनुसार 'कुलादि से सभ्य, सभ्यों से अध्यक्ष और अध्यक्षों से राजा अधिक अधिकार रखता है।'[१] कुल आदि न्यायालयों से असन्तुष्ट होने पर राजसभा में प्रार्थना कर सन्तोष पाना चाहिए क्योंकि वही अन्तिम न्यायालय है।[२] लेकिन छोटी सभा से राजसभा में सीधे विवाद न जाकर क्रम से ही जा सकता है।[३] इस प्रकार देखते हैं कि वर्गीय न्यायालयों के साथ उनकी स्वतन्त्रता की सुरक्षा करते हुए भी केन्द्रीय न्यायालय का सम्बन्ध था। वर्गीय न्यायालयों से विवाद न समाप्त होने पर उनके भी विषय अन्तिम रूप से केन्द्रीय न्यायालय में सुलझाये जाते थे और वह उनके विषय में भी सर्वोच्च न्यायिक संस्था थी।

न्यायालय के नियम

न्यायालय के नियम बड़े शिष्ट थे। न्यायाधीश या सभ्य वादी प्रतिवादी से उनके वैयक्तिक जीवन या व्यवहार के सम्बन्ध में कुछ नहीं पूछ सकते थे। यदि वे ऐसा करते तो उन्हें जुर्माना देना पड़ता। उनसे वे एकान्त में भी कुछ बात नहीं कर सकते थे।[४] कौटल्य ने धर्मस्थों एवं प्रदेष्टाओं को उक्त अपराध में अर्थदण्ड के साथ शारीरिक दण्ड का भी विधान किया है।[५] सभ्य

ही सन्देह करते हैं; अतएव इस प्रकार की अस्पष्टता दिखायी पड़ती है। हिन्दू जूडिशल सिस्टम, पृ० ९२। वस्तुतः सामर्थ्य का उक्त अर्थ स्पष्ट है और धर्मसूत्रों के बाद राजा न्यायिक प्रशासन का प्रधान हो चुका था।

१. कुलादिभ्योऽधिकाः सभ्यास्तेभ्योऽध्यक्षोऽधिकः कृतः।
सर्वेषामधिको राजा धर्मं यत्नेन निश्चितम्॥ बृ० उद्धृत व्य० प्र०, पृ० ३०।

२. पितामह, उद्धृत व्य० नि०, पृ० १५।

३. कुलादिक्रमेणैव व्यवहाराणां राजगामिता द्रष्टव्या। धर्मकोश १, पृ० ४१।

४. अनिर्णीते तु यद्यर्थे सम्भाषते रहोऽर्थिना।
प्राड्विवाकोऽथ दण्ड्यः स्यात्सभ्याश्चैव विशेषतः॥
कात्या० उद्धृत अपरार्क पृ० ६०४; व्य० मा० पृ० २८३; परा० मा० ३।३५।

५. कौटल्य ४।९।

निर्णय में विधान के प्रतिकूल, मित्रता, लोभादि किसी कारण से यदि निर्णय देते हैं तो उन्हें दुगुना दण्ड दिया जाता।[१] घूस लेकर निर्णय देनेवाले सभ्यों को वृहस्पति ने उनकी सम्पत्ति छीन कर उन्हें देश-निकाले का विधान किया है। सभ्यों के अनुचित निर्णय से जो क्षति हो सकती हो उसकी पूर्ति का उत्तरदायित्व सभ्यों पर ही होता था।[२] सभ्य या लेखक की अन्यथा बुद्धि से निर्णय पर प्रभाव पड़ने पर उन्हें चोर का दण्ड दिया जाता।[३] लोभ आदि कारणों से सभ्य यदि अनुचित निर्णय देते हैं तो उनपर जुर्माना करके उन्हें पद-मुक्त कर देना आवश्यक था। यदि न्यायाधीश इस प्रकार का व्यवहार करते तो उनपर एक हजार पण का आर्थिक दण्ड किया जाता।[४] जज घूस लेकर निर्णय न करें इस पर कठोर नियन्त्रण था।[५] कौटल्य ने प्रदेष्टा और धर्मस्थों पर दृष्टि रखने के लिए गुप्तचरों की विशेष व्यवस्था की और अपराध ज्ञात होने पर देश-निकाला का विधान किया।[६]

निर्णय में यदि सभी न्यायाधीश एकमत हैं, तो उसे प्रामाणिक (निःशल्य) निर्णय माना जाता और मतभेद होने पर सशल्य।[७] जैमिनी का उद्धरण देते हुए व्यवहारप्रकाश ने न्यायाधीशों में बहुमत से हुए निर्णय को भी प्रामाणिक माना है।[८] अपरार्क ने गौतम के वचन से निष्कर्ष प्रस्तुत किया है कि यदि न्यायाधीशों में मतभेद है तो राजा 'त्रैविद्य वृद्धों' अर्थात् तीन वेद के ज्ञाता वृद्धों से उचित निर्णय प्राप्त करने के लिए परामर्श करे और उनके मत के अनुसार निर्णय दे।[९] सभा में दर्शकों के लिए भी योग्यता निर्धारित थी। कुल, श्रेणी,

---

१. याज्ञ० २।४।; नारद० १।६७।; कात्या० ७९-८०।

२. कात्यायन० ८१। ३. शुक्र० ४।५।६३-६४। ४. शुक्र० ४।५।२८२।

५. बौधा० ध०सू० १।१०।३०-३१।; मनु० ८।१८-१९।; नारद० ३।१२-१३।; व्य० तत्त्व पृ० २००।; दशकुमारचरित ८, पृ० १३१।

६. कौ० ४।४।

७. यत्र सभ्यो जनः सर्वः साध्वेतदिति मन्यते।
स निःशल्यो विवादः स्यात् सशल्यः स्यादतोऽन्यथा ॥ नारद० ३।१७।

८. संख्यावैषम्ये तु भूयोऽल्पविरोधे भूयसां स्यात्सधर्मत्वमिति न्यायेन विप्रतिपत्तावधिकसंख्यावचनमादरणीयं गुणसाम्ये ॥ व्य०प्र०, पृ० २७।
विप्रतिषिद्धधर्माणां समवाये भूयसां स्यात्सधर्मत्वम् ॥ जै०सू० १२।२।२२।

९. विप्रतिपत्तौ त्रैविद्यवृद्धेभ्यः प्रत्यवहृत्य निष्ठां गमयेत् ॥ गौ० ११।२५।; विचारकाणामन्योन्यविप्रतिपत्तौ त्रैविद्यवृद्धेभ्यः समधिगतचतुर्दशविद्या-

पूग आदि के प्रतिनिधि वणिक् तथा अन्य व्यावसायिक संगठनों के प्रतिनिधि, धनी, कुलीन, शीलवान् आदि न्याय सुनने तथा देखने के लिए अधिकारी माने गये हैं। निर्णय में अपेक्षा होने पर उनसे भी मत लिया जाता और उसे निर्णय में महत्त्वपूर्ण स्थान रहता।[1] मृच्छकटिक में कायस्थ और श्रेष्ठियों को न्यायाधीश की सहायता करते हुए दिखाया गया है।

न्यायालयों के संगठन के लिए उनका विकास देखते हुए स्पष्ट होता है कि केन्द्रीय न्यायालय अन्त तक राजसभा के रूप में था। उसका प्रधान राजा था किन्तु वह अकेले कार्य नहीं कर सकता था। प्राड्विवाक एवं सभ्यों की सहमति अनिवार्य थी। इसके अतिरिक्त केन्द्रीय न्यायालय सभा का ही अंग था और सभा को नीति निर्देशन में भी महत्त्वपूर्ण स्थान था। फलतः केन्द्रीय सभा केवल न्यायकक्ष नहीं थी। स्थानीय न्यायालयों को पर्याप्त स्वतन्त्रता थी। लेकिन उत्तरवर्ती काल में उनका संगठन केन्द्रीय निर्देशन में होने लगा। यह निर्देशन इस प्रकार का नहीं था कि न्याय व्यवस्था का केन्द्रीकरण करता हो। इससे केन्द्र एवं स्थानीय न्यायपालिका में एकसूत्रता लाने का प्रयास किया गया। राज्यशक्ति के विकास के साथ यह स्थिति और विकसित होती गयी।

केन्द्रीय न्यायसभा का प्रधान राजा होता है किन्तु वह न्यायिक प्रशासन में विधि के नियन्त्रण में ही कार्य करता है। उसकी इच्छा निर्णय का आधार नहीं बन पाती। वह निर्णय में अकेले नहीं रहता। स्थानीय न्यायालयों के निर्देशन में भी उसकी इच्छा नहीं, विधि का स्थान रहता है। न्यायिक संगठन में नियुक्तियाँ उससे होती हैं किन्तु नियुक्तियों की योग्यता वह नहीं निर्धारित करता। अतएव केन्द्रीय न्यायालय 'राजसभा' का वह रूप नहीं पा सका जिसमें राजा की निरंकुश शक्ति हो। वह न्यायालयों के नियमों का उल्लंघन नहीं कर सकता था चाहे वे स्थानीय, वर्गीय एवं केन्द्रीय न्यायालय ही क्यों न हों। धर्मसूत्रों से व्यवहार एवं अपराधविधि स्वतन्त्र होने लगी।[2] उस समय इनका भेद

स्थानेभ्यः न्यायं प्रत्यवहृत्यावगम्य व्यवहारं निष्ठां समाप्तिं निर्णयं गमयेत्॥ अपरार्क० पृ० ५९९।

1. कुलशीलवयोवृत्तवित्तवद्भिरमत्सरैः। वणिग्भिः स्यात्कतिपयैः कुलभूतैरधिष्ठितम्। श्रोतांशे वणिजस्तत्र कर्तव्या न्यायदर्शिनः। कात्या० उद्धृत, मिता० याज्ञ० २।२। पर।

2. तथा च गौतमसूत्रम्। द्विरुत्थानतो द्विगतिरिति। व्यवहार इत्यनुषज्यते। तत्र निबन्धकारेणोक्तम्—ऋणादानादिदायविभागान्तानां देयनिबन्धनत्वं

पूर्णरूप से स्पष्ट नहीं होता। स्मृतियों ने इनका भेद स्पष्ट किया। उन्होंने अर्थ-वाद (Civil) और हिंसावाद (Criminal) को अलग किया।[1] लेकिन इनके लिए स्वतन्त्र न्यायालयों की व्यवस्था नहीं थी। कौटल्य के कण्टकशोधन को अपराधविधि का न्यायालय माना जाता है। लेकिन उसे पुलिस न्यायालय ही मानना उपयुक्त होगा। धर्मस्थीय के विषयों में अपराधविधि के अंश आ जाते हैं। अतएव यह नहीं कहा जा सकता कि जिस प्रकार विवाद के विषयों में 'अर्थ और हिंसा' का विभाग हुआ उसी प्रकार इनके न्यायालय भी स्वतन्त्र हो गय थे।

साहसादिपञ्चकस्य दण्डनिबन्धनत्वमिति द्विरुत्थानतेत्यर्थ इति। स० वि०, पृ० ५१।

१. द्विपदो व्यवहारः स्याद्धनहिंसासमुद्भवः।
द्विसप्तकोऽर्थमूलस्तु हिंसामूलश्चतुर्विधः॥ स्मृ० चं० २, पृ० ९; याज्ञ० २।२३।

अध्याय | ६

अपराध

अपराध और उसका विकास

आरम्भिक समाजों में भी दूसरों के हित समाप्त करने की क्रिया अनुचित समझी जाती रही। वध, चोरी आदि शाश्वत रूप से सर्वत्र अनुचित माने गये हैं। प्रारम्भिक समाज में दैवी भावना का अधिक प्रभाव रहने से उचित और अनुचित के फल का सम्बन्ध ईश्वर एवं सदाचार से जोड़ा गया। सदाचार की अवहेलना अपराध माना गया और सदाचार का उल्लंघन व्यक्ति, समाज या समुदाय का अपराध स्वीकार किया गया। ईश्वर नैतिकता का संरक्षक था और सभी देवता मानवकल्याण चाहते हैं। अतएव मानवीय कल्याण के विपरीत किया गया कार्य दैवी इच्छा के विपरीत समझा गया। ऐसे कार्यों का सम्बन्ध समाज एवं देवता से सम्बद्ध होने से पाप और अपराध दोनों माने गये। इस समाज में धर्म, सदाचार और विधि के साथ ऐसा सम्बन्ध रहता है कि पाप एवं अपराध नैसर्गिक विधि, दैवी इच्छा और सामाजिक क्षति से सम्बद्ध रहते हैं। फलतः व्यक्ति द्वारा किया गया प्रयास सदाचार और विधि की मर्यादा स्थापित करने लगता है। उनका उल्लंघन अपराध कहा जाता है।

वैदिक काल

पाश्चात्य विद्वानों के अनुसार ऋग्वेद की ऋचाओं में पाप की धार्मिक व्याख्या का अभाव है। लेकिन ऐसे आक्षेप निराधार हैं। नैतिकता के मूलभूत आधार उस समय भी विद्यमान थे।[1] अनेक ऋचाओं में ईश्वर पाप को हेय दृष्टि से देखता है। विभिन्न ऋचाओं में पाप पुण्य की व्याख्या की गयी है। उस व्याख्या में पाप और अपराध परस्पर सम्मिश्रित हैं। इस प्रकार के सम्मिश्रण का कारण यह है कि उस काल में व्यवहारविधि, नैतिकविधि और विधीय अपराध विभक्त नहीं हुए थे। ऋत या दैवी विधि के किसी अंश की

---

1. Radhabinod Pal : The History of Hindu Law, p. 168.

उपेक्षा करना पाप है। इसे ही ईश्वर के प्रति 'अभिद्रोह' (दैवी अभिद्रोह) भी कहा गया है।[1]

यद्यपि पाप और अपराध अलग नहीं हो पाये थे तथापि पाप के आधार, कारण, परिस्थिति आदि की व्याख्या हो चुकी थी। ज्ञात और अज्ञात अवस्था में किये गये पाप में भेद किया गया और उनके आधार पर निर्णय में भी भेद हुआ।[2] वशिष्ठ ने वरुण की प्रार्थना करते हुए कहा "ओ वरुण! पाप स्वयं की पाप प्रवृत्ति से नहीं उत्पन्न हुआ। इसका मूल सुरा (धृति), क्रोध, द्यूत या अचिति (Ignorance) में है।"[3] इस विचार से स्पष्ट होता है कि पाप आन्तरिक वृत्ति नहीं वातावरणसापेक्ष है। पहला पाप दूसरे का जनक है। स्वप्न भी पाप के कारण हैं। पाप वंशानुक्रम से भी विकसित होता है।[4] फलतः वैदिकों के अनुसार 'पाप इच्छा से स्वीकृत व्यवहार के उस रूप को कहते हैं जिसका परिणाम बुरा होता है। वे देवता के प्रति अनुचित एवं दैवी विधि के प्रतिकूल होते हैं।' उस काल में जब समाज का प्रकृति से अन्यतम सम्बन्ध था, नैतिक विश्लेषण में भाग्य, अदृष्ट शक्ति और अचिति को अलग नहीं किया जा सका। फलतः विवेक (Intension) की व्याख्या बिना किये पाप वंशानुगत मान लिया गया और प्रकृति से किसी रूप में (ज्ञाता-ज्ञात) सम्बन्धों का उल्लंघन पाप माना गया। कुटुम्ब और संघटन का भी उससे सम्बन्ध स्थापित हुआ। अतएव क्षतिपूर्ति, जो सुसंगठित समाज में ही सम्भव है[5], पर विशेष ध्यान दिया गया।

वशिष्ठ सूक्त में 'निऋृति' की व्याख्या से अपराध के ऐतिहासिक स्वरूप पर प्रकाश पड़ता है। 'ऋत' का विलोम 'निऋृति' है जिसे सभी पापों का मूल माना गया है। वशिष्ठ यहाँ निर्वैयक्तिक नैतिकविधि (Impersonal moral law) का निर्देशन कर रहे हैं। फलतः उनके अनुसार जो भी

१. दैव्ये जनेऽभिद्रोहम्। ऋ० ७।९०।५।

२. पृच्छ तदेनो वरुण दिदृक्षपो एमि चिकितुषो विपृच्छम्।
समानमिन्मे कवयश्चिदाहुरयं ह तुभ्यं वरुणो हृणीते ॥ ऋ० ७।८६।३।

३. ऋग्वेद ७।८६।६।

४. अव द्रुग्धानि पित्र्या सृजा नोऽव या वयं चक्रमा तनूभिः।
अव राजन्पशुतृपं न तायुं सृजा वत्सं न दाम्नो वसिष्ठम् ॥
ऋ० ७।८६।५।

5. Prof. Emond N. Cahn : The Sense of Injustice, p. 158.

व्यक्ति प्रकृति के नियमों से परे होगा वह कष्ट पायेगा। वशिष्ठ स्वेच्छा को ध्यान में रखकर भाग्यवाद को कम करते हैं। व्यक्ति यदि अपराध नहीं करता तो उसे बाह्य शक्तियों से दण्ड नहीं मिल सकता। 'स्वेच्छा' के विवाद में न पड़कर इतना तो स्वीकार करना पड़ेगा कि व्यक्ति में रहनेवाली और उनके द्वारा व्यवहार की जानेवाली क्रिया का परिणाम दण्ड है, बाह्येच्छा का कोप नहीं।[1] दैवी शक्तियाँ स्वयं ऋत की अवहेलना कर दण्ड की सीमा में हैं। उसकी शक्ति से परे कोई नहीं है।[2] इस अवस्था में नैतिक और न्यायिक विधियाँ परस्पर घुली मिली हैं। शारीरिक सम्बन्धों से भी उनका विभाग नहीं हो पाया है। प्रश्न यह है कि ऋत के सम्बन्ध में मानवीय इच्छा कहाँ तक स्वतन्त्र है? इसमें अन्य सदस्यों का कल्याण ध्यान में रखना आवश्यक है। यदि व्यक्ति आन्तरिक रूप में अपनी अध्यवसायात्मिका बुद्धि से परे होकर बाह्य प्रभाव से अपराध करता है, तो वह अपराध का मूल नहीं माना जायगा। 'स्वेच्छा' सभी बाह्य प्रभाव से मुक्त है। मनुष्य में अन्तर्निहित प्रज्ञा बौद्धिक और भावुक व्यक्ति के निर्णयों को प्रभावित करती है। उन आधारों से सम्बद्ध व्यक्ति उस अवस्था में किये कार्य के लिए एकमात्र उत्तरदायी नहीं है।

वैदिक समाज में पाप और अपराध की सूची क्रमबद्ध रूप में नहीं प्रस्तुत होती। ऋत के विपरीत कार्य दैवी और सामाजिक अपराध एवं पाप माना गया। अपराध की सूची में ऋत, दैवी इच्छा और सदाचार किये गये कार्यों का संकलन किया जा सकता है जिसका निर्देश वेद करते हैं। इसीलिए आगे चलकर वेद-विरुद्ध कार्य अपराध माने गये। वैदिक समाज के साथ ऐसे समाजों का संकेत मिलता है जो ऋत की विधि, यज्ञीय जीवन, वैदिक भाषा एवं सदाचार में अविश्वास करते थे। उन्हें 'अनृत', 'मृध्रवाच', 'अश्रद्ध', 'अयज्ञ', 'अपव्रत' आदि कहा गया। वे दस्यु एवं किरात कहे गये।[3] इनके आचार और व्यवहार वैदिक दृष्टि में पाप और अपराध माने गये।[4] उनका परिगणन अपराध की सूची में हो गया। अतएव इस प्रकार का आचरण

1. Miraglia : Comparative Legal Philosophy, p. 180.
२. यो मृढयाति चक्रुषे चिदानो वयं स्याम वरुणे अनागाः। ऋ० ७।८७।७।
३. न्यक्रतून ग्रथिनो मृध्रवाचः पणीँरश्रद्धाँ अवृधाँ अयज्ञान्।
प्रप्र तान्दस्यूँरग्निर्विवाय पूर्वश्चकारा पराँ अयज्यून्।। ऋ० ७।६।३।
४. ऋ० ७।६५।२।; ६६।१३।

करनेवाले वैदिक समाज के सदस्यों के भी आचरण अपराध एवं पाप माने गये। अब ऋत, दैवी इच्छा एवं सदाचार के साथ असामाजिक कार्य (वेदविरुद्ध) का समावेश अपराध में हुआ। इसमें ऋण आदि से लेकर अवैदिक समाजों से सम्बन्ध भी रखना अपराध माना गया।

वैदिक समाज में अपराधी एवं अपराध की मनोवृत्ति की स्पष्ट व्याख्या नहीं होती। लेकिन द्रोह (अपराध) की सूची पायी जाती है। जल नष्ट और गन्दा करना एवं अन्न नष्ट करना द्रोह माना गया। चोरी भी इसी प्रकार का अपराध रहा।[1] द्यूत और उसके लिए लिया गया ऋण भी अपराध माना गया।[2] वैदिक समाज से ही वैयक्तिक सम्पत्ति का सिद्धान्त मान्य रहा है लेकिन उसके उचित प्रयोग में समाज एवं राज्य के नियम भी रहे हैं। कृपणता अपराध था। द्यूत एवं ऋण में आयी स्त्री का शीलहरण महान् अपराध माना गया।[3] पिता की आज्ञा का उल्लंघन भी द्रोह की सूची में आ गया था। चोरी एवं डाके की घटनाएँ होती थीं। गाय एवं वस्त्र आदि के चोरों को 'तयुस' कहा गया है।[4] चोरी के अपराधी राजा के सामने प्रस्तुत किये जाने का उल्लेख है। उन पर चोर के चिह्न लगाने का भी प्रमाण मिलता है।[5]

उत्तरवर्ती काल

वैदिक समाज के विकास के साथ अवैदिक समाजों का प्रभाव तथा अन्य कारणों से ब्राह्मण ग्रन्थों तक ऋत धर्म में परिवर्तित हो जाता है। धर्म का अधिक अंश सामाजिक है। इस काल में पाप और अपराध अधिक स्पष्ट होने लगते हैं। साथ ही सामाजिकविधि एवं अपराधों की सूची में विस्तार होता है। यह स्थिति धर्मसूत्रों तक चलती रहती है। धर्मसूत्रों के बाद धर्मशास्त्रों के प्रणयन के समय स्थिति में परिवर्तन होता है। उसका प्रभाव अपराध के संकलन पर भी पड़ता है। धर्मसूत्रों में कौटुम्बिक जीवन, धार्मिक संस्कारों एवं विधियों की प्रधानता है। लेकिन धर्मशास्त्रों ने अपने परिगणन में धर्मसूत्रों के अनेक विषय छोड़ दिये। धर्मशास्त्रों में सामाजिक, राजनीतिक एवं लौकिक

---

१. ऋ० ४।३८।५।; ५।१५।५। २. ऋ० ७।११८।१।
३. ऋ० १०।११७।२, ४।; १०।१०७।५।; १०।३४।४।; २।२९।१।
४. ऋ० १०।४।६।; ४।३८।५।; ६।१२।५।
५. ऋ० १।२४।१४; १५।; ७।८६।५।; ५।७९।९।; १।२४।१२-१३।

विषयों की स्थापना का प्रयास किया गया। आधुनिक शब्दों में कहा जा सकता है कि धर्मशास्त्र इस अंश में लौकिक हो जाते हैं।

धर्मशास्त्रों तक अपराध संहिता में व्यवहारविधि और दण्डापराधविधि का भेद स्पष्ट होने लगा। प्रो० हाप्किंस के अनुसार इस प्रकार का भेद सर्वप्रथम मनु करते हैं। उत्तरवर्ती स्मृतिकारों ने उनका अनुकरण किया। मनु ने विवाद के १८ शीर्षक दिये हैं इनमें व्यवहारविधि और दण्डापराधविधि का समावेश किया गया। बृहस्पति ने भी १८ विभाग किये हैं। उनके विभाग पर तत्कालीन प्रभाव अधिक स्पष्ट हो जाता है। इस काल तक 'अनादेयवाद' की सूची आती है जिस पर न्यायालय में विचार नहीं किया जा सकता। इसका तात्पर्य है कि कुछ अपराध वैयक्तिक, कौटुम्बिक एवं सामाजिक हैं जिनमें राज्य हस्तक्षेप नहीं कर सकता। गुरु-शिष्य, पिता-पुत्र, पति-पत्नी, स्वामि-सेवक आदि के विवाद इसी कोटि के माने गये हैं।[1] वेदों से स्मृतियों तक अपराध के आधार और स्वरूप में भी परिवर्तन हुआ। वेदों में स्तेय महान् पाप एवं अपराध था। सूत्रकाल में चोर स्पष्टरूप से राजा के सामने लाया जाने लगा। बृहस्पति के समय चोरी वाक्पारुष्य एवं दण्डपारुष्य आदि के साथ लगा दी गयी। इस काल में उसके समान अन्य अपराध भी माने गये। चोरी मुख्यतम अपराध नहीं रही। सूत्रों एवं धर्मशास्त्रों में दिव्य साक्षियों का महत्त्व नहीं रहा। धर्मसूत्रों तक वेदाध्ययन की अवहेलना पाप के साथ अपराध भी था। स्मृतियों में वह केवल पाप रहा और उसके लिए दण्ड नहीं प्रायश्चित्त का विधान किया गया। संहिताओं एवं ब्राह्मण ग्रन्थों तक शारीरिक हानि और ज्येष्ठ भाई के रहते स्वयं विवाह करना ऐसे अपराध थे जिनमें मृत्युदण्ड दिया जा सकता था।[2] स्मृतियों ने इसे इतना महान् अपराध नहीं माना।

स्मृतिकाल तक अपराध का स्वभाव और क्षेत्र स्थिर हो जाता है।[3] अपराधों के वर्गीकरण पर वर्ण-व्यवस्था का प्रभाव पड़ता है। अन्त्यज एवं शूद्र

---

1. नारद० १।६।

2. मैं० सं० ३१।७।; कपिष्ठल सं० १०।७।७।; तै० ब्रा० ३।२।८।११।

3. अपराध के पर्याय में प्रयुक्त शब्दों से इसका स्पष्टीकरण हो जाता है। अपराध के पर्याय हैं—अघ, आगस, एनस्, पाप, पाप्मन्, अशुभ, कल्मष, पंक, मल, अधर्म, किल्विष, दोष, दुष्ट, कुमार्ग, हिंसा, अपराध, अपकार, अतिक्रम, अपचार, दुष्कृति, विकर्म, पातनीय, संकरीकरण, जातिभ्रंशकार आदि। इनमें पाप और अपराध दोनों की वृत्ति परिलक्षित होती है।

जातियों में जन्म लेना पूर्वजन्म के पातक का फल माना गया। स्मृतियों ने अपना परिगणन प्रस्तुत किया। अपराध उनके गर्भ में समाविष्ट हुआ। विष्णु ने अतिपातक, महापातक, अनुपातक, उपपातक आदि के रूप में परिगणन प्रस्तुत किया।[1] माता, कन्या आदि के साथ भोग अतिपातक हुआ। ब्रह्महत्या, सुरापान, गुरुतल्प गमन, ब्राह्मण के स्वर्ण की चोरी आदि महापातक में परिगणित हुए। क्षत्रिय और वैश्य की हत्या, ऋतुकाल में स्नान न की हुई अथवा शरण में आयी हुई स्त्री के साथ भोग, मित्रहत्या, असत्य साक्षी, चाची के साथ भोग अनुपातक माने गये।

काशीप्रसाद जायसवाल महापातक की याज्ञवल्क्य द्वारा दी गयी सूची[2] प्रस्तुत करते हुए लिखते हैं 'पहले महापातकों की ७ सूची थी जैसा कि यास्क ने दिया है।[3] भ्रूणहत्या ब्रह्महत्या में मिला दी गयी। सामान्य चोरी स्वर्ण चोरी में समाविष्ट हो गयी (मनु ९। २३५।; ११। ५५।; ३। २५७)। मनुष्य की हत्या ब्रह्महत्या में विलीन कर दी गयी। ईसा से ४०० वर्ष पूर्व केवल महापातकों की सूची ४ थी—(१) स्तेय, (२) मनुष्यवध, (३) स्त्रीसंग्रहण और (४) सुरापान। आपस्तम्ब में स्वर्ण चोरी और ब्रह्महत्या के स्थान पर सामान्य चोरी और सामान्य वध का उल्लेख किया है। इसी प्रकार स्त्री-संग्रहण में सामान्य परिगणन हुआ है (आपस्तम्ब २।२७।१, १६।)।[4] यद्यपि यह सत्य है कि अपराध के परिगणन पर देश, काल एवं परिस्थिति का प्रभाव पड़ा तथापि जायसवाल की धारणा निर्भ्रान्त नहीं है। ब्रह्महत्या, स्वर्णचोरी आदि के अपराध की गुरुता वेदों से ही प्रारम्भ हो गयी थी।[5]

अपराधों के परिगणन पर वैयक्तिक एवं सामाजिक प्रभाव व्यक्त होते हैं। वेदों का विस्मरण, गुरु को धोखा देना, माता-पिता-पुत्र एवं अग्निहोत्र का छोड़ना, निषिद्ध पेय एवं खाद्य का व्यवहार करना, अनुचित सेवा तथा पेशा

---

1. विष्णु० ३३।४२।
2. ब्रह्महा मद्यपः स्तेनस्तथैव गुरुतल्पगः।
   एते महापातकिनो यश्च तैः सहसंवसेत्॥ याज्ञ० ३।२२७।
3. निरुक्त ६।२७।
4. Manu and Yajnavalkya, p. 168.
5. तै० सं० २।५।१।२।; ५।३।१२।१।; ६।५।१०।२।; काठक सं० ३१।७।; तै० ब्रा० ३।२।८।; तै० आ० १०।३८।; शत० ब्रा० १३।३।१।१।; विशेष द्रष्टव्यः वैदिक इण्डेक्स जि० १, पृ० ३९१-९२।

करना, परकीय सम्पत्ति का अपहरण, अवैधानिक उपहार ग्रहण करना, क्षत्रिय, वैश्य, शूद्र और गाय की हत्या, निषिद्ध वस्तु विक्रय, ज्येष्ठ भाई के अविवाहित रहते कनिष्ठ का विवाह आदि पर प्रत्यक्षतः सामाजिक प्रभाव नहीं प्रतीत होता। व्रात्यों को वेद पढ़ाना, खान में काम करना, महान् यन्त्रों का निर्माण, वृक्षों को क्षति पहुँचाना, यज्ञ की उपेक्षा, वेदाध्ययन और अन्य धार्मिक कृत्यों की उपेक्षा, गन्दी पुस्तकों का पढ़ना, नास्तिकता, नृत्य का पेशा, सुरापी स्त्री से भोग का सम्बन्ध सामाजिक प्रभाव व्यक्त करते हैं। कुछ अपराधों में जाति बहिष्कार का प्रयोग किया जाता रहा। शूद्रों की सेवा भी इन्हीं अपराधों में है। इस प्रकार समाज कई भागों में विभक्त हो गया और उसका प्रभाव अपराध संहिता पर पड़ा।

अवैदिक समाजों के साथ वैदिक अपराधों का सम्बन्ध नहीं था। वैदिक समाज की परम्परा के प्रति अनास्था या विद्रोह हो चुका था। बौद्ध एवं जैन क्रान्तियों के साथ समाज के सामने एक बार पुनः अवैदिक समाज के साथ सम्बन्ध का प्रश्न आया। पश्चिमोत्तर सीमा से अभारतीय जातियों का प्रवेश हो रहा था। आन्तरिक सामाजिक व्यवस्था में अवैदिक सम्प्रदायों का प्रभाव प्रत्यक्ष था। अतएव अपराध की सूची में वेदाध्ययन, वैदिक विधिपालन, अधिकारियों द्वारा वैदिक विधिपालन पर जोर और अनधिकारियों का बहिष्कार बड़ी दृढ़ता के साथ किया गया। नास्तिकता भी अपराध माना गया। नास्तिक की परिभाषा में वेदनिन्दा या परलोक में अविश्वास कहा गया। इस प्रकार बौद्धों एवं जैनियों पर न्यायपालिका में स्थान पाने में गहरा प्रहार किया गया। छोटी जातियाँ बौद्ध संस्कृति से प्रभावित हो रही थीं। उनके लिए समानता का द्वार और कठोरता से बन्द कर दिया गया। बौद्ध एवं जैन संस्कृतियाँ केवल सुधारवादी ही सिद्ध हो रही थीं क्योंकि उन्होंने अपराध एवं दण्ड के सम्बन्ध में कोई व्यावहारिक संहिता नहीं प्रस्तुत की। अतएव वे वैदिक समाज से बहिष्कृत को समाज में स्थान तो दे सके किन्तु सामाजिक-न्याय दिलाने में असमर्थ रहे। राज्य शक्ति अपनी सब प्रकृतियों के साथ वैदिक ही रही, राजा में कहीं भले भाव परिवर्तन हो गया हो। इस स्थिति से लाभ उठाकर स्मृतिकारों ने अवैदिक तत्त्वों को समाज से बहिष्कृत करने का सफल प्रयास किया और अपराध की सूची पूर्ण करते समय इस पर सदा ध्यान रहा।

स्मृतियों में ऐसे समाज का चित्रण उपलब्ध होता है, जिसे बाह्य सम्पर्कों से सुरक्षा की अपेक्षा थी। अपराधों की सूची और उसके विस्तार से इसका स्पष्टीकरण हो जाता है। दक्षिण के वैदिक वर्णों को समुद्र यात्रा का विधान सूत्रकारों को अभीष्ट था। स्मृतियों ने अब सबकी समुद्र यात्रा का विधान, सूत्रकारों के विपरीत, इस रूप में किया एवं वह इस प्रकार का अपराध मान लिया गया कि उसका कोई प्रायश्चित्त ही नहीं हो सकता। पेशों में भी परिवर्तन हुए। नृत्य, संगीत आदि निषिद्ध पेशों में आ गये। स्नातक धर्म से लेकर श्राद्धों में बुलाये जानेवाले ब्राह्मणों की योग्यता और अयोग्यता निश्चित की गयी और उन्हें अपराध संहिता में जोड़ दिया गया। राज्य ने यह अपराध-संहिता स्वीकार कर ली। इस काल में एक नयी विशेषता यह सामने आती है कि एक ओर तो अपराधों की सूची में विस्तार होता है और दूसरी ओर उन अपराधों के, जिनका सामाजिक संरक्षण में महत्त्व है, दण्ड सामान्य और सरल किये गये। सामान्य अपराधों पर जाति बहिष्कार का दण्ड मान्य हुआ। साथ ही स्त्रियों की शुद्धि के नियम भी सरल किय गये। वे नियम इतने सरल हो गय कि कुछ स्मृतिकारों ने केवल ऋतु धर्म से ही स्त्री को शुद्ध करते हुए कहा कि स्त्रियाँ कभी अपवित्र होती ही नहीं। जाति से बहिष्कृत व्यक्ति भी प्रायश्चित्त से प्रत्यावर्तित हो सकते थे। इस प्रकार अपराध सूची में एक ओर कठोर भय और दूसरी ओर संग्रह की भी वृत्ति परिलक्षित होती है।[1]

अपराध विधि (Law of crime) या दुष्कृति (Tort)

संहिताओं तक 'वैरदेय' का व्यवहार पाया जाता है। व्यक्ति की हत्या में उसके सम्बन्धियों को क्षतिपूर्ति के रूप में रुपया दे दिया जाता था। आपस्तम्ब एवं बौधायन दोनों नें क्षत्रिय हत्या में एक हजार गाय, वैश्य हत्या में एक सौ गाय और शूद्र हत्या में दस गाय क्षतिपूर्ति रूप में देने का विधान किया है।[2] इनके साथ एक बैल भी देना पड़ता है। गायें सम्बन्धियों और बैल राजा को दिया जाता था। इनमें ब्राह्मण के वध पर मृत्युदण्ड होता उसे प्रतिफल से नहीं सुलझाया जा सकता था।[3] क्षतिपूर्ति के इस प्रकार के अन्य प्रमाणों के आधार पर मेन जैसे विद्वानों ने यह आरोप किया है कि भारत में अपराध

---

१. याज्ञ० ३।३००।; मनु० २।१९७।; वशिष्ठ १५।१८।; याज्ञ० ३।२९६।

२. आपस्तम्ब १।९।२४।१-४।; बौधा० १।१०।१९।१,२।

३. आपस्तम्ब १।९।२४।७।; बौ० १।१०।१८।१८।

संहिता थी ही नहीं वह केवल क्षतिपूर्ति ही थी ।[1] इस प्रकार का भ्रम मेन को पाप, अपराध और अपराध की पृष्ठभूमि में भेद न करने से हुआ ।[2] धर्मसूत्रों के बाद अपराध संहिता का विकास स्वतन्त्र रूप में हो जाता है ।

क्षतिपूर्ति के सम्बन्ध में दो बातें ध्यान देने की हैं । राज्य का इसम कोई अंश नहीं रहता और पीड़ित की सहायता औषधि आदि के रूप में की जाती । इसके विकल्प में जुर्माना किया जाता जिसे प्रतिफल या क्षति नहीं कह सकते ।[3] दण्ड का उद्देश्य क्षतिपूर्ति नहीं अपराधी को दण्ड देना और अपराध की निवृत्ति था । इसमें राज्य स्वयं पक्ष न बनकर न्याय के लिए वातावरण प्रस्तुत करता और उचित निर्णय की व्यवस्था करता था । अज्ञात, मृत तथा ऐसे अन्य अपराधों का अन्वेषण करना राज्य का उत्तरदायित्व था । इस अंश में राज्य ही नहीं समाज के किसी सदस्य को विवाद प्रस्तुत करने का अधिकार था ।[4] इसके अतिरिक्त अन्यत्र कहीं भी राज्य या राज्य कर्मचारी को विवाद प्रस्तुत करने का अधिकार नहीं दिया गया । अपराधी को यदि क्षमा करना चाहें तो वह अपराधमुक्त नहीं माना जाता क्योंकि अपराध का सम्बन्ध समाज और राज्य से है, व्यक्ति विशेष की मनोवृत्ति से नहीं ।

सामान्यतया राज्य वध या अन्य ऐसे अपराधों में पक्ष ग्रहण करता था । राज्य को पीड़ित पक्ष से सूचना मिलने पर ही कार्यवाही करनी पड़ती थी । पीड़ित पक्ष यदि छिपाना चाहे तो कठिनाई उपस्थित हो जाती । इस स्थिति में समाज के किसी भी सदस्य को अधिकार था कि वह राज्य को सूचना दे । यदि पीड़ित अपने कुल की मर्यादा की रक्षा की दृष्टि से अपराध को अन्यथा रूप देकर छिपाना चाहता तो उसे भी दण्ड दिया जाता ।[5] वध, स्तेय, स्त्रीसंग्रहण आदि अपराधों की छान-बीन के लिए समाज और राज्य का उत्तरदायित्व था । जिस राज्य में उक्त अपराधों का अभाव हो वही उत्तम राज्य कहा गया है ।[6] अपराध के विषय में व्यक्ति, समाज एवं राज्य के सम्बन्ध देखते हुए कहा जा सकता है कि भारत में अपराध संहिता का विकास हो चुका था ।

1. Maine : Ancient Law, Ch. 10. p. 307.
2. P. N. Sen : Hindu Jurisprudence, P. 335.
3. मनु० ८।२८७।; कौ० ३।१९।१९५।; याज्ञ० २।२२२।; बृ० २१।१०।
4. मृच्छकटिक, अंक ९ । 5. याज्ञ० २।३०१।
6. मनु० ८।३८६, ३८७ ।; विष्णु० ५।१९६ ।

विधीय दायित्व

अपराध का दायित्व अवैधानिक व्यवहार और अपराधी के मस्तिष्क दोनों पर है। केवल अज्ञान (Ignorance) अथवा वृत्ति (Motive) के आधार पर मुक्ति नहीं हो सकती।[१] चोरी, बलात्कार, डाका आदि अज्ञानावस्था में नहीं हो सकते।[२] लेकिन न चाह कर हत्या जैसे अपराध हो जाते हैं। कभी-कभी एक के मारने के प्रयास में दूसरे की हत्या हो जाती है। इंगलैंड की विधि इसमें किसी प्रकार का भेद नहीं करती किन्तु कहीं-कहीं भद होता है। इन आधारों पर अपराध के दायित्व स्थिर करने में सिद्धान्त एवं व्यवहार में कठिनाई होती है। वस्तुतः क्रिया अपराध का मापदण्ड नहीं है। क्रिया के साथ प्रवृत्ति का होना आवश्यक है। लेकिन लापरवाही को ज्ञानपूर्वक अपराध के समान ही स्थान देना पड़ता है। ऐसे अपराध, जिनमें प्रवृत्ति और लापरवाही न हो, क्षमा एवं मुक्ति के योग्य होते हैं।[3]

भारतीय दण्ड विधान में इन बातों पर ध्यान दिया गया है। शूद्र को वाक्पारुष्य और वेदश्रवण पर दण्ड देते समय इस बात पर विचार करना पड़ता है कि उसने जानकर अपराध किया है या अनजाने में।[४] किन्तु समाज की मान्यताओं को ध्वस्त करनेवाले महापातकों के लिए ज्ञात, अज्ञात दोनों स्थिति में दण्ड विधान किया गया है।[५] उनमें समाज के सामने व्यक्तिहित का बलिदान ही श्रेयस्कर समझा गया। इतना अवश्य है कि अज्ञात अवस्था में (**अकामतः**) किये गये अपराध और ज्ञात अवस्था में (**कामतः**) किये गये अपराध में दण्ड का अनुपात अधिक और कम हो जाता है।[६] कम शिक्षित चालक से रथ अनुचित ढंग से चलने लगे तो कम और यदि कुशल चालक से ऐसा हो तो अधिक दण्ड दिया जाता है।[७] शूद्र जानकर स्पर्श करता है तो अधिक और अज्ञातावस्था में स्पर्श करता है तो कम दण्ड दिया

1. Journal of Criminal Law (1935), pp. 82. 236.
2. Turner : Cambridge Law Journal, 1936.
   Kenney : Criminal law (1936), p. 135.
   Washington Univerasity Law Quarterly (1936), p. 305.
3. Salmond : Jurisprudence, Ch. 17. Sect. 12. p. 378.
४. गौतम०, १२।१ और ४। ५. मनु० ८।२९०–२९२।
६. मनु० ९।२४२।
७. मनु० ८।२९३।; कौटल्य० ४।१३।२३३।; याज्ञ० २।२९८।

जाता।[1] पशुओं से क्षति होने पर पशु-पालक के ज्ञात अज्ञात भाव को ध्यान में रखकर ही दण्ड दिया जाता।[2] स्वयं या पशुओं द्वारा किये या कराये गये अपराध में जानकारी और गैरजानकारी के आधार पर अपराध में भेद बृहस्पति भी मानते हैं।[3]

अपराधी को जानकर भी सहायता देने पर अपराधी के ही समान अपराध माना जाता है।[4] मनु ने जानकारी (ज्ञान) तो नहीं कहा किन्तु कुल्लूक भट्ट ने **'चौरं ज्ञात्वा'** की व्याख्या की है। चोर को चोर नहीं जानते और उसकी सहायता करते हैं, तो अपराध नहीं है। याज्ञवल्क्य और कौटल्य ने स्पष्ट रूप से इस पर अपना मत व्यक्त किया है। अनजान में दी गयी सहायता के लिए व्यक्ति पूर्णतया निरपराध नहीं माना जाता। लापरवाही के लिए उसे वाक्‌दण्ड दिया जाता। विशेष अपराध में २०० पण अज्ञान में किये गये अपराध पर दण्ड होता था और अनवधानता में १०० पण। चोरी के लिए दण्ड देते समय इस बात पर ध्यान दिया जाता कि क्या व्यक्ति वस्तु को कम मूल्य पर एकान्त, रात्रि, चुपके से, बेईमान व्यक्ति द्वारा अज्ञात स्वामी वाले दास एवं राजदण्ड भुक्त व्यक्ति से खरीदा है। यदि उसने ऐसा किया है तो क्रेता को भी चोर जैसा ही दण्ड दिया जाता। इसका स्पष्ट तात्पर्य यह है कि व्यक्ति ने वस्तु को चोरी का ही जानकर खरीदा है। चोरी की वस्तु को चोरी का न जानकर उचित मूल्य पर उचित व्यक्ति और स्थान से खरीदने पर क्रेता को दण्ड नहीं दिया जाता।

अपराधों के प्रकार

प्रारम्भिक समाजों में सदाचार एवं धर्म के विपरीत किया गया कार्य लौकिक अपराध था। उसके साथ ही प्राकृतिक प्रतिशोध-आदि का भी विकास हो रहा था। आत्मरक्षा में वध का भी अपराध दण्ड के योग्य माना जाता किन्तु हत्या के समान नहीं। सुविचारित और आवेश में किये अपराध में भेद था। अपराध के प्रकार कबीलों पर आधृत थे। वही कार्य अपने कबीले में अपराध था और दूसरे के प्रति अनिवार्य गुण। अपराध के भेद

---

1. विष्णु० ५।१०४। 2. याज्ञ० २।१६२।
3. बृहस्पति० २१।२७–२८।
4. मनु० ९।२७१ और २७८।; याज्ञ० २।७६।; कौटल्य० ४।११।२२७।; मनु० ८।१२१ और मनु० ८।२६४।

में आयु और लिंग का भी प्रभाव स्वीकार किया गया। कबीले में प्रधानों द्वारा हुए अपराध सामान्य माने जाते और वे ही अन्य सदस्यों से होने पर महान् अपराध के रूप में ग्रहण किये जाते। व्यक्ति के स्तर से अपराध के प्रकार में भी भेद हुआ। अपराध की पुनरावृत्ति असह्य मानी गयी। सामान्य अपराध की भी यदि अनेक आवृत्तियाँ होती हैं तो वे देश निष्कासन या मृत्यु-दण्ड की कोटि में आ जाते।[1]

भारतीय न्यायपालिका में उक्त सिद्धान्त सामान्यरूप में क्रियाशील होते हैं। इनका बीजारोपण वैदिक काल से हो जाता है। धर्मसूत्रों एवं उनके उत्तरवर्ती काल तक इनका स्पष्टीकरण होता है। वेदों एवं सूत्रों में विकसित होनेवाले महापातकों को धर्मशास्त्रों में स्वीकार किया गया लेकिन उन्हें नये रूप में परिगणित करके। उनमें दण्डपारुष्य, वाक्पारुष्य, स्त्रीसंग्रहण आदि परि-गणन के प्रकार स्वीकार किये गये। इनके अतिरिक्त अपराधों की विशाल सूची प्रस्तुत की गयी। उनका विभाग अन्य अपराधों में करना उपयुक्त समझ कर अपराधों का समाहार कर देना आवश्यक होगा। इस प्रकार के समाहार प्रस्तुत करने के पूर्व इनके विकास पर ध्यान देना आवश्यक है।

वैदिक काल

वैदिक काल में क्षतिपूर्ति वैरदेय के रूप में व्यक्त की गयी है। ऋग्वेद में केवल एक स्थान पर दो व्यक्तियों के पारस्परिक झगड़े का उदाहरण मिलता है जिसमें धन के द्वारा शान्ति का प्रयास किया जाता है।[2] धन के लिए ऋग्वेद में नृम्नम्, क्षत्रम्, रधस्, ब्रह्म और वृत्रम् शब्द का प्रयोग किया गया है।[3] नृम्नम् उस धन को कहते हैं जिससे शत्रु मित्र बनाया जा सके। क्षत्रम् उस धन के लिए कहा गया है जिससे व्यक्ति अवैधानिक कार्य से मुक्त हो सके। रधस् से वैधानिक कार्य होता है। ब्रह्म से धर्म की वृद्धि की जाती है। वृत्रम् द्वारा राजदण्ड से मुक्ति होती है। धन के इस विभाजन से ज्ञात होता है कि जुर्माना का बीजारोपण हो रहा था और वैरदेय से राज्य का सम्बन्ध हो चुका था। लेकिन अपराध के स्वरूप का विशेष स्पष्टीकरण नहीं हो पाता। आंगिक

---

1. Encyclopaedia of Religion and Ethics, Vol. II. 214.
Petroff : Tenth Census of U.S.A., Washington 1882 p. 152
Decle, Three Years in Savages Africa, 1898 p. 487.
2. ऋ० ६।२५।४-६।
3. ऋ० ५।७९।९।

दोष (गन्दे दाँत, नाखून आदि) ज्येष्ठ अविवाहित बहन के रहते स्वयं विवाह कर लेना, दोनों मृत्यु दण्ड के उपयुक्त अपराध थे। भ्रूणहत्या और नरहत्या समान थे। सर्वाधिक गर्हित अपराध ब्राह्मण की हत्या थी। तैत्तिरीय ब्राह्मण-हत्या को ही वास्तविक हत्या मानता है।[1] धन सम्बन्धी अपराध पर भी विशेष प्रकाश नहीं पड़ता। ऋण आदि के अपराध थे और उनमें ऋण न लौटाने पर दासता के भी प्रमाण मिलते हैं।[2]

धर्मसूत्रों का काल

धर्मसूत्रों में अपराधों का स्पष्ट वर्गीकरण हो जाता है। जिन अपराधों का वर्गीकरण नहीं हो पाया था उनका वर्गीकरण अवश्य हो गया। इस वर्गीकरण पर उस काल का प्रभाव स्पष्ट प्रतीत होता है। गौतम संहिता में 'पतित' के कारण दिये गये हैं। उनके अनुसार पतित होने के कारण हैं—यजन के अयोग्य का यजन, न भक्षण योग्य का भक्षण, अनुचित वाणी का प्रयोग, शिष्ट क्रिया का उल्लंघन और निषिद्ध वस्तु का सेवन करना।[3] आगे के अध्याय की सूची और अधिक स्पष्ट है। "पिता का भी त्याग करना चाहिए यदि वह राजघातक, शूद्र के लिए यज्ञ करानेवाला, अपनी ओर से शूद्र के लिए यज्ञ करनेवाला, वेद के प्रति विप्लवी, गर्भपाती, नीच वर्ण एवं नीच वर्ण की स्त्री से सम्बन्ध करनेवाला है।"[4] अपराध की इस सूची पर राज्य, वेद और वर्ण का प्रभाव स्पष्ट होता है। आगे की सूची में नास्तिक को ब्रह्महत्यारे, सुरा पीनेवाले, गुरु की स्त्री एवं माता-पिता के सम्बन्धी के साथ भोग करनेवाले के साथ रखा गया।[5] अन्यत्र हीन वर्ण की सेवा को भ्रूण-हत्या के समान अपराध माना गया।[6] इस काल तक न्यायिक प्रक्रिया का सूत्रपात हो जाता है। असत्य साक्षी, राजद्रोही, चुगुल और गुरु से असत्य

---

1. Vecic Index Vol. I. pp. 390-397.
2. Ibid Vol. I. p. 109.
3. अथ खल्वयं पुरुषो याप्येन कर्मणा लिप्यते यथैतद् अयज्ययाजनमभक्ष्य-भक्षणमवद्यवदनं शिष्टस्याक्रियाप्रतिषिद्धसेवनम्॥ गौ० सं० ३।१।२।
4. त्यजेत्पितरं राजघातकं शूद्रयाजकं शूद्रार्थयाजकं वेदविप्लावकं भ्रूण-हतं यश्चान्त्यावसायिभिः सह संवसेदन्त्यावसायित्यां वा॥ गौ०सं० ३।२।१।
5. गौ० ३।३।१-३।
6. गौ० सं० ३।३।९।

भाषण महापातक के समान माने गये ।[1] इन अपराधों में व्यक्ति नागरिकता के अयोग्य समझ लिया जाता है ।

धर्मसूत्रोत्तर काल

इस काल में बौद्ध क्रान्ति का प्रभाव दण्ड एवं अपराध पर प्रत्यक्ष रूप में व्यक्त होता है । मनु, याज्ञवल्क्य एवं कौटल्य के विचार उनकी पृष्ठभूमि में स्पष्ट करते हैं । मनु के विधान में धार्मिक प्रतिक्रिया का प्रभाव अपेक्षाकृत अधिक व्यक्त होता है । याज्ञवल्क्य ने इस समस्या का प्रभाव अवश्य स्वीकार किया किन्तु उन्होंने किसी विवाद में न पड़कर समस्या का समाधान प्राचीन विधान की आधारशिला पर किया । फलतः मनु की अपेक्षा उनमें एवं कौटल्य में वर्गवादी या जातीय तत्त्व अधिक क्रियाशील नहीं होते । बौद्ध परम्परा में अश्वघोष ने जातीय तत्त्वों पर आधारित न्याय व्यवस्था पर आक्रमण किया था किन्तु उनमें और याज्ञवल्क्य में भेद यह है कि याज्ञवल्क्य उपदेशक एवं वैदिक परम्परा विरोधी होने के स्थान पर विधायक और वैदिक परम्परावादी थे । अतएव उनके विचारों का महत्त्व वैदिक समाज पर अधिक व्यापक रूप में पड़ा ।

दण्डापराधविधि के सम्बन्ध में मनु, याज्ञवल्क्य और कौटल्य के विचार धर्मसूत्रों एवं बौद्धक्रान्ति के उपरान्त होनेवाले परिवर्तन और परिणाम स्पष्ट करते हैं । वाक्पारुष्य (Defamation) के दण्ड विधान में मनु ने जातीय तत्त्व पर निर्णय किया है और याज्ञवल्क्य एवं कौटल्य नें सामान्य मानवीय आधार पर ।[2] मनु ने यह आधार स्वीकार किया किन्तु श्रुत, देश, कर्म एवं शरीर (Personal) के साथ जाति भी जोड़ दिया ।[3] कुत्सा (Contemptous language) में भी इसी प्रकार का भेद होता है ।[4] हीन, अनुलोम एवं प्रतिलोम के सम्बन्ध में तीनों विचारक अधिक संनिकट हैं ।[5] भेद यह है कि

---

१. कौटसाक्ष्यं राजगामि पैशुनं गुरोरनृताभिशंसनं महापातकसमानि ॥ गौ० सं० ३।३।१० ।

२. मनु० ८।२६७।; याज्ञ० २।२०४।; अर्थशास्त्र ७५ अध्याय पृ० १५३ ।

३. श्रुतं देशञ्च जातिं च कर्म शरीरमेव च । मनु० ८।२७३-२७४ ।

४. मनु० ८।२७५।; याज्ञवल्क्य० २।२०५-२०६।; कौ० पृ० १९३ ।

५. मनु० ८।२६७-२७७ ।; याज्ञवल्क्य० २।२०५-२०६ ।; अर्थशास्त्र पृ० १९४ ।

'धर्मोपदेशक शूद्र' के प्रति मनु सर्वाधिक उग्र हैं। ब्राह्मणों की समानता करने वाले एवं बौद्ध धर्मावलम्बी बौद्ध शूद्रों को उग्रतम दण्ड मनु को अभिमत रहा है। याज्ञवल्क्य और कौटल्य इस प्रभाव से अधिक प्रभावित नहीं हैं। वे कुत्सा में जाति को वहीं महत्त्व देते हैं जहाँ जाति की कुत्सा की गयी हो। अपशब्दों के प्रयोग में मनु ने ब्राह्मण, नृप एवं देवता को प्राथमिकता दी है और कौटल्य ने राष्ट्र एवं राष्ट्रीय संगठन को।[१] मनु के सामने ब्राह्मणों की श्रेष्ठता, राजा के दैवी स्वत्व की स्थापना और देव-शक्ति की प्रतिष्ठा के माध्यम से बौद्ध शक्ति को पराभूत एवं समाज से अस्तित्वहीन करना था। कौटल्य अर्थशास्त्र की परम्परा से आते हैं और उनके सामने मुख्य प्रश्न राष्ट्र के एकीकरण का था। लेकिन इसका तात्पर्य यह नहीं है कि कौटल्य दण्डापराधविधि में जातीय तत्त्व स्वीकार ही नहीं करते। दण्डपारुष्य के सन्दर्भ में कौटल्य ने भी स्वीकार किया है कि शूद्र जिस अंग से ब्राह्मण पर आघात करे उसका वह अंग काट देना चाहिए।[२] शामशास्त्री ने इस अंश को अर्थशास्त्र में प्रक्षिप्त माना है। उनके अनुसार याज्ञवल्क्य ने यह अंश स्वीकार नहीं किया और उन्होंने जाति के स्थान पर अब्राह्मण शब्द दिया है।[३] जायसवाल ने शामशास्त्री के निष्कर्ष का समग्र रूप तो नहीं स्वीकार किया किन्तु कौटल्य को अपने पूर्ववर्ती परम्परा का संशोधक अवश्य माना है।[४] किन्तु वैदिक धर्मविरोधी शूद्रों एवं आजीवकों के प्रति याज्ञवल्क्य और कौटल्य भी मनु एवं पूर्व परम्परा का ही समर्थन करते हैं।[५] तात्पर्य यह कि अवैदिक समाज के अपराध के प्रति सभी विचारक एक पृष्ठभूमि पर स्थिर होकर विचार करते हैं।

दण्डपारुष्य

जैसा कि कहा गया है कि धर्मसूत्रों के बाद अपराधों के प्रकार नये परिगणन में प्रस्तुत किये गये। इनमें एक दण्डपारुष्य है। किसी को छूना या मारने के

१. मनु० ८।३१२-१३।; अर्थशास्त्र अध्याय ७५, पृ० १९४।

२. शूद्रो येनाङ्गेन ब्राह्मणमभिहन्यात्तदस्य छेदयेत्। अर्थशास्त्र ७५, पृ० १९४।

३. विप्रपीडाकरं छेद्यमङ्गमब्राह्मणस्य तु। याज्ञवल्क्य० २।२२१।

४. काशीप्रसाद जायसवाल : मनु एण्ड याज्ञवल्क्य, पृ० १५६।

५. जिह्वाछेदनं शूद्रस्यार्यं धार्मिकमाक्रोशतः। आपस्तम्ब० २।१०।२७।१४।; अर्थ० अध्याय ८७, पृ० २२५; अध्याय ७७, पृ० १९९; याज्ञ० २।२३५।

लिए दण्ड या हाथ उठाना और चोट कर देना दण्डपारुष्य कहा जाता है।[1] नारद के अनुसार किसी के अंग को हाथ, पाँव, डंडा, अस्त्र, कीचड़ और आयुध से पीड़ा पहुँचाना दण्डपारुष्य मानना चाहिए।[2] यह हीन, मध्यम और उत्तम तीन प्रकार का होता है। इसमें वृक्ष और पशु भी सम्मिलित हैं।[3] हीन, मध्यम और उत्तम की व्यवस्था अपराधी और अपराध पर की जाती है।[4] इतना अवश्य है कि दण्डपारुष्य में सिद्ध अपराध किसी का हो उसे दण्ड अवश्य मिलता है। इसमें प्रथम प्रयास करनेवाले को अधिक उत्तरदायी माना जाता है।[5]

दण्डपारुष्य में स्त्री एवं वर्ण के आधार पर भेद किया गया है। झगड़े में यदि अस्पृश्य, धूर्त, दास, म्लेच्छ, पापकारी एवं वर्णसंकर हो तो सामान्य नागरिक की अपेक्षा उसके अपराध अधिक गम्भीर माने जाते हैं।[6] यह भी देखा जाता कि अपराध किसके साथ हुआ है। इसमें भी वर्ण एवं स्त्री के आधार स्वीकार किये गये हैं। ब्राह्मण एवं स्त्री के साथ हुए अपराध अक्षम्य माने जाते। इसके साथ यह भी देखा जाता कि किस अंग की क्षति हुई इनके आधार पर भी अपराध का स्तर निश्चित किया जाता।[7] यदि दोनों पक्ष अपराध में समान रूप से प्रवृत्त हों तथा दोनों पक्ष आयु, लिंग और वर्ण में समान हों तो अपराध का निर्णय सामान्य नियम पर किया जाता।

वाक्पारुष्य

वाक्पारुष्य का सामान्य अर्थ है, अपशब्द प्रयोग। नारद के अनुसार 'देश जाति, कुटुम्ब या व्यक्ति को अपमानित करते या मानसिक कष्ट पहुँचाते हुए उच्च स्वर में प्रयुक्त अपशब्द वाक्पारुष्य है।'[8] कात्यायन के अनुसार दूसरे के सामने संसार के निन्दित शब्दों के उच्चारण, हुंकार अथवा कठोर शब्द करना वाक्पारुष्य है।[9] नारद ने वाक्पारुष्य के तीन भेद किये हैं—निष्ठुर, अश्लील

---

१. दण्डपारुष्यं स्पर्शनमवगूर्ण प्रहतामिति। अर्थशास्त्र ३।१९।१।

२. नारद० १८।४। ३. याज्ञ० २।२१२ पर मिताक्षरा।

४. नारद० १८।५–६। ५. नारद० ७।१२।

६. विवाद रत्नाकर पृ० २२७; कात्यायन, अपरार्क द्वारा उद्धृत, पृ० ८१३।

७. मनु० ८।२८४; नारद० १८।२९। ८. नारद० १८।१।

९. हुङ्कारं कासनं चैव लोके यच्च विगर्हितम्।
अनुकुर्यादनुब्रूयाद् वाक्पारुष्यं तदुच्यते॥ कात्यायन, उद्धृत अपरार्क, पृ० ८०५।

और तीव्र। इनमें तीव्र अपराध सबसे गुरुतम है।[1] बृहस्पति ने इनकी दूसरी संज्ञा दी है—निम्न, मध्यम और उच्च। देश, जाति, कुटुम्ब और व्यक्ति के सम्बन्ध में प्रयुक्त अपशब्द निम्न माना जाता है और माता, बहन एवं कन्या के सम्बन्ध में प्रयुक्त मध्यम। इसी प्रकार निषिद्ध भोजन, पान और पाप के सम्बन्ध में प्रयुक्त वाक्पारुष्य उच्च माना जाता है। वाक्पारुष्य में विभिन्न तत्त्वों का स्थान है। उनमें वर्ण का महत्त्व कम नहीं है। लेकिन किसी भी वर्ण से प्रयुक्त शब्द वाक्पारुष्य माना जाता है। ब्राह्मण को क्षत्रिय, वैश्य और शूद्र यदि गाली दें तो बड़ा अपराध था। ब्राह्मण भी यदि अन्य वर्णों को गाली देता—अपेक्षाकृत अपराध में न्यूनता होते हुए भी—उसे अपराध माना जाता था। गाली देने और सुननेवाले दोनों अपराधी हैं। माता के सम्बन्ध की गाली सामान्य से दूना अपराध है। वास्तविक तथ्य पर आधारित होते हुए भी मानसिक क्षोभकारी शब्द वाक्पारुष्य की सीमा में माने जाते हैं। इसी प्रकार किसी के अपरूप पर व्यंग करना भी वाक्पारुष्य माना जाता है क्योंकि इससे मानसिक क्षोभ होता है। प्रमाण के लिए काण, खंज तथा अंगहीन को उसी रूप में निर्देशित करना अपराध है। किसी नेत्र एवं दन्त विहीन के नेत्र एवं दाँत के सौन्दर्य की प्रशंसा भी वाक्पारुष्य है। किसी चोर को चोर शब्द से तिरस्कृत भी नहीं कर सकते। राजा एवं धार्मिक जीवन व्यतीत करनेवाले उच्च वर्ण के लोगों को गाली देना जघन्य अपराध है। अपशब्दों के प्रयोग में प्रयोक्ता की स्थिति पर भी ध्यान दिया जाता है। लेकिन वह मोह, प्रमाद एवं संघर्ष में यदि गाली का प्रयोग करता है और उसे स्वीकार कर लेता है कि वह पुनः ऐसा नहीं करेगा तो अपराध की मात्रा में कमी कर दी जाती है।[2]

स्त्रीसंग्रहण

पर-स्त्री के मिथुनीभाव को स्त्री-संग्रहण कहा जाता है। यह तीन प्रकार का होता है—बलकृत, उपाधिकृत और अनुरागज। प्रथम एकान्त स्थान में इच्छा के विपरीत मत्त, उन्मत्त, प्रमत्त या विलाप करते हुए के साथ बलात्कार

---

1. नारद० १८।२-३।
2. मनु० ८।२६६, २६७, २६९, २७४।; नारद० १८।१५।१८।; मत्स्य० २२७।६६।; विष्णुधर्मोत्तर ५।२७।; अर्थशास्त्र ३।१८।; याज्ञ० २।३०२।; आप० ध०सू० २।१०।२७।१४। एथेन्स में साधारण गाली अपराध नहीं मानी जाती थी। Historical Jurisprudence, Vol. II. अन्यत्र के लिए द्रष्टव्य : Continental Criminal Law, Vol. I. Ch. 6.

है। छद्म से गृह में बुलाकर मद्य आदि द्वारा अनुचित मनोभाव की अवस्था में किये संयोग को उपाधिकृत कहते हैं। परस्पर चक्षुराग से अथवा दूती आदि के माध्यम से रूप या अर्थलोभ से किये भोग को अनुरागज कहा जाता है।[1] अनुरागज के तीन भेद हैं—प्रथम, मध्यम और उत्तम। प्रथम में स्त्री के अनुरूप छेड़छाड़, मुसकान, दूती सम्प्रेषण, वस्त्राभूषण; मध्यम में वस्त्राभूषण प्रेषण, फल पुष्प समर्पण, ऐकान्तिक और वैयक्तिक बातचीत और उत्तम में समान शय्या या आसन शयन, आलिंगन, चुम्बन और परिरम्भण का संग्रह किया जाता है।[2]

याज्ञवल्क्य आदि स्मृतिकार स्त्री-संग्रहण की उक्त परिभाषा स्वीकार करते हैं।[3] निबन्ध ग्रन्थों में बलात्कार का परिगणन साहस में किया गया है।[4] इसमें मृत्युदण्ड तक का विधान है। बलात्कार में स्त्री का अपराध नहीं माना गया। व्यभिचरित होने से पाप का प्रायश्चित्त अवश्य स्वीकार किया गया।[5] लेकिन प्रेम से भोग में स्त्री का अपराध माना जाता फिर भी उसमें पुरुष का दोष अधिक माना गया है। फलतः स्त्री इस प्रकार के अपराध में केवल त्याग दी जाती है। उसे विरूप भी नहीं किया जा सकता। कात्यायन ने सभी अपराधों में स्त्री को पुरुष की अपेक्षा आधा अपराधी माना है। विमाता, मौसी, सास, मामी, फूआ, चाची, बहन की सखी, शिष्य-स्त्री, कन्या, आचार्यभार्या, सगोत्र की कन्या, शरणागता, रानी, धात्री, संन्यासिनी एवं उत्तम वर्णवाली के साथ संयोग महान् अपराध माने गये हैं और इनमें अंगच्छेद जैसा दण्ड दिया जाता।[6] धर्मसूत्रों की अपेक्षा परवर्ती स्मृतियों में अपराध एवं दण्ड के सम्बन्ध में अन्तर आया। समाज में पेशेवर जातियाँ विकसित हुईं जिनके साथ सम्भोग अपराध नहीं माना गया। कुछ ऐसी भी जातियाँ थीं जो कुटुम्ब के भरण-पोषण के लिए अपने परिवार की सदस्याएं उच्च वर्ण के लोगों को प्रस्तुत करने लगीं। नैतिकता की सामाजिक स्वी-

---

१. बृह०, उद्धृत अपरार्क, पृ० ८५४।

२. व्यास और बृह०, स्मृ० चं० २ पृ० ८।

३. याज्ञ०, २।२८३। और उस पर मिताक्षरा।

४. मदनरत्न, व्य० प्र० ३९६-९७। तुलनीय: I. P. C. Section, 376.

५. याज्ञ० २।२८६।

६. बृह०, उद्धृत स्मृ० च०, २, पृ० ३२१।; कात्या० ४८७।; नारद० १५।७३-७५।

कृति के बाद अपराध के नियमों में संशोधन हुआ। परवर्ती काल में स्त्री अपराध को इतना सरल कर दिया गया कि स्त्रियाँ सामान्य प्रायश्चित्त से शुद्ध हो जातीं।

संन्यासिनी सम्बन्धी अपराध का मतभद विचारणीय है। नारद और मत्स्यपुराण उसके साथ किये सम्भोग को अत्यन्त गर्हित पाप मानते हैं जब कि याज्ञवल्क्य और कौटल्य कुछ पण का ही दण्ड देते हैं।[1] वस्तुतः कौटल्य ने संन्यासी और संन्यासिनियों को उच्च दृष्टि से नहीं देखा है। उनके काल में बौद्ध भिक्षु भिक्षुणियों तथा वैदिक परिव्राजकों का नग्न चित्र उपस्थित था। अतएव वे उनका नियमन करना चाहते थे। सर्वप्रथम उन्होंने भिक्षु और परिव्राजकों को लौकिक शासन के सामने सामान्य नागरिक के रूप में उत्तरदायी बनाया। इसका स्पष्टीकरण इस प्रकार किया जाता है कि कौटल्य और याज्ञवल्क्य निम्न वर्ग की परिव्राजिकाओं के सम्बन्ध में विधान कर रहे हैं और नारद एवं मत्स्यपुराण उच्च वर्ण की।[2] किन्तु इस संगति का कोई आधार नहीं है। मनु पर कुल्लूक ने व्याख्या करते समय प्रव्रजिता का अर्थ स्पष्टतया 'बौद्धा और ब्रह्मचारिणी' किया है।[3] कौटल्य ने समाज में घूमनेवाली परिव्रजिताओं का स्तर वेश्या से अधिक नहीं रखा, क्योंकि वेश्या और परिव्रजिता के साथ व्यभिचार के अपराध में कुछ पण दण्ड का विधान किया है।[4] पण की मात्रा में भेद है न कि अपराध की विशेषता में।[5] काणे महोदय ने मत्स्य पुराण के वचन में 'वर्णोत्कृष्टा' का सम्बन्ध प्रव्रजिता के साथ लगाना चाहा, वह अनुपयुक्त है। प्रव्रजिता और वर्णोत्कृष्टा दोनों के साथ हुए अपराध में वहाँ कहा जा रहा है जैसा कि '**तथैव च**' शब्द से स्पष्ट है।[6]

द्यूत समाह्वय

द्यूत प्रथा वैदिक काल से ही चली आ रही है। ऋग्वेद में एक स्थान पर

---

1. कौ० ४।१३; याज्ञ० २।२९३।
2. History of Dharmashastra, vol. III. p. 534
3. बौद्धार्भिब्रह्मचारिणीभिः सम्भाषां कुर्वन्किञ्चिद्दण्डमात्रं दाप्यः स्यात्। मनु० ८।३६३। पर कुल्लूक भट्ट।
4. अर्थशास्त्र ४।१३।; याज्ञ० २।२९१।
5. याज्ञ० २।२९१ आदि।
6. तथा प्रव्रजिता नारी वर्णोत्कृष्टा तथैव च।
इत्यगम्याश्च निर्दिष्टास्तासां तु गमने नरः॥ मत्स्य० २२७।१४१।

जुआरी की दशा पर विलाप का दृश्य चित्रित किया गया है।[1] एक दूसरे स्थान पर विभीदक वृक्ष के अक्ष को पाप कहा गया है।[2] अथर्ववेद में भी 'ग्लह' (अक्ष) का यत्र तत्र उल्लेख है।[3] वाजसनेयी संहिता में **'अक्षराजाय कितवम्'** शब्द मिलता है।[4] राजसूय आदि यज्ञों में द्यूत का प्रयोग पाया जाता है। पाणिनि ने अक्षशलाका के विषय में प्रयोग दिया है।[5] अन्यत्र पाणिनि द्वारा दिये शब्दों से सांस्कृतिक चित्रण हो जाता है। युधिष्ठिर की प्रतिज्ञा ही थी कि अक्ष में प्रत्येक चुनौती स्वीकार करने को तैयार रहेंगे।[6] लेकिन इसका तात्पर्य यही है कि द्यूत मनुष्य के मस्तिष्क को भ्रष्ट कर देता है। युधिष्ठिर के दुःख के पीछे यही कारण रहा है। ब्रह्मपुराण में द्यूत की निन्दा करते हुए कहा गया है कि जुआरी की स्त्री सदा विपत्ति और अनिश्चित भविष्य में रहती है।[7] वेदों में इसे अतुलनीय पाप कहा गया है।[8] वैदिक काल में द्यूत जितना गर्हित पाप कहा गया है स्मृतियों में उसे ऐसा पाप नहीं माना गया अपितु राज-नियन्त्रण में वैध भी मान लिया।

अप्राणी जैसे अक्ष, शलाका आदि के द्वारा खेले जाने को द्यूत, प्राणी जैसे कुक्कुट, मेष आदि से पणपूर्वक खेले जाने को समाह्वय कहा जाता है।[9] द्यूत और समाह्वय का करना और कराना समान रूप में अपराध है। वे राष्ट्र के लिए हानिकारक और प्रच्छन्न तस्कर हैं। इनसे वैर भाव का विस्तार होता है। मनोरंजन के लिए भी इनका प्रयोग न करना चाहिए।[10] लेकिन कौटल्य और याज्ञवल्क्य इसकी व्यवस्था करते हैं। राज्य के नियन्त्रण के देखरेख में ही उनका व्यवहार हो सकता है। राज्य द्वारा निश्चित स्थान के अतिरिक्त स्थान पर इनका प्रयोग निषिद्ध एवं अवैधानिक है।[11] मनु एवं याज्ञवल्क्य के मत में प्रस्तुत असंगति का निराकरण करते हुए बृहस्पति ने लिखा है कि 'मनु का मत जूए को सत्य, शौच और धननाशक होने पर आधारित है।' याज्ञवल्क्य

---

१. ऋ० १०।३४। २. ऋ० १।४१।९।; ७।८६।६।

३. अथर्व० ४।१६।५। ४. वाज० सं० ३०।१८।

५. पाणिनि २।१।१०। और उस पर महाभाष्य।

६. उद्योग पर्व १२८।६।; सभा० ५८।१६।

७. ब्र० पु० १७१।२९-३८। ८. ऋ० १०।३४।१०-११।

९. मनु० ९।२२३।; नारद० १९।१।; बृह० से० बु० इ०, ३३ जिल्द।

१०. मनु० ९।२२५-२७।; उद्यो० ३७।१९।; कात्यायन० ९३४।

११. याज्ञ० २।२०३।; कौ० ३।२०।

का मत राजस्व और चोरों का पता लगाने के उद्देश्य पर निर्भर करता है।[1] राज्य द्वारा निश्चित स्थान के अतिरिक्त यदि जूआ खेला जाता तो राजस्व जमा करना पड़ता।[2]

स्तेय और साहस

स्तेय ऋग्वेद में भी महान् पाप और अपराध माना गया था। उससे बचने के लिए देवताओं की स्तुति की गयी है। मनु काल तक स्तेय और साहस में अन्तर हो जाता है। आधुनिक शब्दों में स्तेय को चोरी और साहस को डाका कहा जा सकता है। कात्यायन के अनुसार 'प्रच्छन्न या प्रकाश एवं रात्रि या दिन में परद्रव्य या अपहरण करना स्तेय है।' नारद के अनुसार व्यक्ति को नशे की स्थिति में लाकर उसकी सम्पत्ति का अपहरण करना चोरी है।[3] वस्तुओं के मूल्य के आधार पर चोरी के तीन भेद हैं। उनका परिगणन क्षुद्र, मध्यम और उत्तम के रूप में किया गया है।[4] चोरी न करने पर भी कुछ वस्तुएं बिना आज्ञा ग्रहण करना चोरी के समान ही माना गया है।

उच्च वर्ण गाय के लिए तृण, पूजा के लिए पुष्प और फल कहीं से ले सकते हैं।[5] लेकिन शूद्र ऐसा नहीं कर सकता। उच्च वर्ण के लोग भी उक्त उद्देश्यों के अतिरिक्त वस्तु-ग्रहण करने पर चोर समझे जाते हैं। आपस्तम्ब के अनुसार आवश्यकतानुसार थोड़ी घास और पुष्प जिससे स्वामी को कष्ट न हो, लिया जा सकता है। लेकिन आवश्यकता से अधिक लेने पर अनुमति आवश्यक थी।[6] महाभारत के अनुसार तीन दिन भूखे रहने के बाद चौथे दिन कहीं और किसी के यहाँ से एक दिन भर का भोजन लिया जा सकता है। ऐसी स्थिति में की गयी चोरी का समर्थन व्यास करते हैं। जिस यात्री का भोजन समाप्त

---

१. बृह० उद्धृत स्मृ० चं०, २ पृ० ३३१।

२. नारद० १९।८।; याज्ञ० २।१९९।

३. कात्यायन उद्धृत दायभाग ६।९, पृ० २२४।; नारद उद्धृत मिताक्षरा, याज्ञ० २।२७५ पर।

४. मनु० ८।३२०-२३।

५. गौतम० १२।२५।; याज्ञ० १।१६६। पर मिताक्षरा।; मनु० ८।२२९। पर कुल्लूकभट्ट।

६. अतिव्यवहारो वृद्धो भवति। सर्वत्रानुमतिपूर्वमिति हारीतः। आ० १।१०।१८।१।

हो चुका हो उसे कहीं और किसी के यहाँ से भोजन प्राप्त करने का अधिकार है।[1]

दूसरे की सम्पत्ति का बलपूर्वक, राजकर्मचारी, स्वामी, अथवा अन्य किसी की उपस्थिति में वस्तु अपहरण करना साहस है।[2] साहस में सम्पत्ति के अतिरिक्त पर-स्त्री एवं पुरुष का भी अपहरण हो सकता है। चोरी की अपेक्षा बल एवं दर्प से अपहरण के विशेष कारण से साहस, स्तेय आदि से अतिरिक्त अपराध माना गया। मिताक्षरा के अनुसार तीन और बृहस्पति के अनुसार चार प्रकार का साहस कहा गया है। मिताक्षरा में प्रथम, मध्यम और उत्तम साहस का भेद किया गया है और विभाजन का आधार धर्मशास्त्रों एवं अर्थशास्त्र को माना है। बृहस्पति ने मनुष्यमारण, चौर्य, परदारापहरण, दोनों पारुष्य—इस प्रकार के अवान्तर भेद किया है।[3] फल मूल, क्षेत्र, जल आदि से सम्बद्ध प्रथम साहस; वस्त्र, पशु, अन्न, गृह आदि से सम्बद्ध मध्यम साहस और विष, शस्त्र आदि से दूसरी स्त्री के अपहरण को उत्तम साहस कहा गया है। उनके अनुसार ही दण्ड भी दिया जाता है।[4] साहस में इस पर विचार करना आवश्यक है कि "किसने अपराध प्रारम्भ किया, कौन सहायक है, किसने परामर्श दिया, किसने उकसाया, किसने व्यक्ति का परिचय दिया और मारने का प्रकार बताया। साथ ही प्रयोजक और प्रोत्साहक कौन हैं ?" अपराधी को शरण, आवश्यक सामग्री, शस्त्र एवं भोजन आदि देनेवाला भी अपराधी के समान अपराध में सम्मिलित माना जाता है। प्रोत्साहन (Abetting) भी अपराध में समान

---

1. स्मृ० चं० १, पृ० १७५।; मत्स्य० २२७। ११०, ११४।; मनु० ८।३४१।

2. स्यात्साहसं त्वन्वयवत् प्रसभं कर्म यत्कृतम्।
निरन्वयं भवेत्स्तेयं हृत्वापव्ययते च यत्॥ मनु० ८।३३२।; और अर्थशास्त्र ३।१७।; याज्ञ० २।२३०; और उस पर मिताक्षरा। नारद० १७।१।; कात्या० ७९५-६।

3. याज्ञ० २।२३० पर मिताक्षरा।;
मनुष्यमारणं चौर्यं परदाराभिमर्शनम्।
पारुष्यमुभयं चेति साहसं स्याच्चतुर्विधम्॥ बृ० उद्धृत स्मृ० चं० २, पृ० ३१२।

4. याज्ञ० २।२३० पर मिताक्षरा।

महत्त्व रखता है। याज्ञवल्क्य ने वृक्ष, पशु, समाज के उपेक्षित वर्ग एवं सामान्य नागरिक में भेद नहीं किया है।[1]

अन्य अपराध

राजद्रोह

उत्तरवर्ती काल तक राजतन्त्र के विकास के साथ राज्य, राजा और राजपरिवार राष्ट्र के श्रद्धेय बन जाते हैं। उन्हें क्षति पहुँचाना एवं अपमानित करना महान् अपराध माना गया। इस काल में राजा पर आक्रमण करना ब्रह्महत्या से भी बढ़कर अपराध हो गया।[2] राजा के प्रति शत्रुभाव रखनेवाले को देशनिष्कासन जैसा दण्ड दिया जाता। राजद्रोह में संलग्न का अपराध और गुरुतर था।[3] सप्तप्रकृति—राजा, अमात्य आदि–के प्रति शत्रु भाव रखना भी महान् अपराध था और उसमें जीवित अग्नि में जलाने का दण्ड था। इस प्रकार का भाव यदि राज-परिवार के सदस्यों में भी हो तो वे भी अपराधी माने जाते थे।[4] राज्य के प्रति द्रोह भाव, राजा के प्रति शत्रुता एवं विद्रोह बढ़ाने में शारीरिक दण्ड दिया जाता। रानी के प्रति अमानुषिक व्यवहार पर मृत्युदण्ड का विधान था। राज्य के हाथी, अश्व, अस्त्र–शस्त्र ध्वंस करने का प्रयास राजद्रोह जैसा अपराध माना जाता। राजा को गाली देना सामान्य वाक्पारुष्य से आगे का अपराध माना गया। याज्ञवक्ल्क्य ने इसमें अंगच्छेद के विकल्प में अर्थदण्ड का विधान किया है।[5] लेकिन नारद और कात्यायन ने अंगच्छेद का ही समर्थन किया है।[6] राजा को धोखा देने एवं उसकी गुप्त मन्त्रणा को प्रकाशित करना भी इसी स्तर का अपराध माना गया है।

विश्व के अन्य प्राचीन समाजों में भी राजद्रोह महान् अपराध माना गया है और उसमें कठोर दण्ड दिये गये। बैवीलोनिया और परसिया में मृत्युदण्ड भी दिया जाता। रोमन ला में राज्य के विपरीत सोचने के लिए रात्रि

---

१. याज्ञ० २।२३२-३७।; अर्थशास्त्र ३।१७।; आप० २।२।२९।१।; स्मृ० चं० २, पृ० ३१२।

२. नारद १५ और १६।

३. बृह० १७।१६।

४. मनु० ९।२७५।; कौ० ४।११।२२७।

५. विष्णु० ७।१८।१९।; ५।१४।

६. मनु० ९।२३२-२३५, २७५, २८०।; याज्ञ० २।२२१, २८२, ३०२।; कौ० ४।२२७।; ४।१३।२३३, २३४।; ४।११।२२८।; नारद० १८।

में एकत्र होना भी मृत्यु दण्ड के स्तर का अपराध था। साम्राज्य विस्तार के अवसर पर सम्राट् के विपरीत सोचना अपराध था। एथेन्स में राजद्रोह की भावना, विद्रोह को उकसाना, सहायता करना एवं अवसर प्रदान करनेवाले सभी अपराध उच्च कोटि के थे। मध्ययुगीन फ्रांस में सन्दिग्ध व्यक्ति द्वारा अपराध अस्वीकार करने पर फ्रांस की विशेष विधि से मृत्यु दण्ड दिया जाता। इंगलैण्ड में भी सीधे शारीरिक दण्ड की व्यवस्था थी।[१]

मुद्रा, नाप-तौल, मूल्य आदि के सम्बन्ध में राज्य का एकाधिकार नहीं था। गणों एवं स्थानीय संगठनों को मुद्रा प्रसारण का अधिकार था। लेकिन राज्य का उन पर नियन्त्रण था। इस सम्बन्ध में होनेवाली अव्यवस्था पर राज्य विशेष ध्यान देता था। नकली एवं जाली सिक्कों का प्रयोग और सिक्का ढालने का अपराध देश निष्कासन के दण्ड के स्तर का था। राज्य चिह्न विहीन बटखरों का प्रयोग अपराध था। बटखरों का सदा राज्य द्वारा निरीक्षण हुआ करता था। व्यापार राज्य की ओर से नहीं होता था किन्तु बाजार, मूल्य, नाप तौल आदि पर राज्य का नियन्त्रण था।

जन-स्वास्थ्य एवं यातायात सम्बन्धी अपराध

निश्चित स्थान के अतिरिक्त सार्वजनिक स्थान पर कुत्ते, बिल्ली, सर्प, गधे, ऊँट एवं मनुष्य का शव गाड़ना या फेंकना अपराध था।[२] वस्तु में मिलावट, द्रव्य एवं मणि को नष्ट करना, अस्वास्थ्यकर एवं निषिद्ध वस्तु का विक्रय, नरमांस विक्रय, सड़े मांस का विक्रय, मरे हुए पशु का निश्चित स्थान से अन्यत्र विक्रय एवं निषिद्ध अंगों का मांस विक्रय सामाजिक अपराध थे। शव का कपड़ा चुराना बड़ा अपराध माना जाता था।[3] जलाशय एवं जल के स्रोतों के पास शौचालय या मूत्रालय बनाना अपराध था। उससे बड़ा अपराध तालाब, कूप आदि को गन्दा करना माना जाता। सार्वजनिक सम्पत्ति एवं स्थानों को

1. Continental History of Criminal Law, Part I, Ch. VI.
   Oration of Demosthenese, Vol. III. pp. VIII. pp. 339-40. Translated by Charls R. Kennedy (1856).
   M. N. Dhalla. Zorostrain Civilisation, Ch. I.
2. कौ० २।३४।१४५।
3. मनु० ९।२८६। ; कौ० ४।२।२०४। ; २।२६।१२२।, ४।१०।२२५। ; याज्ञ० २।२०३, २४५, २९७। ; विष्णु० ५।४९, १७४।

नष्ट भ्रष्ट करना सामाजिक एवं राज्य सम्बन्धी दोनों अपराध माने गये हैं ।[1] किसी घर में विषैली वस्तु या विषधर सर्प आदि रखना एवं हानिप्रद वस्तु फेंकना बड़ा अपराध कहा गया है ।[2] यातायात में दुर्घटना होने पर १० हेतुओं पर अपराध का निर्णय होता था । यान का कोई अंग भग्न हो जाय, विषम भूमि हो, अप्रत्याशित ढंग से पशु-पक्षी सामने आ जायँ, पशुओं के रज्जु आदि बन्धन टूट जायँ, अगल-बगल हल्ला होने से पशु भड़क जायँ आदि कारणों से हुई दुर्घटना में यान-चालक अपराधी नहीं माना जाता । अन्य स्थिति में यान-चालक और यान-स्वामी दोनों अपराधी माने जाते ।

धार्मिक अपराध

वैदिक काल से स्मृतिकाल तक धार्मिक अपराधों में महान् अन्तर आ जाता है । वैदिक युग में समाज का आधार ऋत था । ऋत के विपरीत कार्य 'अनृत' था, उसे पाप एवं अपराध माना गया । ऋत के साथ सामाजिक सम्बन्ध होने पर धर्म के स्वरूप का विकास हुआ । इस अवस्था में धर्म के विपरीत कार्य अधर्म और अपराध माना गया । इस स्तर पर धर्म सामान्य एवं विशेष दो रूपों में विकसित हुआ । सामान्य पर ऋत का प्रभाव था । विशेष धर्म व्यक्ति एवं समाज विशेष के लिए था । व्यक्ति एवं समाज के विशेष धर्म की सीमा एवं सूची स्थिर करने के लिए धर्मशास्त्रों का विकास हुआ । फलतः धर्मशास्त्रों के विपरीत किया गया कार्य अपराध माना गया ।

मध्य युग में धर्म एवं राज्य में सम्मिश्रण होने से धार्मिक अपराधों का राजनीतिक रूप सामने आता है । जिस धार्मिक सम्प्रदाय के हाथ में राजसत्ता आयी उसने अन्य धार्मिक सम्प्रदायों के कार्य धार्मिक अपराध की सूची में रख दिया । पश्चिम में धार्मिक रक्तपात का आधार यही था । भारत में ऐसा नहीं हुआ । वैदिक काल के दस्यु एवं किरातों से लेकर स्मृतिकाल के यवन, शक, खस, दरद आदि जातियों तक राज्य किसी सम्प्रदाय विशेष का संरक्षण नहीं करता था । वैष्णव राजाओं के मन्त्री बौद्ध भी रहे हैं । तात्पर्य यह है कि धार्मिक अपराधों का निर्धारण राज्य की ओर से नहीं किया गया, उसका मूल स्रोत समाज ही रहा ।

---

[1] मनु० ९।२८२-२८३; कौ० २।२६।१४५।, ३।१०।१७१।; विष्णु० ५।१०६।; बृ० १९।२८ । [2] कौ० ३।१९।१९७।; याज्ञ० २।२२४ ।

स्मृतिकाल तक धार्मिक अपराधों का स्तर इस प्रकार बदला कि मन्दिर, मूर्ति, भोजन आदि के नियम, जाति विशेष के आचार आदि धार्मिक अपराधों में मुख्य हो गये और धर्म का सामान्य पक्ष (ऋत का प्रभाव) गौण हो गया। इसका स्पष्टीकरण इस काल की अपराध सूची देखने पर होता है। मन्दिर नष्ट करना मृत्युदण्ड के स्तर का अपराध माना गया। मूर्ति-भंजक को उत्तम साहस के अपराध में रखा गया। मनु ने धार्मिक अपराध में सामाजिक अपराधों का समावेश कर दिया। उनके अनुसार 'पाषण्डियों को देशनिष्कासन का दण्ड देना चाहिए।' पाषंडी के दो तात्पर्य थे अवैदिक सम्प्रदाय का साधु अथवा धर्मवंचक।[1]

समाज द्वारा निर्णीत मान्यताएँ कार्यान्वियन में लाना राज्य का कार्य था। समाज अपनी मान्यता में परिवर्तन कर सकता था, लेकिन राज्य उसमें हस्तक्षेप नहीं कर सकता था। शूद्रों के लिए समाज में जो स्थान निश्चित किये गये थे, राज्य उसका कार्यान्वियन करता। गौतम के अनुसार शूद्र वेद-मन्त्रों का उच्चारण और श्रवण नहीं कर सकता था। ऐसा करने पर उसे जिह्वा और कान से हाथ धोना पड़ता।[2] मनु और याज्ञवल्क्य इस पर कुछ निर्देश नहीं करते। बृहस्पति उक्त मत का समर्थन करते हैं।[3]

उत्तरवर्ती काल में भोजन, पान आदि धर्म के मुख्य अंग हो गये। इस स्थिति में अपवित्र वस्तु खिलाकर किसी को दूषित करना अपराध था। ब्राह्मण को दूषित करने पर उत्तम, क्षत्रिय को दूषित करने पर मध्यम, वैश्य को प्रथम और शूद्र को दूषित करने पर २५ पण दण्ड दिया जाता।[4] विष्णु के अनुसार ब्राह्मण को सुरापान कराकर भ्रष्ट करने के अपराध में मृत्युदण्ड दिया जा सकता है।[5] शूद्र द्विजाति को जान कर स्पर्श द्वारा भ्रष्ट करता तो उसे मृत्युदण्ड का भागी होना पड़ता।[6] याज्ञवल्क्य और कौटल्य इस अपराध पर जुर्माने का समर्थन करते हैं।[7] यज्ञोपवीत आदि द्विजातियों के

---

१. मनु० ९।२२५, २८०, २८५; वि० ५।१७४।

२. याज्ञ० २।२११; कौ० ३।१८।१९४।

३. गौ० १२।४-५; बृ० ३०।१२।

४. कौ० ४।१३।२३२१; याज्ञ० २।२९६; म० पु० १२७।२०३।

५. विष्णु० ५।९८–१०३।

६. विष्णु० ५।१०४।

७. याज्ञ० २।२३४; कौ० ३।२०।१९९।

चिह्न धारण करने पर शूद्रों को शारीरिक दण्ड दिया जाता ।[1] कौटल्य इस अपराध में एक आँख फोड़ने अथवा ८०० पण का दण्ड विधान करते हैं । याज्ञवल्क्य केवल ५०० पण जुर्माना ही मानते हैं ।[2]

मनु के समय में तान्त्रिक अभिचारों का चमत्कार व्यापक हो रहा था । उससे ढोंगियों द्वारा प्रजा का नैतिक ह्रास हो रहा था । अभिचार का मूल वामाचार के पंचमकार से किसी न किसी प्रकार सम्बद्ध रहता है । स्मृतियों ने अपने पूर्ववर्ती श्रुतियों के वामाचार से सम्बद्ध प्रत्येक अंश का बहिष्कार किया । मनु ने सभी प्रकार के अभिचार का निषेध किया और उसे अपराध माना । कुल्लूकभट्ट ने अभिचार से तात्पर्य लौकिक और शास्त्रीय दोनों माना है ।[3] पश्चिम के चुड़ैलों का सम्बन्ध मनु के अभिचार से नहीं है । मनु तथा धर्मशास्त्रकारों ने किसी को चुड़ैल समझ कर उसे जलाने का विधान नहीं किया क्योंकि यह स्थिति असत्य कल्पना मात्र ही है । अभिचार का प्रायोगिक और दार्शनिक आधार था । उसके विरीत स्मृतियों ने विरोध प्रस्तुत किया । दूसरी ओर अभिचार के आधारभूत तान्त्रिक ग्रन्थों ने वेद तथा स्मृतियों को 'वेश्या' कहा है, क्योंकि वे गुह्य नहीं सार्वजनिक हैं । किसी अभिचार से मृत्यु होने के पूर्व प्रयोक्ता पर जुर्माना आदि का विधान था किन्तु प्रयोग के कारण मृत्यु हो जाने पर मृत्युदण्ड ही विहित है ।[4] बृहस्पति देश निकाले का विधान करते हैं ।[5]

धोखा, शरारत, विश्वासघात आदि

शरारत से किसी के द्रव्य या वस्तु नष्ट करने, पशुओं को चोट पहुँचाना, कूप, बाँध आदि नष्ट करना, सीमा तोड़ने, खेत में आग लगाना, वृक्ष नष्ट करना एवं औद्योगिक वस्तु नष्ट करना शरारत आदि में माना गया । सभी अपराध समान नहीं हैं । जिनसे राष्ट्रिय उत्पादन को क्षति पहुँचती है, उन्हें गुरु अपराध माना गया । कौटल्य ने इन अपराधों में वर्ण के आधार पर भेद नहीं किया ।[6] राजकीय चिह्नों या वैयक्तिक प्रलेखों

---

१. मनु० ९।२२४ और २६० ।

२. कौ० ४।१०।२२५।; याज्ञ० २।३०४ । ३. मनु० २।२९० ।

४. मनु० ९।२९० पर कुल्लूक ।; कौ० ४।१३।२३३ ।

५. बृ० २२।१६ ।

६. मनु० ८।२६४,२८१, २८६, २८८।; याज्ञ० २।१५५, २२५–२२९।; कौ० ४।११।२२८।, ४।१०।२२६।; वि० ५।१५।, ५।९–११।, ५। ५५-५९ ।

के साथ जाल करना महान् अपराध है। इसमें मनु मृत्यु दण्ड और अन्य विधायक जुर्माना आदि का विधान करते हैं।[१] राजाज्ञा की चोरी से वस्तु का विक्रय, राज्य द्वारा नियन्त्रित वस्तु उसमें भी सैनिक सामग्री, मुद्रा और बहुमूल्य पत्थर का निर्यात आदि राज्य के विपरीत अपराध माने जाते। यदि ऐसे कार्य व्यापारिक संगठन करता तो उसे समाप्त कर दिया जाता।[२] स्वामी और सेवक के अपराध का मापदण्ड हैं दोनों के बीच हुए समझौते। समझौते में उभय पक्ष की सीमा एवं स्थिति निर्धारित रहती, उसके भंग करनेवालों को क्षतिपूर्ति, जुर्माना एवं राज्यविधि से निर्धारित दण्ड दिया जाता।[३] स्थानीय संगठनों के विषयों के उल्लंघन को देश-निकाला जैसे अपराध में माना गया।[४] वैद्य की असावधानी से हुई क्षति महान् अपराध में मानी गयी। पशुओं के साथ भी हुई असावधानी अपराध था। राज-परिवार, सामान्य नागरिक एवं पशुओं के प्रति हुई असावधानी के अनुपात से अपराध में भी गरुता न्यूनता मानी गयी है। कौटल्य ने इस प्रकार का कोई भेद अस्वीकार कर मनुष्य-मात्र की समानता माना हैं।[५]

पशुओं के अपराध

पशुओं से होनेवाले अपराध का उत्तरदायित्व मालिक पर था और राज्य को जुर्माना भी देना पड़ता।[६] यदि क्षेत्र या चरागाह मार्ग में पड़ता, पशु देव समर्पित और सकृत्प्रसूता गाय से क्षति हो जाय तो उसे अपराध नहीं माना जाता।[७] क्षति होने में पशुपालक का उद्देश्य है तो उसे जुर्माना देना पड़ता किन्तु यदि क्षेत्रपति ने भी क्षेत्र रक्षा में असावधानी की और पशु उस स्थिति

---

१. मनु० ८।३९९।; ९।२३२।; कौ० २।२१।११।; ४।२।२०४-२०५।
२. आप० २।११।२८।२-३।; कौ० ३।१४।१८५।; याज्ञ० २।२९२।
३. कौ० २।१४।१८५।; याज्ञ० २।२९२।
४. आप० २।१०।२७।१८-१९।; या० २।१८७-१९०।; मनु० ८।२१९-२२०।; कौ० ३।१४।१८६।; बृ० १७।५।१३-१६।
५. मनु० २।२८४।; विष्णु० ५।१७५-१७७।; कौ० ४।१।२०२।; याज्ञ० २।२४२।; बृ० २२।८।
६. मनु० ८।२४१।; वि० ५।१४६।; याज्ञ० २।१६१।
७. गौ० १२।; मनु० ८।२३८ और २४२।; वि० ५।१४७।; कौ० ३।१०।१७२।; याज्ञ० २।१६२, ३।

में अनायास ही अपने स्वामी के प्रतिबन्धों के उपरान्त क्षेत्र में जा सकता तो पशुपालक के स्थान पर क्षेत्रपति ही अपराधी माना जाता। उक्त स्थितियों के अतिरिक्त अन्य स्थिति में पशुपालक ही उत्तरदायी होता।[1] क्षति करने वाले पशुओं के अनुसार, गाय, ऊँट, अश्व आदि जुर्माने में अन्तर पड़ता।[2] पशु यदि क्षति करके उसी क्षेत्र में बैठता और सोता भी है तो अपराध दुगुना हो जाता।[3]

लेकिन क्षेत्र में से पशु को निकालने में उसे बुरी तरह पीटा नहीं जा सकता था।[4] भूखे एवं प्यासे के साथ दुर्व्यवहार करने पर गोहत्या जैसा अपराध माना जाता।[5] पशुओं को किसी प्रकार कष्ट देना अपराध माना जाता।[6] पशु की हत्या सर्वथा निषिद्ध थी। धार्मिक विधियों में पशु बलि निषेध माना गया।[7] कौटल्य ने संरक्षित जंगलों में आखेट का भी निषेध किया। इसमें धार्मिक उद्देश्य भी सम्मिलित था।[8] जंगली पशुओं के उत्पात की सूचना जंगल के अधिकारी को देना चाहिए, उन्हें समाप्त करना या कष्ट न देना चाहिए[9]।

राज्य और अपराध

अपराध से राज्य का सम्बन्ध विभिन्न पक्षों से होता है। अपराध तथा उससे विच्युति के योग्य कार्यों की घोषणा, उनके अपराधों तथा विमुक्तियों के दण्ड का अनुपात तथा अपराधी के दण्ड की व्यवस्था राज्य ही करता है। प्रथम दो का सम्बन्ध विधि निर्माण या विधि घोषणा से है। तृतीय का सम्बन्ध न्यायिक क्षेत्र से है। अपराध के न्याय और प्रशासन के सम्बन्ध में आधुनिक जिज्ञासाओं का समाधान प्राचीन भारत में न पानेवाले विद्वान् प्रायः विश्वास करते हैं कि प्राचीन भारत में दण्डसंहिता थी ही नहीं। लेकिन एडवर्ड तृतीय के काल तक तो ऐसी व्यवस्था इंगलैण्ड में थी कि व्यवहार

---

1. मनु० ८।२३८, २४१; गौ० १२।१९-२१; वि० ५।१४०-१४१; या० २।१६१।
2. गौ० १०।२२-२४; याज्ञ० २।१५९; वि० ५।१४२-१४४; कौ० ३।१०।१७२।
3. वि० ५।१४५; याज्ञ० २।१६०; कौ० ३।१०।१७२।
4. कौ० २।९।१७३।
5. बृ० २१।१६।
6. मनु० ८।२८६।
7. वि० ५।५२-५४।
8. कौ० २।२६।१२२।
9. कौ० ३।१०।१७३।

एवं दण्ड विधि में निर्णायक सीमा रेखा नहीं खींची जा सकती थी।[1] आज भी इस प्रकार का विभाग नहीं हो पाया है। बहुत से विषय हैं जिनका सम्बन्ध दोनों से हो जाता है। इस विषय का अध्ययन करते समय भारतीय नैतिकता, समाज रचना, राज्य के साथ उनका सम्बन्ध आदि का विचार करना आवश्यक है। इस दृष्टि से राज्य अपराध निवृत्ति, अपराधी के सुधार, उसे कार्यक्षम बनाने तथा आवश्यकतानुसार दमन के द्वारा नैतिक समाज के विकास में साधन का कार्य करता है। इससे हम यह नहीं कह सकते कि नागरिक जीवन के ध्वंस में राज्य ने उपेक्षा की।

डाक्टर पी० के० सेन के अनुसार 'भारतीय अपराधशास्त्रियों ने व्यवहार एवं अपराधविधि में भेद कर लिया था। अपराध उसके गुणात्मक रूप में देखा जाता था कि वह कितना लोकोद्वेजक है।'[2] उनका विचार था कि राजा दण्ड के द्वारा सामाजिक कल्याण की स्थापना एवं विधियों का कार्यान्वयन करे।[3] उसमें बदले की भावना नहीं थी। भारतीय शास्त्रों की तुलना आज के दण्ड विधान के साथ सर्वांगीण रूप में की जा सकती है।[4] इतना अवश्य है कि अंगच्छेद आदि जैसी व्यवस्था का समर्थन करना कठिन है। किन्तु उसका सर्वथा लोप अभी तक नहीं हो पाया और १८वीं शती तक उसका प्रयोग अधिकांश होता रहा।[5] भारत में उन्हें 'क्लेशदण्ड' कहा गया और उसका भी उद्देश्य सामाजिक कल्याण ही था।

अपराधविधि का आधार केवल राज-शान्ति भंग ही नहीं है वह तो राजनीतिक स्थापना की शब्दावली का पक्ष-विशेष है। विवाद के प्रारम्भ में राजकर्मचारी हो अथवा स्वयं पीड़ित व्यक्ति, वह व्यवहार और दण्डापराध का विभाजक तत्त्व नहीं हो सकता। राजा के लिए आवश्यक माना गया है कि वह बिना किसी सूचना, जनता या पीड़ित द्वारा, वह स्वयं अपराध की सूचना प्राप्त करे। कुछ अंशों में दण्डापराधविधि मनुष्य के 'बदले की भावना' सिद्धान्त पर

1. W. Holdsworth : History of English Law, II. 455.
2. Penalogy, Old and New पर दिये गये तीन भाषणों (Tagore Lectures) में Penal Seience in Ancient India, p. 124.
3. वही, पृ० ८९। 4. वही, पृ० ११०।
5. Vinogradott : History of jurisprudence, Part I, p. 13, भारत के सम्बन्ध में विशेष द्रष्टव्य वर्धमान का दण्डविवेक, ओरियण्टल सिरीज से प्रकाशित।

आधारित है। यदि न्याय किया जाता है तो पीड़ित किसी न किसी रूप में उसे देखने के लिए आता ही है। आधुनिक ढंग की पुलिस व्यवस्था के अभाव में यह आवश्यक था। मेधातिथि के अनुसार 'ऋण, दान आदि में उभय पक्ष स्वयं निर्णय कर लेते हैं, उसमें राज्य का हस्तक्षेप न होना चाहिए। लेकिन एक पक्ष यदि अपराध करता है तो अपर पक्ष के द्वारा किसी प्रकार की व्यवस्था करने पर भी राज्य द्वारा अपराध के निर्णय के माध्यम से हस्तक्षेप करना ही पड़ेगा।[1]

बृहस्पति ने वादिकृत (Initiated by a plaintiff) को विवादपद (Titles of Law) कहा है। उसे प्रकीर्णक (Certain offenees and other subsidiary matters), जो नृपाश्रित है, (Depending on king) प्रस्तुत करते हुए कहा है 'यद्यपि मनुष्य-मारणादि व्यवहार भी राजा द्वारा ही देखे जाते हैं तथापि इनमें वादि प्रतिवादी से प्रस्तुत साक्षी आदि से विचार कर एक पक्ष को राजा अपराधी सिद्ध कर दण्ड दे।' प्रकीर्णक में तो वादी तथा उसकी सूचना के बिना ही चरों से प्राप्त सूचना के आधार पर राजा दण्ड देकर धर्म मार्ग की स्थापना कर सकता है।[2] पृ० ३२ पर लेखक ने नारद वचन के आधार पर हत्या, चोरी आदि को ऋण आदि से अलग किया है। प्रथम में तो चोरों की सूचना पर भी राजा को कार्य करना चाहिए। कौटल्य न धर्मस्थीय और कण्टकशोधन दो न्यायालय ही अलग बनाया है। दक्षिण के चोल शिलालेख में भी इस प्रकार के विभाग का उल्लेख है किन्तु वे विभाजन और उनके न्यायालय आधुनिक ढंग के नहीं हैं।

जहाँ तक विधि को अपने हाथ में लेने का प्रश्न है सूत्रों तक इसकी व्यवस्था नहीं है। इसका मूल वैदिक काल में ही **वैरयत्नम्** से स्थापित हो चुका था।[3] इतना अवश्य है कि उन्हें वैधानिक रूप नहीं दिया गया था। आपस्तम्ब और

१. कणादिषु इतरेतरे सन्दधते न तत्र राज्ञो हस्तप्रक्षेपः।
सहकारी तु राज्ञा अवश्यं निगृहीतव्यः इतरेण सन्धीयमानोऽपि ॥
धर्मकोश, १, पृ० १६०।

२. यद्यपि मनुष्यमारणादिव्यवहारा अपि नृपाश्रिता एव तथापि तेषु वादिप्रतिवादिभ्यां स्वस्वपक्षेषु दर्शितेषु विचार्य तयोरेकतरस्यापराधिनः राज्ञानुशासनम्। प्रकीर्णके तु शिरोवादिनं विनापि चरादिमुखाद्वर्णाश्रमिणां दोषं श्रुत्वा विचार्य तेषां यथाविहितं दण्डं विधाय धर्म्ये पथि स्थापनमित्येवास्य तेभ्यो भेदः। दण्डविवेक, पृ० २५९।

३. S.B.E. Vol. II, p. 78-79.

बौधायन के सम्बन्ध में विचारणीय है। आपस्तम्ब **'वैरयत्नम्'** में एक गाय देने का विधान करते हैं। किन्तु मूल से यह स्पष्ट नहीं होता कि किसको-राजा, ब्राह्मण या जिसे हानि पहुँचायी है उसे। टिप्पणी में **'वैरयत्नम्'** का तात्पर्य शत्रुता का उन्मूलन माना गया। मृत व्यक्ति या उसके सम्बन्धियों से गाय सबन्धियों को दी जा सकती है। बौधायन ने स्पष्ट करते हुए राजा को देने के लिए कहा है[१]। पाप निवृत्ति के लिए एक बैल ब्राह्मण को देने का विधान किया है। दण्ड के द्वारा दूसरे पर प्रभाव डालने का भाव मनु में पाया जाता है।[२] **'प्रत्यदेश्यम्'** का तात्पर्य मन्वर्थविवृत्ति ने दूसरों के अपराध से उन्मुख करने के अर्थ में ही किया है **अन्यस्यापि निषेधाय**। स्पष्ट है कि राज्य अपराधनिवृत्ति में समाज एवं विधि के माध्यम से साधनमात्र है।

●

१. S.B.E., Vol. 14. p. 20.

२. मनु० ८।३३४।

अध्याय | ७

दण्ड

पीछे अपराध के अध्याय में हमने देखा कि ब्राह्मण काल तक ऋत धर्म में परिवर्तित हुआ और पाप से अपराध स्पष्ट हो गया। समाज की शक्तियाँ इस रूप में विकसित हो रही थीं कि उन्हें नियन्त्रित करने के लिए शक्ति की अपेक्षा थी। इस स्थिति में शतपथ ब्राह्मण में सर्वप्रथम दण्ड शब्द का प्रयोग शक्ति के अर्थ में हुआ। यहाँ प्रयुक्त दण्ड शब्द तीन समस्याओं पर प्रकाश डालता है—अपराध निवृत्ति के लिए दण्ड की उत्पत्ति, धर्म रक्षा में देवस्वरूप दण्ड और धर्म शक्ति के क्रियान्वयन में सर्वोच्च शक्ति राजा के साथ उसका सम्बन्ध।[1] इन तीन मूलभूत सिद्धान्तों का उत्तरवर्ती साहित्य में व्यापक रूप से विकास हुआ। दण्ड की उत्पत्ति की दार्शनिक पृष्ठभूमि प्रस्तुत की गयी। इस पृष्ठभूमि पर ध्यान देना आवश्यक है।

आवश्यकता, उत्पत्ति और स्वरूप

ऋग्वेद के अनुसार (विराट् के) तप से ऋत और सत्य की उत्पत्ति हुई। उसी से समुद्र, संवत्सर आदि का विकास हुआ। मूल में ऋत था और उसी का विकास सृष्टि है।[2] सांख्य ने इसे दार्शनिक रूप देते हुए कहा कि सृष्टि का विकाश सत्व (Sentient Principle), रज (Motative Principle) और तम (Static Principle) से हुआ। ऋत हो या सत्त्व, इनके काल में अपराध नहीं होता। इसे ही काश्यप संहिता ने आदियुग, देवयुग और कृत्युग माना है। इसी आधार पर दार्शनिक, पौराणिक एवं ऐतिहासिक प्रारूप प्रस्तुत कर आदर्श युग की कल्पना की गयी, जिसमें अपराध

१. शतपथ ब्राह्मण ५।४।४।७। राजा को अदण्ड्य कहा गया और उसे 'दण्ड वध' का अधिकार मिला। पारस्करगृह्यसूत्र में 'राजा प्रेषितो दण्डः' का प्रयोग हुआ है (पा० गृ० सू० ३।१५)।

२. ऋग्वेद १०।१९०।१।

नहीं था अतएव दण्ड की आवश्यकता नहीं थी। उस समय 'धिक्दण्ड' से ही कार्य चलता था।[१] रज और तम के विकास से मनुष्य में खेद, मोह, लोभ, ईर्ष्या, घृणा, द्वेष आदि की उत्पत्ति हुई। स्वार्थवश परस्पर संघर्ष प्रारम्भ हुआ। यही आदर्श युग से स्खलन और 'मात्स्य-न्याय' है। इसमें धर्म, सम्पत्ति एवं जीवन संकट ग्रस्त हो गये। इनकी स्थापना एवं रक्षा के लिए 'ब्रह्मतेजोमय' दण्ड की उत्पत्ति हुई।[२] मनुष्य स्वभाव मूलतः पवित्र था। वह संघर्ष के लिए कटिबद्ध नहीं था।[३] स्वर्ग या भूतल पर कहीं ऐसे समाज का उल्लेख नहीं जहाँ व्यक्ति केवल ईर्ष्या, द्वेष एवं घृणा से कार्य कर रहा हो। महीदास ने मनुष्य को ईश्वर के समान पवित्र माना है।[४] सामाजिक सम्बन्धों के साथ ईर्ष्या आदि के विकास से शान्ति भंग हुई और उसकी स्थापना के लिए दण्ड उत्पन्न हुआ। ईर्ष्या आदि वैयक्तिक हैं, सार्वभौम नहीं। जिस व्यक्ति में ऐसी वृत्ति है, उसे नियन्त्रित करना दण्ड का कार्य हुआ।

वेदों में दण्ड शब्द आया है। लेकिन उसका स्पष्ट रूप न्यायिक प्रशासन के रूप में व्यक्त नहीं होता। इस रूप में दण्ड शब्द का प्रयोग ब्राह्मण ग्रन्थों से प्रारम्भ होता है।[५] सूत्र काल में दण्ड के विभिन्न अंगों का विकास हुआ। विधि एवं राज्य के समान ही दण्ड का भी उद्देश्य समाज की 'यथा-स्थिति' की सुरक्षा सूत्रकारों को इष्ट थी। अतएव दण्ड के साथ देश, जाति और कुल के

---

१. महा० शान्ति० २८७।८–१४।; ५८।१४–२९।; ६७।१६–१७।; चरक संहिता, विमान स्थान अध्याय ३।; पराशर कृत ज्योतिष संहिता की भट्ट उपलकृत बृहत्संहिता की टीका, पृ० १५।

२. तस्यार्थे सर्वभूतानां गोप्तारं धर्ममात्मजम्। ब्रह्मतेजोमयं दण्डमसृजत्पूर्वमीश्वरः॥ मनु० ७।१४।; शान्ति० १५।३०।; ६७।१६।; अयोध्या० ६७।३१।; कौ० १।४।१७-१८।; कामन्दक २।४०।

३. तुलनीय हाब्स के विचार। विशेष द्रष्टव्य : Pulzky : Theory of law and Civil Society, p. 251-76- W : Gough. The Social Contract. राधाविनोद पाल ऐतरेय ब्राह्मण में उपलब्ध संविद् को देवताओं का अनुबन्ध मानते हैं। उससे मनुष्य का कोई सम्बन्ध नहीं। वैदिक समाज में 'प्राक् सामाजिक' (Pre-social stage) का अस्तित्व नहीं। हिस्ट्री ऑफ हिन्दू ला, पृ० १८८।

४. ऐ० ब्रा० ४।७।८।

५. शत० ब्रा० ५।४।४।७।

आचार का सम्बन्ध लगा दिया गया। दण्ड के समय देश, काल, वय एवं विद्या के साथ व्यक्ति की चित्त स्थिति पर भी ध्यान दिया गया।[1] इस प्रकार के नियम सभी सूत्रकारों को मान्य रहे हैं। गौतम के अनुसार दण्ड शब्द दम (दमयति) से बना है। वह निरोधक है। नियन्त्रक होने से राजा को भी दण्ड कहा गया है।[2] इसी अवसर पर विनयकुमार सरकार ने दण्ड की तुलना वोदां, ग्रोशस एवं आधुनिक युग की सम्प्रभुता से की है। लेकिन सूत्रकार दण्ड और राजा दोनों को विधि के नियन्त्रण में मानते हैं। राजा द्वारा विधि के उल्लंघन पर वह स्वयं दण्डभागी होता है।[3] सूत्रकार मानते हैं कि 'शक्ति विना न्याय निष्क्रिय है (Justice without force is impotent)। फिर भी उन्होंने मनुष्य स्वभाव पवित्र माना और यह भी स्वीकार किया कि भय से ही अधिकार एवं कर्तव्य की सुरक्षा नहीं हो सकती। फलतः उन्होंने विधि एवं व्यवस्था की सुरक्षा के लिए विधि की पीठिका में शक्ति स्वीकार की।

दण्ड की उत्पत्ति दैवी है। अतएव वह स्वयं दैवी गुणों से सम्पन्न है। वह व्यक्ति को पवित्र करता है। वह पाशविक प्रतीकार की शक्ति सन्तुष्ट नहीं करता, न तो केवल भावी अपराधियों को चुनौती देता है और न अपराधी को मात्र ठीक ही करता है, अपितु स्वयं अपराधी के कल्याण के लिए भी दण्ड आवश्यक है। समग्र विश्व में पीड़ित भी अपना अस्तित्व सुरक्षित और अपनी उपयोगिता प्राप्त कर सके, इस प्रकार की स्थिति प्रस्तुत करना दण्ड का उद्देश्य है। इस रूप में वह अपना निजी नैतिक मूल्य रखता है। प्रारम्भिक समाज के प्रतीकारात्मक पक्ष का भी बीज सूत्रकारों की विचारधारा में पाया जाता है। विधि की दृढ़ता के लिए वे प्रतारणा भी स्वीकार करते हैं। लेकिन इसे सार्वभौम रूप नहीं देते, क्योंकि व्यक्ति जब विधि की सीमा का उल्लंघन क्षुद्र रूप में करता है, तभी प्रतारण (Coercion) अपेक्षित होता है।[4]

---

१. दण्डस्तु देशकालधर्मवयोविद्यास्थानविशेषे हिंसाक्रोशयोः कल्प्यः। वशि० सं० २१।७-९।; गौ० ११।९-१०।; बौ० १।१०।१८।

२. दमौ दण्ड इति ख्यातस्तस्माद्दण्डो महीपतिः। कामन्दक नीतिसार २।१५।; शुक्र० १।१५७।

3. वशिष्ठ० २१। तुलनीयः Cahn : Sense of Injustice, p. 158.

4. Niebuhr : Nature and Destiny of Man pp. 266-79.
Prof Cahn : Sense of Injustice, pp. 7, 27.
Korkunov : Theory of Law—Foreword.

सूत्रों से निकटतम सम्बन्ध महाभारत का है। उसमें दण्ड का सार्वभौम रूप प्रस्तुत किया गया है। उसके अनुसार "दण्ड प्रजा पर शासन उसकी रक्षा के लिए करता है। विश्व सोता है तो वह जागता है; अतएव विद्वान् उसे धर्म ही मानते हैं। दण्ड ही धर्म, अर्थ और काम की रक्षा करता है; अतएव वही त्रिवर्ग है।"[१] इस प्रकार के विवेचन में वैदिक समाज से विकसित होनेवाली परम्परा में परिवर्तन होने लगता है। अब मनुष्य मूलतः पवित्र नहीं माना जाता। अर्जुन के अनुसार मनुष्य जो कुछ नियम पालन करता है, दण्ड के भय से। ब्रह्मचारी, गृहस्थ, वानप्रस्थ एवं भिक्षुक भी दण्ड के ही भय से अपने कर्तव्य पालन में लगते हैं। यह भय राजदण्ड मूलक हो या यम दण्ड परक। लेकिन दण्ड भय से ही पाप न करने में प्रवृत्ति होती है। मनुष्य का स्वभाव भयमूलक है।[२] दण्ड विष्णु, नारायण और महापुरुष है। जैसे सूर्य अन्धकार दूर करता है, अंकुश राजा को वश में रखता है, वैसे ही दण्ड दुष्टों को सन्मार्ग पर लाता है।[३] इसके द्वारा ही राजा पृथ्वी पर शासन करता है और प्रजा सुख का भोग।[४]

महाभारत के दण्ड सिद्धान्त से स्पष्ट हो जाता है कि समाज की स्थिति बदल चुकी थी। विधि, राज्य, दण्ड एवं राजा में समाज की शक्तियों से बद्ध रहने के स्थान पर अब दण्ड शक्ति का विस्तार हो गया। वह इस रूप में हुआ कि त्रिवर्ग भी उसी से संचालित होने लगा। राजा काल का कारण माना गया।[५] इस प्रकार दण्ड शक्ति के विकास के साथ मानव स्वभाव को भी बुरा एवं भयपूर्ण मान लिया गया। अन्यत्र भीष्म ने वैदिक परम्परा के अनुसार मानव स्वभाव मूलतः पवित्र और सात्त्विक माना। अर्जुन न भयपूर्ण माना। इसमें उन्होंने युधिष्ठिर को प्रभावित करना चाहा, किन्तु उनमें युग की वाणी भी प्रतिध्वनित हुई है। भीष्म उपदेष्टा के रूप में वैदिक धारणा के साथ अपने काल की मान्यता का समन्वय करते हैं। महाभारत में जिस निष्काम कर्मयोग की स्थापना की गयी है, उससे अर्जुन के सिद्धान्त का समन्वय नहीं होता। यदि व्यक्ति की मूल प्रवृत्ति भय और दोष पूर्ण है, तो वह कर्म-योग की धारणा स्वीकार नहीं कर सकती। अतएव महाभारत

---

१. महा० शान्ति० १५।२–५, १२। २. शान्ति० ७७।६–११।
३. शान्ति० ५६।३–७। ४. शान्ति० १४।१३।
५. शान्ति० १।२२।

में मूल वैदिक परम्परा सुरक्षित रखने का प्रयास किया गया, लेकिन युग की स्थिति अस्वीकार नहीं की जा सकी।

सामाजिक परिस्थितियों के साथ दण्ड सिद्धान्त में 'दम' पक्ष का विकास होता हुआ दिखायी पड़ता है। पूर्व कथित तत्त्वों ने व्यक्ति, समाज एवं राज्य के सम्बन्ध निर्धारण पर प्रभाव डाला। दण्ड के 'दम' रूप को कृष्ण ने अपना रूप बताया। कौटल्य ने भी मात्स्य-न्याय से मुक्ति के लिए दण्ड आवश्यक इस रूप में माना कि उसके बिना अराजकता फैल जाती है। चारों वर्णाश्रम एवं लोक का पालन राजा दण्ड के ही बल पर करता है। उसी से सब अपने नियत कर्म में रत रहते हैं। अतएव आन्वीक्षिकी, त्रयी, और वार्ता तीनों विद्याओं की स्थिति दण्ड के आधीन है। कामन्दक के अनुसार "लोक के साथ परलोक के लिए भी दण्ड आवश्यक है। यथावत् दण्ड के प्रयोग से ही त्रिवर्ग की स्थापना और वृद्धि हो सकती है। यह लोक काम लोभादि भावों से परिप्लुत है। दण्ड से ही उचित मार्ग पर लाया जा सकता है। कृश, विकल एवं व्याधित को भी कुलनारी पति रूप में दण्ड भय से ही स्वीकार करती है। इस प्रकार दण्ड प्रजापति के समान स्वयं प्रजा को धारण करता है।" कामन्दक ने दण्ड विवेचन में अपने गुरु कौटल्य और मनु दोनों का समन्वय किया है। धर्म ही दूसरे रूप में दण्ड बन जाता है। दुर्वृत्त का शमन धर्म के दण्ड रूप से करने के लिए ब्रह्मा ने उसे उत्पन्न किया है। नारद, अन्य स्मृतियों एवं धर्मशास्त्रों में भी इसी प्रकार का विवेचन मिलता है।[१]

मनु ने दण्ड को विधि की प्रमुख विशेषता ही नहीं माना, अपितु दोनों को एक कर दिया। मनु का दण्ड सामाजिक परिवर्तन से अधिक प्रभावित है। उनके अनुसार पवित्र व्यक्ति दुर्लभ हैं। घृणा, द्वेष, ईर्ष्या आदि प्रवृत्तियों से मनुष्य में स्वार्थ और संघर्ष की उत्पत्ति हुई। मात्स्य-न्याय से धर्म की मर्यादा नष्ट होने लगी। धर्म संस्थापना और प्राणी मात्र के कल्याण के लिए 'ब्रह्म-तेजमय दण्ड' की ब्रह्मा ने सृष्टि की। वह ब्रह्मा का पुत्र धर्म स्वरूप ही है।[२] वह श्याम वर्ण और लोहित आँखों वाला पाप का नाशक है। इसके चार दाँत, चार भुजाएँ हैं। इस उग्र रूप से भय उत्पन्न हो जाता है। इसके

---

१. अर्थशास्त्र १।४।१७-१९।; १।५।१।; कामन्दक नीतिसार २।३८-४३।; ३।१।; याज्ञ० १।३५४।; नारद० १।१–२।

२. मनु० ७।१४।

सदुपयोग से प्रजा सुखी रहती है।[1] दण्ड का प्रयोक्ता सत्यवादिता, समीक्षा करनेवाली प्रज्ञा, धर्म, अर्थ और काम के तत्त्वों का ज्ञाता होना चाहिए। इस प्रकार के प्रयोक्ता से त्रिवर्ग की प्राप्ति होती है अन्यथा दण्ड प्रयोक्ता का सर्वनाश कर देता है। महातेजस्वी, दुर्धर दण्ड से राजधर्म च्युत राजा सकुटुम्ब नष्ट हो जाता है।[2] दण्ड का सम्बन्ध स्थावर और जंगम से भी है। उसके भय से चराचर सभी अपने कर्तव्य का पालन करते हैं। उसके प्रयोग में देश, काल, शक्ति, विद्या के साथ दण्ड का समन्वय करना आवश्यक है। दण्ड स्वयं राजा, नेता, शासिता, वर्णाश्रमों के पालन में धर्म का 'प्रतिभू' है।[3] दण्ड ही प्रजा पर शासन और अभिरक्षण करता है। दण्ड भय से ही काग पुरोडाश और श्वान हवि ग्रहण करता है। वर्णधर्म का पालन भी उससे ही है।[4] सभी सन्मार्ग पर आने के लिए दण्ड की अपेक्षा करते हैं।[5] उसका सम्बन्ध मनुष्येतर लोक, देव, दानव, गन्धर्व, पक्षी, सर्प आदि से भी है। वे भी अपने कर्तव्य का पालन दण्ड भय से ही करते हैं। श्रुति तो अग्नि, सूर्य, वायु और मृत्यु को भी दण्ड भय से कर्तव्य संल्लग्न बनाती है।

इस प्रकार मनु द्वारा प्रस्तुत दण्ड की शक्ति व्यक्ति, समाज एवं सभी से ऊपर है। वह धर्म का भी संरक्षक बन जाता है, किन्तु वह विधि से परे नहीं होता। अतएव दण्ड प्रयोक्ता में विधि की प्रभुता स्वीकार करना और आत्म-नियन्त्रण दोनों आवश्यक हैं। मनु दण्ड को सामाजिक स्थिति के साथ भी सम्बद्ध करते हैं। दण्ड से ही वर्णों एवं विधि आदि की रक्षा सम्भव है। राजा समाज की यथास्थिति में हस्तक्षेप करने पर दण्ड का भागी हो जाता है। इस प्रकार दण्ड-सामाजिक सम्बन्धों, साम्पत्तिक अधिकारों और परम्परा का पालक हो सका। साथ ही इनके प्रतिपादक शास्त्रों का भी वह संरक्षक था। मनु अपने काल की वर्गीय समाज व्यवस्था, वर्गीय शक्ति एवं उनके अभिभावक शास्त्रों की सर्वविध रक्षा करना चाहते हैं। अतएव उनकी रक्षा में ही दण्ड शक्ति का प्रयोग आवश्यक माना। उनकी इस व्याख्या से व्यक्ति, समाज एवं राज्य अपरिवर्तनीय शाश्वत विधान के अनुयायी मात्र रह गये। इनमें शंका उत्पन्न करना भी दण्डच हो गया।

---

१. मनु० ७।२५।; मत्स्य० २२५।८।; वि० ध०सू०३।६५।; शान्ति०१२१। १५–१६।
२. मनु० ८।२६–२७, २८।
३. मनु० ७।१५, १६, १७।
४. मनु० १४।१८–२१।
५. मनु० १४।२३। पर कुल्लूक द्वारा उद्धृत।

दण्ड के आधार और उद्देश्य

शतपथ ब्राह्मण के अनुसार धर्म के समान दण्ड-शक्ति का सम्बन्ध राजा से हुआ। उस युग से राजशक्ति का केन्द्रियकरण होने लगता है। परिस्थितियों में परिवर्तन से उत्तरवर्ती काल में समाज के नियमों के पालन एवं संरक्षण के लिए दण्ड भय पर आधारित किया गया। दण्ड के स्वरूप में परिवर्तन के पीछे वैदिक समाज के मनु काल तक अवैदिक जातियों के सम्मिश्रण, स्थानीय संगठनों की राजनीतिक शक्ति का ह्रास, आर्थिक विषमता का जन्म, वर्गीय आधार पर विधि की सर्वोच्चता की स्थापना जैसी शक्तियाँ क्रियाशील थीं। इस स्थिति में जन-कल्याण 'सामान्य हित' एवं 'जन इच्छा' आदि का तात्पर्य समग्र समाज नहीं हो सकता। लेकिन भय पर आधारित दण्ड दमन का रूप नहीं रह गया। वह मानसिक दुर्बलता के किसी भी पक्ष—महत्त्वाकांक्षा, लोभ, ईर्ष्या आदि—का नियन्त्रण करता है। इससे राज्य के किसी अधिकार का निर्माण नहीं होता अपितु वह दण्ड के माध्यम से अधिकार को मूर्तरूप देता और उसे वास्तविक बनाता है। वह शक्ति का प्रयोग सामाजिक हित के लिए करता है। इसमें दमन (Coercion) भी अनुशासन एवं आज्ञापालन के लिए साधन है।[1] दण्ड से सम्बद्ध शक्ति का कार्य अपराधी को दण्ड ही नहीं देता है अपितु ऐसा वातावरण प्रस्तुत करता है जिसमें अपराध की स्थिति न आ सके। शक्ति से किसी अधिकार की स्थापना नहीं हो सकती।[2]

कौटल्य के पूर्व तीक्ष्ण और मृदु दण्ड की परम्परा चल रही थी। उन्होंने दोनों में समन्वय किया। उनके अनुसार "दण्ड जीवमात्र की सुरक्षा के लिए है। उसका आधार है अनुशासन। अनुशासन का तात्पर्य है विनय। वह दो प्रकार का होता है—कृतक (नैमित्तिक) और स्वाभाविक (प्राकृतिक)। जो परिश्रम करके किन्हीं कारणों से प्राप्त किया गया हो वह कृतक है और जो वासनावश स्वतः सिद्ध हो, वह स्वाभाविक है।"[3] इस प्रकार कौटल्य विनय के वैदिक एवं नैतिक दोनों पक्षों का समावेश करते हैं। मनु भी दण्डधर राजा के लिए अनुशासन मुख्य मानते हैं। उन्होंने राजा के लिए धर्मज्ञों की परवशता,

---

1. J. S. Mackenzie : Outlines of Social Philosophy, p. 133.
2. Bosanquet : The Philosophical Theory of State, p. 34.
   T. H. Green : Principles of Political Obligations, p. 140.
3. विनयमूलो दण्डः प्राणभृतां योगक्षेमावहः। कृतकः स्वाभाविकश्च विनयः। अर्थशास्त्र १।६।२-३।

इन्द्रियजय, सामाजिक नेता का समादर, वृद्ध सेवा आदि का तात्पर्य अनुशासन की स्थापना के लिए ही किया है।'[1] दण्ड से सम्बद्ध दो शब्द और हैं—बल और शक्ति। कौटल्य ने इनका प्रयोग सेना और शक्ति के अर्थ में किया है। शक्ति तीन होती है—मन्त्र, प्रभु और उत्साह। दैवी शक्ति निर्माण, पालन और ध्वंस के लिए होती है। कौटल्य ने बल एवं शक्ति का सम्बन्ध दण्ड से कर उसे न्यायालय की सीमा से व्यापक बनाया। वह देव लोक से लेकर स्थावर, जंगम, समाज के संघटन, राजा एवं राज्य की प्रवृत्तियों से सम्बद्ध हो गया। उसमें सैनिक शक्ति से लेकर दैवी शक्ति तक का समन्वय हुआ।

इस प्रकार दण्ड का आधार शक्ति है, लेकिन उत्पीड़न एवं प्रतारणा से युक्त नहीं। वह विधि की सर्वोच्चता का साधन है। अतएव उसका प्रयोग राजा स्वेच्छा से नहीं, आधार और उद्देश्य से ही करता है।[2] स्वार्थ के लिए प्रयोग करने से वह समूल नष्ट हो जाता। दण्ड प्रयोग में उसे विभिन्न पक्षों का विश्लेषण करना पड़ता है।[3] वह उसका प्रयोग स्वेच्छा से न कर सके इसलिए राज्य के अन्य कर्मचारियों एवं सामाजिक प्रतिनिधियों के परामर्श से दण्ड का प्रयोग करता है।[4] कौटल्य के पूर्व बौद्ध-क्रान्ति हो चुकी थी। बौद्धों के अहिंसा का प्रभाव दण्ड पर पड़ा और वे मृदु दण्ड के पक्षपाती थे। दूसरी तरफ अन्य आचार्य 'तीक्ष्ण' दण्ड पर बल दे रहे थे। कौटल्य ने दोनों अतियों में समन्वय किया और यथार्थ (यथोचित) दण्ड-सिद्धान्त का विकास किया। उनके परवर्ती विचारकों ने उसी मार्ग का अनुसरण किया।[5] कौटल्य ने पक्षपात (स्वपक्ष-परपक्ष), स्वार्थ, शक्ति संचय एवं लोभ आदि को 'दुष्प्रणीत दण्ड' का आधार माना है। एसे दण्ड से सामाजिक क्रान्ति हो जाती है। ऐसे दण्ड से तपस्या में संलग्न परिव्राजकों तक में उद्वेग हो जाता है, सामाजिक व्यक्तियों की बात ही क्या![6] दण्ड के दुष्प्रयोग से राजाओं का सदा नाश हुआ है।[7]

---

१. मनु० ७।३२, ३७, ३८, ३९। २. कौ० १।४।४; मनु० ७।३०।

३. याज्ञ० १।३५८।; अर्थ० १।६।६-८।; मनु० ७।१६ और १९।

४. मनु० ७।३१; याज्ञ० १।३५५।

५. यथार्हदण्डः पूज्यः। अर्थ० १।४।१३।; स दण्डो वधबन्धपरिक्लेशार्थहरणलक्षणस्तीक्ष्णमृदुमध्यमभेदेन त्रिविधः। कामन्दक० २।३८। पर जयमंगला टीका। ६. अर्थ० १।४।१४, १५।

७. महाभारत शा० १५०।३।; सभा० २२।२४।; वन० ११५।१२।; अनु० १५।३३।; शा० ४९।३५। आदि।

विधि से ज्ञात एवं प्रयुक्त दण्ड ही प्रजा को त्रिवर्ग की प्राप्ति कराता है।[१] अतएव विधि नियन्त्रित दण्ड का आधार अनुशासन और विनय है।

दण्ड का सम्बन्ध राजा और धर्म से क्या था इसके स्पष्ट होने से उसके उद्देश्य पर प्रकाश पड़ता है। दण्ड का प्रयोग धर्म नियन्त्रण में होना चाहिए। इस प्रकार का दण्ड प्रयोग करनेवाला राजा 'धर्मावतार' कहा गया है। न्याय के लिए दण्ड-प्रयोग करनेवाले राजा का यश विस्तार होता है।[२] शारीरिक एवं लौकिक दण्ड से राजा को मुक्त करते हुए नारद कहते हैं कि राजा कभी अनुचित नहीं करता। उसकी आज्ञा विधि है। दण्ड का कार्य राजाज्ञा का पालन कराना है। राजाज्ञा के विपरीत कार्य करनेवाले को दण्ड देकर राजाज्ञा का पालन कराना चाहिए।[3] लेकिन अन्यत्र नारद का कहना है कि 'दण्ड जनकल्याण के लिए होता है। उसे शक्ति प्रयोग के स्थान पर न्याय का प्रयोग करना चाहिए।'[४] याज्ञवल्क्य ने शास्त्राज्ञा ही राजाज्ञा मानो है।[५] आचार्यों ने राजाज्ञा एवं दण्ड दोनों को धर्म पर आधारित और नियन्त्रित किया है।[६] कौटल्य ने प्रजासुख को ही सर्वोच्च स्थान दिया है।[७] वस्तुतः यदि दण्ड राज्य की शक्ति है तो धर्म उसका उद्देश्य।[८] दोनों के समन्वय होने पर ही दण्ड संस्कृति के विकास की संस्था और धर्म मानव के अन्तिम लक्ष्य का प्रतिपादक होता है।[९]

दण्ड-सिद्धान्त

आधुनिक विधिशास्त्री मुख्यतः दण्ड के चार सिद्धान्त मानते हैं–प्रतीकारात्मक (Retributive), अवरोधक (Deterrent), निरोधक (Preventive) और सुधारात्मक (Reformative)। प्रतीकारात्मक दण्ड प्रारम्भिक समाज में बदला (आँख के बदले आँख, दाँत के बदले दाँत) पर आधारित है।

---

१. अर्थ० १।४।१४। २. विष्णु० ३।३५६१; १९०-९६।

३. नारद० ३।६१; १५।१६-२०१; १८।१३, २१।

४. नारद० १८।१४-१६। ५. याज्ञ० १।३५७-५८।

६. कामन्दक० ५।३७; शुक्र० ५।२७-२८।; १।४५, ४७, ५०, ५१, १३१-३२, १८३-८५।

७. प्रजासुखे सुखम्। अर्थशास्त्र १।१९।

८. B. K. Sarkar: op. cit. pp. 211-12.

९. J. H. Ganguli: Philosophy of Dharma, I.H.Q. Vol. II.

यथार्थवादी विचारक दण्ड को साध्य से सम्बद्ध न कर उसे घटित तथ्य तक रखना चाहते हैं। न्यायालय द्वारा अपराध के समान ही उचित दण्ड एवं प्रतिफल की व्यवस्था होना आवश्यक है। आदर्शवादी कांट भी प्रतीकारात्मक दण्ड को उचित मानता है। अपराध रोकने एवं समाज के अन्य सदस्यों के लिए चेतावनी देने के लिए अवरोधक दण्ड होता है। यह सिद्धान्त अपराधी को अपराध के अयोग्य बनाने और भय पर आधारित है। अतएव इसमें वैयक्तिक स्वतन्त्रता के अपहरण करनेवाले अंगच्छेद, मृत्युदण्ड, देश-निष्कासन, आजीवन कारावास आदि का विधान किया जाता है। निरोधक सिद्धान्त अवरोधक एवं सुधारात्मक में समन्वय स्थापित करता है। उन्हें परस्पर अलग करना भी कठिन है। इसमें नागरिक को चेतावनी के स्थान पर अपराध के कारण समाप्त करना है जिससे अपराध की पुनरावृत्ति न हो। व्यक्तिवादी विचारधारा से व्यक्ति के व्यक्तित्व का महत्त्व स्वीकार कर लिया गया। इसका प्रभाव दण्ड सिद्धान्त पर भी पड़ा। सुधारात्मक सिद्धान्त इसी विचार का परिणाम है। इसमें अपराध की अपेक्षा अपराधी पर अधिक ध्यान दिया जाता है। अपराधी केवल दण्ड नहीं उपचार का भी पात्र है। अतएव सामाजिक सुरक्षा के साथ अपराधी के व्यक्तित्व पर ध्यान देना आवश्यक है। मनःस्थिति के विशेष कारणों से अपराध हो जाने पर अपराधी में परिवर्तन भी हो सकता है। कभी-कभी महान् व्यक्तित्वों से भी अपराध हो जाता है। राज्य यदि उचित वातावरण प्रस्तुत करे तो व्यक्ति से अपराध की मनःस्थिति का भी लोप हो सकता है।[1]

दण्ड के उक्त सिद्धान्तों के अतिरिक्त प्रायश्चित्त सिद्धान्त भी हैं। यह नैतिकता पर आधारित है। इसे पूर्णतया विधि की सीमा में नहीं लाया जा सकता है।[2] प्रायश्चित्त पाप का होता है और दण्ड अपराध का। पाप और अपराध में पूर्ण भेद न होने पर प्रायश्चित्त का प्रभाव अधिक था। यद्यपि अपराधविधि नैतिकता से अलग नहीं की जा सकती तथापि उसे आचार-संहिता में उलझाया भी नहीं जा सकता। पाप या आचारिक अपराध दण्ड की

---

1. Vinogradoff: Historical Jurisprudence, 1. p. 59.
   Gluck: Crime and Justice, p. 350.
   Paton: Jurisprudence, p. 345.
2. G. W. Paton: A Text Book of Jurisprudence, p. 347.
   Page: Crime and Communality, p. 1069.

सीमा से परे भी होते हैं। फलतः प्रायश्चित्त राज्य हस्तक्षेप में तबतक नहीं आता जबतक उसका प्रयोग सामाजिक प्रतिनिधियों से उचित रूप में हो रहा है।

प्रतीकारात्मक दण्ड

प्रारम्भिक समाज में प्रतीकारात्मक दण्ड (Retributive) का अत्यधिक प्रयोग होता था। आज जब प्रतिफल आदि के दण्ड विद्यमान हैं तो उनमें प्रतीकार के अंश अवश्य मानने पड़ेंगे। राज्य से इस प्रकार के दण्ड की व्यवस्था का यह निष्कर्ष नहीं कि राज्य प्रतीकार पक्ष का विकास करता है। व्यक्ति में स्थित प्रतीकार की भावना में ह्रास होने पर राज्य से इस प्रकार के दण्ड का भी अभाव हो जायगा। प्रतीकार पक्ष उस युग में विशेष महत्त्व रखता है, जिसमें व्यक्ति के अधिकार अपना उचित रूप नहीं धारण कर पाते। प्रतीकार को अधिकार का रूप नहीं दिया जा सकता, क्योंकि इससे समाज के हित का विरोध होता है। प्रतीकार को अधिकार का रूप देने पर अधिकार का स्वयं लोप हो जायगा। प्रारम्भिक समाजों में व्यक्ति के अधिकार ग्राम, कुटुम्ब या समुदाय के प्रधान के द्वारा व्यक्त होते थे। व्यक्ति का स्वतन्त्र रूप में कोई मूलाधिकार नहीं था। इस अवस्था में व्यक्ति व्यक्ति से प्रतीकार की अपेक्षा नहीं करता था। प्रतीकार ग्राम, कुटुम्ब या समुदाय के माध्यम से व्यक्त होता था। व्यक्ति स्वतन्त्र नागरिक के स्थान पर संघटन का सदस्य था। उसमें संघटन के प्रति कर्तव्य के ही भाव अधिकार के स्थानापन्न बन जाते थे।

वैदिक समाज संघबद्ध था। व्यक्ति का व्यक्तित्व कुटुम्ब, ग्राम एवं विभिन्न संघटनों में समाविष्ट था। व्यक्ति का अपराध कुटुम्ब एवं संघटन का अपराध माना जाता था। अपराध के दण्ड में प्रतीकार का रूप प्रतिफल के रूप में अभिव्यक्त होता है। इसे ही 'वैरदेय' कहा गया है। यही 'देय' शब्द स्मृतियों में पारिभाषिक हो गया। प्रतिफल व्यक्ति के स्थान पर संघटनों के माध्यम से लिया एवं दिया जाता था। चोर के दण्ड में प्रतिफल का यह रूप दिखाई पड़ता है।[१] संघबद्ध व्यक्ति का दण्ड के साथ सम्बन्ध प्रस्तुत करने पर उसके आधार, लक्ष्य और अनुपात का स्पष्टीकरण नहीं हो पाता। ऋण

१. ऋग्वेद ५।६१।८।; ७।८६।५।

न देने पर संघ का दास हो जाना पड़ता था।[१] 'आँख के बदले आँख, दाँत के बदले दाँत' की यहूदी उक्ति का मूल वेदों में पाया जाता है[२] किन्तु इसका प्रयोग संघ के साथ होने से वस्तुस्थिति स्पष्ट नहीं हो पाती। स्मृतिकाल तक व्यक्ति का व्यक्तित्व स्पष्ट होता है। जोन्स ने मनु के वचनों से उस काल में प्रतीकारात्मक दण्ड सिद्धान्त का प्रतिपादन किया है।[3]

वैदिक काल में ऋत एवं ईश्वरेच्छा के उल्लंघन का फल दैवी प्रकोप और मृत्यु रहा है।[४] एक व्यक्ति का अपराध पूरे समाज को दण्ड रूप में मिलता है। इस प्रकार के दण्ड का ज्ञान 'दिव्य साक्षी' से होता है। यह प्रकार प्रायः सभी प्राचीन समाजों में पाया जाता है।[५] लेकिन 'दिव्य साक्षी' से दण्ड की प्राप्ति में वैदिकों की एक दूसरी भी धारणा है। उनके अनुसार देवता विधि के संरक्षक हैं। उनसे कोई अपराध छिप नहीं सकता। दिव्य साक्षी से दैवी निर्णय अभिव्यक्त होता है।[६] एक सौ आत्मा वाला भी दैवी नियम का उल्लंघन कर जीवित नहीं रह सकता।[७] दिव्य साक्षी से अपराधी या तो दण्ड पा जाता या निर्दोष सिद्ध हो जाता था। स्मृतिकाल तक 'दिव्य साक्षी' दण्ड के स्थान पर साक्षी के रूप में ही रह गयी। उसके साथ वर्ण आदि का सम्बन्ध लग गया। पश्चिम में दिव्य साक्षी से होनेवाले न्याय को 'ईश्वर का न्याय' कहा गया। तात्पर्य यह कि दिव्य साक्षी के रूप में भी प्रतीकारात्मक दण्ड सिद्धान्त विकसित हुआ।

---

१. ऋग्वेद १।३४।४।; कुछ लोग मानते हैं कि ऋण वसूली की अनिवार्यता पर तो प्रकाश पड़ता है किन्तु न देने पर क्या हो, इसका विवरण नहीं मिलता। ब्लूमफील्ड : हिम्स ऑफ अथर्ववेद, ५२८।; ह्विट ने इसे अपराध नहीं पाप माना है। ट्रांसलेशन ऑफ अथर्ववेद, ३६४।

2. Prof. Basu: Indo Aryan Polity, p. 69.

3. Institute of Hindu Law, p. 192.
मनु० ८।२०१।; गौ० १२।१।; वनपर्व अध्याय २९।

४. ऋतस्य पन्थाः न तरन्ति दुष्कृतः। ऋ० ९।७३।६।; ग्रिस्वोल्ड : रेलिजन ऑफ ऋग्वेद, पृ० १२६।; केगी : ऋग्वेद, पृ० १८ (१८८६)।

5. Vinogradoff: Common Sense in Law, p. 243.

६. ऋ० ४।५।४।; अथर्व० ६।३।३।; ४।११३।१।; स न दह्यते न मुच्यते। छान्दो० ८।१६।२।

७. न देवानामति व्रतं शतात्मा च न जीवति। ऋग्वेद १०।३३।९।

अवरोधक

अवरोधक में भय और प्रदर्शन का स्वरूप विकसित किया जाता है। इसमें ऐसे प्रकार प्रयोग में लाये जाते हैं कि अपराधी पुनः अपराध न करे[1] और समाज के अन्य सदस्य उसे देखकर अपराध न करने की शिक्षा ग्रहण करें। मनु के अनुसार चोर जिस अंग से चोरी करे उसका वह अंग ही कटवा देना चाहिए, जिससे वह पुनः चोरी न करे। बृहस्पति तो अवरोध के लिए प्राण-दण्ड का भी समर्थन करते हैं।[2] शुक्र ने भी माना है कि पापी को दण्ड देने का तात्पर्य अवरोध रोकना है। विभिन्न शास्त्रकारों ने दण्ड के लिए जिन स्थानों का निर्देश किया है उनसे प्रस्तुत सिद्धान्त का पूर्ण स्पष्टीकरण हो जाता है।[3] इस दण्ड का भी स्तर बदलता रहता है। प्रारम्भिक काल में कबीले में अवरोध दण्ड की अधिकता रहती है। दण्ड इस प्रकार दिया जाता है कि वह सदस्य अपने स्तर एवं कर्तव्य समझता हुआ दूसरे सदस्य के समक्ष उदाहरण प्रस्तुत करे। इस प्रकार के दण्ड में सार्वजनिक स्थानों पर दण्ड देना, अंगहीन करना, जीवन भर के लिए निशान लगाना, खुले स्थानों पर फाँसी देना आदि का परिगणन किया गया है। दण्ड के प्रकार के सम्बन्ध में वैदिक एवं बौद्ध साहित्य में जो रूप मिलता है, उसमें अभिव्यक्त क्रूरता इसका प्रमाण है कि अवरोधक सिद्धान्त व्यवहार में लाया जा रहा था। अंगहीन करने, मृत्युदण्ड देने आदि के प्रकार इतने भयंकर हैं कि उन्हें देखकर पुनः अपराध की पुनरावृत्ति करने का साहस कोई नहीं कर सकता और उसे देख लेने पर दूसरा नागरिक भी अपराध का नाम नहीं ले सकता। ऐसे दण्ड का प्रयोग भी भारतीय व्यवस्था में जाति के आधार पर किया गया है। इनका प्रयोग स्त्री, शूद्र, दास, अवैदिक जाति एवं सम्प्रदाय के सदस्यों पर अधिक किया जाता था।[4] किन्तु इस बात पर ध्यान दिया गया कि दण्ड द्वारा किसी को वृत्तिहीन न होने दिया जाय।[5]

---

1. मनु० ८।३३४। 2. बृ० २२।२७-२८।
3. मनु० ८।१२५।; बृ० १२।९-१०।; मनु० शां० ९।२३०।
4. परतन्त्रास्तु ये केचिद् दासत्वे ये च संस्थिताः।
अनीशास्ते तु अनिर्दिष्टास्तेषां दण्डस्तु ताडनम्॥
स्त्रीबालोन्मत्तवृद्धाणां दरिद्राणां तु रोगिणाम्।
शिफाविदलरज्ज्वाद्यैर्विदध्यान्नृपतिर्दमम्॥ व्यव० नि० पृ० ५३१-३२। पर उद्धृत कात्यायन का वचन।
5. नानुपकरणान् कुर्यात्तन्मूला हि वृत्तिर्भवति। वि०र० ६५६ पृ० पर उद्धृत शंखलिखित वचन।

शुक्र ने जेल को भी अवरोध दण्ड में माना है।[1] कौटल्य ने चारक (Lock-up) और बन्धनागार (Prison) दोनों की व्यवस्था की है।[2] जेल में स्त्री एवं पुरुषों के रहने का स्थान और उनकी व्यवस्था अलग-अलग थी।[3] मनु ने सार्वजनिक स्थान पर जेल की व्यवस्था की जिससे अन्य पुरुष उससे चेतावनी प्राप्त कर सकें।[4] आजीवन कारावास की भी व्यवस्था इसी उद्देश्य से थी।[5] चेतावनी के रूप में जेलों की व्यवस्था का विस्तृत विवरण अन्यत्र भी उपलब्ध होता है।[6]

निरोधक

निरोधक सिद्धान्त में अपराध की पुनरावृत्ति रोकना लक्ष्य रहता है। इससे प्रतिरोधक एवं सुधारात्मक के बीच समन्वय किया जाता है।[7] यह सिद्धान्त सार्वभौम रहा है।[8] निरोधक दण्ड का तात्पर्य है "कल्याण की स्थापना में बाधक तत्त्वों दूर कर अपराधों की पुनरावृत्ति के उन्मूलन का प्रयास करना।" इस अवस्था में दमन भी सुधारमूलक हो जाता है। सुधार एवं निरोध में सामान्य अन्तर यह है कि निरोध भय पर आधारित है। सुधार में दुष्प्रवृत्तियों के आधार पर सत्प्रवृत्तियों की स्थापना करना है। इसका सम्बन्ध प्रायश्चित्त से अधिक हो जाता है। प्रारम्भिक समाज में संरक्षण की विशेष आवश्यकता रहने से उस समय दमन प्रयोग में आता रहा। लेकिन यह मानना तथ्यहीन है कि दण्ड व्यवस्था केवल निरोधक है क्योंकि भय की स्थिति से अधिकारों की सुरक्षा और स्थापना नहीं हो सकती।[9]

दमन सिद्धान्त में भी 'ईंट का जवाब पत्थर' अथवा बदले की भावना नहीं रहती। उसमें भी अपराधी पर नियन्त्रण की ही बात रहती है।[10] इस सिद्धान्त

---

१. शुक्र० ४।७३। २. कौ० ४।९।

३. विभक्तस्त्रीपुरुषस्थानमपसरतः सुगुप्तकक्षां बन्धनागारं कारयेत्। अर्थ० २।५। ४. मनु० ९।२८८।

५. विष्णु० ५।७१।; शुक्र० ४।१।८२, ९२, १०८-९।

६. मालविकाग्निमित्र ४।५।; रघुवंश १७।१९।; बृहत् संहिता ४७।८१।; हर्षचरित पैरा ३, ४, ११।

7. Gardiner : History of England, P. 32.

8. Mackenzie : Outlines of Social Philosophy, p. 165.

9. T. H. Green : Principles of Political Obigations, p. 188.

१०. गौतम संहिता ११, पृ० ६८२ (सेक्रेड बुक्स ऑफ ईस्ट)।

का मनु भी समर्थन करते हैं।[1] यद्यपि दमन शब्द का प्रयोग किया गया है तथापि उसमें अपराधी की अपेक्षा अपराध निवृत्ति ही मुख्य लक्ष्य रहा है। इसमें जेल को अन्तिम रूप दिया गया। सामान्यतया अपराधी से सड़क साफ कराना, कूड़ा करकट उठवाना, सार्वजनिक स्थानों में कार्य कराने आदि से निरोध किया जाता है।[2] 'पापी' व्यक्ति के लिए सश्रम जेल की व्यवस्था की गयी।[3] मृत्युदण्ड को श्रुति विपरीत मानते हुए शुक्र कहते हैं कि अवरोध, बन्धन एवं ताड़न का ही दण्ड देना चाहिए।[4] इनमें भी कठोर दण्ड का निषेध है।[5] जेल में श्रम लेते समय जातियों के विहित कार्य ही लिये जाने की व्यवस्था है। उनके सदाचरण पर उन्हें बाहर मार्गरक्षा में भी लगाया जा सकता है।[6] ऐसी व्यवस्थाएँ निरोध के बाद की स्थिति सुधार का मार्ग प्रशस्त करती हैं।[7]

उद्देश्य के आधार पर दमन की अवस्था में गुणात्मक परिवर्तन हो जाता है। महाभारत ऋग्वेद की छाया लेते हुए यह कहते समय कि 'कोई भी विधि का उल्लंघन करनेवाला दण्डित या मारा जा सकता है', अधिक स्पष्ट और दृढ़ हो जाता है।[8] इसका परिणाम यह हुआ कि विधि का पालन जागरूकता के साथ होता रहा, उसकी अवहेलना का साहस नहीं हुआ। विधि के उल्लंघन पर राज्य द्वारा यथाविहित दण्ड तत्काल मिलता है।[9] ध्यान देने की बात यह है कि दमन सिद्धान्त प्रशासक या अन्य किसी की मनोभिलाषा की पूर्ति का समर्थन नहीं करता। उसके प्रयोग के आधार निश्चित हैं। उसमें कार्य-पालिका संशोधन नहीं कर सकती क्योंकि उसके आधार शास्त्र हैं। दमन का तात्पर्य 'विधि का यथातथ्य क्रियान्वयन' ही है। समग्र व्यवस्था 'विधि निषेध' के पर्यालोचन से सुसम्बद्ध है।

---

1. मनु० ९, पृ० ३०७; विशेष द्रष्टव्य कुल्लूक भट्ट (सेक्रेड बुक्स ऑफ ईस्ट)।
2. शुक्र० ४।८१-८२। 3. शुक्र० ४।८७।
4. न निहन्याच्च भूतानित्विति जार्गात वै श्रुतिः। शुक्र० ४।८८।
5. शुक्र० ४।८५। 6. शुक्र० ४।१०५।
7. सन्मार्गे शिक्षयेत्तान्नृपः सदा। शुक्र० ४।१०६।
8. राजधर्मानुशासनपर्व ३२, पृ० ९६३ (रे का अंग्रेजी संस्करण)। न देवानामतिव्रतं शतात्मा च न जीवति। ऋ० १०।३३।६।
9. राजधर्मानुशासनपर्व, ३२, पृ० ९६३। (रे संस्करण)।

सुधारात्मक दण्ड

'उचित दण्ड' सुधारात्मक होता है। इसमें पीड़ित और अपराधी दोनों के अधिकारों पर ध्यान दिया जाता है। उचित दण्ड का तात्पर्य समाज का कल्याण है। अतएव अपराधी के नैतिक कल्याण की भी समस्या का समाधान आवश्यक हो जाता है। इस स्थिति में समाज के सामने स्वयं यह प्रश्न रहता है कि अपराधी उचित मार्ग पर कैसे लाया जाय और उसमें से असामाजिक वृत्तियाँ समाप्त हो जायँ। राज्य समाज की धारणा स्वीकार कर अपराध निवृत्ति के लिए वातावरण प्रस्तुत करता है। इस दण्ड का प्रयोग शल्य-चिकित्सा के समान माना गया है जिसमें रोग का निदान किया जाता है न कि रोगी की समाप्ति।[1] शुक्र ने तो दण्ड की परिभाषा इस प्रकार की है 'जिससे असद् आचरण की समाप्ति हो।'[2] फलतः 'अति दण्ड' के स्थान पर 'अल्प दण्ड' की आवश्यकता स्वीकार की गयी।[3] शुक्र के अनुसार अपराध के वातावरण का दायित्व काल एवं प्रजा पर नहीं, राजा पर है।[4]

दमन सिद्धान्त के बाद सुधार का उदय होता है। दमन और नियन्त्रण के अधिक प्रयोग होने पर अपराधों में कमी आ जाती है। उस स्थिति में सुधार के प्रसार के लिए मार्ग प्रशस्त हो जाता है। यह अवस्था सभ्यता के अन्तिम चरण में सम्भव होती है। वेदों में इस प्रकार के दण्ड का उल्लेख नहीं मिलता। कौटल्य और शुक्र ने इस पर पर्याप्त ध्यान दिया है। धर्मशास्त्रों तथा महाभारत में भी यह भाव पाया जाता है। कठोर दण्ड विधान के लिए कौटल्य की बड़ी प्रसिद्धि है, किन्तु उद्देश्य में वे सुधारात्मक ही थे। उनके अनुसार "यदि अपराध की समुचित व्यवस्था की जाय तो अपराधी व्यक्ति समाज में हो ही नहीं सकते। यदि अपराधी को दण्ड नहीं दिया जायगा तो अपराध का सम्बन्ध अन्य से भी हो सकता है।"[5] कौटल्य का उद्देश्य स्पष्ट है। वे समझते हैं कि अपराध समाज में बना रहा तो एक व्यक्ति को छोड़कर दूसरे से सम्बन्ध बना लेगा जैसे जुए की बीमारी। अपराध-हीन समाज की स्थापना के लिए व्यक्ति विनाश की अपेक्षा व्यक्ति के अपराध

---

१. शल्यं चास्य न कृन्तन्ति विद्धास्तत्र सभासदः। मनु० ८।१२।

२. शुक्र० ४।४०।   ३. शुक्र० ४।४९।

४. युगानां न प्रजानां न दोषः किन्तु नृपस्य हि। शुक्र० ४।५६।

५. अर्थशास्त्र पृ० ४२५ (शामशास्त्री का अंग्रेजी अनुवाद)।

का विनाश किया जाय। इस प्रकार वे अपराध की मनोवृत्ति और स्थिति का उन्मूलन कर सुधार सिद्धान्त पर जोर देते हैं।

शुक्र के दृष्टिकोण से अपराध की मनोवृत्ति जब तक समाप्त नहीं हो जाती अपराध समाप्त नहीं हो सकता। अतएव दण्ड विधान मनोवृत्ति और आदत पर विशेष ध्यान देता है। दमन तो दण्ड का साधन है और सुधार साध्य। उनके अनुसार 'दण्ड वही है जिससे अपराध समाप्त किया जा सके। दमन के माध्यम से पशु भी सुधारे और नियन्त्रित किये जाते हैं।'[१] उन्होंने ऐसे बुरे व्यक्तियों की लम्बी सूची दी है जो वातावरण एवं सामाजिक स्थिति के कारण दूषित हो गये हैं। राज्य को सुझाव देते हुए उन्होंने कहा है कि 'उन्हें राजा अवसर देकर जीवन के उद्देश्य की शिक्षा दे।' शुक्र ने वातावरण पर बड़ा बल दिया है। उनके अनुसार 'सज्जन व्यक्ति भी दुष्टों के संसर्ग से दुष्ट हो जाते हैं। उन्हें दण्ड की शिक्षा के माध्यम से सन्मार्ग पर लाना चाहिए।'[२] यहाँ दण्ड व्यक्तियों को शुद्ध करता है।[3] जो व्यक्ति पाप करता ही जाता है उसे कठोर दण्ड देना चाहिए। अपराधी को बन्दी बनाकर देशान्तर तक में भेजा जा सकता है। बन्दी से सड़क बनवाने जैसा कार्य भी लेना चाहिए। राजा को चाहिए कि धर्म-संस्थापन और नैतिकता के विकास के लिए दण्ड का प्रयोग करे। अपराधी को उचित दण्ड देना उस पर कृपा करना है। इससे वह भ्रान्त पथ से उचित मार्ग पर आ जाता है। कामन्दक ने भी यही स्वीकार किया है।[४] इस उद्देश्य से प्रयुक्त दण्ड धर्म का निकटवर्ती बनने लगता है। दण्ड का उद्देश्य चरित्र, नैतिकता तथा मानवीय गुणों का विकास करना है। जो कुछ सोचा जाता है वह परिस्थिति विशेष में मूर्त रूप धारण कर लेता है। राजदण्ड के माध्यम से व्यक्ति उचित मार्ग पर लाया जाता है।'[५]

प्रस्तुत विषय के स्पष्टीकरण के लिए हम बन्दी और जेल की व्यवस्थाओं पर ध्यान दें तो विषय स्पष्ट हो जाएगा। अपराधी को अपराध की सूचना एवं विवरण बिना दिये उसे हवालात में नहीं रखा जा सकता है। जेल में उसके

---

१. शुक्रनीति पृ० १३०, १३१, १३६ (विनयकुमार सरकार का अंग्रेजी अनुवाद)।

२. एवंविधानसाधूंश्च संसर्गेण च दूषितान्।
दण्डयित्वा च सन्मार्गं शिक्षयेत् तान् सदा नृपः। शुक्र० ४।१।११०।

३. मनु० ८।३१८। कामन्दक नीतिसार पृ० ६४।

५. शुक्रनीति पृ० १३१ (विनयकुमार सरकार का अनुवाद)।

खाने, पीने, सोने, स्वधर्मानुसार उपासना करने, यथाविहित कार्य में बाधा पहुँचानेवाले अधिकारी के दण्ड की व्यवस्था है। दासी के साथ भी यदि जल में दुराचरण हो तो ऐसा करनेवाले राजपुरुष को प्रथम साहस दण्ड है। चोर एवं डामरिक की भी स्त्री के साथ ऐसे व्यवहार पर अधिकारी दण्डित होता। कुलीन स्त्री के साथ ऐसे व्यवहार करने पर अधिकारी को प्राणदण्ड तक की व्यवस्था थी। जेल में बन्दी को परिक्लेश (Torture) देने पर कठोर नियम हैं। बन्दियों के आचरण के आधार पर उन्हें मुक्त कर दिया जाता है। इस प्रकार दिन में एक बार या रात्रि में जेल की निगरानी करने के वाद शरीर श्रम, कायदण्ड या जुर्माने पर बन्दियों को छोड़ देने का विधान है। नये देश पर विजय, राज्याभिषेक, राजपुत्रजन्म आदि शुभ अवसरों पर बन्दी जेल से मुक्त होते रहे हैं। बालक, वृद्ध, रुग्ण, अनाथ आदि को राजा की जन्मगाँठ, पौर्णमासी एवं शुभ नक्षत्रों पर जेलों से मुक्त कर देना चाहिए। यदि कोई व्यक्ति अकस्मात् जेल में आ जाय और आचरण से शुद्ध हो; अपराधी भविष्य में अपराध न करने की प्रतिज्ञा करें तो ऐसे बन्दी जेल से मुक्त हो जाते हैं।[1] कौटल्य के इन विचारों के कार्यान्वियन के ऐतिहासिक प्रमाण अशोक के अभिलेखों में उपलब्ध होते हैं।[2] धौली लेख में उसने नगर व्यावहारिकों को सम्बोधित करते हुए कहा है कि 'एक भी निरपराध व्यक्ति जेल में न आना चाहिए।' उसने २६ वर्ष में २५ बार जेल से बन्दियों को मुक्त किया था।

अन्यत्र भी मूलोद्दश्य सुधार ही माना गया है। अपराधी यदि कुटुम्ब, जाति, वर्ग या संघ आदि से दण्ड पा चुका है तो उचित है कि राज्य उसे उचित मार्ग पर लाने का प्रयत्न करे।[3] एक बार अपराध किया हुआ व्यक्ति जीवन की योग्यता नहीं समाप्त कर देता। वह सुधर कर उचित मार्ग पर आ सकता है। लेकिन पूर्व अपराध के कारण सुधरने तथा कार्य

---

1. अर्थ० ४।९।४५–६३।; २।३६।५७–६०।; शामशास्त्री ने 'हिरण्यानुग्रहेण' का अर्थ 'बन्दियों को द्रव्य देकर मुक्त करना' किया है। दीक्षितार ने इसका खण्डन किया है। हम दीक्षितार से सहमत हैं।
2. शिलालेख ५, और १।; स्तम्भलेख ५।; ए० इं० जिल्द २ पृ० २०, २५८–९। दिल्ली तोप्रां स्तम्भलेख ४।; Corpus 1. 1. vol. 1. p. 123.
3. याज्ञवल्क्य० १, पृ० ५८ (से० बु० ऑफ ईस्ट)।

करने का उसे अवसर ही नहीं मिलता तो स्वाभाविक है कि वह बाध्य होकर पुनः अपराध की स्थिति में चला जाता है। इसके लिए दण्ड के परिमाण, स्वभाव एवं दाण्डिक विमुक्तियों से व्यक्ति को अवसर दिया गया। महाभारत के अनुसार दुष्ट को दण्ड देकर समाज निरापद हो सकता है। राजा का कर्तव्य है कि व्यक्ति को उचित जीवन व्यतीत करने की दिशा में अवसर प्रदान करे।[1] सुधार के उद्देश्य तक प्रत्यक्ष तथा अप्रत्यक्ष दो माध्यमों से पहुँचा जा सकता है। दमन और नियन्त्रण का प्रत्यक्ष फल सुधार ही है।

प्रायश्चित्त

वैदिक समाज में सुधारात्मक दण्ड का आधुनिक रूप नहीं मिलता। सुधारात्मक अंश का समावेश प्रायश्चित्त में किया जा सकता है। अन्तर यह है कि प्रायश्चित्त पाप का होता है और दण्ड अपराध का। पाप का सम्बन्ध नैतिक विधि से नहीं हो पाता। अतएव प्रायश्चित्त वैधानिक प्रक्रिया से सम्बद्ध नहीं हो पाया। तैत्तिरीय संहिता के कुछ मन्त्रों में प्रायश्चित्त पाप के साथ 'अनवधानता' और दैवी आपत्ति से सम्बद्ध होता है।[2] इनसे स्पष्ट होता है कि पाप के साथ अपराध का भी भाव विकसित हो रहा था। कौषीतकी ब्राह्मण में पाप के स्थान पर स्खलन (Mistake) शब्द का प्रयोग पाया जाता है।[3] श्रौत सूत्रों में 'विधि के अपराध में' प्रायश्चित्त का प्रयोग बहुलता के साथ पाया जाता है।[4] यद्यपि यहाँ विधि शब्द का अर्थ 'लॉ' नहीं है तथापि पाप के स्थान पर अपराध के बीज का आरोपण प्रारम्भ हो जाता है। इस अवस्था में पाप का प्रायश्चित्त भी वैदिक परम्परा से चल रहा था।[5] उसका पर्याय 'निष्कृति' दिया गया है। मीमांसकों ने यज्ञीय विधि के पालन

१. मोक्ष धर्म १६७, पृ० ११११ (रे का अंग्रेजी अनुवाद)।

२. तै० सं० २।१।२।४; २।१।४।१; ३।१।३।२-३; ५।१।९।३; ५।३।१२।१।

३. यद्वै यज्ञस्य स्खलितं बोल्वणं वा भवति ब्रह्मण एव तत्प्राहुस्तत्स त्रय्या विद्ययाऽभिषज्यति। कौ० ब्रा० ६।१२।

४. विध्यपराधे प्रायश्चित्तिः। आश्व० श्रौ० ३।१०; शा० श्रौ० ३।१९।१; दे० श्रौ० २०।१।

५. अथर्व० १४।१।३०; वाज० सं० ३९।१२; ऐ० ब्रा० ५।२७; शत० ब्रा० ४।५।७।१; ७।१।४।९; ११।५।३।८; १२।४।१।६; कौ० ब्रा० ५।९।

में हुई 'अनवधानता' का प्रायश्चित्त विशेष रूप में प्रतिपादित किया है।[1] इसके साथ उन्होंने, जिस विधि का निषेध हो, उसके पालन पर प्रायश्चित्त का विधान किया।

स्मृति काल तक अपराध और दण्ड के सिद्धान्त का सर्वांगीण विकास हो गया। पाप के अधिक अंशों का सम्बन्ध अपराध के साथ होने लगा। पाप को अब केवल वैयक्तिक न मान कर सामाजिक भी माना जाने लगा। पाप के प्रायश्चित्त में 'कामतः अकामतः' (Intentionally and unintentionally committed) अवस्था में किये पाप का आधार स्वीकार कर लिया गया।[2] महापातकों में मृत्यु तक का प्रायश्चित्त माना गया, जिसे मृत्यु-दण्ड ही कहा जा सकता है।[3] यहाँ यह स्पष्ट नहीं हो पाता कि यह अपराध का दण्ड है या पाप का प्रायश्चित्त। इसका कारण यह है कि स्मृतियों में श्रुति की परम्परा भी चलती है और अपने युग की व्यवस्था का समन्वय भी। परम्परा में पाप का भाव उपलब्ध होता है और युग की व्यवस्था में अपराध। अतएव प्रायश्चित्त और दण्ड दोनों साथ-साथ हो जाते हैं। वेदों में प्रायश्चित्त राज्य की ओर से नहीं कराये जाते बल्कि उसे व्यक्ति स्वयं करता है। व्यक्ति यदि उसका उल्लंघन करता है तो इसका परिणाम क्या होगा, इसका स्पष्टीकरण वेदों में नहीं होता। स्मृतियों में इस विकल्प की व्यवस्था पायी जाती है। राज्य का कर्तव्य था कि वह प्रायश्चित्त की व्यवस्था करे।

प्रायश्चित्त का सम्बन्ध वैयक्तिक और सामाजिक दोनों से होने से एक महान् असंगति भी उपस्थित हो जाती है। पापी या अपराधी प्रायश्चित्त और दण्ड दोनों के लिए उत्तरदायी हो जाता है। वेद-विस्मरण, स्नान एवं शयन आदि से सम्बद्ध पाप का प्रायश्चित्त वैयक्तिक था। चोरी, हत्या आदि के प्रायश्चित्त सामाजिक थे। इनके दण्ड भी थे। फलतः इनका प्रायश्चित्त भी होता और दण्ड भी। पाप होने से उनका प्रायश्चित्त होता और सामाजिक होने से उनका सम्बन्ध राज्य या राजदण्ड से होता। इस प्रकार की असंगति पाप और अप-

---

1. जै० १२।३।१६। पर शबर स्वामी।; १३।३।१७।; आप० श्रौ० ९।१।१।
2. मनु० ११।४५।; याज्ञ० ३।२२६।; गौ० १९।३–६।; वशिष्ठ २२।२–५।; बृहस्पति उद्धृत परा० मा० २, भाग १, पृ० १३।
3. मनु० ११।४६।; ११।७३।; याज्ञ० ३।२४७–२४८।; गौ० २२।२–३।; मनु० ११।९०–९१।; याज्ञ० ३।२५३।; गौ० २३।१।; मनु० ११। ९७–१००।

राध दोनों के सम्मिश्रण से हुई। धर्म को व्यापक रूप में आधार मान लेने पर इस असंगति का विस्तार होता रहा और राजद्रोह, राजमार्ग का ध्वंस आदि भी पाप और अपराध दोनों माने गये।

इस अवस्था में मुख्य प्रश्न यह उपस्थित होता है कि प्रायश्चित्त और दण्ड के सम्मिश्रण की स्थिति में परिषद् और राजा में क्या सम्बन्ध हो? दोनों संस्थाओं में किसे प्रामाणिकता दी जाय? दोनों अनिवार्य हैं या विकल्प? कुछ प्रमाणों से यह सिद्ध होता है कि न्यायपालिका और कार्यपालिका के काय ब्राह्मण ग्रन्थों के काल से ही पृथक् पृथक् हो चुके थे।[1] इस अवस्था में उक्त प्रश्नों का महत्त्व अधिक हो जाता है। निबन्ध ग्रन्थों ने इस समस्या का समाधान इस रूप में करना चाहा कि चोरी आदि जैसे सामाजिक अपराध यदि 'शिष्टों' से हो जायँ तो उन्हें सामान्य दण्ड के साथ प्रायश्चित्त द्वारा शुद्ध करा लेना चाहिए।[2] निबन्धकारों के इस समाधान का आधार वर्गीय विषमता है। इससे समुचित समाधान नहीं होता। वस्तुतः परिषद् और राजा के अधिकार में ह्रास एवं विकास के साथ दोनों के सम्बन्धों में भी परिवर्तन हो गया। सूत्रकाल तक परिषद् समग्र पाप का प्रायश्चित्त निर्देश करती जिसमें अपराध भी आ जाते। व्यक्ति यदि उन निर्देशों का स्वयं पालन न करता तो राजा द्वारा उनका क्रियान्वयन होता। स्मृतिकाल तक राजशक्ति के विकास और परिषद् की शक्ति के ह्रास के साथ उक्त सम्बन्धों में परिवर्तन हो गया। हत्या आदि अब राज्यशक्ति अर्थात् अपराध एवं दण्ड में आ गये। परिषदें केवल वैयक्तिक पाप के प्रायश्चित्त का निर्देश करने लगीं और उनका व्यक्ति द्वारा पालन न होने पर राज्य द्वारा क्रियान्वयन हो जाता। वैदिक काल में यह समग्र कार्य समाज या उनके प्रतिनिधियों से होता रहा। वैदिक परम्परा के साथ समन्वय करने में उक्त स्थिति स्मृति काल में भी पूर्णरूप से स्पष्ट नहीं हो पाती, किन्तु उनके मूल उपस्थित हो जाते हैं। अर्थशास्त्र एवं अशोक काल में वे पूर्णतः स्पष्ट हो जाते हैं। फलतः परिषद् वैयक्तिक पापों और राज्य अपराधों का दण्ड देने में पृथक् पृथक् हो जाते हैं। प्रायश्चित्त एवं दण्ड के सम्मिश्रण से दण्ड को भी पवित्र करने एवं मुक्ति का साधन माना गया। इसमें दण्ड का दैवी रूप और सहायक हुआ। राजा विधि के अनुसार दण्ड

---

१. तै० ब्रा० ३।५।६।; वाज० सं० ३०।१०।

२. विवाद रत्नाकर, से० बु० ई०, जिल्द, ३३, पृ० ३६२।

देकर पवित्र करने के लिए उत्तरदायी था।[1] इस विषय में आदर्श उदाहरण शंख-लिखित आख्यान द्वारा प्रस्तुत किया गया है।[2]

दाण्डिक विमुक्तियाँ

भारतीय व्यवस्था में दण्ड को 'सीधा दण्ड' का रूप न देकर उसके साथ अपराध, अपराधी, परिस्थिति, आयु, व्यक्तित्व आदि का सम्बन्ध स्वीकार किया गया है। इसका परिणाम यह हुआ कि दण्ड प्रयोग में न्यायाधीश अपने विवेक के प्रयोग का अवसर पा सका। विवेक में मानवता के सामान्य तत्त्वों के साथ कुछ आधार भी प्रस्तुत किये गये जिनके आधार पर वह कुछ अपराधियों को अपराध से मुक्त कर सकता था। इस प्रकार की दाण्डिक विमुक्तियाँ सुधारात्मक दण्ड के सिद्धान्त की पूरक हैं। स्त्री, रुग्ण, ८० वर्ष से अधिक आयु के वृद्ध एवं १६ वर्ष से कम आयु के बालक का दण्ड और प्रायश्चित्त आधा कर दिया जाता। ११ वर्ष से कम ५ वर्ष से अधिक आयु का बालक गुरु-गृह या अपने अभिभावक के पास है तो उसे राजदण्ड नहीं दिया जाता। वह प्रायश्चित्त से शुद्ध हो जाता।[3] वैधानिक भाषा में ८ वर्ष की अवस्था का बालक शिशु और १६ वर्ष का बालक पोगण्ड कहा जाता है। इस अवस्था में हुए अपराध का दण्ड नहीं होता।[4] शंख ने अपराध से मुक्ति की न्यूनतम आयु ५ वर्ष और माण्डव्य ने यह अवस्था १४ वर्ष मानी है।[5] इस अवस्था में यदि अपराधी समर्थ है तो स्थान आदि साफ करा लेना चाहिए और अपराध गुरुतर है तो सुधार की दृष्टि से कोड़े लगवा देना चाहिए।[6] यदि अल्पवयस्क अपराधी के साथ वयस्क भी उपस्थित हैं तो अपराध का दायित्व वयस्क पर ही

---

१. शान्तिपर्व ६८, पृ० ९८५।; याज्ञवल्क्य संहिता ३, पृ० १५३।; आपस्तम्ब संहिता १।२५।४।; मनु० ८।३५१।; उशना संहिता ७।१६।; आपद्धर्म पर्व १६५, पृ० ९५६। (रे संस्करण)।; कैंब्रिज हिस्ट्री ऑफ इंडिया, पृ० २४१।

२. अनुशासन पर्व २३, पृ० २५२।

३. गौ० २।६ पर हरदत्त।; याज्ञवल्क्य० ३।२४३ पर मिताक्षरा।

४. नारद० ४।८५।

५. महाभारत आदिपर्व १०७ और १०८ अध्याय, तुलनीय इंडियन पेनल-कोड, सेक्शन ८२।

६. मनु० ९।२८२, २८३, २३०।

होगा। कौटल्य ने इसे उदाहरण देकर समझाया है। उनके अनुसार "रथ-चालक अल्पवयस्क है और वयस्क चालक रथ में उपस्थित है। इस स्थिति में अल्पवयस्क से रथ चलाने सम्बन्धी कोई अपराध हो जाता है तो इसका दायित्व उपस्थित वयस्क चालक पर होगा। इसके साथ घटित अपराध का विवरण होना चाहिए। यदि रथ का स्वामी अनुपस्थित है और रथ में उपस्थित कोई भी वयस्क है तो उसे ही अपराध का दायित्व स्वीकार करना पड़ेगा।"[१]

कुछ मात्रात्मक विमुक्तियाँ हैं, जिनमें अपराधी को दण्ड से पूर्णतया तो नहीं मुक्त किया जाता किन्तु दण्ड की मात्रा में कमी कर दी जाती है। स्त्री, बालक, रुग्ण, उन्मत्त, वृद्ध, निर्धन आदि दण्ड से मुक्त रहते हैं। अज्ञान के साथ यदि लापरवाही हो तो अपराधी दण्ड मुक्त नहीं हो सकता।[२] हत्या, चोरी, डाका, वाक्पारुष्य (गाली) आदि अपराधो में वर्ण के आधार पर दण्ड में भेद किया गया है। अपेक्षाकृत शूद्र के उच्च वर्णों, विशेष रूप से ब्राह्मण को दण्ड में कुछ उन्मुक्तियाँ प्रदान की गयी हैं।[3] लेकिन इसका तात्पर्य यह नहीं कि ब्राह्मण दण्डमुक्त थे। उनके दण्ड में मात्रातमक भेद था। वे समाज में यशोजीवी थे। अतएव उन्हें सामाजिक दण्ड देकर 'शरीरवध' के स्थान पर उनका 'तेजोवध' किया जाता। अन्ततः मृत्यु दण्ड तक भी उन्हें दिया जा सकता था।[४]

परिमाण और स्वभाव

भारतीय दण्ड विधान अनमनीय (Rigid and inelastic) है। अपराध एवं उनके दण्ड के आधार निश्चित हैं। न्यायाधीश निश्चित विधि में बाँध दिये गये हैं जिनकी सीमा में ही उन्हें कार्य करना पड़ता है। विधि की

---

१. कौ० ४।१३।३३२।

२. मनु० ९।२३०।; याज्ञ० २।२१३, २१४।; कौ० ३।१९, १९३ और १९५।; तुलनीय Salmond : Jurisprudence, 18, Section 140, p. 357.

३. गौ० १२।१५–१६।; मनु० ८।३३८–३९।; याज्ञ० २०६–२०७।

४. गर्भस्य पातने स्तेनो ब्राह्मण्यां शस्त्रपातने।
अदुष्टां योषितं हत्वा हन्तव्यो ब्राह्मणोऽपि हि॥ याज्ञ० २।२८१। पर विश्वरूप द्वारा उद्धृत कात्यायन वचन।

सीमा, अपराधी के व्यक्तित्व और अपराध के स्वरूप में सुधार या परिवर्तन करना न्यायाधीशों की शक्ति में नहीं था। लेकिन निर्णय में उन्हें अपने विवेक एवं व्यक्तिगत निर्णय (Discretion) का अवकाश था। अपराधी की अवस्था, ज्ञान, जाति, सामाजिक स्तर, शारीरिक क्षमता, मानसिक दशा, उद्देश्य, समय, अपराध के स्वभाव (Nature of crime) आदि के विवेचन में वह अपने विवेक एवं व्यक्तिगत निर्णय के अधिकार का प्रयोग कर पाता। इस प्रकार दण्ड-संहिता में विधि के साथ विवेक (Equity) का महत्त्व स्वीकार किया गया।

गौतम ने न्यायाधीशों को सलाह दिया है कि वे पुरुष, क्षमता, अपराध और अनुबन्ध (Motive) के साथ इस बात पर भी ध्यान दें कि क्या अपराध की पुनरावृत्ति हो रही है?[१] वशिष्ठ के अनुसार देश, काल, कर्तव्य, अवस्था, स्वाध्याय एवं पद के विवेचन के बाद ही दण्ड-विधान करना चाहिए।[२] मनु के अनुसार देश, काल, विद्या और क्षमता के आधार पर निर्णय देना चाहिए।[३] याज्ञवल्क्य अपराध, देश, काल, बल, वय, कर्म और वित्त के आधार पर निर्णय का परामर्श देते हैं।[४] आपस्तम्ब इसमें दूसरा मार्ग ग्रहण करते हैं। उनके अनुसार कर्ता, प्रयोजयिता और परामर्शदाता को ध्यान में रखकर दण्ड देना चाहिए।[५] कौटल्य के अनुसार अनुबन्ध (Motive), काल, देश, वातावरण, वैयक्तिक एवं सामाजिक क्षमता तथा अपराध की समीक्षा करना आवश्यक हो जाता है।[६] अपराध की पुनरावृत्ति पर अधिक दण्ड दिया जाता है। बृहस्पति ने इस बात पर जोर दिया कि केवल शास्त्रों के अक्षरों के अनुसार ही दण्ड न देना चाहिए। उसमें वातावरण, अपराध आदि का ध्यान आवश्यक है।[७] अपराध स्वीकार कर लेने पर दण्ड कम दिया जाता है।[८]

दण्ड के प्रयोग में व्यक्ति और अपराध की स्थिति पर विशेष ध्यान दिया जाता है। 'युक्ति' के द्वारा इस बात की समीक्षा न्यायाधीश करता।[९]

---

१. गौ० १२।५१। २. वशिष्ठ १९।९।

३. मनु० ७।१६। ४. याज्ञ० १।३६६।

५. प्रयोजयिता, मन्ता, कर्त्तेति स्वर्गनरकफलेषु कर्मसु भागिनः। आप० २।२।२९।१

६. पुरुषं चापराधं च कारणं गुरुलाघवम्।
अनुबन्धं तदात्वं च देशकालौ समीक्ष्य च॥ अर्थशास्त्र, पृ० २२६।

७. बृहस्पति० २।१२। ८. नारद० १।२४५-२४६।

९. अनुशासन पर्व २५, पृ० ९५–७ (रे का अनुवाद)।

न्याय के सीधी रेखा-सिद्धान्त की हीगेल आदि विद्वानों ने पर्याप्त आलोचना की है। विष्णु ने कहा है कि अपराध के अनुपात से ही दण्ड दिया जाना चाहिए।[1] अपराधी की अवस्था, देश, वैयक्तिक एवं सामाजिक क्षमता के साथ अपराध की गुरुता, मूल, उसके प्रति व्यक्ति का सहज या कृत्रिम (आकस्मिक) सम्बन्ध आदि देखकर दण्ड देने के लिए सभी शास्त्रकार विधान करते हैं।[2] अपराध के प्रति मनोवृत्ति, स्थान, समय, शक्ति और अपराध ही दण्ड के आधार हैं।[3] इसी में जाति आदि की सामाजिक स्थिति और व्यक्तित्व में विषमता से दण्ड के परिमाण में भी विषमता हो जाती है।

दण्ड के प्रकार

प्रारम्भिक वैदिक काल में वाग्दण्ड और धिग्दण्ड का प्रयोग अधिक होता था। अधिकतम अपराधों में प्रायश्चित्त था। उत्तरवर्ती काल में मृत्यु-दण्ड का उल्लेख मिलता है। उस समय अपराधों का वर्गीकरण सामाजिक एवं राजनीतिक आधार पर नहीं हो पाया था। फलतः विभिन्न दण्डों का प्रयोग नहीं हो रहा था। इस काल में अन्य शारीरिक दण्डों की स्थिति स्पष्ट हो रही थी।[4] वैदिक काल में वाक् एवं धिक् के साथ अर्थ और वध दण्ड का सूत्रपात हो चुका था किन्तु स्मृतियों एवं नीति ग्रन्थों में इनका विकास होता है। उन्होंने इन चार प्रकार के दण्डों के अवान्तर भेद भी दिये हैं। इनका सम्बन्ध मानसिक, वाचिक और शारीरिक कारणों से जोड़ा गया। मनु ने जेल, बन्धन और शारीरिक दण्ड के भी कई विभाग किये हैं। इन दण्डों को कौटल्य ने भी कई बार दुहराया है। प्रमाण के लिए अर्थदण्ड को ३५० और शारीरिक दण्ड को २० बार के आसपास कहा है। मनु ने शरीर-दण्ड के स्थानों का भी निर्देश किया है।[5]

---

१. विष्णु० ३।६५।; कौटल्य पृ० ७१, २४३, ९४७ (शामशास्त्री का अनुवाद)।

२. मनु० ८।१२६।; याज्ञ० १ पृ० ५९।; वशिष्ठ० पृ० ८०३।; मनु० ७।१८।; याज्ञ० २, पृ० ११०।; वि० ३।१९०।

३. विष्णु० ३।६६।

४. वैदिक इंडेक्स जिल्द १, पृ० ३९।

५. शान्ति० १६७ अध्याय।; मनु० ८।१२९–१३०।; ७।१२४–१२५।; याज्ञ० १।३६७।

अपराध की गुरुता, लघुता, अपराधी तथा अन्य आवश्यक तत्त्वों के आधार पर दण्ड में सरलता और कठोरता आ जाती है। सामान्यतया जुर्माना, मृत्युदण्ड (Capital punishment), अंगच्छेद (Mutilation), जेल, देश-निकाला, बन्धक आदि दण्ड व्यवहार में आते थे। अपराध की लघुता, अल्पवयस्कता, स्त्रीत्व, वृद्धत्व आदि के कारण कठोर दण्ड के स्थान पर पीटने और कोड़े लगाने की व्यवस्था थी। अर्थ और शरीर के मूल दण्ड नारद ने स्वीकार किया है।[1] शरीरदण्ड जेल से प्रारम्भ होकर मृत्युदण्ड तक हो सकता है और अर्थदण्ड 'काकनी' से प्रारम्भ होकर सर्वस्वापहरण तक।[2] याज्ञवल्क्य की तरह बृहस्पति ने भी ४ प्रकार माना है।[3] दण्ड की क्रमिकता मनु आदि स्मृतिकारों ने स्वीकार की है। उनके अनुसार पहले वाग्दण्ड देना चाहिए। यदि उससे अपराधी में सुधार नहीं होता तो धिग्दण्ड की व्यवस्था की जाय। इसके अनन्तर अर्थदण्ड और यदि इससे भी अपराध की निवृत्ति नहीं होती तो अन्ततः बाध्य होकर मृत्यु-दण्ड दिया जाय। वाग्दण्ड और धिग्दण्ड में अन्तर यह है कि वाग्दण्ड में गुणवान अपराधी की भर्त्सना की जाती है। जैसे "आपने यह उत्तम कार्य नहीं किया। पुनः ऐसा कार्य न कीजिएगा।" धिग्दण्ड में भर्त्सना से आगे धिक्कार एवं अपशब्दों का प्रयोग किया जाता है। जैसे "मूर्ख, तुझे धिक्कार है। मत जीवित रहो, तुम्हारी हानि हो और तुम पाप के भागी बनो।[4]"

अर्थदण्ड

अर्थदण्ड के अनेक भेद हैं। शंख ने प्रथम साहस, मध्यम साहस और उत्तम साहस तीन भेद माना है। उनके अनुसार २४ पण से ९१ पण तक प्रथम साहस, २०० से ५०० पण तक मध्यम और ६०० से १००० पण तक उत्तम साहस दण्ड है।[5] स्मृतियों आदि में पणों की संख्या में भेद होता है, किन्तु

---

१. नारदमनुसंहिता ६ और ७। २. वही, ५३ और ५४। ३. बृ० २७।४।

४. वाग्दण्डं प्रथमं कुर्याद्धिग्दण्डं तदनन्तरम्।
तृतीयं धनदण्डं तु वधदण्डमतः परम्॥ मनु० ८।१२९। और इस पर कुल्लूक भट्ट।

५. चतुर्विंशतिरेकनवतिः प्रथमसाहसः। द्विशतं पञ्चशतं चैव मध्यमसाहसः। षट् शतं सहस्रं चोत्तमः। यथा सारापकारकम्। शंखलिखित उद्धृत दण्डविवेक, पृ० २३।

उक्त तीन भेद प्रायः सभी मानते हैं।[1] नारद ने उक्त साहस में अंगच्छेद, देश निष्कासन, सर्वस्व अपहरण और मृत्युदण्ड माना है। पुरुष की अपेक्षा स्त्रियों को सरल और कम दण्ड दिये जाते रहे।[2] मुद्रा के रूप में प्राप्त जुर्माना राजकोश में जमा होता था। पशु भी राजा को दिये जाते थे। जुर्माने में से अपेक्षित अंश पीड़ित व्यक्ति एवं उसके परिवार को दिया जाता। महापातकों में प्राप्त जुर्माना राजा नहीं लेता। वह वरुण देवता या ब्राह्मण को दान दे दिया जाता।[3] उत्तर वैदिक काल तक जुर्माना पीड़ित या ब्राह्मण को दे दिया जाता, किन्तु राजशक्ति के विकास के साथ ही जुर्माना का अधिक अंश राज्य में जमा होने लगा।[4]

मृत्युदण्ड

मृत्युदण्ड अन्तिम दण्ड है। प्रयास किया जाता है कि महान् से महान् अपराधों में भी मृत्युदण्ड न दिया जाय। राज्यशक्ति और राजा के सामाजिक महत्त्व में विकास के साथ राजद्रोह या राज्य के प्रति अपराध को सर्वाधिक महत्त्व दिया जाने लगा। इस अपराध में मृत्युदण्ड अवश्य दिया जाता।[5] नीति ग्रन्थों और स्मृतियों में एक महत्त्वपूर्ण अन्तर स्पष्ट होता दिखायी पड़ता है। धर्मशास्त्र महापातकों के अपराध में मृत्युदण्ड का विधान करते हैं और नीति ग्रन्थ राज्य सम्बन्धी अपराधों में। मनु के अनुसार व्यक्ति यदि किसी प्रकार का प्रायश्चित्त नहीं करता तो उसे मृत्यु दण्ड देना चाहिए।[6] कौटल्य ने शस्त्र से हत्या करने पर किसी भी स्तर के अपराधी को मृत्युदण्ड दिया है।[7] स्मृतिकारों, विशेषतया मनु, ने उच्च वर्ण की स्त्री से सम्बन्ध करन पर निम्न वर्ण के लोगों को मृत्युदण्ड एवं उनका मांस कुत्तों को खिला देने का विधान किया है।[8] प्रोफेसर लुडर्स, मुकर्जी एवं दीक्षितार मानते

१. मनु० ८।१३८।; याज्ञ० १।३२६।; नारद० ७-८।; वि० ध० सू० ४।१०।

२. कात्या० (४८७) उद्धृत स्मृ० चं० २ पृ० ३२१।

३. मनु० ९।२४३-२४७। ४. वैदिक इंडेक्स, जिल्द १, पृ० ३९२।

५. महत्स्वपराधेषु दण्डं प्राणान्तिकं त्यजेत्।
ऋते राज्यापहारात्तु युक्तदण्डः प्रशस्यते ॥ कामन्दक १४।१६।; शुक्र० ४।१।९३।

६. मनु० ९।२३८।; बृ० हारीत ७।१९०। ७. कौ० ४।११।

८. मनु० ९।२७१।; ८।३६६।; याज्ञ० २।२८६-२८८।; २।२९४।; वशिष्ठ० २१।१-५।

हैं कि अशोक के समय में मृत्युदण्ड नहीं था। उन्होंने अशोक के अभिलेखों में उल्लिखित बन्धन, वध और पालिबोध का अनुवाद जेल (Inprisonment), देहदण्ड (Execution) और प्रतारणा (Torture) किया है लेकिन यह धारणा धौली शिलालेख के प्रतिकूल है, जिसमें वध दण्ड का उल्लेख है। मुकर्जी स्वयं 'बन्धनन्तिक' शब्द का अर्थ मृत्यु मानते हैं। भण्डारकर ने इसका अर्थ जेल और मृत्यु दोनों माना है, जिसमें बन्धन, वध और परिक्लेश सम्मिलित हैं। इसके अर्थ में मनीन्द्रमोहन वसु का भी अर्थ चिन्त्य है। स्पष्ट है कि अशोक ने भी वधदण्ड स्वीकार किया।

मृत्युदण्ड के विभिन्न प्रकार थे। अपराधी को विष पिला कर हाथी के पाँव के नीचे कुचलवा दिया जाता।[1] चोर के हाथ काट लेने के बाद उसे मृत्यु दण्ड दिया जाता।[2] चोर को सहायता आदि देने वाले को केवल मृत्यु दण्ड दिया जाता।[3] स्त्रियों को भी अपने मार्ग से च्युत होने तथा ऐसे अन्य अपराध में अंगच्छेद के वाद जलाकर मृत्यु दण्ड का नियम था।[4] कृषि के साधन नष्ट करनेवालों को भी गले में पाषाण बाँध कर जलसमाधि के साथ मृत्युदण्ड दिया जाता।[5] गर्भपातिकी, पुरुष को मारनेवाली स्त्री एवं बाँध तोड़नेवाली स्त्री को ऐसा ही दण्ड दिया जाता।[6] दूसरे को मारने के लिए विष देने एवं गाँव जलाने के लिए अग्नि देनेवालों को बैल के आगे फेंक कर उनकी सींग से मरवा डाला जाता।[7] क्षेत्र, गृह, क्रीडावन, ग्राम आदि जलानेवाले एवं राजपत्नी के पास गमन करनेवालों को 'कटाग्नि' (वीरण-वेष्टित) से जला देने का नियम था।[8]

अन्य दण्ड

मृत्युदण्ड के अतिरिक्त अन्य भी दण्ड के प्रकार थे, जिनसे उस काल की सामाजिक स्थिति पर प्रकाश पड़ता है। ब्राह्मणों को धर्म का उपदेश शूद्र गर्व के साथ करने लगे तो उसके मुख एवं कान में तप्त तैल डाल देना चाहिए।[9] यदि वह द्विजातियों के जाति आदि का आक्रोश (अभिद्रोह) में

---

1. मानसोल्लास २।२०। 2. मनु० ९।२७६। 3. मनु० ९।२७१।
4. वृद्धहारीत ७।१९२।; ७।२२०-२२१। 5. मनु० ९।२७९।
6. याज्ञ० २।२६८। 7. याज्ञ० २।२७९।; मत्स्यपुराण २२७।२००।
8. याज्ञ० २।२८३।
9. मनु० ८।२७२।; नारद० (पारुष्य) २४।; वि० ध० सू० ५।२४।

नाम लेता है तो उसके मुख में प्रदीप्त दश अंगुल की लौहशलाका डाल दी जाय।[1] अन्त्यज जिन अंगों से द्विजाति पर प्रहार करता है, उन्हें काट डालना चाहिए।[2] चोरी जैसे अपराध में हाथ-पाँव काटने का सामान्य नियम था।[3] शूद्र को वेदोच्चारण करने एवं राजा को गाली देने के अपराध में जिह्वा छेदन का दण्ड दिया जाता था।[4] नकली सोना एवं निषिद्ध वस्तु बेचने पर भी कान और नाक काट लिया जाता।[5] विशेष पातकों में शरीर पर विभिन्न प्रकार के चिह्न भी बना दिये जाते।[6] व्यभिचार में स्त्री के शिरोमुण्डन को व्यवस्था थो।[7] शरीर पर कोड़े लगवाने, देश-निकाला आदि के प्रचुर प्रयोग होते थे।[8] देश-निष्कासन प्रायः ब्राह्मणों को मृत्यु दण्ड के स्थान पर दिया जाता।[9] ब्राह्मणों के अतिरिक्त अन्य वर्ग के लोगों को भी यह दण्ड दिया जाता।[10]

प्रायः कहा जाता है कि भारतीयों के उग्र दण्ड विधान को मृदु करने में बौद्धों का प्रभाव है। सिद्धान्त रूप से वे इस प्रकार का प्रतिपादन कर रहे थे। लेकिन बौद्ध जातकों में दण्ड के प्रकार का जो विवरण मिलता है उसे पढ़कर रोमांच हो जाता है। यहाँ कुछ का विवरण हम देते हैं जिसे महा-दुक्खक्खन्ध सुत्तन्त में भगवान् बुद्ध ने स्वयं कहा है। उन्होंने १२ प्रकार दिये हैं :—(१) शंख मुण्डिका, शिर की चमड़ी छील कर शंख के समान बना देना, (२) राहुमुख, कानों तक मुख को फाड़ देना, (३) ज्योतिर्मलिका, शरीर में कपड़ा लपेट कर, उसे तेल से भिगोकर आग लगा देना, (४) हस्त-प्रज्योतिका, हाथों में कपड़ा लपेट उसे तेल से भिगोकर आग लगा देना, (५)

---

1. मनु० ८।२७१। 2. मनु० ८।२७९।
3. मनु० ९।२७६-२७७; नारद० परिशिष्ट ३२; याज्ञ० २।२७४।
4. मनु० ८।२७०; आप० ध० सू० २।१०।२७।१४।; गौ० १२।४।
5. याज्ञ० २।२९७।; गौ० १२।४४।; बौ० ध० सू० १।१०।१९।; मनु० ११।२३७; वि० ध० सू० ५।३-७।; मत्स्य० २२७।१६।
6. दक्ष० ७।३३; राजतरंगिणी ६।१०८-११२।
7. मनु० ८।३७०। 8. विष्णु० ५।१०५।
9. गौ० १२।४४; मनु० ९।२४१; ८।३८०; वि० ध० सू० ५।३।८; बौ० ध० सू० १।१०।१९; याज्ञ० २।२७०।
10. याज्ञ० २।८१; २।१८७; मनु० ८।२१९; वि० ध० सू० ५।१६७-१६८।

एरक वर्तिका, गर्दन तक खाल उतार कर उसे घसीटना, (६) चैरिक वासिका, ऊपर से खाल खींच कर कमर तक पहुँचाना और नीचे से कमर तक खाल खींच देना, (७) ऐणेयक, किहुनी और घुटनों में लोहे की कीलें ठोंक देना और उन्हीं के सहारे जमीन पर टिकाकर आग लगा देना, (८) बडि संमासिका, वंशी के समान लोहे का अंकुश निगला कर फिर बाहर खींचना जिससे भीतर का गला वगैरह फट जाय, (९) कार्षापणक, पैसे पैसे भर मांस काट कर अलग करना, (१०) खारापतच्छिका, शरीर को चीर कर उसमें नमक या क्षार रगड़ना, (११) परिधि परिवर्तिका, दोनों कानों में कील ठोंक कर उस कील को जमीन में गाड़ देना और शरीर को चारों ओर घुमाना और (१२) लाल पीठक, मुगरी मारकर शरीर की हड्डियों को भीतर ही भीतर चूर कर देना और शरीर को मांस पिण्ड बना देना।[1]

क्रूर दण्डों के पीछे तर्क दिया जाता है कि समाज, राज्य और धर्म की रक्षा के लिए ऐसे दण्ड दिये जाते, जिनसे अपराध की पुनरावृत्ति न हो। साथ ही ऐसा प्रयास किया जा रहा था कि क्रूर दण्डों की कमी हो जाय। महाभारत में मृत्युदण्ड का निषेध किया गया है।[2] फाह्यान के अनुसार उत्तर भारत में मृत्यु दण्ड नहीं था। आर्थिक दण्ड अवश्य दिये जाते थे। चोल एवं हर्ष के राज्य में ऐसे दण्डों की कमी हो रही थी। इसी आधार पर मैकडॉनल और कीथ सिद्ध करना चाहते हैं कि बौद्ध प्रभावों ने क्रूर दण्ड में संशोधन किया।[3] किन्तु अन्यत्र वे स्वयं स्वीकार करते हैं कि अशोक के काल में भी क्रूर दण्ड थे।[4] जातकों में वर्णित क्रूर दण्डों की सूची देखने पर रोमांच हो जाता है। अतएव बौद्ध प्रभाव से दण्ड प्रकार में संशोधन स्वीकार करना कठिन हो जाता है। वस्तुतः उस काल में अपराध निवृत्ति के लिए क्रूर दण्डों का माध्यम स्वीकार किया गया। साथ ही राजा, राज्य और धर्म का सर्वाधिक महत्त्व था। विभिन्न धार्मिक सम्प्रदायों के विकास में परस्पर संघर्ष भी था। मनु ने वेद निन्दक, नास्तिक, वेद के विपरीत आचरण करनेवालों को कठोर दण्ड का विधान किया। इससे वे वैदिक धर्म पर होनेवाला बौद्ध आक्रमण रोकना चाहते थे। इसमें राज्यशक्ति की भी आवश्यकता थी। अतएव राजा को दैवी रूप देने के साथ उसके प्रति विद्रोह भाव रखनेवालों को भी कठोर दण्ड दिया।

---

१. महादुक्खक्खन्ध सुत्तन्त १।२।३। २. महा० १२।२५९।

3. Vedic Index, Vol. I. p. 119. 4. Ibid. p. 55.

दण्ड और जाति

वैदिक समाज सें अवैदिकों के सम्मिश्रण, उन्हें अन्त्यज एवं शूद्र के रूप में रखने, अवैदिक सम्प्रदायों (बौद्ध, जैन, चार्वाक आदि) के विकास, भारतेतर जातियों (शक, हूण, पुलिन्द, खस आदि) का भारतीय समाज में समावेश आदि स्थिति में मूल बैदिक धारा के विकास एवं समन्वय में दण्ड का प्रयोग वर्गीय हो गया।

वर्ण-व्यवस्था का प्रभाव न्यायिक संगठन के प्रत्येक अंग पर दिखायी पड़ता है। न्यायाधीशों की नियुक्ति में जातीय तत्त्व की प्रधानता है। ब्राह्मणों के अभाव में अन्य जातियाँ न्यायाधीश हो सकतीं थीं किन्तु शूद्र कथमपि न्यायाधीश नहीं हो सकता।[1] व्यापारियों में उच्च स्थान प्राप्त सदस्य सभा में बैठ सकते हैं।[2] साक्षियों में भी स्व-जातीय साक्षियों को विशेष महत्त्व दिया जाता रहा।[3] दासों और भृतकों को ऐसे अधिकार नहीं थे।[4] विभिन्न जातियों के शपथ और दिव्य साक्ष्य भी भिन्न थे।[5] इसी प्रकार अपराध और उसके दण्ड में भी भेद प्रस्तुत किया गया। एक ही अपराध में जातियों के आधार पर दण्ड में भेद किया गया है। एक क्षत्रिय की हत्या पर अपराधी दोष निवृत्ति के लिए १००० गाय और १ बैल दण्ड स्वरूप देता। वैश्य की हत्या पर १०० गाय, १ बैल एवं शूद्र की हत्या पर १० गाय और १ बैल देना पड़ता।[6] शूद्र और कुत्ते के मारने पर समान दण्ड था।[7] निम्न जाति का व्यक्ति उच्च जाति के व्यक्ति को जिस अंग से हानि पहुँचाये उसका वह अंग काट लिया जाता।[8] इसी प्रकार का स्तर भेद पारुष्य[9]-(Defamation), स्तेय[10] (Stealing), और उत्तराधिकार[11] (Inheritance) के विषय में

---

1. मनु० ८।२०-२१।; याज्ञ० २।३ और उसी पर विज्ञानेश्वर द्रष्टव्य; विष्णु० ३।७२-३।; शूद्रं यत्नेन परिवर्जयेत्। कात्या० ६७।
2. कात्या० ५८।
3. विष्णु० ८।२।
4. मनु० ८।७०।
5. गौ० ८।२०-२३।; मनु० ८।८८-९।; याज्ञ० २।९८।
6. बौधा० १।१०।१९।२।; आपस्तम्ब १।९।२४।१-४।
7. बौधा० १।१०।१९।६।; आपस्तंम्ब १।९।२५।१३।; मनु० ११।१३२।
8. मनु० ८।२७९।; याज्ञ० २।२१५।; गौतम० १२।१।
9. गौ० १२।११-३।
10. विष्णु० ९।११-४।
11. बौधा० २।३।३।१०।; वशि० १७।५८-५०।; विष्णु० ३।३२।; गौ० १०।३१।; मनु० ९।१५१।; याज्ञ० २।२१५।

भी पाया जाता है। राजनीतिक, सामाजिक, आर्थिक कोई भी पक्ष नहीं जहाँ न्याय में भेद न हो। स्पष्ट है कि निष्पक्षता एवं पवित्रता के साथ जाति एवं लिंगगत विषमता आ गयी।[1] यह स्थिति धर्मसूत्रों से ही पूर्ण रूप में स्पष्ट होने लगती है।[2] ऐसी स्थिति दीवानी और फौजदारी दोनों में थी।[3] मूल वैदिक जाति एव परम्परा का अन्य समाजों से सुरक्षा में 'यथास्थिति' की व्यवस्था के कारण दण्ड राजधर्म के रूप में वर्गीय हो गया।[4]

चोरी के अपराध में ब्राह्मण, क्षत्रिय और वैश्य को दुगुना, शूद्र को चौगुना या आठगुना जुर्माना किया गया है।[5] व्यास और कात्यायन ने इस अनुपात को स्तेय के अतिरिक्त सभी अपराधों में माना है।[6] ब्राह्मण के गाली या अपमान पर क्षत्रिय, वैश्य और शूद्र को १०० पण, १५० पण जुर्माना के साथ शारीरिक दण्ड भी सहन करना पड़ता। यदि ब्राह्मण अन्य तीन वर्णों के साथ उक्त अपराध करता तो क्रमशः ५०, २५ या १२ पण जुर्माना देना पड़ता।[7] गौतम के अनुसार शूद्र को गाली और अपमान पर ब्राह्मण को दण्ड नही दिया जा सकता।[8] उच्च वर्ण की स्त्री से व्यभिचार के अपराध में शूद्र को मृत्यु-दण्ड दिया जा सकता और स्त्री के कान काट लिये जाते।[9] दण्ड के लिए दश स्थान, उपस्थ, उदर, जिह्वा, हस्त, पाद, चक्षु, नासा, कर्ण, धन एवं देह कहे गये है।

---

१. मनु० ८।१७३।

२. आप० ध० सू० १।११।२४।१-४१।; गौ० २२।६४।१६।; बौ० १। १०।१९।३।
E. Westermarck : The Origin and Development of Moral Ideas, Vol. I. pp. 420, 431-33.

३. तै० सं० २।५।११।; मनु० ८।१४२।; याज्ञ० २।३७-४१।

४. मनु० ८।२६७-७२, २७९-८१, ३२३।; बृह० २२।१८।; मनु० ८।३२५। ३३४-५१।; महा० शा० १२१।९०।

५. गौ० १२।१५-१६।; मनु० ८।३३८-३९।

६. येन दोषेण शूद्रस्य दण्डो भवति धर्मतः।
तेन चेत्क्षत्रविप्राणां द्विगुणो द्विगुणो भवेत्॥ कात्या० ४८५ उद्धृत स्मृ० चं० २।१२७।; व्यास उद्धृत याज्ञ० १।१७। पर विश्वरूप।

७. गौ० १२।१।८-१२।; मनु० १३।२६७-२६८।; याज्ञ० २।२०६-२०७।

८. गौतम० १२।१३।

९. याज्ञ० २।२८६।

बृहस्पति दण्ड के १४ स्थान मानते हैं ।[1] इनसे अपराध होने पर, तीन वर्णों से, उनके उन अंगों को दण्ड देना चाहिए । किन्तु ब्राह्मण से अपराध होने पर अक्षत शरीर देश से निष्कासित करने की विधि है ।[2] किसी भी अपराध पर ब्राह्मण को मृत्यु दण्ड नहीं दिया जा सकता, अधिक से अधिक शिरोमुण्डन पूर्वक देश से बाहर निकाल सकते हैं ।[3] नारद ने देश-निष्कासन के स्थान पर नगर से निष्कासन माना है । निष्कासन शिरोमुण्डन के बाद गधे पर बैठा और ललाट पर पाप चिह्न अंकन पूर्वक करना चाहिए ।[4] यम के अनुसार ब्राह्मण को शारीरिक दण्ड भी नहीं देना चाहिए ।[5] किस अपराध पर क्या चिह्न ललाट पर अंकित करना चाहिए इसका उल्लेख मिताक्षरा ने मनु के आधार पर किया है । उसके अनुसार गुरुपत्नी गमन में भग, सुरापान में सुराध्वज, चोरी में कुत्ते के पंजे का चिह्न अंकित करना चाहिए ।[6]

ब्राह्मणों को दण्ड

लेकिन इसका तात्पर्य यह नहीं कि ब्राह्मण को दण्ड ही नहीं दिया जाता । प्रायश्चित्त करने पर ललाट पर चिह्न नहीं बनाया जाता । 'अनिच्छा' से पाप

---

१. बृह० ११, से० बु० ई० ३३, पृ० ३३३, श्लोक ९-१० ।

२. मनु० ८।१२४, १२५ ।

३. गौ० १२।४३।; कौ० ४।८।; मनु० ८।१२५, ३८०, ३८१।; याज्ञ० २।२७०।; विष्णु० ५।१-८।; बृ० ११ से० बु० ई० ३३, पृ० ३३३ वृद्धहारीत ७।१९१ ।

४. वधादृते ब्राह्मणस्य न वधं ब्राह्मणोऽर्हति ।
शिरोमुण्डनं दण्डस्तस्य निर्वासनं पुरात् ॥
ललाटे चाभिशस्ताङ्कः प्रयाणं गर्दभेन च ॥ नारद० (साहस ९-१०)।; राजतरंगिणी ४।८२-१०५ ।

५. न शारीरो ब्राह्मणस्य दण्डो भवति कर्हिचित् ।
अवध्या ब्राह्मणा गावो लोकेऽस्मिन्वैदिकी श्रुतिः ॥ यम० उद्धृत स्मृ० चं २ पृ० ३१७ ।

६. याज्ञ० २।२७०। पर मिताक्षरा द्वारा मनु० ९।२३७ वचन।; राजतरंगिणी ४।९६-१०६ ।; प्राचीन रोम तथा १६९९ तक ब्रिटेन में चोरी में T और वध में M अक्षर करने का नियम था ।
Barn : The Story of Punishment, p. 61.

करने पर ब्राह्मण को मध्यम साहस दण्ड देना चाहिए या देश-निष्कासन ।[1] गौतम के अनुसार पुनः अपराध करने पर ब्राह्मण का सर्वस्व अपहरण कर, जमानत जब्त कर, नगर में चोर के रूप में घोषित करा एवं ललाट पर चिह्न अंकित कराकर उसे देश से निकाल दे ।[2] स्मृति चन्द्रिका ने ब्राह्मण को दण्ड देने के सम्बन्ध में शंख लिखित और कात्यायन के वचन उद्धृत करते हुए कहा है कि माता-पिता, स्नातक, पुरोहित, परिव्राजक, वानप्रस्थ, जन्मकर्म श्रुति शील आचारवान को दण्ड न देने का तात्पर्य शारीरिक दण्ड न देने से है, उनको दण्ड तो दिया ही जा सकता है ।[3] इसका स्पष्टीकरण मेधातिथि से और हो जाता है ।[4] स्मृतिचन्द्रिका ने मनु (९।२३६) के आधार पर लिखा है "शारीरिक दण्ड न देकर ब्राह्मण को जेल की सजा दी जा सकती है" ।[5]

ब्राह्मणों को सुविधाएँ हैं, साथ ही अपेक्षाकृत कठोर दण्ड भी हैं । यद्यपि इससे विधि की समानता का आधुनिक तात्पर्य नहीं प्राप्त हो सकता तथापि इतना स्वीकार करना पड़ेगा कि विधि को सीमा से परे कोई भी नहीं है ।[6] शंखलिखित ने राजा के पिता, परिवार, पुरोहित, अध्यापक, अरण्यवासी साधु, आदि को अदण्ड्य बताया है । लेकिन इसका तात्पर्य यही है कि वे उस प्रकार के दण्ड के परे रखे जायँ, जिनकी उनमें क्षमता नहीं है, जैसे अरण्यवासी को धनदण्ड ।[7] गर्भपात, स्तेय, ब्राह्मणी पर शस्त्रपात, राजा के अन्तःपुर में प्रवेश एवं किसी प्रकार के राजद्रोह के अपराध में ब्राह्मण को भी मृत्युदण्ड दिया जा सकता है ।[8] मृच्छकटिक और विभिन्न जातक कथाओं में ब्राह्मण के मृत्युदण्ड के उदाहरण मिलते हैं ।

---

१. मनु० ९।२४०-२४१ । २. गौ० १२।४४ ।
३. स्मृ० चं० २ पृ० १२६ । ४. मनु० ८।१२५ । पर मेधातिथि ।
५. स्मृ० चं० २ पृ० १२४ । ६. मनु० ८।३४५ ।; याज्ञ० १।३५८ ।
७. स्मृ० चं० २, पृ० १२६ ।
८. गर्भस्य पातने स्तेने ब्राह्मण्यां शस्त्रपातने ।
अदुष्टां योषितां हत्वा हन्तव्यो ब्राह्मणोऽपि हि ॥
कात्या० उद्धृत याज्ञ० २।२८१ पर विश्वरूप । राज्यकामुकमन्तः-पुरप्रधर्षकमटव्यभिन्नोत्साहकं दुर्गराष्ट्रदण्डकोपकं वा शिरोहस्तप्रादीपिकं घातयेत् । ब्राह्मणं तमपः प्रवेशयेत् । अर्थशास्त्र ४।११।१७-१८ ।

ब्रह्म-हत्या महान् और पायश्चित्त से परे का अपराध है।[१] लेकिन आततायी के वध में दोष नहीं माना गया,[२] चाहे वह ब्राह्मण हो या गुरु आदि। वेदान्त पारग भी यदि रण में आ जाता है और अन्याय के पक्ष में है तो उसे मारने में दोष नहीं।[3] क्षत्रिय के समान युद्धरत ब्राह्मण के वध को पाप और अवैधानिक नहीं माना गया।[४] सम्मानजीवी ब्राह्मण को सम्मानहीन कर देश से निष्कासित करने पर उसे भिक्षा भी नहीं मिल सकती। उसका सामाजिक बहिष्कार हो जाता। शिरोमुण्डित, चिह्नांकित वह सर्व धर्म बहिष्कृत होकर पृथ्वी पर दीन बनकर घूमता। ज्ञाति, बन्धु-बान्धव भी उसके नहीं होते। उसे कोई नमस्कार नहीं करता।[५] यह स्थिति जेल और फाँसी से अधिक अपमानजनक थी। ब्राह्मण अवध्य, अबन्ध्य, अदण्ड्य, अबहिष्कार्य, अपरिवाद्य और अपरिहार्य होता है,[६] किन्तु यह सुविधा वेदशास्त्रज्ञ सदाचारी ब्राह्मण के लिए ही है, जाति मात्र को नहीं।[७] ब्राह्मण को जो कुछ सुविधाएँ दी गयी हैं, वे प्रथम अपराध पर ही। बार-बार उसकी आवृत्ति पर उसे सामान्य नागरिक के समान ही दण्डभागी होना पड़ता है।[८] साक्षी दोष, व्यभिचार और बलात्कार के अपराध में उसे अपेक्षाकृत अधिक जुर्माना देना पड़ता।[९] इंग्लैंड और अन्य पश्चिमी देशों में क्लर्जी तथा अन्य धार्मिक पुरुषों को ब्राह्मणों जैसी ही सुविधाएँ प्राप्त थीं।[१०]

---

१. तै० स० ५।३।१२।१–२।; २।५।१।१।; शत० ब्रा० १३।३।१।१।; गौ० २१।१ आदि।

२. मनु० ८।३५०–३५१।; वि० ध० सू० ५।१८९-१९०।; मत्स्य पु० २२७।११५-११७।

३. प्रगृह्य शस्त्रमायान्तमपि वेदान्तगं रणे।
जिघासन्तं जिघांसीयान्न तेन ब्रह्मा भवेत्। शान्ति० ३४।१७।

४. उद्योग० १७८।५१-५२।; शान्ति० २२।५-६।

५. मनु० ९।२३८--२३९।

६. यत्तु षड्भिः परिहार्यो राज्ञा वध्यश्चाबन्ध्यश्चादण्ड्यश्चाबहिष्कार्यश्चापरिवाद्यश्चापरिहार्यश्चेति। गौ० ८।१२-१३।

७. प्रतिपादितबहुश्रुतविषयं न ब्राह्मणमात्रविषयम्। याज्ञ० २।४। पर मिताक्षरा।; गौतम ८।४-११।

८. मिता० याज्ञ० २।८१। पर।

९. मनु० ८।१२३।; ८।३७८।

10. Pollock and Maitland: Vol. I, pp. 424-440.
Holdsworth: Vol. 1, pp. 615-616, Vol. III, pp. 294-302.

कुछ भारतीय विद्वानों के अनुसार जाति के आधार पर हुई दण्ड व्यवस्था में भेद होता है किन्तु उस भेद का स्वभाव (Nature) विचारणीय है। जिसमें जो क्षमता है, उससे च्युत होने पर उसके अनुसार दण्ड दिया जाता है। यशोजीवी वर्ण के यश पर श्रम एवं धन को प्रमुखता देनेवाले वर्ण आघात करते हैं तो निःसन्देह वे अपेक्षाकृत अधिक दण्ड के भागी होंगे।[1] यदि बुद्धिजीवी और सामाजिक नेतृत्व करनेवाला वर्ण अपने बौद्धिक व्यवहार से च्युत होता है तो उसे सर्वाधिक दण्ड दिया जाता है।[2] सामान्य नागरिक की अपेक्षा राजा द्वारा अपराध होने पर सहस्र गुना अधिक अर्थ दण्ड दिया जाता है।[3] दण्ड के प्रकार में विषमता मान भी ली जाय तो न्याय पाने एवं न्यायालय में समानता थी, चाहे वह शूद्र, दास या अनार्य ही क्यों न हो।[4] महत्त्वपूर्ण बात यह है कि आधुनिक विधिशास्त्र में व्यक्ति अपने व्यक्तित्व से अलग हो न्याय की दृष्टि में घटित सत्य के सामने सामान्य मनुष्य के रूप में प्रस्तुत होता है क्योंकि आज विधिशास्त्र 'सामाजिक विधि' न होकर 'वैधानिक नियम' है। वह सामाजिक सम्पर्क नहीं स्वीकार करती। प्राचीन न्याय-व्यवस्था में सामाजिक वातावरण की उपेक्षा नहीं की जा सकती थी। समाज के विभिन्न घटकों के सम्बन्ध भी विधि के सम्पर्क में थे। उनके नियमों का प्रभाव उन पर था। व्यक्ति न्यायालय के सामने व्यक्तित्व, स्वभाव, सामाजिक सम्पर्क आदि के साथ प्रस्तुत होता था। इस पृष्ठभूमि में विषमता का होना दोष नहीं था।[5]

सेन महोदय तथा अन्य विद्वानों ने वर्ण व्यवस्था तथा अन्य प्रकार की विषमताओं के समन्वय करने का प्रयास करने में यह मान लिया कि व्यक्ति में जन्मगत विशेषताएँ हैं और उनके आधार पर व्यवहार किया जाना चाहिए। इसके साथ वे व्यक्ति को वैधानिक स्थिति में आने के पूर्व सामाजिक संघटन सामने लाते हैं, जिनका व्यक्ति सदस्य है। लेकिन व्यक्ति जिन संघटनों का सदस्य है, वे स्वयं विषमता और विवशता पर आधारित हैं। उन घटकों की स्थापना पूर्व कथित जातीय सम्बन्धों पर हुई। फलतः उनके आधार पर

---

1. P. N. Sen: Hindu Jurisprudence, p. 346.
२. मनु० ८।३३७-३३८।
३. कार्षापणं भवेद्दण्ड्यो यत्रान्योऽप्रकृतो जनः।
तत्र राजा भवेद्दण्ड्यः सहस्रमिति धारणा॥ मनु० ८।३३६।
4. P. N. Benerjee: op. cit. p. 170.
5. P. N. Sen: Hindu Jurisprudence, p. 358.

ही विषमता का विकास होता गया। व्यक्ति में योग्यता एवं क्षमता सहज मान लेने का सिद्धान्त भी समाजशास्त्र की अपेक्षा विषमता की सार्थकता प्रतिपादित करनेवाली व्यवस्था से ही सम्बन्ध रखती है। लेकिन व्यक्ति नैतिक प्राणी है। उसे अपने अधिकारों के उपभोग का स्वत्व अन्य नागरिकों के समान ही है। मनुष्य अपने सामान्य हित की स्थापना भय नहीं सहज स्वभाव से करता है। राज्य अधिकार के उपभोग में भेद-भाव नहीं कर सकता।[1]

वस्तुतः राज्य एक सार्वभौम इकाई है। उसकी एकता तब तक सम्भव नहीं है जब तक राज्य का भारी समुदाय उस कल्याण से वंचित है, जिसे प्राप्त कराने के लिए राज्य की उत्पत्ति हुई है। सभ्यता के आदिकाल से लेकर धर्म, देश, जाति, सम्पत्ति आदि के किसी न किसी आधार पर राज्य के बल प्रयोग से उपलब्ध लाभ के वितरण में विषमता रही है। वर्ग विशेष के दार्शनिक अपने पक्ष में इस प्रकार की व्याख्या करते रहे कि कुछ विशेष व्यक्ति समूह नागरिकता के विशेष अधिकारों के उपयुक्त नहीं हैं। अरस्तू के अनुसार 'दासों की इच्छा की सर्वाधिक सन्तुष्टि दासता में ही है।'[2] हीगेल के राज्य ने एक आदर्श पूर्ण अभिजात वर्ग से तादात्म्य स्थापित किया। इस प्रकार की धारणा आज भी कहीं-कहीं स्पष्ट और कहीं-कहीं प्रकारान्तर से विद्यमान है।[3] दण्ड के साथ वर्ण व्यवस्था का वास्तविक मूल्यांकन इन तथ्यों से दूर नहीं था। अधिक से अधिक इतना ही कहा जा सकता है कि दण्ड एवं राज्य समाज के साधन थे। समाज ने जो विधि प्रस्तुत की दण्ड ने उसका कार्यान्वयन किया। यदि समाज में विषमता थी तो उसके कार्यान्वयन में भी विषमता आयी। जहाँ तक समाज और दण्ड के सम्बन्ध का प्रश्न है उसमें दण्ड सदा समाज शक्ति एवं उसकी विधि से नियन्त्रित था। यह सम्बन्ध भारतीय दण्ड-व्यवस्था की विशेषता अवश्य थी।

राज्य और दण्ड

व्यक्ति जिस समाज एवं सामाजिक संघटन का सदस्य होता है, उनके नियमों के पालन की पृष्ठभूमि में उसकी स्वतन्त्रता, सुरक्षा एवं अधिकार

1. T. H. Creen : Principles of Political obligation, pp. 143, 443.
2. Politics, 1, IV, V.
3. Hobhouse : Mataphysical Theory of the state, p. 15.
   Laski : State in Theory and Practice, p. 39.
   Macaulay : Speech in House of Commons, May 3, 1842.

सम्भव होते हैं। सामाजिक नियमों के पालन में ऐसे भी अवसर आते हैं जब किसी शक्ति की अपेक्षा होती है, जो उसके नियमों का पालन करा सके। समाज के लिए राज्य और दण्ड ऐसी ही शक्तियाँ हैं, जो व्यक्ति एवं समाज के लिए ही हैं। वंशानुगत या अन्य कारणों से हुए दासों के लिए भी सामाजिक नियम होते हैं। समाज द्वारा उन नियमों की सामाजिक स्वीकृति तक दास उनकी अवहेलना नहीं कर सकता। राज्य की दण्ड शक्ति उन नियमों के औचित्य का विश्लेषण न कर उनके पालन के लिए उत्तरदायी रहेगी। इस अवस्था में व्यक्ति द्वारा राज्य की दण्ड शक्ति की अवहेलना द्रोह समझा जाता है। अतएव सामाजिक नियमों के पालन में राज्य दण्ड-शक्ति के प्रयोग के लिए अधिकारी माना जाता है।

व्यक्ति, समाज एवं राज्य के इस प्रकार के सम्बन्ध के साथ यह भी प्रश्न आता है कि व्यक्ति अपनी वैयक्तिक स्वतन्त्रता का बलिदान कर राज्य को दण्ड शक्ति को क्यों स्वीकार करे? स्पष्ट है कि वह अपने कर्तव्यनिष्ठ अधिकारों की उपलब्धि के लिए जिस संघटन का सदस्य बना है, उसके नियम स्वीकार ही करना पड़ेंगे। व्यक्ति एवं समाज के सम्बन्ध विकास में सम्प्रभुता एवं सरकार का ही जन्म नहीं होता, अपितु यहीं से नैतिकता की आधारशिला दृढ़ होती है। लेकिन दण्ड-शक्ति नैतिकता के आवरण में अपने को नहीं समाप्त कर देती। 'आतमप्रेरणा' जैसा नैतिक प्रभाव राज्य सामान्य नियम के रूप में न मान कर व्यक्ति के कर्तव्यपालन में दण्ड आवश्यक मानता है। समाज में मद्यपान निषिद्ध है तो किसी तान्त्रिक की आतमप्रेरणा से उसे मद्यपान की सुविधा न देकर राज्य उसे दण्ड दे सकता है। उसका यह अधिकार तब तक सुरक्षित रहेगा जब तक समाज तान्त्रिक के लिए सुरापान अपवाद रूप में वैध न मान ले। राज्य इस अवस्था में भी यह प्रयत्न करेगा कि तान्त्रिक के स्वांग में सामान्य नागरिक मद्यपान न करे।

व्यक्ति और समाज

वेदों से स्मृतिकाल तक जिस स्थिति का विकास हुआ उसमें समान अपराध में वर्गमूलक दण्ड की स्थापना हो गयी। लेकिन उसका भी उद्देश्य सामाजिक एवं वैयक्तिक सुरक्षा ही थी। व्यक्ति एवं समाज के समन्वय में यह संरक्षण सिद्धान्त समाजमूलक होता गया। व्यक्ति का संरक्षण सामाजिक संरक्षण में ही माना गया। इसे मनु एवं कालिदास ने सुरक्षात्मक दण्ड माना है।[1]

---

[1] मनु० ८।१२२; रघुवंश १।२५।

वे 'व्यभिचार' एवं 'निरामय' से समाज की सुरक्षा अवश्य मानते हैं। उनके अनुसार "समाज में ही व्यक्ति विकास की सम्भावना है।' महाभारत में कहा गया है कि 'व्यक्ति को उचित मार्ग पर लाने के लिए उसे दण्ड दिया जाता है। समाज कल्याण में व्यक्ति के हितों पर नियन्त्रण किया जा सकता है।"[१] मृत्यु एवं शारीरिक दण्ड व्यवस्था के पीछे समाज सुरक्षा का ही भाव है। अन्यथा एक व्यक्ति की दुर्वृत्ति का प्रभाव समग्र समाज के सदस्यों को दुर्वृत्त बनाने में सहायक होगा।[२] जिस सदस्य को इसमें विश्वास नहीं उसका सामाजिक बहिष्कार होता है। आवश्यकता पड़ने पर कठोर दण्ड भी मिल सकता है।[3] इस सामाजिक सुरक्षा में अपराधी व्यक्ति की उपेक्षा की जाती है।[४]

अपराधी व्यक्ति प्रतिफल में आर्थिक तथा ऐसे अन्य शुल्क मात्र से मुक्त नहीं हो सकता। मूल प्रश्न उसकी प्रवृत्ति से है। उसकी प्रवृत्ति के उन्मूलन से ही सामाजिक कल्याण सम्भव हो सकता है।[५] इस स्थिति में व्यक्ति एवं समाज के लिए राज्य की सुरक्षा आवश्यक होती है। अतएव महाभारत ने कहा "व्यक्ति या कुटुम्ब विनाश से भी यदि राज्य की रक्षा हो सकती है तो उनकी बलि चढ़ायी जा सकती है।"[६] इस रूप में संरक्षण के माध्यम से राज्य, समाज एवं व्यक्ति को दण्ड देने के अधिकार का विकास कर लेता है। राज्य के अन्य घटकों में शिथिलता एवं केन्द्रियतावादी स्थिति के विकास के साथ राज्य की सार्वभौम शक्ति का रूप हर्षकाल तक विकसित होता गया। कौटल्य से नीति ग्रन्थों तक **'राजा राज्यमिति प्रकृतिसंक्षेपः'** का सिद्धान्त भी इसी ओर विकसित हो जाता यदि उसे विधायिका शक्ति मिल गयी होती। आधुनिक अधिनायकवाद भी 'जनकल्याण' के नाम पर विकसित होता है। लेकिन प्राचीन भारत में राज्य की दण्ड शक्ति सामाजिकविधि से ऊपर नहीं हो पायी।

राज्य की 'यद्भाव्यम्' नीति

व्यक्ति को अपने स्वभाव, रुचि और गुण के अभिव्यक्तीकरण का उतने

---

१. आपद्धर्मपर्व १६६ पृ० १०८४ (रे का अनुवाद)।

२. मोक्षधर्म १६७ पृ० १११०-११११ (रे का अनुवाद)।

3. शुक्रनीति पृ० १३६ (बी० के० सरकार का अनुवाद); अर्थशास्त्र पृ० २८७-२९७ (शामशास्त्री का अनुवाद)।

4. S. Benerjee: Criminology, (Tagore Law Lecture), p. 7.

5. Laski: History of European Morals, II p. 90.

६. राजधर्मानुशासन पर्व ३३ पृ० ९६४ (रे का अनुवाद)।

अंश तक अवसर देना, जितने में अन्य नागरिक की हानि न हो, राज्य की यद्-भाव्यम् नीति कही जाती है। राज्य के दण्ड सिद्धान्त के साथ इसका विरोध है।[1] भारतीय अहिंसा नीति में इसका समावेश हो सकता है किन्तु दण्ड सिद्धान्त के साथ नहीं। महाभारत में 'मानव सम्प्रदाय' का विचार उद्धृत करते हुए लिखा गया है कि 'कोई एक दूसरे की स्वतन्त्रता में हस्तक्षेप नहीं कर सकता।'[2] लेकिन आगे इसे अव्यवहार्य माना गया है। इससे विश्व की व्यवस्था नहीं चल सकती। यद्यपि कभी निरपराध को भी दण्ड मिल जाता है तथापि इस अपवाद से सामान्य सिद्धान्त का निर्धारण नहीं हो सकता।[3] दण्ड के साधन अत्यन्त विश्वसनीय न होने से दण्ड निर्दोष एवं सर्वथा पवित्र नहीं है। उसे पवित्र बनाने का प्रयास किया जाता है।[4]

शुक्र ने यह प्रश्न उठाया कि 'दया से उत्पन्न गुणों के साथ समन्वय सम्भव है किन्तु व्यवहार में राजा इसे कैसे कर सकता है?'[5] महाभारत ने इस सम्बन्ध में जो कुछ कहा है वह अहिंसा और यद्भाव्यं नीति की ओर संकेत करता है।[6] इस स्थिति में राज्य संरक्षण और यद्भाव्यं नीति का समन्वय होता है। लेकिन इस धारणा के स्थान पर राज्य सक्रिय साधन बना रहा और व्यवहार में समाज से भी सहायता लेता रहा। सार्वजनिक स्थानों की सुरक्षा में पुलिस के साथ समाज का भी सहयोग लिया जाता था। अपराधी के साथ अपराध में सहयोगी को भी समान दण्ड का विधान था। वातावरण की शुद्धि में राज्य कूटनीति का भी प्रयोग कर सकता था। मनु इस अंश में 'काँटे से काँटा निकालने' का भी समर्थन करते हैं। अपराधी जिस संघटन, कुटुम्ब एवं जाति का होता उन पर भी राज्य नियन्त्रण करता। धर्म के उचित पालन न करने एवं उससे अनुचित लाभ उठानेवाले को राज्य दण्ड दे सकता था।[7] हस्तरेखा देखनेवालों, चिकित्सकों, शिल्पियों, तान्त्रिकों, अमंगल भविष्यवाणी कर अर्थ प्राप्त करनेवाले ज्योतिषियों आदि को अतिवैयक्तिक कहा गया है।

---

1. Brown: Underlying Principles of Legislation, pp. 178, 182.
2. राजधर्मानुशासन पर्व ८७, पृ० ९९८ (रे का अनुवाद)।
3. वही १११, पृ० १०१। 4. मनु० ८।९७।
5. शुक्रनीति० पृ० १३१ (बी० के० सरकार का अनुवाद)।
6. मोक्षधर्म १६७, पृ० ११११ (रे का अनुवाद)।
7. मनु० ९।२६४-२७४।; याज्ञ० २।२८०-२८१।; कौ० ४।४।

लेकिन सामाजिक कल्याण के लिए राज्य उसमें भी हस्तक्षेप करता है।[1] इस प्रकार राज्य का विधि नियन्त्रित कल्याणकारी रूप सामने आता है।

भारतीय न्यायपालिका में दण्ड सिद्धान्त की कटु आलोचना की गयी है। आलोचकों के अनुसार भारतीय समाजशास्त्रियों ने मानव स्वभाव हाब्स की तरह लोभ, ईर्ष्या, द्वेष घृणा और स्वार्थ से पूर्ण बताया है। फलतः मनुष्य स्वधर्म पालन भी भय से ही करता है, जबकि मनुष्य अपने सामान्य हित की स्थापना सहज स्वभाव से करता है।[2] व्यक्तित्व (Individuality) की व्याख्या भी दोष पूर्ण ढंग से की गयी है। राज्य, समाज और व्यक्ति के सम्बन्ध-स्थापन में नैतिक क्षमताओं के स्थान पर भय प्रमुख माना गया। अतएव दण्ड-शक्ति की अपरिमित क्षमता का विकास अवश्यभावी हो गया। दण्ड का उद्देश्य समाज और व्यक्ति के स्थान पर धर्मशास्त्र की स्थापना हो गया, जो पूर्व निश्चित है। उसमें समाज या व्यक्ति कोई परिवर्तन नहीं कर सकता। इसका परिणाम यह हुआ कि व्यक्ति प्राकृतिक क्षमता के अनुकूल विकसित न होकर साँचे में ढाला गया। नैतिकता की स्थापना में भी दण्ड की शक्ति और भय आधार माने गये। मात्स्य-न्याय और दण्ड-शक्ति ने व्यक्ति की नैतिक क्षमता ही समाप्त कर दी। व्यक्तित्व का जिस रूप में चित्रण किया गया है, उसमें व्यक्ति की आन्तरिक क्षमता और आत्मप्रेरणा अस्वीकार कर दी गयी। व्यक्ति में कुछ अत्यन्त पवित्र अंश भी हैं, इस पर ध्यान नहीं दिया गया, जिससे व्यक्तित्व का गठन होता है। मनुष्य स्वभाव का आधार भय मान लेने पर सहकारिता का भाव समाप्त हो जाता है, जो मानवीय स्वभाव ही नहीं भारतीय संस्कृति का भी आधार है।

इन आपत्तियों में कुछ तथ्य भी है, किन्तु एकदेशीय। मानव स्वभाव को मूलतः पवित्र मानते हुए भी वातावरण से उत्पन्न दोषपूर्ण प्रवृत्तिय नियन्त्रित करना ही दण्ड का उद्देश्य है। व्यक्ति सहज सात्त्विक गुणों से सम्पन्न हो सकता है, समाज नहीं। समाज में गुण-दोष-युक्त व्यक्तियों का समावेश रहता है। समाज में शिष्ट का संरक्षण और दुष्टों या दुष्ट प्रवृत्तियों का दमन आवश्यक होता है। दण्ड शिष्टों के संरक्षण और दुष्टों या दुष्ट प्रवृत्ति के उन्मूलन के लिए है। इस प्रकार आत्मप्रेरणा या व्यक्ति की सहज शुद्ध प्रवृत्तियों की उपेक्षा नहीं की गयी। इतना अवश्य है कि उत्तरवर्ती काल में व्यक्तित्व की सामाजिक

१. मनु० ९।२५६-२६०। २. मनु० ९।२६२-२६३।

३. Principles of Political Obligation, p. 143.

स्थापना अवश्य दोषपूर्ण हो गयी। इसका प्रभाव दण्ड के उद्देश्य पर भी पड़ा। वर्गीय विषमता के विश्लेषण ने दण्ड को एकांगी बना दिया। जन्म के आधार पर समाज विभक्त हो गया। इससे समाज एवं राज्य की 'समग्रता' समाप्त हो गयी और 'सामान्य इच्छा' आदि तथ्यों का अर्थ वर्गीय हो गया। इस रूप में दण्ड का आधार किसी वर्ग के लिए विनय और किसी वर्ग के लिए भयपूर्ण अवश्य हो जाता है। लेकिन इसका सम्बन्ध समाज की तत्कालीन स्थिति से है। दण्ड साधन है। वह समाज द्वारा स्वीकृत विधियों का पालन कराता है, उनमें संशोधन नहीं। अतएव दण्ड का मूलोद्देश्य सामाजिक कल्याण ही माना जा सकता है। यदि दण्ड के साथ वर्गीय विषमता परिलक्षित होती है तो उसके लिए समाज उत्तरदायी है।

वस्तुतः दण्ड का उद्देश्य भी सुधार, शिक्षण और सहज गुणों में प्रत्यावर्त्तन माना गया है। प्रायश्चित्त और स्वयं पाप कथन मानव स्वभाव के भय, ईर्ष्या और द्वेष के प्रमाण नहीं। यदि बदले की भावना और दमन ही दण्ड के तत्त्व होते ो उक्त आक्षेप मान्य हो सकते थे। लेकिन दण्ड के सर्वांगीण विवेचन में वे एक अंग हैं, जैसे समाज में कुछ जड़मतियों का होना। गौतम का सूत्र इस पर अच्छा प्रकाश डालता है। शास्त्र में परिनिष्ठित व्यक्ति में इन्द्रिय की दुर्बलता से मार्गच्युत होने पर 'निर्वेद' उत्पन्न होता है। आचार्य उसके लिए प्रायश्चित्त विधान करता है। यदि वह उसका पालन नहीं करता तो राजसभा से उसके लिए दण्ड-व्यवस्था करानी पड़ती है।[1] यहाँ निर्वेद, प्रायश्चित्त और राजसभा में न्याय तीन बातें ध्यान देने की हैं। स्वभावजन्य कर्मों एवं संस्कारों के विपरीत कार्य करने पर ही 'निर्वेद' होते हैं। अतएव ईर्ष्या, द्वेष आदि गुण स्वाभाविक नहीं माने जा सकते। यही कारण है कि सर्वप्रथम प्रायश्चित्त का विधान किया गया, जिसका सम्बन्ध आन्तरिक है। यदि वह सत् कर्म पालन नहीं करता तो राज्य दण्ड का भय आवश्यक है। अतएव भय मूल आधार नहीं, स्तर विशेष पर आवश्यक अंग माना गया है, वह भी व्यक्ति विशेष के स्वभाव पर।

---

१. शास्त्रैरधिगतानामिन्द्रियदौर्बल्याद्विप्रतिपन्नानां शास्ता निर्वेदमुपदिशेद् यथाकर्म यथोक्तं तस्य चेच्छास्त्रमिति प्रवर्ततेरन्राजानं गमयेत्। राजा पुरोहितं धर्मार्थकुशलं ब्राह्मणं नियुञ्ज्यात्। बलविशेषेण वधदास्य-वर्जं नियमैरुपशोषयेत्। धर्मकोश, १।५६८, ५६९।

अध्याय | ८

न्यायिक प्रक्रिया

प्रारम्भिक वैदिक काल में न्यायिक प्रक्रिया, न्यायालयों का स्वतन्त्र संगठन एवं न्यायिक प्रशासन की स्थापना नहीं हो पायी थी।[१] ऋग्वेद में मध्यमशी एवं अन्य वैदिक उदाहरणों से व्यवहारविधि (Civil law) के संकेत उपलब्ध होते हैं।[२] उनके आधार पर रॉथ और ज़िम्मर मध्यस्थ एवं न्यायाधीश की व्यवस्था स्वीकार करते हैं। मैकडॉनल और कीथ मानते हैं कि व्यवहारविधि में राजा का हाथ कम था।[3] न्याय राजा की मध्यस्थता से होता या न्यायाधीश से, लेकिन न्यायिक प्रक्रिया का संकेत नहीं मिलता। न्यायिक प्रक्रिया का स्पष्ट रूप से संकेत ब्राह्मण-ग्रन्थों से प्रारम्भ होता है। शतपथ ब्राह्मण (३।४) में प्रश्निन्, अभिप्रश्निन् और प्रश्नविवाक का संकेत मिलता है लेकिन वहाँ वादी आदि के नियमों की व्याख्या नहीं मिलती। सम्भवतः उस समय तक मध्यस्थता से ही विवाद का निर्णय होता रहा। लेकिन उस काल में न्यायिक प्रशासन और प्रक्रिया का सूत्रपात हो गया था। दण्ड और उसके कार्यान्वयन के लिए सहायकों की नियुक्ति का उल्लेख इस युग से प्रारम्भ हो जाता है।[४] उत्तर वैदिक काल में न्यायिक प्रक्रिया का स्पष्टीकरण राजा के न्यायाधीश होने पर होता है।[५] धर्मसूत्र काल के बाद व्यवहार के रूप में न्यायिक प्रक्रिया का विवरण मिलता है। व्यवहार वेद से सम्बद्ध माना गया है।[६] इसका सम्बन्ध लौकिकविधि से है।

---

1. Vedic Index, Vol. I. pp. 391-92.
२. ऋग्वेद १०।९७।१२।; अथर्व० ४।९४।; वाज० सं० १२।८६।
3. Vedic Index, Vol. I. p. 394.
४. शतपथ ब्रा० ५।४।४।७।; काठक संहिता २७।४।
५. गौ०ध०सू० २८।४८।४९।; बौ०ध०सू० १।१।७-१६।; वशि० ध०सू० १९।५-७।२०।
६. व्यवहारः स्मृतो यश्च स वेद विषयात्मकः। महाभारत १२।१२१।५३।

परिभाषा

'व्यवहार' शब्द का प्रयोग कार्य के अनुष्ठान (Transaction or dealing), न्यायिक प्रशासन, विधीय प्रक्रिया, विवाद, विधीय विवाद, किसी मामले में प्रवेश की विधीय क्षमता एवं विवाद निर्णय के साधन के अर्थ में पाया जाता है।[1] शिलालेखों में भी इसका प्रयोग इस अर्थ में मिलता है।[2] महावग्ग में व्यवहारमन्त्री (वोहारिक महामच्च) का विभाग अलग था।[3] याज्ञवल्क्य स्मृति में भी विवाद और व्यवहार में भेद है।[4] मध्ययुग में वरदराज (व्यवहारनिर्णय), चण्डेश्वर (विवादरत्नाकर), जीमूतवाहन (व्यवहारमातृका), कमलाकर (विवादताण्डव) आदि ने व्यवहार और विवाद अलग किया। इनमें कुछ ने दोनों को एक समझने का भी भ्रम किया है।

कात्यायन ने विवाद की दो परिभाषाएँ दी हैं। एक व्युत्पत्ति पर आधारित है, जिससे उसकी प्रक्रिया का प्रयोग स्पष्ट होता है। दूसरी परिभाषा से परम्परागत उसका अर्थ (विवादपरक) ज्ञात होता है। व्यवहार में 'वि', 'अव' और 'हार' तीन अंश हैं। 'वि' का विभिन्न, 'अव' का संशय और 'हार' का 'निराकरण' अर्थ किया जाता है। फलतः विवाद का शाब्दिक अर्थ हुआ 'अनेक प्रकार के विवाद या संशय का निराकरण।'[5] विवाद की विभिन्नता आदि की सूची जोड़कर स्मृतिकारों एवं टीकाकारों ने व्यवहार की परिभाषा का विस्तार इस प्रकार किया कि उसमें 'सभा-स्थल, वादी-प्रतिवादी, निर्णायक, निर्णीय, निर्णय, न्याय प्रमाण' आदि विषयों का समावेश हो गया।[6] इस प्रकार व्यवहार में विवाद के साथ न्यायिक-प्रक्रिया का ग्रहण हुआ। इसमें आवेदन से लेकर साक्षी तक के अंश समाविष्ट हैं। मिताक्षरा की परिभाषा इस ओर संकेत करती है। उसका सारांश इस प्रकार है, 'एक ही

---

१. गौ० ध० सू० ११।१९।; आप० ध० सू० २।७।१६।; उद्योगपर्व ३७।३०।; मृच्छकटिक ९।१०।

२. Kane : op. cit. Vol. III. p. 246.; E. I. Vol.XX. p. 79.

३. महावग्ग १।४०।१।

४. याज्ञवल्क्य २।८ और ३०५।

५. मनु० ८।१। पर कुल्लूक।; कात्यायन व्य० मा० पृ० २८३ पर उद्धृत।

६. दीपमालिका पृ० ३६।; अपरार्क पृ० ५९६।; स्मृति चन्द्रिका २, पृ० १।; परा० मा० ३ पृ० ५-७।; व्य० प्रदीप पृ० ३-१।; हारीत स्मृ० चं० २, पृ० १ पर उद्धृत।

विषय में दो के पक्ष के निर्णय और उसके लिए प्रयुक्त प्रक्रिया ही व्यवहार है।'[1] इस अध्याय में व्यवहार का प्रयोग विधीय प्रक्रिया (Legal procedure) और न्यायालय में विधीय विवाद के अर्थ में किया गया है।

विषय

कौटल्य ने व्यवहार के विषय के लिए 'विवाद पद' शब्द का प्रयोग किया है।[2] 'व्यवहार पद' का तात्पर्य होता है 'विवाद का विषय।'[3] ऐसे विवादों का न्यायालय में प्रस्तुत होना आवश्यक है। याज्ञवल्क्य के अनुसार "स्मृति, आचार, परम्परा आदि के विपरीत किसी व्यक्ति को हानि पहुँचायी जाय और वह राजा के यहाँ आवेदन करे तो उसे व्यवहार पद कहते हैं।"[4] इस प्रकार न्यायालय में आनेवाले व्यवहार के विषयों का परिगणन १८ मूल शीर्षकों में किया गया है। इन्हीं के आधार पर प्रधान एवं गौण परिगणनों का विकास होता है। इनमें कुछ छूट भी जाते हैं। परिगणनों में भेद भी हो जाता है।[5] मनु के अनुसार ऋणादान, निक्षेप, अस्वामिविक्रय, सम्भूय समुत्थान, दत्तास्यानापाकर्म, वेतनादान, संविद व्यतिक्रम, क्रयविक्रयानुशय, स्वामिपाल-विवाद, सीमाविवाद, वाक्पारुष्य, दण्डपारुष्य, स्तेय, साहस, स्त्री-संग्रहण, स्त्री-पुंधर्म, विभाग और द्यूतसमाह्वय ये १८ व्यवहार के विषय हैं। याज्ञवल्क्य स्त्री और पुरुष का विवाद आचार में परिगणित करते हैं और उसे व्यवहार की सीमा से बाहर मानते हैं। उनके परिगणन में २० विषय हैं। वे क्रय-विक्रयानुशय में दो भेद कर, प्रकीर्णक और अभ्युवेत्याशुश्रूषा का नया परिगणन करते हैं। नारद ने स्वामिपालविवाद, स्तेय और स्त्री-संग्रहण का अवान्तर परिगणन कर १५ विषय माना है।[6] बृहस्पति ने प्रकीर्णक लेकर १९ विषय माना है।[7] स्तेय के स्थान पर प्रकीर्णक रख कर कौटल्य ने भी १६ विषय स्वीकार किया है। मानव स्वभाव में भिन्नता के कारण निश्चित सूची देना कठिन है। इसीलिए नारद ने इसे १०० शाखाओं वाला कहा है।

---

१. याज्ञ० २।१। पर मिताक्षरा।

२. कौ० ३।१६। और ४।७।

३. याज्ञ० २।६। पर मिताक्षरा और अपरार्क।; मनु० ८।५।

४. याज्ञ० २।५।

६. Kane : op. cit. Vol. III. p. 249.

६. नारद० १।१६-१९। ७. स्मृति चन्द्रिका (व्यवहार), पृ० ९।

न्यायिक प्रशासन में दो मूलभूत सिद्धान्त क्रियाशील होते हैं -- अपने वादे (Promises) पूर्ण करना और किसी को क्षति (Injury) न पहुँचाना। इनके उल्लंघन में विवाद प्रारम्भ होता है। इसीलिए बृहस्पति ने दो प्रकार का विवाद माना है—अर्थ और क्षति सम्बन्धी। याज्ञवल्क्य भी अर्थ विवाद (Civil dispute) की व्याख्या में अर्थ (Civil) और हिंसा (Criminal) में भेद किया है। अर्थ विवाद १४ प्रकार का होता है और हिंसा विवाद ४ प्रकार का। इस प्रकार अर्थमूल और हिंसामूल में भेद स्पष्ट हो जाता है और वे १८ शीर्षक में विभक्त किये जाते हैं। लेकिन प्रक्रिया में कोई मूलभूत भेद नहीं होता।

व्यवहार के अंग

नारद के अनुसार व्यवहार के ४ पाद, ४ साधन तथा ४ स्थान हैं। वह ४ का हित करता है और ४ में व्याप्त रहता है। उसके ४ फल होते हैं। धर्म, व्यवहार, चरित्र और राजशासन इसके ४ पाद होते हैं। ४ वर्ण और ४ आश्रम के हित करने से इसे 'चर्तुहित' कहते हैं। कर्ता, साक्षी, सभ्य और राजा से सम्बन्ध करने से 'चतुर्व्यापी' कहा गया है। धर्म, अर्थ, यश और लोक का उपकार करने से इसे 'चतुष्कारी' कहा जाता है। साम, दान, भेद और दण्ड इसके ४ साधन हैं। व्यवहार के इन अंगों को देखने से व्यक्ति, समाज एवं राजा से व्यवहार का सम्बन्ध स्पष्ट होता है। उसके उचित कार्यान्वियन के लिए उपाय (साम, दान, भेद और दण्ड) का प्रयोग हो सकता है। उपाय के प्रयोग में निर्णायिक स्व विवेक का प्रयोग कर सकता है। उभय पक्ष से सत्य प्राप्ति का मार्ग अवरुद्ध हो जाने पर निर्णायिक उपाय नीति का प्रयोग करता है।

बृहस्पति एवं नारद के अनुसार प्रत्येक प्रक्रिया में मुख्यतः चार पाद या अंग होते हैं—पूर्व, उत्तर, क्रिया और निर्णय। कहीं कहीं क्रिया को साधन और निर्णय को प्रत्याकलित भी कहा गया है। सामण्ड ने इस प्रक्रिया के पाँच भेद किये हैं,—आह्वान (Summons), विचार (Pleading), प्रमाण (Proof), निर्णय और कार्यान्वियन।[1] विनोग्राडाफ के अनुसार "लोक-विधि की प्रक्रिया के इतिहास से व्यावहारिक जीवन और तर्कों के नियम, जो विधिज्ञों द्वारा प्रस्तुत किये गये हैं, के समन्वय पर पर्याप्त प्रकाश पड़ता है।[2]" लोकविधि की प्रक्रिया का विकास तर्क की वास्तविकता की ओर होता है।

---

1. Salmond : Jurisprudence, p. 650.
2. Vinogradoff : History of Jurisprudence, pp. 7-9.

उसमें महत्त्वपूर्ण बात यह है कि उभय पक्ष सत्य के आस पास चक्कर न काट कर वास्तविक तथ्य पर लाये जाते हैं। उन्हें ऐसे तर्कों के प्रयोग से वंचित रखने का प्रयास किया जाता है कि न्यायाधीश तथा सभ्य (Jury) भ्रम में न पड़ सकें। प्रतिवादी के उत्तार जो वादी द्वारा प्रस्तुत आक्षेप में दिये जाँय उनको चार भागों में विभक्त किया जाय—परीक्षा (Traverse), कारण या प्रत्यवस्कन्दन (Demurrer), सम्प्रति या सत्य (Confession), विषय पराङ्-मुखता (Avoidance)। इन तत्त्वों को प्राचीन भारतीय व्यवस्था के इतिहास, आधार और उद्देश्य में हम देख सकते हैं। नारद ने इसे मिथ्या, सम्प्रतिपत्ति, प्रत्यवस्कन्द और प्राङ्-न्यायविधि या साध्य ४ भागों में विभक्त किया है।[1]

आवेदन या प्रतिज्ञा

व्यवहार का प्रथम पाद आवेदन या प्रतिज्ञा से प्रारम्भ होता है। वही व्यवहार का मूल है। याज्ञवल्क्य के अनुसार यदि विपक्षी से पीड़ित एवं धर्मशास्त्रों के विपरीत कोई व्यक्ति राजा के यहाँ आवेदन करता है तो वह आवेदन व्यवहारपद (विधि-क्षेत्र) में आ जायगा। वादी द्वारा प्रतिज्ञा में किसी प्रकार की अशुद्धि होने पर उसका पक्ष वहीं समाप्त समझा जायगा।[2] आवेदन को प्रतिज्ञा, भाषा, पक्ष, पूर्वपक्ष या वाद भी कहते हैं। इसमें काल, वर्ष, मास, पक्ष और तिथि लिखना चाहिए। वेला, प्रदेश, विषय, स्थान, जाति, आकृति, वय, साध्य, द्रव्य, प्रमाण, संख्या तथा अपना नाम भी लिखना चाहिए। साध्य का नाम, निवास, पिता का नाम, पीड़ा देनेवाले का नाम आदि बातें प्रतिज्ञा में अवश्य लिखनी चाहिए। नारद ने प्रतिज्ञा की शुद्धि पर बड़ा बल दिया है। उनके अनुसार कोई बिन्दु इधर उधर हो जाय, कोई अक्षर घिसा पिटा हो, अर्थ घटा बढ़ा कर दिया हो, पानी या तेल में भींगा हो या किसी प्रकार भ्रष्ट हो गया हो तो स्पष्ट होते हुए भी आवेदन पत्र ग्रहण योग्य नहीं है। कात्यायन के अनुसार जिसमें देश, काल, द्रव्य, संख्या, प्रमाण एवं परिमाण न दिया हो उस आवेदन पर विचार न करना चाहिए। बृहस्पति ने संक्षिप्त आवेदन को अधिक महत्त्व दिया है। उनके अनुसार 'प्रार्थना पत्र संक्षेप में इस प्रकार लिखा होना चाहिए कि उसमें अपने पक्ष के तथ्य के साथ विरोधी पक्ष के प्रतिषेध के तत्त्वों का समावेश हो जाय।' आगे उनका कहना है कि वादी सशस्त्र, अनुत्तरीय,

१. याज्ञवल्क्य० २।७। पर मिताक्षरा।; नारद० २।२।

२. याज्ञवल्क्य २।५।

मुक्तकच्छ एवं आसन के साथ हो और आवेदन पत्र बायें हाथ से प्रस्तुत करता हो तो उसका प्रार्थना-पत्र अस्वीकार कर उसे दण्ड भी देना चाहिए।[1] आवेदन पत्र में घटना घटित होने की तिथि, संवत्सर, ऋतु, मास, पक्ष, दिवस, करण (घटना का कारण), अधिकरण, विवाद का क्षेत्र, वादी प्रतिवादी का सामर्थ्य, उनका वैयक्तिक एवं सामाजिक स्थान और परिचय रहना आवश्यक है।[2] 'व्यवहार तत्त्व' से ज्ञात होता है कि वादी के उत्तर आदि संस्कृत में लिखे जाँय या क्षेत्रीय भाषा में। तिथि से गोत्र तक की सूची में प्रत्येक वादी के परिचय देने के लिए का नियम नहीं था, जिससे जितना अपेक्षित हो उतने का ही उल्लेख आवश्यक था।[3]

राज्य और प्रतिज्ञा

पक्ष का प्रारम्भ किसी वादी की ओर से होना चाहिए उसमें राज्य का सम्बन्ध न हो। राजा या उसका कोई कर्मचारी भी पक्ष का प्रारम्भ नहीं कर सकता था, लेकिन पक्ष प्रस्तुत होने पर शान्त नहीं रह सकता।[4] राजा किसी प्रभाव में आकर या धन के लोभ से स्वयं कोई विवाद नहीं प्रस्तुत कर या करा सकता था। यदि उभय पक्ष अपना निर्णय और समझौता स्वयं करते हैं तो उस विवाद को प्रस्तुत करने के लिए राजा को दबाव नहीं डालना चाहिए। इस प्रकार न्याय व्यवस्था में शासन के हस्तक्षेप के किसी अंग को स्थान नहीं दिया गया। शासन द्वारा व्यवहार का प्रारम्भ कुछ अपवाद पूर्ण स्थितियों में हो सकता था। राज्य विद्रोह आदि के अतिरिक्त देव, ब्राह्मण, तपस्वी, स्त्री, बाल, वृद्ध, रुग्ण तथा अनाथ—अर्थात् स्वयं विवाद पक्ष प्रस्तुत करने में असमर्थ लोगों का ही विवाद राज्य प्रस्तुत कर सकता था।[5]

अनादेयवाद

कुछ वैयक्तिक, कौटुम्बिक, सामाजिक एवं राष्ट्रीय नियम माने गये थे जिनकी सीमा में आनेवाले वाद पर विचार नहीं किया जाता था। ऐसे वाद अनादेयवाद कहे गये हैं। नारद के अनुसार पतित, अस्वस्थ, प्रकृति एवं अन्य से प्रेरित व्यक्ति की प्रार्थना पर विचार न करना चाहिए। याज्ञ-वल्क्य के मत से मत्त, उन्मत्त, आर्त्त, व्यसनी, बालक एवं भय से प्रेरित के भी

---

१. कृत्यकल्पतरु, व्यवहार काण्ड। २. अर्थशास्त्र ३।१।

३. अपरार्क ६०८, तुलनीय C. P. C. Order 7, Rules 1-5.

४. मनु० ८।४३। ५. अर्थशास्त्र पृ० २००।

पक्ष अविचारणीय होते हैं। नारद के अनुसार गुरु-शिष्य, पिता-पुत्र, दम्पति और स्वामि-सेवक का व्यवहार नहीं प्रस्तुत हो सकता। कात्यायन परस्पर असंगति पूर्ण प्रार्थना पत्र अविचारणीय मानते हैं। नारद के अनुसार एक का बहुत के साथ एवं स्त्री तथा भृत्य के वाद पर विचार न करना चाहिए। बृहस्पति राजा द्वारा विर्सजित, पौर के विरोधी, राष्ट्र, समय प्रकृति, जनपद, ग्राम एवं महाजन के विरोधी के वाद को अनादेय मानते हैं। कात्यायन अप्रसिद्ध, निरर्थक, निष्प्रयोजन एवं असाध्य विरुद्ध पक्ष को राजा द्वारा विर्सजित करने का विधान करते हैं।[1]

क्रमविभाग और समय

एक दिन प्रस्तुत अनेक आवेदन पत्रों के क्रम स्थिर करने के दो आधार थे—प्रथम में विवाद के आधार, लक्ष्य एवं परिणाम के अनुसार प्राथमिकता और गौणता का निश्चय होता था। दूसरे में अक्षर क्रम से विभिन्न विवादों का क्रम लगा दिया जाता था। गौरवपूर्ण कार्यों के विवाद पर तुरन्त सुनवाई होती। बृहस्पति के अनुसार गाय, बैल, क्षेत्र, स्त्री-प्रजनन, न्यास, दत्त, क्रय-विक्रय, कन्या दूषण, स्तेय, कलह, साहस आदि में तत्काल विचार होना चाहिए। नारद का मत है कि जिस व्यक्ति को अधिक क्षति या पीड़ा हो या कार्य अधिक हो उसके विवाद का निर्णय पहले होना चाहिए। कात्यायन भी पीड़ा और कार्य गुरुता का महत्त्व स्वीकार करते हैं। इस नियम पर व्यक्ति के सामाजिक या राजनीतिक प्रभाव का कोई मूल्य नहीं। कृत्यकल्पतरु ने व्यवहार काण्ड में उक्त मतों के साथ स्मृत्यन्तर से वचन उद्धृत कर कहा है कि उस काल में देवराज इन्द्र भी आ जाँय तो उन्हें अवधि की प्रतीक्षा करनी पड़ेगी। बृहस्पति के अनुसार उक्त स्थितियों के अवशिष्ट में वर्णों के क्रम से विवाद पर विचार करना चाहिए। यही मत प्रजापति ने भी व्यक्त किया है।

निर्णय में विलम्ब होना न्यायपालिका का दोष है।[2] महाभारत के अनुसार निर्णय में विलम्ब करनेवाले राजा एवं कर्मचारी की नृग के समान अधोगति होती है।[3] शीघ्र निर्णय के लिए इस बात पर ध्यान दिया जाता

---

१. कृत्यकल्पतरु, व्यवहारकाण्ड।

२. १८७३ के पूर्व इंग्लैंड में इस प्रकार की दुर्व्यवस्था के लिए द्रष्टव्य : Holdsworth : History of English Law, Vol. IX. pp. 374-75.

३. महा० अनु० ६।३८।

कि निर्णय में वादी या प्रतिवादी किसी प्रकार की बाधा तो नहीं पहुँचा रहे हैं। वादी पक्ष प्रस्तुत कर यदि विलम्ब करता है तो उसे पराजित घोषित कर दिया जाता। प्रतिवादी को निश्चित समय दिया जाता। निश्चित समय में पक्ष न प्रस्तुत करना अपराध माना जाता।[1] याज्ञवल्क्य के अनुसार 'साहस, स्तेय, गौ, अभिशाप, प्रत्यय (प्राण धनातिपात) तथा स्त्री विवाद में तत्काल निर्णय करना चाहिए।'[2] सम्पत्ति के कुछ विषयों में समय दिया जाना पितामह स्वीकार करते हैं।[3] सम्पत्ति के सम्बन्ध में १ वर्ष का समय स्वीकार करते हुए गौतम स्त्री, बालक तथा अन्य गुरुतर कार्यों में तत्काल विचार मानते हैं।[4] बृहस्पति ने ऐसे वादी को, जो अप्रगल्भ होने से बोलने में असमर्थ हो, कुछ समय देने की व्यवस्था की है। साक्षी विदेश में हो, प्रतिवादी मानसिक तथा शारीरिक व्याधि से इस प्रकार ग्रस्त हो कि वह अपना पक्ष उचित रूप में नहीं प्रस्तुत कर पाये तो उसे अवसर मिलना चाहिए। अचल सम्पत्ति में बृहस्पति समय देना नहीं मानते।[5] कौटल्य और शुक्र ने संक्षेप में कहा है कि राजा न्याय में देर कर अपयश और आपत्ति का भागी न हो। उसे देश, काल तथा साधन के अनुरूप शीघ्र न्याय प्रस्तुत करना चाहिए अन्यथा न्याय की मृत्यु हो जाती है।[6]

वाद का प्रवेश

प्रतिज्ञा या आवेदन पत्र प्रस्तुत हो जाने पर विवाद की कार्यवाही प्रारम्भ हो जाती थी। आवेदन पत्र लेकर आये हुए प्रार्थी से न्यायाधीश पूछता था, "क्या कार्य, कौन सी पीड़ा है? मनुष्य, डरो मत। बतलाओ, किसने, किससे, कब तुम्हे पीड़ा पहुँचायी है?"[7] कात्यायन के अनुसार इस पर वादी आवेदनपत्र के रूप में अपना पक्ष प्रस्तुत करता था।[8] आवेदनपत्र प्रतिज्ञा के सभी नियमों

---

१. रामा० उत्तर० ५३।१८-१९।; शुक्र० ४।५।८।; कौ० ३।१।

२. याज्ञ० २।१२।; मनु० ८।५८।; नारद० १।४४।

३. स्मृति चन्द्रिका, अध्याय २, पृ० ४३।

४. गौतम ध० सू० १३।२९-३०।

५. स्मृ० चं० २, पृ० ४० पर उद्धृत। ६. शुक्र० ४।५।१८७ और २०९।

७. किं कार्यं का च ते पीडा मा भैषीर्ब्रूहि मानव।
केन, कस्मिन्, कदा, कस्मात् पृच्छेदेवं समागतम्॥ कात्यायन।

८. याज्ञ० २।६। पर विश्वरूप द्वारा उद्धृत कात्यायन वचन।

से युक्त होने पर उसे न्यायालय स्वीकार करता। अपेक्षित स्पष्टीकरण वादी से किया जाता जिसे 'लेखक' लिखता।[१] इससे आवेदनपत्र में संशुद्धि, जोड़ और सुधार किया जा सकता था। जब वह पूर्ण हो जाता तो लेखक आवेदनपत्र के साथ जोड़कर उसे पूर्ण बना देता था। शुक्र के अनुसार उस समय वादी के हस्ताक्षर लेकर आवेदनपत्र पर मुहर लगा देना चाहिए। प्रतिवादी के उत्तर तक वादी उसमें कुछ भी संशोधन कर सकता था।[२]

न्यायालय में आवेदन के स्पष्टीकरण में वादी से प्रश्न उभय पक्ष की उपस्थिति में ही किये जाते थे। विचार प्रारम्भ होने के पूर्व वादी के आवेदन के वाद राजमुद्रा से अंकित पत्र (Summons) द्वारा या पुरुष (Bailiff) द्वारा प्रतिवादी को सूचना देकर बुलवाया जाता। उसके आने पर वादी से आवेदन सम्बन्धी प्रश्न किये जाते। प्रतिवादी उत्तर न दे तो उपाय, साम, दान, भेद और दण्ड का प्रयोग किया जाता। इसमें सफलता न मिलने पर एक सप्ताह का अवसर देकर दण्ड देने का विधान था।[3] इस पर ध्यान देना आवश्यक है कि एक के अभियोग के समय उसमें प्रति-अभियोग (Counter case) नहीं प्रारंम्भ किया जा सकता था। लेकिन कलह तथा साहस में प्रति-अभियोग प्रारम्भ किया जा सकता था।[४] इतना अवश्य है कि प्रसंग से कोई बात आ जाय और विचारणीय हो तो उसे क्रिया भेद से क्रमशः विचार कर लेना चाहिए, एक साथ नहीं।[५] जहाँ एक प्रमाण-साध्य व्यवहार हो वहाँ अनेक का विचार एक साथ भी सम्भव था।[६]

---

१. शोधयेत्पूर्ववादं तु यावन्नोत्तरदर्शनम्।
अवष्टब्धस्योत्तरेण विवृत्तं शोधनं भवेत्॥ याज्ञ० २।६। पर मिताक्षरा द्वारा उद्धृत नारद का वचन।

२. पहले इंग्लैंड में भी प्रतिवादी के उत्तर तक वादी संशोधन कर सकता था। History of English Law, Vol. III. pp. 631-35; and 639; Civil Procedure Code, order 4,5,17 (Act 5, 1918).

3. याज्ञ० २।९-१०।; नारद० १।५५।

४. क्रियाभेदात् क्रमेण व्यवहारं न युगपत्। हिन्दू जूडिशियल सिस्टम, पृ० १५६ पर उद्धृत।

५. व्य० मा० पृ० १४८। इंग्लैण्ड में भी यह व्यवस्था १७०५ तक थी।

६. कौटल्य० ३।१।; याज्ञ० २।४२।; मनु० ८।१७६।

न्यायालय शुल्क

प्राचीन भारत की न्याय व्यवस्था में न्यायालय शुल्क लगता था या नहीं यह भी विचारणीय है। आधुनिक न्याय व्यवस्था में प्रतिशत के अनुपात पर शुल्क लिया जाता है। प्राचीन भारत में हिंसा विवाद (Criminal Case) के विवाद में कोई भी न्यायालय शुल्क नहीं लिया जाता था। व्यवहार विवाद (Civil Case) के मामलों में भी प्रारम्भ में आवेदन के समय कोई शुल्क नहीं था। निर्णय के बाद कुछ शुल्क की व्यवस्था पायी जाती है।[१] ऋण लेनेवाला अभियोग स्वीकार करने पर १० प्रतिशत और ऋणदाता ५ प्रतिशत न्यायालय को शुल्क देता था।[२] ऋण लेनेवाला यदि अभियोग अस्वीकार कर दे और उस पर अभियोग सिद्ध हो जाय तो वह जितनी सम्पत्ति का अभियोग हो उतना दण्ड स्वरूप राज्य को देता था। यदि आवेदक का पक्ष असत्य सिद्ध हो जाय तो वह सम्पत्ति का दुगुना राज्य को दण्ड रूप में देता।[३] ऋण स्वीकार करने पर ५ प्रतिशत और अस्वीकार करने पर १० प्रतिशत दण्ड का नियम मनु करते हैं।[४]

ऋण के अतिरिक्त अन्य विषयों में भी शुल्क की व्यवस्था थी। आध्य (धरोहर) के द्रव्य के दुष्प्रयोग करने[५], ज्ञाति या संघ के नियमों के प्रति विश्वास-घात करने,[६] सम्पत्ति पर असत्य स्वत्व स्थापित करने के अभियोग में[७] सम्पत्ति के मूल्य का ५ प्रतिशत दण्ड दिया जाता था, जिसे राज्य प्राप्त करता था। असंगति पूर्ण पक्ष उपस्थित करने और साक्षी का प्रमाण प्रस्तुत करने का वादा कर उसके सम्बन्ध से ही असत्य सिद्ध होने पर २० प्रतिशत दण्ड था।[८] इन प्रमाणों से यह स्पष्ट नहीं हो पाता कि इन्हें न्यायालय शुल्क समझा जाय या जुर्माना।[९] मनु (८।१७६) पर मेधातिथि और याज्ञवल्क्य २।४२। पर

१. वि० ध० सू० ८।२०-१।; नारद० ४।१३२।; स्मृ० चं० २, पृ० १२१।
२. वि०ध०सू० ८।२०-१।; नारद० ४।१३२।; स्मृ०चं० भाग २, पृ० १२१।
३. याज्ञ० २।२। ४. मनु० ८।१३९। ५. याज्ञ० २।२६।
६. याज्ञ० २।३३ और १८८। ७. याज्ञ० २।१७१। ८. कौटल्य ३।१।
९. काशीप्रसाद जायसवाल इसे न्यायालय शुल्क मानते हैं। मनु ऐंड याज्ञ०।; एस० वरदाचार्य जायसवाल के विचार का खण्डन करते हैं। हिन्दू जुडिशियल सिस्टम, पृ० १४०-१४२।; पी० वी० काणे शुल्क नहीं जुर्माना मानते हैं। हिस्ट्री ऑफ धर्मशास्त्र जिल्द ३, पृ० २९४-२९५।; जायसवाल की विषय सामग्री का सारांश बनाते हुए

मिताक्षरा ने टीका करते समय भृति और पारितोषिक शब्द दिया है। भृति सेवा से होती है और पारितोषिक स्वेच्छा एवं प्रसन्नता से। उक्त प्रमाण न्यायालय के आधुनिक शुल्क में नहीं आते। अनिवार्य दिया जानेवाला शुल्क नहीं जुर्माना था। अतएव न्यायालय शुल्क नहीं माना जा सकता। फलतः निर्धन व्यक्तियों को भी अपना पक्ष प्रस्तुत करने में सुविधा थी।

वकील

वैदिक समाज की न्याय व्यवस्था उलझी न होने से उह युग में विधि-व्याख्याताओं की आवश्यकता नहीं थी। स्मृति काल के प्रारम्भ तक वकीलों के व्यवसाय का पता नहीं चलता।[1] कात्यायन स्मृति में एक ऐसा वचन है जिससे ज्ञात होता है कि विधि व्याख्याता थे। विपादास्पद विषयों के निर्णय पर ब्राह्मण को धन मिलता और उसे विद्याधन कहा जाता था। उस पर कुटुम्ब या किसी अन्य का अधिकार नहीं माना जाता।[2] इसमें विद्याधन के अनेक आधार हैं। कल्याण भट्ट ने नारद (ऋणादान ४) पर असहाय की टीका के सम्पादन में श्रीधर ब्राह्मण की कथा के उल्लेख में वकील की स्थिति प्रस्तुत की है, जिसका सम्बन्ध और तुलना आज के वकीलों से की जा सकती है।[3] ऐसा

डॉ लल्लन जी गोपाल ने आंध्र हिस्टारिकल रिसर्च सोसायटी १९६२, पृ० १०१-२ में डेढ़ पृष्ठ का जो शोध पत्र लिखा है उसमें दोनों विवादों के भेद एवं शुल्क और जुर्माने को एक में मिला दिया है।

१. जायसवाल ने 'त्रयः परार्थे क्लिश्यन्ति साक्षिणः प्रतिभूः कुलम्। चत्वारस्तूपचीयन्ते विप्र आढ्यो वणिङ्नृपः॥ मनु० ८।१९६। के आधार पर ब्राह्मण के लाभ का हेतु उभय पक्ष को दिये विधीय सलाह का का प्रतिफल माना है। मनु एंड याज्ञवल्क्य, पृ० २८८। इसकी पुष्टि उन्होंने पृ० २६८ पर करनी चाही। वहाँ विद्याधन से उक्त अभिप्राय व्यक्त किया, किन्तु इसके लिए उद्धृत मनु वचन ९।२०६। में विद्याधन से मित्र द्वारा विवाह एवं उपहार में प्राप्त धन को स्वयं जायसवाल ने माना है। अतएव इन आधारों से उनका मन्तव्य नहीं सिद्ध होता। वस्तुतः मनु के ८।१६९। में ब्राह्मण लाभ का हेतु कुल्लूक भट्ट ने 'दानफलोपादान' माना है, जो ऐच्छिक होता है जबकि वकीलों का शुल्क अनिवार्य है। द्रष्टव्य 'दि हिस्ट्री ऑफ धर्मशास्त्र, जिल्द ३ पृ० २८८।

२. मनु ९।२०६। पर कुल्लूक।

3. I. C. P. C. order 3, Section, 2, 1908. Act 5.

जान पड़ता है कि वैधानिक एजेंट जैसी बात उस समय थी। शुक्र ने ऐसे एजेंटों के शुल्क, कर्तव्य और योग्यता का भी उल्लेख किया है। नियोजित व्यक्ति धर्मशास्त्र का ज्ञाता हो और प्रक्रिया के सूक्ष्म तत्त्वों का उसे ज्ञान होना चाहिए। प्रतिनिधि राजा की ओर से नहीं स्वयं पक्षों की ओर से नियुक्त होने चाहिएँ। प्रतिनिधि यदि पक्ष के प्रति विश्वासघात करता है या न जाने हुए विषय में भी प्रतिनिधित्व करता है तो उसे दण्ड दिया जाना चाहिए। लोभ के वशीभूत होकर भी यदि अन्यथा करता है तो उसे राज्य दण्ड भोगना पड़ता है।[१]

शुक्र की व्यवस्था से स्पष्ट होता है कि उनके समय में प्रतिनिधियों का शुल्क निश्चित हो चुका था और वादी प्रतिवादी उसे देने के लिए बाध्य थे। प्रतिनिधि को विधि का ज्ञान, पक्ष के प्रति विश्वास और न्यायालय के नियमों का पालन करना आवश्यक था। निश्चित शुल्क दिलाने तथा जिस पक्ष से वे नियुक्त हों उनके प्रति कर्तव्य पालन कराने के लिए राज्य द्वारा हस्तक्षेप सम्भव था। पक्ष प्रस्तुत करने की स्वतन्त्रता के नाते वादी प्रतिवादी स्वयं अपने प्रतिनिधि नियुक्त करते थे।

यद्यपि यह कहा गया है कि स्मृतियों में प्रतिनिधि विधि के क्षेत्र में नहीं थे किन्तु शुक्र की व्यवस्था के पीछे उनकी पूर्व परम्परा का ही हाथ रहा है। मनु द्वारा प्रस्तुत विद्याधन के स्पष्टीकरण में कुल्लूक भट्ट ने कात्यायन का वचन उद्धृत किया है। उससे इतना तो परिलक्षित होता है कि विवाद के प्रश्नों के स्पष्टीकरण में विधिवेत्ताओं को कुछ न कुछ मिलता था। दायभाग में जीमूतवाहन ने कात्यायन के वचन से और भी स्पष्ट कर दिया है। फलतः यह स्पष्ट हो जाता है कि व्यवहार में प्रतिनिधित्व चलता था।[२] लेकिन उसमें शुल्क अनिवार्य नहीं ऐच्छिक था। परम्परा के विस्तार के साथ वह शुक्र के समय में अनिवार्य और वैध बन गया। इसी अवस्था का संकेतात्मक आधार मनु में भी मिलता है।[३] किन्तु उस समय तक वह दान के रूप में ही था।

नारद और शुक्र के समय तक प्रतिनिधियों का विवाद में प्रस्तुत होना आवश्यक-सा हो गया। उनका विषय ही अलग हो गया।[४] इसके लिए पक्ष

---

१. शुक्र० ४।५।११४-११७।

२. मनु० ९।२०६। पर कुल्लूक द्वारा उद्धृत कात्यायन वचन।

३. नारद० २। ४. शुक्रनीति ४।५, १०, १३।

बाध्य नहीं थ ।[1] इतना अवश्य था कि नियुक्त या अनियुक्त किसी प्रकार के धर्मशास्त्री के सामने यदि निर्णय या विचार चल रहा हो तो उसे अपना मत व्यक्त करने की स्वतन्त्रता थी । उसकी वाणी देवता की वाणी मानी जाती ।[2] नियुक्त प्रतिनिधि न्यायाधीश को अपनी उपस्थिति की सूचना देता और न्याय में सहायता पहुँचाता ।[3] इसी प्रकार अनियुक्त प्रतिनिधि भी न्यायालय में आ सकता था । न्यायालय के सामने उसे ही मत व्यक्त करने का अधिकार था । यदि अन्य कोई व्यक्ति मत व्यक्त करता तो वह दण्ड्य माना जाता और उस पर न्यायालय के सम्मान पर आघात करने का अपराध लगाया जाता ।[4] आगे चलकर प्रतिनिधि सिद्धान्त ने वही स्वरूप प्रस्तुत किया जो आज के वकीलों द्वारा प्रस्तुत है । रुपया आदि के प्रलोभन में विवाद सम्बन्धी अन्यथा व्याख्याएँ होने लगीं । मिलिन्द प्रश्न में इन्हें 'धम्म पणिक' अर्थात् धर्म विक्रेता या 'धर्म वणिक्' कहा गया है । इसके पूर्व उनको धर्म-रक्षक कहा जाता था ।[5] मिलिन्द प्रश्न के 'धम्म सेट्ठिनो' के समान भाव मृच्छकटिक में व्यक्त किया गया है । इस प्रकार स्पष्ट है कि प्रारम्भ में विधीय परामर्शदाताओं को ऐच्छिक रूप में पुरस्कार दिया जाता था । बाद में वे प्रतिनिधि रूप में न्यायालय में जाने लगे । फलतः उनका न्यायालय में उपस्थित होना अनिवार्य हो गया । इस स्थिति में उनका शुल्क भी निश्चित एवं अनिवार्य हो गया । इस शुल्क के न मिलने पर वे न्यायालय की शरण ले सकते थे । स्पष्ट है कि शुक्र के काल तक प्रतिनिधियों के सर्वांगीण रूप का विकास हो गया, जिसकी तुलना लगभग आज के वकीलों से कर सकते हैं ।[6]

---

1. नारद० २।१-२।; शुक्र० ४।५।२३ ।
2. अनियुक्तो नियुक्तो वा धर्मज्ञो वक्तुमर्हति ।
   दैवीं वाचं स वदति यः शास्त्रानुपजीवति ॥ नारद० ३।२(पृ०४१)।; शुक्रनीति ४।५।२८ ।
3. बृहस्पति० १।२।; शुक्र० ४।५।२६ ।
4. पराशर माधवीय पृ० ३२-३३।; शुक्रनीति ४।८०-८२ ।
5. मिलिन्द प्रश्न (बुक ५) संपादक—ट्रेंकर, पृ० ३४४।
6. बाम्बे एक्ट १७, सन् १९२० । सबसे पहले बंगाल ४ रेगुलेशन एक्ट ७, सन् १७९३ का पास हुआ था, जिसमें वकीलों के उत्तरदायित्व, सुविधा, शुल्क आदि पर विचार किया गया था ।

प्रतिवादी का आह्वान

वादी द्वारा पक्ष प्रस्तुत हो जाने पर प्रतिवादी बुलाया जाता था।[१] वादी जिस व्यक्ति के विपरीत आवेदन करता उसे प्रतिवादी कहा जाता।[२] उसे न्यायालय में उपस्थित होने की व्यवस्था की जाती। कुछ स्थितियों में प्रतिवादी स्वयं नहीं उपस्थित हो सकता था। प्रमाण के लिए, रुग्ण, ७० वर्ष से अधिक आयु वाला, दैवी विपत्ति से ग्रस्त, धार्मिक निधियों में संलग्न, जिसके आने से उसकी अपूरणीय क्षति हो, जिसका सम्बन्धी आदि मर गया हो ऐसे अन्य अभाग्यपूर्ण स्थिति में ग्रस्त, राजकार्य या यज्ञादि में व्यस्त, स्त्री-युवति, नव विवाहिता, कुलांगना, नवप्रसूता, वादी से उच्च कुल की स्त्री आदि न्यायालय में स्वयं नहीं आ सकते थे।[3] पशुपालक और कृषक, चराई और पैदावार के समय—कला के कार्य में संलग्न कलाकार और युद्ध एवं सुरक्षा में लगे सैनिक न्यायालय की उपस्थिति से मुक्त थे।[४] ऐसे प्रतिवादी अपने स्थान पर प्रतिनिधि भेज सकते थे, उन्हें भी प्रतिवादी समझा जाता।

यह व्यवस्था प्रायः व्यवहार विचार के मामलों में ही थी। साधारण अपराध-विवाद में भी प्रतिनिधि से काम चल जाता। लेकिन मृत्यृ, चोरी, डाका, भ्रूणहत्या, वर्जित अन्न भोजन, मुद्रा-जाल आदि अपराधों में प्रतिनिधि से काम नहीं चलता, इनमें स्वयं उपस्थित होना पड़ता। स्त्रियों में वेश्या एवं जीविका अर्जन करनेवाली स्त्री को स्वयं उपस्थित होना पड़ता[५]। जो व्यक्ति उपस्थिति के योग्य है, किन्तु उपस्थित नहीं हो रहा है, उसे अपराध के अनुपात से दण्ड दिया जाता।[६] जुर्माना के बाद ३० दिन प्रतीक्षा करने पर भी यदि प्रतिवादी प्रस्तुत नहीं होता तो निर्णय वादी के पक्ष में हो जाता। लेकिन यदि उसके बाद भी प्रतिवादी प्रस्तुत हो जाय तो पक्ष

---

१. नारद० १।५४-५५।; वृ० कात्या० (९६-१००); शुक्र० ४।५।१०२-१०६।

२. स्मृति चं० ३, पृ० ३२।; सरस्वती विलास पृ० ८०।; कात्यायन उद्धृत अपरार्क, पृ० ६३९।

३. तुलनीय I. P. C. Section 132. Act 5. 1908.

४. नारद० १।५३।; तुलनीय Indian Soldier (Litigation) Act, 5. 1925.

५. याज्ञ० २।५। पर मीताक्षरा।; अपरार्क पृ० ५०६।; पारा० माध० ३, पृ० ५१।; व्य० म० पृ० ९-१०।

६. कात्या० १००-१०१।; स्मृ० चं० द्वारा उद्धृत अपरार्क, पृ० ६०७।

की अग्रिम कार्यवाही पुनः प्रारम्भ कर दी जाती।[1] यदि राष्ट्र पर आक्रमण किया गया हो, देश में अकाल या महामारी आदि बीमारियाँ फैली हों तो प्रतिवादी पर जुर्माना न कर पुनः उपस्थिति के लिए अवसर दिया जाता और बुलाने के लिए राजमुद्रायुक्त राजपुरुष भेजा जाता। इसका खर्च वादी को ही उठाना पड़ता था। उपर्युक्त उपस्थिति से मुक्त व्यक्तियों के स्थान पर उनके पुत्र, सम्बन्धी, उनके द्वारा नियुक्त प्रतिनिधि तथा स्वयं आकर प्रतिवादी का प्रतिनिधित्व प्रस्तुत करनेवाले व्यक्ति को पक्ष प्रस्तुत करने का अवसर मिलता। यह अवसर भीषण अपराधों में नहीं था।[2] यदि प्रतिनिधि मिथ्या सम्बन्ध स्थापित करने का प्रयत्न करे तो उसे भी दण्ड दिया जाता।[3]

आसेध

वादी द्वारा आह्वान दर्शन तक प्रतिवादी पर राजाज्ञा द्वारा लगाये अवरोध को आसेध कहते हैं।[4] अपरार्क ने आह्वान की व्याख्या 'मुद्रा' के स्थान पर 'पुरुष' ही किया है। व्यवहार निर्णय ने आह्वान का तात्पर्य पूरा व्यवहार ही माना है। फलतः आसेध की अवस्था विवाद पर्यन्त मानी गयी है। कात्यायन के अनुसार यदि व्यक्ति अभियोग करता है तो उसे राजाज्ञा से बाध्य कर उपस्थित करना चाहिए।[5] आगे उनका कहना है कि वादी विवाद की सूचना राजा को देकर प्रतिवादी पर आह्वान दर्शन पर्यन्त अवरोध प्रस्तुत करे।[6] उसकी व्याख्या करते हुए व्यवहारप्रकाश ने लिखा है कि यदि किसी कारणवश राजा की आज्ञा के क्रियान्वयन में विलम्ब हो जाय और वादी उसमें शीघ्रता चाहता है तो राजा के पास इसकी शिकायत करे। यदि उसकी शिकायत पर भी विलम्ब हो रहा है तो राजा के नाम पर वादी स्वयं प्रतिवादी का प्रतिरोध कर सकता है, यह आसेध का दूसरा पर्याय ही है।[7] यहाँ कात्यायन मिताक्षरा

---

1. व्य० नि० पृ० २९। 2. विवाद चं० पृ० ८९।; व्य० र० पृ० २०।
3. नारद० २।२२।३२३;। शुक्र० ४।५।११८।
4. यावदाह्वानदर्शनम्। नारद० १।४७।;
याज्ञ० २।५। पर मिताक्षरा—आसेधो राजाज्ञयाऽवरोधः।
5. कात्यायन २८ और १०३। 6. कात्या० १०४।
7. आवेदनाय जिगमिषता कृतावेदनेन वा कार्यान्तरवैयग्र्यादिना राजाह्वानविलम्बे राजशपथादिना प्रतिवादिनः प्रतिरोधश्च आसेधापरपर्यायः कार्यः॥

से आगे तक चले जाते हैं, क्योंकि मिताक्षरा तो केवल 'राजाज्ञा' को मान्यता देती है और यहाँ वादी को और अधिक सुविधा एवं शक्ति उपलब्ध है। आसेध व्यक्ति और सम्पति दोनों का होता है। इसके चार प्रकार हैं—स्थान, काल, प्रवास तथा कर्मकृत। स्थानकृत आसेध का तात्पर्य है कि 'तुम निश्चित स्थान से अन्यत्र नहीं जा सकते।' 'इसी प्रकार कालकृत का 'तुम निश्चित समय तक उपस्थित रहो,' प्रवास का 'इस अवसर पर तुम देशान्तर नहीं जा सकते तथा व्यवहार नहीं कर सकते।'[१] आसेध के साथ आधुनिक व्यवस्था की तुलना की जा सकती है, जिसमें निर्णय के पूर्व गिरफ्तारी, निषेधाज्ञा और रिसिवरशिप का समावेश है।[२]

विवाह इत्यादि के लिए तैयार, यज्ञ इत्यादि धर्म कार्य में संल्लग्न, व्यसन में स्थित, नियोजित, शिल्प कार्य में प्रवृत्त, युद्ध में जानेवाले सैनिक, कृषी तथा पशु-पालन कार्य में व्यस्त कृषक और पशुपालक, रोगी, उन्मत्त, और स्त्री आसेध की सीमा से मुक्त समझे जाते हैं।[३] इनकी अनुपस्थिति में पुनराह्वान की व्यवस्था की जाती और आवश्यकता पड़ने पर प्रतिनिधि स्वीकार कर लिया जाता। यदि वह प्रतिनिधि भी नहीं भेजता तो दण्डभागी होता।[४] जो व्यक्ति आसेध की अवहेलना करता है तथा जो वादी आसेध का प्रयोग मिथ्या करता है, वह दण्ड्य है।[५] आसेध के माध्यम से वादी प्रतिवादी के ऊपर किसी प्रकार दबाव नहीं डाल सकता। प्रतिवादी को जंगल, नदी तथा अन्य भयप्रद स्थान में रखने के लिए यदि आसेध का प्रयोग किया जाता है और प्रतिवादी उसका उल्लंघन करता है तो वह दण्डनीय नहीं माना जाता।[६]

आधुनिक ढंग के 'रिसीवर' जैसी भी व्यवस्था का संकेत मिलता है। आसेध के द्वारा गृहीत सम्पत्ति की व्यवस्था होना आवश्यक है। प्रतिवादी की सम्पत्ति, यदि प्रतिवादी विश्वस्त नहीं है, मध्यस्थ को जब तक सौंप न दी जाय विवाद

---

१. आसेध सम्बन्धी विशेष विचार के लिए द्रष्टव्य धर्मकोश १, पृ० १०७ और १०८।; नारद० १।४७-५४।; बृह० व्य०प्र० पृ० ४२।; स्मृ०चं० २, पृ० ३०-३१ में उद्धृत; कात्यायन० १०३-११०।; व्य० प्र० पृ० ४१-४२ में उद्धृत।

२. I. C. P. C. 1908, Section 94. order 38; 39.

३. मिता० याज्ञ० २।५ पर तथा कात्यायन १०७-११०।

४. मिता० (याज्ञ० २।५) द्वारा उद्धृत नारद वचन।

५. नारद० १।५४।

६. नारद० १।४९।

को प्रक्रिया आगे नहीं चलेगी। आह्वान के द्वारा जब प्रतिवादी के न्यायालय में उपस्थित होने पर वह और वादी दोनों न्यायाधीश के सामने उपस्थित किये जाते।[1] दोनों से प्रतिभू (जमानत) जमा करा ली जाती, जिससे निर्णय होने पर जुर्माना वसूल करने में सुविधा होती। आसेध तथा प्रतिभू आदि का प्रयोग विशेष रूप से कलह और साहस के अभियोग में ही होता था। प्रतिवादी के पराजय पर उसे विवाद के अनुसार धन देना पड़ता, किन्तु यदि वादी का आवेदन मिथ्या सिद्ध हो जाय तो उसे दुगुना देना पड़ता था। यदि दोनों पक्ष प्रतिभू नहीं देना चाहते तो उन्हें 'साध्यपाल' के संरक्षण में रखा जाता और 'साध्यपाल' का उनके समय का वेतन भी उन्हीं को देना पड़ता था।[2] दोनों पक्षों को बुलाने का कार्य करनेवाले कर्मचारी को 'साध्यपाल' कहा जाता है। यह सभा का अंग है। राजा से प्राप्त 'मुद्रा' लेकर पुरुष प्रतिवादी को बुलाता था। 'मुद्रा' का अर्थ मुहर ही नहीं लिखित आज्ञा भी है, **'मुद्राग्रहणं लेख्यस्याप्युपलक्षणम्'** (बालम्भट्टी)।

प्रतिभू

प्रतिभू का तात्पर्य है जमानत। न्यायपालिका में इसका प्रयोग प्राचीन काल से है।[3] इसकी आवश्यकता प्रतिवादी को न्यायालय में लाने और रुपये की अदायगी के लिए होती है। इसी आधार पर इसके तीन भेद होते हैं—उपस्थिति (Appearance), अदायगी (Paymen) और इमानदारी (Honesty)।[4] प्रतिभू को आवश्यकता के लिए हारीत ने ५ कारण बताये हैं जिनमें उक्त विभागों का उद्देश्य स्पष्ट होता है। जमानतदार के मरने पर उसके पुत्र इसके लिए उत्तरदायी नहीं होंगे।[5] ऋणदाता के दबाव पर यदि जमानत उसे देने की अवस्था आ जाय तो यह सामान्य लोगों के सामने होना चाहिए।[6]

---

[1] याज्ञ० २।१०-११।

[2] अथ चेत्प्रतिभूर्नास्ति कार्ययोग्यस्तु वादिनः।
संरक्षितो दिनस्यान्ते दद्याद् भृत्याय वेतनम्॥ कात्या० ११७, व्य०पु० बृ० ४४ तथा मिता० (याज्ञ० २।१०) द्वारा उद्धृत।

[3] गौ० १२।३८।; पाणिनि० २।३।३९।

[4] मनु० ८।१६०।; याज्ञ० २।५३।; वि० ध० सू० ६।४१।; नारद० ४।११८।

[5] स्मृ० चं० २० पृ० १५०।; याज्ञ० २।५४। पर मिताक्षरा।

[6] याज्ञ० २।५५। पर मिताक्षरा।

स्वामी, शत्रु, स्वामी से अधिकृत, गिरफ्तार दण्डित, सन्दिग्ध, कुटुम्ब सम्पत्ति का भागीदार, मित्र, शिष्य, राज्यकार्य में नियुक्त संन्यासी, जुर्माना देने में धनी पुरुष और जिसका पिता जीवित हो, उसे जमानतदार नहीं बनना चाहिए ।[1]

उत्तर पक्ष

वादी द्वारा पक्ष प्रस्तुत करने की विधि सम्पन्न हो जाने पर प्रतिवादी को उत्तर देने के लिए बुलाया जाता है । वादी भी प्रस्तुत रहता है ।[2] इसे ही उत्तर पक्ष या प्रतिपक्ष कहा जाता है ।[3] प्रतिवादी द्वारा प्रस्तुत उत्तर में यह आवश्यक है कि वह वादी द्वारा सभी आक्षेपों का उत्तर दे । इसमें भद्दे और निरर्थक शब्द न हों और सत्य हों । वह स्वयं अन्तर्विरोध और असंगति न रहे; स्पष्ट और संक्षिप्त हो । ऐसा न हो कि पुनः उसकी व्याख्या और स्पष्टीकरण की अपेक्षा पड़े ।[4] उत्तर चार प्रकार का होता है, मिथ्या (Denial), सम्प्रतिपत्ति या सत्य (Confession or admission), कारण या प्रत्यवस्कन्दन (Demurrer) और प्राङ्न्याय या पूर्व न्याय (Former Judgement or *res judicata*)।[5] मिथ्या के भी चार प्रकार होते हैं (१) वादी द्वारा कहा हुआ पूर्णतया असत्य है, (२) मैं इसके बारे में कुछ नहीं जानता, (३) वादी द्वारा प्रस्तुत घटना या विवाद सम्बन्धी अन्य स्थिति में उपस्थित ही नहीं था (४) जिस समय का विवाद है उस समय मेरा जन्म ही नहीं हुआ था । प्रथम तो प्रत्यक्ष अस्वीकृति है और अन्य अप्रत्यक्ष । विचार के सम्बन्ध में नियम कठोर हैं । कात्यायन के अनुसार "यदि वादी द्वारा प्रस्तुत पक्ष प्रत्यर्थी सुन रहा है और उसका उत्तर या आक्षेप निरास नहीं कर रहा है या उत्तर देने के अवसर पर चुप है, तो इसका तात्पर्य हुआ कि वह पक्ष का अनुमोदन कर रहा है ।"[6] यदि प्रत्यर्थी अर्थी के पक्ष स्वीकार

1. याज्ञ० २।५७। पर मिताक्षरा ।
2. याज्ञ० २।७।; नारद० २।२। 3. नारद० २।२
4. पक्षस्य व्यापकं सारमसन्दिग्धमनाकुलम् । अव्याख्यागम्यमेतदुत्तरं तद्विदो विदुः ॥ याज्ञ० २।७। पर मिताक्षरा।; अपरार्क पृ० ६१२।; स्मृ० चं० पृ० २२।; शु० ४।५।१३९।
5. याज्ञवल्क्य २।७ पर मिताक्षरा ।
6. श्राव्यमानोऽर्थिना यत्र यो ह्यर्थो न विघातितः ।
दानकालेऽथवा तूष्णीं स्थितः सोऽर्थोऽनुमोदितः ॥ कृत्यकल्पतरु में उद्धृत कात्या० ।; तुलनीय : I. C. P. C. Rule 5. order 8.

कर ले और उसका कारण प्रस्तुत करे तो प्रत्यवस्कन्दन कहते हैं।[1] सत्य के उत्तर में व्यवहार के दो ही पाद क्रियाशील होते हैं। इसमें क्रिया पाद और निर्णय की अपेक्षा नहीं रहतो। उत्तर में अयुक्तताओं (Faults) की लम्बी सूची धर्मशास्त्रों में पायी जाती है।

हीन (पराजय का आधार)

पक्ष उपस्थित होने पर कुछ ऐसे कारण उपस्थित हो जाते हैं जिनसे व्यवहार की सभी विधियाँ पूरा किये बिना ही एकपक्षीय निर्णय हो जाता है, उसे 'हीन' कहते हैं। इस प्रकार की पराजय के ५ आधार हैं। वादी अपनी भाषा में परिवर्तन कर दे। साक्षी आदि के द्वारा अपना पक्ष प्रस्तुत करने में असफल हो। आह्वान के अवसर पर अनुपस्थित हो जाय। उत्तर न दे सकने वाला और आह्वान के समय भाग जानेवाला 'हीन' पक्षीय माना जाता है।[2] इनकी विशेष व्याख्या और विवरण नारद ने अन्यत्र भी दी है। उनके अनुसार स्त्री के पक्ष और भूमि सम्बन्धी विवाद में उक्त त्रुटियों से विवाद 'हीन' न माना जाय, बल्कि उस पर जुर्माना कर दिया जाय।[3] इसमें स्पष्ट होता है कि फौजदारी के मुकदमों का फैसला उक्त सीमाओं में हो जाता और दीवानी के मामलों में विचार का अवसर दिया जाता।

वादी तथा प्रतिवादी यदि आपस में समझौता करना चाहें तो इसके लिए भी अवसर होता है। वादी द्वारा पक्ष प्रस्तुत हो जाने तथा प्रतिवादी द्वारा उसका उत्तर प्रस्तुत हो जाने के बाद यदि प्रक्रिया प्रारम्भ हो जाय तो उभय पक्ष को परस्पर समझौता करने का अधिकार नहीं है। यदि वे ऐसा करना चाहते हैं तो इसके लिए उन्हें न्यायालय से स्वीकृति लेना आवश्यक हो जाता है। न्यायालय द्वारा स्वीकृति मिलने पर समझौता करते समय दोनों पक्षों पर पराजित पक्ष पर होनेवाले जुर्माने का दुगुना जुर्माना देना पड़ता, जिसे समय नष्ट करने के कारण न्यायालय शुल्क के रूप में ग्रहण किया जाता।

---

१. शुक्र० ४।५।१८०; याज्ञ० २।७। पर मिता० द्वारा उद्धृत नारद वचन।; व्य० मा०, पृ० ३०७ में कात्यायन वचन।

२. अन्यवादी क्रियाद्वेषी, नोपास्थाता निरुत्तरः।
आहूतश्च प्रलापी च हीनः पञ्चविधः स्मृतः॥ नारद० २।३३। और २।२४।; ११।५६-६१।

३. नारद० २।२५।; कात्या० २०२ (स्मृ० चं० पृ० ४७ में उद्धृत)।

समझौता भी ऐसे अवसर पर होता, जब दोनों पक्ष यह समझने लगते कि साक्षी क्या कहेंगे, सभ्य क्या निर्णय देंगे या परम्परा एवं धर्मशास्त्रों में विरोध प्रस्तुत हो रहा हो।

प्रत्याकलित

व्यवहार के चार ही पाद माने गये हैं। वादी प्रतिवादी के पूर्व और उत्तर पक्ष हो जाने पर न्यायालय प्रत्याकलित नामक पाद में प्रवेश करता है। कात्यायन ने चतुष्पाद में तृतीय प्रत्याकलित ही माना है।[1] इसे ही साध्य सिद्धि भी कहते हैं। इस पाद के महत्त्व के सम्बन्ध में शास्त्रकारों में मतभेद है।[2] लेकिन अर्थी प्रत्यर्थी के बयान के बाद आगे के विषय में सभ्यों द्वारा होने वाले विमर्श का स्तर सभी स्वीकार करते हैं, चाहे स्वतन्त्र रूप से पाद की संज्ञा दें या न दें। इसमें यह विचार किया जाता है कि किस पक्ष से और कैसा प्रमाण लिया जाय।[3] इस प्रकार प्रमाण किससे और कैसे लिया जाय, इस विषय पर सभ्यों द्वारा होनेवाले विमर्श को प्रत्याकलित कहते हैं। इस स्तर से नया निष्कर्ष प्रस्तुत होता है। जब इसे पाद मान लिया गया और चार पाद की ही व्यवस्था है, तब निर्णय स्वतन्त्र पाद न होकर पाद का परिणाम हो जायगा,[4] किन्तु प्रत्याकलित को सहायक पाद ही माना गया है, स्वतन्त्र पाद नहीं।[5]

१. पूर्वपक्षश्चोत्तरं च प्रत्याकलितमेव च।
क्रियापादश्च स्तेनायं चतुष्पात् समुदाहृतः॥ कात्यायन० ३१।

२. धर्मकोश १, पृ० १८ और २०१।; कात्या० ३१ पर काणे की टिप्पणी।

३. याज्ञ० २।८। पर मिताक्षरा।; अपरार्क पृ० ६१६।

४. व्य० प्र० ८५ पृ०।

५. नारद० २।२१।

अध्याय | ९

न्यायिक प्रक्रिया (२)

प्रमाण

पूर्व पक्ष एवं उत्तर पक्ष की सारी कार्यवाही के बाद निर्णय का अवसर आता है। निर्णय निश्चित प्रमाणों पर होते हैं। प्रमाण ४ प्रकार के होते हैं लिखित, भुक्ति, साक्षी और दिव्य। इनमें क्रमशः प्रथम दूसरे से अधिक महत्त्वपूर्ण एवं प्रामाणिक हैं। विश्लेषण से प्रमाण के उन तथ्यों का रूप सामने आ जाता है जो प्राचीन भारत में व्यवहार में स्वीकार किये गये हैं।

लिखित (Document)

मौखिक एवं दृष्ट साक्ष्य का प्रभाव कम होता है। उसमें विस्मरण तथा उसके कारण अवान्तर असंगतियाँ प्रस्तुत होने लगती हैं। लेकिन लिखित प्रमाणों में इन भ्रान्तियों की अपेक्षा नहीं रहती।[1] लेख्य प्रमाण तीन प्रकार के होते हैं—राज्यलेख्य, स्थानकृत और स्वहस्तलिखित। राजा के सामने उसके द्वारा नियुक्त कायस्थ द्वारा लिखित, मध्यस्थ कर चिह्नित लेख्य को राजसाक्षिक या राजलेख्य कहा जाता है। राजा द्वारा नियुक्त कायस्थ द्वारा किसी महत्त्वपूर्ण स्थान पर लिखा और साक्षियों द्वारा प्रमाणीभूत स्थानकृत लेख हैं। अपने हाथ से लिखे हुए में राजा की मुद्रा या साक्षी की अपेक्षा कम पड़ती है।[2] नारद ने दो विभाग किये हैं। पहला तो स्वयं लिखा हुआ, इसमें राजा की मुद्रा और साक्षी की आवश्यकता नहीं। दूसरे में लेखक, राजा की मुद्रा और

---

१. व्य० नि० पृ० ८१।; व्य० प्र० पृ० १४१ में उद्धृत बृहस्पति वचन।; शुक्र० २।२९१-२९२।

अ—राजलेख्यं स्थानकृतं स्वहस्तलिखितं तथा।
लेख्यं तु त्रिविधं प्रोक्तं तद्बहुधा पुनः॥ बृहस्पति उद्धृत व्य० म० पृ० २४।; व्य० प्र० पृ० १४१।; परा० मा० ३।११९।

साक्षी की अपेक्षा रहती है।[१] याज्ञवल्क्य तथा अन्यों के मत से राजकीय और जानपद दो लेख होते हैं। जानपद में भी स्वयं लिखित और पर-लिखित होते हैं। राजकीय और जानपद को शासन और चीरक भी कहते हैं।[२]

राजलेख्य, शुद्ध और स्पष्ट भाषा सें होना आवश्यक है। सामान्य लेख्य लोकभाषा में भी हो सकता है। यदि धूर्तता और बल प्रयोग द्वारा स्वयं लिखित लेख्य न हो तो वह सर्वाधिक प्रमाण माना जाता है।[३] ऋण तथा इस प्रकार के अन्य लेख्य उभय पक्ष की स्वीकृति से लिखे जाँय। उनमें ऋण-दाता का नाम, वर्ष, मास, पक्ष, तिथि, उभय पक्ष का नाम, जाति, गोत्र, वैदिक शाखा एवं पिता का नाम (उभय पक्ष का) होना आवश्यक है। जहाँ लेख (अर्थ) समाप्त हो वहाँ ऋणी को लिखना चाहिए कि "ऊपर जो कुछ लिखा गया है, वह मेरे पुत्र को अभिप्रेत है।" कम से कम दो साक्षी अपने पिता आदि के नाम के साथ साक्ष्य दें। वे स्वयं अपने हाथ से लिखें। यदि ऋणी अपढ़ हो तो सभी साक्षियों के सामने साक्ष्य दे एवं अन्य से लिखवाये। यह नियम अपढ़ साक्षी के साक्ष्य के विषय में भी है।[४] अन्त में लेखक लिखे कि मैं अमुक व्यक्ति नें दोनों पक्षों के अनुरोध पर उक्त लेख लिखा। सम्बद्ध सभी व्यक्तियों को अपने पिता का नाम लिखना आवश्यक है।

राजकीय लेख्य तीन प्रकार के होते हैं—शासन (राज्य द्वारा भूमि स्वीकृति) जयपत्र (न्यायालय से निर्णय) और प्रसादपत्र (किसी भी उच्च राज्य कार्य से प्राप्त पुरस्कार-पत्र)। वशिष्ठ के अनुसार यह ४ प्रकार का होता है—शासन, जयपत्र, आज्ञापत्र और प्रज्ञापनापत्र (ब्राह्मण, अध्यापक, श्रोत्रिय,

---

ब—राजाधिकरणे तन्नियुक्तकायस्थकृतं तदध्यक्षकरचिह्नितं राजसाक्षिकम्—विष्णुधर्मसूत्र ७।३।

स—राजकीयं जानपदं द्विविधं लिखितं स्मृतम्। शासनं राजदत्तादौ चीरकं स्यादृणादिषु॥ प्रजापति, उद्धृत व्य० नि० पृ० ८२।

स्थानलेख्यं तु ग्रामजनपदादिष्वधिकृतकायस्थकृतं तदध्यक्षकरचिह्नितं चीरकमित्युच्यते। व्य० नि० पृ० ८३।

१. नारद ४।१३५।
२. याज्ञ० २।८४, २।२२।
३. याज्ञ० २।८९। और उसपर मिताक्षरा।
४. याज्ञ० २।८४-८९। और २।८७। पर मिताक्षरा; नारद उद्धृत मिता० या २।८७। पर।

विद्वान् आदि के अनुरोध पर लिखा)। सरस्वती विलास में ५ प्रकार दिय गये हैं। उसमें प्रज्ञापनापत्र और प्रसादपत्र दोनों जोड़ दिये गये हैं। कौटल्य ने इनके अतिरिक्त परिदान, निसृष्टिलेख, प्रावृतिक, प्रतिलेख, सर्वत्रग आदि का परिगणन किया है।[1] जानपद का परिगणन ७वाँ और ८वाँ माना गया है।[2] स्मृतिचन्द्रिका में यथा संख्या का स्तर देकर संख्या का बन्धन ही समाप्त कर दिया है। सामान्यतः भाग या विभागपत्र, दानपत्र, क्रियापत्र, आधान या आधिपत्र, शिति या संवित्पत्र, दायपत्र, सीमापत्र, ऋणलेख, विशुद्धिपत्र, सन्धिपत्र, उपगत या अभिधापत्र का परिगणन माना गया है।[3] चीरक पर वंश परम्परा के साथ उभय पक्ष के हस्ताक्षर गवाहियाँ आदि का होना आवश्यक है। व्यास के अनुसार स्वयंलिखित में चीरक, उपगत, स्वहस्त, आधिपत्र, क्रयपत्र, स्थितिपत्र, सन्धिपत्र और विशुद्धि पत्र आते हैं।[4]

देशाचार के विरुद्ध लिखा हुआ लेख्य प्रमाण नहीं माना जाता। उसमें लेख्य के सभी नियमों का पालन होना आवश्यक है। उस पर उभय पक्षों का हस्ताक्षर, तिथि, स्थान, पिता-नाम, साक्षी-नाम आदि का उल्लेख अवश्य हो।[5] साक्षियों की संख्या पर विभिन्न मत हैं। लेकिन कम से कम दो साक्षी अवश्य हों।[6] लेख्य की प्रामाणिकता अन्य लेख के आधार पर ही सन्दिग्ध हो सकती है। अन्य प्रमाण-शपथ, साक्षी या दिव्य आदि में इतनी शक्ति नहीं जो लेख्य की प्रामाणिकता समाप्त कर सकें।[7] यदि दो लेख्यों में विरोध उपस्थित होता

---

१. बृ० उद्धृत व्य० प्रकाश, पृ० १४१।; वशिष्ठ—स्मृ० चं० २, पृ० ५५।; सरस्वती विलास, पृ० १११-११३।; कौ० २। १०।

२. बृ० उद्धृत अपरार्क पृ० ६६३; स्मृ० चं० २, पृ० ६०; व्यास स्मृ० चं० पृ० ५९ में उद्धृत।

३. कात्या० २५४-२५७।

४. स्मृ० चं० २, पृ० ५९।

५. देशाचाराविरुद्धं यद् व्यक्ताधिविधिलक्षणम्।
तत्प्रमाणं स्मृतं लेख्यमविलुप्तं क्रमाक्षरम्॥ नारद० ४।१३६।
देशाचाराविरुद्धव्यक्ताधिलक्षणम् लुप्तक्रमाक्षरं प्रमाणम्। वि० ध० सू० ७।११।; स्मृ० चं० २, पृ० ५९।

६. विशेष द्रष्टव्य—हारीत और व्यास, स्मृ० च० में उद्धृत २, पृ० ५९।; याज्ञ० २।८७।; नारद० ४।१३७।; विष्णु०ध०सू० ७।६-१०।; कात्या० २७१।; बृ०, से० बु० ई० जि० ३३, पृ० ३०७, ५,३३।

७. नारद० ४।१४५।; कात्या० ३०६-३०७।

है तो जानपद का महत्त्व अधिक माना जाता है। राजकीय लेख्य जानपद से भी बली होता है।[1]

यदि लेख्य अन्य देश में हो, अस्पष्ट लिखा हो, सन्दिग्ध अक्षर हो, काल के अनुसार नष्ट हो गया हो, चोरी हो गया हो, जल गया हो, टुकड़े टुकड़े हो गया हो, ऐसी स्थितियों में अन्य लेख्य तैयार कराना चाहिए। इसके लिए आवश्यक है कि उभय पक्ष तैयार हों।[2] यदि कोई पक्ष तैयार नहीं हो रहा है या हस्ताक्षर की प्रामाणिकता सन्दिग्ध है तो प्रथम लेख्य देशान्तर से मँगवाना ही पड़ेगा। नष्ट आदि अवस्थाओं में साक्षियों से उसकी प्रामाणिकता सिद्ध करनी पड़ेगी। इससे स्पष्ट हो रहा है कि लेख्य प्रमाण में प्राथमिक स्थान रखता है किन्तु अपवादों में द्वितीय।[3] किसी व्यक्ति का लेख्य दूसरे के हाथों पाया जाता है तो उसके विषय में स्पष्टीकरण करना चाहिए।[4] लेख्य ऐसा दर्पण है जिसमें सत्य का साक्षात्कार हो जाता है।[5] किन्तु लेख्य पर ही पूर्णतया आधारित न होना चाहिए। उनकी भी परीक्षा कर लेनी चाहिए। स्त्री, नाबालिग, अपंग तथा अन्य कारणों से अशक्त व्यक्तियों से दबाव वश अन्यथा लिखाया जा सकता है।[6] लेख्य पर हस्ताक्षर करनेवाला मर जाय और लेख्य सन्दिग्ध हो जाय तो हस्ताक्षर कर्ता के अन्य हस्ताक्षर के साथ मिलाकर, साक्षियों के माध्यम से प्रामाणिक या अप्रामाणिक किया जा सकता है।[7] यदि लेख्य पर राजचिह्न अंकित है तो ऋणी, साक्षी और लेखक तीनों की

---

१. व्यास उद्‌धृत स्मृ० चं०, पृ० ६६।; सरस्वती वि० पृ० १२८।

२. याज्ञ० २।९।१।; नारद० ४।१४६।; कात्या० ३१० (अपरार्क पृ० ९८७, पर उद्‌धृत)।

३. नारद० ४।१४२।; कात्या० २८२ (स्मृ० चं० २ पृ० ६३ पर उद्‌धृत) तुलनीय इंडियन इविडेन्स ऐक्ट सेक्शन ६३-६५।

४. यच्चान्यस्य कृतं लेख्यमन्यहस्ते प्रदृश्यते।
अवश्यं तेन वक्तव्यं पत्रस्यागमनं ततः॥ व्यास (अपरार्क पृ० ६९० पर उद्‌धृत)।

५. कात्यायन स्मृति चं० २, ६५ पर उद्‌धृत।

६. व्यास (स्मृ० चं० २, ६५); बृ० (से० बु० ई० ३३, पृ० ३०७, श्लोक २०-२१)। तुलनीय इंडियन इविडेन्स ऐक्ट सेक्सन ६८।

७. याज्ञ० २।९२।; विष्णु ध० सू० ७।२।; नारद० ४।१४३-१४४।; काव्या० २८३ उद्‌धृत मिता० द्वारा याज्ञ० २।९२१।

मृत्यु के बाद भी उसका प्रमाण माना जायगा।[1] लेख्य के साथ निर्धारित समय तथा शर्तों की आवश्यकता स्वीकार की गयी है।[2] जाली लेख्यों का भी प्रचलन था। इस विषय के अपराधी को कठोर दण्ड-विधान था।[3]

भुक्ति या भोग (Possession)

गौतम ने उत्तराधिकार, विक्रय, विभाग, कब्जा (जंगली भूमि आदि जिस पर किसी का अधिकार नहीं रहता) और प्राप्ति (किसी अज्ञात व्यक्ति की खोयी वस्तु की प्राप्ति) से स्वत्व की स्थापना माना है।[4] इनके अतिरिक्त ब्राह्मण दान, क्षत्रिय विजय, वैश्य और शूद्र अर्जन (व्यापार और सेवा) के द्वारा भी स्वत्व प्राप्त करते हैं।[5] वशिष्ठ ने ८ और बृहस्पति ने ७ हेतुओं से स्वत्व स्थापना मानी है।[6] अधिक दिनों से कब्जा के बाद स्वत्व उत्पत्ति के सिद्धान्त का प्रतिपादन किसी भी स्मृतिकार ने नहीं किया है। भुवित (Possession) सागम[7] (Title) और अनागम (Without title) दो प्रकार की है। स्वत्व उत्पत्ति के उक्त प्रकारों में से कोई भी एक हेतु क्रियाशील हो और कब्जा हो तो स्वत्व (Ownership) माना जाता है।[8] लेकिन यदि आगम रहित भुक्ति है तो स्वत्व नहीं माना जा सकता।[9] सागम

---

१. समुद्रेऽपि यदा लेख्ये मृताः सर्वेऽपि ते स्थिताः।
लिखितं तत्प्रमाणं तु मृतेष्वपि हि तेषु च॥ कात्या० अपरार्क पृ० ६८९ पर उद्धृत। तुलनीय इंडियन इविडेन्स ऐक्ट से० ७९, इंडि० रजि० ऐक्ट, सेक्शन ५९-६०।

२. नारद० ४।१४१; कात्या० २९८-२९९, ३०१ (परा० मा० ३१३६)।

३. मनु० ९।२३२; वि० ध० सू० ५।९-१०; याज्ञ० २।२९५।

४. गौ० १०।३९।

५. गौ० १०।४०-४१।

६. वशिष्ठ० १।१६; बृह० उद्धृत व्य० प्र० पृ० १५३।; अपरार्क पृ० ६३५; (से० बु० ई० ३३, पृ० ३०९), श्लोक २, नारद उद्धृत स्मृ० चं० २, पृ० ७०।

७. याज्ञ० २।२७; नारद० ४।८४; कात्या० ३१७, उद्धृत स्मृ० चं० २, पृ० ७३; परा० मा० ३, पृ० १४१।

८. नारद० ४।८५; बृ० उद्धृत स्मृ० चं० २, पृ० ७०, से० बु० ई० ३३, प्र० ३०९, ३१२, श्लोक ३ और २२।

९. बृ० उद्धृत स्मृ० चं० २, पृ० ७०।

(It must have title behind it), दीर्घकाल (must be long standing), अविच्छेद (Unbroken), अपर वोज्झित (Free from protest by another person), प्रत्यर्थिसन्निधान (In the presene of opponent) इन ५ हेतुओं से भोग उत्पन्न होता है।[1] याज्ञवल्क्य और नारद के वचनों का सारांश इस प्रकार है कि भुक्ति (Possession) और आगम (Title) दोनों आवश्यक हैं।[2] लेख्य और साक्षी प्रमाण के होते हुए भी भोग (Enjoyment) के विना आगम पूर्ण वैध नहीं माना जाता।[3] विना आगम के १०० वर्ष तक भी सम्पत्ति का उपभोग करनेवाला चोर और दण्ड्य माना जाता है।[4] अचल सम्पत्ति में इनका और महत्त्व हो जाता है।

स्वत्वहस्तान्तरण के सम्बन्ध में मिताक्षरा ने पर्याप्त स्पष्टीकरण किया है।[5] उसके अनुसार यदि भुक्ति का काल अल्प है और उसका समर्थन आगम से नहीं हो रहा है, तो उसे बलहीन माना जायगा। लगातार तीन पीढ़ी से भुक्त केवल लेख्य आगम (Documentary title) प्रस्तुत करता है। तीन पीढ़ी से कम की भी भुक्ति पूर्व के आगम (Prior title) अपेक्षाकृत बाद के भुक्ति सहित आगम से बली होता है। दीर्घकालीन भुक्ति से आगम प्रस्तुत होता है। दीर्घकालीन भुक्ति के लिए जिसकी सम्पत्ति का भोग किया जा रहा है, यदि वह जड़मति, नाबालिग और उन्मत्त न हो तो याज्ञवल्क्य २० वर्ष, मनु और नारद १० वर्ष का निर्विवाद भोग मानते हैं।[6] अन्य धर्मशास्त्रों से भी मनु के वचन का समर्थन होता है।[7] आगम के बिना भी यदि 'स्मार्तकाल' (स्मरणकाल) से परे की भुक्ति हो तो उस पर स्वत्व उत्पन्न हो जाता है।[8] मनुष्य का स्मृति काल (स्मरण काल) १०० वर्ष माना गया है,

१. व्यास उद्धृत स्मृ० चं० २, पृ० ७१ ; याज्ञ० २।२७। पर मिता० ; पितामह उद्धृत स्मृ० चं० २, पृ० ७०।
२. याज्ञ० २।२८। और नारद० ४।८५।
३. नारद० ४।७७; ४।८४-८६।
४. नारद० ४।८६-८७।
५. याज्ञ० २।२७। और २।२३।
६. याज्ञ० २।२४; मनु० ८।१४७-१४८; नारद० ४।७९-८०।
७. गौ० १२।३४; शंख उद्धृत वि० र० पृ० २०८।
८. वि० ध० सू० ५।१८७; विष्णु और कात्या० उद्धृत व्य० मा० पृ० ३४१।

क्योंकि मनुष्य की आयु इतनी ही है।[1] फलतः १०० वर्ष के बाद के भोग से स्वत्व की उत्पत्ति सम्भव हो जाती है। उसके बाद मौखिक आगम (Oral title) भी सम्भव नहीं हो पाता। स्मृतिचन्द्रिका ने इसी आधार पर १०५ वर्ष का काल माना है।[2] वर्ष के माप की अपेक्षा ३ पीढ़ी पर अधिकतम स्मृतियों का मतैक्य रहा है।[3] अधिकतम और न्यूनतम वर्ष की माप पर व्याख्याकारों ने समन्वय करने का प्रयत्न किया है। ६० वर्ष पर व्याख्याकारों का मत है कि उस समय से स्वत्व का बीजांकुर प्रारम्भ होता है।[4] नारद (४।९१) के आधार पर व्यवहारतत्त्व और विवादचन्द्र ने लिखा है कि अन्याय द्वारा भी ३ पीढ़ी तक भुक्त प्रमाण ही होता है।[5] इस प्रकार स्वत्व की उत्पत्ति में भुक्ति प्रमुख हेतु मानी गयी है किन्तु उसका आधार भी निश्चित किया गया है, जिससे अन्याय पूर्ण मार्ग से भोग द्वारा स्वत्व की उत्पत्ति नहीं हो सकती। कुछ ऐसे भी वचन मिलते हैं, जिनके आधार पर कहा जा सकता है कि अल्प काल की भुक्ति से आगम (Title) समाप्त हो जाता है। अचल सम्पत्ति पर ३ वर्ष, पशु, धन धान्यादि पर १ वर्ष की भुक्ति के आधार पर उसे निस्वत्व नहीं किया जा सकता।[6] गाय, बोझा ढोने वाले पशु, अलंकार यदि धरोहर में ४ या ५ वर्ष से अधिक रह जायँ, तो उन पर अधिकार रखनेवाले का

---

1. याज्ञ० २।२७। पर मिताक्षरा। 2. स्मृ० चं० २, पृ० ७१।

3. बृह० से० बु० ई० जि० ३३, पृ० ३१३, श्लोक २६-२८।; कात्या० ३१८, उद्धृत अपरार्क पृ० ६३६ और व्य० प्र० बृ० १५५।; याज्ञ० २। २७। आदि।

4. याज्ञ० २।२६।; मनु० ८।१४८।; पर विश्वरूप और मेधातिथि।; विशेष द्रष्टव्य व्यवहार तत्त्व पृ० २२३।; अपरार्क पृ० ६३२।; स्मृ० चं० २, पृ० ६८।; याज्ञ० २।२६। विश्वरूप पर।; नारद उद्धृत स्मृ० चं० २, पृ० ६८।

5. अन्यायेनापि पित्रादित्रय भुक्तो भोगः प्रमाणमेव। न तच्छक्यमपाकर्तुं क्रमात्त्रिपुरुषागतम्॥ नारद० ४।९१। इति वचनात्। विवादचन्द्र, पृ० १३४।

6. अत्र बृहस्पतिर्विशेषमाह—त्रिवर्षं भुज्यते येन समग्रा भूरवारिता। तस्य सा नापहर्तव्या क्षमालिङ्गं न चेद्वदेत्॥ चतुष्पाद्धनधान्यादि वर्षाद्धानिमवाप्नुयात्। स० वि० पृ० १३५।

स्वत्व स्थापित हो जाता है।[१] आगम और भुक्ति स्थापित हो जाने के बाद अनधिकृत हो जाने पर भी तीन पीढ़ी के सम्बन्ध से उसे पुनराधिकृत माना जायगा।[२]

भुक्ति और आगम के होते हुए भी कुछ स्थल ऐसे हैं जिनमें स्वत्व की उत्पत्ति नहीं हो सकती। अपने ही कुटुम्ब या सम्बन्धी द्वारा स्थापित भुक्ति से स्वत्व की स्थापना नहीं होती।[३] श्रोत्रिय, कर्मकाण्डी और राजपुरुष द्वारा भुक्त सम्पत्ति पर भी स्वत्व नहीं होता।[४] विभिन्न स्मृतिकारों द्वारा भुक्ति द्वारा उत्पन्न स्वत्व के अपवाद में मन्दिर, देव सम्पत्ति, स्त्री, नाबालिग, श्रोत्रिय, विधवा, अंगहीन, स्त्रीदास, धरोहर, राजसम्पत्ति, ब्राह्मण, मूर्ख, उन्मत्त आदि की सम्पत्ति आती है।[५] ३६ वर्ष के पूर्व ब्रह्मचारी स्वाध्याय करके और ५० वर्ष के पूर्व विदेश से व्यक्ति लौट आये तो उसकी सम्पत्ति पर स्वत्व नहीं स्थापित हो सकता। इसके बाद उन पर स्वत्व हो सकता है।[६] जेल में गये व्यक्ति की सम्पत्ति पर स्वत्व नहीं हो सकता।

साक्षी

लिखित और भुक्ति के अभाव में साक्षी का प्रमाण प्रस्तुत किया जाता है। दण्डापराधविधि में साक्षी अधिक उपयुक्त प्रमाण है। विवाद के निर्णय का विशेष आधार साक्षी पर निर्भर करता है। वादी के पक्ष को पूर्व सिद्ध मान लेने पर प्रतिवादी को साक्षी प्रस्तुत करना पड़ता है। वादी प्रतिवादी के भी साक्षी से अपना पक्ष सिद्ध करने का प्रयास करता है।[७] साक्षी मर जाय या

---

१. मरीचि—स्मृ० चं० २।६९।; परा० माध० ३ पृ० १४८।

२. स्मृ० चं० २, पृ० ७४।; इंडियन लिमिटेशन ऐक्ट १४२।

३. बृहस्पति और कात्यायन ३३५ उद्धृत अपरार्क, पृ० ६३७।; व्य० प्र०, पृ० १६६।; तुलनीय आई० एल० आर० ४६, बंबई २१३, ३१ बंबई, एल० आर० १९९ और १०३० (पी० सी०) २७ कलकत्ता २७४।

४. वृ० उद्धृत स्मृ० चं० २, पृ० ६९।; मनु० ८।१४९।; नारद० ४।८१।; वशिष्ठ० १६।१८।; याज्ञ० २।२५।

५. कात्या० ३३०।; मनु० ८।१४७।; याज्ञ० २।२४।; नारद० ४।८३।

६. कात्या० ३३१-३३४, उद्धृत स्मृ० चं० २, पृ० ६९।

७. मनु० ८।६०।; याज्ञ० २।१७। पर मिताक्षरा और अपरार्क।

विदेश चला जाय तो उससे अभिहित साक्षी प्रमाण माना जा सकता है।[1] यदि साक्षी उपस्थित होने की स्थिति में न हो तो ३ विद्वानों के सामने उसका साक्ष्य प्रमाणित कराया जा सकता है।[2] स्वयं देखने एवं प्रामाणिक सूत्रों से सुन-कर तथ्य प्रस्तुत करनेवाले साक्षी को प्रमाण माना जाता है। किंवदन्ति या अप्रामाणिक स्रोतों से प्राप्त तथ्य वाले साक्षी को न्यायालय नहीं स्वीकार करता। सत्य का ज्ञान है, लेकिन किसी पक्ष द्वारा नियुक्त नहीं है तो भी आँखों से देखी घटना वाला व्यक्ति स्वयं अपना साक्ष्य दे सकता है।[3] जाय-सवाल के अनुसार 'दीवानी' के मामले में 'श्रोता' प्रमाण माना जाता अतएव साक्षी को 'श्रोतृ' कहा गया है। आगे चलकर फौजदारी के मुकदमों में 'साक्षाद्द्रष्टा' का प्रश्न और साक्षी शब्द का व्यवहार चल पड़ा।'[4] किन्तु साक्षी के उक्त तीनों गुणों का विकास गौतम आदि धर्मशास्त्रकारों के समय तक हो चुका था।

साक्षी की संख्या ९, ७, ४, ३ और विद्वान् ब्राह्मण हों तो दो भी हो सकती है। १ साक्षी कभी नहीं लिया जा सकता। यदि उभय पक्ष सम्मत हो तो एक भी साक्षी हो सकता है।[5] सामाजिक प्रतिष्ठा प्राप्त, दोनों पक्षों से नियुक्त और विवाद प्रारम्भ से अन्त तक सुननेवाले को 'दूतक' कहते हैं। यदि वह एक भी है तो प्रमाण माना जा सकता है।[6] राजा और तपस्वी को छोड़कर स्त्री एवं पुरुष सभी साक्षी हो सकते हैं। अपील में सभ्यों सहित अध्यक्ष भी साक्षी होता है।[7] साक्षी पर किसी प्रकार का दबाव नहीं डाला जा सकता।

---

1. वि० ध० सू० ८।१२।
2. त्रैविद्य प्रहितं लेख्यं साक्ष्यं तत्र प्रवादयेत्। कात्यायन, उद्धृत द्वारा अपरार्क, पृ० ६६७। तुलनीय इं० सि० प्रो० को० (१९०८) आर्डर २६ रूल्स ४-५।
3. मनु० ८।७४। पर मेधातिथि।
4. मनु एंड याज्ञवल्क्य पृ० १३०। जायसवाल की उक्ति का आधार है भास का प्रतिमानाटक। लेकिन भास के समय तक 'श्रोता' और 'साक्षाद्द्रष्टा' दोनों साक्षी बन चुके थे।
5. याज्ञ० २।७२।; वि० ध० सू० ८।९।; नारद० ४।१९२।; स्मृ० चं० २ पृ० ७६ पर बृहस्पति।; परा० मा० ३।९५।; व्य० प्र० पृ० ११२।
6. मनु० ८।७७।
7. अपरार्क पृ० ६६७ पर उद्धृत।

यह न्यायालय की विशेषता है कि वह साक्षी की वाणी, मनोभाव, पक्ष प्रस्तुत करने के प्रकार आदि से पता लगा ले ।[1]

साक्षी की सामान्य योग्यता यह थी कि वह प्रतिष्ठित परिवार में उत्पन्न हो, वंश परम्परा से राष्ट्र का नागरिक हो, गृहादि सम्पत्ति एवं पुत्र वाला हो, चरित्र की सभी विशेषताएँ रखता हो, विश्वसनीय हो, धर्म का ज्ञान और आचरण रखता हो, दुश्चरित्र न हो, उभय पक्ष द्वारा स्वीकृत हो, लोभ-मोह से दूर, विगतमत्सर तथा समीप का निवासी हो । कुछ स्मृतिकार इस विचार के समर्थक हैं कि अपने वर्ग का ही साक्षी हो । प्रमाण के लिए ब्राह्मण के विवाद में ब्राह्मण, स्त्रियों में स्त्री, निम्न जाति में निम्न जाति, का साक्षी होना आवश्यक है । यहाँ तक कि निम्न जाति के लिए उच्च ब्राह्मण का भी साक्ष्य नहीं माना गया । ऐसे भी प्रमाण मिलते हैं कि सभी वर्णों एवं वर्गों का सभी वर्णों तथा वर्गों में साक्षीत्व स्वीकार किया गया है । शूद्र भी ब्राह्मणों के विवाद में साक्षी हो सकता है ।[2] इस प्रकार के मतभेद का कारण है कि साहस आदि में किसी भी स्तर का साक्षी आवश्यक है । जहाँ जाति तथा स्ववर्गीय परम्परा प्राप्त या सामान्य विवादों का प्रश्न आता वहाँ वर्गीय आधार पर साक्ष्य लिया जाता । ऐसे अवसरों पर स्वतन्त्र सभाएँ भी होती थीं । व्यापारी सैनिक तथा धर्म सभा आदि का अस्तित्व विस्तार के साथ था । इसका स्पष्टीकरण हमें कात्यायन वचन से स्पष्टतया हो जाता है । उनके अनुसार लिंगी (सम्प्रदाय), श्रेणी, पूग, वणिक्, व्रात तथा ऐसे अन्य समूह, दास, चारण, मत्स्य, हस्ति, अश्व, आयुधजीवी आदि का विवाद अपने वर्गीय सभाओं में निर्णीत होना चाहिए और उनके वर्ग के लोग ही अपने अपने वर्ग के विवाद में साक्षी होंगे । इसी प्रकार कृषकों, शिल्पियों, कलाकारों आदि की भी अदालत की व्यवस्था थी ।[3]

मनु आदि ने साक्षियों की योग्यता की लम्बी सूची दी है । इसका निष्कर्ष है कि साक्षी सामाजिक एवं राज्यविधि का उल्लंघन करनेवाला न हो और वैदिक

---

१. व्य० मा० (बंगला संस्करण) पृ० ३३२ ।; मनु० ८।२५-२६ ।; याज्ञ० २।१३-१५ ।

२. विष्णु० ८।८। तथा मनु० ८।६२-६३।; वशिष्ठ० १६।२८।; स० वि० में उद्धृत शंखलिखित पृ० १३८।; नारद० ४ । १५३-१५४ आदि ।

३. कात्यायन उद्धृत अपरार्क ।; गौ० ११।२१।

धर्म का अनुयायी हो। जितने गुण बतलाये गये हैं, वे वैदिक परम्परा में ही उपलब्ध होते हैं।[1] शास्त्रकारों ने साक्षी के लिए जो कड़े प्रतिबन्ध लगा रखे हैं, उनका विशेष प्रयोग दीवानी के मुकदमे में ही सम्भव था और वहीं होता था। साहस, डाका, हत्या आदि जैसे फौजदारी के विवादों में सभी प्रकार के साक्षी लिये जा सकते थे।[2] कारण यह है कि साक्षात् द्रष्टा कोई भी हो सकता है–गुणी तथा गुणहीन भी। लेकिन इसका तात्पर्य यह नहीं कि मत्त और मूर्ख का साक्ष्य प्रस्तुत किया जा सकता है। स्त्री, नाबालिग, वृद्ध, शिष्य, सम्बन्धी, दास आदि भी साक्षी हो सकते हैं, यदि अन्य साक्षी नहीं उपलब्ध हो रहे हों।[3] साहस मनुष्य-मारण, चौर्य, परदाराभिमर्शन और पारुष्य को कहते हैं। व्यक्ति वह धूर्त है तो वह तथा शत्रु, सम्बन्धी, नाबालिग लड़के, असत्य भाषिणी स्त्री, धूर्त, बदला लेनेवाले आदि को साहस में भी साक्षी नहीं बना सकते। स्त्रियों की साक्षी पर मनु आदि के कुछ विचार विचारणीय हैं। वे स्त्री को साक्षी का अधिकार देते हैं किन्तु नियन्त्रण के साथ। जहाँ उभय पक्ष पुरुष हों और विवाद दीवानी का हो तो स्त्री का साक्ष्य स्वीकार नहीं है। स्त्री तथा साहस के विवाद में वह साक्षी हो सकती है। जिस अंश में उसे साक्षी का अधिकार प्राप्त है, उतने अंश में उस पर वे सभी नियन्त्रण लगाये गये जो सामान्य रूप से सभी साक्षियों पर लगाये गये हैं।

अयोग्य साक्षियों को नारद ने पाँच भागो में विभक्त किया है—(१) ब्राह्मण, वृद्ध, तपस्वी आदि, किन्तु उन्हें साक्षी न होने का हेतु नहीं दिया। (२) चोर, डाकू, जुआड़ी आदि, (३) भेद-वक्ता–परस्पर विरोधी वचन बोलने वाला, (४) स्वयं नियुक्त अर्थात् किसी पक्ष से नियुक्त नहीं किया गया है किन्तु स्वयं उपस्थित हो गया और (५) मृत–साक्षी के गुण तो है किन्तु मृत है। इसमें नारद ने अपवाद भी दिया है। यदि पिता पुत्र आदि को नियुक्त करके मरता है तो वे साक्षी हो सकते हैं। साक्षियों को कृत (नियुक्त) तथा अकृत (अनियुक्त) सामान्य विभाग में रखा गया है।[4] प्रथम के पाँच और द्वितीय के ६

---

1. मनु० ८।११८-१२२।; याज्ञ० २।७०--७१।; वि० ध० सू० १३।९।
2. दासोऽन्धोऽबधिरः कुष्ठी स्त्रीबालस्थविरादयः।
   एतेऽप्यनभिसम्बन्धाः साहसे साक्षिणो मताः॥ स्मृ० ६ चं० २ पृ० ७९, में उद्धृत वचन; मनु० ८।६८। पर मेधातिथि।
3. नारद० ४।१९०-१९१।
4. नारद० ४।९९, १४९, १५७-१६२।

भाग हैं। उन पाँचों को नारद ने लिखित, स्मारित, सकारण (Casual witness), गुप्त और उत्तर पाँच में परिगणित किया है। छः में सहग्रामवासी (Co-villagers), प्रधान न्यायाधीश, राजा, कार्य मध्यगत—जिसके सामने घटना घटित है, उभय पक्ष द्वारा स्वीकृत और कुल्य को माना है।[1] बृहस्पति ने बारह प्रकार के साक्षी माना, उनमें ११ तो नारद के हो गये १२ वें में 'लेखित' को माना है, जिसके द्वारा या सामने ऋण पत्र लिखा गया है। लेखित और लिखित में यह अन्तर प्रतीत होता है कि प्रथम स्वयं लिखता है और दूसरा साक्षी के लिए पक्ष ने लिखाया हो।

साक्षि-परीक्षा

साक्षी का उभय पक्ष सम्मत होना आवश्यक है। अतएव दोनों प्रस्तुत साक्षी से सम्यक् आलोचना कर सकते हैं।[2] व्यास का कहना है कि "खुले न्याया-लय में साक्षी पर लिखित रूप से आक्षेप किया जा सकता है और साक्षी उसकी सफाई प्रस्तुत करे।" आक्षेप स्वीकार करने पर साक्षी को साक्ष्य का अवसर नहीं मिलता और अन्य साक्षी प्रस्तुत करना पड़ता। यदि आक्षेप असत्य होते तो साक्षी को साक्ष्य प्रस्तुत करने का अवसर मिलता। गवाही प्रारम्भ हो जाने पर पुनः दोष प्रस्तुत करने का अवसर नहीं मिलता।[3] साक्षी पर प्रस्तुत आक्षेप न्याय में देर करने या अन्य कारणों से किये गये हैं और वे असत्य हैं, तो आक्षेप्ता को दण्ड दिया जाता।[4]

साक्षी बयान शुरू होने के पूर्व सत्य भाषण के लिए शपथ लेता। जूता एवं उष्णीष उतार दक्षिण हाथ उठा; स्वर्ण एवं दर्भ का स्पर्श कर शपथ लेता कि 'जो कुछ वह कहेगा, सच सच कहेगा।'[5] आपस्तम्ब अग्नि और जल की साक्षी में सत्यभाषण की शपथ मानते हैं।[6] कात्यायन ब्राह्मण का भी सान्निध्य जोड़ते

---

१. याज्ञ० २।६८। पर मिताक्षरा।; बृ० अपरार्क पृ० ६६६ में उद्धृत।; नारद० ४।१५०-१५२।

२. अपरार्क ६७१ पृ० पर कात्यायन का वचन।

३. स्मृ० चं० पृ० ८३। पर उद्धृत कात्यायन वचन।

४. स्मृ० चं० २ पृ० ८५ पर उद्धृत बृहस्पति वचन।; तुलनीय इंडियन इविडेन्स ऐक्ट, सेक्शन्स १४८ और १५३।

५. सरस्वती विलास पृ० १५७ पर वशिष्ठ।; परा० मा० ३ पृ० ११२।

६. आप० ध० सू० २।२।२९।७।

हैं। देव प्रतिमा, ब्राह्मण आदि के सामने न्यायालय में शपथ की व्यवस्था सभी मानते हैं।[1] गौतम ब्राह्मण के लिए शपथ नहीं मानते, किन्तु अन्य स्मृतिकार शपथ सभी के लिए मानते हैं।[2] धर्म के मूल तत्त्व की अवहेलना यदि साक्षी करता है तो इस लोक में राजदण्ड और परलोक में नरक यातना मिलती है।[3] न्यायाधीश ऐसा प्रयत्न करता कि साक्षी मिथ्या न बोल पाये।[4]

न्यायाधीश ब्राह्मण साक्षी से कहे 'बोलिए' (**ब्रूहि**); क्षत्रिय से "सच बोलो (**सत्यं ब्रूहि**); वैश्य से—गो, बीज, सुवर्ण के अपहरण से जितना पाप होता है उतना पाप असत्य भाषण से होता है, अतएव सच बोलो; शूद्र से यदि असत्य बोलोगे तो सभी पाप लगें, इस प्रकार विभिन्न वर्णों से विभिन्न शब्दावलियों में पूछे।"[5] वर्ण के अतिरिक्त गोरक्षण तथा वाणिज्य से जीविका चलाने वाले, रूपकार, कारुकर्मी (अभिनय से जीविका चलानेवाले नट), दासकर्म-जीवी, नटकर्मी, नृत्य गीतादि से जीविका चलानेवाले तथा अन्य निषिद्ध कर्म करनेवाले साक्षी से शूद्रवत् व्यवहार करना चाहिए।[6] ऐसे साक्षी प्रायः साहस आदि फौजदारी में ही आते भी थे। साक्षी यदि निकट हो तो उसे न्यायालय में स्वयं उपस्थित होना आवश्यक था। यदि वह दूर हो तो आह्वान भेजा जाता। बहाना बनाकर उपस्थित नहीं होना चाहता तो दावे के भाग के अतिरिक्त १० प्रतिशत राजा को जुर्माने के रूप में दण्ड देना पड़ता।[7]

---

१. कात्या० ३४४-४५ उद्धृत याज्ञ० १।७३ पर मिताक्षरा।; मनु० ८। ७९-८०, ८७।; नारद० ४।१९८।; याज्ञ० २।७३।; गौ० १३।१३।

२. गौ० १३।१२-१३।; मनु० ८।११३।; नारद० ४।१९९।

३. गौ० १३।१४-२३।; मनु० ८।८१-८६, ८९-१०१।; विष्णु ध० सू० ८।२४-३७।; नारद० ४।२०१-२२८।

४. इस पर विशेष द्रष्टव्य—याज्ञ० २।७३-८५।; वशिष्ठ १६।३२-३४।; गौ० ध० सू० १।१०।१९, ९-१२।; (से० बुई० जि० १४, याज्ञ० पृ० २०३), कात्या० ३।२।; मनु० ८।८८ और ११३ आदि।

५. मनु० ८।८८।

६. मनु० ८।१०२।; बौ० ध० सू० १।५।९५।

७. कौ० ३।२।; मनु० ८।१०६।; बृ० २।६६।
आहूतो यस्तु नागच्छेत् साक्षी रोगविवर्जितः।
ऋणं दमं च दाप्यः स्यात्त्रिपक्षात्परस्तु सः॥ स्मृ० चं० २ पृ० ९१ पर बृ०; तुलनीय इंडियन प्रो० कोड आर्डर १६ रूल्स १०-१५।

गवाहों को यात्रादि व्यय दिया जाता ।[१] यह स्पष्ट नहीं होता कि क्या वादी या प्रतिवादी स्वयं भी अपने साक्षी हो सकते थे । साक्षी से जो कुछ पूछा जाय न्यायालय में ही, अन्यत्र नहीं ।[२] दोनों पक्षों का उस समय उपस्थित रहना भी आवश्यक था । साक्षी से प्रश्न पूछते समय कोई ऐसा व्यवहार न होना चाहिए, जिससे वह घबरा जाय अथवा किसी प्रकार का दबाव महसूस करे । प्राड्विवाक साक्षी को आदरपूर्वक सान्त्वना देकर ही जो कुछ पूछना चाहे, पूछ सकता था ।

साक्षी के परीक्षण में, जैसा कि पहले लिखा गया है, भाव परीक्षण पर जोर दिया जाता था । "असत्य साक्षी देनेवाला व्यग्र रहेगा । इधर उधर झाँकेगा । ओष्ठ चाटेगा । माथे पर पसीना आ जायगा । मुख विवर्ण हो जायगा । बोलते समय जिह्वा लड़खड़ाएगी । शरीर में ऐंठन और भुजाओं में मरोड़ पैदा होगी । परस्पर विरुद्ध वाणी बोलेगा ।" इस प्रकार के साक्षियों पर विश्वास न कर उन्हें अनुशासन में रखना चाहिए । इसका यह तात्पर्य नहीं कि उसे दण्ड दिया जाय और उस पर विश्वास ही न किया जाय । इसका तात्पर्य यह है कि उसके कथित सत्य पर विश्वास न कर विचार किया जाय ।[३]

न्यायालय में उपस्थित होने पर साक्षी से अलग अलग प्रश्न पूछे जा सकते थे । लेकिन गौतम और कात्यायन का कहना है कि वे एक साथ जो कुछ देख चुके हैं, स्पष्ट रूप से समवेत कहें । अलग-अलग भी कहना चाहें तो कह सकते हैं । सभी प्रकार की सुविधा उन्हें दी गयी थी । बीच बीच में उनसे कुछ पूछना नहीं चाहिए ।[४] स्मृतियों एवं मृच्छकटिक (अंक ९) में देखा जाता है कि साक्षियों से प्रश्न किये गये हैं । लेकिन आधुनिक न्यायालयों तथा इंग्लैंड-व्यवस्था की तरह प्रश्नों की झड़ी नहीं लगती थी । साक्षी की योग्यता पर ही अधिक प्रश्न किये जाते थे ।

---

१. कौटल्य० ३।१ । २. शुक्र० ५।५।१८४ ।

३. याज्ञ० २।१३-१५।; वि० ध० ६ सू० ८।१८।; व्यव० प्र० पृ० १२४ पर उद्धृत शंखलिखित; नारद० ४।१९३-१९६ ।

४. समवेतैस्तु यद् दृष्टं वक्तव्यं तत्तथैव तु । विभिन्नैकैककार्यं यद्वक्तव्यं तत्पृथक् पृथक् ॥ कात्या० अपरार्क ६७५ पृ० पर । स्वभावोक्तं वचस्तेषां ग्राह्यं यद्दोषवर्जितम् । उक्ते तु साक्षिणो राज्ञा न प्रष्टव्याः पुनः पुनः ॥ कात्या० अपरा० पृ० ६७५ ।; मिता०, या० २।७९ कात्या० ।

अवसर-साक्षी

प्रमादवश ऋणदाता ने ऋणी से न तो लिखाया और न कोई साक्षी ली, तो मूल प्रतिकाल (Dunning the debtor each time to repay), युक्तिलेश (putting forth arguments) और शपथ के माध्यम से विवाद का निर्णय किया जाता था। युक्ति का तात्पर्य है ऋणदाता तथ्यों के माध्यम से ऋणी को स्थान, समय और सम्बन्धों का ज्ञान एवं स्मरण दिलाता। कात्यायन के अनुसार 'लिंगोद्देश युक्ति' (Logical reasoning) का अर्थ माना गया है, ऐसे लक्षण प्रस्तुत करना, जिनसे तथ्य तक पहुँचा जाय।[1] सत्य के लिए अनुमान के तीन प्रकार माने गये हैं किन्तु उनका महत्त्व साक्षी से कम होता है।[2] अनुमान 'तर्क' और 'हेतु' एक ही है। सारांश यह है कि 'युक्ति' का समन्वय अवसर साक्षी (Circumstantial evidence) से होता है। सन्देह के अवसर पर न्यायाधीश कुछ लक्षणों (लिंग) या दिव्य साक्षी पर ही निर्णय कर सकता है।[3]

जिन्हें घायल, सशस्त्र तथा लूट के सामान के साथ पाया जाय, उन्हें अपराधी माना जाय। लूट के सामान के साथ यदि चोर तथा इस प्रकार के अन्य जघन्य कर्मी की मृत्यु हो जाय तो उस पर भी सन्तोष करना चाहिए। परस्त्री के केश के साथ उपहास करता हुआ पकड़ा जाय और यदि मृत व्यक्ति के पास सशस्त्र पाया जाय तो उसके साथ भी उक्त दण्ड विहित है।[4] बिना साक्षी के केवल अनुमान से इन आधारों पर विवादों में निर्णय हो सकता है, (१) अग्निदाह—मशाल आदि लिये हुए, (२) मृत्यु घटना के पास शस्त्र युक्त पाना, (३) बालिग पुरुष परस्त्री के साथ केश क्रीड़ा करता हुआ पाया जाय, (४) कटे वृक्ष के पास कुल्हाड़ी लिये मिलना, (५) रक्त युक्त शस्त्र लिये पाया जाना आदि।[5] लेकिन इन आधारों पर निर्णय करने में अत्यन्त सावधानी

---

1. नारद० ४।२३५-२३८।
2. बृ० उद्धृत परा० मा० ३ पृ० ८७।; बृ० उद्धृत व्य०मा० पृ० ३५०।
3. आ०ध०सू० २।२।२९।६।
4. शंखलिखित—परा० माधव ३।११९ पर उद्धृत; मनु० ९।२७०।; कौ० ४।१२।; याज्ञ०२।२८३।; तुलनीय Indian Evidence Act, Sect. 114.
5. नारद० ४।१७२-१७५।

करनी चाहिए, अन्यथा परिणाम विपरीत भी हो सकता है। संयोगवश ऐसी अवस्थाएँ एवं अवसर आ सकते हैं, जब भला आदमी भी चोर के स्थान पर पाया जाय और चोर भले आदमी के स्थान पर। ऋषि माण्डव्य का आख्यान इस बात का साक्ष्य प्रस्तुत करता है।[1] मृच्छकटिक (अंक ९) में तो 'व्यवहार दुष्टता' के रूप में इसका उल्लेख किया गया है।

असत्य साक्षी

असत्य साक्ष्य देने पर साक्षी पर जुर्माना, यदि ब्राह्मण है तो देश-निकाला, किया जाता।[2] लेकिन ऐसे भी अवसर आते जब असत्य साक्ष्य वैध होता। प्राणरक्षा—अपनी या अन्य की—ब्राह्मण, गुरु, स्त्री, विवाह तथा सम्पत्ति की रक्षा के लिए असत्य बोलना पड़े तो वह पातक नहीं है। वशिष्ठ ने इन पाँचों का वर्गीकरण और ही ढंग से किया है। मनु भी वही प्रकार स्वीकार करते हैं। लेकिन गौतम इन्हें अनृत ही मानते हैं।[3] वस्तुतः सत्यासत्य का सापेक्ष महत्त्व है। असत्य के प्रयोग से कल्याण की महान् साधना होती है तो वह इस अंश में

---

1. नारद० ४।१७६।; कौटल्य, ४।८। दृश्यते ह्यचोरोऽपि चोरमार्गे···। बृ० उद्धृत व्य०प्र० पृ० १३-१४।; युक्ति बिना विचारेण माडव्यश्चोरतां गतः। तुलनीय : Best: On Evidence, 12th ed. Sect. 294. Wills: Circumstantial Evidence (7th ed. 1937), p. 145.
2. असत्य साक्ष्य पर द्रष्टव्य उद्धरण—आप० ध० सू० २।२।२९।८-९।; गौ० १३।७ और २३।; मनु० ८।११८।; १२०-१२२।; बृ० (से० बु० ई० जिल्द ३३, पृ० ३०, श्लोक २१), उद्धृत व्य० प्र० पृ० १३५।; कात्यायन ४०७। उद्धृत अपरार्क ६७२।; स्मृ० चं० २, पृ० ९३।; याज्ञ० २।८१-८२। और उस पर मिताक्षरा।; मनु० ८।३८०।; ८।१०८।; ८।११७।; वि० ध० सू० ८।४०।
3. प्राणत्राणेऽनृतं वाच्यमात्मनो वा परस्य च। गुर्वर्थे स्त्रीषु चैव स्याद्विवाहकरणेषु च॥ महा० शा० ३४।२५ तथा १६५।३०।; उद्वाहकाले रतिसम्प्रयोगे प्राणात्यये सर्वधनापहारे। विप्रस्य चार्थे ह्यनृतं वदेयुः पञ्चानृतान्याहुरपातकानि॥ वशिष्ठ० १६।३६।; मनु० ८।१२२।; विवाहमैथुननर्मार्तसंयोगेष्वदोषमेकेऽनृतम्। गौ० २३।२६।; असत्य उच्चारण की स्वीकृति—गौ० १३।२४-२५।; मनु० ८।१०४।; याज्ञ० २।८३।; विष्णु ध० सू० ८।१५।

पुण्य और वैध हुआ; किन्तु असत्य साधन रूप में पाप और अवैध हुआ ही। यही कारण है कि इन अवसरों पर कहे असत्य के प्रायश्चित्त का भी विधान किया गया। इससे यह समझना चाहिए कि असत्य साक्षी का समर्थन नहीं किया गया। देखा जाता है कि साक्षी का वादा करके यदि बहाना किया गया तो उसे पराजित के दण्ड का आठगुना अधिक दण्ड का विधान है। यदि ब्राह्मण है और जुर्माना नहीं दे पाता तो देश-निकाला कर दिया जाता। इसे अनृत साक्षी से भी अधिक बुरा माना गया है। अतएव असत्य के समर्थन का तात्पर्य सत्य की रक्षा ही है।[१]

साक्षियों में परस्पर मतभेद

यदि साक्षियों के मौखिक बयान में मतभेद होता है तो बहुमत जिस पक्ष में हो उसी को प्रमाण मानना चाहिए। यदि संख्या समान है तो विद्वान् ब्राह्मण के वचन का प्रमाण मानना आवश्यक होता है। उनकी भी संख्या समान होने पर उनमें भी श्रेष्ठतम और उभय पक्ष के विश्वस्त व्यक्ति को ही प्रमाण मानना आवश्यक होता है। इस प्रकार संख्यात्मक बहुमत गुणपरक हो जाता है।[२] याज्ञवल्क्य ने तो स्पष्टतया गुण को मात्रा से अधिक महत्त्व दिया है।[३] एक व्यक्ति भी समाजप्रतिष्ठा तथा उभय पक्ष से सम्मत जो कुछ कहेगा वह अनेक के विचार से अधिक महत्त्व रखेगा।[४] साक्षियों द्वारा लिखित, एवं वादी द्वारा निर्दिष्ट होने पर यदि एक भी साक्षी अन्यथा बोलनेवाला हो जाय तो अन्य साक्षी भी अप्रामाण्य मान लिये जायँगे।[५]

जय-पराजय का महत्त्वपूर्ण भार साक्षी पर रहता है। जिस पक्ष के साक्षी अनुकूल तथा सत्यभाषी होंगे वही पक्ष विजयी होगा। यदि साक्षी प्रतिकूल हैं तो पक्ष हार जायगा।[६] दीवानी के मुकदमे में साक्षी का बयान दावा

---

१. यत्र वै भाषितं कार्यं साक्षिभिर्वादिना भवेत्।
प्रतिवादी यदा तत्र भावयेत्कार्यमन्यथा ॥
बहुभिश्च कुलीनैर्वा पूर्वाः स्युः कूटसाक्षिणः ॥ कात्या० ४०८ उद्धृत अपरार्क पृ० ६७९; व्य० का० पृ० ३३५; व्य० प्र० पृ० १३४।

२. मनु० ८।७३; वि० ध० सू० ८।३९; याज्ञ० २।७८; नारद० ४।२२९; का० ५०८।

३. याज्ञ० २।७२। ४. मिता० याज्ञ० २।७८ पर कौटल्य ३।११।

५. कात्या० उद्धृत अपरार्क पृ० ६७०।

६. याज्ञ० २।७९; विष्णु० ध० सू० ८।३८; नारद० २।२७।

से कम या अधिक होता है तो पक्ष सिद्ध नहीं होगा। इस प्रकार के बयान के कारण साक्षी को दण्ड नहीं दिया जा सकता किन्तु न बयान देने पर वह दण्ड्य होगा।[१] विस्मरणादि से साक्षी प्रतिज्ञा के भावाभाव नहीं प्रस्तुत कर पा रहा है तो प्रमाणानुसार से निर्णय करना चाहिए।[२] साक्षी अभियोग से कम कह रहा है तो अभियोक्ता को अतिरिक्त के लिए दण्ड देना चाहिए। यदि साक्षी अधिक कह रहा है तो अतिरिक्त राजा द्वारा हरण कर लेना चाहिए।[3] साहस में साक्षी द्वारा अंश के प्रमाण करने मात्र से सबका प्रमाण मान लिया जायगा।[४] कोई भी पक्ष साक्षी पर नैतिक, आर्थिक या अन्य कोई भी दबाव नहीं डाल सकता। ऐसा करने पर उसे अपने पक्ष से हाथ धोना पड़ेगा।[५]

दिव्य साक्ष्य

कीथ के अनुसार वेदों में यहाँ तक कि प्रारम्भिक न्यायविदों में भी दिव्य साक्षी का संकेत नहीं के बराबर है।[६] इससे यह ज्ञात होता है कि भारतीयों ने न्याय-व्यवस्था के मध्यम स्तर पर दिव्य साक्ष्य स्वीकार किया।[७] लेकिन दिव्य प्रमाण का सूत्र ऋग्वेद से प्रारम्भ हो जाता है।[८] यद्यपि यहाँ क्रूर दण्ड की ओर विशेष संकेत है, किन्तु अन्यत्र भी इसके सूत्र उपलब्ध होते हैं।[९] ताण्ड्य महाब्राह्मण में उसकी स्थापना के प्रमाण मिलते हैं।[१०] इसी का उल्लेख मनु ने किया है, जिसमें वत्स (ताण्ड्य) की कथा का उद्धरण है।[११] छान्दोग्य में दिव्य प्रमाण का व्यावहारिक उल्लेख मिलता है।[१२] आगे चलकर इसका विशेष स्पष्टीकरण किया गया। धर्मशास्त्रों में उसके भेद और प्रकार पर व्यवस्थित

---

१. कात्या० ३९६, ३९८ उद्धृत व्य० मा० पृ० ३१२ और ३१८।

२. याज्ञ० २।७९ पर मिता०।   ३. अर्थशास्त्र ३।२।

४. कात्या० याज्ञ० २।२० पर मिता० द्वारा उद्धृत।

५. नारद० ४।१६५।

6. Hasting: Encyclopaedia of Religion and Ethics, Keith, Ordeals.

7. S. Vardachariar: Hindu Judicial System, p. 164.

८. ऋ० १।१५८।४-५।   ९. ऋ० ३।५३।२२; अथर्व० २।१२।८।

१०. ताण्ड्यमहाब्राह्मण १४।६।६।   ११. मनु० ८।११६।

१२. छान्दोग्य० ६।१६।१।

ढंग से विचार किया गया।[1] ईसा से पूर्व और बाद में दिव्य साक्षियों के प्रयोग के उदाहरण शूद्रक और बाण ने प्रस्तुत किये हैं।[2]

दिव्य का तात्पर्य ही है कि 'जहाँ मानुष प्रमाण विवाद के निर्णय में असमर्थ हो, जायँ उनमें निर्णय का माध्यम'।[3] जहाँ साक्षी उपलब्ध हों वहाँ दैवी क्रिया सर्वथा वर्जित है।[4] यदि पक्षविशेष दैवी प्रमाण प्रस्तुत करता है और वह पूर्ण तथा सुव्यवस्थित है, तथापि उसे मानुषी प्रमाण के सामने त्याज्य माना जायगा।[5] जंगल, रात्रि, साहस, पारुष्य, एकान्त तथा ऐसे स्थान के प्रमाण के लिए दिव्य प्रमाण अपेक्षित हो जाता है, जहाँ मानुष प्रमाण सम्भव ही नहीं हो पाता।[6] स्त्री की पवित्रता के लिए दिव्य साक्षी अधिक आवश्यक मानी गयी है।[7] अचल सम्पत्ति के सम्बन्ध में दिव्य प्रमाण कथमपि नह मान्य होगा।[8] ऋणादि में उभय पक्ष की सहमति पर दिव्य प्रमाण मान्य हो जाता। लेकिन साधारण सम्पत्ति में उसका प्रयोग नहीं किया जाता।[9]

अर्थशास्त्र में दिव्य प्रमाणों की व्यवस्था नहीं है। इसका तात्पर्य यह नहीं है कि उस समय उनका अभाव हो गया था। ह्वेनसांग और फाह्यान के यात्रा संस्मरणों में दिव्य प्रमाणों के प्रयोग का उल्लेख मिलता है। यह भी कहा जाता है कि कौटल्य ने दिव्य प्रमाण अस्वीकार कर उत्पीड़न (Torture) स्वीकार कर लिया। इसके लिए कर्म शब्द की व्याख्या का प्रयोग

---

१. आप० ध० २।११।२९।६।; २।५।११।३।; मनु० ८।११४।; या० २।९५।; वि० ध० सू० ९।१४।; नारद० ४।२५२।; बृ०, से० बु० ई० जिल्द ३३, पृ० ३१५।

२. मृच्छ० ९।४३।; कादम्बरी पैरा ४७।

३. तत्र मानुषप्रमाणानिर्णेयस्यादिंनिर्णायकं यत्तद्दिव्यमिति लोकप्रसिद्धम्। दिव्य तत्त्व पृ० ५७४।

४. याज्ञ० २।२२।; नारद० २।२९।; ४।२३९।

५. सम्भवे साक्षिणां प्राज्ञो दैविकीं वर्जयेत्क्रियाम्। कात्या० उद्धृत स्मृ० चं० २, पृ० ५१।

६. याज्ञ० २।२२। पर मिताक्षरा।

७. नारद० २।३०।; कात्या० याज्ञ० २।२२। पर मिता० द्वारा उद्धृत।

८. नारद० ४।२४२।; वृ० उद्धृत २ पृ० ५३।

९. याज्ञ० २। ९५-९६।

टारचर के अर्थ में किया जाता है।[१] वस्तुतः कौटल्य लौकिक प्रमाणों से ही सत्य की प्राप्ति के पक्षपाती हैं। वे निर्णय का आधार दैवी शक्ति की अपेक्षा मानवीय प्रमाणों में प्राप्त करना चाहते हैं इसीलिए जहाँ कोई प्रमाण न हो उनके अनुसार चरों आदि से सत्य का पता लगाना चाहिए। दिव्य प्रमाण धर्मशास्त्रों की शाखा में अधिक विकसित हुआ, अर्थशास्त्रों की शाखा में कम। धर्मशास्त्रों में भी दिव्य प्रमाण सार्वभौम एवं अनिवार्य रूप में नहीं माने गये। जब कोई स्थिति सत्य प्राप्ति के लिए नहीं हो उस समय दैवी प्रमाण एवं दिव्य साक्षी स्वीकार की जाती। इस प्रकार धर्मशास्त्रों ने भी वेदों में सूत्र रूप से सन्निहित एवं उपनिषदों में अंकुरित होनेवाले दिव्य साक्षी को आगे विकसित नहीं होने दिया।

दिव्य प्रमाण में जाति, गुण, परिस्थिति और संस्कार (दैवी) का भी सम्बन्ध लगा दिया गया। सभी वर्णों के लिए दिव्य साक्षियाँ अलग-अलग थीं। इसी प्रकार यौगिक क्रिया करनेवाले, नशा का प्रयोग करनेवाले और नास्तिक को 'कोश' की दिव्य साक्षी न दी जाती। धर्मच्युत दिव्य साक्षी का अधिकारी नहीं माना जाता। उन्हें संस्कार से परे अन्य दिव्य साक्षियाँ प्रस्तुत करनी पड़तीं। दिव्य साक्षी में प्रतिनिधि भी स्वीकार किये जा सकते थे।[२] दिव्य साक्षी सभी के सामने होती और उसमें प्रयुक्त होनेवाले प्रतीकों (जल, अग्नि, विष आदि) के लिए समय (प्रातः सायं और विभिन्न ऋतुओं) का बन्धन लगाया गया। यह क्रिया प्रायः रविवार को होती थी। कोश और तुला

---

१. रामचन्द्र दीक्षितार: हिन्दू एडमिनिस्ट्रेटिव इंस्टीट्यूशन्स, पृ० २३७। एक अगले अध्याय में 'शंका से दण्ड देनेवाले' एवं 'टारचर' का प्रयोग करनेवाले अधिकारी को दण्ड देने का विधान कौटल्य ने स्वयं स्वीकार किया है। अतएव कहना उपयुक्त नहीं है कि कौटल्य 'टारचर' का समर्थन करते हैं। वस्तुतः 'आप्त दोष' का अर्थ 'सन्दिग्ध दोष' नहीं है। 'कर्म' का 'दण्ड' कर्म एवं सन्दिग्ध साक्षी के स्थान पर निर्णयात्मक साक्षी का स्वयं विधान किया है। वे चरों से प्राप्त प्रमाणों से सत्य की कसौटी करने के बाद ही निर्णय की व्यवस्था करते हैं। (अर्थशास्त्र ४।८।; ३।१९) इस प्रकार कौटल्य को उत्पीड़न (Torture) का पक्षपाती कथमपि नहीं कहा जा सकता।

२. याज्ञ० २।९७-९९।; नारद० ४।२३५, २५४, २५६, २५९।; कात्या० ४२२-४३०।

प्रायः प्रत्येक मास में प्रयुक्त हो सकते थे, कात्यायन धर्मसम्बन्धी अपराध में दिव्य साक्षी का स्थान मन्दिर आदि एवं सामाजिक में राजसभा माना है।[1] इन विधियों के प्रतिकूल प्रयुक्त दिव्य साक्षी का कोई महत्त्व नहीं।

उत्तरवर्ती काल में दिव्य साक्षी को प्रमाण में तृतीय स्थान दिया गया। लेकिन इसमें प्रयुक्त विधि-निषेध इसे सार्वभौम नहीं होने दिया। दिव्य साक्षी को कुछ विद्वान् भारतीय न्यायपालिका के मूल से बाहर मानते हैं। अभी भी कुछ पहाड़ी जातियाँ हैं, जो अपने निर्णय दिव्य साक्षियों पर करती हैं और उनमें विष आदि का प्रयोग चलता है। मध्ययुग में उन जातियों को भारतीय न्यायपालिका में स्थान मिल जाने पर उक्त विधि उनके लिए मानी गयी।[2] तथ्य कुछ भी हो इतना तो स्वीकार ही करना पड़ेगा कि दिव्य साक्षी दोनों पक्षों की सहमति एवं मनुष्य प्रमाणों के अभाव में ऐच्छिक प्रमाण थी। उसे कुछ लोग प्रमाण और दण्ड दोनों मानते हैं।

निर्णय

न्यायिक प्रक्रिया का चतुर्थ पाद सिद्धि या निर्णय है। प्रत्याकलित यदि एक पाद मान लिया जाय तो निर्णय पाद न होकर 'फल' हो जायगा।[3] लेकिन प्रायः धर्मशास्त्रों में निर्णय को चतुर्थ पाद माना है। साक्षी सम्पन्न हो जाने पर राजा या प्राड्विवाक वादी प्रतिवादी के जय पराजय का निर्णय सभ्यों की सहायता से करता है।[4] विमर्श के समय वादी प्रतिवादी को बाहर कर देना चाहिए।[5] चाहे पक्ष पराजित ही क्यों न हो, उसके प्रस्तुत प्रमाण स्वयं उनके विपक्ष में ही हों, किन्तु प्रक्रिया की सारी विधियाँ पूर्ण करनी ही पड़ेगी।[6] निर्णय के बाद विजयी पक्ष को जयपत्र देना चाहिए। पूर्वपक्ष, उत्तर पक्ष, साक्षी, साक्षियों की कसौटी, बहस, तर्क (Argument), आवश्यक स्मृति वचन, सभ्यों

---

१. याज्ञ० २।९९। पर मिताक्षरा।

2. Encyclopaedia of Religion and Ethics, Ordeal

३. व्य० प्र० पृ० ८६।

४. उक्तप्रकाररूपेण स्वमतस्थापिता क्रिया।
राजा परीक्ष्य सभ्यैश्च स्थाप्यौ जयपराजयौ॥ संग्रहकार उद्धृत स्मृ० चं० २।१२०।

५. पक्षानुत्सार्य तु सभ्यैः कार्यो विनिश्चयस्सदा। नारद० २।४२।

६. नारद० २।४१ और ४३।

के विचार, आदि जयपत्र में लिखना चाहिए और उस पर प्राड्विवाक का हस्ताक्षर एवं राजमुद्रा अंकित रहना आवश्यक है।[१] जजों के अतिरिक्त अन्य सदस्य भी जयपत्र पर हस्ताक्षर कर सकते हैं, जिससे उसकी सर्व मान्यता सिद्ध हो जाय।[२]

हीनवादी, जयपत्र और पश्चात्कार तीन निर्णय में होते हैं। पराजित पक्ष को हीनवादी कहते हैं। अनुपस्थिति, उत्तर न देने, अकारण विलम्ब, वदतो व्याघात (परस्पर असम्बद्ध वचन), पक्ष परिवर्तन आदि कारणों से पराजय होती है। हीनवादी को जुर्माना अदा करना पड़ता। बहुत से ऐसे विषय हैं, जिनके निर्णय पर हीनवादी पुनः अपील कर सकता था।[३] किन्तु प्रारम्भ के विधि ग्रन्थों से ऐसी सूची नहीं मिलती जिससे अपील करने और न करने योग्य विषयों का निर्धारण हो सके। नारद ने यह अन्तर स्पष्ट किया है।[४] व्याख्याकारों ने 'वादहानि' और 'अर्थहानि' पर विचार किया है। पराशर माधवीय[५] को कात्यायन[६] के सन्दर्भ में देखने पर स्पष्ट ज्ञात होता है कि हीनवादी को पुनर्वाद (अपील) का अधिकार है—(**हीनवादी दण्डेन पुनर्वादाधिकारः**)। किन्तु स्मृति चन्द्रिका ने यह अधिकार केवल फौजदारी के मामलों में माना है—(**मन्युः कृतविवादः**)। कात्यायन के **'हीनस्य गृह्यते वादः'** (२०८) और **'उद्धरः'** (**पुनर्व्यवहारः २०९**) दोनों में अपील की बात आती है। फौजदारी में स्वयं अपने बयान तथा बयान देने से हारे हुए पक्ष को 'पश्चात्कार' कहा जाता है।[६]

---

१. विशेष द्रष्टव्य : अपरार्क पृ० ६८४।; बृह० से० बु० ई० जिल्द ३३ पृ० ३०७।; कात्यायन २५९-२६५।; याज्ञ० २।९१ पर मिता०।; व्यास स्मृ० चं० २, पृ० ५७ पर उद्धृत।

२. याज्ञ० २।९१ मिता०।

३. कात्यायन २०८-२०९।

४. तुलनीय नारद० २।२४, २।२५, ३२, ३३ से और उन पर टीका।; द्रष्टव्य : से० बु० ई० ३३, पृ० ३१-३२।; धर्मकोश १, पृ० २०३-२०४।

५. परा० मा० धर्मकोश १।२०७ में उद्धृत कात्या० २६५।

६. निरस्तास्तु क्रिया यत्र प्रमाणेनैव वादिना।
पश्चात्कारो भवेत्तत्र न सर्वासु विधीयते॥ कात्या० स्मृ० चं० २। ५७-८ में उद्धृत।; घाताभियोगमप्रतिभुवस्तदहरेव पश्चात्कारः। कौटल्य० ३।१९।२४।

जयपत्र

डॉक्टर जॉली ने 'कलकत्ता वीक्ली नोट्स'[1] में एक जयपत्र का सारांश प्रकाशित किया था। निर्णय तिथि शक ८४९ (९२८ ई०) है। विवाद का विषय 'सुवर्ण' है। वादी को उचित समय पर प्रस्तुत न होने पर पराजय मिली। अन्त में ४ साक्षियों के हस्ताक्षर हैं। जयपत्र के समर्थन में मिथिला न्यायालय का एक जयपत्र (शक १७१६) स्वर्गीय काशीप्रसाद जायसवाल ने प्रस्तुत किया है।[2] एक दासी कन्या से सम्बद्ध विषय पर विवाद की प्रक्रिया आदि के विश्लेषण का भी प्रमाण मिलता है।[3] इसमें ध्यान देने की बात यह है कि वादी दिव्य प्रमाण प्रस्तुत करना चाहता है, किन्तु उसे इसका अवसर इस आधार पर नहीं दिया जाता कि 'मानुष-प्रमाण' के होते दिव्य प्रमाण की आवश्यकता नहीं। जयपत्र पर प्राड्विवाक का हस्ताक्षर है। सभ्यों को सम्बोधित कर लिखा गया है। उन्हें धर्माध्यक्ष और पण्डित कहा गया है। सभ्यों में सात ने अपनी सम्मति दी है जो पत्र के ऊपर अंकित है। इस प्रकार के मिथिला न्यायालय के ९ जयपत्रों का प्रकाशन बिहार एवं उड़ीसा रिसर्च सोसायटी ने किया है।[4]

यदि किसी कारण से विजयी पक्ष को जयपत्र[5] नहीं दिया जा सकता तो आवश्यकता पड़ने पर पूर्व निर्णय का प्रमाणीकरण प्रधान न्यायाधीश या राजा की साक्षी से हो सकता था। सभ्यों की साक्षी भी प्रामाणिकता के लिए पर्याप्त थी। छोटी अदालतों से कोई जयपत्र नहीं मिलता था।[6] इस अवस्था में निर्णय की प्रामाणिकता में उक्त प्रकार लिया जाता। कात्यायन के अनुसार निर्णय पर पूर्ण प्रक्रिया, साक्षियों के बयान के उल्लेख के साथ उस पर राजमुद्रा भी हो।[7] किन्तु कात्यायन के अनुसार यह निश्चित होता है कि छोटी अदालतों

---

1. 25 Calcutta Weekly Notes pp. CXLII-III.
   For the same Jayapatra—J.B.O.R.S. Vol. VII, pp. 117.
2. 24 Calcutta Weekly Notes,
3. J.B.O.R.S. Vol. VI, pp. 246-258.   4. Vol. 28, 1942.

५. काणे : हिस्ट्री आफ धर्मशास्त्र जिल्द ३ में जयपत्र के स्वरूप पर जायसवाल, जाली आदि के मतों का संकलन किया है। निष्कर्ष यह है कि जयपत्र में व्यवहार की उन सारी कार्यवाहियों का समावेश हो जाता है जिनके आधार पर निर्णय बिया जाता है।

६. व्यवहार निर्णय, पृ० ५३ (रंगस्वामी आयंगर संस्करण)।

७. कात्या० २५९-२६४।

से भी जयपत्र दिय जाते थे। २६१वें श्लोक में 'कुल' का उल्लेख है। पराजित पक्ष को 'हीनपत्रक' दिया जाता और वह उससे जुर्माना अदा करता था।

निर्णय का आधार

गौतम के अनुसार 'वेद, धर्मशास्त्र, अंग, पुराण एवं देश, जाति, कुल, धर्म तथा विशेष समुदायों के रीति-रिवाज के आधार पर न्याय होना चाहिए।' सभी विषयों की पूर्ण सूची सम्भव नहीं हो सकती। जिन विषयों के नियम का स्पष्ट उल्लेख न हो उसके लिए जनता 'परिषद्' अथवा कम से कम एक ब्राह्मण के निर्देश पर निर्णय प्राप्त कर सकती है। सत्य की प्राप्ति में 'तर्क' का महत्त्वपूर्ण स्थान है। मनु 'शाश्वत धर्म' को प्रमाण मानते हैं। जाति, जनपद, श्रेणी और कुल की व्यवस्था प्रस्तुत करते हुए याज्ञवल्क्य अन्तिम प्रमाण शास्त्रों को ही मानते हैं। किन्तु जहाँ स्मृति में विरोध हो, वहाँ न्याय का प्रमाण होता है। **'स्मृत्योर्विरोधे न्यायस्तु बलवान्'** इस वचन में विवेक एवं व्यक्तिगत निर्णय (Principle of equity) की मान्यता मिलती है।[1] निर्णय पर पहुँचने के लिए, 'युक्ति' एवं 'तर्क' के सिद्धान्त का स्पष्टीकरण गौतम ने प्रारम्भ में ही किया है। जब सत्य के साथ युक्ति का प्रयोग किया गया तो वहाँ उसका तात्पर्य अनुभव एवं सांसारिक ज्ञान रहा। बृहस्पति भी यही मानते हैं। उनके अनुसार "केवल शास्त्र के आधार पर निर्णय नहीं करना चाहिए। युक्तिहीन विचार से धर्म हानि ही सम्भव है।"

नारद मनु तथा याज्ञवल्क्य की व्यवस्था से विपरीत नहीं हैं। वे अर्थशास्त्र को भी आधार मानते हैं। इतना अवश्य है कि धर्मशास्त्र से विरोध होने पर अर्थशास्त्र की मान्यता उन्हें भी स्वीकार नहीं है। 'न्याय' के स्थान पर याज्ञवल्क्य ने 'युक्ति' शब्द का प्रयोग किया है **'युक्तियुक्तो विधिः स्मृतः'**। उनके अनुसार व्यवहार अधिक बलवान है—**'व्यवहारो हि बलवान् धर्मस्तेनावहीयते।'** असहाय के अनुसार नारद धर्मशास्त्र और लोक व्यवहार के विरोध की बात कह रहे हैं और लोक व्यवहार अधिक बलवान मान रहे हैं। व्यवहार-मातृका के अनुसार दो शास्त्रीय वचनों में विरोध होने पर लोक व्यवहार के समर्थक वचन का ही प्रामाण्य माना गया है। कल्पसूत्र ने 'युक्तियुक्त' का

---

1. परम्परावादी मान्यता से न्याय का समन्वय व्याख्या के प्रकार से करते हैं। वे उत्सर्ग-अपवाद, सामान्य-विशेष, सावकाश-निरवकाश, अर्थवाद और विकल्प आदि से तथ्य प्राप्त करना न्याय का तात्पर्य मानते हैं।

अर्थ 'प्रमाणयुक्त' किया है। नारदीय मनु संहिता के भाष्य में "दो शास्त्रीय वचनों में विरोध होने पर 'युक्ति' साक्षेप वचन ही प्रमाण" माना गया है। वरदाचार्य महोदय के अनुसार रीति-रिवाज और परम्परा का प्रमाण था किन्तु श्रुति-स्मृति के अनुकूल ही। बाद में उन्हें शास्त्र नियम के समान प्रमाण माना गया। नारद ने उन्हें शास्त्र वचनों से भी अधिक प्रमाण मानने का सिद्धान्त स्थिर किया। यह स्वाभाविक और तार्किक विकास है। अर्थशास्त्र इसे स्वीकार करता है।[1] इस प्रकार निर्णय के आधार मूलग्रन्थ, स्थानीय संगठन, विभिन्न जातियों के आचार, सदाचार आदि के साथ विवेक एवं व्यक्तिगत विवेक माने गये हैं।

उभय पक्ष प्रस्तुत होने पर शपथ-परीक्षा धर्म निर्णय है। दूसरा धर्म निर्णय दिव्य साक्षी से होता है। लेख्य प्रमाण एवं गवाहियों के प्रमाण से निर्णय व्यवहार है। चरित्र में आचार (usage) और अवसर साक्षी से निर्णय का ग्रहण किया गया है। शास्त्र सम्मत अथवा सभ्यों से परामर्श की गयी राजाज्ञा राजशासन है। बृहस्पति ने इनके साक्षेप सम्बन्ध पर भी प्रकाश डाला है। शपथ, दिव्य साक्षी, गवाही, परम्परा, रीतिरिवाज आदि राजा यदि स्वीकार नहीं कर पाता और निर्णय में इनकी अक्षमता रहती है तो वह अपना निर्णय प्रस्तुत कर सकता है। उसमें भी सभ्यों और शास्त्र का सम्बन्ध अपेक्षित है। स्पष्ट है कि यहाँ वाध्य वाधक भाव या अन्य सापेक्ष बलाबल का प्रश्न ही नहीं ह। परिस्थिति विशेष में ४ प्रकारों के माध्यम से निर्णय करना ही अपेक्षित है। कात्यायन ने भी राजाज्ञा को अन्तिम प्रमाण मानते हुए शास्त्रानुकूलता के साथ उसे सम्बद्ध कर दिया। यदि राजाज्ञा उसका उल्लंघन करेगी तो 'धर्म' का नाश हो जायगा—**अन्यथा वाधनं यत्र तत्र धर्मो विहन्यते।** आधुनिक विधिशास्त्रियों के लिए व्यास के वचन अधिक स्पष्ट होंगे। उन्होंने 'निर्णय साधन' (आधार) में विभाग किया है। प्रमाण, हेतु, चरित्र, शपथ, नृपाज्ञा, वादि सम्प्रतिपत्ति आदि आठ प्रकार निर्णय के साधन हैं। लिखित, साक्षी और भुक्ति तीन प्रकार के प्रमाण हैं। मनीषियों के तर्क अनुमान या हेतु हैं। देश के व्यवहार चरित्र हैं। अर्थ के अनुरूप शपथ होते हैं। इन सबके अभाव में राजाज्ञा ही मुख्य है। पितामह वचन से और स्पष्ट हो जाता है।[2]

---

1. Hindu Judicial System, pp. 127-28.
2. धर्मकोश १, पृ० १०६।; स्मृ० चं० २ पृ० २६।; व्यवहारसार पृ० ४३।; शुक्र० ४।५।२१।

पुनर्विचार (Review)

आधुनिक न्याय व्यवस्था में पराजित पक्ष अपने पक्ष का पुनरुद्घाटन (Reopening) प्रार्थना पत्र देकर कराता है, या निर्णय के विपरीत, न्याय की उपेक्षा सम्बन्धी आरोप लगाकर, दूसरा विवाद (Suit) उसी विषय पर प्रस्तुत कर देता है।[१] तृतीय स्थिति यह है कि बड़ी अदालत में अपील करता है। प्राचीन भारतीय पद्धति में उक्त सभी विधियाँ स्वीकृत थीं। व्यवहार का प्रयोग दो अर्थों में किया गया है। प्रथम में कृत्य सम्पादन (Transaction in Law) का भाव है। इसे ही कृत निवर्त्तन (किये हुए का निषेध) कहा गया है। जैसे वृद्ध, नाबालिग, रुग्ण, उन्मत्त आदि से सम्बद्ध निर्णय अप्रमाण माना जाता है।[२] यहाँ व्यवहार का तात्पर्य न्याय से विस्तृत दान, विक्रय आदि सम्पूर्ण क्रिया में प्रयुक्त होता है।[३] न्याय के सम्बन्ध में मनु ने कहा 'जो कुछ' 'तीरित' (शास्त्र व्यवस्था से निर्णीत) और अनुशिष्ट (दण्डपर्यन्तता को प्राप्त) है, उस पर राजा को पुनर्विचार न करना चाहिए। यदि सभ्य, प्राड्विवाक, अमात्य आदि ने अनुचित निर्णय किया है तो वह विषय राजा स्वयं देखकर उक्त अधिकारियों को दण्ड दे।[४] यदि असत्य साक्षियों पर निर्णय किया गया है तो वह सर्वथा अमान्य हो जायगा और पुनः नये सिरे से विवाद प्रारम्भ होगा।[५] प्रथम मनु वचन (९।२३४) से न्यायालय के प्रति आरोप का प्रमाण मिलता है।

वाद हानि के सम्बन्ध में मनु की अपेक्षा नारद ने विशेष स्पष्टीकरण किया है। उन्होंने 'अवसन्न' के ४ भाग और हीन के ४ प्रकार बताये हैं।[६] इस पर व्याख्या करते हुए असहाय ने उन विवादों में जिनका निर्णय अपूर्ण है और

---

१. इविडेन्स ऐक्ट ४४।

२. मनु० ८।१६३।; याज्ञ० २।३१।; कौटल्य० ३।१।

३. याज्ञ० २।३२ पर वीरमित्रोदय 'अत्र व्यवहारः न न्यायमात्रं किन्तु दान-विक्रया धमनादिरूपाः सर्वाः क्रियाः।"

४. मनु० ९।२३३ और २३४।
तीरित और अनुशिष्ट विवादास्पद शब्द हैं। इनके लिए द्रष्टव्य—व्यवहारप्रकाश पृ० ९०।; याज्ञ० २।३०६।; भूमिकाण्ड वैश्याध्याय श्लोक ११-१२।; नारद० २।६५।; वैजयन्ती कोश।; कात्या० ४९५।

५. मनु० ८।११७।

६. नारद० २।३२।

जिनकी अपील नहीं हो सकती, विभेद किया है। प्रथम प्रकार के विवाद में जयपत्र न देकर केवल हीनपत्र दिया जाता है। जयपत्र देने के बाद—यदि वह प्रतिवादी की अनुपस्थिति के कारण दिया गया है—भी यदि प्रतिवादी आ जाय तो पुनः 'व्यवहार दर्शन' करना चाहिए।[1] पक्ष अपने ही प्रमाणों से पराजित है तो उसके निर्णय पर पुनर्विचार नहीं होता। यदि न्यायालय, साक्षी या अन्य कारण, जो विचार पूर्ण हैं, से पराजय हो तो पुनर्विचार सम्भव है।[2] यदि पराजित पक्ष यह समझता है कि निर्णय पक्षपात पूर्ण हुआ है तो वह दुगुनी जमानत जमा कर पुनर्विचार करा सकता है।[3] प्रथम न्याय बल प्रयोग से किया गया है तो पुनर्विचार अपेक्षित है।[4] नाबालिग आदि तथा आवश्यक कार्य में व्यस्त की अनुपस्थिति में हुआ निर्णय पुनर्विचारणीय है[5]। राजा स्वयं कारण-विशेष से पुनर्विचार कर सकता है।[6]

अपील

प्रबल प्रमाण होते हुए भी, उसे प्रस्तुत करने में असमर्थता के कारण निर्बल प्रमाण प्रस्तुत करने से यदि पक्ष पराजित हो जाय और पुनः सबल प्रमाण उपलब्ध हो जाय तो पुनः विचार करना चाहिए। यदि कोई निर्णय श्रुति-स्मृति और समाज कल्याण के विपरीत हो गया है तो उस पर भी राजा पुनर्विचार कर सकता है। इस प्रकार राजा को पुनर्विचार के विशाल अधिकार प्राप्त थे। यदि झूठ गवाही प्रस्तुत कर पक्ष में निर्णय करा लिया गया है तो कूट साक्षी को दण्ड देकर पुनर्विचार करना चाहिए। सभ्यों के दोष से हुए गलत निर्णय से पराजित पक्ष की जो हानि हो, सभ्य उसे देने के लिए बाध्य हैं। सभ्यों के इस प्रकार के कार्य का समर्थन याज्ञवल्क्य भी करते हैं। लेकिन प्रतिकूल पुर्ननिणय होने पर पक्ष को दुगुना जुर्माना देना पड़ता।[7] तात्पर्य यह कि अका-

---

१. हानिनिमित्तं जयपत्रं दद्यात् एवं कृते यदि प्रतिवाद्यागच्छति पुनरपि व्यवहारदर्शनं कर्तव्यम्। कात्यायन १०० और १०१ पर व्यवहार निर्णय (रंग स्वामी संस्करण)।

२. नारद० २।४०।

३. नारद० १।६५।; कात्या० और वृहस्पति उद्धृत व्य० प्र० पृ० ९१।; याज्ञ० २।३०६।

४. याज्ञ० २।३१।

५. नारद० १।४३।; याज्ञ० २।३१-३२।

६. मिता० याज्ञ० २।३०६।

७. मनु० ८।११७।; याज्ञ० २।३०६।; नारद० १।६२-६२।; याज्ञ० २।४ और ३०५।; कात्यायन ८७।

रण निर्णय की अवहेलना न करनी चाहिए। यदि प्रार्थी दुगुना जमा करता है तो व्यवहार पुर्नविचारणीय हो जायगा। जुर्माने के लोभ से अपील का मार्ग सरल न कर देना चाहिए। लेकिन प्रार्थी पुर्नविचार की प्रार्थना प्रस्तुत करता तथा उसके नियम पूर्ण करता है तो व्यवहार पर पुर्नविचार अवश्य होना चाहिए।[१] कात्यायन पर टीका करते हुए विवाद चन्द्रिका ने विचार व्यक्त किया है कि प्रथम निर्णय प्रमाण पर आधारित नहीं है तो पुनः उसकी जाँच और विचार बिना दुगुने जमानत के ही होना चाहिए। नारद (१।५०) पर टीका करते हुए असहाय ने लिखा है कि बिना दुगुनी जमानत के केवल एक बार पुर्नविचार किया जा सकता है। पुनः पुनः उसी की आवृत्ति नहीं की जा सकती।[२] कात्यायन ने मनु (८।११७) की अपेक्षा अधिक व्यापक मत व्यक्त किया है।[३] यदि व्यक्ति अपनी साक्षियों की बेईमानी या न्यायाधीश के पक्षपात के कारण हार जाता है तो पक्ष पर पुर्नविचार करना पड़ता है। अपने ही द्वारा प्रस्तुत प्रमाण, व्यवहार तथा न्यायालय द्वारा अन्तिम रूप से निर्णीत न्याय अपुर्नविचार्य माना जाता है। पक्ष को हारा हुआ समझना पड़ता है।[४] नारद (१।६५) के विधान में उक्त तीन स्थितियाँ और नियम अपवाद हैं, जिनमें दुगुने जमानत जमा करने पर पुर्नविचार की बात स्वीकार की गयी है।

स्मृति चन्द्रिका के अनुसार "जिस सभा में राजा अध्यक्ष है, उसमें पुनर्न्याय में जुर्माना देना पड़ता। लेकिन जिनमें राजा अध्यक्ष नहीं है (गणराज्य की सभाएँ) में पुनर्न्याय बिना जुर्माना के हो जाता।" बृहस्पति के अनुसार "कुछ ब्राह्मणों की सहायता से विवाद का निर्णय राजा कर पूर्व सभा के विजयी पक्ष और सभ्यों को दण्ड दे, जो दोषी सिद्ध हों।" छोटी अदालतों द्वारा किये हुए निर्णय से सन्तोष न हो तो उसकी अपील राजा के यहाँ हो सकती है और राजा उस पर विचार कर उचित पक्ष की स्थापना कर सकता है।[५] याज्ञवल्क्य के अनुसार सभाओं में अपील की व्यवस्था यथाक्रम से है— कुल से श्रेणी, पुनः पूग और उसके बाद प्राड्विवाक की अदालत, अन्त में

---

१. मनु० ९।२३३ पर मन्वर्थमुक्तावली, स्मृति चन्द्रिका और विज्ञानेश्वर; धर्मकोश १, पृ० ५४९ पर नारद।

२. न पुनः पुनरणितान्येवापदृशेत्।

३. कात्या० २९५।

४. नारद० २४०-४१।; कात्या० २०८-२०९।

५. कुलादिभिर्निश्चितेऽपि न सन्तोषं गतस्तु यः।
विचार्य तत्कृतं राजा कुकृतं पुनरुद्धरेत्॥ कात्या० ४९६।

राजा की सभा। लेकिन विश्वरूप ने याज्ञवल्क्य पर व्याख्या प्रस्तुत करते हुए लिखा है कि प्रत्येक अदालत से सीधे राजा की अदालत में अपील का अधिकार न्यायार्थियों को है। व्यवहार निर्णय ने पितामह का वचन उद्धृत करते हुए लिखा है कि न्यायालयों में अपील का कुछ क्रम यथोत्तर ही है। उनकी अपील राजा की सभा तक हो सकती थी।[1] इसमें यह निश्चय नहीं हो पाता कि अपील के लिए दुगुनी जमानत भी अपेक्षित है या नहीं।

नारद के एक वचन के अनुसार "यदि अन्य प्रशासक राजा अज्ञान वश अयुक्त निर्णय करता है, तो उसे भी अन्याय विहित मानकर उसका पुनर्न्याय करना चाहिए।"[2] लेकिन इस स्थान पर प्रान्तीय प्रशासक या राज सहायक द्वारा किये निर्णय की स्थिति व्यक्त की गयी है। पितामह के अनुसार राजा द्वारा भला या बुरा जो भी निर्णय हो जाय, उस पर पुनर्विचार नहीं किया जा सकता। स्मृति चन्द्रिका के अनुसार पितामह का तात्पर्य उस स्थिति से है जहाँ न तो उच्च राजा है, न राजसभा। नारद वचन के आधार पर व्यवहार मातृका ने लिखा है "स्वयं या अन्य नृपति से शास्त्र के प्रतिकूल निर्णय हो जाने पर शास्त्र मार्ग से उस पर पुनर्विचार किया जाना चाहिए।" लेकिन यह स्पष्ट नहीं होता कि राजा के निर्णय के बाद पुनर्विचार के लिए कहाँ स्थान था? सम्भवतः इस स्थिति में परिषद् या पुनः स्वयं राजा द्वारा न्याय पर विचार किया जाता। इतना तो स्पष्ट है कि 'शास्त्र मार्ग' शब्द के प्रयोग से राजा से ऊपर विधि की शक्ति निर्णय में सिद्ध ही हो रही है।

इस प्रकार स्पष्ट है कि पुनर्न्याय के सभी सम्भावित मार्ग की व्यवस्था की गयी है, जिससे न्यायपालिका निर्दोष रूप में कार्य कर सके। अपील का अन्तिम स्थान राजा माना गया। फलतः 'राजसभा' की स्थापना की स्थिति दिखायी पड़ती है। लेकिन राजा के निर्णय पर भी असन्तोष और पुनर्न्याय की स्थापना की गयी। राजा अपनी स्वार्थ सिद्धि के लिए संविधान से परे किसी स्वतन्त्र सभा की स्थापना नहीं कर सकता था।

---

१. कुलादिभिः कृतं कार्यं विचार्य यथोत्तरम्।
असन्तुष्टस्य कर्तव्यं यावद्राज्ञा कृतं भवेत्॥ व्य० निर्ण० पृ० १५।

२. न्यायापेतं यदन्येन राज्ञा ज्ञानकृतं भवेत्।
तदप्यन्यायविहितं पुनर्न्याये निवेशयेत्॥
कात्या० २९५ द्वारा उल्लिखित (काणे संस्करण में यह वचन नहीं है)।

कार्यान्वयन

प्रक्रिया के विवेचन से स्पष्ट है कि व्यक्ति की न्यायिक स्वतन्त्रता की सर्व-विधि सुरक्षा की गयी है। न्याय वर्ग-विशेष, समाज-विशेष एवं सम्पत्तिवानों से अप्रभावित है। विधि की समानता नहीं है किन्तु न्याय पाने एवं न्यायालय की समानता है। न्यायाधीश यदि इस सिद्धान्त से विपरीत जाते हैं तो उनके लिए दण्ड की व्यवस्था है।[१] उनके निरीक्षण के लिए कौटल्य ने विशेष कर्मचारियों की व्यवस्था की। कर्मचारियों के कारण होनेवाली क्षति की सूचना प्राप्त करने के लिए स्वतन्त्र विभाग और उन्हें दण्ड देने के लिए स्वतन्त्र न्यायालय की व्यवस्था की गयी। इसके साथ जनता की इस प्रकार की क्षति का प्रतिफल राज्य देता है।[२] कर्मचारियों को आक्षेप के स्पष्टीकरण के लिए पूर्ण सुविधा है।[३] इस प्रकार के अधिकार चोरी की सम्पत्ति रखने, दबाव से साक्षी प्रस्तुत करने आदि में है। अपराधियों की अवसर-साक्ष्य की व्यवस्था, प्रतारण से अपराध स्वीकृति आदि की व्यवस्था निर्दोष प्रक्रिया और उसके कार्यान्वयन के प्रमाण हैं। तथाकथित चोरी का अभियुक्त यदि यह सिद्ध कर पाता कि उसपर अपराध पूर्वशत्रुतावश लगाया गया है तो वह अपराध मुक्त हो जाता है।[४] अपराध घटित होने के तीन दिन बाद 'शंकित' व्यक्ति गिरफ्तार नहीं किया जा सकता। इसके साथ ही यदि उसके सम्बंध में अत्यन्त दृढ़ तथ्य नहीं प्राप्त होते तो उससे इस सम्बन्ध में प्रश्न भी नहीं किये जा सकते।[५] स्पष्ट है कि कार्यपालिका शंका पर किसी व्यक्ति के मूलाधिकार पर आघात नहीं कर सकती।[६] नागरिक तभी गिरफ्तार हो सकते हैं जब उनके अपराध सिद्ध हों। अपराध के कारण प्रस्तुत किये बिना उन्हें गिरफ्तार करनेवाला कार्यपालिका का कर्मचारी (बन्धनागाराध्यक्ष) दण्डित होता था।[७]

न्यायपालिका के साथ कार्यपालिका की स्थापना तथा विकास के आधुनिक रूप की उपलब्धि प्रारम्भिक वैदिक काल में पूर्ण रूप से नहीं थी। निर्णय की घोषणा के बाद कार्यान्वयन के सभी अंगों और प्रकारों का सुव्यवस्थित वर्णन

---

१. मनु० ८।४३१; ८।१६-६८।; ९।२३४।

२. अर्थशास्त्र २।८।६७।

३. अर्थशास्त्र ४।६।२१६।

४. अर्थशास्त्र ४।८।२२०।

५. वही।

६. Saletore : op. cit. p. 263.

७. अर्थशास्त्र ४।९।

नहीं मिलता। निर्णय के साथ 'दाप्य' और दापयेत्' दो शब्दों का प्रयोग पाया जाता है जिनसे दिलानेवाले किसी अन्य शक्तिसम्पन्न संघटन का अस्तित्व ज्ञात होता है। 'विजयी पक्ष को उसकी माँग पूर्ण कराकर उसे सत्कार पूर्वक विदा करे' यह उल्लेख मिलता है।[1] लेकिन ऐसा किस प्रकार सम्भव हो, इसका स्पष्टीकरण नहीं होता। अन्यत्र प्रस्तुत कात्यायन के विचार से परिलक्षित होता है कि राजा का कर्तव्य था कि वह विजयी पक्ष को उसका ऋण दिलाने के लिए सर्वसम्भव प्रयास करे।[2] ऋणदाता पर ही यह निर्भर नहीं करता कि वह अपना ऋण प्राप्त करने का प्रकार भी उपयोग में लाये। यह प्रकार राजा से सम्बद्ध है।[3] याज्ञवल्क्य के द्वितीय अध्याय में (४३वें श्लोक में) 'कारयेत्' (जब यह श्लोक ४२वें से सम्बद्ध कर दिया जाय) प्रयोग 'णिजन्त' है। यहाँ ऋणदाता का अधिकार ऋणी पर सूचित होता है। ऋणी ऋणदाता के यहाँ भी जाकर कार्य कर ऋण चुकाने के लिए बाध्य हो सकता है। मनु (८।४९।) पर भाष्य करते हुए मेधातिथि ने ऋणदाता के अधिकार का समर्थन किया है—**राजा निगृह्य च प्रपीड्य दापयति।**

लेकिन ऋण वसूल करने में ऋणदाता के ऊपर भी प्रतिबन्ध है। ऋणी एवं ऋणदाता दोनों को सुविधाएँ दी गयी हैं। व्यापारी को सुविधा है कि वह व्यापार के बाद ऋण चुकाये, इसी प्रकार कृषक कृषि के बाद। ऋणी यदि यज्ञ, विवाह आदि में संलग्न है तो उसे इस बात की पूर्ण स्वतन्त्रता है कि वह अपना कार्य पूरा करने के बाद ऋण चुकाये।[4] जुर्माना वसूल करते समय ऐसी वस्तुओं का नीलाम या ग्रहण नहीं हो सकता जिनसे उनकी जीविका चल रही हो, जैसे कलाकार के औजार, कृषक के पशु आदि।[5] इस प्रकार ऋण के सम्बन्ध में भी विधि 'अपने हाथ' में देकर ऋणदाता को यह सुविधा नहीं दी गयी कि ऋणी के ऊपर वह 'स्वेच्छा' से प्रभुत्व स्थापित कर ले। यह विषय राज्य की कार्यपालिका की सीमा में था। जमानत के सम्बन्ध में

---

1. सिद्धेनार्थेन संयोज्यः वादी सत्कारपूर्वकम्। कात्या० २६२।
2. कात्या० ४७७-४८०।
3. राज्ञा दापने च प्रकारा दर्शिताः। याज्ञ० २।४३। पर मिताक्षरा।
4. वणिग्विक्रीतपण्यस्तु सस्ये जाते कृषीबलः। सत्रोद्वाहोद्यताश्चैव दापनीयाः कृतक्रियाः।
5. शंखलिखित, धर्मकोश, १, पृ० ५७२।

भी कार्यपालिका के नियम थे। दो पक्षों से जमानत जमा करा ली जाती थी। आवश्यकता पड़ने पर जमानत, विधि के अनुसार, जब्त की जा सकती थी। लेकिन यदि जब्त करने की आवश्यकता न पड़ी तो निर्णय के बाद दोनों पक्षों को लौटा दी जाती।[१] इसकी व्याख्या में मिताक्षरा ने लिखा है—"न्यायालय से हुआ जुर्माना चुकता करने में समर्थ को चुकता करना चाहिए।" 'समर्थ' से तात्पर्य है, 'बिना कठिनाई के अनायास ही।[२] यदि निर्णय-झटिति—तत्काल हो रहा है तो जमानत की आवश्यकता नहीं है। जो पक्ष जमानत नहीं जमा कर पाता, उसे जेल भेजा जा सकता है। प्राड्विवाक वादी से प्रतिवादी के उपस्थित होने के लिए जमानत जमा करा लेता था।[३] विवादपूर्ण सम्पत्ति चल या अचल जो कुछ न्यायाधीश के संरक्षण में हो निर्णय होने पर उसे विजयी पक्ष को दे देना चाहिए।[४]

जमानत या जायदाद जब्त करने की शक्ति छोटी अदालतों में भी थी और यह अधिकार उन्हें आवश्यकता पड़ने पर राज्य द्वारा मिलता था। इस सिद्धान्त का प्रतिपादन राजा के व्यवहार में राजा को सभी अदालतों के लिए उपलक्षण मानकर किया गया है। इनमें छोटी अदालतें भी आ जाती हैं। अल्तेकर ने भी याज्ञवल्क्य (२।३) के आधार पर 'राजस्वीकृत' अदालतों का निरूपण किया है। वरदाचार्य महोदय विज्ञानेश्वर के भाष्य, नारद, बृहस्पति और कात्यायन के वचन के आधार पर यह पक्ष विचारणीय मानते हैं। उनके अनुसार अल्तेकर ने कुल, श्रेणी, पूग के लिए जो श्लोक उद्धृत किया है वे महत्त्वपूर्ण हैं। उसका आधा अंश उन अदालतों के लिए नहीं अपितु सामान्य नियम के रूप में है। उनके अनुसार **तद्राज्ञाप्यनुमन्तव्यं निस्सृष्टार्था हि ते स्मृताः** वचन से स्पष्ट नहीं होता कि श्रेणी, पूग, कुल की अदालतें 'राजा द्वारा अधिकार प्राप्त हैं या शास्त्र द्वारा?' अपरार्क ने **अनुज्ञातकार्याः** का अर्थ **संदिष्टकार्याः** णिजन्त करके छोड़ दिया। 'किसके द्वारा' प्रश्न ज्यों का

---

१. समर्थाः कार्यनिर्णयम्। याज्ञ० २।१०।

२. साधितधनदण्डधनयोरनायासेन प्राप्तिः कार्यनिर्णयः। स्मृ० चं०।

३. प्रतिभूश्च गृहीतव्यः प्राड्विवाकेन कार्यिणः। प्रत्यार्थिनि सभायाते समुपस्थापनक्षमः। कात्यायन धर्मकोश १, पृ० २१८। यह श्लोक काणे संस्करण में नहीं है।

४. कात्या० १२० के साथ नारद १५ पृ० २३५।; से० बु० ई० ३३ पठनीय।

त्यों बना रहा।[१] लेकिन इतना तो निश्चित ही है कि वे अदालतें शक्ति-सम्पन्न थीं। उनका सम्बन्ध न्यायालयों के क्रम में प्रारम्भिक और स्थानीय था। उनके निर्णय राजा द्वारा मान्य थे। जहाँ तक शास्त्र द्वारा प्रदत्त शक्ति का प्रश्न है भारतीय दण्डविधान के अनुसार स्वयं राजा भी जब शास्त्र द्वारा ही शक्ति पाता है तो यदि अदालतें भी उनसे अधिकार सम्पन्न थीं तो मूलोदेश्य में कोई मतभेद नहीं रहा। उनके निर्णयों के कार्यान्वयन का उत्तरदायित्व राज्य पर था।

आत्मरक्षा

व्यक्ति को अपनी तथा सम्पत्ति की रक्षा के लिए स्वयं प्रयत्न करने की विधि पायी जाती है। परस्त्री एवं परद्रव्य आदि के अपहरण के समय उसकी मुक्ति के लिए सर्वसम्भव प्रयास वैध माना गया। प्राण संशय होने पर ब्राह्मण भी शस्त्र ग्रहण कर सकता है।[२] ब्राह्मण, गाय और धर्म की रक्षा में ब्राह्मण और वैश्य भी शस्त्र ग्रहण कर सकते हैं।[३] स्त्री, ब्राह्मण, देश, धर्म, दुर्बल की रक्षा में वध भी हो जाय तो वह दोष और अवैध नहीं है।[४] याज्ञवल्क्य ने इसकी व्याख्या इस रूप में की है कि उक्त नियम तभी क्रियान्वित किय जा सकते हैं जब उनकी व्यवस्था राजा द्वारा न हो सके। पाप के लिए उद्यत के वध में दोष नहीं है किन्तु उनके प्रयास के समय ही उन्हें पकड़ लेना चाहिए न कि उनका वध करना चाहिए।[५] आततायी यदि कर्म से विरत किया जा सके तो उसके लिए प्रयास आवश्यक है। असफलता मिलने पर ही वध की बात आती है। यदि सामान्य घाव कर देने से ही पाप विरत हो सकते हैं और ऐसा न कर उनका वध कर दिया जाता है तो उसके लिए दण्ड भुगतना पड़ता है।[६]

---

१. हिन्दू जूडिशियल सिस्टम, पृ० २११।

२. प्राणसंशये ब्राह्मणोऽपि शस्त्रमाददीत्। गौ० ७।२५।

३. गवार्थे ब्राह्मणार्थे वा वर्णानां वापि संकरे।
गृह्णीयातां विप्रविशौ शस्त्रं धर्मव्यपेक्षया॥ गौ० ध० सू० २।२।८०।; मनु० ८।३४८।

४. याज्ञ० २।२८६। और उस पर मिताक्षरा।

५. उद्यतानां तु पापानां हन्तुर्दोषो न विद्यते। निवृत्तास्तु यदारम्भाद् ग्रहणं न वधः स्मृतः॥ कात्या० ८०० उद्धृत स्मृ० चं० २, पृ० ३१५।

६. अपरार्क पृ० १०४३, तुलनीय इंडियन पेनल कोड, सेक्शन ९९-१०५।

मेधातिथि इससे सहमत नहीं है। उनके अनुसार इसका कोई आधार नहीं कि घाव के बाद वह विरत हो जायगा। अतएव उस अवसर पर यदि वध हो जाता है तो वह दण्ड्य और प्रायश्चित्त के योग्य नहीं माना जायगा। पशुओं के साथ भी इस प्रकार व्यवहार किया जा सकता है।[१]

विधि-स्वायत्तीकरण की सीमा

प्रारम्भ में व्यक्ति अथवा सामाजिक संघटन अपराध के लिए दण्ड विधान कर लेते थे। बहुत से समाजों में प्रतीकारात्मक प्रवृत्ति से बद्ध व्यक्ति स्वयं बदले के रूप में अपराधी को दण्ड दे देता था। किन्तु राज्य शक्ति के विकास के साथ ही इस प्रवृत्ति और व्यवस्था का लोप होने लगा। प्राचीन भारत में सामान्यतया व्यक्ति को स्वयं निर्णय और कार्यान्वियन का अधिकार नहीं था। ऋणदाता को ऐसे अधिकार प्राप्त थे। लेकिन उन पर नियन्त्रण भी थे जिससे असामान्य स्थिति और व्यक्ति के साथ ही वे ऐसा कर सकते थे।[२] रजस्वला अवस्था में स्त्री भी स्पर्श करने पर दण्डित होती और इसके लिए व्यक्ति स्वयं दण्ड दे सकता था।[३] अन्त्यज यदि उच्च वर्ण के लोगों को अपमानित करे तो उसे वे स्वयं दण्ड दे सकते थे।[४] बृहस्पति के अनुसार निम्न जाति का व्यक्ति यदि उच्च जाति को गाली आदि के द्वारा अपमानित करता है और इस पर पीट दिया जाता है तो इसके लिए राज्य द्वारा उच्च जाति के लोगों को दण्ड नहीं दिया जा सकता।[५] इसका कारण नरेशचन्द्र सेन गुप्त के अनुसार अन्त्यज को धर्मशास्त्रों की विधि से परे होना है।[६] यह मत कुछ अंश तक सामाजिक सम्बन्ध में सत्य हो सकता है किन्तु न्यायिक प्रशासन में उपयुक्त नहीं है। वस्तुतः इस व्यवस्था में वर्गीय विषमता ही हेतु है। बृहस्पति ने गाली के बदले गाली और मारपीट के बदले में मारपीट का अधिकार व्यक्ति को दिया है। इस अंश में व्यक्ति अपने हाथों में विधि ले सकता है।[७] काम के लिए हुए समझौते को इनकार करते समय शक्ति प्रयोग से श्रमिक से काम लिया जा सकता है। इसमें राज्य हस्तक्षेप नहीं कर सकता था।[८] किन्तु ऐसा करते

---

१. कात्या० ८०५ उद्धृत स्मृ० चं० २, पृ० ३१६।

२. मनु० ८।४८।; ३८।५०; वि० ६।१९।; याज्ञ० २।४०।

३. विष्णु० ५।१०५।

४. नारद० १५-१६।

५. बृहस्पति २१।१४।

६. of cit. P. 96.

७. बृहस्पति २१।४।

८. बृ० १६।१६।

समय भी राज्य को सूचना देनी पड़ती जिसमें दण्ड के आधार उल्लिखित हों।[1] इस प्रकार सामान्य रूप से व्यक्ति अपने हाथ में विधि को नहीं ले सकता था।

इन अपवादों के अतिरिक्त भारतीय न्यायपालिका में कार्यान्वियन की व्यवस्था कार्यपालिका के माध्यम से की जाती है। कार्यान्वियन के प्रकार निश्चित हैं जिसकी व्याख्या कार्यपालिका के स्थान पर न्यायपालिका करती है। प्रशासन का प्रधान राजा स्वयं विधि की सीमा में है। कार्यान्वियन के माध्यम से व्यक्ति अपने अधिकारों की रक्षा कर पाता है। किसी भी व्यक्ति पर कार्यान्वियन के सम्बन्ध में विधि के अतिरिक्त स्वयं की इच्छा से कोई अधिकार नहीं था। उक्त अवसरों पर अपने हाथ में विधि लेने के स्थान पर कहा जा सकता है कि ऐसे व्यवहार विधि के निर्देशन में सम्पन्न हो सकते हैं। इस प्रकार हम देखते हैं कि न्यायपालिका के निर्णय के कार्यान्वियन के लिए राज्य की कार्यपालिका शक्ति सुव्यवस्थित एवं संगठित है। फलतः व्यक्ति एवं समाज के अधिकारों की रक्षा हो पायी।

●

---

१. नारद० पृ० ५६।

अध्याय १०

विधि की सम्प्रभुता

प्रारम्भिक वैदिक समाज के बहुलवादी संगठन से सम्प्रभुता का विकास जिस रूप में हुआ उसमें वह केन्द्रित नहीं हो पायी। 'सार्वभौम' विधि एवं 'सार्वभौम भाषा' ने 'सार्वभौम धर्म' का स्वरूप तो प्रस्तुत किया किन्तु इससे 'सार्वभौम राज्य' का रूप विकसित नहीं हो पाया। स्थानीय संगठन, सदाचार, परम्परा, सामाजिक वर्ग और उनकी विधियाँ, धर्मपरिषदें, विकेन्द्रित राजनीतिक इकाइयों आदि से सम्प्रभुता विभक्त हो गयी। कहीं भी सम्प्रभुता राजनीतिक एवं विधीय व्यवस्था के शीर्ष पर अबाध रूप में नहीं हो पायी। लेकिन इस स्थिति से 'राष्ट्रराज्य' या 'केन्द्रित राजतन्त्र' का विकास नहीं हुआ। राजा ने कभी अपनी 'शक्ति' एवं 'अधिकार' का न तो सीमा विभाजन करना चाहा और न तो इसके लिए संघर्ष ही किया। उसका राजत्व, कर संग्रह का अधिकार, देवत्व, दाण्डिक विमुक्तियाँ, सम्पत्ति-स्वामित्व आदि अधिकार उसे समाज ने दिया, वे उसके संघर्ष या शक्ति विकास के परिणाम नहीं हैं। फलतः ऐसे अधिकार राज्य की सम्प्रभुता नहीं समाज एवं विधि की सम्प्रभुता के पूरक थे। इनके विपरीत राजत्व ही समाप्त हो सकता था।[1]

व्यक्ति एवं समुदाय

राज्य की सीमा में ही कुछ सामाजिक वर्ग, समुदाय, विधि, परम्परा, विवाद एवं संघटन थे जो राज्य की शक्ति से परे थे। वस्तुस्थिति तो यह है कि समाज शक्ति का स्रोत है, राज्य उसका साधन। ऐसे सामाजिक संगठन थे जिनके लिए सुरक्षा के अतिरिक्त राज्य की आवश्यकता ही नहीं थी। शक्ति के सम्बन्ध में राजा समाज का अन्यतम केन्द्र कभी नहीं बन पाया। ब्राह्मण-काल में राजत्व का रूप स्पष्ट होता है लेकिन सामाजिक स्वीकृति के साथ राज-तन्त्र के विकास में संगठन, एकसूत्रता एवं राष्ट्रीयता के विकास की प्रक्रिया में

१. प्रस्तुत प्रबन्ध के 'न्यायिक प्रशासन' में उपशीर्षक 'राजत्व का स्तर'।

उक्त शक्तियाँ निर्मूल इसलिए नहीं हुईं कि राजा को विधीय अधिकार नहीं था। विधि एवं सदाचार राजेच्छा या आज्ञा पर कभी संहिताबद्ध नहीं हुए। विधीय एवं राजनीतिक सम्प्रभुता में विभाग[1] की समस्या इसलिए नहीं प्रस्तुत होती कि 'विधि निर्माण' के स्थान पर 'विधि के कार्यान्वयन' का प्रश्न था। 'संसद, निर्वाचक, राष्ट्र आदि में सम्प्रभुता' कहाँ है,[2] की समस्या नहीं आती। बोदां की असंगतिपूर्ण सम्प्रभुता की व्याख्या हमें यहाँ नहीं प्राप्त होती। फलतः 'सर्वोच्च' राजा नहीं 'विधि नियन्त्रित' राजा राज्य का 'प्रतिनिधि' नहीं एक 'अंग' हुआ। स्पष्ट है कि 'अंग' राज्य की सर्वोच्च शक्ति नहीं व्यक्त करते। अंगों के रूप में सामाजिकविधि का कार्यान्वयन एवं उसके आधार पर सरकार का संगठन होता है। राज्य के अंग विधि के दास हैं। विधि के आधार पर ही सभी अंग राज्य के 'व्यक्तित्व' का रूप प्रस्तुत कर पाते हैं। अतएव प्रशासन में राज्य 'सर्वोच्च' बनाया जाता है। राजनीतिक शक्ति 'वैयक्तिक' नहीं है। 'विधि शासन' के तीन तत्त्वों में संसद् (राजनीतिक संस्था) को 'सर्वोच्च' स्थान[3] देनेवाले डायसी की उक्ति 'ब्रिटिश जनता केवल विधि से शासित है'[4] में असंगति की 'आशंका' हो सकती है लेकिन भारतीय 'केवल विधि से शासित' थे यह निःसन्दिग्ध है। गणों में यह स्थिति अत्यन्त स्पष्ट हो जाती है। कोई भी व्यवस्था हो व्यक्ति सामाजिकविधि का अंग रहा है और कार्यपालिका विधि की सहायक। यही विधि की सम्प्रभुता है।

भारत में व्यक्ति के व्यक्तित्व का निर्माण परम्परा, संस्कार, वर्ण, वर्ग, धार्मिकविधि, सामाजिक आदर्श और आर्थिक संगठनों से होता है। वह इन विभिन्न शक्तियों के प्रति उत्तरदायी होता है। राज्य भी सामूहिक इच्छा का अभिव्यक्त संगठन है। व्यक्ति उसके भी प्रति उत्तरदायी है किन्तु अन्यतम रूप में नहीं; बल्कि विभिन्न उत्तरदायित्वों के वातावरण में सहायता एवं सुरक्षा के लिए राज्य की जितने अंश में आवश्यकता है।[5] इसमें राज्य की 'अभूतपूर्वता' का कोई आधार नहीं है। ऐसी विशेषता मात्रात्मक भेद से

---

1. Diecy : Law of the Constitution, p. 425 (Ed. 8)
2. Laski : Introduction ; The Modern Idea of the State, p. XXII
3. op. cit. pp. 183-84.
4. op. cit. p. 198.
५. धर्मार्थकामफलाय राज्याय नमः। नीतिवाक्यामृतम् पृ० ७।

सभी संगठनों में रहती है।[1] भारत में चर्च जैसी धार्मिक संगठन नहीं थे किन्तु संगठनों के उक्त स्वरूप क्रियाशील रहे हैं, जिनमें धार्मिक, सामाजिक एवं आर्थिक शक्तियाँ विद्यमान थीं। उनमें ऐसी शक्तियाँ थी, जिनका न तो राज्य निर्माण करता था और न उन्हें ले सकता था। इसका तात्पर्य यह नहीं था कि ऐसे अधिकार केवल 'नैतिक सुविधा' मात्र थे, वस्तुतः वे विधीय अधिकार थे जिनकी पूर्ति के लिए राज्य की 'उत्पत्ति' हुई।

प्रश्न यह है कि यदि विधि सम्प्रभु है, स्वयं शक्तिसम्पन्न है तो उसमें कार्यान्वयन सापेक्षता क्यों आती है? इस प्रश्न के समाधान में हमें समाज की व्याख्या एवं स्वरूप की ओर जाना होगा। समाज व्यक्तित्वों के निर्माण का आधार, पर्यवेक्षण एवं निर्देशन प्रस्तुत करता है। यहाँ राजनीतिक सम्प्रभुता के बिना भी कार्यान्वयन की शक्ति स्वयं समाज से व्यक्त होती है। राज्य की सम्प्रभुता माननेवाले भी 'लोकप्रिय' (Popular) एवं 'जनसम्मति' आदि विशेषण लगाते हैं। ऐसे विशेषण 'सम्प्रभुता' के साथ या तो निरर्थक हैं या बन्धन। फलतः व्यक्ति के अधिकारों और राज्य की सीमा का दूसरा प्रश्न सामने आ जाता है; क्योंकि समाज अपनी आन्तरिक शक्ति (व्यक्तियों) को राज्य-बन्धन में न प्रस्तुत कर 'लोकप्रिय' एवं 'जनस्वीकृति' के माध्यम से उसकी सीमा निर्धारण करता है। व्यक्ति के अधिकार और कर्तव्य का निर्देशन विधि से होता है न कि राज्य से। व्यक्ति अपने अधिकारों का कर्तव्यों में पर्यवसान विधि एवं उसके स्रोत समाज के लिए करेगा, राज्य के लिए नहीं। अधिकार एवं कर्तव्यों का परस्पर समर्पण और अन्योन्याश्रय व्यक्ति एवं व्यक्ति या अधिक से अधिक समाज के साथ हो सकता है; राज्य के साथ कथमपि न होगा। व्यक्ति के अधिकारों की समाज-स्वीकृति मिलने पर राज्य उन्हें अस्वीकार नहीं कर सकता। इसका परिणाम यह भी होता है कि राज्य, उसके घटक एवं विभाग में शक्ति 'विधीय उत्तरदायित्व' से आती है। समाज व्यक्ति की इच्छा (Will) का संग्रह है और विधि उसके चित्रण का माध्यम।

विधि का उद्देश्य हितों की स्थापना एवं अधिकारों की सुरक्षा है। अधिकार विषयगत हैं और हित वस्तुगत, अतएव एकांगी होते हैं। हित अनुभव मात्र नहीं हैं, उनके लिए कोई न कोई वस्तु आवश्यक होती है, जिसका अनुभव

---

1. John Figgis: Church in Modern State.
Herold J. Laski: The Problem of Sovereignty. Authority in Modern State.

हो। एक समुदाय या संगठन में हित का तात्पर्य है, उनके उद्देश्यों में भाग लेना। इस स्थिति म व्यक्ति अपना हित साधन वातावरण के परिवेश में कर पाता है। लेकिन इसका तात्पर्य यह नहीं कि व्यक्ति समुदाय का 'पुर्जा' मात्र है। समुदाय की शक्ति, सदस्यों का 'हित' किस अंश तक सम्पन्न कर पाता है, के निर्धारण में है। यही हितों का 'मूल्यांकन' है। यह 'मूल्यांकन' (Evaluation) व्यक्ति की अपेक्षा समुदाय, जिसमें व्यक्ति अपने हित की स्थापना पाता है, पर अधिक बल देता है। इसमें व्यक्ति अपने कुछ हितों पर प्रतिबन्ध एवं उनका त्याग भी स्वीकार करता है। इस प्रकार के मूल्यांकन के अभाव में व्यक्ति एवं समुदाय में परस्पर हित संघर्ष हो जाता है। यह भी सत्य है कि इस प्रकार का मूल्यांकन व्यक्ति करता है लेकिन इसमें वह 'मूल' एवं 'सहयोगी' हितों का निश्चय समुदाय को ध्यान में रख कर करता है। 'मूल्यों' के विभिन्न स्तर होते हैं किन्तु उनमें आत्मप्रेरणा (Intution) जैसी कोई बात नहीं है। निर्णय में तुलना एवं बिलगाव (Detect) के सम्बन्ध लगे रहते हैं। यह ज्ञान एवं मूल्यों के स्थिर ढांचे में ही सम्भव है। फलतः व्यक्ति मूल्यों के स्तर निर्धारण में 'वैयक्तिक' हित को मुख्यता नहीं दे सकता क्योंकि उन्हें वह सामाजिक परम्परा (Heritage) और समुदायों के साथ प्राप्त करता है।

स्पष्ट है कि हितों के स्थायी मूल्यांकन में सामाजिक संस्थाएँ महत्त्वपूर्ण सम्बन्ध स्थापित करती हैं। ऐसे संगठन सामान्य हित की सुरक्षा के साधन प्रस्तुत करने के साथ ऐसे मूल्यों की स्थापना करते हैं। जिनमें मूल्यों का सापेक्ष महत्त्व बना रहे। राजनीतिक समुदायों में विभागों के संगठन से यह तथ्य स्पष्ट होता है। लॉस्की ने इस तथ्य के स्पष्टीकरण के लिए न्यायिक प्रक्रिया का उदाहरण दिया है। जिसमें व्यवहार विधि में सापेक्ष संगति उपलब्ध हो जाती है किन्तु अपराध विधि में समन्वय नहीं निर्मूलन का प्रयास होता है। यह समस्या जब समुदाय के साथ आती है तो वह सामान्य हित की स्थापना में समन्वय एवं उन्मूलन में शान्ति पूर्ण प्रयासों के साथ उन निश्चित हितों को स्वीकार करेगा जो संगठित सत्ता से समर्थन प्राप्त करते हैं। न्यायिक प्रशासन के लिए प्रोफेसर डिग्वी इसे ही 'जनसेवा' कहते हैं। यहाँ समुदाय असंगतियों में ताल मेल बैठाने के साथ ऐसे साधन स्वीकार करता है जिनसे सामान्य हित की सुरक्षा हो। इस स्थिति में विधि और नैतिकता में अन्तर बहुत कम रह जाता है। अधिक से अधिक इतना ही कहा जा सकता है कि नैतिकता का सीधा सम्बन्ध चरित्र से है और विधि का व्यवहार से। फलतः विधि निर्माण

नैतिकमूल्यांकन हो जाता है। स्पष्ट है कि विधि सदा "शक्ति' (Coereion) से ही न ीं कार्यान्वित होती है। शक्ति असंगतिगत हितों में सामान्य हित के विपरीत इच्छा के लिए आवश्यक होती है। अधिकार एवं कर्तव्यों की उचित स्थापना में राजनीतिक समाज का विकास होता है। राज्य शक्ति हित स्थापना में साधन मात्र है। फलतः व्यक्ति एवं समुदाय के अर्थ में उसकी प्रशासनिक प्रधानता हो सकती है, 'सार्वभौम' सम्प्रभुता नहीं।

अन्तरराष्ट्रीय विधि

ग्रोशस ने अन्तरराष्ट्रीय विधि को नैसर्गिक विधि से विकसित किया किन्तु वह नैतिक के स्थान पर विधीय स्वरूप नहीं पा सका। लेकिन इसका आधार राज्यों का परस्पर समझौता था न कि राजाओं की इच्छा। अन्तरराष्ट्रीय संगठन में राज्यों की समानता न होने से राज्य सम्प्रभुता का वास्तविक रूप नहीं व्यक्त होता। 'शक्ति' और 'सिद्धि' के आधार पर कौटल्य ने राज्य को 'ज्यायान्' 'हीन' और 'सम' जैसे स्तरों में विभक्त किया है।[१] राजा विश्वजनानाम् सर्वभूमि, एकराट्, चक्रवर्त्ति जैसे आदर्शों एवं राजसूय, वाजपेय जैसे व्यवहारों में राज्यों का समान स्तर हो ही नहीं सकता।[२] इतना अवश्य था कि समान विधि से शासित राज्यों पर असम्मान का भाव नहीं था।[3] सामाजिक प्रश्न पर सभी को समान अधिकार थे।[४] सामाजिक स्तर से भी राज्यों में भेद था। कौटल्य ने म्लेच्छ, आटविक, यवन एवं दास राज्यों का स्तर भेद दिया है। उनके साथ सम्बन्ध स्वीकृत था।[५] इस प्रकार के भेद में समाजविधि ही आधार है।[६] इसके साथ हमें इस प्रश्न पर भी ध्यान देना चाहिए कि राज्य क्या स्वयं में पूर्ण था? उसकी सम्प्रभुता के सम्बन्ध में कौटल्य का कहना है "**सहायसाध्यं**

---

१. ताभिरम्युच्चितो ज्यायान् भवति। अपचितो हीनः तुल्यशक्तिस्समः। अर्थशास्त्र ६।२।

2. R. Chaudhuri : Political History of Ancient India, pp. 133-36.

3. रामा० आदि० १३।१९।२६।

4. H. L. Chatterjee : International Law and Interstate Relations in Ancient India, p. 45.

५. शुक्र० ७।४, ४८२-८३।
रामा० अयोध्या-५०।५३।; किष्किन्धा ५१; महा०आदि० २१४।२१५।

6. Cambridge Indian History, Vol. I. p. 86.
Macrindle : Ancient India as Described in Classical Literature, pp. 4-5.

राजत्वम् ।" यही विचार भीष्म का भी है ।[1] यहाँ राज्य समाज एवं विधि से बद्ध है ।[2] इस प्रकार की सीमा अन्तरराष्ट्रीय विधि तक में थी ।[3]

राज्य सम्प्रभुता (आन्तरिक एवं बाह्य) के लिए भारतीय शब्द 'स्वाराज्य' प्रयुक्त होता है, जिसका तात्पर्य है 'अपराधीनत्व'। इस प्रकार का राज्य 'सम्प्रभु' कहा जा सकता है। लेकिन भारत में ऐसे राज्यों की सम्प्रभुता पर कुछ सीमाएँ हैं, जिनसे उनमें हस्तक्षेप से नियन्त्रण किया जा सकता है। ऐसी सीमाएँ राजनीतिक एवं विधीय हैं। जरासन्ध एवं शिशुपाल की सम्प्रभुता में कृष्ण ने हस्तक्षेप मानवता एवं विधि की स्थापना के आधार पर किया था ।[४] समाज की मान्यता और विधि का उल्लंघन करना ही महिषासुर वध का कारण रहा। अनेक उदाहरण हैं, जिनसे राज्य की सम्प्रभुता पर नियन्त्रण विधि के हेतुओं से किया गया और उसे 'धर्मरक्षा' माना गया। विधि विपरीत शक्ति प्रयोग करनेवाले राज्यों की सम्प्रभुता अन्तरराष्ट्रीय अवसरों (राजसूय, वाजपेय) पर स्वीकार नहीं की जाती और उन्हें राज्य भी नहीं माना जाता ।[५] राज्य की सम्प्रभुता और उसकी अन्तरराष्ट्रीय विधि सप्तांग में 'मित्र' के परिगणन से पूर्ण होती है। 'मित्र' राज्य की इकाई से परे अन्तरराष्ट्रीय सीमा में है। फलतः राज्य में स्वयं अपनी इकाई के रूप में सम्प्रभुता नहीं है। वह अन्तरराष्ट्रीय विधि में सहायक या उसका अंग है। अपने क्षेत्रफल के आधार पर उसकी शक्ति अन्तरराष्ट्रीय विधि से सीमित है।

सम्प्रभु एवं नागरिक

मुकर्जी के अनुसार अशोक विधीय एवं राजनीतिक सम्प्रभु था। इसमें अधिक से अधिक 'सपरिषद्' शब्द जोड़ा जा सकता है ।[६] लेकिन यह परिषद् राजा और अन्य विभागों में माध्यम ही थी ।[७] उसका स्वरूप प्रायः परामर्श-

---

१. अर्थशास्त्र १।७।; महा० शान्ति० ११२।१३ ।

2 R.K. Mookerjee : I.H.C. Presidential Address, 25th Session, Chandragupta Maurya and His Times. p. 49

3. Oppenheim : International Law, Vol. I. p. 18.
Walkor : A History of Law of Nations, pp. 5-8.

४. महा० सभा० अध्याय १४ ।

5. Dr. Hira Lal Chatterjee : op. cit. p. 22.

६. शिलालेख ६।; अर्थशास्त्र १।१५ । ७. शिलालेख ३ ।

दात्री समिति के समान ही रहा है।[1] यहाँ विधि के 'नैसर्गिक विकास'[2] के साथ 'विनय' या आपत्ति का समन्वय नहीं होता। 'काल' के अनुसार विधि निर्माण[3] की शक्ति में व्यक्ति के शक्ति का विकास हो जाता है। 'दया-विकास' के साथ 'दया की स्थापना'[4] करते समय अशोक विधायक हो ही जाते हैं। उनकी घोषणाएँ परम्पराओं के विपरीत अपना वैधानिक स्वरूप प्रस्तुत करती हैं। अशोक की आज्ञप्तियों से स्पष्ट होता है "मनुष्य विकास के लिए उत्पन्न है, उसे विकास करना पड़ेगा।" उन्होंने संघों का संघटन एवं उनकी विधि व्यवस्थाओं का स्वयं निर्देशन किया।[5] इसके प्रयोग के लिए 'धर्ममहामात्र' और 'धर्मयुत' नियुक्त हुए। इनका अनुवाद ए० वी० स्मिथ और टामस ने जिस रूप में किया है उससे इस मान्यता का समर्थन होता है। अशोक धर्मसंचालन के लिए 'धर्मपरिषद्' का आह्वान और उनके निर्णयों का निर्देशन करता था। जनता को 'राजधर्म' की सीमा में लाने के विशेष नियम थे। उसकी 'धर्मविजय' उसकी सम्प्रभुता का अंग है। हर्षवर्धन की 'मोक्षपरिषद्' भी 'राजनियन्त्रित-धर्मपरिषद्' थी। लंका में भी संघों के प्रधान राजा होने लगे। पराक्रम-बाहु ने बिखरे हुए संघों का संगठन किया। निशंक ने भी संघों के नियमों में विभिन्न सुधार किया। इन्हीं स्थितियों की ओर एक संकेत हमें मनु से मिलने लगता है—"धर्म का 'वृष' 'अलम्' हो गया। अब सभी राजा 'शूद्र' होंगे।" हमारी न्यायपालिका में विधि (धर्मचक्र) पर राजशक्ति (सिंह की पाशवशक्ति) का यह आंशिक प्रभुत्व 'क्षेपक' के समान है, जिसकी न पूर्व परम्परा थी और न उसका विकास आगे हो पाया।

डॉ० विश्वनाथ प्रसाद वर्मा के अनुसार प्राचीन भारतीय विचारकों ने धर्म की ऐसी व्याख्या की जिसमें अधिकार, कर्तव्य और स्वतन्त्रता की उचित व्याख्या नहीं हो पायी। घोषाल महोदय इसके विपरीत मत व्यक्त करते हैं।[6] अल्तेकर मानते हैं कि भारतीय विचारकों ने व्यक्ति के अधिकारों की स्थापना राज्य के कर्तव्य में की। इतना अवश्य था कि उन्होंने लोक-जीवन (Civil life)

1. Bhandarkar: Aśoka, p. 67.
2. Mookerji: Nationalism in Hindu Culture, p. 99
3. Barua: Aśoka and His Inscriptions, p. 137.
४. स्तम्भलेख ७।
५. कौशाम्बी, सारनाथ और साँची शिलालेख।
6. Ghoshal: JBRS. XXXIX, p. 74.

और राजनीतिक अधिकारों को धर्म एवं नैतिकता के परिवेश में देखा। फलतः राज्य का लक्ष्य था—व्यक्ति के सर्वविध विकास का मार्ग प्रशस्त करना।[1] सेलतोर के अनुसार इसमें राज्य और नागरिक के अधिकारों की मीमांसा नहीं हो पाती।[2] लेकिन यदि अल्तेकर अस्पष्ट हैं तो सेलतोर असंगतिग्रस्त। स्वयं आगे उन्होंने अधिकारों की विस्तृत सूची दी है। कौटल्य ने आन्तरिक विपत्तियों में राजा की योग्यता उससे सम्बद्ध विषय माना है। बाह्य में विदेशी शासकों को स्थान दिया है। इसके उपचार में माना कि यदि नागरिक की सम्पत्ति और सम्मान सुरक्षित न हों तो वे राजा का त्याग कर सकते हैं।[3] स्पष्ट है कि यहाँ सम्पत्ति और सम्मान शब्द प्रयुक्त हैं। जिनका सम्बन्ध व्यक्ति के अधिकार से सम्बद्ध है। इसका व्यवहार स्वयं कौटल्य ने नन्द वंश के नाश में जनशक्ति के माध्यम से किया था। राजा और राज्य को अलग करते हुए कौटल्य ने अनेक प्रकार के राजाओं में राजा के दो वर्ग प्रस्तुत किया है—अन्ध और चलित शास्त्र। उनके अनुसार शास्त्र—अधिकारों के ज्ञापक—विहीन राजा का अस्तित्व कथमपि सुरक्षित नहीं रह सकता।[4] शास्त्र व्यक्ति के अधिकार एवं कर्तव्यों की संहिता है और वही सम्प्रभु है। राज्य की सम्प्रभुता व्यक्ति के अधिकारों एवं विधि से सीमित है।

जन एवं जनसेवा

विधि सर्वोच्च है। वह व्यक्ति समूह की भौतिक, बौद्धिक और नैतिक आवश्यकताओं से स्थिर होती है।[5] विधि जीवन का मार्ग है और सामाजिक आवश्यकताओं से उपलब्ध होती है।[6] विधि का आधार आज्ञा नहीं संगठन है। इस प्रकार के नियम निर्माण का उद्देश्य जन कल्याण की स्थापना एवं व्यवस्था करना है।[7] राज्यशक्ति का उद्देश्य नागरिक कल्याण है।[8] शक्ति संचय और सेवा में यह सम्बन्ध है कि जनसेवा के अतिरिक्त शक्ति का कोई अस्तित्व नहीं है।[9] भारतीय परम्परा में राज्य का यही आधार है। एक

1. Op. cit., p. 21.
2. B.A. Saletore : op. cit., p. 242.
3. B. A. Saletore : op. cit., p. 244.
४ अर्थशास्त्र ८।२।१, १३-१८।
5. Duguit : Law in Modern State, p. 43.
6. Ibid. p. 49.
7. Ibid. p. 50.
8. Ibid. p. 38.
9. Ibid. p. 44.

तरफ जनकल्याण से विरत राजा की पदच्युति, निष्कासन, अवज्ञा यहाँ तक कि वध तक की व्यवस्था है, दूसरी तरफ नागरिकों—ब्राह्मण, क्षत्रिय, वैश्य एवं शूद्र, एवं अन्य प्रजातियों—के विशेषाधिकार की व्यवस्था की गयी।[१] उनकी 'धर्म्य सम्पत्ति' का नैसर्गिक अधिकार स्वीकार किया गया।[२] कौटल्य ने नागरिक, राजनीतिक एवं विधीय अधिकारों की व्यवस्था की। इनकी विस्तृत व्याख्या एवं संकलन सेलतोर ने व्यवस्थित रूप में प्रस्तुत किया है।[३] इन अधिकारों के पर्य्यालोचन से राज्य-सम्प्रभुता पर नियन्त्रण स्पष्ट हो जाता है। राज्य विधि का साधन है। यहां राज्य सरकार एवं समाज में विभक्त 'समाज' के रूप में आ जाता है।[४] यह विधि का ऐसा साधन है जिससे विधिशासन उपलब्ध होता है। फलतः राज्य की 'निर्वाध' सम्प्रभुता एवं 'व्यक्तित्व' नहीं स्वीकार किया गया; क्योंकि राज्य 'उद्देश्यों से नियन्त्रित' होने के साथ कर्तव्य पूर्ति करता है, न कि स्वयं अपने अधिकार की स्थापना। उसका अस्तित्व 'जन-सेवा' में है।[५] यही 'जनसेवा' राज्य की सम्प्रभुता समाप्त कर देती है जो राजशक्ति का आधार है।[६] वस्तुतः आज्ञा-प्रसारण में राज्य-सम्प्रभु है। वह व्यक्ति का ऐसा समुदाय है जो जनकल्याण के लिए शक्ति का प्रयोग कर सकता है। जनसेवा ही उसकी सम्प्रभुता है।

ऋग्वेद में विश् शब्द विभिन्न अर्थों में आता है। प्रवेश, स्थिर, क्षेत्र, नागरिक एवं वर्ग-विशेष आदि अनेक सन्दर्भों में इसका प्रयोग हुआ है।[७] संघर्षशील प्रजातियों के लिए भी 'विंश्' शब्द आया है। ज़िम्मर मानते हैं ऋग्वेद में 'विश्' और 'जन' दोनों एक नहीं हैं। ब्राह्मण-ग्रन्थों तक वे समाज

---

१. विष्णु० ३।४५-४८।; वशिष्ठ० ३।२४।; बौधा० २।२, ४।; १६।१८।
U. N. ghoshal: op. cit. pp. 54, 207, 208, 425, 626, 481, 550, 551, 564.

२. मनु० ८।४११।

3. Salatore: op. cit., pp. 249-90.

4. Duguit: op. cit. Introduction, p. 18.

5. Ibid. p. 50.

6. Ibid. Introduction, p. 64.

७. ऋग्वेद ४।४।३।; ३७।१।; ५०।८।; ५।३।५।; ६।८।४।; २१।४।; ४।४८।४।; ६।५६।२२।;
Vedic Index, Vol. II. p. 306, 271, 305,-7; Vol. I. p. 269.

विशेष का रूप धारण कर लेते हैं और क्षत्रियों के साथ सम्बन्ध बनाने लगते हैं। उनमें कृषक एवं व्यापारी दोनों हैं।[1] विश् के समान जन शब्द है। इसका प्रयोग नागरिक एवं प्रजाति के अर्थ में हुआ। 'भरतजन,' 'पञ्चजन' 'ग्राम्यजन' आदि शब्दों का प्रयोग विभिन्न अर्थों में हुआ है।[2] आगे चलकर राज्य के अंग 'जनपद' में 'जन' शब्द का प्रयोग सामाजिक एवं राजनीतिक अर्थों में किया गया। 'जन' और 'पद' से जनसंख्या एवं क्षेत्रफल निर्दिष्ट है। नीतिवाक्यामृतम् में जन का तात्पर्य है—'वर्णाश्रम धर्म से युक्त'। कौटल्य ने जनपद निवेश में जन का प्रयोग नागरिक के रूप में किया है। राजनीतिक योग्यताओं में उन्होंने 'शत्रुद्वेषी' 'शक्य सामन्त' एवं 'भक्त शुचि' पर विशेष बल दिया है।[3] कौटल्य ने स्पष्ट लिखा कि क्षेत्रफल ही नहीं नागरिकों (उक्त विशेषताओं से सम्पन्न) से राज्य पूर्ण होता है।[4] यहाँ 'जन' की विधीय व्याख्या है और उनसे ही राज्य पूर्ण होता है। यह परम्परा वैदिक विश् से ही विकसित होती रही है। इसके साथ सम्प्रभुता पर शर्त और बन्धन है, जिनकी पूर्ति में 'समृद्ध जनपद, सम्पन्न प्रियराजक, सम्पुष्ट पुष्ट सचिव' आवश्यक हैं।[5] इनके अभाव में राज्य को 'राज्य' ही नहीं माना जाता है।[6]

समुदाय एवं संगठन

ग्राम व्यवस्था का उल्लेख वेदों से ही प्रारम्भ हो जाता है।[7] इसमें न्यायिक राजनीतिक और आर्थिक व्यवस्थाएँ विकसित हुईं। ऋग्वेद में ग्राम 'प्रशासक' के रूप में राजनीतिक इकाई नहीं था।[8] 'ग्रामपति' राजा से सम्बद्ध था।

१. शत० ब्रा० १२।७।३।८।१५।; ११।२।७।१४-१५।

२. Vedic Index, Vol. I. pp. 206-73, Vol. II. p. 431.

३. अर्थशास्त्र ६।१।

४. नह्यजनो जनपदो राज्यं जनपदं वा भवतीति कौटल्यः। अर्थशास्त्र १३।४।

५. यस्य स्फीतो जनपदः सम्पन्नप्रियराजकः।
सन्तुष्टपुष्टसचिवो दृढ़मूलः स पार्थिवः॥ महा० शान्ति० ९४।३।

६. Dr. Ray Chaudhury: op. cit. p. 451.

७. ऋ० ७।४९।२।; १।४४।१०।; १०।१४६।१।; अथर्व० ४।३६।७।; ५।१७।४।; ६।४०।२।; अथर्व० ३।१४।३।४।; शत० ब्रा० १३।२।४।२।; छान्दोग्य उपनिषद् ७।२४।२।; Vedic Index, Vol. I. pp. 99-100, 244.

८. Vedic Index, Vol. I. 246.

लेकिन ऋग्वेद से आनेवाले 'ग्रामणी' का राजनीतिक अस्तित्व इतना अवश्य था कि वह 'रत्नियों' में ग्राम प्रतिनिधि था।[१] ऐसे ग्रामणी के तीन स्तर हैं—निर्वाचित, ग्रामप्रधान एवं राजपुरुष। वह राजा की सहायता के लिए 'आदेश' के स्थान पर सूचना प्राप्त करता है।[२] उसके स्तर के सम्बन्ध में मतभेद हो सकता है[3] किन्तु इतना तो निश्चित है कि वह ग्रामहित का संरक्षक था। ग्रामहित में स्थानीय स्वतन्त्रता और राज्यविधि में उसकी स्थापना मानना आवश्यक है। यहाँ राज्यविधि पर ग्राम की स्थानीय शक्ति का नियन्त्रण हो जाता है। जहाँ तक न्यायिक प्रशासन का प्रश्न है ग्राम एक इकाई का रूप बन जाता है। 'ग्राम वादी' राजा देश के स्थान पर ग्राम, समाज एवं स्थानीय आचारिक विधि के निर्देशन में कार्य करता है।[४] अर्थशास्त्र एवं मनुस्मृति में भी जहाँ केन्द्रियतावादी प्रवृत्ति का विकास होता है, ग्राम की विधीय शक्ति संरक्षित रहती है। सीमाविवाद में गामवृद्ध ही प्रमाण हैं। ग्राम व्यवस्था के ऐतिहासिक उल्लेख इस रूप में मिलते हैं कि वे विधि व्यवस्था स्वयं कर सकते हैं।[५] स्थानीय शिक्षण संस्थाओं की व्यवस्था, कर-व्यवस्था, जुर्माना और उसके सामाजिक प्रयोग, जनकल्याण के लिए विधि निर्माण आदि के अधिकार इस रूप में थे, जिनमें राज्य हस्तक्षेप नहीं कर सकता था।[६]

---

१. ऋ० १०।६२।११।; अथर्व० ३।५।७।; ४।२२।२।; १९।३१।१२।; तै० सं० २।५।४४।; Vedic Index, Vol. 1, p. 247.

२. शत० ब्रा० ५।४।४।१८।

3. Vedic Index, Vol. 1. p. 247.

४. तै० सं० २।३।१।३।; काठक संहिता ११।४।; मै० सं० २।२।१।; Vedic Index, Vol. 1, p. 248.

५. मनु० ७।१।४-२१।; कौ० ३।९।१६८।; ४।४।२२१।

६. ग्रामश्रेणिगणानां च सङ्केतः समयक्रिया·········। वाग्धिग्दमं परित्यागं प्रकुर्युः पापकारिणाम्।··········तद्राज्ञोऽप्यनुमन्तव्यं निःसृष्टार्था हि ते स्मृताः। अपरार्क द्वारा उद्धृत बृहस्पति वचन, पृ० ७९२-९४।; स्मृ० चं० २ पृ० २२५।; सरस्वती विलास पृ०३२९।
Saletore: op. cit. pp. 530-31. Gopalan: History of the Pallavas of Kānci, pp. 93, 153-57. Nilkant Shastri: Studies in Cola History, pp. 131-35. P. V. Kane: op. cit., Vol. III, pp. 155-59; R. C. Majumdar: op. cit.pp. 135, 61. Grant Dutt: History of Maratha, Vol. I, p. 23-27.

विधि की सम्प्रभुता के लिए विधि की समाजशास्त्रीय व्याख्या करनेवाले दूसरे विद्वान् क्रबे ने लिखा है कि 'विधि मनुष्य की भावना या अधिकार की धारणा से उद्भूत होती है।'[1] विधि की सत्ता की स्थापना करते हुए वह लिखता है कि 'विधिसत्ता ही राजसत्ता है।' विधि से आधार-विहीन कोई सत्ता नहीं होती। विधि का नैतिक तात्पर्य व्यक्त करते हुए वे आगे लिखते हैं कि विधि अपनी शक्ति निर्वैयक्तिक रूप से मानवमात्र के व्यापारों से प्राप्त करती है।[2] विधि के निर्वैयक्तिक होने पर उसके विकास में असंगति आती है। सदाचार अतीत से सम्बद्ध रहते हैं। निर्वैयक्तिक या समाज गर्भ से विकसित होनेवाली विधि का सम्बन्ध सदाचार से अधिक रहता है। इस स्थिति में विधि का वर्तमान और भविष्य से कम सम्बद्ध रह पाता है। इस समस्या का समाधान क्रबे सदाचार और सामाजिक आवश्यकताओं के साथ समन्वय से करता है। भविष्य की आवश्यकताओं और सदाचार के बीच का शून्य भरने के लिए उसने विधि निर्माण के कुछ सामाजिक सूत्र स्थापित किया है। इन सूत्रों का परिगणन वह इस रूप में करता है—(१) क्षेत्रीय विकेन्द्रीकरण और (२) संगठित स्वार्थ को विधीय समुदाय में परिवर्तित करना। क्षेत्रीय विकेन्द्रीकरण के दो भाग हैं—(अ) स्वशासित निगम और (ब) स्वशासित निगमों द्वारा कृषि, व्यापार, श्रम आदि के स्वार्थों की रक्षा। इसके बाद क्रबे इस निष्कर्ष पर आता है कि 'इन स्थितियों को देखते हुए यह कहना कि सामाजिक संगठनों के ऊपर किसी विधायक की शक्ति है, महान् भ्रम होगा।'[3]

शियाव ने डिग्वी, क्रबे एवं बहुलवादी विचारकों का खण्डन किया है।[4] यद्यपि उसका खण्डन एक देशीय है तथापि वह विवाद वहीं छोड़कर भारतीय न्यायपालिका के मूल सिद्धान्तों पर ध्यान दें तो विधि की सम्प्रभुता पूर्ण रूप से स्पष्ट हो जायगी। स्थानीय संगठनों, सामाजिक समुदायों एवं सदाचार की विधीय सर्वोच्चता राज्य की देन नहीं वह उनके स्वयं के संगठन की व्यवस्था से विकसित होती है। स्वयं विधि में इनकी मूल रूप से शक्ति स्वीकार करना

Rhys Davids: Buddhist India, pp. 45-51. E. I. Vol. 22, p. 5; Vol. 23, p. 22; Vol. 2r. p. 28.

1. Hugo Krabbe: The Modern idea of the State; Translated by Sabine, Sheperd and Appleton, p. 39.

2. Ibid, p. 118.

3. Ibid, p. 171.

4. K. C. Hsiao: Political Pluralism.

चाहिए। विधि समाज के घटकों के व्यवहार से स्वयं विकसित होनी चाहिए।[1] विधि के व्यवहार में कहीं परस्पर असंगति भासित हो तो उसका निर्णय राज्य नहीं समाज, संगठन, व्यवहार एवं परम्परा से करने से विधि की सर्वोच्चता व्यक्त होती है।[2] इसे कार्यान्वित करने के लिए राज्य संस्था का उदय हुआ। राज्य विजित एवं अनार्य समाज की भी विधि से नियन्त्रित है।[3] समाज की विधि में पक्षपात नहीं है। सभी समाजों को उनकी विधि के कार्यान्वयन का समान अधिकार है क्योंकि राज्य विधि का स्तर नहीं निश्चित करता है।[4] राज्यविधि में ही एकरूपता हो सकती है। यदि समाज विधि का स्रोत है तो विभिन्नता होगी ही।[5] यही कारण है कि भारतीय न्यायपालिका 'एकरूपता' के स्थान पर 'एकवाक्यता' का विकास करती है। इस 'एकवाक्तता' का भ्रान्तिपूर्ण अर्थ समझते हुए हमारी न्यायपालिका पर आक्षेप किया जाता है कि उसमें अवैदिक आचार एवं परम्परा के लिए स्थान नहीं था। वस्तुतः समग्र नागरिकों को उनकी ही विधि के अनुसार जो अधिकार भारतीयों ने दिया[6]

---

१. अथ खलूच्चावचा जनपदधर्मा ग्रामधर्माश्च तान् विवाहे प्रतीयात्। आश्व० गृ० सू० १।७।१-२।; आप० गृ० २।१५। सर्वजनपदेष्वेकान्त-समाहिमार्याणां वृत्तं सम्यग्विनीतानां वृद्धानामात्मवतामलोलुपाना-मदाम्भिकानां वृत्तसादृश्यं भजेत। एवमुभौ लोकावभिजयति। स्त्रीभ्य-सर्ववर्णेभ्यश्च धर्मशेषान्प्रतीयादित्येके। आप० ध० सू० २।११।२९। १४-१५।; शेषक्रियायां लोको नुरोद्धव्यः। बौ० ध० सू० १।५।१३।

२. गौ० ११।२२०-२२।; वशिष्ठ० १।१७।; बौ० ध० सू० १।१।१९-२६।; मनु० ४।१७८।; याज्ञ० १।२५४।;

३. मनु० २।६। पर मेधातिथि।; ८।४१, ४६।; याज्ञ० १।३४३।

४. याज्ञ० २।१९२।; अर्थशास्त्र २।७।; स्मृ० चं० १ पृ० १०।

५. स्मृ०चं० १।१०। पर बृहस्पति वचन।; व्य० नि० पृ० १६।; आप० ध० सू० २।१०।२७।३। पर हरदत्त।

६. श्रेणिनैगमपाखण्डिगणानामप्ययं विधिः। भेदं चैषां नृपो रक्षेत्पूर्ववृत्तिं च पालयेत्॥ याज्ञ० २।१९२।; पाषण्डनैगमादीनां स्थिति : समय उच्यते। पाषण्डिनैगमश्रेणिपूगव्रातगणादिषु। संरक्षेत्समयं राजा दुर्गे जनपदे तथा। यो धर्मः कर्म यच्चैषामुपस्थानविधिश्च यः। यच्चैषां वृत्त्युपादानमनुमन्येत तत्तथा॥ नारद, समस्यानपाकर्म १-३।; कीनाशाः कारुका मल्लाः कुसीदिश्रेणिनर्त्तकाः। लिङ्गिनस्तस्कराश्चैव स्वेन धर्मेण निर्णयः॥ बृहस्पति उद्धृत व्य. मा. पृ० २८१।; व्य. नि. पृ० ११।; व्य० प्र० पृ० २३।

वैसा आज विश्व की सर्वाधिक शक्तिशाली अमेरिका की न्यायपालिका भी नहीं दे पायी; क्योंकि उस पर समाज का 'प्रभाव' है, समाज उसका स्रोत नहीं है।

वस्तुतः प्रशासनिक प्रधानता नहीं होती है। व्यक्ति के अधिकार अन्तर-राष्ट्रीय विधि, जनसेवा, विधीय उद्देश्य, सामाजिक संगठनों के साथ सम्बन्ध आदि ऐसे महत्त्वपूर्ण प्रश्न हैं जिनसे उसकी तथाकथित सम्प्रभुता समाप्त हो जाती है। भारतीय न्यायपालिका और राज्य के परस्पर सम्बन्ध में अत्यन्त स्पष्ट है कि राज्य में सम्प्रभुता नहीं है। उसकी शक्ति का स्रोत विधि है।[१] "विधि सर्वोच्च शक्ति से निर्मित नहीं स्वयं सर्वोच्च शक्ति है।"[२] उसकी सर्वोच्चता का रूप यह है कि वह समाज शक्ति के रूप में अभिव्यक्त होकर समाज और समाज का निर्देशन करती है। अतएव समाज शक्ति में विकास एवं परिवर्तन से उसमें विकास तथा परिवर्तन परिलक्षित होता है। उसका प्रारूप वैधानिक संस्थाओं में है। कब्रे ने विधि के जो समाजिक सूत्र प्रस्तुत किये हैं उनके निरपवाद एवं वास्तविक स्वरूप भारतीय न्यायपालिका में पाये जाते हैं। वे सूत्र भारतीय बहुलवादी व्यवस्था में इस रूप में प्रस्तुत किये जा सकते हैं:—(१) सामाजिक संगठन, वर्ण, आदि[3] (२) स्थानीय संगठन (श्रेणी, गण, पूग आदि[४]) (३) क्षेत्रीय विधि स्थानीय एवं जातीय सदाचार आदि[५] (४) विधि के स्रोत में व्यक्ति इच्छा का अभाव[६] और (५) राज्य एवं राजा की विधायिका शक्ति का अभाव।[७]

बृहदारण्यकोपनिषद् में विधि की जो परिभाषा की गयी है और उसकी प्रशंसा विलियम जोन्स ने जिस रूप में की है, उसका अनुसरण करते हुए—आर० सी० दत्त लिखते हैं "विश्व के किसी भी विधिशास्त्री ने इससे बढ़कर कोई परि-

---

१. प्रस्तुत प्रबन्ध का प्रथम अध्याय, विशेष रूप से उपशीर्षक "राज्यशक्ति का आधार।" पृ०

२. वही। द्वितीय अध्याय; विधि, समाज और राज्य।

३. वही। उपशीर्षक "सामाजिक विधि"।

४. वही। उपशीर्षक "स्थानीय संगठनों के विधीय अधिकार" पृ० १३८-८८।

५. वही। तृतीय अध्याय, उपशीर्षक "सदाचार"।

६. वही। "विधि के स्रोत" पूरा अध्याय।

७. वही। प्रथम अध्याय और चतुर्थ अध्याय में "राजत्व का स्तर।"

भाषा नहीं दी ।"[१] के० ए० नीलकान्त ने भी यही मत व्यक्त किया है। के० वी० रंगस्वामी आयंगर ने इस पर टीका करते हुए लिखा है कि 'दत्त ने विधि और धर्म को एक करने का भ्रम किया है।' वस्तुतः प्राचीन भारत में धर्म और विधि एक हैं और उनका मूल ऋत है। उपनिषद् में की गयी विधि की परिभाषा से इस प्रकार का निष्कर्ष प्रस्तुत होता है—(क) विधि क्षत्र का भी क्षत्र है, (ख) विधि से उच्च कुछ नहीं हैं, (ग) विधि से ही निर्बल सबल पर शासन करता है, (द) राजा भी विधि के आधार पर क्रियाशील होता है अर्थात् विधि से ही शक्ति प्राप्त करता है, (ङ) विधि और सत्य दोनों एक हैं और (च) दोनों का मूल मानव समाज है। विधि की सम्प्रभुता एवं समाज-परकता की इससे स्पष्ट व्याख्या और क्या हो सकती है ?

●

१. धर्म्मं तदेतत् क्षत्रस्य क्षत्रं यद्धर्मः तस्मात् धर्मात्परं नास्ति अथो ऽबलीयान् बलीयाँसमाशँसते धर्मेण यथा राज्ञैवं यो वै स धर्म्मः सत्यं वै तत्तस्मात् सत्यं वदतमाहुर्धर्म्मं वदतीति धर्मं वा वदन्तँ सत्यँ वदतीत्येत् हैं वैं तदुभयं भवति ॥ बृ० आ० उ० १।४।११-१४।

सन्दर्भ-ग्रन्थ-सूची

मूल-ग्रन्थ

अथर्ववेद संहिता, सायण भाष्य, एस० पी० पण्डित द्वारा सम्पादित, बम्बई।

ऋग्वेद संहिता, सायण भाष्य, वैदिक शोध मण्डल, पूना।

(शुक्ल) यजुर्वेद संहिता, उव्वट, महीधर भाष्य, चौखम्भा संस्कृत सीरीज़, बनारस।

सामवेद संहिता, सायण भाष्य, एशियाटिक सोसायटी, कलकत्ता।

अथर्ववेद, सायण भाष्य, मुरादाबाद।

काठक संहिता, स्वाध्याय मण्डल, औंध, सतारा।

तैत्तिरीय संहिता, सायण भाष्य, आनन्दाश्रम, पूना।

मैत्रायणी संहिता, विंटरनित्ज़ द्वारा सम्पादित, जर्मनी।

कपिष्ठल कठसंहिता, मेहरचन्द लक्ष्मणदास, लाहौर।

वाजसनेयी संहिता, तत्त्वविवेचक प्रेस, बम्बई।

ऐतरेय ब्राह्मण, सायण भाष्य, त्रावणकोर विश्वविद्यालय संस्कृत सीरीज़, त्रिवेन्द्रम्।

तैत्तिरीय आरण्यक, हरिनारायण आप्टे द्वारा सम्पादित, पूना।

शतपथ ब्राह्मण, एशियाटिक सोसायटी, कलकत्ता।

शांख्यायन ब्राह्मण, आनन्दाश्रम, पूना।

गोपथ ब्राह्मण, एशियाटिक सोसायटी, कलकत्ता।

ताण्ड्य महाब्राह्मण, चौखम्भा संस्कृत सीरीज़, बनारस।

ईशावास्योपनिषद्, आनन्दाश्रम, पूना।

छान्दोग्य उपनिषद्, आनन्दाश्रम, पूना।

बृहदारण्यकोपनिषद्, आनन्दाश्रम, पूना।

कठोपनिषद्, तिरुपति।

आपस्तम्ब श्रौतसूत्र, रुद्रदत्त कृत सूत्र दीपिका, कलकत्ता।

कात्यायन श्रौतसूत्र, श्रीकर्क भाष्य, चौखम्भा संस्कृत सीरीज़, बनारस।

आश्वलायन श्रौतसूत्र, आनन्दाश्रम, पूना।

बौधायन श्रौतसूत्र, एशियाटिक सोसायटी, कलकत्ता।

शांख्यायन श्रौतसूत्र, एशियाटिक सोसायटी, कलकत्ता।

आपस्तम्ब गृह्यसूत्र, चौखम्भा संस्कृत सीरीज़, बनारस।

आश्वलायन गृह्यसूत्र, अनन्तशयनम् सीरीज़, त्रिवेन्द्रम्।

पारस्कर गृह्यसूत्र, चौखम्भा संस्कृत सीरीज़, बनारस ।

आपस्तम्ब धर्मसूत्र, जी० बूलर सम्पादित, बम्बई संस्कृत सीरीज़, बम्बई ।

गौतम धर्मसूत्र, आनन्दाश्रम, संस्कृत सीरीज़, पूना ।

बौधायन धर्मसूत्र, चौखम्भा संस्कृत सीरीज़, बनारस ।

वशिष्ठ धर्मसूत्र, बांबे संस्कृत एण्ड प्राकृत सीरीज़, बम्बई ।

मनुस्मृति, ए० एन० माण्डलिक द्वारा संपादित, बम्बई ।

मनुस्मृति–मेधातिथ्यादि षट् टीका–गणपति कृष्ण जी प्रेस, बम्बई ।

याज्ञवल्क्य स्मृति, मिताक्षरा, व्यवहार, बालम्भट्टी, वीरमित्रोदय, चौखम्भा संस्कृत सीरीज़, बनारस ।

याज्ञवल्क्य स्मृति, अपरार्क, आनन्दाश्रम, पूना ।

पराशर स्मृति, बम्बई संस्कृत सीरीज़, बम्बई ।

बृहस्पति स्मृति, बड़ौदा ।

नारद स्मृति, जॉली सम्पादित, कलकत्ता ।

बालम्भट्टी (मिताक्षरा व्याख्या), कलकत्ता ।

अष्टाविंशति स्मृति संग्रह, हरिप्रसाद, भगीरथ, बम्बई ।

कात्यायन स्मृति सारोद्धार, काणे सम्पादित, बम्बई ।

नारदीयमन्वर्थ संहिता, चौखम्भा संस्कृत सीरीज़, बनारस ।

स्मृतीनां समुच्चय, आनन्दाश्रम संस्कृत सीरीज़, पूना ।

धर्मशास्त्र संग्रह, जीवानन्द विद्यासागर सम्पादित, कलकत्ता ।

वाल्मीकि रामायण, गुजराती प्रिंटिंग प्रेस, बम्बई ।

महाभारत, चित्रशाला प्रेस, पूना ।

जैमिनी सूत्रवृत्ति, चौखम्भा संस्कृत सीरीज़, बनारस ।

तन्त्रवार्तिक (भट्टपाद कुमारिल) चौखम्भा संस्कृत सीरीज़, बनारस ।

न्यायसुधा (तन्त्रवार्तिक टीका) चौखम्भा संस्कृत सीरीज़, बनारस ।

बृहती (शाबरभाष्य व्याख्या) चौखम्भा संस्कृत सीरीज़, बनारस ।

भट्टदीपिका, एशियाटिक सोसायटी, कलकत्ता ।

मीमांसा दर्शन (शाबर भाष्य) चौखम्भा संस्कृत सीरीज़, बनारस ।

मीमांसा दर्शन (शाबर भाष्य) जीवानन्द विद्यासागर, कलकत्ता ।

अग्निपुराण, राजेन्द्रलाल मित्र द्वारा सम्पादित, कलकत्ता ।

भागवत पुराण, वेंकटेश्वर प्रेस, बम्बई ।

मत्स्य पुराण, ,, ,, ।

मार्कण्डेय पुराण ,, ,, ।

विष्णु धर्मोत्तर पुराण बैंकटेश्वर प्रेस, बम्बई।
मृच्छकटिक „ „ ।
कामसूत्र (जयमंगला टीका सहित) चौखम्भा, बनारस।
पाणिनि अष्टाध्यायी „ „ ।
पतंजलि महाभाष्य „ „ ।
कौटलीय अर्थशास्त्र (गणपति शास्त्री) अनन्तशयनम् सं० सी० त्रिवेन्द्रम्।
बार्हस्पत्य अर्थशास्त्र (एफ० डब्लू० थॉमस, अनुवाद), लाहौर।
कामन्दकीय नीतिसार, राजेन्द्रलाल मित्र द्वारा सम्पादित, कलकत्ता।
कामन्दकीय नीतिसार, (श्री शंकरार्य कृत जयमंगला उपाध्याय निरपेक्षा), पूना।
दण्डविवेक (वर्धमान कृत), गायकवाड़ ओरियण्टल इंस्टीट्यूट, बड़ौदा।
नीतिशतक, वैंकटेश्वर प्रेस, बम्बई।
मानसोल्लास, सं० सीरीज़, बड़ौदा।
युक्तिकल्पतरु, एशियाटिक सोसायटी, कलकत्ता।
राजनीति रत्नाकर, विहार रिसर्च सोसायटी, पटना।
शुक्रनीतिसार (जीवानन्द व्याख्या), कलकत्ता।
शुक्रनीतिसार (विनयकुमार सरकार का अनुवाद) इलाहाबाद।
नीतिमंजरी, चौखम्भा सं० सी०, बनारस।
नीतिवाक्यामृतम्, वैंकटेश्वर प्रेस, बम्बई।
हेमाद्रि (प्रायश्चित्त खण्ड) एशियाटिक सोसायटी, कलकत्ता।
नीतिमयूख, गुजराती प्रिंटिंग प्रेस, बम्बई।
मदनपारिजात, एशियाटिक सोसायटी, कलकत्ता।
विधान पारिजात, एशियाटिक सोसायटी, कलकत्ता।
विवादचन्द्र, चौखम्भा संस्कृत सीरीज़, बनारस।
विवाद चिन्तामणि, वैंकटेश्वर प्रेस, बम्बई।
विवाद रत्नाकर, एशियाटिक सोसायटी, कलकत्ता।
वीरमित्रोदय, चौ० सं० सी०, बनारस।
व्यवहारमयूख, चौखम्भा संस्कृत सीरीज़, बनारस।
व्यवहारमातृका, एशियाटिक सोसायटी, कलकत्ता।
सरस्वती विलास, संस्कृत सीरीज़, मैसूर।
स्मृति चन्द्रिका (व्यवहार काण्ड), संस्कृत सीरीज़, मैसूर।
स्मृति तत्त्व, एशियाटिक सोसायटी, कलकत्ता।

स्मृतिप्रकाश, वैंकटेश्वर प्रेस, बम्बई ।
स्मृति रत्नाकर, वैंकटेश्वर प्रेस, बम्बई ।
कृत्यकल्पतरु (व्यवहार काण्ड और राजधर्म काण्ड) गायकवाड़ ओ० सी०, बड़ौदा ।
धर्मकोश, प्रज्ञा पाठशाला मण्डल, सतारा ।
दण्डनीति प्रकरण, आनन्दाश्रम, पूना ।
दायभाग, तोंदरिया प्रेस, धारवाड़ ।
राजधर्म (अंग्रेजी) अड्यार लाइब्रेरी ।
व्यवहार निर्णय, अड्यार लाइब्रेरी ।
चुल्लवग्ग, पाली पब्लिकेशन बोर्ड, बिहार ।
संयुक्त निकाय, पाली पब्लिकेशन बोर्ड, बिहार ।
दीघ निकाय, पाली पब्लिकेशन बोर्ड, बिहार ।
अंगुत्तर निकाय, पाली पब्लिकेशन बोर्ड, बिहार ।
महावग्ग, पाली पब्लिकेशन बोर्ड, बिहार ।
जातक, बी० फासबोल सम्पादित, १८७७-१८७९ ।
धम्मपद, लंदन, १९१४ ।

कोश

अमरकोश (रामाश्रमी व्याख्या), बम्बई ।
अभिधान राजेन्द्र, रतलाम ।
शब्दकल्पद्रुम, बड़ौदा ।
निरुक्त, बम्बई ।
मेदिनीशब्दकोश, बनारस ।
वाचस्पत्य कोश, कलकत्ता ।
वैदिक कोश, लाहौर ।
Encyclopaedia Britanica.
Encyclopaedia of Religion and Ethics, Ed. by James Hastings, New York.
Encyclopaedia of Social Sciences.
Vedic Index of Names and Subjects, by A.A. Macdonell and A. B. Keith, published by Motilal Banarasi Das.
Sanskrita English Dictionary. Sir M. Monier William.

सहायक ग्रन्थ

Agrawala, V. S.: India as Known to Panini, Lucknow, 1953.

Aiyangar, Rangswami, K. V.: Aspects of the Social and Political System of Manusmriti, Lucknow, 1949.

Aiyangar, Rangaswami, K. V.: Aspects of Ancient Indian Economic Thought, Banaras, 1934.

Aiyangar, Rangaswami, K. V.: Indian Cameralism, Madras, 1944.

Aiyangar, Rangaswami, K. V.: Rajadharma, Madras, 1941.

Aiyangar, Rangaswami, K. V.: Some Aspects of Ancient Indian Polity, Madras, 1936.

Aiyangar, Rangaswami, K. V.: Some Aspects of Hindu View of Life, Baroda, 1952.

Aiyangar, S. K.: Evolution of Hindu Administrative Institutions in South India. Madras, 1931.

Aiyangar, S. K.: Ancient India, London, 1911.
Aiyangar Commemoration Volume.

Altekar, A. S.: State and Government in Ancient India, Banaras, 1949.

Altekar, A. S.: Village Community in Ancient India.

Altekar, A. S.: Sources of Hindu Dharma in Its Socio-Religious Aspects, Sholapur, 1952.

Anjaria, J. J.: The Nature and Grounds of Political Obligation in the Hindu State, London, 1935.

Aiyer, Ramaswami C. P.: Indian Political Theories, Madras, 1937.

Aiyer, Ramaswami C. P.: The Philosophical Basis of Indian Legal and Social Systems, Madras, 1949.

Aiyer Narayana, R. A.: The History of the Hindu Law in the Vedic Age and in the Post-Vedic times down to the Institute of Manu. Madras, 1925.

Aristotle: Politics, Tr. B. Jowett, Oxford, 1905.

Aśvaghosha : Buddha Charita, ed. by E. R. Cowell, Oxford, 1893. Trans. by F. B. Cowell. SBE. Vol. xi.

Austin, John : Lectures on Jurisprudence, London, John Murray, 1920.

Ayyar Nataraja : Mimamsa Jurisprudence, Allahabad, Ganga Nath Research Institute, 1952.

Allen, C. K. : Law in the Making. Oxford, U.P. 1958.

Bandyopadhyay, N. C. : Development of Hindu Polity and Political Theory. Calcutta, 1927.

Bandyopadhyay, N. C. : Kautilya. Calcutta, 1927.

Banerjea, P. N. : Public Administration in Ancient India. London, 1916.

Banerjea, P. N. : International Law and Custom in Ancient India. Calcutta, 1920.

Banerjea, Pramathenath : A History of Indian Taxation, London, 1930.

Banerji, R. D. : The Age of the Imperical Guptas, Benaras, 1933.

Banerji, R. D. : International Law and Customs in Ancient India, Bombay, 1934.

Bhandarkar, D. R. : Aśoka. Calcutta, 1925.

Bhandarkar, D. R. : Carmichael Lectures, 1919.

Bhandarkar, D. R. : Some Aspects of Ancient Hindu Polity, Benaras, 1929.

Bhattacharya Batuk Nath : The Kalivarjya, Calcutta University, 1943.

Barnett, L. D. : Antiquities of India, London, 1913.

Basham, A. L. : The Wonder That was India, New York, 1954.

Basham, A. L. : History and Doctrines of the Ajivikas, London, 1951.

Basu, Praphullachandra : Indo-Aryan Polity, London, 1925.

Barua Beni Madhab : Aśoka and His Inscriptions. Calcutta, 1946.

Bentham Jermy: An Introduction to the Principles of Morals and Legislation, Oxford, Clarendon Press, 1907.

Bentham Jermy: Limits of Jurisprudence. Colembia University, 1945.

Bentham Jermy: Theory of Legislation, 1931.

Berolzheimer: The World's Legal Philosophy, Tr. by Jastrow, New York, 1929.

Bosanquet Nernard: The Philosophical Theories of the State. Macmillan, 1899.

Brown, D. Mackenzie: The White Umbrella, Berkeley, 1953.

Brown, W. Norman: "The Beginnings of Civilization in India," Supplemented to the Journal of the American Oriental Society, Lix (December 1939).

Brown, W. N.: Mythology of India, 1961.

Buckland, W. W.: Some Reflections on Jurisprudence. Cambridge U.P., 1945.

Burton: Two Types of Gorilla Land, (1876).

Calin, Edmund N.: Sense of Injustice, An anthropomorphic view of Law, N.U.U. 1949.

Catalogue of the Coins in the Indian Museum Calcutta, Oxford, 1906.

Carl Ludwig Non and Other: A History of Continental Criminal Law, Tra. by Thomas S. Bell and others.

Chaudhary, R. K.: Ancient Indian Law and Justic, Motilal and Banarasi Dass, 1953.

Chakravarti, C.: A Study in Hindu Social Polity, Calcutta, 1923.

Chatterjee, H. L.: International Law and Inter state Relations in Ancient India, Calcutta, 1958.

Colebrooke, H. T.: Miscellanious Essays, ed. by E. B. Cowell, London, 1873.

Coker, F. W.: Readings in Political Phelosophy, New York, 1938.

Coomaraswamy, Anand: Buddha and the Gospel of Buddhism, London, 1928.

Das, S. K.: Rig Vedic India, Calcutta, 1921.

Das Gupta, Ramprasad: Crime and Punishment in Ancient India, Caluctta, 1930.

Date, G. T.: The Art of War in Ancient India, London 1929.

Davar, R. S. & K. D. P. Madan: General Principles of Indian Law, Bombay, 1950.

De Bary, W. T.: Comp. Sources of Indian Tradition. New York, 1958

Demant, V. A.: Theology of Society, London, 1947.

Devasthali, G. V.: Introduction to the Study of Mudra-Rakshasa, Bombay, 1948.

Deshmukh, P. S.: Religion in Vedic Literature, London, 1933.

Dhalla, M. N. : Jorostrian Civilization, Jed.

Dharma, P. C.: The Ramayana Polity, Madras, 1941.

Dikshitar, V. R. R.: The Gupta Polity, Madras, 1952.

Dikshitar, V. R. R.: Hindu Administrative Institutions. Madras, 1929.

Dikshitar, V. R. R.: The Mauryan Polity. Madras, 1953.

Digha Nikaya : Ed. T. W. Rhys Davids and J. E. Carpenter, 3 Vols, P.T.S. London, 1980-1911. Tr. T. W. Rhys Devids, 3 Vols. S.B.B. London, 1989-21. (Hindi) Rahula Sankrityayan and Jagdish Kashyapa, Banaras 1936.

Diecy, A. V.: Introduction to the Study of the Law of the Constitution, Macmillan & Co. London, 1926.

Divyavadan Shataka : Ed. E. W. Cowell and F.A. Nail, Cambridge, 1886.

Dreckmeier, Charlse: Kingship and Community in Early India, Oxford, 1962.

Dubois, Abbé Jean Antoine: Hindu Manners, Customs and Ceremonies (transl. H.K. Beauchamp), Oxford, 1897.

Duguit Leon : Law in the Modern State, Tr. by Herold and Frida Laski. London, George Allen and Unwin Ltd. 1921.

Dutt, Nalinaksha : Early Monastic Buddhism, Calcutta, 1941, 1945.

Dutt, Sukumar : Early Buddhist Monachism, 600 B.C.—100 B.C. London, 1924.

Dutta, B. N. : Dialectics of Hindu Ritualism, Calcutta, 1952.

Dutta, B. N. : Hindu Law of Inheritance, Calcutta, 1957.

Dutta, B. N. : Studies in Indian Social Polity, Calcutta, 1944.

Engels, F. : The Origin of the Family, Private Property and the State, Moscow, 1948.

Farm, Virgilius : Religion in Twentieth Century, New York, 1947.

Fleet, J. E. : Inscriptions of the Early Gupta Kings. London, 1888.

Frederic Pollock and Maitland : The History of English Law, (Before the time of Edward I).

Friedmann, W. : Legal Theory, London, Stevens, 1953.

Follett, M. P. : The New State, Longmans & Co. 1926.

Frankfort, Henry : Kingship and the Gods, The University of Chicago Press, 1948.

Garratt, G. T. : ed. The Legacy of India, Oxford, 1937.

Gierke : Natural Law and Theory of Society, Tr. with Intro, by E. Barker, Camb., U.P. 1958.

Ghosh, Jogendra, Chandra : Principles of Hindu Law, Calcutta, 1906.

Ghosh, B. K. : The Hindu Ideal of Life, Calcutta, 1947.

Ghoshal, U. N. : "The Constitutional Significance of Samgha-Gana in the Post-Vedic Period," Indian Calture, VII,1945.

Ghoshal, U. N. : Contributions to the History of Hindu Revenue System, Calcutta, 1929.

Ghoshal, U. N. : The Agrarian System in Ancient India, Calcutta, 1930.

Ghoshal, U. N. : History of Hindu Public life, Calcutta, 1945.

Ghoshal, U. N.: A History of Indian Political Ideas, Bombay, 1959.

Ghoshal, U. N.: Studies in Indian History and Culture, Calcutta, 1957.

Ghurye, G. S.: Caste and Class in India, Bombay, 1950.

Ghurye, G. S.: Caste and Race in India, New York, 1932.

Gopal, M. H.: Mauryan Public Finance, London, 1935.

Gough. T. W. The Social Contract.

Green, T. H.: Lectures on the Principles of Political Obligation, Longamns, 1941.

Guruitoh George: Sociology of Law, Paul, 1947.

Havell, E. B.: The History of Aryan Rule in India, London, 1918.

Heesterman, J. C.: The Ancient Indian Royal Consecration, The Hague, 1957.

Heredotus: The History, Tr. Rawlinson, New York, 1947.

Hilliard, Staneley: Man in Eastern Religion, London, 1946.

Hobhouse, L. T.: Metaphysical Theory of the State, George Allen and Unwin Ltd, 1926.

Hocart, A. M.: Kingship, London, 1927.

Holdsworth, William: A History of English Law, Methven, 1927.

Hopkins, E. W.: The Mutual Relations of the Four Castes according to the Manavadharmaśastra, Leipzig, 1881.

Hopkins, E. W.: "The Social and Military Position of the Ruling Caste in Ancient India," Journal of the American Oriental Society, XIII (1889).

Hopkins, E. W.: "Epic Mythology". Strassburg, 1915.

Hopkins, E. W.: The Great Epic of India, New York, 1901.

Hopkins, E. W.: India Old and New, New York, 1902.

Jataka With Commentary, Ed. V. Fausboll, 7 Vols (Vol.7). Index by D. Anderson, London, 1877-97, Tr. Various hands, 6 Vols, London, 1895-97.

Jayaswal, K. P.: Manu and Yajyavalkya, Calcutta, 1930.

Jayaswal, K. P.: Hindu Polity, Calcutta, 1934.

Jha, G. N.: Hindu Law and its Sources. Indian Press, Allahabad, 1933.

Jolly, J.: Hindu Law and Customs: Tr. Bate Krishna Ghosh, 91, Upper Circular Road, Calcutta, 1928.

Kane, P. V.: History of Dharma Shastra, 5 Vols. Bhamdarkar Oriental Research Institute, Poona.

Kane, P. V.: Vedic Basis of Hindu Law.

Kapadia, K. N. Hindu Kinship, Bombay, 1947.

Keeton: The Elementary Principles of Jurisprudence, Pitman, 1929.

Keith, A. B.: A History of Sanskrit Literature, Oxford, 1928.

Keith, A. B.: The Religion and Philosophy of the Veda and Upanishads (Harvard Oriental Series, Vols. XXXI, XXXII), Cambridge, Mass., 1925.

Keith, A. B.: The Samkhya System, New York, 1918.

Keith, A. B.: "The Authenticity of the Kautiliya," Journal of the Royal Asiatic Society, January 1916.

Konow, S.: Kautalya Studies, Oslo, 1945.

Kosambi, D. D.: "The Text of the Arthasastra," Journal of the American Oriental Society, LXXVIII. (1958).

Krabbe Hugo: The Modern Idea of the State. Tr. Sabine, Shepherd and Appleton, New York, 1922.

Krishna Rao, M. V.: Studies in Kautilya. Mysore, 1953.

Law, Narendra Nath: Inter State Relations in Ancient India, London, 1920.

Law, Narendra Nath: Studies in Indian History and Culture, London, 1925.

Law, Narendra Nath: Aspects of Ancient Indian Polity, Oxford, 1921.

Landtman, Gunnar: The Origin of the Inequality of Social Classes, London, 1938.

Law, Bimala Churn: Ancient Indian Tribes, Lahore, 1926. Vol. II, London, 1934.

Law, Bimala Churn: Some Kshatriya Tribes of Ancient India, Calcutta, 1924.

Laski, H. J.: State in Theory and Practice, Allen and Unwin.

Laski, H. J.: Law and Practices, Allen and Unwin.

Laski, H. J.: A Grammar of Politics, George Allen and Uwin Ltd. 1941.

Mahalingam, T. V.: South Indian Polity, Madras, 1955.

Macdonell, A. A.: A History of Sanskrit Literature, London, 1917.

Maine, Sir Henry: Ancient Law, London, 1931.

Mahavastu *Ed.* Sēnart, 3 vols. Paris, 1882-97.

Majumdar, R. C.: Corporate Life in Ancient India, Calcutta, 1922.

Majumdar, R. C.: ed. An Advanced History of India, (Combined Volume), London, 1952.

Majumdar, R. C. and A. D. Pusaklar, eds.: The History and Culture of the Indian People, Vol. I. The Vedic Age, London, 1951. Vol. II. The Age of Imperial Unity, Bombay, 1961, Vol. III. The Classical Age, Bombay, 1954.

Mayne, J. D.: A Treatise on Hindu Law and Usage, Madras, 1812.

Max Muller, F. A.: History of Ancient Sanskrit Literature, Panini Office, Allahabad, 1912.

Mees, G. H.: Dharma and Society. The Hague, 1935.

McCrindle, J. W.: Ancient India as Described by Megasthenese and Arrian, Calcutta, 1906.

McCrindle, J. W.: Invasion of India by Alexander the Great, Westminister, 1896.

Milindapanho, Ed. V. Trenckner, London, 1928, Tr. T.W. Rhys Davids, SBE., Oxford, 1890-4.

Mitra, D. N.: The Position of Women in Hindu Law, Calcutta University, 1913.

Miraglia : Comparative Legal Philosophy Tr. Lister.

Mookerji, Radhakumud : Aśoka, London, 1928.

Mookerji, R. K. : Chandragupta Maurya and His Times, Rajkamal Publications, 1953.

Mookerji, R. K. : Local Government in Ancient India, Motilal Banarasidas, 1948.

Mulla, D. F. : Hindu Law, Eastern Law House, 1946.

Murvi, J. : Original Sanskrit Text, 5 Vols. London, 1858-70.

Naik, B. B. : Ideals of Ancient Hindu Politics, Dharwar, 1932.

Nelson J. H. : Indian Usage and Judge made Law, Kegal Paul, London, 1887.

Oppert, Gustav. : On the Weapons, Army Organization, and Political Maxims of the Ancient Hindu, Madras, 1880.

Pal Radhabinoda : The History of Hindu Law, Calcutta University, 1958.

Pall Masson : Ancient India and Indian Civilization, Tr. M. R. Double Helen William Grabowski, Phillipe Starn, 1951.

Pande, G. C. : Studies in the Origins of Buddhism, Allahabad, 1957.

Panikkar, K. M. : The Origin and Evolution of Kingship in India, Baroda, 1938.

Pant, Ram Chandra, Amalya : Royal Edict on the Principles of State Policy, Madras, 1929.

Paton, G. W. : A Text Book of Jurisprudence, Clarendon Press, 1946.

Pargiter F. E. : Indian Historical Tradition, London, 1922.

Pargiter, F. E. : Dynasties of Kali Age, London, 1913.

Pillai, S. K. : Principles of Criminology, Tegore Lectures, 1920.

Pound Roscoe : Interpretation of Legel History, Harvard University, 1946.

Prasad, Beni : Government in Ancient India, Allahabad, 1928.

Prasad, Beni : The State in Ancient India, Allahabad, 1928.

Radhakrishnan, Sarvepalli : Eastern Religion and Western Thought, London, 1939.

Radhakrishnan, Sarvepalli : Hindu View of Life, London, 1927.

Radhakrishnan, Sarvepalli : Indian Philososhy, London, 1948.

Radhakrishnan, Sarvepalli : The Philosophy of the Upanishads, London, 1924.

Radhakrishnan, Sarvepalli : Religion and Society, London, 1947.

Raghavan, V. : Kalidasa and Kautalya, Nagpur, 1946.

Rapson, E. J. : The Cambridge History of India, Vol. I. Cambridge, 1922.

Rhys Davids, T. W. : Buddhism, Its History and Literature, New York, 1896.

Rhys Davids T. W. : Buddhist India, New York, 1903.

Rhys Davids T. W. : ed. Dialogues of the Buddha., London, 1910.

Rhys Davids, T. W. : Early Buddhism, London, 1908.

Rice, Stanley : Hindu Customs and Their Origins, London, 1939.

Fick, R. : The Social Organisation in North East India in Buddha's Time, Calcutta, 1920.

Rostovtzeff, M. I. : The Social and Economic History of the Hellenistic World, Oxford, 1941.

Sarkar, B. K. : Political Institutions & Theories of the Hindus, Calcutta, 1939.

Sarkar, B. K. : Positive Background of Hindu Sociology, Allahabad, 1914.

Sarkar, B. K. : The Political Institutions and Theories of the Hindu, Calcutta, 1922.

Sarkar, B. K. : Creative India, Lahore, 1937.

Saletore, Bhaskar. : India's Diplomatic Relations with the East, Bombay, 1960

Saletore Bhaskar : India's Diplomatic Relations with the West, Bombay, 1958.

Saletore, Bhaskar : Ancient Indian Political Thought and Institutions, Asia, 1963.

Salmond, John : Jurisprudence, 10 Ed. Sweet and Maxmell, 1947.

Sen, Ajit Kumar : Studies in Hindu Political Thought, Calcutta, 1926.

Sen-Gupta, N. C. : Evolution of Ancient Indian Law, Calcutta, 1953.

Sen-Gupta, N. C. : Sources of Law and Society in Ancient India, Calcutta, 1914.

Sen, Priyanath : General Principle of Hindu Jurisprudence, Tagore Law Lectures, 1918.

Seth, H. C. : The Spurious in Kautilya's Age, A Volume of Eastern and Indian Studies Presented to Proof. F.W.

Sen-Gupta, P. : Everyday Life in Ancient India, Bombay, 1950.

Schlesinger Rudolf : Social Legal Theory, Paul, 1946.

Schwarzemberger, George : Power Politics, Study of International Society, 2nd ed, London, Stevens, 1951.

Shama Śastri, R. : Evolution of Indian Polity, Calcutta, 1920.

Sharma, Ram Sharna : Aspects of Political Ideas and Institutions in Ancient India, Delhi, 1959.

Sharma, Ram Sharna : Some Econnomic Aspects of the Caste System in Ancient India, Patna, 1952.

Sharma, Ram Sharan : Shudras in Ancient India, Delhi, 1958.

Shastri, Jagdish Lal : Political Thought in Puranas, Lahore, 1944.

Shastri, Nilakanta, K. A. : Studies in Chola History and Administration, Madras, 1932.

Shustri, Nilakanta, K. A. : The Theory of Pre-Muslim Indian Polity, Madras, 1932.

Shastri, Nilakanta, K. A. : "The Place of Arthasastra in the History of Indian Polity," Ananals of the Bhandarkar Research Institute, XXVIII.

Shastri, N. K. A.: The Age of Nandas and Mauryas, Motilal Banarsidas, 1952.

Sinha, B. P.: "The King in the Kautilyan State," Journal of the Bihar Research Society, XL. No. 2.

Sinha, B. P.: "The king in the Kautiliyan State," Journal of the Bihar Research Society, XL, No. 3.

Sinha, H. N.: Sovereignty in Ancient Indian Polity, London, 1938.

Sircar, D. C.: Selected Inscriptions Bearing on Indian History and Civilization, Calcutta, 1942.

Mrs. Steveson, S.: The Heart of Jainism, Oxford, 1915.

Subba Rao, N. S.: Economic and Political Conditions in Ancient India as Described in the Jatakas, Mysore, 1911.

Toyanbee: Study of History, Vol. III.

Vardachariar, S.: The Hindu Judicial System, Lucknow University, 1946.

Valavalkar, P. H.: Hindu Social Institutions, Baroda, 1942.

Varma, V. P.: Studies in Hindu Political Thought and its Metaphysical Foundations, BRS. XXXVIII., XXXIX.

Vinaya Pitaka, Ed. H. Oldenberg 5 Vols. London, 1879-83.

Vinogradoff: Common Sanse in Law, Oxford. U. P. 1947.

Viswanath, S. V.: International Law in Ancient India, London, 1925.

Walker, T. A.: A History of the Law of Nations, Cambridge, 1899.

Walker, T. A.: A History of Law of Nations, Cambridge, 1899.

Wach, Joachism: Sociolagy of Religion, she University of Chicago Press, 1944.

Weber, A.: Lectures on the History of Indian Literature, Tr. Johnmen and Theoder Lacharial, 1892.

Winternitze, M.: A History of Indian Literature Tr. Mrs. S. Ketakar, Calcutta University, 1927.

Wittfogel, K.: Oriental Despotism, New Haven, 1957.

अनुवाद एवं अन्य स्रोत

Alberuni: (Muhammad ibn Ahmad, Abū al-Raihan, al-Bērūnī).

E. C. Sachau: Abberuni's India, London, 1888.

M. Bloomfield: The Hymns of the Atherva Veda. (Sacred Books of the East, Vol. XLII.), Oxford, 1897.

W. D. Whitney: The Atherva Veda (Harvard Oriental Series, Vols. VII. VIII.), Cambridge, Mass, 1905.

Georg Buhler: S.B.E. Vol. XIV. Part 2, Oxford, 1889.

H. A. Giles: Travels of Fa-husien, Cambridge, 1932.

James Legge: A Record of Buddhist Kingdoms, Oxford, 1886.

Nilkanta Śastri: Foreign Notices of South India from Megastheneze to Ma Huan, Madras, 1939.

S. Beal: Si yu-ki, London, 1883.

J. F. Fleet: Inscriptions of Early Gupta Kings (Corpus Inscriptions Indicarum, Vol. III.), London, 1888.

E. B. Cowell: Jatakas, Cambridge, 1895-1913.

T. W. Rhys Davids: The Jataka, London, 1894.

P. V. Kane: Kātyāyayana Smriti, Bombay, 1933.

R. Shama Shastri: Arthshastra of Kautilya, Trivendreum, 1924-25.

R. P. Kangle: The Kautiliya Arth Śastra, University of Bombay, 1963.

Pratap Chandra Ray: Mahābhārata, 2nd ed, Calcutta, 1919-35.

B. K. Sarkar,: Shukra Nitisar, (Sacred Books of Hindus, Vol. XIII.), Allahabad, 1914.

M. N. Dutt: Rigveda, Caclcutta, 1906.

R. Griffith: The Rigveda. 2nd ed. Benares, 1896, 1897.

F. Max Muller and H. Oldenberg: Vedic Hymns (S.B.E. Vols. XXXII. XLVI.), Oxford, 1891, 1897.

A. A. Macdonell: Hymns of the Rigveda, London, 1922.

शोधपत्र

Annals of Bhandarkar Oriental Research Institute, Poona.
Bulletin of Deccan College, Poona.
Bulletin of School of Oriental Studies.
Hibbert Journal, London.
Indian Antiquary.
Indian Culture, Indian Research Institute, Calcutta.
Indian Histrotical Quarterly.
Journal of American Oriental Society, U.S.A.
Journal of Bihar and Orissa Research Society.
Journal of Bombay, Branch of Royal Asiatic Society.
Journal of Bengal, Branch of Royal Asiatic Society.
Journal of Ganganath Jha Research Institute.
Journal of Indian History.
Journal of Oriental Research Institute, Madras.
Journal of Royal Asiatic Society of Great Britain and Ireland.
Journal of University of Bombay.
Poona Orientalists, Poona.
Proceedings and Transactions of all India Oriental Conference.
Epigraphica Indica.
Journal of Criminal Law.
Cambridge Law Journal.
Washingtion University Law Quarterly.
Journal of the Economic and Social History of the Orient.
Annals of Oriental Research.
Brahmavidya.
Cultural India.
Indo-Asian Culture.
Journal of the Andhra Historical Society.
Journal of the Asiatic Society.
Journal of the Oriental Institute of M. S. University of Baroda.
Modern Review.
Oriental Review and Literary Digest.
Orissa Historical Research Journal.
Quarterly Journal of the Mythic Society.

सामान्य संकेत सूची

अथर्व०	....	अथर्ववेद संहिता
ऋ०, ऋग्वेद	....	ऋग्वेद संहिता
यजु०	...	यजुर्वेद संहिता
सामवेद०	...	सामवेद संहिता
रामा०	...	रामायण
महा०	...	महाभारत
का० कात्यायन कात्या०	...	कात्यायन स्मृति
कौ० अर्थशास्त्र अर्थ०	....	कौटलीय अर्थशास्त्र
गृह० र०	...	गृहस्थ रत्नाकर
गौ० गौ० ध० सू०	...	गौतम धर्मसूत्र
चतुर्वि०	...	चतुर्विंशतिमतम्
छा० उ०	...	छान्दोग्योपनिषद्
जै०	....	जैमिनीयपूर्वमीमांसासूत्र
जै० न्या० मा०	....	जैमिनीयन्यायमालाविस्तर
तै० आ०	...	तैत्तिरीयारण्यक
तै० ब्रा०	....	तैत्तिरीय ब्राह्मण
तै० सं०	....	तैत्तिरीय संहिता
दत्त० चं०	....	दत्तक चन्द्रिका
दत्त० मी०	...	दत्तकमीमांसा
नारद०	...	नारद स्मृति
नीतिवा०	...	नीतिवाक्यामृतम्
कामन्दक०	....	कामन्दकीयनीतिसार
परा० मा०	...	पराशरमाधवीय
पा०	...	पाणिनि-अष्टाध्यायी
बृह० बृ०	...	बृहस्पतिस्मृति

बृह० उप०	....	बृहदारण्यकोपनिषद्
बृहत्सं०	...	बृहत्संहिता
बौ० ध० बौ० ध० सू०	...	बौधायनधर्मसूत्र
बौ० श्रौ०	...	बौधायनश्रौतसूत्र
मद० पा०	...	मदनपारिजात
मनु०	....	मनुस्मृति
मिता०	...	मिताक्षराटीका
मीमांसाकौ०	....	मीमांसाकौस्तुभ
मेधा०	...	मेधातिथिभाष्य
या० याज्ञ०	....	याज्ञवल्क्यस्मृति
रा० ध० कौ०	....	राजधर्मकौस्तुभ
वशिष्ठ०	...	वशिष्ठस्मृति
वशिष्ठ ध० सू०	...	वशिष्ठधर्मसूत्र
वाज० सं०	....	वाजसनेयसंहिता
वि० विष्णु०	...	विष्णुस्मृति
वि० चि०	...	विवादचिन्तामणि
वि० ध० सू०	....	विष्णुधर्मसूत्र
वि० ता०	...	विवादताण्डव
वि० र०	...	विवाद रत्नाकर
व्यव० त०	...	व्यवहार तत्त्व
व्य० नि०	...	व्यवहार निर्णय
व्य० प्र०	...	व्यवहार प्रकाश
व्य० म०	...	व्यवहारमयूख
व्य० मा०	...	व्यवहार मातृका
व्य० सा०	...	व्यवहारसार
शुक्र०	...	शुक्रनीतिसार
सं० कौ०	...	संस्कारकौस्तुभ
स० वि०	...	सरस्वती विलास
स्मृ० चं०	...	स्मृति चन्द्रिका

अनुक्रमणिका[1]

---

[1] प्रस्तुत अनुक्रमणिका मेरे प्रिय विद्यार्थी श्री रामजी (रिसर्चस्कालर), श्री सुरेन्द्र प्रताप नारायण सिंह एम०ए० एवं श्री गुप्तेश्वरनाथ तिवारी एम० ए० ने बनाया है। मैं उन्हें हार्दिक धन्यवाद देता हूँ। उन्होंनें इसे अत्यन्त व्यापक और विस्तृत रूप में प्रस्तुत किया था। लेकिन मैंने उतना ही अंश रखा जिनका विषय की स्थापना से अनिवार्य सम्बन्ध है।

—लेखक।

नाम

पारिभाषिक शब्द

अकृत और शून्य अकृत और हीन	Null and Void	अपकार	Wrong
		अपराध	Offence
अकृतीकरण	Nullification	अपहरण	Kidnapping
अर्जनशील	Acquisitive	अपील, अपील करना	Appeal
अड़चन	Impledjment	अप्रज्ञेय	Non-cognizable
अतिशेष	Balance		
अधिकारक्षेत्र	Jurisdiction	अभिकथन	Allegation
अधिक्षेप	Impeachment	अभिकर्त्ता	Agent
अधिक्षेप करना	Impeach	अभिग्रहण करना	Seize
अधिग्रहण	Requisition	अभिनिषिद्ध करना	Proscribe, Prosecution
अधिनियम	Statute		
अधिनिर्णय	Adjudgment	अभियाचना	Call
अधिभोग अधिकार	Occupancy right	अभियोग लगाना	Accuse
		अभियोजन	Prosecution
अधिभोगधृति	Occupancy tenure	अभिरक्षक	Custodian
		अभिरक्षा	Custody
अधियाचना	Requistion	अभिलेख	Record
अधिवक्ता	Advocate	अभिवक्ता	Pleader
अधिवक्तृता	Advocacy	अभिवचन	Pleading, Plea
अधिवास	Domicile	अभिवेदन करना	Represent
अधिष्ठाता	Presoding officer	अभिसंस्कार	Process
		अभिहार	Distress
अनुज्ञप्ति	Licence	अभ्यारोप	Indictment
अनुज्ञा देना	Allow, Permit	अल्पीकरण	Derogation
अनुज्ञापत्र	Permit	अवकास	Recess
अनुचित सम्बन्ध	Criminal Intimacy	अवपीड़न	Coersion
		अवप्रेरित करना	Abet
अनुदेश	Instruction	अवयस्क	Minor
अनुपूरण	Supplement	अवरुद्ध करना	Restrain
अनुमति	Assent	अवशिष्ठ	Residuary
अनुमति देना		अहस्तक्षेप्य	Non-cognizable
अनुमोदन	Approbation		
अनुमोदन करना	Approve	आकस्मिकता	Contingency
अनुश्रुत	Hearsay	आगम	Title
अनुसंधान	Investigation	आगमन	Proceeds

आगस	Tont
आज्ञा	Mandate
आत्म-रक्षा	Self-defence
आदेशिका	Process
आपराधिक सम्बन्ध	Criminal Liason
आप्त, आप्त-जन	Umpire
आरम्भिक दंड क्षेत्राधिकार	Original Court
आरम्भिक व्यवहार क्षेत्राअधिकार	Original Court Jurisdiction
आवर्धन	Augmentation
आवेदक	Applicant
आवेदन-पत्र	Application
आसेध, आसेध करना	Distrain
आसेधक	Bailiff
आह्वान करना	Summon
इच्छापत्र	Will
उत्कोच देन	Bribe
उत्तराधिकार	Succession
उत्पात	Nuisance
उन्मादी	Insane
उन्मुक्ति	Immunity
उपनियम	Sub rule
उपबन्ध	Provision
उपलब्धि	Emolument
उपसंजाति	Appearance
उपाधि	Title
उपाबन्ध	Adjunct
उपेक्षा	Negligence
ऋण	Debt
एक पक्षीय (एकपार्श्विक)	Unilateral
एजेंट	Agent
ऐकमत्य	Unanimity
कंटक (कष्टक)	Nuisance
कंटक दंडनायक	Magistrate Cantonment
कटौती	Deduction
कठोर	Rigorous
कबूल करना	Confess
कारागृह	Jail
कार्यवाही	Action, Proceeding
कार्यान्वित करना	Implement
किशोर	Adolescent
कूट	False
कैद करना	Imprison
कोड़े लगाना	Whipping
क्षति	Injury
क्षति पहुँचाना	Injure
क्षमा करना	Pardon
क्रोड पत्र	Codicil
खंडित करना	Quash
गफलत	Negligence
गबन करना	Embazzlement
गिरवी रखना	Pledge
ज्ञापन, ज्ञापिका	Memorandum
ग्रहण	Admission
ग्रहण करना	Admit
ग्रहीता	Receiver
घूस	Bribe
चलन	Usage
छावनी दंडनायक (दंडाधिकारी)	Magistrate (Cantonment)
जमा करना	Deposit
जमानत	Bail
जमाव	Assembly
जांच	Enquiry
जामिन	Bail
जारी रखना	Issue
जुआ	Gambling
जूरी	Jury, Juror
जेल	Jail
टिकट	Stamp
टिप्पणी	Note of dissent
तलाक	Divorce

तलाशी	Search	निषेध करना	Prohibit
तितर-बितर करना	Disperse	निष्पादन	Execution
दंड	Punishment	निष्पादन करना	Execute
दंड--(दंडात्मक)	Penal	नूतन करना	Review
दंडसंहिता	Penal Code	न्याय (न्यायाधिपति)	Justice
दंडादेश (दंडाज्ञा)	Sentence	न्याय (निर्णय करना)	Adjudicate
दया-याचिका	Mercy Petition	न्याय पालिका	Judiciary
दायाद	Heir	न्यायिकेतर	Non Judicial
दायित्व (देयता)	Liability	न्यास	Trust
दावात्याग	Disclaimer	पक्ष-घोषणा	Advocacy
दुष्कृति	Tort	पट्टा	Lease
देय	Due	पट्टेदारी	Land Tenure
दोष	Wrong	पद	Status
द्यूत	Gambling	पदच्युत करना	Dismiss
धनादेश	Draft	परमादेश	Mandamus
धर्मदाय (धर्मादा)	Endowment	परमाधिकार प्रादेश	Prerogative writ
धारा	Section		
नकली	False	परिवर्तन	Comm utation
नवयुवक	Juvenile	परिशिष्ट	Supplement
निक्षेप करना	Deposit	परिशोधन करना	Rectify
निगम	Corporation	पुनः अभिवचन	Repleader
निग्रह करना	Restrain	पुनरीक्षण	Revision
निबटारा करना	Settle	पुनरुज्जीवन	Revival
निमुक्ति, निर्मुक्त करना	Release	पुनर्ग्रहण करना	Resume
		पुनरर्पण	Remand
नियम	Rule	पुनरास्थापना	Restitution
नियुक्त करना	Appoint	पुनरारम्भ करना	Resume
निरुद्ध करना	Detain	पुनर्विलोकन	Review
निरनुमोदन	Reprobation	पुनःस्थापन	Restore
निरनुमोदन करना	Reprobate	पूर्व-सुनवाई	Pre-audience
(निरस्त करना)	Repeal	पेशी	Appearance
निर्णय	Decision	प्रक्रिया	Procedure, Process
निर्णय करना	Decide		
निर्देशन (निर्देशन करना)	Direct, Refer	प्रगहण (प्रगहण करना)	Capture
निलम्बित करना	Suspend	प्रज्ञप्ति	Proposal
निवर्तन, (निपटारा)	Disposal	प्रतिप्रत्ति	Admission
निवेदन (निवेदन करना)	Request	प्रतिप्रत्ति करना	Admit
		प्रतिप्रत्युत्तर	Rejoinder

प्रतिभू	Surety
प्रतिभूति	Security
प्रतिरोध	Resistance
प्रतिवादी	Defendant
प्रतिवेदन करना	Appeal
प्रतिषेध करना	Prohibit
प्रतिष्ठा	Status
प्रतीपता	Repugnance
प्रथा	Usage
प्रत्यय	Credit
प्रत्यापन	Restitution
प्रत्यादान करना	Resume
प्रत्यावर्तन करना	Restore
प्रत्याहरण	Withdrawal
प्रमाण	Evidence, Proof
प्रमाणित करना	Testify
प्रमाद	Negligence
प्रलुब्ध करना	Seduce
प्रलोभन	Seduction
प्रवरण	Selection
प्रवर्तन करना	Enforce
प्रवरता	Priority
प्रविलम्बन	Reprieve
प्रस्ताव	Proposal
प्राथमिकता	Priority
प्राथमिक साक्ष्य	Primary evidence
प्रार्थना करना	Pray
प्रार्थना-पत्र	Application
प्रार्थी	Applicant
प्रादेश	Mandate
प्राप्य	Due
प्रावेदन	Motion
पृष्ठांकन करना	Endorce
प्रौढ़	Adult
फीस	Fee
फुसलाना	Seduce
बकाया	Arrears
बच्चा (बालक)	Child

बहुमुखी (बहुविधि-वाद)	Multifarious suit
बाट	Weight
बाधा डालना	Obstruct
बेदखल करना	Eject
भंग	Dissolution
भंग करना	Disperse
भर्त्संना	Admonition
भार	Weight
भार-मुक्त करना	Exonerate
भूतलक्षी	Retrospective
भूस्वामी	Land owner
मजूरी चेतावनी	Wage warning
मद	Item
मदद, मदद देना	Aid
महाभियोग	Impeachment
महाभियोग लगाना	Impeach
मानहानि	Defamation
मामला (मुकदमा)	Case
मिथ्या	False
मिथ्यानामा	Misnomer
मुअत्तल करना	Suspend
मुद्रांक	Stamp
मूल आज्ञप्ति (मूल डिक्री)	Original Decree
मूल पक्ष	Original side
मूल साक्ष्य	Original evidence
मौखिक साक्ष्य	Testimony
यंत्रणा (यंत्रणा देना)	Torture
याचना करना	Solition
याचिका	Petition
यातना	Forment
रद्द करना	Annul
राजद्रोह	Sedition
रोक (रोक देना)	Stay
रोधागार	Lock up
लघुवादन्यायालय	Small Cause Court

लज्जाभंग	Outrage modesty
लम्बित	Pending
लागू करना	Enforce
लेखवद्ध करना	Record
लेखा	Account
वकालत	Advocacy
वकील	Lawyer, Pleader
वयस्क	Adult, Major
वयस्कता	Majority
वसीयती	Festate
वसूल करना	Recover
वाचिक	Parol
वाणिज्य विधि	Mercantitle Law
वाद-कालीन	Pendente lite
वादपत्र	Plaint
वादपद	Issue
वादलम्बित	Pendente lite
वारिस	Heir
विघटन	Dissolution
विचार करना	Try
विचार (विचारण)	Trial
विधवा-सम्पदा	Widow's estate
विधान	Legislation
विधि	Statute, Law
विधिज्ञ	Lawyer, Pleader
विधिज्ञ वर्ग	Bar
विधि निष्णात	Jurist
विधिशास्त्र	Jurisprudence
विनय-भंग	Outrage modesty
विनियम	Regulation
विनियमित करना	Regulate
विनिर्णय	Judgment
विमति टिप्पण	Note of dissent
विपर्यय	Reversal

विरोध	Repugnance
विवाह-विच्छेद	Divorce
व्यादेश	Injunction
शक्ति-बाह्य	Ultravires
शपथ	Oath
शपथ लेना शपथ दिलाना	Swear
शास्ति	Penalty
शिशु	Infant
शुल्क	Fee
संक्रमण	Transfer
संक्षिप्त दोष-सिद्धि	Summary Conviction
संविधि	Statute
संस्वीकार करना	Confess
सख्त	Rigorous
सत्र न्यायाधीश	Sessions Judge
सत्रन्यायालय	Sessions Court
सत्र मामला (सत्रवाद)	Session Case
सभा	Assembly
सभ्य	Juror
समाश्वासन देना	Warrant
सम्पदा	Estate
सम्मति (सम्मति देना)	Consent
सम्मेलन	Assembly
सर्व सम्मति	Unanimity
सहायता करना	Assist
साक्षी	Witness
साक्ष्य	Evidence,
साक्ष्यांकन करना	Attest
साख	Credit
साथी	Ally
सादी कैद	Simple imprisonment
साधारण कारावास	Simple imprisonment
साम्य	Equity

सिद्धि	Proof	स्वामित्व	Ownership
सुना-सुनाया	Hearsay	स्वामी	Proprietor
सुनीति	Equity	स्वीकार करना	Allow
सैन्य विधि	Military law	हक	Title
स्टाम्प	Stamp	हमला (हमला करना)	Assault
स्थगित करना	Defer		
स्थानबद्ध करना	Intern	हवालात	Lock up
स्थिति	Status	हस्तान्तरण करना	Transfer
स्वकुल्य (स्वजन)	Kinsman	हिदायत	Instruction
स्वत्वधारी	Proprietor	हैसियत	Status